U0498838

莎士比亚研究丛书

云中锦笺

中国莎学书信

杨林贵　李伟民　主编

图书在版编目（CIP）数据

云中锦笺：中国莎学书信 / 杨林贵，李伟民主编. —
北京：商务印书馆，2023
（莎士比亚研究丛书）
ISBN 978 - 7 - 100 - 22053 - 8

Ⅰ. ①云…　Ⅱ. ①杨…　②李…　Ⅲ. ①书信集
— 中国 — 当代②莎士比亚(Shakespeare, William
1564-1616) — 文学研究　Ⅳ. ①I267.5②I561.063

中国版本图书馆 CIP 数据核字（2023）第052004号

云 中 锦 笺

中国莎学书信

杨林贵　李伟民　主编

商　务　印　书　馆　出　版
（北京王府井大街36号　邮政编码 100710）
商　务　印　书　馆　发　行
山东韵杰文化科技有限公司印刷
ISBN　978 - 7 - 100 - 22053 - 8

2023年7月第1版　　开本 710×1000　1/16
2023年7月第1次印刷　　印张 37　插页 8

定价：168.00元

“莎士比亚研究丛书”为

“东华大学莎士比亚研究所特色建设项目（2020—2022）”

莎士比亚研究丛书

部分书信手迹

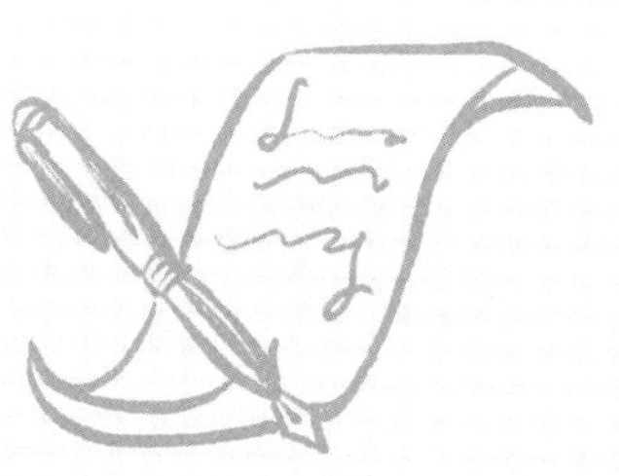

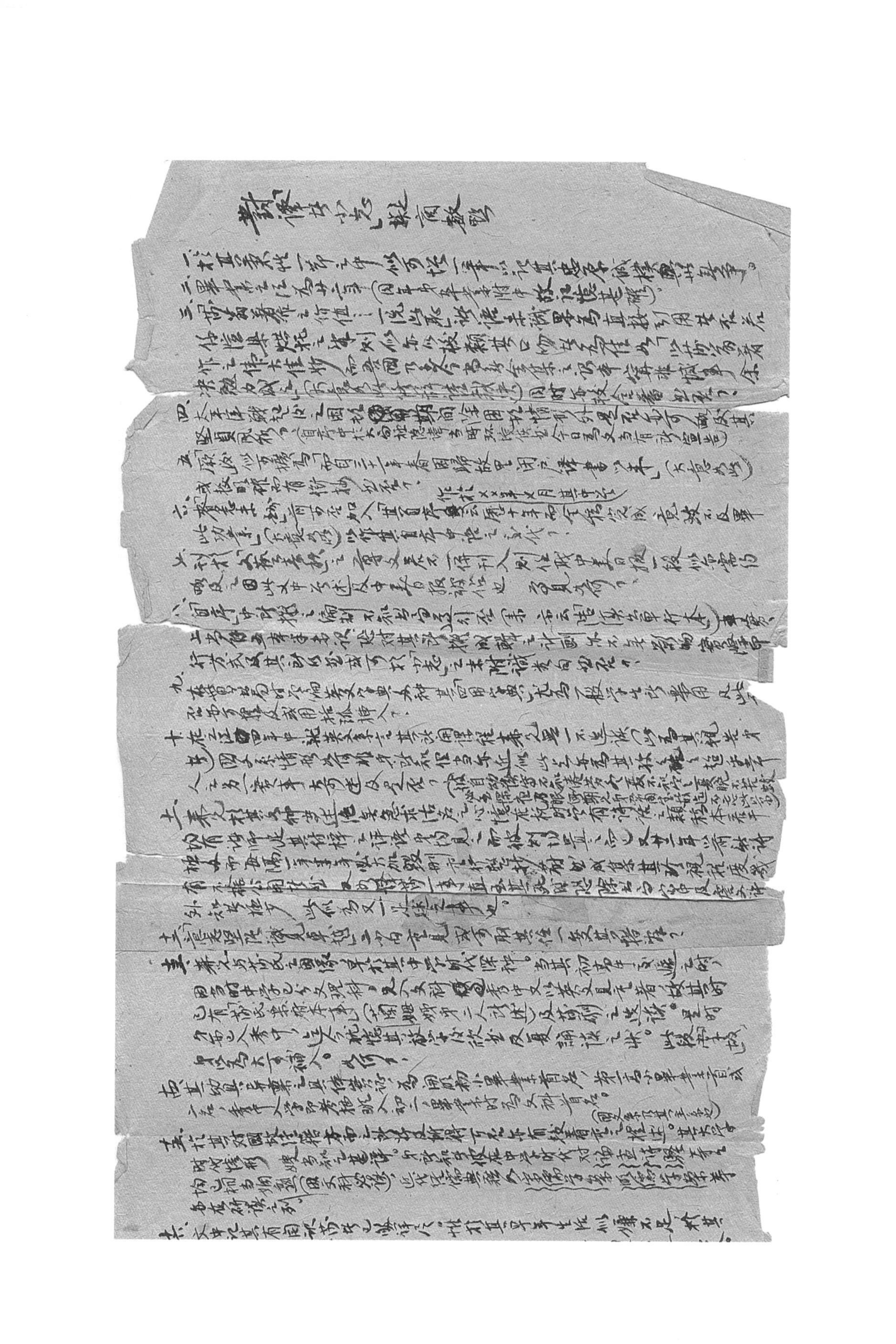

[illegible]

一、[illegible]

二、[illegible]

三、[illegible]

四、[illegible]

五、[illegible]

六、[illegible]

七、[illegible]

八、[illegible]

九、[illegible]

十、[illegible]

十一、[illegible]

十二、[illegible]

十三、[illegible]

十四、[illegible]

十五、[illegible]

十六、[illegible]

十五、于其对国故经籍本面之所持见解得可否有较着意之撰述。其大学时代情形，嫂当知之甚详。尔时知其彼在中学时代对诗经、诗骚等之均已相当娴熟（国文科必读），近代经儒典籍之宋儒学案、明儒学案等各在研读之列。

十六、文中记其有关识荐先生已然详之，惟于其早年生活似嫌不足，于其一般之性似嫌疏阔，上述有若干具体事例，可否请酌量选用插入。另意此文为述其"人"而非仅述其识荐一事，故纵之亦述无不妨详而细略也。

附：一、"自序"至不可改为"识其自序"，以免误会，末尾可否示作成年月。

二、此段续写付略一篇，请酌为于从其自序之前或后。此文不必注明（细节）经由何人手。

三、另拟"附记"一篇，可否附於，请予裁夺（若用则附卷末）。

四、"自序"等文不知将刊于每单本抑每辑（自序中所究之辑，拟收单本之中，意最好向书局[illegible]返识其意向）？如收回辑，则每辑可刊"自序"等文。史例原定在最末，须待复识定后再排印，或无尚不致脱节（前三辑排印恐非一年半载可毕）。

五、荐节付略文笔务请删正，年来病躯疏硬，此文中当亦不免。非谦辞也，[illegible]亦用则无请修改。

六、请人作序事，目前因纸太少，各学校下月即结束准备还京，五日起程，现均在忙乱不安之中，又各原识均未及睹，外文作序太乏根据，等等。至则，此间拟立似有忠当可为之，老前辈楼光来先生，希望述，或无可一试。此事祇将待返京安定后再说。

专此奉复，即请修安为念。事惟若干琐事，终须每日往十二小时可手了，如于此致速覆命，谨已即晚读事会正宁上，余不及，望待自身保安。

大嫂安康

拟弟生上

三月十五

世界書局編譯所

阿宋：領了一支新毛筆，寫幾個漂亮字給你。我說，說什麼呢？不是沒有話，可是什麼都不高興說。我很氣。我愛你。我要打你手心，因為你要把「快活地快活地我要如今」一行改作「我如今要，」此行不能改的理由第一是因為「今」和下行的「身」協韻，第二此行譯自"Merrily merrily I will now"共音節為 —∪∪|—∪∪|—∪∪|—，譯成中文 —∪∪|—∪∪|—∪∪|—∪ 仍舊是揚抑格四音步，不過在末尾加上了一個抑音，如果把「我如」讀在一起，「今要」讀在一起，調子就破壞了。大理石大理石

好好：

你有一点不好的地方，那就是要用那种不好看的女人信笺。

你不大孝顺你的母亲，我说你应当待她好些，如果怕唠叨，那么我教你一个法子，逢到你不要她开口而她要开口的时候，就老是跑上去kiss她，这样便可以封住她的嘴。

你崇拜不崇拜民族英雄？舍弟说我将成为一个民族英雄，如果把Shakspere译成功以后，因为某国人曾经说中国是无文化的国家，连老莎的译本都没有。我这两天大起劲，Tempest的第一幕已经译好，虽然尚有应待斟酌的地方，做这项工作，译出来还是次要的工作，主要的工作便是把僻奥的糊涂的弄不清楚的地方查考出来。因为进行得还算顺利，很抱乐观的样子，如果中途无挫折，也许两年之内可以告一段落，虽然不怎样正确精美，总也可以像个样子。你如没事做，替我把已译好的誊一份副本好不好？那是预备给自己保存的，因此写得越难看越好。

你如不就要回乡下去，我很想再来看你一次，你说最好什么日子，由你吩咐。

我告诉你，太阳底下没有旧的事物，凡物越旧则越新，何以故？所谓新者，含有不同、特异的意味，越旧的事物，所经过的变化越多，它和原来的形式之间的差异也越大，一件昨天刚做好的新的衣服，在今天仍和昨天那样子差不多，但去年做的那件，到现在已陈旧了，因此它已完全变成另外的一件，因此它比昨天做的那件新得多。你在一九三六年穿着一九三五年式的服装，没有人会注意你，但如穿上了十七世纪的衣裳，便大家都要以为新奇了。

我非常爱你。

读如

36.夏

中国社会科学院外国文学研究所

孟宪强同志：

11月21日信收悉，因忙乱，迟覆，乞谅。

你们编中莎评选，征得各作者意见，选我莎士比亚《哈姆雷特》译本序，我同意，但"文革"后我曾把它修订过几个字，曾于1978—79年间发表在武汉出版的《外国文学研究》某期，后已收入我的论文集《莎士比亚悲剧论痕》，书将于明年出版，稿不在手头，请资料黄同志查查那本杂志，即用该文本（但不用发表时的副题，如像叫《无书有序》之类，而用《莎士比亚〈哈姆雷特〉译本序》也行就目）。如不再同时用前述拿寄来的八十年代两篇，也便，但我自以为其中《莎士比亚悲剧论痕》序说明我对莎士比亚评论工作的一些经历，或者还有些意思。一切都仍由你们自己决定。

顺颂年禧。

卞之琳

1989年12月17日

中国人民大学

宪强同志：马国同志送来赠书《莎士比亚的三重戏剧》及惠书均收到，谢谢！

来信提到你参加编选《中国莎评选编》出版，总结过去几十年来，特别是近十年来国内莎士比亚研究的成果，以促进中国莎学的发展，我相信这对国内学术界和国际文化交流都将是大有好处的。

我的《读莎士比亚的戏剧创作与人物塑造》一文，文稿写于1964年而非1956年，于1979年发表于《文艺学研究论丛》（吉林人民出版社）上，题名《试论莎士比亚戏剧中的人物与人物塑造》，后经删节整理，于1983年重新发表于《莎士比亚研究》创刊号上。特在此说明一下。

此致

敬礼！

赵澧

十二月五日

復旦大學

孟宪强同志：

足下文名拜聞已久，迄無面識之幸，悵憾何如！希望在不久的将来会有机缘把握而先拜之。

敝校图书室刘厚玲女士曾以尊示示我，示称东北方面有可能铅印发布我们的资料索引。我立意想编纂一份全中国的莎学目录索引，故特请刘女士和另一位同志于日前去北京、天津、济南、南京等处遍访各图书馆，以期在此基础上编出一份联合目录。此行所得甚丰，窃以为编制全国性目录索引条件已成熟。北京的佐良、周翰等师长亦有同感。

为此，不揣冒昧，请问足下在东北铅印这份全国联合目录的可能性，所需费用大约多少，能否由贵我双方共同负担？我总认为这样一份目录索引可收继往开来之效，于后代功莫大焉！

愫抱之诚，尚望鉴宥。回示请迳投复旦外文系我或刘厚玲女士。

草此不尽　即颂

撰祺

陆谷孙
敬上 1988年7月1日

孟憲強先生：

多謝，来信收到。我有我所譯莎士比亞四大悲劇的中譯本作為譯序的四篇論文和另一篇單独發表的論文（《莎士比亞的戲劇是話劇還是詩劇？》，見華東师範大学《学報》，1987年第二期和《外國语》1987年第二期），四大悲劇將在今年八、九月間開始陸續在上海譯文出版社出版，其中《黎琊王》是再版，初版於1948年十一月在上海商務印书館出版，這四篇譯序三篇都各有一万字，《麥克白》的譯序比較短，但也有六、七千字。您要求簡縮成五千字，有困難。特此敬覆，並祝　文安

孫大雨
1989，4，28.

87-2592

中国莎士比亚研究会
THE SHAKESPEARE SOCIETY OF CHINA

Hangzhou Teachers' College
Hangzhou, Zhejiang
China
Telephone：3010 3128
地址：杭州师范学院

宪强教授：您好！

欣悉《中国莎评选编》已经完成，这是继我国《莎士比亚在中国舞台上》对我国莎剧研究及演出又一大贡献，对我国戏剧事业也有极大影响。我代表中莎会及我个人致以热烈祝贺！

我国自莎士比亚学会相继成立以来国内外学术界极为关注，但比较系统介绍我国研究及演出莎剧文章极少，尤其1991年上海国际莎剧节以后更需要这方面材料向国内外介绍。上届柏林国际莎协讨论会上国外学者、剧团很想了解中国人对莎士比亚的看法及莎士比亚进中国话剧的情况，这也正是我们奋斗的目标。你会出刊的莎士比亚的三个戏剧改编莎士比亚有独创见解，对莎剧演出也有精辟构思与体现。我们希望你们的刊物继续办下去，而且莎士比亚喜剧多了演出，也将有演出本交流，争取把得莎剧精神实质及其艺术体现。我们今年在试探莎剧中国化，最近曾指导合肥庐剧演出《威尼斯商人》，我想把莎剧改成国内各戏曲剧种，甚至越剧、京剧、沪剧，很希望你们的二人转或吉剧也向这方面努力，我们个人对吉剧更感兴趣，愿与你们合作。共同建立有中国特色的莎学体系，其中包括莎剧演出体系。

我深感你们对于东北出版界重视学术著作深表钦佩。长白山出版基金之设立并资助《中国莎评选编》值得我们感谢！以前该出版社印的《莎士比亚在中国舞台上》也为莎剧出了很大力量，东北各省有此优厚条件对莎士比亚研究及演出坚持开展蓬勃之花！再一次向你们祝贺，请代问泗洋教授及诸位同仁问好，祝

新年快乐，万事如意！

张君川 89.12.2.

北京大学

孟宪强同志：

您好！

北京大学自1952年院系调整以来，专门开设莎剧课程极少。我自己于1984年曾为英语专业研究生开设莎剧选读一学期，仅读了两个剧本（在课堂上精讲）：《理查二世》和《皆大欢喜》。另外，要求学生任选一个莎剧，自己阅读，并写出阅读心得（用英文）。院系调整前，我曾在燕京大学兼课（1951年，当时抗美援朝运动已开始，燕京大学美籍教授已回国，不得已才请国内教师兼课），教本科英语专业四年级学生莎剧选读一学期。堂上仅精讲了《哈姆莱特》一剧，堂下也要求学生就《哈姆莱特》写一篇评论文章（英文）。院系调整后，1954年我在北大开设"外国文学"课程一年，为中文系和俄语系本科学生（加上少数研究生和进修教师）开课，讲授内容包括莎剧《哈姆莱特》、《李尔王》和《威尼斯商人》。我曾举行课堂讨论，选《威尼斯商人》一剧为题材。同学们对威尼斯商人安东尼奥的忧郁做了不同的解释，引起大家的兴趣。1952年北大英语专业一年级新生入学后不久，曾用英语上演《威尼斯商人》中一幕，说明他们在中学已对莎剧有所了解。另外，50年代我系美籍教授罗伯特·温德（Robert Winter）曾为我系青年教师开设莎剧一年，主要讲解《李尔王》、《哈姆莱特》、《马克白》等剧，效果很好。以上情况供您参考。

此致

敬礼！

李赋宁

1992年6月12日

上海譯文出版社
Shanghai Translation Publishing House
14/955, Yanan Road (C). Shanghai 200040. China

宪强教授：

您好！六月中旬收到大函和照片三帧，十分感谢您的好意。在忙乱中我把大函夹在书中，一时未能找到，因此复信迟了，请原谅。

大函提及李赋宁教授有意与中莎会合办莎剧的教育研讨会，很有意义，这几年来，我为上海师大研究生开莎剧课，此会如能召开，我乐于参加。当然希望武汉戏剧节的计划得到实现，不过我不一定去观摩了。

中莎会亦有一项计划，积极筹备"上海国际莎剧节"，这是多年的心愿。但经费有困难，不是二三十万元所能解决；经过孙福良他们几位不懈的努力，听说明年有希望办成功，并上海市委亦予以支持。届时不仅戏剧工作者有一番热闹（因将邀请英美等四个外国剧团参加演出），估计同时也会举行学术研讨会，以及结合戏剧演出的各种类型的座谈会，1986年首届戏剧节的盛况必将在上海再现，那时欢迎您和张泗洋教授光临指教。祝

撰安！

方平

1993.7.19

镜禧先生：

1996年有机缘拜识先生于洛杉矶，深感荣幸，并承蒙与王裕珩教授设宴龙凤酒家，和来自大陆的学子一叙，盛情至今未忘。1998年秋，大驾光临沪上，奈当时有一大批莎士比亚校样正等待校读，未能畅谈请益，甚以为憾。去冬由先生主持、十分隆重的新书发表会，又未能参与，屡失良机，只能待诸他日。

在已有两套莎翁全集都很畅销的情况下，郭重兴先生不惜投入大量人力物力，推出《新全集》和宝岛读者见面，其高瞻远瞩的出版家风度，令人钦佩！但首先得感谢您鼎力推荐的美意；拙文〈译后记〉并蒙先在《中外文学》上予以发表；您以关切我国莎译发展的情怀，又撰写〈迎接《新莎士比亚全集》〉一文，置于新版卷首，向读书界推荐，既惭愧又钦佩，去冬重兴先生光临舍间持赠《新全集》一套，装帧印刷，精致典雅，大陆所少见，眼前为之一亮，一卷在手，感受着沉甸甸的份量，~~眼前为之一亮，一卷在~~作为一个作家，仿佛体味到一种生命中的充实感，满怀喜悦之余，对您的感激之情油然而生！

新版排印之前，我正在美国加州，把大陆版检查了一遍，纠正错漏，文字上也有所修订。记得大作〈模象〉中〈变与常〉一文探讨了莎剧中两处译文，一是Hal的"I do, I will."回答干脆有力，您指出Hal有意避开了对方使用的"banish"一词，吴兴华原译是："不错，我一定就这么办。"语气稍嫌软弱，语意也不够明确。我校订为："我就是要驱逐他，我主意拿定了。"后来拜读到大文，深感语气既不干脆，又把"驱逐"挑明了。重兴先生说起，为普及起见，有在今冬推出平装普及本

的打算，因此我又开始新的一轮校读（难免还有个别错字），
同时重又考虑"I do, I will"的翻译。我把 I do，To be，or not
to be，私自认为不明白说出的"代动词"或"限定性代动词"（to
be 只替代 to exist）；汉语中有代名词，似无"代动词"，这里的
do 和 be 简直无从"复制"，思考再三，试译作："你休想了，我
主意拿定了。"（要避免说出"张还"，似乎只能用否定语式）。
"To be"句也重新考虑，原译为"活着好，还是死了好，"拟改为
"活下去，还是不想活了，"两处改动，不知是否有所改进，请予指正。
其次，您对"Near this lack-love, this kill-courtesy"一句文析
给了我很大启发。MND 是早在 1962 年的译文，现在重读，有不成
熟处，尤其您指出"膨胀起来以配合轻蔑的话"，并运用双声的
那一句，当时未能很好体会，译得过于简慢了："这么个美人儿，可是
她不敢／挨近那薄情郎的身畔。"很想趁印行新版的机会
作必要的修改，遗憾的是大作留在老家，未随身携带，一时
又想不起原文是哪一句，无从改起。返回大陆后，重又拜读
大作。此句不好译，对于可作范例的尊译，益增钦佩。思
之再三，试译为"挨近这冷面狠心的无情汉。"其中冷、
狠、情算是归于一韵吧（自然最好是双声）。请予指点。
在学术界名流莅临的新书发表会上，您作了发言，引起会
场笑声，通过传真，我读到了报导；加以大作《翻译与个人才情》
给我感受很深，因此写了《寿命要长，先要诗人，及其他》
一文，只能说是个人的一篇随笔，所见甚浅，多年来从事译
著，后来又编过全集的一些零星感受而已。兹随函附上，
博方家一哂。敬颂

文安！

方平 2001.4.3

又，在《中外文学》上您谈起《海外奇谭》。我在"上海作协"书
库中发现此书，曾于1956年撰文介绍：最早介绍莎剧在我国
的（1903），早于林译一年。兹附上封面缩影，供参阅（见于拙文
p.4）。舍间地址为：上海太原路63弄2号
（200031）

林贲教授：

您好！"上海译文"转来大函，喜出望外，很钦佩您多年来致力于中国和国际莎学研究上的相互交流沟通。尤其把国内莎学动态及时向海外介绍或报导，也做出不少成绩；佩您的勤奋和努力，相信在这方面将会取得更大的贡献和成就。

承关注《新全集》的进展，并蒙费神代为借到Folger版Tales，又特地复印了21幅其里的插图寄我，给您添了不少麻烦，非常感激您的盛情和美意！这些插图也许都已放大，复印机性能又高级，图片特别精细清晰。Two Gentlemen, Timon, All's Well, Winter's Tale, Cymbeline, Measure, 诸剧的插图都是我所缺少的（我希望能每剧配一幅图），又有相当艺术性，可说求之不得。最精彩的要算是Othello、AYLI那两幅了，我原有收藏，出版社已用电脑制版，我想比较一下，这许您寄我的，制版效果更胜一筹，就另制版。

您说的很对，有插图事如由出版社直接和Folger Library磋商，他们才能乐于同意，但我想这些插图都是上一世纪的作品，似已不存在版权问题，我只从中挑选一小部分采用，如不打这交道，大概不成问题吧。

我为"新全集"写了Coriolanus前言。剧作家对于群众的态度如何，国内谈此剧是一个关心问题。六十多年前就有文谈及。拙文并未正面涉及这问题，但在论述中表明了剧作家某

·总主编前言·

世界莎学　中国叙事

——“莎士比亚研究丛书”

2016年，为了纪念400年前逝世的东西方两位戏剧家——汤显祖和莎士比亚——世界各地举办了重要的学术和文化活动，包括引起国际莎学界高度关注的、同年秋季举办的“上海国际莎学论坛”。时任国际莎士比亚学会主席霍尔布鲁克（Peter Holbrook）代表学会给论坛发来的贺信中写道：“这次论坛的召开对中国莎士比亚研究来说确实是个好兆头。谁知道呢？也许在未来几十年里，随着中国经济实力的增长以及文化实力的增强，将会出现一场真正的研究迁移，一场学问和学术从西方向中国的迁移。”（此信已收入本辑《云中锦笺：中国莎学书信》）国际同行已经看到了中国学术发展的优势和有利形势。的确，我们应该在文化学术奥林匹克中力争与我国的经济、文化实力相匹配的有利地位。要完成时代赋予我们的重要使命，仍需要我们沿着中国莎学前辈的足迹，为讲好中国莎学故事不懈地做出踏实的努力。

霍尔布鲁克关于学术向中国迁移的预言是有感而发的，因为在同年早些时候，他应邀为我们组织的“莎士比亚研究丛书”系列撰写了序言。[1]为了总结中国莎学的发展历程并探索未来发展方向，我们筹备了丛书的编辑出版工作。他通过系列目录了解了丛书的内容：选文涵盖了最近几十年中外莎学领域的重要成果，强调中外莎学相互借鉴的重要性。在序言中，他提到希望西方莎学界从中国同行的研究中学到一些东西，

1　霍尔布鲁克：《写在“莎士比亚研究丛书”之前（译文）》，《世界莎士比亚研究选编》（杨林贵、乔雪瑛主编，商务印书馆，2020年），第3—9页。

其中最重要的启发就是把莎士比亚放入到世界文学中，而不是孤立的英语文学中去考察，研究莎士比亚作为世界文学的一部分如何与非英语的文学艺术传统相关联。这涉及中国莎学成就的两个基本特征：一是肯定经典作品的正面的、积极的价值，同时承认其局限性；二是对莎士比亚的作品做跨文化的阐发，力图开拓更广阔的中西文学文化互文互渐的渠道。编者认为，除此之外，我们还需要清醒地意识到各自在批评研究上的问题和缺陷。应当承认，在百年来的东智西进和西学东渐过程中曾经存在着非此即彼的、全盘接受或者彻底否定的偏执做法。国际同行对我们的乐观预测和期待不是我们可以沾沾自喜的资本，但可以激励我们做出踏踏实实的努力。要实现学术研究的东移，让中国成为学术研究的中心，我们仍然需要在强调自身特色的同时，保持高度开放包容的文化心态。因此，中国特色和兼容并包是我们的研究丛书编辑出版的重要原则，目的在于构筑世界莎学的中国叙事。研究丛书以系列形式于2020年在商务印书馆正式出版了5部:《莎士比亚与外国文学研究》《中国莎士比亚演出及改编研究》《中国莎士比亚喜剧研究》《中国莎士比亚悲剧研究》《世界莎士比亚研究选编》。

该系列出版以来引起国内外同行的高度关注。国际莎学权威人士肯定了这套书的重要价值；国内高校同行来信表示丛书中的选文对其教学助益良多，该系列丛书已经被选为研究生课程的参考教材。同时，莎学同仁在国内外学术期刊发表书评，给予丛书积极的评价和中肯的建议。比如，有外国文学专家认为丛书“在中国莎学史上具有里程碑意义”，因为丛书“选录了从民国以来至今百年中国莎士比亚研究的重要研究成果，也介绍了当今国外的莎学流派。丛书博大精深，理念新颖，体现了中国品位和中国思维模式，为世界莎学做出了贡献”（张薇）[1]。还有学者概括了丛书的特征:“编者以主题文类分类为经，以时间为纬，展开细查，不但为读者提供了丰富的资料，也可从整体上把握20世纪中国莎士比亚研究的脉络，同时也通过中西交融互证，显示了很高的学术价值和收藏价值。”（胡鹏）[2]另有国外期刊发表英文书评，认为丛书将过去百

1 张薇:《中国莎士比亚研究的扛鼎之作——评“莎士比亚研究丛书”》,《中世纪与文艺复兴研究（四）》，第199—205页。

2 胡鹏:《中华莎学一座新的里程碑》,《文学跨学科研究》2020年第4卷第3期，第170—180页。

年中国莎学以及当代西方重要莎学成果并行编录似乎注重比较方法，但同时在理论和主题方面的考量超越了任何一种方法论。选文显示了独特的中国视角，有充分的证据表明中国学者以参考世界莎学研究成果等方式与其他国家莎学界进行交流。[1]另外，丛书中的个别书目，比如《世界莎士比亚研究选编》还引起了特别关注。[2]对于丛书的其他赞誉或者鼓励，这里不一一转述。

同时，热心的同行专家和学人以不同方式表达了对于续编丛书的期待，并提出建设性的参考建议。我们也意识到一些需要改进的地方。比如，需要进一步加强中国莎学的综合梳理以及理论建构，拓宽莎士比亚作品的涵盖面，拓展世界莎学选编应该拓展的范围，等等。确实，我们需要在总结中国莎学成就，深度描绘中国莎学特色的基础上，发现不足和探索未来发展方向。因此，本系列论丛致力于放眼更广阔的世界莎学，进一步完善中国莎学叙事。我们规划的新系列除了按照传统的创作类型补编莎士比亚历史剧和传奇剧以及诗歌方面的代表性研究成果的选编，还包括如下几个特色选题：中国莎学书信、世界莎学选编续编、莎士比亚与现代文化的唯物主义考辨。这些选题从不同方面突出中国莎学研究的主要特征，加强理论探讨，扩展世界莎学的视野。

首先，在“莎士比亚研究丛书”第二系列中，我们创新出版了汇集中国莎士比亚学者近百年来研究莎士比亚的往还书信。这些书信必将成为组成中华莎学的一部重要的而且不可缺少的基本文献。这些云中锦笺将这些思想火花闪现，凝聚了中国莎学家集体思想、情感、友谊和记忆，史料集中出版公之于众，其意义已经超越了莎学本身，见证中外文化、文学、戏剧的交流，而且随着时间的淘洗，其学术价值和文献价值将愈加珍贵和显赫。《云中锦笺：中国莎学书信》，不但从东西文化互渐的角度展现在新文化运动和五四精神的影响下，莎学进入中国、不断前行的足迹，而且连接起了中国莎学昨天的开拓与曲折，今天的发展与繁荣，明天的奋斗与辉煌。我们相信本书的出版不但是莎学界的创举，而且对中国的外国语言文学研究也具有启示和推动作用。我

1 Qian Jiang: “Series of Shakespeare Studies.” *Multicultural Shakespeare* Vol. 22 (2020): 197–201. https://doi.org/10.18778/2083-8530.22.11.（引文为笔者编译）

2 张薇：《放眼世界，多种“主义”莎评交辉——评〈世界莎士比亚研究选编〉》，《中国比较文学》2021年第2期（总第123期），第202—206页。

们拣选了400余封与莎学有关的书信以及几十帧名家手迹和重要的莎学活动图片。书信作者包括曹禺等戏剧家，朱生豪、方平、屠岸等翻译家，卞之琳、孙大雨等诗人兼翻译家，冯雪峰、王元化等文艺理论家，黄佐临、张君川、孙家琇等导演、编剧、戏剧理论家和教育家，李赋宁、杨周翰、王佐良、陆谷孙等外国文学的大家，还有张泗洋、孟宪强、阮珅、曹树钧、孙福良等莎学专家和活动家。这些书信见证了中国莎学的历史，反映了中国莎学的成就。书信前面的几篇序言从不同层面、不同角度概括了几代学人为建设"中国特色莎学"体系的奋斗历程。我们看到，从曹禺先生开始，强调从中国视角认识莎士比亚的文学经典，到孟宪强先生提倡建立有中国特色的莎学，这既是对世界文化学术的贡献，又是传播中国学术和中国智慧的重要渠道。莎学书信也证明，我们借由莎学研究所进行的文化交流就是一个互相借鉴的过程，我们在借鉴他人、丰富自己的同时，阐发自己独特的文化学术内涵。总之，本书汇聚了中国莎学故事的精彩篇章，部分地勾勒出了中国莎学历史、人物群像、心路历程以及莎士比亚与中国现代文学戏剧关系的发展轨迹。

同时，莎学不是孤立的研究，中华学术话语体系的建设不仅需要中国眼光，而且需要国际视野。我们要在与世界莎学的交互审视中拓展中国莎学研究。

中国莎学需要面向世界，更需要了解世界，我们需要从异常丰赡的世界经典莎学的发展中不断汲取营养，以不断丰富、不断发展我们自己的莎学，唯有如此，才能最终显示出"世界莎学的中国叙事"的学术价值。因此，本丛书的创举还体现在《世界莎士比亚研究选编》（二）中，这是2020年出版的《世界莎士比亚研究选编》的续作。2020年版选编的选文在综合考虑西方文学批评总体发展的基础上，特别关注了20世纪中后期以来文艺批评的政治转向，具体表现在欧美莎学对于文本内外的历史和文化构成元素的考察。西方莎学是某些理论方法（比如新历史主义和文化唯物主义）的发源地和试验田。部分地受到西方新左派思潮的积极影响，更受到各种植根于虚无史观的哲学思想的消极影响，否定经典、打倒经典的"幻灭的批评模式"（霍尔布鲁克）似乎成为西方莎学批评的主流。但是，实际情况比这要复杂得多。我们在借鉴西方研究方法的同时，需要避免西方认识论上的迷乱。我们要有批判地借鉴西方的莎学成就，完善中国莎学体系建设。因此，续编的选文继续跟踪西方代表性研究，既重视文学理论和批评方法的衍变，也关注如何利用批评实践（不论传统的还是激进的）丰富我们对于莎士比亚作品的认识。更重要的是，选文特别关注对于欧美之外的莎学历史与发展动态的考察，收录了关于非洲、拉丁美洲、亚洲等地区莎学发展的综述，以及曾经影响过中国莎学的苏联马克思主义莎评的代表性成果，以便我们从中汲取经验和教训。当然最重要的，我们要探讨如何从世界莎学角度认识中国莎学发展的成就，因此收录了关于中国莎学的概论及其最新发展特征的论述。总之，续编选文重视莎学研究的国际性、世界性，更凸显了其国家性、民族性。最终目的在于有批判地借鉴国外的批评方法，探索如何完善我们自己的研究体系，建构人类命运共同体文化生态中的经典解读模式。

我们不能离开认识论而空谈研究方法，因此中外莎学也都离不开理论探讨。自20世纪中期开始，文艺理论出现了繁荣景象，其背后的动因是认识论的转向，批评的历史、政治转向，这很大程度上受到了马克思主义唯物论的影响；马克思主义唯物主义认识论在文学理论以及批评实践中发挥了重要的作用。本系列中的《莎士比亚与现代文化的唯物主义考辨》分析莎士比亚研究中的马克思唯物主义的表现形式，考察唯物论在当代发展的不同路径，在此基础上比较分析中西文论中对于唯物论核心论点的不同阐释和在莎士比亚研究中的应用。本书不仅从马克思主义唯物主义视角深入审视莎士比亚作品在不同历史时期的内涵，而且梳理和考辨莎士比亚经典作品与现代文化的关系。唯物主义认识论和历史观对于莎学研究具有建设性的意义，在今天仍然具有极为重要的指导价值，当然也需要我们根据具体的文学批评实践进行丰富和完善。该书包括如下主要章节：莎士比亚研究中的唯物主义认识论和方法论；莎士比亚的历史及政治批评；莎士比亚与现代文化关系的唯物考辨；莎士比亚经典与流行文化的悖论及其辩证认知；莎士比亚戏剧的唯物论及其他视角的解读。主要观点中包含了对于西方唯物论走向虚无主义、极端的怀疑主义和颓废主义的批判，也概括了马克思主义美学对于人类文明成果和文学经典价值的肯定，以及对于文学艺术作用的建设性认识。比如，鼓励人类向上的动能，主张客观地认识人文成果，反对虚无主义、享乐主义和悲情主义；基于对人性与人类的阶级属性的认识，反对盲目自信和自私自利主义，反对拜金主义和腐败的生活习性；基于对人类进步的诉求，指引人类精神文明的光明出路；等等。本书在理论方面的探讨目的在于抛砖引玉，翘首以待这方面的更多讨论，这将有助于更加全面、更加深入地研讨莎士比亚创作包罗万象的气韵。

莎士比亚的历史剧、传奇剧与悲剧、喜剧一样，构成了其戏剧创作的重要内容。莎士比亚以《亨利六世》历史剧为开端，撰写了一系列著名的历史剧，并对整个欧洲的历史剧创作产生了深远而持久的影响。在莎士比亚天才的创作生涯中，为我们留下10部历史剧。他的历史剧采用虚实结合的戏剧叙事，展现了宏大的历史、社会和政治、伦理题材，把战争、王权、领袖品质、爱国主义等文学主题演绎得惟妙惟肖和淋漓尽致。在莎士比亚时代，传奇剧尚未成为独立的体裁，大多被纳入喜剧的范畴。但是莎士比亚的5部传奇剧以其对虚幻世界的想象构筑和离奇现象的生动描写，把自然和超自然因素戏剧化，不仅让后世欣赏到了别开生面、独具一格的戏剧艺术，而且给我们展现了“精彩的新世界”的美学精神。20世纪以来，莎士比亚的传奇剧一直是学术界研究的重要课题。国内外关于莎士比亚历史剧和传奇剧的研究可谓汗牛充栋。我国学者自20世纪50年代以来，对莎士比亚历史剧研究已经相当成熟，李赋宁、方重、陈嘉等学人发表了重要论文，以马克思主义认识论和方法论探讨莎士比亚历史剧的思想和艺术特点。改革开放以来，莎士比亚历史剧和传奇剧研究日臻丰赡，许多论著采用不同的理论视角和文学研究方法探幽索微，涌现出一大批研究佳作，有的论著已经被摘要收入国际著名刊物《世界莎学文献》之中，引起了国际莎学同行的瞩目。《中国莎士比亚历史剧及传奇剧研究》精选这些佳作中最有代表性的20余篇研究成果，分编为四组：历史剧第一四部曲、历史剧第二四部曲、宪政确立及宗教改革历史剧、传奇剧，以期全面检视中国在莎士比亚历史剧和传奇剧研究中所取得的重要成就。

且不论莎士比亚戏剧的诗化特征以及其中的诗歌和歌谣成分，莎士比亚专门的诗歌创作同样丰富多彩和引人入胜。[1]可以说，莎士比亚仅凭他的诗歌创作，也足以在欧

1 莎士比亚创作的近40部戏剧作品大多以诗剧形式呈现，即台词的语言以五音步的无韵体诗为主，令他的戏剧叙述带上了浓郁的诗歌意蕴。

洲文艺复兴时代文学中占据一席之地。莎士比亚的诗歌包括154首十四行诗、两首长诗及其他杂诗，诗中彰显欧洲大陆以及英国本土的诗歌传统的精华，而且独树一帜，凭借其高超的语言技巧和深邃的思想内涵世代流传。莎士比亚诗歌的翻译、欣赏和研究是中国莎士比亚研究的重要方面。与诗歌翻译并举的，是莎士比亚戏剧的翻译研究，朱生豪、方平、梁实秋等翻译的莎士比亚全集既为广大读者提供了不同的译本，也是翻译研究的重要素材。《中国莎士比亚诗歌及翻译研究》荟萃自20世纪60年代以来不同历史时期莎士比亚诗歌研究以及翻译研究的代表成果，我们从研究精品中挑选出的30余篇，其作者包括诗人、翻译家梁宗岱、屠岸等，英语文学名家杨周翰、王佐良等，以及新生代英语文学学者。他们的研究涵盖了莎士比亚诗歌的主要作品，使用了不同的研究方法，既有益于推进莎士比亚诗歌及其翻译的研究，也有助于普通读者对于莎士比亚诗歌的欣赏。《中国莎士比亚诗歌及翻译研究》分五个部分介绍这些重要研究成果：莎士比亚诗歌研究总论、莎士比亚十四行诗研究、莎士比亚长诗及杂诗研究、莎士比亚诗歌翻译研究、莎士比亚戏剧翻译研究。

总之，本系列主要关注如何放眼世界，讲好中国莎学故事。在总结梳理中国莎学发展历程的基础上，于探讨莎士比亚与中国文化关系的问题中凸显中国视角，从盲目的莎翁崇拜中走出来，拒绝盲目借鉴西方理论方法，强调互文互渐关系，同时探索以中国思维和中国文化视角，从比较异同到互通互鉴。首先，中国莎学几代学人努力奋斗的历程值得总结。中国莎学前辈已经探索了“中国莎学特色”的问题，从“中国人眼光看莎士比亚”到“中国特色莎学”再到“中华莎学走向世界”。我们在新时期需要总结过去几代人奋斗的历程，在百年中国莎学史基础上，做好世界莎学的中国叙事，建构中国莎学话语体系。从世界文学的经典中汲取精华，同时有批判地扬弃。这些努力都强调在国际“文化学术奥林匹克”——莎士比亚研究——为中华民族争得应有的荣光，同时宣传中国建设成就和学术成果，在人类命运共同体的文化环境里唱响中国声音，传播中国智慧、互通互融。中国莎学在这方面还有很多工作可做。

假如我们认同国际友人关于世界文化学术中心向中国“迁移”的预言，那么我们更需要站在更高的角度看待中国莎学研究体系的构成问题；站在世界莎学的高度，从全球化时代构建世界文化格局的视角思考中国莎学。因此，世界莎学的中国叙事应该具有如下特征：第一，走出欧美主导的比较研究模式，这不等同于闭门造车，我们还要参考人家都做了什么，还在做什么，关键是在参考中我们要形成自己独特的观察和主张。学术观点不能人云亦云，学习研究方法不能亦步亦趋，不能照搬照抄、简单模仿，更不能简单地为某个外国理论或者方法作注脚，不要盲目赶学术时髦，追捧新方法、新观点、新术语，为新而新，不仅要抓住“时髦”理论观点的本质，更要关注其漏洞和缺陷，并在此基础上有效地建构自己的理论。第二，我们需要寻找自身独特观察视角与经典的契合点，并质询、丰富、参与其内涵构建，可能突破口就是发现某个理念、定义的暂时性和局限性。第三，注重中国文化元素和中国智慧的对外传播。中国文艺作品的“借船出海”与外国经典的本土化移植并行不悖。

2022年3月21日

（杨林贵：东华大学教授、莎士比亚研究所所长）

·编者序言一·

莎友真情见证　莎学史迹实录

序幕：友爱记忆的吟咏

在广大莎学同行和朋友的关注和配合下，我们手头汇聚了近千封与莎学有关的书信。捧读和编选这些书信时，我们感受最深的是友爱的温度，这跨过时空的脉脉温情让我们不禁泪目，也让笔者脑中不时闪现莎士比亚的这首诗（Sonnet 122）：

你送的记事本，事事尽在我心田
写满回忆，点点滴滴，无止无息，
这回忆远胜于记事本的散录琐记
而跨越岁月经久绵延，时时浮现；
或者至少说，只要大脑与心房
保持天然的能力，得以一息存续；
不叫遗忘将你从大脑与心房抹去，
你的记录就绝不会消失，记忆恒常。
这小小的记事本装不下如许记忆
我也不需用其计量你对我的情谊；
即使记事本不在我身旁，无足所惧，
更多关于你的回忆需有他法牢记。
记住你要靠记事本帮忙
岂不说明我多薄情健忘！

诗中的“我”，抑或诗人本人，无意间丢失了朋友送的礼物，那是一本记事本。上面已经记录了一些诗人和这位朋友交往的故事。这么珍贵的礼物不见了，诗人要给朋友一个交代，在这种情形下，“我”提出了这样一个说法：记在我心中比记在记事本上更好，没了这个本子我仍然牢记我们之间的友谊。这不过是一个写诗的由头，诗人也借此玩了一个小噱头，核心的思想是说“我”愿意把我们的友谊永远记在心里。至于说记忆是不是比本子更可靠，诗人并没有给出有说服力的说法。实际上诗人也清楚，个体的大脑记忆也并不牢靠。它受到自然力的制约，记忆会随着人体器官的衰退和消亡而消失，诗人只能在“天然的能力”尚在的情况下，保证要铭记友情。编辑整理本书也加深了笔者对这个主题的理解，因此不揣浅陋，根据这样的理解斗胆翻译了这首诗。诗的原文及译文中同时表达了原作和笔者的愿望：友爱的故事会永远记在我们心间。译文使用的韵脚——“回忆”“记忆”“情谊”“牢记”等——突出了原文的核心意象群给我们的印象及其所传递的情感和思想。另外，“心田”“浮现”“存续”“恒常”等与之相呼应，并加固主题的这个重要方面，同时为结尾的升华埋下伏笔；末尾的韵对（couplet）中的“帮忙”“健忘”则从反向升华主题，强调没有了记事本不说明“我”忽视了情谊。

莎士比亚还在其他诗中表达了对于美好事物的留恋，比如友情和朋友的美貌。围绕如何留得住美，诗人提出了若干办法，例如劝说友人结婚生子，让美貌在后代身上延续。更重要的是，诗人提出了以文字的力量留住美的“上策”——“以诗为记”，这就是著名的第18首十四行诗提议的“So long as men can breathe or eyes can see / So long lives this and this gives life to thee”（屠岸先生译文：只要人类在呼吸，眼睛看得见/我这诗就活着，使你的生命绵延）。这里的see是押韵的需要，实际上，根据下一行的提示，这个“看”是看书，即阅读。只要有人读到这首诗，诗人关于友人的记忆就延续了。因此，书写和阅读可以延续对美好事物的记忆，这是莎士比亚十四行诗的一个重要主题。

文字可以将美好记忆带入更多读者的心间，而且文字交流是集体记忆的方式，可以克服个体记忆的局限，保持记忆的长久性。集体记忆不会随着个体的消失而湮没，而是通过代际交流继续传播，让友爱和美好代代流传。这是我们编辑出版本书的一个初衷，也是最重要的动力。本书汇集的内容是许多友人零散的、极易丧失的个人书信，这些内容可能会像诗人的那本“记事本”一样极易散失，但因为书信具有群体性，从而提供了一个存放更多回忆的集体记忆的文字空间，这或许就是莎翁让我们牢记友情的“他法”之一。这是莎学圈友人的很多个“记事本”的精彩汇集，里面记录的几代莎学人故事的点点滴滴，会在读者的心海荡漾经久不息的涟漪。

这里所说的莎学圈是个以文会友、以莎会友的“朋友圈”。跨代际的学者、译者、戏剧工作者、文学家、艺术家、媒体人、文学爱好者，因对莎士比亚的共同志趣走到一起。莎学具有世界性，同时具有民族性和国家性，中国莎学是我们的着眼点。因此，本书是一部“中国莎学故事集”，以书信的形式讲述了主要是中国莎学朋友圈的故事。里面有几代中国莎学学人的真迹及其背后的故事，如一部精彩的莎剧，一幕幕展现在我们面前。

第一幕：真情实录的珍藏

本书开篇收录的是天才的青年翻译家朱生豪（1912—1944）写给女友宋清如的部分信函。伟大的翻译家朱生豪先生，是很多中国人开始认识莎士比亚戏剧并与莎士比亚结缘的媒介。他在艰难困苦、贫病交加和战火动乱中用不到10年时间独自完成了翻译31部半莎剧的英雄壮举。后经过其他译者补译，于1978年由人民文学出版社出版的《莎士比亚全集》，是最受欢迎的中文译本。他的翻译并非十全十美，从某些批评角度看亦有瑕疵，但其译文所传递的神韵无可替代，是莎士比亚作品的经典译文。正如德国有多个德文版莎士比亚全集，但都无法取代施莱格尔的译本；又比如日本的几个全集版本中不朽的仍然是坪内逍遥的翻译。那是因为，我们知道，翻译中体现出的神韵是任何语言形式的对等都无法企及的最高境界，因为那体现了译者和作者之间共通的文学灵性和创造性。如果莎士比亚作品是广大莎士比亚爱好者的世界语，朱生豪翻译的莎士比亚给这个语库增加了一种亿万中文读者能够读懂的文本。他对莎作的领悟和他本人的文学天赋令他的译文成为值得欣赏的中文读本。

笔者这代读书人（后“文革”时代上大学的人）差不多都有通过朱生豪译本研读莎士比亚的经历。广大中文读者能够欣赏莎士比亚大多得益于朱生豪的翻译。我也是通过朱生豪才开始认识莎士比亚艺术殿堂的辉煌。在从原文作品中汲取莎作提供的精神营养之前，我以为人民文学出版社的朱生豪译本就是莎士比亚。英语莎作不消说对于一个刚学英文没几年的读者有多困难，即使是对于英语是母语的英美大学生，莎士比亚的Early Modern English（早期现代英语）也是个挑战。我给他们讲授莎氏作品时常常要用现代英语来翻译某些地方，或者解释某些已经在现代英语中消失的英语语义以及语言结构。我常常对我的美国学生讲，我接触莎士比亚要比他们容易得多，因为我开始读的是朱生豪为中国读者提供的通俗读本。朱生豪用现代汉语翻译莎士比亚作品使我们感到和莎翁更加亲近。也许朱生豪的语言对于当今年轻读者有一定隔膜，但是我这代人，一下就被精妙的几乎可以和莎氏原作相媲美的个性化语言所吸引。70年代末80年代初，改革开放初期，对莎士比亚作品的介绍无疑给禁锢多时的中国文化注入了新鲜空气，而给我们带来这股生动气息的就是朱生豪先生的翻译。

正是朱译本中的这种灵性引导着我一步步接近莎士比亚的文学圣地。大学时代，图书馆里有美国大学所捐赠的原版书，我找来莎剧原文阅读，开始时感觉非常吃力。幸好有了读朱译全集的基础，不至于望而却步。后来，开始比较译文与原文，自以为发现了译文与原文上的出入，但是无论如何也找不出比朱生豪的译文更好的处理办法。再后来，在美国大学学习莎士比亚、教授莎士比亚，虽然用的都是英文版本的莎士比亚全集，但是，无论何时都有回头读朱生豪译文的冲动，因为朱生豪的散文译文中透着诗意，不仅没有背弃莎作亦庄亦谐、亦雅亦俗的特色，语言符号内外还渗透着翻译家的个人气质以及语言能指之外的中国文化内涵。因此，我的精品收藏中，除了几套英文全集，还保留着三套完整的朱生豪译本。朱生豪译本在我经过了20年北美学术游历后仍然收藏在我的书架的最重要的位置。

青年朱生豪的书信同样精彩纷呈，是书信乃至散文文学的佳作。朱生豪写给女友宋清如的信，既是情书又是译莎记事或者心得交流，其中饱含的情愫，既对情人又对莎翁，既内敛又外溢，既浪漫又书呆子气，甜而不腻的爱情告白中洋溢着别样的幽默。

一个书呆子的浪漫原来可以通过谈论莎士比亚来传递！朱生豪于1933年至1942年写给宋清如的情书几乎每篇必提到莎剧或者他的翻译处理，对莎剧一本正经的言说与调皮可爱的逗趣相得益彰，正如朱生豪的译笔，亦庄亦谐、妙趣横生。当一个才子跟一位佳人谈情说爱，不时拿着“坏孩子”的腔调说正经事，这个女孩子多半难逃情网，越陷越深。在宋清如的心中怕是爱得更深了。实际也是如此，宋清如义无反顾地嫁给了这位失了业的穷书生，并在逃避战乱的困苦岁月中充当他的“保护人”，给他提供避风港，让他能够“闭户家居，摒绝外务”，专心翻译莎剧。

书信手稿能够留存下来这件事本身就是莎学史上绝无仅有的佳话和奇迹，这些书信饱经磨难，与朱生豪莎剧翻译手稿一样，经历了炮火的洗礼和“文革”时期的浩劫。尤为可贵的是，宋清如把包括书信在内的全部朱生豪手稿都奉献了出来，让读者一睹这对“神仙眷侣”的青春话语、患难真情与才华绽放；更重要的是，让朱生豪译本与广大读者早日见面。这些手稿对于莎剧的中文翻译史以及朱生豪翻译研究都具有很高的价值，是对相关研究感兴趣的学者的宝贵资料。朱生豪译稿虽然在1947年上海世界书局（《莎士比亚戏剧全集》）、1954年作家出版社（《莎士比亚戏剧集》）、1957年台湾世界书局曾经出版过不同的版本（虞尔昌先生补译），但由于时代、政治或者其他方面的原因，都不如人民文学出版社的《莎士比亚全集》那样普惠更广大的中文读者（据孟宪强《中国莎学简史》[1]统计，这版全集截至1988年第2次印刷，总印数就已经超过了100万册，且不计其后多次印刷或者再版，而今朱生豪译本在互联网上又增加了许多版本和变体）。其实，朱生豪译稿早在1964年就在人民文学出版社打好了清样，1953年朱生豪的5册原稿就已经到了人民文学出版社。1953年9月20日，当时的社长、文学家冯雪峰先生亲自给宋清如写信说明了情况，本书收录了这封信，作为历史见证。

关于朱生豪翻译莎剧的风格，我们常常有这样的疑问：他本人就是一位诗人，为什么会选择用散文体翻译莎士比亚的诗剧？宋清如还在其他信函中提供了关于朱生豪选择散文体还是诗体翻译莎剧问题的重要信息。1991年3月7日，她给孟宪强教授的信

1　孟宪强:《中国莎学简史》，东北师范大学出版社，1994年。2014年重印后，收入“中国莎士比亚论丛”（第一系列）。

中谈到1935年至1936年朱生豪与胞弟朱文振商讨译莎计划时，朱文振曾对译文体例问题提出自己的见解："他认为莎剧是诗剧，而且是古代的语言，不同于现代英语。为了保持原作的艺术特色，最好采用相应的古代诗歌形式（元曲体）和新诗体相结合。朱生豪则认为译本的对象是广大的现代读者，当时没有接受。"但是，朱生豪1944年去世前给朱文振的遗嘱中，鼓励弟弟用诗体进行翻译。因此，朱文振"经过几年认真琢磨，终于译出了六部（亨利五世，亨利六世上中下，理查三世，亨利八世）史剧，文体方面，主要采用古色古香的元曲体，实现了自己的设想"。遗憾的是，译稿没有出版，在"文革"时丢失了。在20世纪30年代叶公超也曾试图用诗体翻译莎剧，但没有实现，这在梁实秋与胡适1930年至1931年的通信中谈到了。[1]这些历史见证人留下的珍贵的文字见证，能够帮助我们进入莎士比亚在中国的接受史，更好地了解朱生豪等在那个年代翻译莎士比亚的艰难和他们的心路历程。

第二幕：中国莎学的故事

本书记录的不仅仅是朱生豪那代人的私人情感和他们致力于译介莎士比亚的奋斗精神，更多的书信见证了中国莎学的历史，反映了中华人民共和国成立后，特别是改革开放以来的中国莎学成就。中国莎学与英美莎学相比虽然起步较晚，但在改革开放后得到蓬勃发展，甚至让曾任伯明翰大学莎士比亚研究院院长的菲利普·布洛克班克（Philip Brockbank），在应邀参加1986年举办的首届中国莎士比亚戏剧节后发出了"莎士比亚的春天在中国"的感叹。中国莎士比亚研究的发展离不开老一代学者的开创性工作，离不开中国莎士比亚研究会以及地方莎学组织的推动和几代莎学同仁的共同努力。

1　1931年胡适给梁实秋的信中说："莎翁集事，你和（闻）一多即动手翻译，好极了。（叶）公超也想试译，并且想试试一种verse体。志摩刚来，稍稍定居后，大概也可以动手试译一种。"此前一年在胡适致梁实秋的信中最早提到一个5人参与翻译莎士比亚全集的计划，但遗憾的是，除了徐志摩后来翻译了《罗密欧与朱丽叶》阳台会一节，只有梁实秋实际翻译了完整剧目，并独自完成了《莎士比亚全集》的翻译，1967年在台湾出版。这些书信收录在《梁实秋文学回忆录》（陈子善编，岳麓书社，1989年，第147—149、152—155页）中，本书简从略。

中国莎士比亚研究会于1984年12月成立，也称中国莎士比亚学会，简称中莎会，总部设在上海戏剧学院，是隶属文化部的国家一级学会。关于中莎会的建立与变迁及其贡献，本书顾问曹树钧教授给本书写的序文中也有钩沉，这里不再赘述。我这里要提的是，早在酝酿成立中莎会之前，喜好莎士比亚作品及其研究的同行之间的鸿雁往来除了交流探讨关于莎学的问题，分享研究心得和成果，还预示了中莎会组织及其刊物的诞生。比如，1982年5月26日，曹禺先生（1984年中莎会成立时担任会长）给翻译家方平先生（1998年当选会长）的回信中，高度赞扬了方平的比较研究(《王熙凤与福斯泰夫》)，提到了“莎士比亚化”的命题，更提到了曹禺本人答应为莎士比亚学会年刊《莎士比亚研究》[1]撰写创刊词。这个记录证明，学会的成立早在至少实际成立的两年前就已经酝酿了，而且学会年刊首期的稿子已经齐备，在研究会筹备成立期间准备出版了。实际上，期刊在研究会成立前已经正式出版了2期。1984年12月初，中莎会的成立带动了80年代的“莎士比亚热”，学会主办的首届中国莎士比亚戏剧节更是盛况空前，甚至让西方学者艳羡。这个时期以及此后的莎学研究的出版也空前繁荣。

因此，从这个意义上讲，“莎学书信”讲述了中国莎学的故事。贯穿本书的关键词是“中国莎学”。从“莎学书信”汇聚的故事中可以部分地勾勒出中国莎学历史、人物群像、心路历程以及莎士比亚与中国现代文化关系的发展轨迹。更准确地讲，“莎学书信”是中国莎学史的佐证材料。给中国莎学立传是一项重要的工程，这方面最重要的是孟宪强的《中国莎学简史》以及李伟民的《莎士比亚戏剧在中国语境中的接受与流变》等著作。这些著作总结了中国莎学百年取得的成就，强调世界莎学的中国叙事，特别是《中国莎学简史》系统阐述了“中国特色莎学”这样的重要命题，充满了国家意识、时代意识、自觉意识和前瞻意识。早在中莎会成立初期，曹禺先生就首先建议要从“中国人的眼光来看莎士比亚”，即从中国人的文化视角来欣赏莎士比亚。在曹禺先生题写书名的《中国莎学简史》这部著作中，孟宪强将其上升为“中国特色莎学”。卞之琳先生在给《中国莎学简史》的扉页赠言中充分肯定了这种提法，认为

1 《莎士比亚研究》，浙江文艺出版社自1984年起共出版了4期。

“莎学也能具有现代中国特色”。书中这样概括了这个核心命题：力图对莎士比亚的各类戏剧作品做出我们自己的阐释，以形成具有中国特色的莎学理论体系、思维模式和独特风格。《中国莎学简史》站在全局的高度审视中国莎学发展历程，强调莎士比亚对于现代国家文化的意义，重视知识分子在不同时代寻求文化变革过程中借鉴莎士比亚的阶段性特征，首次给中国莎学发展分期，即发轫期（1877—1920）、探索期（1921—1936）、苦斗期（1936—1948）、繁荣期（1949—1965）、延续期（“文革”期间，对于这段作者后来在发表的文章中做了补遗）、崛起期（称“复苏期”更加准确，1978—1988）、过渡期（1989— ）。简史的写作处在中国莎学的“过渡期”，当时因为受到莎学学者的新老交替、商品经济大潮的冲击以及其他因素的影响，中国莎学的发展出现了不尽如人意的局面，但同时开始朝着“走向世界”的目标成功过渡。如果沿着这个叙事脉络，笔者认为，新千年前后（或者更具体地说是从中国莎学代表团参加世界莎学大会开始），中国莎学进入了与国际同行的对话期（1996年至今）。此时，借助莎剧演出的中外交流以及人文教育的改革，学术研究进入一个新的繁荣阶段。这个时期，中国学者不仅熟悉、掌握了国外的研究方法和工具，而且形成并丰富了中国学术话语体系，莎学研究更加强调中外互渐和平等对话模式。同时，中国学者更加频繁地参加国际学术交流活动，更多年轻学者到国外攻读学位或者访学，获得更加广阔的学术视野，中国莎学与国际同行对话的水平大大提高，中国声音在世界莎学讲坛上更加响亮了。

也正是在《中国莎学简史》出版前后，国内外学者有大量书信往来，不断交流关于中国莎学自身发展面临的挑战，讨论“中国莎学走向世界”的问题。比如，李伟民与孟宪强在不同时期的书信往来，不仅见证了他们之间的友谊，字里行间充溢着对莎学前辈的缅怀，而且是中国莎学史重要发展阶段的有力旁证。李伟民在另外一篇序言中详细说明了孟宪强与“莎学书信”项目的缘起的关系，这里不再赘述。这里要强调的是，20世纪80年代以后的很多书信中表露了中国莎学的情怀和走向世界的展望，这不仅是书信作者间关于中国莎学的交流及其贯穿的国家民族意识，也体现了大陆（内地）学者与港台地区以及国际同行交流的强烈愿望。

从书信中我们能够看到，自20世纪90年代始，孟宪强、孙福良等大陆（内地）学者开始与香港和台湾地区同行进行接触，积极促进与这些地区的莎学交流。台海两岸莎学同根同源，有共同的文脉、艺术传统的传承，但因为政治原因隔绝多年。20世纪90年代以来两岸交流增多，特别是在莎剧翻译和莎剧的戏曲改编方面合作交流日渐活跃。1993年10月起，孟宪强与丁洪哲的多次通信中讨论台海合作举办莎学会议的问题。对于这个提议做出积极回应的还有朱立民、黄美序和彭镜禧等。彭镜禧教授从1998年8月开始与孟宪强教授通信讨论“两岸莎学研讨会”的构想，21世纪以来往返台海两岸，参与大陆莎学活动，进行讲学和交流。他致力于莎剧翻译，特别是莎剧与中国传统戏曲的结合，比如根据《威尼斯商人》改编的梆子戏（豫剧）《约/束》的改编创作和推广。笔者及其他大陆学者与彭老师的友谊开始于1996年在洛杉矶举办的国际莎士比亚学会第六届世界莎学大会暨美国莎学年会上（参见本书他与中国莎学代表团成员的合影及此后的相关书信）。2003年他邀请我参加他创办的首届台湾大学莎士比亚论坛，我当时刚刚获得博士学位并在美国得克萨斯农工大学任教，作为受邀报告人我感到万分荣幸（同期受邀参加的还有大卫·贝文顿［David Bevington］等国际著名莎学学者），但遗憾的是因故未能亲自赴会，他安排他的博士生代我宣读了论文，令我十分感动。彭老师是本书的顾问，他为本书不仅奉献了他本人的书信以及几则台海之间的飞鸿，提供了台海莎学交流的第一手材料，而且还为本书撰写了序言。总之，大陆学者对于台海莎学的关注自孟宪强这代学人开始，到21世纪后李伟民在他的著作中辟专章将台湾莎学纳入到中国莎学体系中，完善了中国莎学体系。同时，莎学界对香港莎学的关注和参与也更加积极。1996年4月香港浸会大学黎翠珍教授在给时任中莎会秘书长的孙福良教授的信中讨论筹备香港莎士比亚学会事宜，得到中莎会大力支持，1997年12月，孙福良、孟宪强等内地学者应邀参加了香港莎士比亚学会成立大会及国际莎学研讨会。

第三幕：走向世界的中国莎学

20世纪80年代是中国莎学的一个鼎盛时期，也就在这个时期中国学者提出了“中国莎学走向世界”的梦想，并开始参与国际莎学活动，这标志着中国莎学不再自说自话，有利于提高中国的国际学术交流水平。在国际学术讲坛上，中国应该占有一席之地。中国学者首先以个人名义参加国际学术组织举办的有影响的学术会议，1984年中莎会成立后，宣布成为国际莎学会团体会员，此后中国学者同时以团体和个人名义参与世界莎学交流和对话，发出中国声音，扩大中国的学术影响。最具有影响的国际莎学机构组织的学术会议，包括国际莎士比亚学会主办的每五年一届的世界莎学大会，英国伯明翰大学莎士比亚研究院（所）每两年一届的国际莎士比亚会议（每届限定人数，非邀莫入，新会员需至少两名现有会员的推荐），美国（美洲）莎士比亚学会年会以及美国现代语言学会中的莎士比亚研讨会。

中国学者参与国际莎学活动的记录在本书中有所反映。比如，1992年9月裘克安先生在写给孟宪强教授的信中，提供了一些关于中国学者参加重要国际莎学会议的信息。伯明翰大学国际莎士比亚会议自1944年开始，到第十九届（1980年）才有中国学者受邀参加，即复旦大学林同济教授。此后其他中国学者相继受到推荐和邀请，包括北京大学杨周翰教授、复旦大学陆谷孙教授（1982年），复旦大学索天章教授、上海外国语学院（现上海外国语大学）汪义群教授（1984年），北京外国语学院（现北京外国语大学）王佐良教授（1988年）。裘克安书信中提供的信息到此为止，参加的大多是老一代莎学学者。千禧年后，更年轻的学者得到推荐和邀请，比如，笔者自2012年起受邀成为会议成员，除2018年因病失约外每届都参加；另据笔者所知，浙江大学郝田虎教授自2018年起受邀参加。

吸引更多学者参与的是始自1971年由国际莎士比亚学会主办的世界莎士比亚大会，直到第三届才有中国学者参加。1981年，时任外交部驻英中国文化参赞的裘克安代表中莎会筹备组出席了在莎翁故居举办的第三届世界莎士比亚大会，他的论文“A Chinese Image of Shakespeare”由当时在英国伯明翰大学莎士比亚研究院就读的沈林代读。1986年在柏林召开的第四届世界莎士比亚大会，参加的有中莎会副会长张君川，理事索天章、裘克安等。1991年，孟宪强教授申请参加了在东京召开的第五届大会，但因为签证耽误了行程，会后到达，并与承办大学的负责学者进行了交流。1996年4月，中莎会组织了中国莎学代表团参加了第六届大会。代表团由文化部和国家教委（教育部）

联合委派，方平任代表团团长，10位成员，笔者是其中最年轻的成员，有幸作为代表团秘书兼翻译参加了大会，参与了中国莎学代表团领导与国际莎士比亚学会领导的会谈过程，辅助代表团的前辈学者在大会上的发言及其他事务，并发表了个人会议论文。代表团向国际莎学会介绍了中国莎学取得的成就，包括当时刚刚出版的几部中国莎学著作——《莎士比亚在中国舞台上》《'94上海国际莎士比亚戏剧节论文集》《中国莎学简史》《中国莎士比亚年鉴》和英文的《中国莎学小史》，并把这些著作作为礼物献给大会。特别是《中国莎学小史》，向国际同行介绍了中国莎学的发展历程。[1]关于中国学者在大会期间的其他重要活动，详见本书中收录的"中国莎学代表团首次参加世界莎士比亚大会"的函件。中国学者有规模、有组织地参加重要的国际莎学盛会，这是首次，会后还促成了推荐时任中莎会副会长（1998年后任会长）方平先生进入国际莎学会的执委会，任期一届（1996—2001），这是中国学者首次进入这个莎学组织的领导机构。此后，孟宪强、张冲等出席了2001年在西班牙召开的第七届大会，张冲、罗益民等出席了2006年在澳大利亚召开的第八届大会，张冲、杨林贵、罗益民等出席了2011年在捷克召开的第九届大会。

2016年莎翁逝世400周年之际的第十届世界莎士比亚大会，更大规模的中国学者群——一个由20余人组成的"非官方代表团"参加了盛会，包括恢复成立后的中莎会的几位副会长和其他理事会成员——张冲、杨林贵、罗益民、李伟昉、从丛、郝田虎、张薇、刘昊、戴丹妮等，以及当时在英求学和访学的其他年轻学者。笔者作为国际莎学会执委会任命的大会委员会成员和中莎会副会长，做了一定的推动和协调工作，帮助中国学者及时获得大会邀请，大会期间召集与会中国学者聚会，畅谈世界莎学以及中国莎学，得到大家积极的响应。2011年笔者受到特别邀请，在捷克的布拉格召开的

1　*A Brief History of Shakespeare in China*，是《中国莎学简史》缩略版的英文本，由美国莎学学者王裕珩和墨雷·莱维斯（Murray J. Levith）两位教授合作翻译成英文。王裕珩是美国密歇根萨基诺州立大学终身教授，美籍华人学者，原中莎会顾问，对中国莎学向外传播做出了杰出贡献。他是最早向《世界莎学目录》推荐中国莎学条目的学者，自20世纪80年代起积极鼓励和支持中国莎学学者与国际同行交流。他曾应武汉大学、苏州大学等高校邀请讲授莎士比亚，应邀到复旦大学、东北师范大学、山东大学等高校访问讲学。在1996年洛杉矶召开的第六届世界莎士比亚大会上，他与中国莎学代表团亲切会见、交流。本书收录了20世纪80年代起他与中国学者张泗洋、孟宪强、曹树钧、杨林贵等人的部分书信。

第九届大会上主持分组会议，并被提名为学会执委会成员，会后收到国际莎学会秘书处来信，通知执委提名获得会员大会通过，被正式任命为执委会成员，任期为2011年至2016年；而后在2016年第十届大会上再次通过学会及会员大会认可，获得续任，继续为中国莎学在世界莎学圈发出中国声音。在这届大会前的征稿中，笔者鼓励中青年学者参加会议，帮助他们修改提案，向大会委员会积极推荐中国学者的议题，并在议题审议讨论中为他们争取更多主持名额。可喜可贺的是，现中莎会会长辜正坤教授获得特别推荐，参与主持大会特设的莎士比亚十四行诗的研讨会（遗憾因故没能出席），郝田虎（中莎会理事）和刘昊（中莎会秘书长）的提案顺利通过。中青年中国学者，特别是新一代中国莎学学者参与世界莎学，标志着中国莎学走出去与外界对话水平的提高。另外，张冲、沈林、杨林贵、从丛等参加了2021年7月由新加坡承办的第十一届世界莎士比亚大会（线上）。

个人来讲，笔者在国外学习和工作期间以及回国工作后，时刻牢记中国莎学走向世界的使命和前辈的重托，并做了一点努力，宣传中国莎学，为中国学术群体争得荣誉，此在通信中也有提及，帮助本人回忆过去20年的奋斗历程。2000年以来，本人的莎学研究在国外获得过美国现代语言学会中南分会、大学英文教师学会等学术团体的奖励[1]，研究成果被收入哈罗德·布鲁姆（Harold Bloom）“现代批评阐释”论集[2]，主持国际莎士比亚学会、美国莎士比亚学会年会分组会以及美国现代语言学会年会的关于中国莎学的研讨会，受邀在韩国莎士比亚学会成立50年纪念国际研讨会以及在加拿大、日本、印度等国召开的国际莎学会议上做嘉宾发言。方平、裘克安、张泗洋、孟宪强等前辈得知我在国外获奖后来信表示祝贺（他们的手写书信在电子邮件时代尤为珍贵），前辈的鼓励令我动容，也赐予我继续奋斗的动力。另外，除了积极向本人任国际编委的《世界莎学目录》推荐中国成果，还在国外主编出版的期刊专辑中收录中国学者论文，帮助他们修订英文稿，比如在笔者主编的期刊特辑《莎士比亚与亚洲》《多

---

1 获奖论文“‘What, must I hold a candle to my shames?’: Early Modern Ideologies of Gender and Jessica’s Identities”收入会刊*CCTE Studies* (Conference of College Teachers of English) 65 (2000): 84–96。

2 “Cognition and Recognition: Hamlet’s Power of Knowledge”, *Bloom’s Modern Critical Interpretations: William Shakespeare’s* Hamlet–*New Edition* (2009): 73–84.

元文化莎学》[1]等，增加中国莎学的分量和在国际莎学圈的可视度。

让中外莎学学者在中国汇聚一堂也是扩大中国莎学影响的一个方式。笔者回国工作后，自2011年起主持操办了上海国际莎学论坛（与世界莎学大会遥相呼应，每五年一届，2011年、2016年、2021年已经举办三届），促进了中外莎学交流，得到国内外学者的响应和支持，国际著名学者或者亲临研讨会或者以视频方式给予支持，例如著名莎学家大卫·贝文顿（2011年），国际莎学会前主席吉尔·莱文森（Jill Levenson，2011年），莎士比亚出生地托管会主任、莎学权威斯坦利·威尔斯（2016年视频致辞）等。2021年10月，我们以线上线下结合的形式如期举办了第三届上海国际莎学论坛。我们在国际嘉宾的结构上做了特殊安排，除了马奇泰罗（Howard Marchitello，罗格斯大学）等资深的英美莎学学者，还特别邀请了印度、拉美、南非等国家和地区的知名学者，提高中国莎学对外交流的世界性。最重要的是，中莎会领导和会员的积极参与，留下了让笔者感动的、终生记取的重要时刻。会长辜正坤老师不仅为会议致辞而且还做了主题演讲。副会长李伟民、张冲、罗益民、黄必康，以及理事会成员李伟昉、张薇、郝田虎、胡鹏等，他们不仅受托主持论坛活动而且参与会议期间的交流和评议。实际上，三届论坛的成功都离不开中莎会领导和广大会员的大力支持。这样，论坛才成为中外学者交流的有益的平台。这也说明，不仅我个人，中国莎学界的同仁也都在为实现前辈的夙愿而努力。唯其如此，中国莎学前辈奠定的优良传统才代代相传。

第四幕：中国莎学“英雄谱”

中国莎学的成就是几代人努力的成果。莎学前辈孜孜以求的莎学情怀感染着我们，他们奖掖后进的风度鼓舞着我们，他们的热情、友情和奉献精神通过书信跃然纸上，激励着我们。几代学者之间的交流充满了学术气氛，有求真、补正、求教、论争、研讨、切磋、商榷，也有分享、希冀、期盼和嘱托，热闹非凡，基调友好。多数前辈已

1 “Shakespeare and Asia”, *Shakespeare Yearbook* (Edwin Mellen Press, 2010), vol. 17; *Multicultural Shakespeare* (Lodz University Press, 2013), vol. 10.

经仙逝，但前辈的真切教诲和温情不应仅存在个别人的心里，也不应因为他们的故去而被遗忘。所幸的是，我们可以用文字的形式记录过往，留存历史记忆。本书中，除了莎学前辈的珍贵莎学书信，还包括部分手迹的扫描件和活动照片，让后人得以一睹前辈的音容笑貌以及优雅手迹。因此，本书收藏的是几代莎学人的生动故事及故事中的人物图谱。

我们会从书信中看到近200个可爱可敬的名字。他们中有很多大师，包括曹禺等戏剧家，朱生豪、方平、屠岸等翻译家，卞之琳、孙大雨等诗人兼翻译家，冯雪峰等文艺理论家，黄佐临等编剧、导演，李赋宁、杨周翰、王佐良等外国文学学者。赫然在目的还有更多的其他老一辈人物的名字。不论是著名学者、翻译家，还是戏剧工作者、莎学活动家，他们都为中国莎学事业以及中莎会的发展做出了杰出贡献，如赵澧、陆谷孙、张君川、张泗洋、孟宪强、阮珅、孙家琇、曹树钧、孙福良、戴镏龄、戈宝权、贺祥麟、黄源、洪忠煌、刘炳善、罗义蕴、彭镜禧、裘克安、荣广润、任明耀、孙法理、王忠祥、王裕珩、徐克勤、许渊冲、薛允璜、薛迪之、马家骏、周骏章、郑土生、朱宏达、朱立民、戴晓彤等。当然，名录中还有成就卓著的中生代学者以及包括笔者在内的中青年骨干，我们虽有贡献，但还需努力，不敢与前辈比肩。我们集合在中莎会的旗帜下，承续前辈的事业，并引领后人。虽然新的中莎会组织在“级别”上听起来似乎不如原中莎会大气，但我们做着同样的努力。2013年恢复成立的中莎会，根据国家民政部门管理归口政策，挂靠在外国文学学会，全名为“中国外国文学学会莎士比亚研究分会”。得到原中莎会前辈的认可和支持，继续沿用“中莎会”的简称。我们不是为了等级和靠着虚妄的头衔来进行学术工作的，莎学圈不是名利场，也不会给会员带来实惠和利益，但大家都在做着踏实的研究。

这是中国莎学前辈给我们的启示，也应该是我们不断践行的准则：参与国际莎学超越了简单的个人喜好和学术兴趣，肩负中国莎学使命的参与让我们更有力量。承载前辈嘱托的使命，大家共同的志趣得以互相促进，共同提高。组织恢复成立近10年来，取得了可观的成绩。学会举办或者与地方机构合作举办莎学活动，出版会刊，在特定范围内帮助会员发表论文和研究著作。除了前面提到的支持并协办上海国际莎学论坛，学会还支持了国内举办的其他莎学会议，例如重庆莎士比亚学会年会，该学会立足西南，具有全国影响，有每年举办会议的好传统。原中莎会除了正式主持出版刊物《莎士比亚研究》，还印行过内部刊物《中华莎学》（1988年创办，后期由李伟民参与主编，截至2002年共印行9期7册）。新中莎会成立以来，李伟民主编的《中国莎士比亚研究通讯》是这个刊物的延续，2019年起更名为《中国莎士比亚研究》，正式出版，由莎学信息刊物变为学术性刊物。此外，笔者总主编的“莎士比亚研究丛书”得到辜正坤、张冲、李伟民等学会领导以及广大会员的大力支持，2020年由商务印书馆出版，该系列包括5部书。目前正在进行下一个系列（5部）的工作，本书就是新系列的首部。

因此，本书是新老中莎会集体合作的结果，也是我们集体记忆的“记事本”。我们希望以此留住真实的历史，以这种形式记录中国莎学的发展轨迹。以莎剧之名交流，这更是关于人的历史以及人文时代的历史，因为这些书信除了总体上体现了可以被冠以“中国莎学”的名称之外，更承载着以莎士比亚为媒介对外文化交流的使命。中国莎士比亚学者积极参与世界文化学术交流，中外会通，参与构建人类命运共同体的文化生态。从这种意义上讲，这些书信或许在某种程度上同莎士比亚以及其他优秀的中外文学作品一样，兼备写实与写意、抒情与载道的功能。

第五幕及尾白：续谱友情共同体的期待

在上千篇书信中，每一篇都弥足珍贵，值得我们花时间和精力整理，但限于篇幅，我们不得不忍痛割爱，只能从中选取400多封汇编成集。我们最大程度地保留了书信的原貌，保留了信件中一些区别于现在用法的字句，也在不影响原文前提下对个别私人信息等做了保护性删减。通过这些书信，几代莎学同行向我们徐徐道来，讲述着中国莎学的故事，透过发脆泛黄的纸页向我们传递了友谊的温情，相信会感染到有幸阅读本书的读者。希望“莎学书信”能够留住笔墨纸砚给人的怀旧情怀，并经过出版处理转变成字符字节的跳动，进一步通过出版终端进入云端，让这情怀在电子时代存盘，给美好回忆存档。笔者在最近完成的一篇纪念莎学前辈的文章中这样写道：“回忆过往，不仅仅触碰怀旧的情愫，触发伤感。写到这里竟然发现，对前辈的仙逝不是伤感，而是庆幸，庆幸在他们生前与他们结下友谊，这友谊也随着莎学事业的发展延续下去，因而友谊的传递会让他们与我们同在。借用一位80后莎学小朋友的话说，这就是‘中国莎学共同体’的力量，大家以莎会友形成的这个友谊的共同体，可以凝聚几代有共同志趣的学人，还可以让前辈的治学精神得以传承。”

这里，我要补充另外一位小朋友的微信内容。我的编辑助手写道：“说实话，当我看完这400多封书信，感慨万千。占用您几分钟时间和您聊聊我的感触。虽读过几本书，但就某一个作家及其作品的接受、传播、研究和发展史从未有过如此系统的了解。此次的校订工作于我而言是一次与前人、与历史对话的机会，也是一次自我启发的契机。老一辈的莎学家们在各方面条件极为艰难的环境下克服万难，抛尽浮华，潜心学术，热爱莎学研究、外国文学研究事业的一腔热血深深地触动了我。尤其是阅读到张泗洋老师、孙家琇老师、孟宪强老师几封书信时，隐隐有泪水模糊了我的眼睛。当下，文学研究似乎成为冷门的领域，是非常不讨喜的专业。尤其是在我这一代90后身上，高考结束选择专业时多数是以经济价值为导向。但是总有一些人，不计较个人得失，真切地凭借着热爱，甘愿成为坐在‘冷板凳上的人’，从20世纪的张泗洋老师、孙家琇老师、孟宪强老师，再到如今李伟民老师以及您，为莎学的进一步繁荣与发展贡献着光与热。我也由衷地庆幸能够成为您的学生，为能够接触一些莎学的知识感到骄傲。此次的校对也更加坚定了我读博的打算，希望自己能够再有机会去了解以至于做一些研究。我才疏学浅，自然不祈求能够成为像您一样出色的莎学家，也不敢祈求未来能在这一领域有什么贡献，只为我能在您的指导下，能有这么一段经历去了解和接触这么一位世界文豪而自豪，这也会成为我的一笔财富。”我这里如实抄录的这位年轻人的有感而发，包括他提到的名字，仅代表他个人的感受和观点。我们知道中国莎学的发展是一大批跨代际学者群共同努力的结果。年长一点的学者对年轻学人的引领，与本人当年受教于前辈学者一样，是中国莎学的优良传统之一。

“江山代有才人出”：能有这样的80后、90后新人继续参与书写这样的历史也是我辈的快慰所在，我们大家共同实现前辈的嘱托，让友爱共同体的精神赓续传承。当然，在全球化背景下，新一代莎学研究者面临新的挑战，也需要把握前所未有的发展机遇。我们欣喜地看到，他（她）们已经在莎学园地开始新的耕耘。一批青年才俊的莎学研究崭露头角，有的已经表现出比较扎实的学术功底。比如，在刚刚结束的第三届上海国际莎学论坛暨中莎会年会上会聚了一批中年莎学骨干和青年中坚，他们与国内外莎学专家一道围绕莎士比亚的比较研究和跨文化研究展开研讨。在这个以莎会友的高层次学术交流平台上，年轻学者的出色表现与一些优秀的中年学者一样，让人感觉后生可期、后学有望。有的博士或者硕士研究选题展现出对于莎士比亚以及中外文化的深入了解，比较宽广的学术视野以及敏锐的观察力，期待他们的研究更上一层楼。其实，不论在传统批评范畴还是新的跨学科的研究领域都大有可为，比如，对莎士比亚作品及其时代的文化继续进行跨学科的深入挖掘，对莎士比亚的时代性和现代性等问题展开思辨性考察，对莎士比亚在不同时代和文化背景下的传播和接受进行批判性分析，对莎士比亚与非英语文学的关系做跨文化的比较和互文研究，对莎剧翻译和改编中的中西文化元素的互渐以及对外传播的问题深入探讨，对互联网时代以及数字人文状态下莎士比亚的演绎和变迁进行探索，等等。关键不在于使用什么新方法，毕竟我们不是为所谓的新理论、新方法服务，而是就具体的与莎士比亚有关的问题进行有的放矢的、切实的研究，并能深入浅出地阐发自己独到的观察和认识。

青年学人能够在学位攻读和职级晋升的道路上保持并继续拓展对莎士比亚研究的兴趣也是难能可贵的；在学术八股盛行和唯核心刊物定论的环境下，研究莎士比亚有时还需要一点勇气和耐心。不是所有有价值的研究都能及时得到认可，青年学者需要不懈努力并坚持自己真正喜欢的研究才行。好在，在这条道路上不仅有所在单位的老师和同事的帮助，还有莎友圈的中老年学者的扶持和引领，青年学者在积极参与学术交流的过程中学术能力必将得到进一步提升。其实，这也是一个教学相长的过程，不同代际的学者在互相学习、共同提高的过程中也收获、升华友谊。比如，这篇序言的完稿和修改不仅得益于前辈以及我辈学者的关怀和斧正，而且还有小字辈朋友的关注和建议，这让我感怀不尽。期待大家在前辈学者的治学精神的感召下，踏实研究，成为学贯中西的学者，为中国莎学做出更大贡献。我们也期待更多仍然活跃在学术领域的学者和年轻学子，胸怀远大，不拘泥于个人学术爬台阶，而是向老一辈学者学习，胸怀中国莎学的意识和孜孜不倦的精神。我相信假以时日，他们会做出无愧于前辈嘱托、无愧于中国莎学使命、无愧于时代的成绩，续写中国莎学史更加辉煌的篇章。

总之，我们留住的这批生动史料，是近百年来几代中国学者围绕莎士比亚所进行的精神对话，见证着人文时代以莎学之名建立的深厚友谊。

谨以此序，求教大方。致敬前辈，追忆先贤；激励后学，同侪共勉。

2021年12月4日初稿

2021年12月8日完整稿

2022年2月1日修订稿

（杨林贵：东华大学教授、莎士比亚研究所所长）

·编者序言二·

海内莎学知音　天涯君子传书

林则徐为了解西方国情，在鸦片战争前夕请人译述了英国人慕瑞（Hugh Murray）的《世界地理大全》（*Encyclopædia of Geography*）并编辑成《四洲志》，纳入《海国图志》出版，介绍了包括莎士比亚在内的四位文学家[1]，莎士比亚就此传入中国，并开始为中国人所知晓。此后，历经晚清、民国、新中国三个时期，莎士比亚及其戏剧已经成为外国文学、戏剧中经典的代表，为中国人所熟知，并不断就其文本进行翻译、演出和研究。

进入20世纪80年代，中国莎学研究发展很快，取得了长足的进步，已经引起了世界莎学研究界的惊叹。毫无疑问，在这些非凡的成绩中间，凝聚了几代中国莎学研究者的心血。乘改革开放的春风，中国莎士比亚研究会经中华人民共和国文化部批准，

1　郝田虎:《弥尔顿在中国：1837—1888，兼及莎士比亚》，《外国文学》2010年第4期，第66—74页。杨周翰提到“莎士比亚的名字是由传教士在1856年介绍到中国的”（《百科知识》1979年第4期，第5—11页），后来的《中国大百科全书·外国文学卷》第1版、第2版仍然采用这一提法。郝田虎在考订一些提法后指出此说有误，提出“莎士比亚等人的名字于1839—1843年被介绍到中国，确切地说，是林则徐和魏源等将英国文学的代表人物，包括莎士比亚等介绍给了中国人”（郝田虎:《弥尔顿在中国》，浙江大学出版社，2020年，第19页）。我曾提到，“1838年，林则徐被道光皇帝任命为钦差大臣，往广东查禁鸦片，从1839年3月到1840年11月，林则徐一直进行组织和翻译工作，翻译英国人慕瑞所著《世界地理大全》，并整理编译成《四洲志》……莎士比亚的名字最初传入中国发轫于中西文化的交流与碰撞中，出于中国人渴望‘睁眼看世界’，以改变贫弱中华帝国的现状，出于中国人自觉与自愿了解世界的愿望主动去‘拿来’”（李伟民:《中国莎士比亚批评史》，中国戏剧出版社，2006年，第10—11页）。

于1984年12月正式成立于上海。中莎会成立后，先后于1986年、1994年和2016年举办了三届中国莎士比亚戏剧节和多次国际性、全国性的莎学学术研讨会，极大推动了中国莎士比亚研究、演出和翻译工作的不断发展，引起了学界的瞩目。

出于众所周知的原因，20世纪90年代以后，很长一段时间，中国莎学研究显得较为沉寂，举行的学术活动不多。很多老一辈莎学研究者目睹这一局面，忧心如焚，担忧日甚一日。但是，他们仍然积极开展莎学研究，联络同仁，努力推动着中国莎学研究的发展，期望中国莎学能够薪火相传。在莎学研究者分散于全国各地的情况下，由于他们对中国莎学未来发展的担心，关于如何促使中莎会健康发展、如何举办莎剧节、如何研究莎学等问题，他们经过鱼书雁礼、夙夜晨夕之商讨，以书信方式进行了多方面的探讨，并广泛征求各方面的意见。通过相当频繁的书信往还，贡献出他们对中国莎学研究和如何办好中莎会的种种设想，为中国莎学研究做出了不可磨灭的贡献。

一樽浊酒，满目青山，且任君心洗流水。这些或透露着真知灼见或透露着尚不成熟构想的学者之间的倾诉，在时光里慢慢点染晕开，其中既有从翻译角度探讨莎剧翻译异化还是归化，散文化还是诗化，也有从演出角度探讨莎剧是写实还是写意，直喻还是隐喻，更有从研究角度阐释莎剧是现代还是后现代，现实主义还是浪漫主义的学术研讨。而弥漫于书信之中的爱国情怀和对民族文化的自信心，始终成为鞭策学者们前行的不竭动力。这些书信从思想理论层面和文艺实践层面，反映了时代脉搏的跳动。阅读这些信件，有时真有山重水复、柳暗花明、茅塞顿开之感。

音书过雁，蓬莱不远，有历史才有现在和未来。书信的价值何止万金，让我们缓缓地打开秦帝国一个普通家庭的宝贵家书。咸阳古道音尘绝，西风催衬梧桐叶。公元前223年，秦国拉开灭楚战争的大幕，这是秦灭六国中最艰苦的一战，烽火连天，金戈铁马，夜摇碧树红花凋。秦军中的小卒，二哥、三弟兄弟俩“惊”和“黑夫”求军中书吏先后给自己的大哥“衷”寄去家书。战火中价值万金的家书抵达了八百里外的故乡——秦国南郡安陆（今天的湖北孝感云梦县），成为我们今天能见到的中国历史上最早的书信实物——云梦睡虎地秦简。“黑夫”“惊”在信中写道：“二月辛巳，黑夫、惊敢再拜问衷，母毋恙也?”[1]他问候母亲大人，向母亲请安，母亲身体还好吗？征战在外，要求母亲寄夏衣或钱来。关心搏命换来的军功，官府落实了“爵位”奖励没有？“惊”在给大哥的信中，催促母亲寄钱，要钱“五六百”，布料“二丈五尺”，兄弟俩现在是借钱生活，连用三个“急急急”告急，云：再不还钱就要死了。安慰家人即使占卜得到了凶兆，不过是我居于“反城”中罢了。“惊”嘱托妻子，好好孝顺老人；嘱咐哥哥多费心，好好管教我那女儿；女儿还小，注意安全；担心自己的新媳妇，叮嘱大哥不要她去离家太远的地方捡柴火……信中充满了对亲人浓浓的思念之情和对家人的关爱。但是家里却实在拿不出十件夏衣的救命钱，“惊”和“黑夫”则在等待音信中战死沙场。两封写在木牍上的家书使我们今天有幸能够窥见秦帝国底层民众的血泪、悲哀与家国情怀。忆秦娥，西风残照，箫声咽。从云梦睡虎地秦简中，我们感受到历史沉重的足音，触摸到历史烁金的温度。为历史留下记录，为当下留下真实，为未来留下今天，为中国莎学璀璨的星空留下真情的记录和那些已经定格的远去身影，这就是我们编纂本书的初衷。

从这些“莎学书信”中，我们可以看到老一辈莎学学者对莎学和世界优秀文化的挚爱，对莎学研究的执着。因此，把这些已经成为中国莎学研究史料绝响之一的书信编集出版，就显得尤为急切和必要了，因为随着时代的变迁、社会的变化、联系方式的改变，《云中锦笺：中国莎学书信》在中国莎学史上重要的文献和学术价值将愈加凸显。万壑松涛携翠雨，一片红霞随君去。“莎学书信”记录了处于时代脉搏中的中国莎学研究事业在不断克服各种困难中所取得的辉煌成就。这些书信同时也是学者们真性情的流露，是学术史的真实记录。

早在20世纪90年代，鉴于孟宪强先生对中国莎学的贡献，就有一些学者建议我们写一写孟宪强教授。我当时作为被邀请者之一几次征求过孟老师的意见，但孟老师非常谦虚，要求首先要关注莎学研究本身，至于写他，还不到时候，与一些大师相比他还需要不断深入研究莎学，以便最终以莎士比亚之石攻成东方之玉，在中华大地上建

1　原文无标点，标点为笔者所加。

立莎学研究的中国学派，使中国莎学在世界莎学研究领域能够占有一席之地。因此，我虽然发表了评孟老师主编的《中国莎士比亚评论》的论文[1]，评孟老师主编的《中国莎学年鉴》的论文[2]，以及评孟老师撰著的《中国莎学简史》的论文[3]，但始终没有敢于动笔去写孟老师。“人的天职在勇于探索真理”，2002年，我的《光荣与梦想：莎士比亚在中国》一书出版，孟老师对我鼓励有加，他说：“李伟民先生以他的激情、勤奋、踏实以及孜孜不倦的追求精神所凝结而成的莎学华章，为20世纪末的中国莎坛锦上添花。……李伟民先生的莎学文集是一座两面神雅努斯式的里程碑。”[4]这可以说是老一辈莎学研究者对我的莫大鼓励和无限期许，孟老师就是我们年轻学者学习的榜样。

时间转眼就到了21世纪的第一个10年，轻舟一路绕烟霞，更爱山前满涧花。此时，我的《中国莎士比亚研究：莎学知音思想探析与理论建设》在四川外国语大学得以立项，要集中反映中国莎学研究者的研究思想、研究经历，就必须要对中国莎学研究者的莎学研究思想进行较为整体的梳理。看万里湖山，谈经云海花飞雨，论述必然涉及孟老师的莎学研究经历和思想。忆秦娥，行行烛泪，春如昨，与君犹对当时月。在这本书中，我对包括孟老师在内的著名莎学家进行了比较全面的研究，同时我也再次捧读了与孟老师交往的10多年里给我的100多封来信。我在该书中这样写道：孟老师的“这些信件篇篇都离不开莎学，堪称一部资料丰富的‘莎学书简’。在2011年的苦夏中，我将这些书简再次翻阅了一遍。伏首书案中，青春恰自来，往事历历在目，碧落星辰，曾来一夕听风涛。在适当的时候，如果能将包括孟宪强、张泗洋、孙家琇、袁昌英、方平、王元化、杨周翰、李赋宁、王佐良、顾绶昌、卞之琳、朱生豪、梁实秋、孙大雨、裘克安、刘炳善等先生的这些‘莎学书简’出版，毫无疑问，对莎学界了解20世纪至21世纪的中国莎学历史是有重要价值的”[5]。可以说，那时，我就产生了编集一本中

1　李伟民：《先行者的足迹——评〈中国莎士比亚评论〉》，《中国文化与世界》第1辑，上海外语教育出版社，1993年，第401—412页。

2　李伟民：《评〈中国莎学年鉴〉》，《解放》1997年第2期，第78—86页。

3　李伟民：《他山之石与东方之玉——评〈中国莎学简史〉》，台湾《人文学报》1997年总第21期，第92—102页。

4　孟宪强：《〈光荣与梦想：莎士比亚在中国〉序》，收入李伟民：《光荣与梦想：莎士比亚在中国》，香港天马图书有限公司，2002年，第6页。

5　李伟民：《中国莎士比亚研究：莎学知音思想探析与理论建设》，重庆出版社，2012年，第381页。

国莎学书信集这一设想。

随后，在我与杨林贵对中国莎学的研讨中，这件事终于得到了他的肯定、支持和有力推动。尤其是2012年，由杨林贵、殷耀主编的《中国莎学走向世界的先导——孟宪强纪念文集》出版了。这本文集的出版不仅是对孟宪强先生莎学研究思想比较全面系统的梳理与研究，而且书中还收录了孟老师早年发表的一些珍贵的莎学论文。对于中国莎学研究来说，出版研究专辑的学者，孟老师是第一位。在编辑这本书时，我们感觉到，由于书的篇幅有限，孟老师的许多论文和书信都无法收进去，如果我们不能出版这些书信，无疑是中国莎学研究中无可弥补的重大损失。为此，我们多次讨论，先设想是否可以编集出版一部"孟宪强先生莎学书信集"，后经多次讨论，觉得编集出版一本中国莎学学者的书信集更有意义，也更具全面了解中国莎学研究的学术价值。

而孟老师本人又是一位谦谦君子，博观约取，厚积薄发，在平易中透露着深邃，包容中蕴含着真诚。他时刻关注着中国莎学的发展，有信必回，信中往往蕴藏着大量的信息，诸如莎学专著的出版、莎学论文的发表、莎剧演出、莎剧节、中莎会的学会建设、国内外莎学动态等等。千山之外，梅花远信。在莎学界，孟老师写信勤、写信多是出了名的。我与孟老师交往较晚，但也保存了孟老师的100多封来信。犹记得，那时我给孟老师去信后，就翘首以待着在月照寒林之际，鸿雁几时到。我和杨林贵进一步深入商讨，认为书信的搜集还可以扩大到全国莎学界，覆盖面的扩大将能够更完整、更全面地通过史料的汇集，反映中国莎学研究所走过的曲折历程。编集出版《中国莎学书信》，把所能觅到的莎学学者的书信汇集为一书，把目前所有能够搜集到的莎学研究者的往还书信尽可能给予出版，在学术研究上价值更大，更有守正创新的意义。一花一世界，三藐三菩提。出版一本覆盖20世纪以来以中国莎学研究者为主的集体书信集，更易使读者通过这些莎学书信了解中国莎学的发展历程，因此我们也初步商定把该书定名为《云中锦笺：中国莎学书信》。

为了把这件事赶快做起来，2017年，我们决定先在中莎会的会刊《中国莎士比亚研究》(原为《中国莎士比亚研究通讯》)上发出征求莎学书信的征稿启事。我们的目的是在尽可能全面征集"莎学书信"的基础上精选那些凝聚着前辈学者博学、审问、慎思、明辨的笺札，将中国莎学最有价值的素笺尽早公布于学界。弦歌别绪，断肠移破秦筝柱。“莎学书信”的出版目的是通过莎学学者之间倾吐真性情的书信，为中国莎学研究留下一份真实的学术记录。同时，我们也相信“莎学书信”的出版，能够为中国的外国文学、莎学研究留下一份不可多得的学术记录。这样的书简甚至可以为中国的外国文学、莎学研究提供新的学术研究方向。同时，出版“莎学书信”在外国文学研究界、莎学研究领域也堪称是具有承前启后作用的创举。这些莎学学者在通信中展露了他们学术研究的心路历程，满怀激情地讨论着中国莎学研究事业的未来。我们相信选取的这些莎学信件本身，就已经构成了中国莎学研究一个不可或缺的有机组成部分。周虽旧邦，其命维新。在编辑过程中，每当我们打开这些尘封多年、已经泛黄发脆的信函时，我们就可以感受到老一辈莎学学人为情而造文，抒怀以命笔，那一颗颗跳动着的滚烫之心的清英珠玉之言，以及他们热爱祖国、热爱人民、热爱莎学研究、热爱外国文学研究事业的一腔热血和浓重的家国之情。这些“莎学书信”的出版，必将为深入研究中国莎士比亚传播史提供翔实而珍贵的文献。

物有本末，事有终始。知所先后，则近道矣。毫无疑问，这些“莎学书信”在中国莎士比亚研究史上具有非常重要的史料价值。故君神游香草远，雄姿人去大江东。可以认为这是中国莎学史研究中的重要史料建设工作，对于中国莎学史的编撰和中国莎学思想的流变研究具有重要意义。同时，我们也看到，相对于源远流长的文学史而言，这些“莎学书信”出现的时间较近，因此往往容易为研究者所忽略。随着时代的变迁、人们联系交往方式的根本改变、住房的搬迁、人员的迁徙，这些鲜活、蕴藏着莎学研究价值的书信，很可能随着老一辈莎学研究者的谢世被随手丢弃，甚至会被永远毁灭掉。如果今后再要寻觅到这些书信，就几乎成为不可能完成的任务了，即使能偶尔找到一些，也很难为读者提供系统研究的文献。

这些书信的作者几乎均为中国莎学史上著名的翻译家、学者、导演、表演家和莎学活动家，他们经历了中国莎学史的发轫期、繁荣期、沉寂期与崛起期。他们的莎学研究与他们所生活的时代、社会、历史、政治、经济、文化、文学、戏剧都有着千丝万缕的联系，特别是由于他们个人思想、情感和识见的不同，书信体现出不同的性格特征和不同的学术见解，是他们内心真性情的反映。只有向内审视的人才懂得清醒，尽管他们对待莎士比亚、莎学研究、莎作翻译、莎剧演出的观点有颇大的差异，但是这种差异也正反映出莎士比亚的经典价值。

水参如是观，月喻本来心。"莎学书信"中绝大部分是当时学者们往还的私人信件，由于这些信件并不是作者要在公开场合发表的，因此也就更加真实可信，这些书信也就更加真实准确地透露出他们研究莎士比亚的心路历程，莎学思想，对中国莎学发展所经历的种种曲折的忧心、担心。华夏春夜，水镜渊渟，学术价值往往体现在某件信函的写作细节之中，体现在书信中透露出来的研究思路和对中国莎学宏观格局与微观考量的把握之中。交错迭代的"莎学书信"，构成了研究中国莎学史、莎学家必须要参考的不可多得的文献资料。因此"莎学书信"具有明显的史料价值，为莎学研究真问题的解决奠定了坚实的基础。

眉睫之间，晨夕相濡，卷舒莎学风云之色，满腔热血酬知己。莎学研究者之间的书信往还，是研究他们莎学思想和中国莎士比亚研究规律的重要佐证。彩笺尺素，山长水阔。我们在中莎会会刊上发出"莎学书信"的征稿启事后，许多学者积极响应，不把这些书信据为私有，而是积极热情地把自己手中珍贵的书信毫无保留地贡献出来，愿意向莎学界公开这些书信，以助这些书信能够及时结集出版。例如，当已故的中国莎士比亚研究会副会长孙福良教授得知我们为了给中国莎学研究留下一份真实的记录，探讨近一个世纪以来中国莎学家的心路历程及中国莎学发展过程，决定出版本书时，专门给我们寄来了一批曹禺先生、香港莎协等人和组织的重要信件，以促成本书早日出版。[1]落霞孤鹜，芳草斜阳。这些"莎学书信"表面上看来是学者之间的私人通信，但是联系起来，进行全面审视，我们认为这些"莎学书信"的史料价值、学术价值绝不仅仅局限于此，因为从这些"莎学书信"中，我们能够清晰地感受到20世纪中国莎学艰苦卓绝、积极进取、共同谋划、团结协作、勇于进行理论探索和艺术实践的拳拳之心。

1　李伟民：《莎学书简》，《戏剧文学》2018年第5期，第80—87页。

人生如寄，留得踏雪鸿爪，一溪桃李，四野花田。如果说《傅雷家书》只是父亲与儿子之间心曲真情流露的关爱之言的话，那么《中国莎学书信》则在更为广阔的社会语境中和更多学者之间架设起了学术交流的桥梁，它清晰而真实地勾画出中国莎学发展的昨天、今天，并期盼着辉煌的明天。春来似早，千岩迤逦；万树凝烟，艳艳桃夭。在当今的信息时代，书信这种古老的通信方式已经显得越来越珍贵了，《中国莎学书信》这份学术遗产理应得到我们的珍爱，出版《中国莎学书信》是时代赋予我们这一代中国莎学学人跨世纪的历史重任。我们必须担当起这一沉甸甸的任务，因为出版这些“莎学书信”本身就带有抢救莎学史料的重要意义和重大学术价值，它的出版必将为21世纪中国莎学的进一步繁荣与发展奠定坚实的基础。

2021年12月1日

（李伟民：四川外国语大学教授）

·顾问序言一·

中国莎学与中莎会

在中国，对于大批挚爱、崇敬莎士比亚并有志为莎士比亚事业奉献才华的人来说，多年来有一个名字一直令他们倍感亲切和向往，这就是中国莎士比亚研究会。1984年12月3日至5日，中国莎士比亚研究会（以下简称中莎会）作为全国性学术团体在上海宣告成立，并作为团体会员参加国际莎士比亚学会。12月4日召开的首届理事会上，德高望重的著名戏剧家、中国文联主席、中国戏剧家协会主席曹禺先生被推举为会长，老一辈莎学家卞之琳、王佐良、孙家琇、李赋宁、张君川、杨周翰、陈恭敏、黄源、黄佐临等9位教授和莎学研究专家任副会长，各地一批成绩卓著的学者专家被吸收为第一批会员。中莎会这个全国性的学术团体以精英荟萃的阵容迅速在中华大地上凝聚起一股强大的力量。中莎会会员由莎剧翻译家、学者、教授和莎剧艺术家、导演、演员、舞台美术家组成，是一个具有较高学术层次的学术团体，是中国莎学的核心组织。中莎会的诞生，在中国莎学史上写下了具有里程碑意义的辉煌一页。

中莎会一成立即做出了“关于举办首届中国莎士比亚戏剧节”的决议。它以这种务实的方式庆祝了自己的诞生，也标志着它将执着地走一条为中国莎学事业而奋斗的道路。为了实现举办莎剧节的设想，中莎会理事会历尽艰辛，克服许多困难，在上海戏剧学院的全员筹办和许多单位的热情参与下，终于先后成功地发起并积极策划、参与了1986年、1994年两次中国莎士比亚戏剧节。这两枚熠熠闪光的硕果是举世公认的中莎会成立以来最为突出的历史贡献。1986年4月，中莎会发起并参与主办首届中国莎士比亚戏剧节，在北京、上海两地同时上演26台莎剧，在国内外产生巨大影响。此外，中莎会始终坚持学术的严谨和热忱，在经费来源紧张的情况下，盛邀各方知音举办了国际或国内的莎学研讨会共12次。例如，1992年组织了全国性的“莎士比亚翻译家朱生豪诞辰80周年学术研讨会”。

1994年9月18日，中莎会第二届理事会通过决议，增补了方平、孙大雨、江俊峰、孙福良、陆谷孙、张泗洋等为副会长，秘书长由孙福良兼任。理事会发起并策划、参与了1994年上海国际莎士比亚戏剧节，演出10台莎剧。1996年4月，中莎会组织由12名专家组成的“中国莎学代表团”，赴美国洛杉矶参加第六届世界莎士比亚大会，同国际莎学界建立了密切的联系，代表团推举并促成了方平先生进入国际莎士比亚协会执委会。1997年，中莎会常务副会长、莎剧翻译家方平被国际莎协正式任命为执行委员会委员。

1996年12月，中莎会首任会长曹禺先生不幸逝世。1998年9月，中国莎士比亚学会召开常务理事会扩大会议，讨论学会新的领导成员的增补。9月25日通过决议，抄录如下：

中国莎士比亚学会关于增补领导人员的决议

为加强中莎会领导力量，中莎会常务理事会经过近一年的酝酿，广泛听取会员意见，于1998年9月24日召开常务理事会扩大会议，就增补领导人员作出如下决议：

1.名誉会长：张君川　孙家琇　李赋宁

2.会长：方　平

3.增补副会长：荣广润　孟宪强　曹树钧　辜正坤

4.增补名誉理事：彭镜禧（台湾大学外文系主任）

5.增补理事：刘炳善　李如茹

6.增补中莎会国外联络部成员：李如茹（英国）　俞唯洁（德国）　杨林贵（美国）

新的领导团队代表了中国莎学各个方面的活跃力量，特别是增补了我国台湾学者进入理事会，加强莎学交流合作，还体现了对于中国莎学对外交流的重视，增设了国外联络员。

为了推广莎学研究成果，及时传播莎学活动信息，中莎会还承担起了《莎士比亚研究》（出版4期）、《中华莎学》（出版9期）2种中国莎学刊物的出版工作。勤勉而又富于开创性的努力树立了中莎会的形象，增强了中莎会的凝聚力。今天，中莎会的会员已经从成立时的70余人壮大到500多人。为了把中国莎学事业顺利推向21世纪，近年来中莎会特别注重吸纳全国莎学界和演艺界中的中青年拔尖人才，这种战略性举措无疑已为21世纪的中国莎学传递了希望的福音。

2003年6月，因为国家社团组织管理归口变化，中莎会未能及时向民政部进行登记而被取消活动资格，但是中莎会会员以各种方式积极寻求学会的恢复运作，提出各种方案促进组织的重新登记工作。2012年10月经民政部批准，中国外国文学学会莎士比亚研究分会登记成立，继续原中莎会的组织工作。新的莎学组织于2013年4月在北京大学召开成立会议，继承了原中莎会的优良传统，团结广大莎学同仁，继往开来，为中国莎学发展继续努力。

自20世纪80年代中莎会成立之后，会员之间经常通过书信进行联系，这些书信是中国莎学界留给莎学事业的宝贵财富，却极易散失。因此，汇编成《中国莎学书信》，是一项重要的工作。

本书收录的这些弥足珍贵的书信至少起了三个作用：

一是加强了国内莎学学者相互之间的交流。

浙江著名莎剧导演王复民在给中莎会秘书长的信中谈了莎剧中国化、民族化尝试的体会：

孙福良同志：

您好！

我应杭州越剧院二团（原桐庐越剧团）之邀，正在桐庐排戏。收到编印出版“莎学通讯”的通知，感到非常高兴；“中莎会”在中国首届莎士比亚戏剧节中作出了重大贡献。如今又决定出版“莎学通讯”，必将对推动我国的莎学研究，团结莎学会会员，广泛开展国际学术交流起到积极的作用。为此，我除了表示衷心的祝贺外，一定以一己微薄之力支持“莎学通讯”的出版。

自中国首届莎士比亚戏剧节之后，由我执导的越剧《冬天的故事》于一九八八年七月选场赴日本名古屋、岐阜、大阪等城市作了访问演出，获得同行和广大观众的好评。有人说：“你们将莎士比亚的剧作作了中国化，民族化的处理值得赞赏”，“说明莎士比亚研究在中国的深入”等等。此外我写了一篇约一万二千字左右的文章《莎士比亚与中国戏曲浅谈》，发表于浙江一九八八年第八期《艺术研究》上。同年，由张君川先生发现，在伦敦出版的《今日之中国》英文杂志上，发表了署名道格拉斯的学者的一篇文章，对黄梅戏《无事生非》及越剧《冬天的故事》作了高度评价……

著名莎学家孟宪强在给我的复信中谈中莎会刊物的重要性：

树钧同志：您好！

14日大札收悉，寄来的30份《中华莎学》也已收到。看到《中华莎学》非常高兴，我认为它对促进中国莎学的发展将会起到更大的作用。因为不论是研究刊物，还是杂志报纸都不能这么快、这么集中、这么全方位多层次地反映中国莎学发展的情况，同时它也必将给莎学工作者以极大的鼓舞，为我国的莎学增加了一股活力。此外，《中华莎学》还为莎士比亚研究工作者、翻译工作者、导演、演员、出版者、爱好者架起了一条互相了解的桥梁，它将像一条纽带一样，把我国的莎学工作者联结成为一支队伍，迎接中国莎学更为繁荣的新时期。您和福良同志为创办这个刊物所付出的辛勤劳动，所做出的积极贡献，莎学工作者和爱好者都会为此而深深地感谢你们的！

二是加强了国内莎学学者与国际莎学界的交流。

墨雷·J.莱维斯在给孟宪强教授的信中表达了对中国莎学的兴趣以及与中国学者交流的意愿。此信译文：

亲爱的孟教授：

首先请允许我自我介绍一下。我今年作为访学的“外国专家”在曲阜师范大学教课。我是美国纽约州斯波林斯萨拉多加的斯基得摩学院的常任教授。在中国我给三年级和四年级的学生教英国文学，并给研究生讲莎士比亚——那是我特殊的爱好。

我的研究生向我介绍了您的著作《马克思恩格斯著作中的莎士比亚》，我很高兴作为一个莎士比亚同行给您写信。我自己写了两本有关莎士比亚的书：《莎士比亚戏剧名称意味着什么》1978年出版，《莎士比亚的意大利场景与戏剧》今年将在美国和英国出版。我还是美国莎协和国际莎协会员。

我对目前中国莎士比亚研究的成果很感兴趣，虽然对中国莎学的学术研究和翻译的历史了解一些，但很有限。我看到了1983年出版的莎士比亚研究杂志，我的研究生给我翻译了其中的一部分文章。

20世纪90年代，莱维斯教授与美籍华裔王裕珩教授合作将孟宪强教授的《中国莎学简史》的引论翻译成英文，让国际莎学界了解中国莎学。

武汉大学莎学家阮珅教授1989年4月29日在给我的信中谈到中外学者围绕莎剧表演和学术进行交流的具体事例：

树钧老师：

惠赠《中华莎学》第一期已收谢谢！

我系师生为迎接明年在上海举行的国际莎剧节，决定用英语演出《仲夏夜之梦》中一幕戏，不知可否在明年的演剧日程上作出安排，请赐复。该剧将由我校名誉教授、武汉莎士比亚中心顾问、美国莎学专家戴维·佩里博士担任导演，下月中旬他因事出差上海，将登门向您请教。

我与美国密西根州萨格纳大学王裕珩教授合作主编三卷本的《中华莎学论丛》，将精选1878—1988一百一十年间发表在各种学术刊物上的莎学论著。

另外，著名导演艺术大师黄佐临先生还亲自介绍一位美国莎学学者同我进行莎学研究方面的心得交流。

三是对研究方法进行专题研讨。

这方面杰出的戏剧家曹禺的书信为我们提供了榜样。1982年5月26日，曹禺在给莎学家方平的信中探讨莎学以及学会会刊话题：

方平同志：

读了您的《王熙凤与福斯泰夫》，我十分佩服。我从来不读高深的美学书。您的文章深入浅出，活泼生动，比喻贴切，把“美”与“善”的关系讲得透，把“美”的个性、“美”的相对独立性，给我们讲明白了。

我希望更早读到《什么叫“莎士比亚化”？——谈剧作家和他笔下的人物》。

关于“莎士比亚学会”的年刊的创刊词，承不弃，叫我写，我是要写的。只是我确系门外汉，需要您和莎士比亚学者们给我些指点才成。

听说，您已读了创刊里的许多论文。如果您有空，可否打个电话，订好时间，来舍下一谈。顺便请您再告我如何写这个简短的创刊词。

《文学评论》办得好，每期都有几篇扎实深刻的文章，是个很难得的好杂志。真希望我国多出一些这样的好刊物。创作不易，评论得好，似乎更难。

敬祝

安好！

曹禺

希望我们能努力按照曹禺同志的教导，向方平先生的《什么叫“莎士比亚化”？——谈剧作家和他笔下的人物》一文学习，写出深入浅出、活泼生动的文章，包括学者相互之间交流的书信。

饶有兴味的是，本书还收录了中莎会成立之前为中国莎学做出杰出贡献的代表人物的手迹。比如，以短暂的生命完成了30余部莎剧翻译的杰出翻译家朱生豪的手迹。在现存朱生豪写给宋清如的300余封信中，有一部分和他的译莎工作有关，有的谈到他对一些莎翁剧作的看法，有的谈到他译莎的总体计划和具体的进展情况，也有他对于一些具体词语和片段的处理心得，甚至还有抄录给宋清如看的部分段落的初译稿。本书将朱生豪信件中与译莎有关的部分内容收入其中，既是对这位天才翻译家的致敬，也是对朱生豪等莎学前辈的纪念，他们在翻译、研究、演出和普及莎剧的文化苦旅中的奋斗精神值得记录和传扬。愿莎学界的朋友们以前辈莎学家的精神勉励自己，并愿我国的莎学之花在已经春色满园的中华文艺天地里开得更加绚丽！

（曹树钧：原中国莎士比亚学会副会长、上海戏剧学院教授）

·顾问序言二·

捧读莎学书简（外一篇）

文人相重

这本书搜集了自朱生豪以来中国莎士比亚学者的往来书信，包括手札、电邮，还有照片等。这些珍贵的史料，见证了莎学在华夏的发轫与开展。细读之后，感慨良多。在这里我们看到了学者之间的互相尊重，互相扶持，互相鼓励；晚辈谦虚问学，长者温言提点，完全打破了“文人相轻”的说法。前贤风范令人景仰！书信也勾勒出中国莎士比亚学者如何努力走向世界，尽心促进两岸交流——毕竟学术应该没有畛域、不分疆界，才有可能开拓视野，提升研究水平。而今人理解前人筚路蓝缕的历程，大有帮助于承先启后、继往开来。因此，这本集子的出版，可谓意义十分重大，影响深远亦可预期。

夫子自道

于我个人而言，别具兴味的是朱生豪写给宋清如的信。朱生豪绝对不会料到这些手札有一天会成为后人收藏的珍品，所以它的内容更加可信可贵。从这些真情流露的书简里，读者可约略感受到在那物资、信息两皆匮乏的时代，以一人之力应付莎翁，应是何等艰辛！而他偏偏又是绝顶认真负责的译者：

《暴风雨》的第一幕你所看见的，已经是第三稿了，其余的也都是写了草稿，再一路重抄一路修改，因此不能和《仲夏夜之梦》的第一幕相比（虽则我也不曾想拆烂污），也是意中事。……

或许因为有巨大的时间压力，他几乎成了工作狂：

今夜我的成绩很满意，一共译了五千字，最吃力的第三幕[1]已经完成（单是注也已有三张纸头），第四幕译了一点点儿，也许明天可以译完，因为一共也不过五千字样子。如果第五幕能用两天工夫译完，那么仍旧可以在五号的限期完成。

又如：

昨夜我作了九小时的夜工，七点半直到四点半，床上躺了一忽，并没有睡去。《仲夏夜之梦》总算还没有变成《仲秋夜之梦》，全部完成了。

但他喜欢这项工作，做起来有成就感：

我已把一改再改三改的《梵尼斯商人》（威尼斯也改成梵尼斯了）正式完成了，大喜若狂，果真是一本翻译文学中的杰作！把普通的东西翻到那地步，已经不容易。莎士比亚能译到这样，尤其难得，那样俏皮，那样幽默，我相信你一定没有见到过。

相信主要是这种可爱的自负，支撑着他不眠不休地翻译、誊抄、一再修改。即便如此，他也承认自己过的是非人的日子：

1 指《仲夏夜之梦》。

> 我巴不得把全部东西一气弄完，好让我透一口气，因为在没完成之前，我是不得不维持像现在一样猪狗般的生活的，甚至于不能死。

然后十分自觉地加上一句：

> 也许我有点太看得起我自己。

他以翻译莎士比亚为业、为乐、为荣，甚至为己任，故有如此斐然的成就。然而为此他也赔上了宝贵的健康。在1936年的一封信上，他盘算着全集四大册译完之后最想要做的事：

> 告成以后，一定要走开上海透一口气，来一些闲情逸致的顽意儿。当然三四千块钱不算是怎么了不得，但至少可以优游一下……

但他紧接着又写道：

> 不过说不定那笔钱正好拿来养病也未可知。

没想到这无心之言竟然一语成谶。就在他大功将要完成之前，20世纪华文世界最杰出的莎士比亚翻译家病逝了。“不能死”的他死了。何等令人扼腕叹息！

你侬我侬

既然是写给自己的情人，应可预见信中会表露亲密。但这样的告白收录在这本集子里的并不多。除了“汇报”工作进度外，他最多只是有时在信末添上一两笔：

> 我待你好，我嗅嗅你的鼻头（爱司基摩人的礼节）。

或

> 我觉得你确实有诗人的素质，你的头脑跟你的心都是那么美丽可爱。

或

> 你肯不肯给我一个吻?

或

> 你顶好，你顶可爱，你顶美，我顶爱你。

有一封信提到出版宋清如的诗集。他说：

> 你的诗集等我将来给你印好不好？你说如果我提议把我们两人的诗选剔一下合印在一起，把它们混合着不要分别那一首是谁作的，这么印着玩玩，你能不能同意？这种办法有一个好处，就是挨起骂来大家有份，不至于寂寞。

这份心灵上的你侬我侬，令人艳羡。

同一封信里，他还说："你一定得给我取个名字，因为我不知道要在信尾写个什么好。"这个名字想必是两人之间的昵称。我不知道他的要求后来有没有获允，收在这里的信末署名，却十分有趣。有时是"朱"，有时是"也也"（猜不透是什么密码），有时是"淡如"（应是对应"清如"）。但谁能想到他会自称"牛魔王""黄天霸""常山赵子龙"（是否对这些威猛人物心向往之？）之类的。相反地，他也会自我调侃，签下软趴趴的"豆腐"，或脏兮兮的"鬣鬎头""一个臭男人"。有时他把自己想象/比拟成翻译中的莎剧角色，例如《威尼斯商人》里放高利贷的"Shylock"和《仲夏夜之梦》里插科打诨的"波顿"（即Bottom）。如果搜齐了他书信中的自称，或许可以对这位大翻译家做进一步探索，写出一篇有趣的心理分析论文。

外一篇：台湾莎学简报

英年早逝的朱生豪翻译了31个剧本又半，可惜只出版了喜剧、悲剧、杂剧。在台湾，他的之江大学校友虞尔昌补译了历史剧（10种）及《十四行诗》，合称全集，于1966年出版。次年，梁实秋历时三十三载独力完成的《莎士比亚全集》中译本面世。此后，这两种全集一直是台湾读者接受莎士比亚的主要管道，也是话剧莎士比亚演出所依据的版本。直到1999年才有新的、个别的莎剧翻译。1966年也出版了梁实秋主编的《莎士比亚诞辰四百周年纪念集》，收录了长短不一的14篇文章，大多属于概论，其中6篇是翻译。虽然质量参差，但这本纪念集仍可说是台湾莎学的某种里程碑。

由于历史因缘，台湾与外界的沟通比较容易。从20世纪的60、70年代开始，留学美国蔚为风潮，学成归来的文科学者不乏其人。英美文学方面较为重要的人物有朱立民、颜元叔、胡耀恒等，都在台湾大学外文系长期任教，直到退休。他们引进了西方的文学批评理论与研究方法，勠力改革英美文学课程与教学，积极推动中外文学研究，影响了数个世代，赢得了“朱颜改”的称号。

朱立民在台大文学院院长任内，不定期邀约同好雅集，讨论莎士比亚，开启了台湾的莎学研究先河。1989年，高雄师范学院（现已改制为大学）主办“中美莎士比亚研讨会”，是为莎学研讨会的滥觞。日后我草创不定期的“莎风景”，继之发展为正式的台大莎士比亚论坛，再扩充成今日已具规模、制度完善的“台湾莎士比亚学会”，历届会长包括雷碧琦、邱锦荣、苏子中、陈芳以及现任的姜翠芬。学会定期举办沙龙、研讨会，成立网站，收集演出录像资料等，以利研究；并联合大陆以及韩国、日本、菲律宾、印度等地学者，成立了亚洲莎士比亚学会。

随着莎学论文渐多，研究角度及使用理论也趋于多元。2000年，笔者主编的《发现莎士比亚：台湾莎学论述选集》与方平主编的《新莎士比亚全集》台湾版同时发行。选集收录了具有代表性的重要论文18篇。根据统计资料，我发现从1970年至2000年，台湾的莎学研究论文几乎每十年以倍数增加。此外，我也于《代序》中指出：

在与欧美学术界几乎同步沟通的环境下，学者的研究兴趣不再局限于莎士比亚的语言、意象、结构、版本等文本范畴；更多的是把他的作品连接到剧场演出、影视改编、戏剧观念、女性主义、性别研究、新历史主义、后殖民主义、文化及跨文化等研究领域。于是有从各种不同角度对莎士比亚经典的深入省察，林林总总，蔚为大观。

论文与专书之外，另有部分的莎士比亚重译本出现，有些是结合学术研究的经典译著。

20多年后的今天，成绩自然不止于此。可以想见，莎士比亚也活跃于剧场，以话剧、京剧、豫剧、歌仔戏、客家戏、偶戏、歌舞剧等形式演出。有大戏，有实验剧；有些贴近原作，有些大幅改编，或特别以“误读”方式与莎翁对话者，目不暇接。整体而言，庶几可以“生气蓬勃”四字概括。

多年前，业师朱立民教授曾经递给笔者一封索天章先生的手札，信中大意是希望他推动两岸莎学交流。朱老师说他年事较高，鼓励我在这方面出点力。尔后由于种种因缘，我很幸运参与了交流，结识了大陆许多师友，获益匪浅。现今应邀写下这篇读书报告，恩师天上有知，应会颔首感到欣慰吧。

2022年2月于台北

（彭镜禧：辅仁大学讲习教授）

目 录

1990年

1991年

1992年

1993年

1994年

1995年

1996 年

1997年

1998年

1999年

2000年

2001年

2002年

2003年

2004 年

2005 年

2006 年

2007 年

2009 年

2011 年

2012 年

2013 年

2014 年

朱生豪致宋清如的译莎书信

Merrily merrily I will now

朱生豪于1933年毕业于杭州的之江文理学院（之江大学）。在校期间，结识了比他低三级的宋清如并成为挚友和情感上的伴侣。朱生豪离校去上海世界书局工作后，就只能通过鸿雁传书来和宋清如保持联系、进行交流并寄托思念了。1935年，朱生豪在詹文浒的建议下准备着手翻译莎士比亚的戏剧，且于1936年开始动笔翻译，在此期间宋清如也完成了在之江的学业，并于1936年去湖州一中学任教。

朱生豪给宋清如写信的频度甚高，在信中除倾诉思念以外，还对他在上海的生活、工作情况以及所处的环境都有比较详细的介绍，也交流了他对人生、对社会百态，特别是各种文化现象的看法。开始译莎以后，翻译过程中的各种酸甜苦辣，各种体会、想法，以及进展的情况也都会在信中向宋清如“汇报”，成了这个时期中朱生豪书信的重要内容。

这一批珍贵的手泽，经历了一次次的变故和战乱，一直为宋清如所珍藏。1949年宋清如去杭州工作以后，除把较多信件存在嘉兴老家外，还曾把其中她觉得最有价值的部分信件（主要是和译莎工作有关以及有诗作“发表”的）带在身边，除了可以不时展读以寄托哀思，也有在适当的时候加以整理，为我国的文化事业留下这一份史料的考虑。可惜这一部分信件均被毁于“文革”中了。

万幸的是，留在嘉兴老家的那些信件，居然在那一场浩劫中幸存了下来，后来经清点，尚有300余封。虽然已经损失了一些最有价值的信件，但剩余的部分也充分地体现了一代文学大师的文采和思想风范，并为我们认识、了解那个渐行渐远的社会的历史片段提供了很好的参考。这些信件经整理出版后产生了较大影响，成为我国文化宝库中的一笔有价值的财富。

在现存朱生豪写给宋清如的300余封信中，尚有一部分和他的译莎工作有关，有谈到他对一些莎翁剧作的看法，有谈到他译莎的总体计划和具体的进展情况，也有他对于一些具体词语和片段的处理心得，甚至还有抄录给宋清如看的部分段落的初译稿。

现将朱生豪信件中这部分和译莎有关的内容汇编于此，也算是前辈在他们的文化苦旅中留下的一点足迹吧！愿以此和莎学界的朋友们共勉，并愿我国的莎学之花在已经春色满园的中华文艺园地里开得更加绚丽！

一

此信约写于1935年秋，此时朱生豪已经在詹文浒的建议下和世界书局达成了翻译《莎士比亚戏剧全集》的协议，并开始做准备工作，包括搜集各种莎剧版本、注释本等参考资料，并反复研读莎氏剧作。此信就是他在研读了莎剧*Titus Andronicus*之后向宋清如"发表"的一些想法。

昨夜读莎士比亚，翻到的是*Titus Andronicus*①，这是莎翁悲剧中最残酷的一本，这故事是《莎氏乐府本事》上所没有的，因此可以讲一讲。

Titus A.是罗马大将，出征Goth②人，凯旋回来，他有好许多儿子，都在各次的战役中阵亡，生还者仅四人耳。是时也，罗马皇帝新丧，二子Saturninus和Bassianus争夺皇位，因为Titus功高望重，请他决定谁应为皇，他因为Saturninus是长子，就宣布他是罗马皇帝，后者感激之余，要求娶他的女儿Lavinia为后，可是当Titus献上俘虏的时候，Saturninus一见了被俘的Goth王后Tamora，便着了迷了。Lavinia，Titus的女儿，原来是皇弟Bassianus的恋人，后者看见Titus把她许嫁给他的哥哥，便当众宣布她应属于他，而把她夺走了。Titus大为气愤，想去追夺回来，但他的儿子们都同情于这一对恋人，而拦阻他们父亲的追赶，老头子因为自己的儿子也背叛他，便把一个儿子杀了。

Saturninus皇位已到手，便翻了脸，说不要Lavinia了，并辱骂Titus，宣布以被俘的Goth王后Tamora为自己的皇后，后者是一个淫毒险恶的妇人，因为Titus曾杀她的长子以祭他的阵亡诸子，怀恨在心，佯劝Saturninus宽恕他，表面上言归于好，而暗中计划她仇家之颠覆。

一切的阴谋都由Tamora和她的情人Aaron，一个奸恶的黑人，计划发动着。大婚的次日，Titus请皇帝和Bassianus诸人出猎，Tamora乘机和她的黑人在林中幽会，被

Bassianus和Lavinia所撞见，把她冷嘲热骂了一阵，而Aaron却溜了出去叫Tamora的二子来救他们的母亲，Tamora看见了她的儿子，便说那两人把她诱到这座冷僻无人的荒林里来谋杀她，二子听说便把Bassianus杀了，Lavinia则因为他们早已垂涎她的美色，被二人拖去强奸，那母亲对她的儿子们说："你们越把她干得痛快我越快活。"

Bassianus的尸身被扔在一个预先掘好的坑穴中，上面用草覆盖，看不出来。时在黄昏之际，黑人Aaron把Titus的两个儿子引到林中，二人都跌落坑中，发现了那尸身，非常惊骇。斯时 Saturninus以及大队人因找寻失踪的Bassianus到此，看见了坑中的二人和尸体，便断定他们是杀人的凶手，不管老Titus怎样辩白声说，终于判处了他们的死刑。

Lavinia受了侮辱之后，被那两个恶徒割去了两手和舌头，丢弃在荒野里，被她的叔父所遇见，同了回家，大家的悲伤、忿恨、痛哭、怨怒，都不必说，但无由探知下此毒手者的姓名。Aaron矫诏来说，Titus，或他的兄弟Marcus，或他的仅余的一子Lucius，肯斫去了一只手献给皇上，便可救赎他两个儿子的一死，他们三人争着各要斫自己的手，终于Titus用计赚了他们，把自己的手斫下来了。这是Aaron要的活儿，他回去告诉了Tamora，二人快活得笑出眼泪来。

使者捧着二子的头和Titus的手还给他们，Titus明白上了当，便立誓复仇，命他的儿子Lucius到Goth人那里去借兵。自己则佯狂装疯，同时探悉了戕害 Lavinia的凶手。Tamora和Aaron奸通的结果，生了一个孩子，是黑种，Aaron把那孩子挟逃到Goth人那里，被Lucius所执。

Lucius率领Goth人大举进攻，Saturninus着了慌，预备议和。Tamora因为知道Titus已气疯，便扮作复仇女神的样子到他那里去，叫他把他的儿子召来，她可以替他杀尽仇人。Titus假装痴呆答应了，但说她的两个从者（一个的名字是"谋杀"，一个的名字是"奸淫"），实即她的两个恶子，应当留在他家里，她也答应了，他便叫人去召唤Lucius来，Tamora走了之后，他预先伏下的人就把他的二子杀了。

Saturninus，Tamora和众臣驾临Titus的府邸，和Lucius议和，在筵席之上，Titus亲自扮作厨子的样子，伺候进菜。他把他的女儿拖到众人的面前，声说她已被奸人所污，并且被他们弄成残废，因为不忍让她如此蒙羞而生，便亲手把她杀死了，Saturninus惊骇之余，追问谁是贼害她的人，他便戟指着Tamora说，"你现在所吃的，便是害了我女儿的你自己儿子的肉”，就在说话的时候把那妇人也刺死了。Saturninus一见他杀了他的妻子，便杀死了Titus，Lucius一见他的父亲被杀，也把Saturninus杀死。在群众的鼓噪中，他当众申述了一切，并且把Aaron提出，叫他招认一切的罪恶，无主的罗马，于是便拥戴Lucius为皇。

剧中把一片血腥气渲染得很利害，但无论就文辞或性格的描写而看，这本戏确乎不能说是莎翁的杰作，第一个缺点是太不近人情，第二个缺点是剧中人物缺少独特的性格。但力量与气魄的雄伟仍然显示出莎翁的特色。

我最喜爱的两篇莎翁剧本是《暴风雨》和《仲夏夜之梦》，那里面轻盈飘渺的梦想真是太美丽了。《仲夏夜之梦》的影片最近将于上海上映，由德国舞台巨匠Rhein Hardt③导演，配上Mendelssohn④的音乐，很令人心向往之，可是戏院方面居奇，平时六角的座价要涨至一块五角，这样穷干的日子只好暂时省省了。官方消息，这月内薪水已无希望，ta ta ta⑤。

我待你好。

编者注

① *Titus Andronicus*：莎士比亚悲剧名（朱生豪当时使用的译名是《血海歼仇记》，现一般使用音译的剧名《泰特斯·安德洛尼克斯》），也是该剧中主人公的名字。下面出现的许多英文名字都是这部悲剧中的人物，其中：Titus Andronicus：泰特斯·安德洛尼克斯，罗马大将。Lavinia：泰特斯的女儿；Lucius：泰特斯的儿子；Marcus：泰特斯的兄弟。Saturninus和Bassianus：新丧罗马皇帝的两个儿子。Tamora：被俘的哥特王后；Aaron：Tamora的情人。

② Goth：哥特，欧洲古国名。

③ Rhein Hardt：莱因哈特，德国著名导演。

④ Mendelssohn：门德尔松，德国19世纪著名作曲家。

⑤ ta ta ta：象声词，“嗒、嗒、嗒”。

二

此信原件上宋清如注：1936年夏。

好好：

……

你崇拜不崇拜民族英雄？舍弟说我将成为一个民族英雄，如果把Shakespeare[①]译成功以后。因为某国人曾经说中国是无文化的国家，连老莎的译本都没有。我这两天大起劲，*Tempest*[②]的第一幕已经译好，虽然尚有应待斟酌的地方。做这项工作，译出来还是次要的工作，主要的工作便是把僻奥的糊涂的弄不清楚的地方查考出来。因为进行得还算顺利，很抱乐观的样子。如果中途无挫折，也许两年之内可以告一段落。虽然不怎样正确精美，总也可以像个样子。你如没事做，替我把每本戏译毕了之后抄一份副本好不好？那是我预备给自己保存的，因此写得越难看越好。

你如不就要回乡下去，我很想再来看你一次，不过最好什么日子由你吩咐。

我告诉你，太阳底下没有旧的事物，凡物越旧则越新，何以故？所谓新者，含有不同、特异的意味，越旧的事物，所经过的变化越多，它和原来的形式之间的差异也越大，一件昨天刚做好的新的白长衫，在今天仍和昨天那样子差不多，但去年做的那件，到现在已发黄了，因此它已完全变成另外的一件，因此它比昨天做的那件新得多。你在一九三六年穿着一九三五年式的服装，没有人会注意你，但如穿上了十七世纪的衣裳，便大家都要以为新奇了。

我非常爱你。

淡如　廿五

编者注

① Shakespeare：莎士比亚。

② *Tempest*：《暴风雨》，是朱生豪最喜欢的一部莎士比亚剧作，也是他首先着手翻译的一个剧本。

三

此信估计写于1936年初夏，此时正是宋清如在之江大学毕业前夕。

宋宋：

今夜的成绩比较满意，抄写了三四千字。起了风，砰砰磞磞地听见玻璃窗碎了好几扇。

要努力就决定个努力的方向，如果一无可努力之事，那么拼着懒过去，也用不着寒心，归里包推总是一样。

据说中国已经复兴了，我总觉得很疑惑，而且好像就是这几个月里头复兴起来的，不知道是人家骗我们呢，我们自己骗自己呢，还是真的已经复兴了？

我待你好，我嗅嗅你的鼻头（爱司基摩人的礼节）。

牛魔王

四

此信估计写于1936年7月底，此时宋清如从之江文理学院毕业后经人介绍正准备去湖州任教。

好友：

湖州地方也不错，如果天津不成功，当然很可去得。月薪五十其实已不算小了，在上海也许不够用，在内地很可以每月积蓄些，又不要你供给家用。只要事情不十分忙，环境相当好，钱你很可以不必计较。

……

我已把*Tempest*译好一半，全剧共约四万字，你有没有这耐心抄？这篇在全集中也算是较短的。一共三十七篇，以平均每篇五万字计，共一百八十五万言，你算算要抄多少时候?

我待你好。

朱

近来夜里很好睡，虽然有时很夜深，臭虫很奇怪变少了，也许因为人倦不觉得。蚊子比较多，但这里的蚊子有沉默的特性，不向你唱歌，还比较不使人心烦，叮就让它叮去，没有工夫理它们。

卅一

五

此信估计写于1936年8月。

亲爱的朋友:

热得很，你有没有被蒸酥了?

怪倦的，可是我想必须要写了这封信。

*Tempest*已完工，明天叫他们替钉一钉，便可以寄给你看，但不知你能不能对我的译笔满意。

郑天然给我的两本抄本，我因为自己没用处，昨夜没有事，便把你所有寄给我看的新诗（除了我认为太不好的少数之外）都抄了上去，计得:

1932年（十月起） 9首

1933年 38首

1934年 32首

1935年 8首

1936年（迄七月） 2首

竭着一个黄昏一个上午半个下午的时间把它们抄完，好似从头到尾温习了一遍甘美的旧梦。我觉得你确实有诗人的素质，你的头脑跟你的心都是那么美丽可爱。因为不讲究细琢细磨的缘故，你的诗有时显得生硬，显得意象的调炼未臻融和之境，而给人一种不很成熟的感觉，但这无害于你的抒情的优美。不经意而来的好句子，尽可以使低能的苦吟者瞠然失色；你的顶好的几首小诗可以列于我平生读过的最好的诗篇之中。我对于你真只有无限的爱慕，希望你真不要从此萧索下去才好。我曾在抄后又用红墨水把你的各篇诗加以评点，好的诗一圈，很好的诗两圈，非常好的诗三圈；句子有毛病或用得不适当的加竖，佳句加细点，特别出色的佳句加密圈，你要不要看看？

说不完的我爱你。愿你好。

永远是你的

星期日夜

六

此信原件上宋清如注：1936年秋8月。

好人：

今晚我把《仲夏夜之梦》的第一幕译好，明天可以先寄给你。我所定的计划是分四部分动手：第一，喜剧杰作；第二，悲剧杰作；第三，英国史剧全部；第四，次要作品。《仲夏夜之梦》是初期喜剧的代表作，故列为开首第一篇。

今天已把所抄的你的二本诗寄出，希望你见了不要生气。

今天下雨，很有了秋意。湖州有没有什么可以玩玩的地方，人家陪不陪你出去走走？除国文外，你还教些什么功课？

《仲夏夜之梦》比《暴风雨》容易译，我不曾打草稿，“葛搭”（这两个字我记不起怎么写）的地方也比较少，但不知你会不会骂我译得太不像样。

虽则你还没开学，我却在盼望快些放寒假（或者新年），好等你回家的时候来看你。民德是不是教会学校？大概是的，我想。我顶不欢喜教会里的女人。

我记住你的阴历生日是六月十八，阳历生日是七月三十一[①]，错不错？

你肯不肯给我一个吻？

愿你秋风得意，多收几个得意的好门生，可别教她们做诗，免得把她们弄成了傻子。

魔鬼保佑我们！

一个臭男人　十七夜

编者注

① 实际上，宋清如的阳历生日是7月13日，这封信里搞错了。阴历生日是对的。

七

昨夜读*Hamlet*[①]，读到很倦了，一看表已快一点钟，吃了一惊，连忙睡了，可是还刚读完三幕。睡了下去，却又睡不着，想把你拖起来到山下散步。今天很倦。

*Hamlet*是一本深沉的剧本，充满了机智和冥想，但又是极有戏剧效果，适宜于上演的。莎士比亚的所以伟大，一个理由是因为他富有舞台上的经验，因此他的剧本没一本是沉闷而只能在书斋里阅读。譬如拿歌德的*Faust*[②]来说吧，尽管它是怎样伟大，终不免是一部使现代人起瞌睡之思的作品，诗的成分太多而戏剧的成分缺乏，但在莎氏的作品中，则这两个成分是同样的丰富，无论以诗人而论或戏剧家而论，他都是绝往无继。

我最初读的莎氏作品，不记得是*Hamlet*还是*Julius Caeser*[③]，*Julius Caeser*是在Mr. Fisher[④]的班上读的，他一上了班，便说，Mr. A[⑤]，你读Antony，Mr. B，你读Brutus，Miss C，你读Caeser的老婆的lines[⑥]，于是大家站起来瞎读了一阵，也不懂读的是什么，这位先生的三脚猫智识真浅薄得可以，他和他的学生们都一样没有资格读Shakespear。

读戏曲，比之读小说有趣得多，因为短篇小说太短，兴味也比较淡薄一些，长篇小说太长，读者的兴味有时要中断，但戏剧，比如说五幕的一本，那就不嫌太长，不嫌太短。因为是戏剧的缘故，故事的布置必然是更加紧密，个性的刻划必然是更加显明，剧作者必然希望观众的注意的集中不懈。因此，所谓“戏剧的”一语，必然含有“强烈的”“反平铺直叙的”的意味。如果能看到一本好的戏剧的良好的演出，那自然是更为有味的事，可惜在中国不能多作这样的奢望。上次在金城看演果戈里的《巡按》，确很能使人相当满意（而且出人意外地居然很卖座，但我想这是因为原剧通俗的缘故），也许有一天正式的话剧会成为中国人的嗜好吧？但总还不是在现在。卖野人头的京剧（正统的京剧我想已跟昆曲同样没落了，而且也是应该没落的）太不堪了。在上海是样样都要卖野人头的，以明星登台为号召的无聊的文明戏，也算是话剧，非驴非马的把京戏和“新戏”杂糅一下便算是“乐剧”，嘴里念着英文，身上穿着中国戏台上的古装，一面打躬作揖，便算是演给外国人看的中国戏。当然这些都算是高等的，下此不必说了。

以舞台剧和电影比较，那么显然前者的趣味是较为classical⑦的，我想现代电影有压倒舞台剧之势，这多半是与现代人的精神生活有关，就我所感觉到的，去看舞台剧的一个很不写意的地方，就是时间太长，除非演独幕剧。如果是一本正式的五幕剧，总要演到三个半至四个钟头的工夫，连幕间的间歇在内，这种长度在习惯于悠闲生活的人原不觉得什么，但在过现代生活的人看来就很觉气闷。至于如中国式的戏院，大概每晚七点钟开锣，总要弄到过十二点钟才散场。要是轰动一点的戏的话，那么也许四点半钟池子里已有了人，时间的浪费真是太可怕，再加之以喧阗的锣鼓，服装的眩目的色彩，疯狂的跌打，刺耳的唱声，再加之以无训练的观众，叫好拍手以及一切，一个健康的人进去准会变成神经衰弱者出来。

……

编者注

① *Hamlet*：莎士比亚著名悲剧，朱生豪原用译名是《汉姆莱脱》，现通用译名为《哈姆雷特》。

② *Faust*：《浮士德》，德国作家歌德的著名长篇诗剧。

③ *Julius Caeser*：莎士比亚历史剧，朱生豪原用译名是《该撒遇弑记》，现在通用译名为《裘力斯·恺撒》。下面的Antony、Brutus、Caeser及其老婆都是剧中的人物。

④ Mr. Fisher：费歇先生，是朱生豪上中学时的外籍英语教师。

⑤ Mr. A：和下面的Mr. B、Miss C意思是A先生、B先生、C小姐等，泛指朱生豪中学时班上的同学。

⑥ lines：台词。

⑦ classical：经典的。

八

此信原件上宋清如注：1936年。朱生豪在这封信中较详细地介绍了他译莎时按“喜剧杰作”“悲剧杰作”“英国史剧”和“其他作品”四个分册来翻译的总体计划。不过后来由于时局的变动，他在完成了“喜剧”“悲剧”两个分册后，先译了“其他作品”（后来称之为“杂剧”），最后再进行“英国史剧”的翻译，在完成了《亨利四世》前后篇、《理查二世的悲剧》和《约翰王》等四个剧本以及《亨利五世》前两幕后，就因病重不得不搁笔，直至英年早逝，未能译完剩余的英国史剧。

好人：

今夜我的成绩很满意，一共译了五千字，最吃力的第三幕已经完成（单是注也已有三张纸头），第四幕译了一点点儿，也许明天可以译完，因为一共也不过五千字样子。如果第五幕能用两天工夫译完，那么仍旧可以在五号的限期完成。第四幕梦境消失，以下只是些平铺直叙的文字，比较当容易一些，虽然也少了兴味。

一译完《仲夏夜之梦》，赶着便接译《威尼斯商人》，同时预备双管齐下，把《温德塞尔的风流娘儿们》[①]预备起来。这一本自来不列入“杰作”之内，*Tales from Shakespeare*[②]里也没有它的故事，但实际上是一本最纯粹的笑剧，其中全是些市井小人和莎士比亚戏曲中最出名的无赖骑士Sir John Falstaff[③]，写实的意味非常浓厚，可说是别创一格的作品。苏联某批评家曾说其中的笑料足以抵过所有的德国喜剧的总和。不过这本剧本买不到注释的本子，有许多地方译时要发生问题，因此不得不早些预备起来。以下接着的三种《无事烦恼》《如君所欲》[④]和《第十二夜》，也可说是一种“三部曲”，因为情调的类似，常常相提并论。这三本都是最轻快优美，艺术上非常完整的喜剧，实在是“喜剧杰作”中的“代表作”。因为注释本易得，译时可不生问题，但担心没法子保持原来对白的机警漂亮。再以后便是三种晚期作品，《辛俾林》[5]和《冬天的故事》是“悲喜剧”的性质。末后一种《暴风雨》已经译好了，这样便完成了全集的第一分册。我想明年二月一定可以弄好。

然后你将读到《罗密欧与朱丽叶》这一本恋爱的宝典，在莎氏初期作品中，它和《仲夏夜之梦》是两本仅有的一喜一悲的杰作，每个莎士比亚的年轻的读者，都得先从这两本开始读起。以后便将风云变色了，震撼心灵的四大悲剧之后，是《该撒》、《安东尼与克里奥佩特拉》[6]、《考列奥莱纳斯》[7]三本罗马史剧。这八本悲剧合成全集的第二分册，明年下半年完成。

但是我所最看重，最愿意以全力赴之的，却是篇幅比较最多的第三分册，英国史剧的全部。不是因为它比喜剧悲剧的各种杰作更有价值，而是因为它从未被介绍到中国来。这一部酣畅淋漓一气呵成的巨制（虽然一部分是出于他人之手），不但把历史写得那么生龙活虎似的，而且有着各种各样精细的性格描写，尤其是他用最大的本领创造出Falstaff（你可以先在《温德塞尔的风流娘儿们》中间认识到他）这一个伟大的泼皮的喜剧角色的典型，横亘在《亨利四世》《亨利五世》《亨利六世》各剧之中，从他的黄金时代一直描写到他的没落。然而中国人尽管谈莎士比亚，谈哈姆莱德，但简直没有几个人知道这个同样伟大的名字。

第三分册一共十种，此外尚有次要的作品十种，便归为第四分册，后年大概可以全部告成。告成以后，一定要走开上海透一口气，来一些闲情逸致的顽意儿。当然三四千块钱不算是怎么了不得，但至少可以优游一下，不过说不定那笔钱正好拿来养病也未可知。我很想再做一个诗人，因为做诗人最不费力了。实在要是我生下来的时候上帝就对我说：“你是只好把别人现成的东西拿来翻译翻译的”，那么我一定要请求他把我的生命收回去。其实直到我大学二年级为止，我根本不曾想到我会干（或者屑于）翻译。可是自到此来，每逢碰见熟人，他们总是问，“你在做些什么事？是不是翻译？”好像我唯一的本领就只是翻译。对于他们，我的回答是“不，做字典”。当然做字典比起翻译来更是无聊得多了，不过至少这可以让他们知道我不止会翻译而已。

你的诗集等我将来给你印好不好？你说如果我提议把我们两人的诗选剔一下合印在一起，把它们混合着不要分别那一首是谁作的，这么印着玩玩，你能不能同意？这种办法有一个好处，就是挨起骂来大家有份，不至于寂寞。

快两点钟了，不再写，我爱你。

你一定得给我取个名字，因为我不知道要在信尾写个什么好。

十月二日夜

编者注

①《温德塞尔的风流娘儿们》：此剧后来使用的译名是《温莎的风流娘儿们》。

② *Tales from Shakespeare*：《莎氏乐府本事》，即《莎士比亚故事集》。

③ Sir John Falstaff：约翰·福斯塔夫爵士，莎士比亚历史剧中的人物。

④《如君所欲》：此剧后来使用的译名是《皆大欢喜》。

⑤《辛俾林》：此剧朱生豪后来使用的译名是《还璧记》，现较通用的译名是《辛白林》。

⑥《安东尼与克里奥佩特拉》：此剧朱生豪后来使用的译名是《女王殉爱记》，现较通用的译名仍为音译《安东尼与克里奥佩特拉》。

⑦《考列奥莱纳斯》：此剧朱生豪后来使用的译名是《英雄叛国记》，现较通用的译名仍为音译《科里奥兰纳斯》。

九

此信原件上宋清如注：1936年秋。此时宋清如已在湖州民德简师任教。教学任务繁重，并兼做秘书工作，还业余“依约”帮朱生豪誊抄译稿。

宋：

……

《仲夏夜之梦》第一幕的更正：注中关于Ercles的第一条，原文划去，改作“赫邱里斯（Hercules）之讹，古希腊著名英雄。”Ercles的译名改厄克里斯，Pyramus的译名改匹拉麦斯。

抄写的格式，照你所以为最好的办法。

《暴风雨》已和这信同时寄出。

环境不如意，只算暂时上半年教育实习的课，获得些经验与方法。可是写公文倒得把字好好练一练呢。二十小时还要改卷子带做秘书，未免太忙一些。

待你好，不写了。魔鬼保佑你。

朱　廿二

十

此信原件上宋清如注：1936年秋。

好友：

秋天了，明天起恢复了原来的工作时间，谢天谢地的。今后也许可以好好做人了吧，第一译莎剧的工作，无论胜不胜任，都将非尽力做好不可了；第二明天起我将暂时支持着英文部的门户，总得要负点儿责任，虽则没有什么大不了的事干。

昨夜睡中忽然足趾抽筋，下床跑了几步，一个寒噤发起抖来，疑心发疟疾了，钻到被头里去，结果无事。

《暴风雨》的第一幕你所看见的，已经是第三稿了，其余的也都是写了草稿，再一路重抄一路修改，因此不能和《仲夏夜之梦》的第一幕相比（虽则我也不曾想拆烂污），也是意中事。第二幕以下我翻得比较用心些，不过远较第一幕难得多，其中用诗体翻出的部分不知道你能不能承认像诗，凑韵、限字数，可真是麻烦。这本戏，第一幕是个引子，第二三幕才是最吃重的部分，第四幕很短，第五幕不过一班小丑扮演那出不像样的悲剧。现在第三幕还剩一部分未译好。

现在我在局内的固定工作是译注几本《鲁滨孙漂流记》Sketch Book[①]等类的东

西，很奇怪的这种老到令人起陈腐之感的东西，我可都没有读过。

你相不相信在戏剧协社（?）[②]上演《威尼斯商人》之前，文明戏班中便久已演过它了，从前文明戏在我乡大为奶奶小姐们所欢迎（现在则为绍兴戏所代替着，趣味更堕落了，因为那时的文明戏中有时还含一点当时的新思想），那时我还不过十二三岁的样子，戏院中常将《威尼斯商人》排在五月九日[③]上演，改名为《借债割肉》，有时甚至于就叫做《五月九日》，把Shylock[④]代表日本，Antonio代表中国，可谓想入非非。此外据我所记得的像*Much Ado about Nothing*[⑤]和*Two Gentlemen of Verona*[⑥]也都做过，当然他们决没有读过原文，只是照*Tales from Shakespeare*上的叙述七勿搭八地扮演一下而已，有时戏单上也会标出莎翁名剧的字样，但奶奶小姐们可不会理会。

有时我也怀想着在秋山踽踽独行的快乐。

《未足集》和《编余集》[⑦]，这两个名字一点不能给人以什么印象，要是爱素朴一点，索性不要取什么特别的名字，就是诗集或诗别集好了。

再谈，我待你好。

朱 卅一

编者注

① Sketch Book：随笔集、见闻录。

② 戏剧协社：1921年冬成立于上海的业余话剧团体，前身为中华职业学校附属学生剧团和少年化装宣讲团。协社以实践民众戏剧社主张的“非营业的性质、提倡艺术的新剧”为宗旨，创建现实主义的现代话剧。1927年曾演出莎士比亚的话剧《威尼斯商人》。括号内的问号系原信中所有。

③ 1915年5月9日，袁世凯为换取日本政府支持他恢复帝制的阴谋，宣布承认日本方面提出的灭亡中国的“二十一条”，后来这一天被认为“国耻日”。

④ Shylock（夏洛克）和下文中的Antonio（安东尼）都是《威尼斯商人》中的人物。

⑤ *Much Ado about Nothing*：《无事烦恼》，现多译成《无事生非》，莎士比亚喜剧。

⑥ *Two Gentlemen of Verona*：《维洛那二士》，现多译成《维洛那二绅士》，莎士比亚喜剧。

⑦ 宋清如曾考虑将她的两本诗集取名为《未足集》和《编余集》，写信征求朱生豪的意见。

十一

此信估计写于1936年秋。

好人：

昨夜我作了九小时的夜工，七点半直到四点半，床上躺了一忽[①]，并没有睡去。《仲夏夜之梦》总算还没有变成《仲秋夜之梦》，全部完成了。今天我要放自己一天假，略为请请自己的客，明天便得动手《威尼斯商人》。

你顶好，你顶可爱，你顶美，我顶爱你。

波顿[②]　八日

编者注

① 一忽：嘉兴方言，（多指睡觉）一会儿。

② 波顿（Bottom）是莎士比亚喜剧《仲夏夜之梦》中逗笑的主角。

十二

你这个人：

……

请给我更正：《暴风雨》第二幕第二场卡列班称斯蒂芬诺为“月亮里的人”；又《仲夏夜之梦》最后一幕插戏中一人扮“月亮里的人”。那个月亮里的人在一般传说中是因为在安息日捡了柴，犯了上帝的律法，所以罚到月亮里去，永远负着一捆荆棘。原译文中的“树枝”请改为“柴枝”或“荆棘”。后面要是再加一条注也好。

你要是忙，就不用抄那牢什子，只给我留心校看一遍就是。你要不要向我算工钱？

你不怎样忧伤，因此有点儿忧伤。上次信你说很快乐，这次并不快乐，希望下次不要更坏。你知道我总是疼你的。

卡列班[①] 十四

编者注

① 卡列班（Caliban），莎剧《暴风雨》中的丑角（巫婆所生的怪物）。

十三

此信估计写于1936年10月。朱生豪初到上海时，借住在陆高谊家，1936年沪上日军将进犯之谣传日多，陆先生举家迁往租界，他只能暂居原之江大学老师胡山源先生家，不久又在附近另租房，但仍在胡先生家搭伙。

宋儿：

今夜住在陌生的所在，这里并不预备久住，因为他们并没有空屋，做事不方便，否则环境倒是很好，因为居停[①]是同事又是前辈同学，人也很好；有了相当的房子就搬走，大概少则住个把星期，多则住个把月。

抄了一千字的《威尼斯商人》，可也费了两个钟头。

没有话说，睡了，待你好。

也也 廿日夜

编者注

① 居停：寄居之处的主人，这里即指胡山源先生。

十四

宝贝：

再不写信，你一定要哭了（我知道你不会，但因为想着要这样开头，所以就这样写）。

今天上午赶到虞洽卿路[1]一个弄堂里的常州面店吃排骨面，面三百五十文，电车三百四十文，你说我是不是个吃精？下午看了半本中国电影《小玲子》，毫无意味而跑出来，谈瑛这宝货是无法造就的了。再去看*Anna Karenina*[2]，原意不过是去坐坐打打瞌铳，因为此片已看过两次；一方面是表示对于嘉宝的敬意，她的片子轮到敝区来放映，不好意思不去敷衍看一下。看的时候当然只是看嘉宝而已，因为情节已经烂熟到索然无味的地步。别的演员也都不见出色，因此一开场我就闭上眼睛，听到她的声音才张开来，实在她是太好了。看了出来，觉得这张不是十分出色的片子，如果有人拉我去看第四遍，我也仍然愿意去看的。

《威尼斯商人》不知几时能弄好，真要呕尽了心血。昨天我有了一个得意。剧中的小丑Launcelot[3]奉他主人基督徒Bassanio之命去请犹太人Shylock吃饭。说My young master doth expect your reproach[4]。Launcelot是常常说话用错字的，他把approach（前往）说作reproach（谴责），因此Shylock说，So do I his[5]，意思说 So do I expect his reproach。这种地方译起来是没有办法的，梁实秋这样译："我的年青的主人正盼望着你去呢。——我也怕迟到使他久候呢。"这是含糊混过的办法。我想了半天，才想出了这样的译法："我家少爷在盼着你赏光哪。——我也在盼他'赏'我个耳'光'呢。"Shylock明知Bassanio请他不过是一种外交手段，心里原是看不起他的，因此这样的译法正是恰如其分，不单是用"赏光—赏耳光"代替了"approach-reproach"的文字游戏而已，非绝顶聪明，何能有此译笔？！

Romeo and Juliet[6]和*As You Like It*[7]的电影都将要到上海来，我对于前者不十分热心，因为Leslie Howard[8]和Norma Shearer虽都是很好的演员，但都缺乏青春气，原著中的Juliet只有十四岁，以贤妻良母型的Norma Shearer来扮似不很适当，Leslie Howard

演Hamlet，也似乎较演Romeo合适一点。*As You Like It*是Elisabeth Bergner主演的，这个名字就够人相思了，不过据说她在这片里扮的Rosalind，太过于像一个潘彼得。

我爱你。

星期日

编者注

① 上海西藏中路曾一度名为虞洽卿路。

② *Anna Karenina*:《安娜·卡列尼娜》，根据俄国著名作家托尔斯泰同名小说改编的影片，当时中译名为《春残梦断》。

③ 小丑Launcelot及Bassanio、Shylock（犹太商人夏洛克）都是莎士比亚喜剧《威尼斯商人》中的人物。

④ My young master doth expect your reproach：此句原意是“我年轻的主人正在等着你的来临”，但是其中“来临”一词被小丑Launcelot误说为“谴责”（这两个英文词拼法和读音较接近）。

⑤ “So do I his”是下文中“So do I expect his reproach”的缩略形式，意思为“我也在等着他的谴责”。

⑥ *Romeo and Juliet*:《罗密欧与朱丽叶》。

⑦ *As You Like It*:《皆大欢喜》，莎士比亚喜剧，Rosalind是其中的女主角。

⑧ Leslie Howard和下文的Norma Shearer、Elisabeth Bergner，都是当时的影星。

十五

宋：

……

抄写的东西我想索性请你负责一些，给我把原稿上文句方面应当改削的地方改削改削，再标点可不必依照原稿，因为我是差不多完全依照原文那样子，那种标点方法和近代英文中的标点并不一样。你肯这样帮我忙，将使我以后不敢偷懒。纸张我寄给你，全文完毕后寄在城里。

希望一切快乐等在你前面。要是我做你的学生，我一定要把别的功课不问不理，专门用功在你的功课上，好让你欢喜我。

多雨而凄凉的天气，心理上感到些空虚的压迫，我真想扑在你的怀里，求你给我一些无言的安慰。

永远是你的怀慕者。

三日

十六

此信原件上宋清如注：1936年秋—冬。

好人：

《仲夏夜之梦》已重写完毕，也费了我十余天工夫，暂时算数了。《威尼斯商人》限于二十日改抄完，昨天在俄国人那里偶然发现了一本寤寐求之的《温特色尔的风流娘儿们》，我给他一角钱，他还了我十五个铜板，在我的Shakespeare Collection[①]里，这本是最便宜的了，注释不多但扼要，想来可以勉强动手。

倒了我胃口的是这本《威尼斯商人》，文章是再好没有，难懂也并不，可是因为原文句子的凝练，译时相当费力，我一路译一路参看梁实秋的译文，本意是贪懒，结果反而受累，因为看了别人的译文，免不了要受他的影响，有时为要避免抄袭的嫌疑，不得不故意立异一下，总之在感觉上很受拘束，文气不能一贯顺流，这本东西一定不能使自家满意。梁译的《如愿》，我不敢翻开来看，还是等自己译好了再参看的好。

昨天下午一点半跑出门，心想《雷梦娜》是一定看不成的了，于是到北四川路逛书摊和看日本兵。日本兵的一个特色就是样子怪可怜相的，一点没有赳赳武夫的气概，中国兵至少在神气上要比较体面得多。他们不高的身材擎着枪呆若木鸡地立着，脸上没有一点表情，而对面的中国警察则颇有悠游不迫之慨。

……

黄天霸

编者注

① Shakespeare Collection：收集的有关莎士比亚的藏书。

十七

好人：

今晚为了想一句句子的译法，苦想了一个半钟头，成绩太可怜，《威尼斯商人》到现在还不过译好四分之一，一定得好好赶下去。我现在不希望开战，因为我不希望生活中有任何变化，能够心如止水，我这工作才有完成的可能。

日子总是过得太快又太慢，快得使人着急，慢得又使人心焦。

你好不好？

不要以为我不想你了，没有一刻我不想你。假使世界上谁都不喜欢你了，我仍然是欢喜你的。

你愿不愿向我祷求安慰，因为你是我唯一的孩子？

Shylock

十八

阿宋：

领了一支新毛笔，写几个漂亮字给你。我说，说什么呢？不是没有话，可是什么都不高兴说。我很气。我爱你。我要打你手心，因为你要把“快活地快活地我要如今”一行改作“……我如今要”，此行不能改的理由第一是因为“今”和下行的“身”协韵，第二此行原文“Merrily merrily I will now”其音节为一∨∨｜一∨∨｜一∨｜一，译文“快活地｜快活地｜我要｜如今”仍旧是扬抑格四音步，不过在末尾加上了一个抑音，如果把“我如”读在一起，“今要”读在一起，调子就破坏了……（后缺）

十九

好人：

我相信我后天一定会好了，这回害的是“神经性匍行疹”（不知有没有写错），搽了点凡士林，渐渐在瘪下去。最苦的是左臂，因为胁下也生着，酸麻得抬不起又放不下，无论坐着立着走着睡着，总归不知道安放在什么地方好，现在已好多了。事情仍旧每天在做着。

对于《威尼斯商人》的迄今仍未完工，真是性急得了不得，可是没法子，只好让它慢吞吞地进行着。无论如何，过了这个星期日一定可以寄给你看一遍，比起梁实秋来，我的译文是要漂亮得多的。

我爱你。

鬣鬍头　二日

二十

好人：

无论我怎样不好，你总不要再骂我了，因为我已把一改再改三改的《梵尼斯商人》（威尼斯也改成梵尼斯了）正式完成了，大喜若狂，果真是一本翻译文学中的杰作！把普通的东西翻到那地步，已经不容易。莎士比亚能译到这样，尤其难得，那样俏皮，那样幽默，我相信你一定没有见到过。

《温德色尔的风流娘儿们》已经译好一幕多，我发觉这本戏不甚好，不过在莎剧中它总是另外一种特殊性质的喜剧。这两天我每天工作十来个钟头，以昨天而论，七点半起来，八点钟到局，十二点钟吃饭，一点钟到局，办公时间，除了尽每天的本分之外，便偷出时间来，翻译查字典，四点半出来剃头，六点钟吃夜饭，七点钟看电影，九点钟回来工作，两点钟睡觉，Shhhh①！忙极了，今天可是七点钟就起身的。

*As You Like it*②是最近看到的一部顶好的影片，我没有理由不相信我对于Bergner的爱好更深了一层，那样甜蜜轻快的喜剧只有莎士比亚能写，重影在银幕上真是难得见到的，莱因哈德③的《仲夏夜之梦》是多么俗气啊。

《梵尼斯商人》明天寄给你，看过后还我。

朱儿

编者注

① Shhhh：象声词“嘘……”。

② *As You Like it*：这里是指由著名女影星伯格纳（Bergner）主演的影片《皆大欢喜》。

③ 莱因哈德：也译为莱因哈特。

二十一

近来每天早晨须自己上老虎灶买水，这也算是“增加生活经验”。

搁置了多日的译事，业已重新开始，白天译*Merry Wives*①，晚上把*Merchant of Venice*②重新抄过，也算是三稿了（可见我的不肯苟且）。真的，只有埋头于工作，才多少忘却生活的无味，而恢复了一点自尊心。等这工作完成之后，也许我会自杀。

我以梦为现实，以现实为梦，以未来为过去，以过去为未来，以nothing为everything，以everything为nothing，我无所不有，但我很贫乏。

编者注

① *Merry Wives*:《风流娘儿们》，即《温莎的风流娘儿们》，莎剧。

② *Merchant of Venice*:《威尼斯商人》，莎剧。

二十二

清如：

……

有经验的译人，如果他是中英文两方面都能运用自如的话，一定明白由英译中比由中译英要难得多。原因是，中文句子的构造简单，不难译成简单的英文句子，英文句子的构造复杂，要是老实翻起来，一定是噜苏累赘拖沓纠缠麻烦头痛看不懂，多分是不能译，除非你胆敢删削。——翻译实在是苦痛而无意义的工作，即使翻得好也不是你自己的东西。

……

常山赵子龙　十一

二十三

此信原件上宋清如注：1937年夏。

好人：

今夜夜里差不多抄了近一万字，可谓突破纪录。《风流娘儿们》进行得出乎意外地顺利，再三天便可以完工了，似乎我在描摹市井口吻上，比之诗意的篇节更拿手一些。

……

昨天在街头买了三本不很旧的旧书，陀斯妥益夫斯基的《赌徒》，辛克莱的《钱魔》，还有一位法国女人做的《紫恋》，可是还没工夫看。我现在看小说的唯一时间只在影戏院里未开映以前的几分钟内。

《梵尼斯商人》已收到，谢你改正了一个“么”字。今天开始翻了半页《无事烦恼》，我很希望把这本和《皆大欢喜》早些翻好，因为我很想翻《第十二夜》，那是我特别欢喜的一本。不过叫我翻起悲剧来一定有点头痛。我巴不得把全部东西一气弄完，好让我透一口气，因为在没完成之前，我是不得不维持像现在一样猪狗般的生活的，甚至于不能死。

也许我有点太看得起我自己。

豆腐　廿二

二十四

好人：

否则我今晚不会写信的，因为倦得很不能工作，所以写信。今晚开始抄《皆大欢喜》，同时白天已开始了《第十二夜》，都只弄了一点点。我决定拼命也要把《第十二夜》在十天以内把草稿打好，无论如何，第一分册《喜剧杰作集》要在六月底完成，因为我急着要换钱来买皮鞋、书架和一百块钱的莎士比亚书籍。等过了暑天，我想设法接洽在书局里只做半天工，一面月支稿费，这样生活可以写意[①]一点，工作也可早点完成。

今晚我真后悔不去看嘉宝的《茶花女》，其实这本片子我已经在一个多月前看过了（那次好像是因为给你欺负了想要哭一场去的，结果没有哭），而且老实说，我一点不喜欢这种生的门脱儿[②]的故事（正和我不欢喜《红楼梦》一样），但嘉宝的光辉的演技总是值得一再看的。当然她的茶花女并不像是个法国的女人，正和她的安娜·卡伦尼娜并不像是个俄国女人一样。看她的戏，总觉得看的是嘉宝，并不是看茶花女或安娜·卡伦尼娜，这或者是演员本身的个性侵害了剧中人的个性（好来坞的演员很少能逃出一个定型的支配，即使他们扮的是不同性质的角色，从舞台上来的比较好些）。但无论如何，她的演技的魄力、透澈与深入，都非任何其他女性演员所能几及。平常美国作品中描写男女相爱，好像总有这么一个公式，也许起初男人大大为女人所吃瘪，但最后女人总是乖乖儿地倒在男人的怀里。然而我看嘉宝的戏，却常会发生她是个男人，而被她所爱的男人是个女人的印象。《茶花女》中扮阿芒的罗勃泰勒，我觉得就是个全然的女人，他的演技远逊于嘉宝，但他比嘉宝更富于sex appeal[③]。我想这也许是喜爱嘉宝的观众，女性多于男性的一个理由，因为大多数男人心理，都是希望有一个贤妻良母式的女子做他生活上的伴侣（或奴隶），再有一个风骚淫浪的女子做他调情的对手（或玩物），可是如果要叫他在恋爱上处于被动的地位，就会很不乐意。个性强烈的女子，比较不容易有爱人，也是这个道理。

……

要睡了，因为希望明天早点起来好做点工作。

编者注

① 写意：嘉兴、上海一带的方言，意为“舒服”。

② 生的门脱儿：英文sentimental的译音，感伤的。

③ sex appeal：性感。

二十五

此信原件上宋清如注：1937年。

七日一星期这种制度实在不大好，最好工作六星期，休息一星期，否则时间过去得太快，星期三觉得一星期才开始，星期四就觉得一星期又快完了，连透口气儿的工夫都没有，稍为偷了一下懒，一大段的时间早已飞了去。

不过这不是感慨，因为随便怎样都好，在我总是一样。

《皆大欢喜》至今搁着未抄，因为对译文太不满意；《第十二夜》还不曾译完一幕，因为太难，在缺少兴致的情形中，先把《暴风雨》重抄。有一个问题很缠得人头痛的就是“你”和“您”这两个字。You相当于“您”，thou，thee等相当于“你”，但thou，thee虽可一律译成“你”，you却不能全译作“您”，事情就是为难在这地方。

预定《罗密“奥”与朱丽叶》在七月中动手，而《罗密“欧”与朱丽叶》不久就要在舞台上演出，我想不一定有参考的必要，他们的演出大抵要把电影大抄而特抄。

在等候着放假了吧？放假这两个字现在对我已毫无诱惑。

我想你幸而是个女人，可以把“假如我是个男人……”的话来自骗，倘使你真是个男人，就会觉得滋味也不过如此。世上只有两种人，神气的人和吃瘪的人，神气的人总归是神气，吃瘪的人总归是吃瘪。

阿弥陀佛！

中国莎学集体书信集

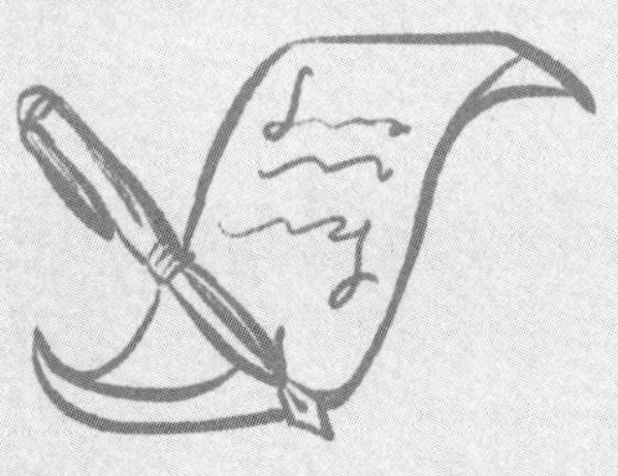

中華藥学

曾昭掄

1946年

朱文振致宋清如（3月10日）

宋先生：

窗外下着雨，四点钟了，近来我变得到夜来很会倦，今天因为提起了精神，却很兴奋，晚上译了六千字，今天一共译一万字。我的工作的速度都是起先像蜗牛那样慢，后来像飞机那样快，一件十天工夫作完的工作，大概第一天只能做2.5/100，最后一天可以做25/100。《无事烦恼》草稿业已完成，待还有几点问题解决之后，便可以再用几个深夜誊完。起初我觉得这本戏比前几本更难译，可是后来也不觉得什么，事情只要把开头一克服，便没有什么问题。这本戏，情调比《梵尼斯商人》轻逸，幽默比《温莎的风流娘儿们》蕴藉，全然又是一个滋味。先抄几节俏皮话你看：

斐：现在请你告诉我，你为了我身上的哪一点坏处而开始爱上了我呢？

琵：为着你所有一切的坏处，它们结起了联合防线，不让一点点好处混进了队伍里。但是你最初为了我的哪一点好处而被爱情所苦呢？

斐："被爱情所苦"，好一句警句！我真是被爱情所苦，因为我的爱你完全是违背本心的。

琵：我想你对于你的本心太轻视了。唉，可怜的心！要是你为了我的缘故而把它轻视，那么我也要为了你的缘故而把它轻视了；因为我的朋友所不欢喜的，我也一定不爱。

斐：我们两人太聪明了，总不能好好儿地讲些情话。

琵：照你这句话看起来，有点不见得吧；二十个聪明人中间，也没有一个会恭维他自己的。

斐：琵菊丽丝，这是一句从前太古有道盛世，人人相敬的时代的老生常谈，当今时世，要是一个人不自己预先给自己立下了墓碑，等葬钟敲过，老婆哭了一场之后，便再不会给人记得了。

琵：那你想会有多久呢？

裴：问题就在这里。钟鸣一小时，泪流一刻钟。因此只要于心无愧，聪明人把他自己的美德宣扬，就像我现在一样，是最得策的事。我自己可以作证，我这人的确了不得。

* * * * * *

琵：主啊！我怎么忍受得住一个脸上出胡子的丈夫呢？

利：你可以找到一个没有胡子的丈夫呀。

琵：我把他怎样办呢？叫他穿起我的衣裳来，做我的侍女吗？有胡子的人便不是个少年，没有胡子的人算不得成人；不是少年的人我不要，没有成人的孩子我不能嫁他。因此我愿意付六辨（便）士的保证金给要熊的，让我把他的猴儿牵到地狱里去。（古谓女子不肯出嫁者死后罚在阴司牵猴子。）

利：那么你要到地狱里去吗？

琵：不，只到了地狱门口，魔鬼就像一个老王八似的，头上出着角，出来见我，说，“您到天上去吧，琵菊丽丝，您到天上去吧；这儿不是给你们姑娘们住的地方。”因此我把猴子交付给他，到天上去见圣彼得了。

* * * * * *

陶：听我吩咐你们的职务：瞧见流氓便要捉；你们可以用亲王的名义喝住无论哪一个人。

巡丁乙：要是他不肯站住呢？

陶：那么干脆不要理他，让他去吧；马上叫齐了其他的巡丁，一同感谢上帝这坏蛋不再来麻烦你们。

佛：要是喝住他的时候，他不肯站住，那么他便不是亲王的子民。

陶：对了，不是亲王的子民，就不用管。而且你们不要在街上大声嚷；因为巡夜的要是高谈阔论起来，那是最叫人受不了的事。

巡丁甲：我们宁可睡觉，不要讲话，我们知道巡丁的本分。

陶：好啊，你说得真像一个老练而静默的巡丁，我想睡觉总不会得罪人的。你只要留心你们的戟儿不给人偷去就得了。要是你碰见一个贼子，凭着你的职务，你可以疑心他不是个正直良民；这种东西你越是少去理睬他们，就越显得你是个本分的人。

甲：要是我们知道他是个贼，我们要不要抓住他呢？

陶：是的，凭着你们的职务，本来是可以的；但是我想伸手到染缸里去，难免沾污了手，因此最妥当的办法，当你碰见一个贼的时候，就让他显出他的看家本事来，从你们手里偷偷地溜了去吧。

佛：要是你们听见小儿在夜里啼哭，就应当去喊奶娘给他止哭。

甲：要是奶娘已经睡熟了听不见我们喊呢？

陶：噢，那么悄悄儿走开吧，让那孩子把她哭醒了就得了，因为要是一头母羊听不见她羔羊的“咩”，自然也决不会答应一头牛儿的“咩”啦。

* * * * * * *

安：好，侄女，我相信你会听从你父亲作主的。

琵：是的，我的姐姐的本分，便是行个屈膝礼，说，“爸爸，随你的意思吧”。但是虽然如此，姐姐，他一定要是个漂亮的家伙才行，否则你还是再行个屈膝礼，说，“爸爸，随我的意思吧”。

利：好吧，侄女，我希望有一天见你嫁定了丈夫。

琵：除非等到男人们不再是被上帝用泥土捏成的时候。你想一个女人给一团尘埃作了主儿去，这不怄人吗？把她的一生和一块顽泥消磨在一起！不，伯父，我不要。亚当的儿子们都是我的弟兄；真的，我以为血族结婚是一件罪恶。

利：女儿，记住我告诉你的话，要是亲王对你如此如此，你便这般这般。

琵：姊姊，要是他不周旋中节地向你求爱，那多半是音乐的错处。要是那亲王太性急了，你就告诉他万事都有个节拍，你便不睬他跳舞下去。因为，希罗，你听我说，求婚、结婚和悔恨，就像是跳苏格兰捷格舞，慢步舞和五步舞一样：开始的求婚就像捷格舞那样的热烈而急促，充满了狂想；结婚就像慢步舞那样端庄镇静，一片的繁文缛节和陈腐的仪式；于是悔恨就跟着来了，那蹒跚无力的腿一步步沉滞下去，变成了五步舞，直至倒卧在坟墓里。

* * * * * * *

希：我从来不曾见过一个人逃得过她的挑剔，无论他是怎样聪明高贵年轻漂亮。如果生得俊，她便会说那位先生应当做她的妹妹；要是生得黑，她便会说上帝正在画一张小花脸的时候，偶然用墨笔涂污了；要是个儿高，便说是管歪头的长枪；要是个儿矮，便说是块刻坏了的玛瑙坠子；欢喜讲话的，便说是随风转的风信标；欢喜沉默的，那么便是块没有知觉的木石。

* * * * * * *

披：有谁见过他上理发店吗？

克：不，可是有人瞧见理发师跟他在过一起呢，他脸庞上的原来那些毛毛儿早已拿去塞了网球了。

利：的确，他去了胡须以后瞧上去比以前年轻了。

披：哼，他还用麝香擦身体呢，你们嗅不出来吗？

克：那就是说，这个可爱的孩子在恋爱了。

披：最重要的证据是他的忧郁。

克：他以前几时洗脸洗得这样勤呢？

披：是啊，而且我听人家说他还涂脂抹粉呢。

克：只要瞧他的开顽笑的脾气好了，现在他已经不再到处拉他的胡琴了。

披：对了，这是一个有力的证据。总之他是在恋爱了。

裴：可是你们这种话不能医好我的牙齿痛呀。

* * * * * * *

裴：可是除了你之外，的的确确谁个姑娘都欢喜我的，我也很希望我不要那样心硬，因为我一个都不爱哩。

琵：那真是女人们的好运气，否则她们要给一个恶毒的情郎纠缠个不清了。多谢上帝和我的冷酷的心。我的脾气倒和你一样：让一个男人向我发誓说爱我，还不如听我的狗朝着乌鸦叫。

裴：上帝保佑你小姐永远这样想法吧，因为那位先生可以免去了一张命中注定给抓碎的脸孔了。

琵：倘使像尊驾那样的脸孔，就是给抓碎了也不会变得再难看些的。

裴：你是一头少有的多嘴鹦哥。

琵：像我那样多嘴的鸟儿，比之你这种出言无礼的畜生，还好得多哩。

* * * * * * *

克：在我的眼中，她是我生平所见的最可爱的女郎。

裴：我现在眼睛还不曾花到要戴眼镜，可是我瞧不见你所说的那种情形。她的族妹琵菊丽丝虽然火性那样大，可是比起她来要美得多，就像阳春远过于残冬。但是我希望你没有想做新郎的意思吧？

克：我虽然宣誓过独身，可是如果希罗愿意嫁我，我一定作不来自己的主。

裴：已经到了那地步吗？真的，世上就没有一个人可以不靠着吃他妻子的醋而生活的吗？难道我永远见不到一个六十岁的童男了吗？算了吧，算了吧，真的你愿意把你的头套在枷里，让它扣住你的头颈，把每一个星期日在叹息中消度过去？瞧，唐披特洛找你来了。

披：你们不跟着利奥那托去，在这里有什么秘密？

裴：我希望殿下强迫我说出来。

披：我用臣子尽忠的名分命令你说出来。

裴：你听，克劳底奥伯爵，我本来可以像哑巴一样守秘密的，我希望你能相信我这样，可是我要向殿下尽忠呢，听着，我要向殿下尽忠呢。——他在恋爱了。跟谁？那要请殿下亲自动问了。听吧，他的回答是多么短，跟希罗，利奥那托的短短的女儿。

克：倘使这是真的，那么就算真的。

裴：正像老古话所说："并不是如此，也并不不是如此，但是，真的，上帝保佑不是如此。"

* * * * * * *

裴：哼，他把我侮辱得连木石都忍受不住呢！枯树听了她那种话都忍不住要还口；连我戴在脸上的假脸具都要活了起来跟她相骂。她不知道我就是我自己，对我说我是亲王的弄人，说我比□□还蠢，用那样不可思议的敏捷，把一句句讥讽的话掷到我身上，我简直像是一个被人当作箭垛的人，整队的大军向我发射。她讲的话就像一柄柄快刀，每一个字……

（以下残失）

* * * * * * *

（以上残失）

……是讥讽着婚姻；但是人们的口味不也要换换新鲜的吗？年轻时喜欢吃肉的，也许老来一见肉便要恶心。难道一些讽刺讥嘲，不伤皮肤的舌剑唇枪，便会把一个人吓怕而不敢照他的心思行事了吗？不，人类总要繁殖下去的。当我说我要作独身汉而死的这句话时，我没有想到我会活得到结婚的年龄。琵菊丽丝来了。天在头上！她是个美人儿。我有点儿看出她的几分爱情来了。

琵：人家差我来叫你进去吃饭，我心里可是老大不愿意。

裴：美丽的琵菊丽丝，谢谢你，多多有劳了。

琵：多多有劳你谢我，我可是理都不要理你的感谢。要是我怕烦劳，我一定不会来的。

裴：那么你是很乐意来的吗？

琵：是的，因为我要看你竖起刀尖来戳一块老鸦肉吃。你的胃口怪好呢，大人。再见了。

裴：哈哈！"人家差我来叫你进去吃饭，我心里可是老大不愿意"，这句话里头有点双关的意思呢。"多多有劳你谢我，我可是理都不要理你的感谢"，那简直是说，"我无论怎样为你效劳，都是不算怎么一回事的"。要是我不可怜她，那么我是个混蛋；要是我不爱她，那么我是个犹太鬼子。我要向她讨小照去。

* * * * * * *

歌一首

不要叹息，不要叹息，姑娘，

男人全都是骗子，

一脚在岸上一脚在海洋，

从不会至诚到底。

不要叹息，让他们去，姑娘，

你何妨寻芳作乐？

收拾起哀音，再不用情伤，

唱一阕甜歌欢曲。

莫唱哀歌，莫唱哀歌，姑娘，
停止你忧郁悲吟，
那一个夏天不茂叶苍苍？
那一个男子忠心？
不要叹息，让他们去，姑娘，
你何妨寻芳作乐？
收拾起哀音，再不用情伤，
唱一阕甜歌欢曲。

对“译者小志”拟商数点

一、于其秉性一节之中似可增一章，以记其忠厚诚朴与世无争。

二、毕业之江为廿二年（同年弟毕业附中，故记忆甚确）。

三、“莎翁著作之价值……一洗此耻”诸语，未识果为直接引用者否？若系渲染烘托之笔，则似亦以援类其口吻者为佳，如“以莎翁著作之伟大佳妙，而吾国乃至今尚无全集之译本，宁非憾事？余决勉力成之。”（大意如此，修辞请裁决）同时亦较含蓄，然否？

四、太平洋战起后之困顿期间，除困顿情形外，是否亦可略及其坚贞风格？（《自序》中于大局极隐讳，当时环境使然，今日为文当有所宣告）

五、“厥后”似可扩为“而自三十一年春困归故里，闭户译书以来”（大意如此），或较明确而有衔接，然否？

六、“赍志未酬”前可否加入“其自序作于××年×月，其中曾云‘历十年而全稿完成’，竟致不及毕此功业”（大意如此）。以作其自序中语之交代？

七、刊于《文艺春秋》之尊文若不一并刊入，则任职《中美日报》一段，似亦需约略及之。因此文中曾述及《中美日报》被占也，高见如何？

八、“自序”中所拟之编制不知书局遵行否（来示云“陆续出单行本”）？事实上尚余五本半未译，恐对其所拟成辑之计划亦不无影响。实际印行方式及其所以然，或可于“小志”之末附识数句，然否？

九、在世界书局时曾编英文字典多种，其《四用字典》尤为一般学生所乐用，凡此是否亦可提及，或用括弧插入？

十、在之江四年中，就英文系言，其所开课程森兄无一不选读（此为其亲告弟者），国文系情形如何，非弟所知，但当亦近似。此点亦为其孜孜矻矻，超乎常人之另一实事，大可述及，是否？（彼自幼读写不知倦劳，冬夜不知寒，夏晚不苦蚊，必至深夜乃眠，假期兄弟常同室，故迄不忘此景）

十一、森兄于其多种写述绝无急求沽名之心，忆在杭时曾有诗话之类稿本若干，均有诸师促其付梓之评语，弟均见之，而彼则均置之而已。又廿二年以前，新诗极多，而每隔一年半年必大加毁删，重行整抄，蔚然成集，其珍视程度几有不舍公开者然。又如译莎一事，直至其死时，恐除书局、家中及詹文浒外，知者极少，此似为又一足述之事也。

十二、“意志坚强，识见卓越”，二小句重见，或可取其任一，变其措置。

十三、森兄与莎氏之因缘，早于其中学时代深种。当其初高中交递之时，因当时中学已分文理科，兄入文科，秀中又以英文见重著，故其时已有《莎氏乐府本事》（兰姆姊弟二人所述）及莎剧之选读。是时弟亦已入秀中，迄今犹忆其放学后欣然反复诵读之状。此段“掌故”，弟以为大可补入。如何？

十四、其幼具异秉之具体实证，为开明初小毕业首名，第一高小毕业首或二名，秀中入学即考插班入初二，毕业时为文科首名。

十五、于其对国故经籍方面之所好及所得，可否亦有较着重之提述（国文系乃其主系也）。其大学时代情形，嫂当知之甚详。弟所知者彼在中学时代，对《论》《孟》《诗》《骚》等等均已相当娴熟（因文科必读），近代经儒典籍如《宋儒学案》《明儒学案》等等亦在研读之列。

十六、文中记其有关译莎者已够详尽。惟于其早年生活似嫌不足，于其一般品性似嫌笼统，上述有若干具体事例，可否请酌量选用增入。弟意此文为志其“人”，而非仅志其译莎一事，故虽云“小志”亦不妨详而略细也。

附：

一、《自序》是否可改为《译者自序》以免误会，末尾可否添书作成年月？

二、草拟《莎翁传略》一篇请酌编于《译者自序》之前或后。此文篇首不必注明出何人手。

三、另拟《附记》一篇，可否附登，请予裁夺（若用则附卷末）。

四、《自序》等文不知将刊于每单行本抑每"辑"（自序中所定之辑）抑仅刊于第一个单行本？弟意最好向书局交涉遵照译者意向分成四辑，则每辑可刊《自序》等文。史剧原定在最末，待续译完竣再排印，或亦尚不致脱节（前三辑排印恐非一年半载可毕）。

五、《莎翁传略》文笔务请削正，弟素病涩硬，此文中亦当不免，非谦套语也。《附记》若亦用，则亦请修改。

六、请人作序事，目前困难太多，如学校下月即结束准备迁京，五月起程，现均在忙乱不安定之中；又如原译均未及睹，外人作序太乏根据；等等。否则，此间系主任范存忠当可为之，老前辈楼光来老师虽不喜著述，或亦可一试。此事只好待返京安定后再说。

奉手示后即开始嘱为各事，惟苦于琐事纷烦，每日仅一、二小时可专心于此，致迟复命，谅之。昨晚口事，合函寄上，余不及告，待后再陈。此请

大嫂安康

振弟　拜上

编者注

李伟民与杨林贵在编纂本书时，朱尚刚先生提供了四川大学朱文振教授给大嫂宋清如先生这封珍贵的来信，在李伟民辨识、录入的基础上，朱尚刚先生亲自订正了朱文振先生的《对"译者小志"拟商数点》，原件现藏浙江工商大学档案馆。

朱文振（1914—1993），浙江嘉兴人，为朱生豪先生胞弟。1937年毕业于中央大学外文系，先

后在中央大学、广西大学、重庆大学任教，并任四川大学外文系教授、系主任。主要著作有《康第达》（青年书店1944年版）、《英语简史》（四川大学出版社1994年版）、《翻译与语言环境》（四川大学出版社1987年版）。20世纪50年代初，朱文振已经采用元曲体译出多个莎氏历史剧，但因所译风格与朱生豪译莎风格不同，未被出版社接受，译稿遗失。

朱尚刚先生提到：

“文振叔还特地为《全集》写了一篇《莎翁传略》和一篇《后记》，于1946年3月10日寄给母亲，同时也对母亲的《译者小志》提出了16点‘拟商’的意见，其中有个别似为抄写中的笔误外，大多是认为应当增补的内容，包括父亲的秉性、经历、背景等诸多方面。现在看来，这些内容若单独来看，都是值得一提的，但若全部都加进去，这篇《小志》就会变成《大志》了。可能母亲当时也是这样考虑的，所以只采纳了其中的一小部分意见。

“《莎翁传略》和父亲的《莎翁年谱》虽然体裁不同，但在《全集》中的作用是一样的，不可能两篇都用。文振叔因为远在千里之外，不知父亲已经写就了《莎翁年谱》，才有此举。

“文振叔写的那篇《后记》相当长，约有八千字左右，主要内容是关于翻译体式的讨论。因为莎剧原本是英国古典的诗剧，文振叔一直认为用白话散文体来翻译英文的Blank verse（无韵诗）无法表现出莎剧的原有韵味，只能算是‘详解式的翻译’，而要做到‘艺术性的翻译’，则一定要采用另一种和英文Blank verse相对应的语言形式（文振叔认为用元曲体最为适当）。这是文振叔坚持了一生并且为之付出了大量心血进行实践的观点。实际上，像这种鱼和熊掌孰取孰舍的问题，本来是可以见智见仁，放开探讨并留待实践来进行检验的，但按我现在的看法，将如此篇幅的一篇论证散文体译文之不合理想的论文作为散文体译本的附记，实在是并不合适的。不知母亲当年是否有过我的这种感觉，也许她也感到为难，因为要对文振叔花了很大的心血且倾注了极大热情写的这篇东西表示否定是很难开口的。后来母亲复信文振叔时，除了将父亲《莎翁年谱》的稿子抄了寄去请他作进一步查校外，还建议将《附记》刊在《全集》之末。这倒是一个恰到好处的建议，因为那么长的附记本来不可能每一单行本甚至四辑本的每一辑都刊登，而《全集》的最后完成则还有待于文振叔补译全其余的剧本。若那些剧本用元曲体译了，那么《附记》加在后面，正好作为前后体例不同的一个说明，倒也合适，如果文振叔也用散文体译了，那么想来他自己也会改写这篇附记的。

“三月二十七日，文振叔来了回信：

“手示及《莎翁年谱》稿已到数日，以仍仅能每天略抽时间对付，故至今日始克查校竣事。尊抄稿因已有多处增补移改，故另抄一份寄上。所作小增或小改，大致目的均在求清晰，大体均仍原有。其他弟意可去者未去，可增者未增（唯莎氏同时代诸家中有T. Heywood者，手头二文学史中均未提及，无从查得其生卒年份，暂删去）。前未知森兄有此年谱故作传略，今既底稿未失抄校付印，则传略或可免刊，以省重复，可请裁决也。 云附记刊全集之末甚是。尊抄年谱稿暂存弟处，免信件过重。底稿仍寄上，请善藏之……

“在信的末尾又加了一段文字：

“又森兄对三李之奇才（义山之丽，长吉之鬼，太白之逸）均曾有极大喜爱，或可插入《译者小志》中否……

“这样，关于《年谱》《传略》和《后记》的问题就算是处理定了。关于父亲的‘义山之丽、长吉之鬼、太白之逸’那几句话，大概因为《译者小志》总体框架已定，所以也没有收入。不过那几句话确是对三李诗歌艺术风格极为精当的评价，大概也属于夏承焘先生为之‘一唱三叹’的‘前人未发之论’吧。母亲晚年所写介绍父亲生平的文章中经常引用这几句话。”

那篇《译者小志》，后来正式出版时改称《译者介绍》。见朱尚刚:《诗侣莎魂——我的父母朱生豪、宋清如》，商务印书馆，2016年，第269—271页。

在书简录入过程中，由于年代久远，有些字迹已经很难辨认，凡是难以辨认的字迹均以“□”代替。

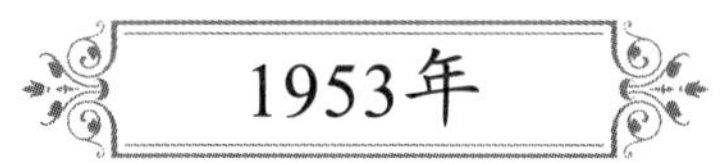

冯雪峰致宋清如（9月20日）

宋清如同志：

信及莎氏译稿原稿五册都收到。原译稿，我们会好好保存，将来挂号寄回给你保存纪念。我们准备把朱生豪先生所译的全部都重印出版，让我们先在编辑部研究讨论一下，其中译语和编辑上的问题，不久即可由出版社写详细的信给你，和你商量决定，请你稍微等一等。

此致

敬礼

冯雪峰

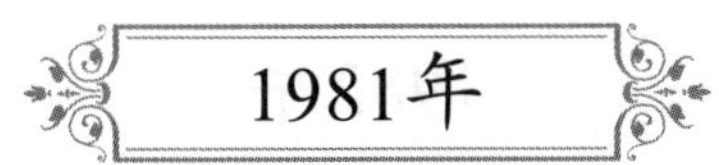

1981年

曹禺致方平（9月19日）

方平同志：

前由上海译文出版社航空挂号寄上复信，不知该信是否能到。

你寄给我的译本与《威尼斯商人》论文，我都拜读了，觉得非常好，我同意你的意见。

我素来钦佩你的莎翁译作。你的译作流畅传神，翔实详明，注解多，读后，经常恍然有所悟。你传播关于莎翁的文化的功绩是不可泯灭的。

我确想学习莎翁剧作，惟学识及悟力不足，终无所得，承赞许十分感谢。

久未得复信，恐邮失，前补述拙意，但不若前函详细。

祝

安好！

曹禺

1982年

曹禺致方平（5月26日）

方平同志：

读了您的《王熙凤与福斯泰夫》，我十分佩服。我从来不读高深的美学书。您的文章深入浅出，活泼生动，比喻贴切，把“美”与“善”的关系讲得透，把“美”的个性、“美”的相对独立性，给我们讲明白了。

我希望更早读到《什么叫“莎士比亚化”？——谈剧作家和他笔下的人物》。

关于“莎士比亚学会”的年刊的创刊词，承不弃，叫我写，我是要写的。只是我确系门外汉，需要您和莎士比亚学者们给我些指点才成。

听说，您已读了创刊里的许多论文。如果您有空，可否打个电话，订好时间，来舍下一谈。顺便请您再告我如何写这个简短的创刊词。

《文学评论》办得好，每期都有几篇扎实深刻的文章，是个很难得的好杂志。真希望我国多出一些这样的好刊物。创作不易，评论得好，似乎更难。

敬祝

安好！

曹禺

罗新璋致宋清如（8月22日）

宋清如先生：

寄上拙稿一卷，请指正。不才也是千千万万朱生豪译本忠实读者之一。而且非朱译，不成其为莎士比亚。人文版莎翁全集出来，跟朱译对了一下，保存百分之九十五以上，才购买一部。我尤其爱读朱先生译的诗。看书累了，抽出莎集，随便叫我老婆读一首。有一次，读后，我这位朱译崇拜者，也只好说，这首译得不怎么样，过一会儿，我老婆翻到书目页，不胜欣喜的告诉我，这不是朱生豪译的。

“世界书局”版上的“译者自序”和“译者介绍”，我以前都恭录了一份。我总觉得评论界对朱先生的译笔没有给予足够的评价，可惜我不专攻英国文学。仅在拙文中引朱先生一段“自序”，表示不胜敬意。这篇“自序”，好像解放后——或许是我孤陋寡闻——在此文才第一次引用！好在朱先生的译本能传下去，一直活在读者心中！他的才能自有一代一代的赏识者！我每次读“译者介绍”，都深为感动！跟这样有才能的人生活在一起应该是很幸福的，可惜朱先生过世太早了！这就是人生！

匆匆。

祝

康健！

新璋　拜上

编者注

这是罗新璋先生1983年8月22日写给宋清如的信。罗先生在1983年第7、8期《翻译通讯》上发表了他的论文《我国自成体系的翻译理论》（此文后来收入他所编的《翻译论丛》书中，商务印书馆，1984年），是在新时期较早对朱生豪的翻译从理论高度进行评价的论述，认为“朱光潜提

《莎士比亚研究》创刊号，1983年
浙江文艺出版社出版

1984年12月，中国莎士比亚研究会成立

出的‘神似’，傅雷提出的‘传神’的翻译理论，是对严复提出的‘信达雅’的翻译原则的突破。这种‘神似神韵之说二三十年代就有人提过，但影响不大，一方面可能是表述上不够有力……更重要的，是那时的翻译实践还没有提供足够的令人信服的实例’”，认为正是朱生豪的翻译成了这一理论“令人瞩目的范例”。他对朱生豪译文的评价“朱生豪译笔流畅，文辞华赡，善于保持原作的神韵，传达莎剧的气派”也为后来的许多研究者所引用。

论文发表后，罗先生将两期《翻译通讯》寄给宋清如，同时写了这一封热情洋溢的信。

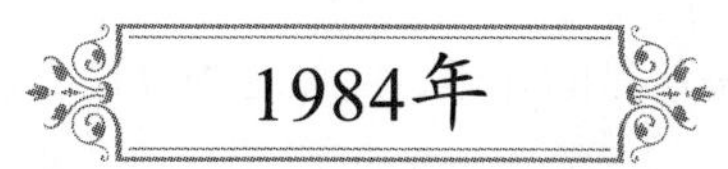

1984年

卞之琳致孟宪强（4月27日）

孟宪强同志：

谢谢约稿，先剪寄二序供选。第一篇《莎士比亚悲剧四种》序，近万字，太长，又不好摘要，第二篇《莎士比亚悲剧论痕》序言，不超过五千个字，但偶尔戏言，较多中国典故、行话，不好译，怎么办？年龄已经不容许我（头脑、技力以至兴趣）继续摆这个莎士比亚摊子，只能不了了之，草草收场。《选编》最难处恐怕在翻译问题上，你们如何解决？我快把英语都忘光了，从口到手以至眼，自己不可能翻译，只个别字眼还会挑剔。二文无论选用与否，均请寄退原件为盼。

信件寄北京东罗圈十一号2402室，邮编号100010。

匆复，顺颂著祺。

卞之琳

吴一清致宋清如（5月20日）

清如学嫂：

受人之托，冒昧得很，叨在是之江先后同学，写了这封信给您。我在同济大学建筑系任教，同校有一位测量系的讲师，想知道朱生豪兄身后家属情况。上海之江校友会（筹），仅知朱兄1933年之江毕业，任世界书局英文编辑。1943年逝去，是早年译莎士比亚戏剧专家。

朱兄生前好友虞尔昌亦是之江校友，1926年之江毕业，1947年秋应聘台大任教，现是台湾大学西洋文学系教授，莎士比亚研究学者。我的同事讲师，所以恳请我代为了解，态度是真诚的，是尔昌的儿子，与我是71年时干校参加劳动时一起生活过。为人忠诚老实。言下之意，尔昌在台是在朱兄生前研究的基础上继续研究莎氏著作，并在台出版。尔昌一直在怀念朱兄家属，在与他儿子通信中一再询问。所以他的儿子要求我设法打听，我认为义不容辞，尽力架桥深盼能在不久的将来，你们双方旧世谊重述旧好启进后辈世谊。

我1941年毕业之江，在之江任教。之江沪地校友筹会我系责任人之一，代校友寻访旧知包括家属分内之事，亦是我校友会工作的一个方面。毛遂自荐，斗胆询问希明者谅解，特此函询赐复为盼，此致敬礼。

学弟 一清 上

吴一清致宋清如（7月4日）

清如同学：

接到您的复信，今天我可以转给虞世兄了。

虞世兄是我在安徽干校一起的所谓战友，彼此皆是一般群众，有过一段友谊，他这次托我代访。我是之江校友会建系的，所以校友各系聚会总会相遇，包括英文系，所以冒昧写了一封信告诉您。

生豪与虞教授，毕业较早，与我前后同学，毫不相识。现居然虞教授在台情况较好，而且与生豪兄彼此关系是不平常的。我个人认为您不妨将生豪去世前后情况及你和子女目前的处景，告诉给虞世兄，估计他知道您复信后，是会有反应的。

另一方面，如另有些不便与虞世兄直接讲的，可以写信告诉我，我当会妥善处理。

此致

敬礼

吴一清 启

周骏章致孟宪强（12月16日）

宪强同志：

寄来《环球》两本已收到，我已将其中的一本送给马家骏。

上次写信谈到孙家琇出的书，因为措辞简单，似乎引起了你的误会。有一次，姜民生来我家，我就敦促他赶快把你的书付排，因为孙家琇的书是80年交给出版社，81年就出版了，而你的稿件也是80年交陕西出版社的，但拖延将近4年还不发排，实在说不过去。他表示歉意，现已准备付印云云。按孙家琇编的《马克思、恩格斯和莎士比亚戏剧》于1981年10月由中国戏剧出版社印行，内容分为两部分，第一部分包括马恩的理论文章，如（一）莎剧的现实主义特征，（二）莎剧是一定历史发展阶段的产物，（三）无产阶级的戏剧艺术可以向莎士比亚借鉴，等等，共五类，还有目录十项，如（一）莎士比亚十四行诗的特点，（二）《亨利四世》中的词汇问题，等等。第二部分："马克思、恩格斯著作中涉及过的莎剧中的人物情节和对话"。这第二部分没有你的书那样详细。

陕西出版社出版书籍很慢，例如我编的《小说鉴赏库——外国卷》第一册已交稿一年多，我催过几次，他们总是说："我们欠债未还，很抱歉，因为我们人力不足，接稿太多，以致三四年前接受的稿子尚未审定，所以就积压下来了"。本月9—11日我们召开年会，邀请该社文艺部长陈策贤、主任编辑姜民生来参加会；他们对我说"《外国卷》第一册将于明年二月份付排，已列入85年度出版计划"。我征得他们同意，立即向大会宣布，以解答很多朋友来函或当面询问核实出版一类的问题。

专此顺颂

教安！

周骏章

虞润身致宋清如（2月13日）

宋老师：

春节将临，首先问候您福寿安康，全家幸福。

今天尚刚弟来沪，带来了您赠送的一套1978年版的《莎士比亚全集》。我将去信告诉海外的亲人，并向您表示深切的感谢！

由于明天（14日）我要去外地出差，忙于事务，故尚刚弟来同济，也未能招待好，并陪他多讲讲，还望尚刚弟见谅。台北家父多次来信都称颂朱生豪先生和您老人家，家父是1947年应聘去台湾大学任教的，大陆解放后音讯隔断，故他未能知晓生豪先生翻译莎翁历史剧的情况，按世界书局1947年的版本，还缺少十个历史剧。有感于生豪先生译笔之优美，文理之通畅，而不幸英年早逝，故家父从50年代初之前后，便立志要继续生豪的工作事业补译莎翁之历史剧。历几年到1957年，再由台北世界书局发印了由朱生豪先生和家父（虞尔昌）所译的《莎士比亚戏剧全集》分五册精装，第一、二、三卷为生豪先生之原译作，第四、五卷为家父所译的历史剧及评论。近年来，老人家多次经美国转寄来信，都一再赞赏生豪先生为事业不顾贫病交加的牺牲精神，他更高兴您还健在，并赞扬您支持和继承生豪先生事业所作出的贡献，诚如不久前我给尚刚弟信中所引用的家父在1984年10月6日来信所讲到的："生豪对介绍一位西方最伟大的作家和诗人所作过的贡献，诚属不朽。人生之价值，不在其年寿之长短，而在其对人类社会所作之贡献。生豪如无其夫人之共患难，受尽千辛万苦何能发挥其才华有此成就。想到此，读者在欣赏生豪所译莎剧之同时，亦应对朱夫人表示敬意和谢意也。"

这一些信，尚刚弟此次来沪，我已给他看过了。并将家父第一次提到生豪先生的那封来信（1984年4月）复印件交给了尚刚弟。

上个月前，接我在美国太空总署工作的胞妹来信，谓，我在台北的八十高龄的父亲，突发了肝病，病况较重，她也即将赴台去看望老人，我们在大陆的亲人都为之十分焦急，但愿能逢凶化吉，转危为安，以期有重会之日。

生豪先生与家父所合译的莎剧全集，迄至1980年，已由台北世界书局重版了三次，深受海内外读者之欢迎。此外，有感于那边所见莎士比亚十四行诗一些译本的粗劣，家父还花了一年时间，三易其稿，翻译了《莎士比亚十四行诗全集》，于1961年由世界书局出版。

可惜由于众所周知的原因，海峡两岸阻隔，台北所出版的《莎士比亚戏剧全集》，大陆上仍未见到。我想再不多久，我在美国的妹妹会把它们寄来的。

最后，再次谢谢伯母赠予的莎翁合集，并祝愿您健康长寿！

同济大学测量系　虞润身　上

王裕珩致张泗洋（12月11日）

泗洋教授：

最近在《莎士比亚通讯》（*Shakespeare Newsletter*）上欣悉您的大作：莎士比亚绪论即将由中国戏剧出版社发行。过去多年来我一直在收集有关莎士比亚在中国的资料，自1983年在担任美国《莎士比亚季刊》（*Shakespeare Quarterly*）世界莎学注释目录有关中国莎学的编辑。我自己也希望能写一部莎士比亚在中国的历史和莎学论文的注释目录，我想大著出版后，对我的研究计划将有极大的帮助。

我想知道一些大著的内容以及出版的确定日期，如可能，盼望您能代我订购一部然后邮寄给我。书费和寄费我可以托在华亲友奉上。

今年三月我曾应武汉大学外文系邀请到该校讲授莎士比亚，然后又访问了复旦大学，苏州大学和山东大学。1982年曾应邀在山东大学作短期讲学，并到过沈阳探亲，将来如有机会重访祖国时，一定专程到贵校拜访先生并向您讨教。

我在1969年起即在密西根州萨基诺大学英文系任教，主授莎士比亚（我的博士论文是写莎士比亚早期喜剧“Burlesque and Irony in the *Two Gentleman of Verona*”，

Indiana University，1972），现任英文系正教授。

便时请将贵校讲授莎士比亚的情况告知一二，并请不吝赐教。

专此即祝

教安

王裕珩

1986年

虞润身致宋清如、朱尚刚（5月10日）

宋老师、尚刚弟：

你们好！久未通信，谅全家安康。去年12月25日《嘉兴报》载文迄今，生豪先生和我的父亲更见到尚刚弟的怀念文章和宋老师的诗，我的心里也总是激荡着对慈爱的父亲的怀念。

于今，首届中国莎士比亚戏剧节刚过，听着熟悉的剧名和生动的台词，多彩多姿的表演，更使我怀念为译莎事业而倾注了毕身心血的先贤。作为台湾的莎士比亚学者，我的父亲是朱先生译莎事业在海峡彼岸的接力人。他把自己的译作（历史剧和诗篇）当成是朱先生对莎翁译著的继续。并早在1957年4月就由台北世界书局出版了以朱译27部喜悲杂剧为基础，由虞补译十个历史剧的《莎士比亚戏剧全集》作为第一部完整可读的中文版莎翁戏剧全集。到1980年已印行了三版。发行至国内外。不久前，这一套台北版的《莎士比亚全集》已由我在美国的妹妹寄来了。这是父亲生前准备好要寄给我的一套以志永久的纪念。全集共五卷（精装）一、二、三卷是朱译的27部戏剧。并有朱先生在民国三十三年四月写的“译者自序”（大概就是1947年四月版本的自序）三、四卷是虞译的十部历史剧、“莎士比亚评论”，及朱先生早年写的“莎士比亚年谱”。这封信里先把这一套全集的封面，及“译者自序”的复印件寄上给你们看看。

校刊要我写一篇纪念台湾莎士比亚学者，虞尔昌教授的文章，我以作毕交上去了。用关汉卿的词句《发不同青心共热》为命题，以怀念我的父亲继续朱生豪先生的译莎事业，共同为我中华争气的事实。文中引用了父亲来信中对朱生豪先生，朱夫人的崇敬之情。父亲说“……生豪的文章十倍于我。不幸早逝，为我国文坛之一大损失。生豪对介绍一位西方最伟大作家和诗人所作的贡献，诚属不朽！人生之价值，不在其年寿之长短，而在其对人类社会所作之贡献”，“……生豪如无夫人之共患难，受尽千辛万苦，何能发挥其才华而有所成就？想到此，读者欣赏生豪所译莎剧之同时，亦应对朱夫人表示敬意，谢意也。”

值此首届中国莎士比亚戏剧节圆满闭幕之际，我和我的爱人衷心祝愿宋老师健康长寿，愿尚刚弟工作顺利，全家幸福！

我们已迁住新居，比以前宽敞多了，新居在同济新村513号402室，尚刚弟如来沪，欢迎光临！

同济大学　虞润身

戈宝权致中国莎士比亚研究会（10月5日）

上海戏剧学院转

中国莎士比亚研究会并

首届中国莎士比亚戏剧节

当此由中国莎士比亚研究会发起、上海戏剧学院、上海市文化局、剧协上海分

1986年4月首届中国莎剧节部分专家和与会人员合影

会联合主办的首届中国莎士比亚戏剧节即将在上海正式举行时，承蒙你们盛情邀请参加开幕式，至为感激！

今年我国举行首届中国莎士比亚戏剧节，并在全国各地用各种剧种演出莎士比亚戏剧作品，这在我国的戏剧运动史上，同时在世界各国演出莎翁的戏剧史上，都是一次具有重大历史意义的空前创举。我因工作关系，不拟前来上海参加你们的盛会，谨在此向你们表示热烈的祝贺！祝首届中国莎士比亚戏剧节胜利举行，并祝愿，通过这次戏剧节，在开展我国莎士比亚的研究和演出莎翁的戏剧作品方面，都能取得更新的成就和作出更大的贡献！

此致

敬礼！

戈宝权

编者注

戈宝权先生为著名学者、翻译家，中国社会科学院外国文学研究所研究员。为纪念莎士比亚诞辰400周年撰写有《莎士比亚的作品在中国》。该文用了较大篇幅翔实评注了莎士比亚作品最早传入中国的情况。

王裕珩致孟宪强（12月15日）

宪强教授：

大札及尊著《马克思恩格斯与莎士比亚》于日前收到了，至为感谢！过去我曾向北京国际书店订购了一册大著，一直没有消息。得赐一册，特别兴奋和高兴！近年来国内研究莎学很有进展！您提及致力于莎士比亚历史剧，至为钦佩，因这方面国内出版的论文还不多。如果你需要这方面的论著，请随时来信，当设法复印寄上。

您在《东北师大学报》发表的有关*Troilus and Cressida*论文，今年七月间我已撰写了摘要。将发表在《莎士比亚季刊》（*Shakespeare Quarterly*）1985年度的世界莎学注释目录上。该期可望于明年三四月出版。您在《黑龙江师大》发表有关*Merchant of Venice*论文可否将复印一份寄我？我准备将该篇和尊著《马克思恩格斯与莎士比亚》都发表在1986年度的世界莎学注释目录上。

专此即祝

年喜

王裕珩

1987年

王裕珩致孟宪强（3月27日）

宪强兄：

元月九日手书暨大作《威尼斯商人》一文早已收到，至感，未能早复致谢，深以为憾，请原谅。今日又收到兄三月十五日书及中莎会首届年会纪念特刊一期，这是我很想阅读的参考资料，承您惠赠一册，至为感激！

去年我为《莎士比亚季刊》撰写的中国莎学翻译及研究资料已经出版，兹随信附上复印本一份（原刊我只有一册）请您不吝指正？国内莎学研究每年出版很多，我自由支配的时间不多，只能选择性的介绍给西方莎研人士。

最近我获得联邦政府National Endowment for the Humanity的研究资金，将于七月初去加州大学（University of California, Santa Cruz）文学翻译中心（Literary Translation Institute）从事科研五周。八月初才能结束。原先计划回国搜集资料恐怕要等待明年五六月间才能成行了。如有机会我很愿意到贵校访问。去年年尾曾翻译了张泗洋教授和张晓阳教授的莎学论文一篇，可望于今年出版（霍曼教授编辑的一本莎学论集）将来还计划选编和英译一册中国学者研究论莎士比亚的文集。介绍给西方莎学界。这方面请你不吝指教。

月前曾以海邮寄赠A. M. Nagler著*A Source Book in Theoretical History*一册，也许对您教学有用。下月大概可以收到。

复旦大学莎士比亚图书馆陆谷孙兄在美时曾来我校讲学，和我建立了深厚的友谊。85年6月我曾去该校访问，希望中国有一个莎学研究中心，给研究者提供资料。复印论文。北京的中央戏剧学院据说资料收集的较全。可惜我还没有机会去参观。下次返国时一定要好好利用该院所藏的资料。

您科研需要英美方面的论文我可以帮您复印。我校藏书和期刊不够好。但附近的University of Michigan，Ann Arbor图书馆有丰富的书刊，复印很方便。我愿随时为您效劳。

下次再读　祝

教祺

弟　王裕珩　拜上

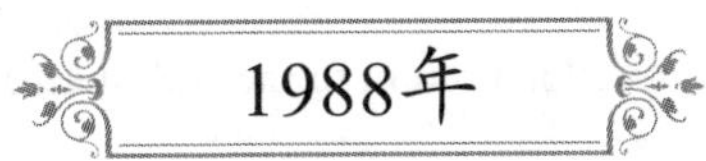

1988年

墨雷·J. 莱维斯致孟宪强（1月6日）

Dear Professor Meng:

May I introduce myself? I am teaching at Qufu Normal University this year as a visiting "foreign expert". My usual position is Professor of English at Shakespeare College, Saratoga Springs, New York, in the U.S. In China I have been teaching British Literature to Junior and Senior students, and Shakespeare— my special love— to postgraduates.

My postgraduate students have called my attention to your book REFERENCES TO SHAKSPEARE IN MARX AND ENGLES, and I am pleased to write two books on Shakespeare myself. WHAT'S IN SHAKESPEARE'S NAMES was published in 1978, and SHAKESPEARE'S ITALIAN SETTINGS AND PLAYS will be published this year in England and America. I am a member of the Shakespeare Association of America and the International Shakespeare Association.

I am very interested in the current status of Shakespeare studies in China. I know a bit about the history of scholarship and translation but not enough. I have seen the Shakespeare Studies journal published in 1983. My students have translated some of the essays for me.

I would be most appreciative if you would write your own personal appraisal of Shakespeare studies in China today. What are the plays of most interest to you and other scholars? Why are these particular plays interesting? What important themes in Shakespeare most important? Do you foresee applications of any older Chinese cultural traditions— say, Confucian ones— to the study of Shakespeare? Do you think that any particular Chinese writers, old or new, have a special kinship with Shakespeare? These are just a few questions. Perhaps you can address others that occur to you.

Naturally I would like to meet you in person, if this were possible. If not, perhaps we might correspond and exchange views. I will not return to the U.S. until July, but even after this date we might write one another.

I look forward to your reply.

Sincerely,

Murray J. Levith, Ph. D.

译文：

亲爱的孟教授：

首先请允许我自我介绍一下。我今年作为访学的“外国专家”在曲阜师范大学教课。我是美国纽约州斯波林斯萨拉多加的斯基得摩学院的常任教授。在中国我给三年级和四年级的学生教英国文学，并给研究生讲莎士比亚——那是我特殊的爱好。

我的研究生向我介绍了您的著作《马克思恩格斯著作中的莎士比亚》，我很高兴作为一个莎士比亚同行给您写信。我自己写了两本有关莎士比亚的书：《莎士比亚戏剧名称意味着什么》1978年出版，《莎士比亚的意大利场景与戏剧》今年将在美国和英国出版。我还是美国莎协和国际莎协会员。

我对目前中国莎士比亚研究的成果很感兴趣，虽然对中国莎学的学术研究和翻译的历史了解一些，但很有限。我看到了1983年出版的莎士比亚研究杂志，我的研究生给我翻译了其中的一部分文章。

如果您能就当下中国莎士比亚研究的现状作出您的评价，我将非常期待。您和其他中国学者对哪些莎剧最感兴趣？理由是什么？在莎士比亚的研究中哪些主题最重要？对于把中国的旧有文化传统，即儒家思想运用到莎士比亚研究中这种情况，您是否有所预见？您认为中国一些年长或年轻的作家和莎士比亚是否有特别的联系？这些只是小部分问题，或许您还会由此联想到其他问题。

当然，如果可能的话，我很想亲自和您会面。假如不可能，我们可以保持联系。我将于7月以后回美国，即使在此以后也可以写信联系。

我期望您的答复。

墨雷·J. 莱维斯

王复民致孙福良（1月15日）

孙福良同志：

您好！

我应杭州越剧院二团（原桐庐越剧团）之邀，正在桐庐排戏。收到编印出版“莎学通讯”的通知，感到非常高兴；“中莎会”在中国首届莎士比亚戏剧节中作出了重大贡献。如今又决定出版“莎学通讯”，必将对推动我国的莎学研究，团结莎学会会员，广泛开展国际学术交流起到积极的作用。为此，我除了表示衷心的祝贺外，一定以一己微薄之力支持“莎学通讯”的出版。

自中国首届莎士比亚戏剧节之后，由我执导的越剧《冬天的故事》于一九八八年七月选场赴日本名古屋、岐阜、大阪等城市作了访问演出，获得同行和广大观众的好评。有人说：“你们将莎士比亚的剧作作了中国化，民族化的处理值得赞赏”，“说明莎士比亚研究在中国的深入”等等。此外我写了一篇约一万二千字左右的文章《莎士比亚与中国戏曲浅谈》，发表于浙江一九八八年第八期《艺术研究》上。同年，由张君川先生发现，在伦敦出版的《今日之中国》英文杂志上，发表了署名道格拉斯的学者的一篇文章，对黄梅戏《无事生非》及越剧《冬天的故事》作了高度评价，我已将原文印影下来，可惜这些东西都在杭州家中，目前无法即刻奉寄。

由于本人水平有限，在研究莎学方面亦很浅薄，故而也无更多成绩可向学会汇报，谨此向你报告上述情况。以后愿多加强联系。祝学会的“莎学通讯”出版成功！祝“莎学会”繁荣发展！

我约于本月底返杭州。

顺祝

近祺

王复民

于桐庐

墨雷·J. 莱维斯致孟宪强（4月10日）

Dear Professor Meng,

Thank you for your kind and helpful letter. I learned much about Shakespeare study in China from it. You mentioned some very encouraging things, like the explosion of research and publication. I hope that your newly launched journal from the Shakespeare Society of Jilin Province will be received well throughout China and the world. Please convey my best wishes for the magazine to Professor Zhang as well. Chinese scholars have much to teach the West about Shakespeare— your eyes are fresh and your culture is old.

In the U.S. too, foreign literatures are often taught in translation in English Departments. Therefore, I was not surprised to discover that the study of Shakespeare takes place in Chinese Department. There are some fine translations of Shakespeare into other languages— great works of art of themselves. The German translation by Schlegel comes immediately to mind. But, of course, poetic and stylistic nuance is inevitably lost or altered in any translation because of the unique characteristics of a given language. Just now I am reading Chinese stories in translation. I wish I could read them in Chinese to receive their full effect.

Most colleges and universities in America— even the most scientific and technical ones— offer courses in Shakespeare. At Skidmore College, where I teach, there are three: Introduction to Shakespeare (primarily for first or second year students and non-English majors); Shakespeare's Comedies, His stories, Romances (for Junior and Senior majors); and Shakespeare's Tragedies (again, for majors). Occasionally we also offer Shakespeare's Non-Dramatic Poetry as a special seminar course. All English majors at our college are required to study at least one term of Shakespeare before graduation. There are also other courses in which sonnets or a play or two of Shakespeare is studied; for example, Masterpieces of English Literature, Drama, etc. In short, Shakespeare study is thriving in the U.S..

Shakespeare is very popular with students in all departments. The classes are always heavily enrolled. In any given year, we teach Shakespeare to more students than any other single author in our department.

Shakespeare research and scholarship is also thriving in America. In addition to the large meeting each year of the Shakespeare Association of America, there are annual meetings of such societies as the Iowa Shakespeare Association, the West Virginia Shakespeare Association, etc. Here papers are delivered and exchanges among scholars take place. The Folger Shakespeare Library in Washington D.C. is another encouragement to U.S. researchers. I have visited there on two occasions, and it is thrilling to handle original Folios, quartos, and other Elizabethan and Jacobean books— to say nothing of using them.

In the U.S. each year, many Shakespeare plays are produced on the stage. Some are done at universities, some by professional companies. From Oregon to Arkansas, to Wisconsin, to New York there are actors devoted to Shakespeare in particular.

Your own work sounds interesting and important. The tragic-comic plays that you are working with— MEASURE FOR MEASURE, ALL'S WELL THAT ENDS WELL, AND TROILUS AND CRESSIDA— are, as you probably know, often referred to as "Problem Plays." There seems to be a confusion of moral tone in their resolutions. The studies by W.W. Lawrence (1931; second edition 1960) and Ernest Schanzer (1963) are extremely helpful for understanding them. In my opinion, these plays should also be viewed in the context of other tragic-comedies written during the early years of the seventeenth century. My new book has a section on ALL'S WELL, which I view as Bertram's learning story. He seems to move from an immature proponent of feudalistic privilege to a more mature appreciator of a newer world. Perhaps his sudden conversation in the end is not completely convincing, but I think Shakespeare intended us to take his final transformation as sincere.

I don't think, alas, I will be able to visit you before I leave China. In addition to my other lecturing duties, I'm helping our department with post-graduates theses from now until the end of the term. It would be wonderful, however, if you could come to Qufu. I would welcome the chance to meet you in person and learn from you face to face.

I am sending Miss Zhang Lili a book I edited which has in it an essay on Shakespeare' names. This piece, in revised form, constitutes the first chapter of my book on Shakespeare' name. Unfortunately, I don't have extra copies of the complete book in China. I will tell Macmillan to send you a copy of SHAKESPEARE'S ITALIAN SETTINGS AND PLAYS when it is published later this year. Thank you very much for copies of your articles. I will have them translated and read them with great interest.

Again, I hope we can meet before I return to U.S. But, in any case, let us continue to correspond and exchange ideas.

Very sincerely yours

Murray J. Levith

译文：

亲爱的孟教授：

敬谢您友好的而有益的来信。从中我对中国莎士比亚研究情况多有领略。您提到一些非常令人欣赏的事情，如研究成果和出版物的激增。我希望你们“吉林省莎士比亚协会”新进开办的刊物在中国以及全世界受到广泛欢迎。还请代我向张教授转达我对该杂志的良好祝愿。莎士比亚中国学者有许多值得西方学习之处——你们的文化是古老的，而你们的眼界是全新的。

在美国，英语系讲外国文学也常用译本。因此，我看到中文系搞莎士比亚研究并不感到奇怪。译成其他语言的莎士比亚有好多优秀译本——这种译本本身就是伟大的艺术作品。施莱格尔的德文译本易于理解。但是，当然啦，每一种特定的语言都有独特的特征，因而任何翻译都会不可避免地失去或改变原文在诗意和风格的细微差别。刚才我还在读译文中国小说，但愿我能用中文读这些小说以全面把握其意义。

大多数美国学院和大学——甚至科技水平最高的大学——都上莎士比亚方面的课程。在我任教的斯基得摩学院有三个层次的莎士比亚课程：莎士比亚入门（给一、二年级学生和非英语专业学生开的基础课）；莎士比亚喜剧、历史剧、传奇剧（给三、四年级专业学生开的）；莎士比亚悲剧（也是为专业学生开的）。我们时常也开莎士比亚的非戏剧诗歌作为专门的研究班课程。我们学院所有的英语专业学生毕业前都必修至少一个学期的莎士比亚课。在别的课上也常研究莎士比亚的十四行诗或一两部剧，比如，在“英国文学杰作”“英国戏剧”等课上。简言之，莎士比亚研究在美国兴旺繁荣。

莎士比亚在各系学生中都深受欢迎，上莎士比亚课的学生总是很多。在我们系，每年讲莎士比亚，听课的学生都比听讲其他任一个单个作家的人数都多。

美国莎士比亚研究和学术也很繁荣。除了每年一度的“美国莎士比亚学会”的大型会议，还有像“爱荷华莎士比亚学会”“西弗吉尼亚莎士比亚学会”等学会的年会。届时有文章发表，还有学者之间的相互交流。华盛顿的福尔杰莎士比亚图书馆是对美国研究者的另一种促进。我曾两度参观该图书馆，连摸一摸最早的对开本、四开本及其他伊丽莎白时期和詹姆斯一世时代的版本都令人激动不已——且不用说使用这些书。

在美国，每年在舞台上上演许多莎剧。有些在大学有些在职业剧团上演。从俄勒冈，到阿肯色，到威斯康星直至纽约都有专门从事莎士比亚演出的演员。

您本人的著作听来有趣且意义重大。您所研究的《一报还一报》《终成眷属》及《特洛伊罗斯与克瑞西达》，您也许知道，常被称作“问题剧”。这些剧结局上似乎存在着道德风气和混淆。W. W. 劳伦斯（1931年第1版，1960年第2版）和厄内斯特·山则（1963年）的研究著作对于理解这几部剧有极大的帮助。我认为，这几部剧还应放在17世纪初期创作的其他悲剧的联系中加以理解。我新出的书中有一部分谈《终成眷属》，我把它理解为勃特拉姆的成长故事。他似乎从封建特权阶级的一员转变为一个较新世界的较成熟的参与者。也许他最终的突然转变不十分可信，但我认为莎士比亚旨在让我们把他最后的回心转意看成是诚心诚意的转变。

真是遗憾，在离开中国以前无法去拜访您了。除了一些教学任务，我还帮助我们系指导研究生写论文，从现在起一直到期末。但是，如果您到曲阜来，那就太棒了。我盼望能有机会与您本人见面并当面向您求教。

我送给张丽丽我编辑的一本书，书中有一篇关于莎士比亚剧名的文章。这一篇（经修改后）构成我那本关于莎士比亚剧名的第一章。遗憾的是，我没带来那么多册全书。我将告诉麦克米兰公司，今年出《莎士比亚的意大利场景与戏剧》一书时，给您寄来一本。非常感谢您寄来您文章的复印件，我要让别人替我译成英文并以极大的兴趣拜读。

再者，我希望在我回美国前能够与您会面。但是，不管怎样，让我们继续通信交流思想吧。

墨雷·J. 莱维斯

王裕珩致孟宪强（5月8日）

宪强兄：

三月八日手书早已收到，吉林莎协首期会刊即将出版，至为欣喜。希望能早睹为快!

弟将于九月一日抵苏州大学任教一学期，该校外文系要我教三门课（每周只三小时）：莎士比亚、英国文学史、高级写作。英国文学史范围太广，我原想改为英国文学选读，该校不同意，只好勉为其难了。

关于编写《莎士比亚在中国》的计划合作选题，我举双手赞成。我多年搜集的资料，将来完稿后愿无条件捐给吉林莎协。我盼望吉林大学或东北师大能成为国内数一数二的莎学研究中心。我在三年前曾参观过复旦的莎士比亚图书馆。书籍、期刊及资料搜集距理想还差的远。北京中央戏剧学院也成立了莎研中心，或许资料较丰富些。

另外你提议出版一本《莎士比亚在美国》也是极有意义的。希望今年我在华期间能跟泗洋教授和吾兄共同商讨一下。1989—90年我可望获得休息半年。（如能获得美国政府的学术辅助，可以延伸为全年）我愿全心全力在这方面努力。有关细节问题等见面再详谈吧。

今年暑期学校我要教十五周，明天正式开学到八月二十二日才结束。看样子要十分得不开空闲了。

祝

教安

弟　裕珩

陆谷孙致孟宪强（7月1日）

孟宪强同志：

足下文名拜闻已久，迄无而谶之幸，怅憾何如！希谨在不久的将来会有机缘把握面谈种种。

鄙校图书室刘厚玲女士曾以尊示示我，示称东北方面有可能铅印发布我们的资料索引。

我立意编纂一份全中国的莎学目录索引，故特请刘女士和另一位同志相约前去北京、天津、济南、南京等处遍访各图书馆，以期在此基础上编出一份联合目录。此行所得甚丰，窃以为编制全国性目录索引条件已成熟。北京的佐良、周翰等师长并有同感。

为此，不揣冒昧。请问足下在东北铅印这份全国联合目录索引的可能性，所需费用大约多少，能否由贵我双方共同负担？我始终认为这样一份目录索引可收继往开来之效，功莫大焉！

续扰之处，尚望鉴宥。回示请还投复旦外文系我或刘厚玲女士。

草草不尽，即颂

撰祺！

陆谷孙　敬上

王裕珩致孟宪强（10月4日）

宪强兄：

九月十六日手书敬悉。我上周趁国庆节日与内人同赴杭州一趟。于前天回来，未能即复，请原谅。

明晨我将陪同内子去上海，她将于七日晨先行返美，我将在年底经港台再返美。

苏大有关莎士比亚图书少的可怜。参考书、期刊极为贫乏。让学生进行科研，颇有“巧妇难为无米之炊”之感。况且吾非巧妇，只能先从基本的text上着手。目前正在讲授《仲夏夜之梦》，用的是裘克安编注的本子（商务版）。月底将开始讲《哈姆雷特》。

如有机会到贵校访问并商讨合作计划事宜，至所企盼。我课程安排在周一二三

1988年王裕珩教授（右二）来华讲学，与张泗洋（右一）、孟宪强（左三）等
吉林省莎士比亚协会部分领导合影

三天，自晨七时半至九时半。日期时间由兄安排可以，我在苏大期间，十一月底又能去武汉大学一行。匆匆而祝

教安

弟　裕珩

蒋锡金致张泗洋、孟宪强（12月17日）

泗洋、宪强同志：

开会中好像听说你们还缺少朱生豪、曹未风、孙大雨的传记材料。回到家中恰好收到浙江寄来的《浙江现代文学百家》一册（88.4浙江人民出版社出版），打开一看，其中恰好有这三位的小传：除前言、目录共360页。

《孙大雨》，1352字，郑择魁作。此君为杭州大学中文系主任，原为副教授，现大约已晋升。

《朱生豪》，2002字，宋清如作。对翻译莎剧经过记叙较详。此事仅她方能详表，可以认为是准确的。

《曹未风》，598字，方伯荣作。此人未详，看来只是80年代的“当代”水平。所述简而不明，多有可疑虑之处。已作附记，录在篇后。三则加在一起也不到4000字，没啥了不起，就代抄了一份奉上。Wang君所言合众国资料供应颇令人羡慕。但咱们是中国大陆，素有土法子，不带收费的。前次遇陈鼓应君云：研究工作（他研究老庄）还是有到大陆来。香港台湾没法比的。而大陆上的人却在作《河殇》的长嚎了！黄河是哭不死的。

材料仅供参考。

专问

日佳

锡金

1989年

孟宪强致孙福良（1月18日）

孙福良同志：

您好！

“通知”收到了，现根据“通知”精神将有关材料一并寄上。

欣闻明年4月举行“上海国际莎剧节”，非常兴奋。我们感谢中莎会——特别是中莎会秘书处的同志们——为繁荣中国莎学，举办莎剧节所做出的巨大努力。

88年11月我的研究生杨林贵去苏州迎接美国密西根州萨基诺大学的王裕珩教授时，我曾让他去上海、杭州拜访张君川副会长和您。他见到了张君川教授，遗憾的是未能见到您，但他说通了电话。感谢中莎会领导对我们的鼓励与关照。张君川教授曾对杨林贵提出：1990年莎剧节时，吉林省是否能够演出一台吉剧形式的莎剧？对张君川教授提出的这个问题，我们进行了研究，我们觉得还是有可能的。我省领导对发展莎学比较重视，几年来对吉林省莎士比亚协会的工作给予了许多支持。因此我想，如果中莎会正式向我们提出这个问题，我们省的领导会支持的。在我们接到中莎会的公函之后即可向省里申请经费，进行准备。希望能够尽快听到中莎会关于这个问题的意见。

我们出版的《莎士比亚的三重戏剧》已由杨林贵给您寄去，谅已收到。

因为现在已经放假，所以来信请寄我爱人处，我家距离师大中文系较远，而离我爱人上班的师大附中很近，来信请寄：吉林省长春市　东北师大附中　陈凌云　处

即颂

冬安！

孟宪强

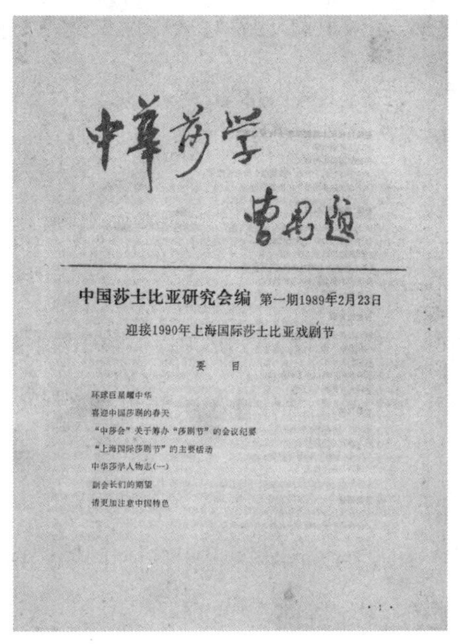

中華莎学

曹禺题

中国莎士比亚研究会编 第一期1989年2月23日

迎接1990年上海国际莎士比亚戏剧节

要 目

环球巨星耀中华

喜迎中国莎剧的春天

“中莎会”关于筹办“莎剧节”的会议纪要

“上海国际莎剧节”的主要活动

中华莎学人物志(一)

副会长们的期望

请更加注意中国特色

1989年中国莎士比亚研究会主办刊物《中华莎学》第1期

张泗洋致孙福良（1月19日）

莎研会秘书长孙福良同志：

接到“莎学通讯”通知，很高兴！嘱办的事如下：

一、我自1986年“莎剧节”以来发表过的有关莎士比亚论文有这些：

1.《莎士比亚的舞台生涯》，17000字，吉林艺术学院学报《艺圃》1986年1期。

2.《论〈安东尼与克利奥佩特拉〉》，14000字，收在《外国语言文学论集》，吉林大学出版社出版，1986年。

3.《莎诗中的黑肤夫人之谜》(笔名杨似章)，5000字，《环球》杂志，1986年9期。

4.《文艺复兴时期文学》20000字，收在《欧美文学简明教程》，吉林大学出版社，1986年。

5.《谈谈哈姆雷特》，5000字，《吉林社会科学》杂志，1987年4期。

6.《音乐世界中的莎士比亚》，6000字，《人民音乐》杂志，1987年10期。

7.《真善美将偕汝永世其昌》，10000字，《吉林社会科学》杂志，1988年5、6期。

8.《莎士比亚戏剧轶事》(笔名杨似章),《环球》杂志,1988年7期。

9.《匠心甘苦谁知》,5000字,《外国戏剧》杂志,1988年4期。

10.“Hamlet’s Melancholy”,7页,收在S. Homan编*Shakespeare and The Triple Play*,美国大学联合出版社出版,1988年。

11.《爱神的悲剧——读〈维纳斯与阿都尼〉札记》,19000字,收在《莎士比亚三重戏剧》论文集,东北师范大学出版社出版,1988年。

12.《莎士比亚引论》上下册,80万字,北京中国中国戏剧出版社出版,1988年。

13.《莎士比亚和他的戏剧时代》(与人合著),600万字,吉林时代出版社,即将出版。

二、翻译及其他:

1. 翻译《莎士比亚在中国》12000字,世界莎协主席P. Brockbank作,收在《莎士比亚三变戏剧》,东北师范大学出版社,1988年。

2.《裘力斯·凯撒》欣赏,5000字,吉林人民广播电台莎剧系列广播,1988年。

3. 美国杂志*Shakespeare, Quarterly* 1986年37期,摘要介绍我两篇论文《马克思和莎士比亚》和《莎士比亚悲剧艺术特色》。

三、教学工作:

培养莎士比亚研究生12名;写出讲稿一百多万字;学生对此专业很感兴趣(今年离休,不再招生)。

四、协会工作:

由我会秘书长孟宪强同志另写。

五、今年的工作设想:

1. 编一部莎学辞典,一百万字左右。

2. 中国莎学史,40万字。

3. 编一套莎士比亚丛书,70册左右。

情况就是这些,特此汇报,请指教。

敬礼!

吉林大学教授、省莎协会长

张泗洋

张志祥致莎士比亚研究会秘书处（1月22日）

莎士比亚研究会秘书处：

通知已经收到，现遵嘱将兰州大学外语系的情况简要汇报如下：

一、我系以水天同、何天祥教授为导师，在外籍专家的协助下，从83年以来共招收三届以莎士比亚戏剧为研究方向的硕士生7人，其中4人已毕业。学习期间以攻读莎剧原著《麦克白》《尤利斯·凯撒》《威尼斯商人》等为主，辅以西方戏剧和中国古典戏剧课程，学生反映良好，但没有编写成型的教材。88年10月，水天同教授病故（报道见当日的《甘肃日报》)，何天祥教授退休。我校在莎剧研究上，出现青黄不接的局面。88年起，由方忠国副教授增设莎士比亚十四行诗课程。

二、由本人为英美文学史、英美文学、文学翻译等研究方向的硕士生开设的英国文学史课程则以文艺复兴时期尤其是莎剧作为讲授重点之一，要求学生阅读《李尔王》《哈姆雷特》《皆大欢喜》《暴风雨》等剧本原著，并介绍西方莎学评论方法和学术论著。

三、近年来，我系部分同志翻译了《莎士比亚引论》《莎士比亚评传》等书，但由于众所周知的原因至今未能付印。在撰写的论文中，只有研究生王建开的《哈姆雷特面面观》一文刊于贵州教育学院88年学报，人大复印报刊资料《戏剧研究》卷已予特载。

四、目下，我们正在组织力量进行中外戏剧理论方面的比较研究，侧重于20世纪。鉴于当前学术空气不浓，经济因素的干扰大，工作没有多少起色。在莎士比亚研究方面，还没有考虑和安排。

五、得知《莎学通讯》即将出版，我们非常欢迎。即使那是一份小报，希望它在中莎会的领导下能够排除万难，加强联系，为90年上海莎剧节做好宣传和组织工作等方面起到积极的作用。

我系领导班子正在换届过程中。经研究，暂由本人负责与贵处联系。我的通讯地址是甘肃省兰州大学家属院23楼501号，邮政编码730000。

顺颂

新年快乐

张志祥

王裕珩致孟宪强（1月23日）

宪强兄：

前天（二十一日）收到吾兄十日的大函和“纪要”，甚为高兴！去年十二月到贵校访问，受到兄嫂诚接待，与校方领导晤谈，并结交了许多新朋友，这都是由于吾兄事先安排得周到，而顺利达成合作协议。请允许我再向吾兄表示谢意和敬意。

我于元旦日晚返美。学校九日正式开课，杂事繁多。一大堆信债待复，真是忙不开交！因为去年在苏州大学任教一学期，今年暑假我要补课，因此没有假期了。但我一定要设法抽出时间，努力完成编撰《莎士比亚在中国》的计划。今天我准备给台湾大学颜元叔去信，并附上我们“纪要”副本，请他撰写莎士比亚在台湾一章。

回来后收到林贵来信，我很喜欢这个好学的青年。吾兄有这样一位好助手，对我们科研的推动，要容易的多了。我在日内将给他回信。春节即将来临，祝您全家

假期愉快

弟　裕珩　敬上

杜苕致孙福良（1月27日）

孙福良同志：

您好！

由于我的通讯处改变了，“中莎会十二月三十日”的复印件今天才转到我这里，我的通讯处请改为杭州绍剧团。

86年“莎剧节”以来我主要做了下列工作：

一、将莎剧*The Winter's Take*加以注释，已列入商务印书馆《莎士比亚原著注释丛书》之一，尚未正式出版。

二、为婺剧小百花东阳演出由《麦克白》改编演出的《血剑》写了评介文章，

（系与人改编合作）《血剑得失谈》发表于87年3月25日《杭州日报》。

三、为浙江社会科学院写了《浙江莎士比亚研究》，已列入《浙江社会科学志》文学部分，尚未正式出版。

敬祝

春节愉快！

杜苕

陆谷孙致孟宪强（2月12日）

孟宪强教授：

去年12月29日惠示收到。只是不知什么原因，此信递到案头已是春节，所以今日才复，各祈鉴宥。

裕珩兄与贵方合作是件大好事，预祝成功，我与王裕珩相识有年，创作过程中有什么需要我从中斡旋的，尽嘱无妨。

美国莎士比亚学者Sam Schoenbaum今年四月来访，在复旦讲学一周之后去北大。贵校如有意邀请此老顺访，建议及早遥与S君联络，他的地址是：

［略］

Schoenbaum曾是美国莎协副会长，著作颇丰，由以*Documentary Life of Shakespeare*著称于世，年龄在70左右，为人诚笃。这次老夫妻自付旅费来华。复旦和北大只负责吃和住两项（附带一些参观、游览），贵方邀他顺访，估计费用也不至于过昂。

《莎士比亚的三重戏剧》一书迄未收到。容我再去收发室查问报告

草草不尽　顺颂

撰安

陆谷孙

张君川致曹树钧（2月17日）

树钧同志：你好！

北京之行如何？想你们业已返校，忙于课程了，辛苦了！

拙序原信笔写来，尤其看到你们的大作，材料丰富，见解明晰当时非常兴奋，写下来就不能停笔，想不到有二万字以上，我正想整理删减，想不到你们来信那么早，催稿那么急，只能麻烦你了！非常抱歉而且感谢！

你信上说四月将举行莎士比亚纪念会，你们这篇文章正可扼要报告，大家在筹备国际莎剧节及二届莎剧节时正需要这种材料，必然深感兴趣，也可预先介绍。

请代问福良、俊峰好。问小俞好！附函请代转！想不久可以见面，实当面谢！

祝新的一年万事如意，成绩斐然！

全家好！

君川

孟宪强致孙大雨（2月20日）

孙大雨教授：

您好！大札收悉。非常感谢您的支持！

最近收到了中莎会的《中华莎学》第一、二期。得知明年将在上海举行国际莎剧节之事已定，兴奋不已。我想如能在莎剧节期间先出版一本《中国莎译选编》中文版，那也是一件很有意义的事情。我同我省莎协会长张泗洋教授（他最近已被增补为中莎会副会长）商量，他非常支持，现在的问题是能否筹集出必要的经费，否则出版社是不肯出的。我们现已开始筹款工作，到6月底就能筹到，这个心愿即可实现。

关于您的选文问题，我们将遵嘱选择，确定后再写信告诉您。至于您的小传可不必再写，因为浙江出版社出版的《浙江现代文学百家》一书中已有刊载。如您同意，我们可以选用。

再次感谢您的鼓励和大力支持！

敬颂

文祺！

孟宪强 上

王裕珩致孟宪强、陈凌云夫妇（3月23日）

宪强兄、凌云嫂：

你们好！六月二十三日曾上一信想已收到。

去年在长春拍的照片，最近才冲洗出来。其中有些颇有历史价值。我准备以后再复印一些分赠给泗洋教授，逸伦兄和林贵。寄上的这些像片（二十五帧），请兄嫂惠存，留个纪念吧！

不久前收到泗洋教授来信。他的大著即将出版，真是高兴之至！我昨天曾寄给他一信是寄到他家居地址的。

目前我正在整理中国莎士比亚作品翻译目录。也许要林贵帮忙替我查核一些。日内将给他去信。

匆匆即请

俪安

裕珩 敬上

莫莉・布瑞南致孟宪强（2月28日）

Jilin Shakespeare Association

Dear Professor Meng:

As you are aware, our Distinguished Professor of Renaissance and Baroque Studies, Dr.

Sam Schoenbaum, will be visiting China in April. In a recent letter to me, Professor Lu Gu-sun of Fudan University, mentioned that you have expressed an interest in hosting Dr. Schoenbaum at Northeastern Normal University while he is in China.

Professor Schoenbaum is extremely enthusiastic about the forthcoming visit and would very much enjoy the opportunity to visit new friends and colleagues at several institutions.

Unfortunately, the brevity of his visit to China— less than three full weeks— and his rather fragile health at this time prevent him from accepting your gracious invitation.

In planning Professor Schoenbaum's China visit, we have necessarily limited his itinerary to Shanghai and Beijing. Is there a possibility that you or your colleagues would be in Shanghai or Beijing during Dr. Schoenbaum's visit? He will be at Fudan University from April 22 to April 28 and in Beijing the following week.

The University of Maryland, College Park, has enjoyed strong collegial relations with several Chinese universities and we hope that in the future we may have the opportunity of developing similar relations between our department and Northeastern Normal University.

With thanks and warmest wishes for the New Year,

Sincerely Yours,

Molly Brennan Coordinator

International Affairs

College Park, Maryland

译文：

吉林省莎士比亚协会

尊敬的孟教授：

如您所知，文艺复兴及巴洛克研究著名教授山姆·舍恩伯姆博士4月即将访问中国。复旦大学陆谷孙教授在近期的一封信中提到，您有意邀请舍恩伯姆博士在华期间赴东北师范大学讲学。

舍恩伯姆教授极为热切地期待即将进行的访问，并非常高兴有机会在若干耽误会见新朋友与同行。

遗憾的是，他的访华旅行短暂——不满三周，并且他现在脆弱的健康状况不容许他接受您的盛情邀请。

我们在制订舍恩伯姆教授的访华计划时，有必要把他的访问日程仅安排在上海和北京。舍恩伯姆博士访问期间，您或者您的同事有可能到上海或者北京与他会面吗？他4月22日至28日在复旦大学，下面一周在北京。

马里兰大学与几所中国大学有校际关系，我们希望将来有机会在我系与东北师范大学建建立类似关系。

感谢来信并致最温馨的新年祝福！

莫莉·布瑞南

协调员

马里兰大学国际处

陆谷孙致孟宪强（3月29日）

孟宪强教授：

两通来示和大作均收到无误，请释念并接受我的谢忱。

Molly G. Brennan致足下函的影印件已寄达我处。近闻老翁体衰，不去东北反省去足下侪辈诸多麻烦和忧虑，未必不是好事。高足杨君南来我非常欢迎，建议杨君持贵校介绍信提前2—3日来，譬如请4月18日抵沪，我们欢迎他听讲甚至参与部分接待，以偿老翁结交新朋友之愿。编译选文，功德无量，然区区旁骛太多，是否贡献拙稿，尚善慎思。请禀知。

草草不尽，顺颂

教祺

陆谷孙　敬上

周骏章致孟宪强、陈凌云夫妇（3月31日）

宪强、凌云同志：

你们好！

欣悉你们主编《中国莎学选编》，我很赞成，而且愿意助你们一臂之力。

我用我系资料室大封套寄给你四份材料。《从〈哈姆莱特〉里的正面英雄人物形象分析》，原稿是《从〈哈〉剧全部人物分析》，有一两万字，可是《外国文学欣赏》的主编来信说，只能用六七千字的稿子，所以只采用了第一部分。后来我编《莎士比亚简编》，就收入全稿；但《简编》被姜民生同志从我家拿去，不知陕西人民出版社何时才能付印。我编《简编》时，抄录过一篇材料。有些被编入，现在我给你寄两篇：《莎士比亚的戏剧在中国》《林同济教授论〈莎士比亚在中国〉》，也许对你有好处。遵嘱写一篇小传。

我手头有一本《外国文学论文索引》（河南师大中文系编），其中列举了有关莎翁的论文约有十页之多。不知你需用否？如需用，我可以寄给你。另有《外国文学手册》，是公开发行的书，大约你那里具备，就毋须邮递了。

专此顺颂

春祺！

周骏章

又：杭州大学中文系任明耀教授用英文写过一篇论莎翁的文章。前几年，他同索天章教授到西德参加过莎翁纪念会。你可以写信给他，取得联络。

李赋宁致孟宪强（3月31日）

孟宪强同志：

您好！谢谢您的来信。

我赞成编印《中国莎评选编》，以便与国外进行学术交流。我的文章有幸被选入，给我很大的鼓励，谢谢。我拟自选两篇：

1. 莎士比亚的《皆大欢喜》，见《莎士比亚研究》创刊号，第192页。

2. 莎士比亚的《麦克佩斯》，见《李赋宁论英语学习和西方文学》（北京大学出版社，1985年），第248页。

现把小传和文章寄上，请查收。

此致

敬礼！

李赋宁

西藏自治区话剧团致中国莎士比亚研究会（4月4日）

中莎会领导同志：

前些时候我们发了一封电报，推荐了德央、多不杰、尼玛三位同志为中莎会会员。他们三个回到工作岗位上继续塑造了不少成功的角色，事业心很强，去年多不杰同志被评为知名演员。其它两位由于名额所限，虽未许上高级职称，但也许上了中级职称。他们能被贵协会顺收为会员完全是合适的。另外如果今后有名额再给两名，我们意推荐扎西顿珠与小洛两位同志，他们也是很不错的同志。

1990年莎士比亚汇演希望来信与我们多联系，我们争取参加。如果真的能参加我们就要做许多准备。特别是经费。所以贵协会给我们多提供信息。

谢谢！

敬礼

西藏自治区话剧团

孙家琇致孟宪强（4月9日）

宪强同志：

谢谢您给我寄来的名片和吉林省莎士比亚协会同仁编选《中国莎评选编》的通知。首先回答第二个问题，我非常钦佩能够编译出版这本有价值的书。中国莎士比亚研究历史不长，但已经取得一定成果，也是世界莎学的一部分，不是我们向外介绍中说的工作尚未起步，或者太少。《中国莎评选编》将能起到介绍的作用。如果你们认为我的论文有一定代表性，我很欢迎书中有新的东西。可惜字数太少了。

关于所列入选者的名单，我基本同意，没有具体增删的意见。

我现在考虑或许可以选入我的一篇近作的一部分：《莎士比亚的〈特洛伊罗斯和克瑞西达〉：一出独特而有现代意味的戏剧》（收中央戏剧学院学报《戏剧》1989第一期）①。该文一页约1500字，可选入4—5页，我希望能包括（一）（二），删去引文、（三）的标题、（四）的结束语。

另外一篇，或许可用我的旧作《论〈哈姆雷特〉》（收中国社会科学院外文所《文艺论》第六期）或《论四大悲剧》（戏剧出版社）开头部分，或由您任选5000字。

我个人觉得选入头一篇更好，但同意由你们决定。

由于吉林艺术学院王宗楠同志来北京出差，月内返回长春，就请他帮我带回面交给您。

谨致

敬礼

孙家琇

编者注

① 此文并未在该刊正式发表，但在“中戏教师论名剧”栏目中有题目。

顾绶昌致孟宪强（4月9日）

孟宪强同志：

前几天收到您处来信，承求自选稿件，便集腋成裘，向国外介绍我国莎学研究之成就。此举用意极好，但编译工作浩繁，您拟在四月份以内搜集稿件编索引，就我个人而言时间颇紧，很多篇东西大都经历五六个月以上方能草草收稿。何况过去拙作，均以国内译本为对象，今转为向国外读者介绍，只有重新写作，方能适应需求。顾某不揣简陋，特提出以下几点，作为答复：

（1）我拟另写一篇有关“西方莎学成就与得失的”短文，至少3—4月之后方能写成，您能否同意？因此我建议截稿日期至少要延长至7—8月份，方能有充分斟酌的书写时间。

（2）估计签约后的编译工作绝非易事，尤其选择多种题材的论文，要大体不出毛病，更不能轻易了事，把责任推到外国人身上，又不是办法。

（3）所列25人各单中，我建议另请北京师范大学外文系郑敏（女）教授参加，她曾用英语写过有关莎剧*Julias Caesar*的论文，它在《莎士比亚研究》创刊号上写过有关《黎琊王》的论文，引证较多，上有创见，希能函知郑敏女士为盼。

全待续陈，匆匆而谈

撰祺，希而速赐复。

顾绶昌

广州外国语学院英语系

裘克安致曹禺（4月10日）

中国莎士比亚研究会会长

曹禺同志：

我会1984年《成立大会暨首届年会纪念特刊》第151页上，理事会名单中把我和其他两位理事的名单漏掉，此事不知你是否知道？今年得知要出版通讯（现改为《中华莎学》）之后，我曾要求秘书长对此进行补救，声明更正，或者重刊全部理事名单，结果并未接受我的意见，不知何故。

《中华莎学》第一期中，把我的地位贬得很低。可能因为大家都不知道我，想在此介绍一下。

我在1945年去英国牛津大学进修，比杨周翰同志早一年，比王佐良同志早两年。后来因我在外交部，不在大学系统，没有写过什么评论莎氏的文章，知名度不高，这是事实。但我在1981年就和张君川同志通信，从英国支持我会的成立，是我会创始会员之一。该年年后，我代表莎研会（筹）出席国际莎士比亚会议，是我会同国际莎协联系的第一人，有Fox博士的关系为证，他至今同我通信。1986年4月我又应邀原定出席国际莎协的柏林会议，后因误班机未出席，论文由旁人代为宣读。Brockbank先生也有来信。我同英国莎协和日本莎协的人也有联系，我并是国际莎协的个人会员。近年我除写了《莎士比亚年谱》（中英文本）外，自己注释莎著三本，审改别人注释莎著三本，已由商务出版注释本六种，此项工作还在进行。我做传记和注释工作是为了培养年轻人，并为莎氏原作研究学者做修桥铺路之事。国际上看重这类工作，绝不亚于那种一般的文艺评论文章。84年年会时，张君川同志说，注释本要搞个编委会，后来我征求各位“编委”的意见，结果绝大多数人毫无反应。故我曾函曹禺同志和秘书长，提出不设空头“编委”，而只在注释本上注明“中国莎士比亚研究会组编”，英文为Shakespeare by the SSC。此事不知你是否知道，是否赞成？注释本还是不是算莎研会的一项工作？

贬低我个人还是次要问题。《中华莎学》的编法特别有意思。秘书长是头一篇，“莎学人物”算一类，副会长算一类，会员又是一类。这种分法恐怕只能有损于全会的团结。希望编者以后避免这种分亲疏、等级的做法，认真了解所有会员的特点和莎研会贡献的多少，以鼓励大家在莎学中的团结合作。

此致

敬礼！

又：“布洛克·班克”应作“菲利普·布罗克班克”（据《英语姓名译名手册》），把人家的姓拆作两段，恐会贻笑大方。

裘克安

桑敏健致曹树钧（4月11日）

树钧同志：您好！

来信收悉，谢谢。自上次握别已快三年了，您在莎学研究上做出了很好的成绩。大作《莎士比亚在中国舞台上》定会受到学术界的好评，到时是一定要拜读的，订单已交杭大图书馆，他们说尽量多订几本。

《中华莎学》已转给我，办得非常出色，您辛苦了，会员们都会感谢你们的。我恐怕只能做她的一名忠实读者了，因工作忙，写文章的时间较少。1986年杭大派我去美国专门学习国际经济，回来后让我教财会学。这是学校的安排无法可想。但我业余仍醉心于莎士比亚。在美国期间也参与了一些莎研活动。杨世彭先生正好在我进修的学校任教，他还介绍我结识了几位莎学教授。

前些天我曾去看望张先生，他已在为上海之行做准备，到时我尽可能抽身陪老师去贵院，顺便与各位一聚。

匆匆至此，余言面谈，照片会员表附上。

顺致

撰祺

敏健

孟宪强致陆谷孙（4月13日）

陆谷孙教授：

您好！

大札收悉，谢谢您对我们编译《中国莎评选编》一书的鼓励！最近陆续收到了李赋宁教授、孙家琇教授、周骏章教授和王忠祥教授的论文与小传。杨周翰教授已去美国，4月底不能将论文与小传寄来。希望尽快收到大作，并希望您在小传中着重讲一点您研究莎士比亚的理论特点。

说心里话，对于承担这样一项工作，我是矛盾的。从书的价值来说，应当尽力工作，但从工作难度来说，已经超出了我们的能力所及，且又没有官方的资助。这项工作的难度主要在中译英上。您知道我是中文系毕业的，教外国文学课，英语水平很低，翻译工作全都得靠英语专家们。考虑到这些情况之后我迟迟未动。莱维斯回国七八月之后二次来信问及此事，我才在矛盾的心情中开始着手关于翻译工作。我想：1. 请部分作者自译；2. 特邀您以及国内其他专家帮助翻译一些；3. 吉大、师大几位英语教授翻译一些；4. 这件工作还要请裕珩兄鼎力合作。这几方面的合力，我想差不多可以完成此举。

舍恩彭（Shoenbaum）教授此次不能来东北，我们感到非常遗憾，但不敢勉强。鄙校领导同意了我们的请求，允许杨林贵再次去上海，已于昨日离开，先去杭州等地访学，然后去上海，希望您能对他多加指教。

谨颂

撰祺!

孟宪强

曹禺致江俊峰（4月19日）

江俊峰秘书长同志：

前曾面交我的辞去中国莎学会会长职务的信，请您立刻向全会同志即发，不知您为何又临到今讫无下文。今再次向您呼吁，望即仍照前信印发全会同志，希望您立即告诉黄源同志、张君川同志，他们至少不至于置之不理，会帮我了解这件事。

此信请你印发黄张二老为盼。

另转寄裘克安同志自宁波大学来信。他说的种种意见，也应考虑，他来信给您，您也搁下不复，不知日后会务如何进行下去？

我初三住院，患病重，不见痊愈，从各方面讲都应不在任这种会长职务。务请您印发我的请求辞职的信。

切望复信，不要耽搁或置之不理。

附上复印的通知一份请印发。

曹禺

王忠祥致孟宪强（4月19日）

孟宪强同志：

您好！

选文已复印，现遵嘱送上，如复印两文均不妥，则可另选。备用之一：《真善美的统一：译莎士比亚的〈十四行诗〉》，载人民出版社的《莎士比亚研究文集》。备用之二：《论莎士比亚的〈威尼斯商人〉》，载《华中师院学报》1983年第4期。

在已送上的两篇复印文中，以《美在何处？：读〈罗密欧朱丽叶〉》一文为主，此文载《外国文学研究》1988年第3期。如何选择，由您酌定。谢谢。

专此，顺颂

著祺

王忠祥

孟宪强致曹树钧（4月24日）

树钧同志：您好！

14日大札收悉，寄来的30份《中华莎学》也已收到。看到《中华莎学》非常高兴，我认为它对促进中国莎学的发展将会起到更大的作用。因为不论是研究刊物，还是杂志报纸都不能这么快、这么集中、这么全方位多层次地反映中国莎学发展的情况，同时它也必将给莎学工作者以极大的鼓舞，为我国的莎学增加了一股活力。

此外,《中华莎学》还为莎士比亚研究工作者、翻译工作者、导演、演员、出版者、爱好者架起了一条互相了解的桥梁，它将像一条纽带一样，把我国的莎学工作者联结成为一支队伍，迎接中国莎学更为繁荣的新时期。您和福良同志为创办这个刊物所付出的辛勤劳动，所做出的积极贡献，莎学工作者和爱好者都会为此而深深地感谢你们的!

因为时间紧迫，也因为我们接到邀请信的时候还忙于纪念莎翁活动的各项准备工作。所以泗洋和我都未能赴沪。当时我们即给去复旦听舒恩博教授讲学的研究生杨林贵拍去了电报，请他代表莎协参加活动与会议。

我们原计划4.22下午举行纪念活动，除准备了纪念讲演外，还安排了一些莎剧片断、独白，莎诗朗诵（中英文），唱莎士比亚歌曲等等。临到开会前，一些领导提出了意见，认为我们的这项活动与悼念胡耀邦的气氛不协调，建议我们停止进行，我们虽有自己的看法，但也不好勉强召开，只好忍痛割爱。我们都感到很遗憾（请柬都发了，决定停开之后又紧急安排人分发通知，弄得手忙脚乱）有什么办法呢?

征订单我早些时候已复印了十份发出，那上面没有财务章，现在我再将寄来的这些征订单发给他们，争取尽量多订些。

《中华莎学》第一期已发给有关同志，并请会员同志写一写他们的感想。第一期上发了那么多有关我们吉林莎协的文章，还发了拙文《我们的希望》，非常感谢“中莎会”对我们的鼓励，您和福良同志对我们的关照！我们一定以更多的莎学成果和更好的普及莎士比亚的活动来表达我们的谢意，争取为发展中国莎学尽量多做些工作。

谨颂

撰祺!

又及：兰州师大学中文系教师杜林为硕士，毕业论文《莎士比亚的悲剧气氛》，很有独到见解。该同志有志于莎学研究，我介绍她加入“中莎会”。“中莎会”如同意可将表直接寄给她，也可寄给我转寄。

孟宪强　上

张冲致孟宪强（4月25日）

孟宪强老师：

您好！

现遵嘱将所索材料寄上：①陈嘉先生莎评两篇，②陈嘉先生小传一份。几点说明如下：

①陈先生的莎评，中文的我们没有去查找，估计大部分评论是用英文写成，最近我们一直在整理他的遗稿，共有十七篇（见所附莎评目录）。由于这些评论文章是半成品形式，尚未及最后改善润色，我们所能做的也只是必要的标点及极少量的文字修订工作。编辑中若有大的更改或还需译回成中文，请信告我。

②小传我们也直接用英文写成，若需中文，也请信告以由我们重新写定。

若需用莎译目录上其他篇目，可速告我们。

③其他若有什么事请随时联系。

此祝

教安！

张冲

方平致曹树钧（4月27日）

树钧同志：

23日参加莎翁纪念会，得到《中华莎学》第二期，在这么短短几天内编印出这样一份报道性刊物，真不简单，可能是从编辑、编稿、写稿、校印都是你独立完成的吧。很佩服你的能力和工作热诚。

余上沅先生过世时默默无闻，生前屡遭厄运，他快要被遗忘了。你把他列入“莎学人物志”，我觉得很好，也是对他的小小纪念吧。

建议下一期的人物志考虑列入两位已故台湾学者：梁实秋、虞尔昌。由于海峡两岸隔膜，可以写得稍详细些。

“卞之琳的成就”我应于月底前回信，希望近日内连同其他借去的书籍和材料归还为盼（4月30日、5月1日我不在家，可交给我儿子或隔壁邻居。当然我在家更好）。

祝

好！

方平

孙大雨致孟宪强（4月28日）

孟宪强先生：

多谢，来信收到。我有我所译莎士比亚四大悲剧的中译本作为译序的四篇论文和另一篇单独发表的论文（《莎士比亚的戏剧是话剧还是诗剧?》，见华东师范大学《学报》，1987年第二期《外国语》1987年第二期），四大悲剧将在今年八九月间开始陆续在上海译文出版社出版，其中《黎琊王》是再版，初版于1948年十一月在上海商务印书馆出版，这四篇译序三篇都各有一万字，《麦克白》的译序比较短，但也有六七千字。您要求简缩成五千字，有困难。特此改动，并祝

文安

孙大雨

阮珅致曹树钧（4月29日）

树钧老师：

惠赠《中华莎学》第一期已收谢谢！

我系师生为迎接明年在上海举行的国际莎剧节，决定用英语演出《仲夏夜之梦》

中一幕戏，不知可否在明年的演剧日程上作出安排，请赐复。该剧将由我校名誉教授、武汉莎士比亚中心顾问、美国莎学专家戴维·佩里博士担任导演，下月中旬他因事出差上海，将登门向您请教。

我与美国密西根州萨格纳大学王裕珩教授合作主编三卷本的《中华莎学论丛》，将精选1878—1988一百一十年间发表在各种学术刊物上的莎学论著。贵刊（《中华莎学》第1期）“来信摘登”中将1878年误置为1978年。如有可能请再下期空白处更正为荷！

《论丛》申请出版基金事何时能获批准，盼告。

专此即颂

教祺

阮珅　上

杨正润致孟宪强（5月13日）

孟宪强同志：

您好，月超教授已于今年4月30日不幸去世。我是南京大学中文系外国文学教研室副教授，曾是月超先生的研究生，并曾担任他的助手多年。月超先生的子女最近把您经他的两封信转来给我，同我商量后委托我处理。

首先，对您决定收入月超先生的论著表示深切的谢意。据我所知，先生“文革”以后有关莎学的论著有四篇：1.《莎士比亚》，是先生所著《欧洲文学论集》，江苏人民出版社，1981年1版，此文较长，建议适用其中的《麦克白》赏析四部分。2.《三百多年来关于莎士比亚的译论述评》，此文原载《文艺理论研究》1982年1期，后经修改收入先生所译的《西方文学批评简史》（南京大学出版社，1987）作为附录。这两篇文章都很好找，为了节约时间就不再给您复印了。究竟选哪一篇，请您决定吧，先生已去，您可根据全书的需要而定，也可避免同其他篇幅重复。

关于月超先生的小传，我参考了有关他的一些材料（已经收入一些公开出版的著作中的他的传记），写了一个，一并寄上，请审阅。

有问题就请您同我联系。

即颂

近安

杨正润

孟宪强致张君川（5月14日）

张君川教授：

您好！大作及小传均已收妥。谢谢您的支持！

月初我的研究生杨林贵从上海回来，谈了参加中莎会活动的情况，同时转达了您对我们吉林莎协工作的褒扬，特别是张泗洋教授与我分别被增补为中莎会的副会长和理事，我们感到十分荣幸，也使我们受到了极大的鼓舞，我们今后一定为发展中国莎协做出更多的工作，希望继续得到您和中莎会的支持和帮助。

听到“上海国际莎剧节”已经落实的消息，兴奋不已。这是中国莎学史取得重要成就的一个标志，它将为世界莎学做出具有深远影响的贡献。由这个消息使我想到了一个问题，如果现在我们着手编译的《中国莎评选》能在上海国际莎剧节期间先出一本中文版的话，那也将是一件很有意义的事情。它可以向中外莎学家以及广大莎学爱好者介绍为我国作出贡献的莎学家，扩大中国莎学的影响。我同张泗洋先生商谈此事，他非常赞成。现在的问题是要出这类的书必须要向出版社付钱。我们想如果到7月份我们能够筹集到必要的经费的话，这个心愿即可实现，否则就只好停留在良好的愿望之上了。

谨颂

文安

孟宪强

孟宪强致曹树钧（5月14日）

树钧同志：

您好！

大札收悉，已遵嘱让杨林贵将底片及部分照片挂号寄上。小杨回来后汇报了参加中莎会举行的“纪念莎翁425周年学术报告会”的情况，也转述了中莎会领导对我们吉林莎协工作的肯定。我们听了之后很受鼓舞，特别是《中华莎学》第2期公布了中莎会增补领导的决定，张泗洋教授与我分别被增补为副会长和理事，我们感到非常荣幸。张老师让我代他向您致意，感谢您和福良同志对我们的举荐。今后我们一定尽微薄之力为发展莎学做更多的工作。

寄来的两张会员登记表，一张给了杨林贵，一张给了张晓阳，张是北京语言学院外国文学教师，是张泗洋教授的研究生，发了一些较有分量的莎评。他现在英国扫桑顿大学攻读莎剧博士学位。我认为还有两位青年教师可以入会：一为甘肃兰州大学中文系外国文学教师杜林，硕士，毕业论文为《莎士比亚悲剧气氛》，一为吉林大学外语系青年教师王丽莉，讲师，曾去美国进修过，硕士，如您认为上述二人可以入会，请再给我寄两张表来。

《中华莎学》第2期尚未收到。

随信寄上一份《吉林省领导重视“莎学”》的短文，其中所涉及省领导的批示都有原始材料。我觉得这篇短文如能在《中华莎学》上发表，也许可以为发展莎学多争取一些有力的支持。

谨颂

文安！

孟宪强　上

贺祥麟致孟宪强（5月24日）

宪强教授：

前奉上一函，诚邀收揽。

今随此信寄上拙作莎士比亚论文二篇及个人小传一篇。论文因每篇规定不得超过五千字，乃只有从长文中选出一部分，复印寄上。两篇论文排了顺序，即：《莎士比亚的艺术特色》为第一篇，《悲剧人物麦克白》为第二篇。请您看看是否可用。

又，我现在广西师大外语系任教，不是中文系，来信请寄："广西桂林广西师大外语系，541004"交我。

匆此即颂

教祺！

贺祥麟

附拙文二篇，小传一篇。

方平致孟宪强（5月29日）

宪强先生：

您好！多承赐赠《莎士比亚的三重戏剧》，十分感谢！从这本论文集可以看出，吉林莎协的研究和教学工作，在张泗洋教授和您的带动下，十分活跃。集子中的论文都很有分量，没有一份极大的热情支持着，是很难取得这么些成绩的，何况你们还有更远大的计划呢。

和美国学者合作出版《中国莎评选编》是很有意义的，将为沟通中外莎学作出贡献。您和张教授合写的《关于中国"莎学"的思考》说得好："中国莎评可以不必再重复基于直觉的热情的对莎士比亚的'说不尽的'的赞美……"我意即可以这些要求衡量入选的论文。例如已故的曹未风同志，他为推动、普及莎剧、引起社会上对莎剧的关注，作出不少贡献，但是就我所读到的他的论文，基本上面对国内一般读者作常识性的介绍，带着启蒙性质。如收在莎编中，以之代表中国莎译水平，也许会觉得浅显了些。

在我自己的论文中，较为偏爱的是：

1.《综情胜无情，无情最可怕》(发表于《莎士比亚研究》第3期)

2.《小精灵蒲克和莎士比亚的戏剧观》(发表于《外国文学评论》1987/1)

前者过长，近四万字，不易压缩；后者从MSMD中的一个小人物去看莎翁戏剧体系的设计，也许会引起国外学者的兴趣；全长1万余字，压缩成五千字还不是太难。此文很希望得到您的指正，如您认为可以收录，请便中示知，我当进行浓缩后寄奉请正。

匆此，即颂

撰安！

方平

杨林贵致曹树钧（6月1日）

曹老师：

您好！孟老师向您问好。

您寄来的两张会员表，我已交给孟老师。第二期《中华莎学》工本费过几日给您寄去。听孟老师讲，收到的第二期份数是20份。我们希望早日见到第三期《中华莎学》。

我们知道，中莎会的日常工作都是由您和孙老师操劳的。你们的贡献将随着中国莎学跻身世界莎学潮流而载入史册。我们年青一代以你们为榜样，为中国莎学发展做出贡献。

离毕业还有一年了，我开始考虑毕业去向问题。我希望能在莎学研究上有所发展，留在长春工作有所局限，所以想向外联系工作单位，但又不知什么地方合适，用人情况如何。请曹老师指导。

随信寄出我的照片一张用在会员证上。此致，

教安！

杨林贵

任明耀致孟宪强（6月16日）

宪强先生：

寄来大作和“三重戏剧”一书，已早收到。十分感谢。

来信写的太客气了，我对莎翁研究十分粗陋，承蒙夸奖十分汗颜。骏章先生是外国文学界的老前辈。80年代他杭州参加巴尔扎克、托尔斯泰讨论会时，我们相识了，以后鱼雁往返，成了很好的师友和朋友。他对我的夸奖实在使我不敢当。

《三重戏剧》编得太好，内容既全面、又丰实，对我们研究莎学著作，很有帮助。从这本书可以看出贵省研究莎翁力量十分浓厚，你们已经跑在各省的前面，令人赞赏不已。你们的办事效力和求实精神，更值得我们好好学习的。

对您的大名我早已熟悉，早几年我还在买到过您的大著《马恩与莎士比亚》，我教学莎士比亚时也曾参考过您的大著，得益太多。

希望能在明年的上海盛会上跟您相识。本月份原有一约会，美国莎学专家Dr. Levith本月中旬来校旅游时约我相见，但由于目前的局势，他们已取消了这次旅游访问，令人遗憾。

为了迎接明年的盛会，我还撰写有关莎士比亚戏剧论的问题。我认定这是一个很值得探讨的问题。

专此函谢，并祝

著安

任明耀

早几年我曾写就了评《驯悍记》的初稿，贵刊可吸收外稿，待修改整理后再寄上校正。又及

孟宪强致曹树钧（6月20日）

树钧同志：

您好！

6.13大札收悉。现遵嘱随信将单据寄上。大作《莎士比亚在中国舞台上》的出版将是中国莎学史上的一件大事，您和福良同志为中国莎学的这一贡献填补了我国莎剧演出史方面的空白，意义重大。我们盼望着大作尽快问世，我们吉林莎协订购了200本，款早已寄出，谅已收到。

您来沈阳过问印刷事宜，如有机会来长，非常欢迎您到我家做客，我家很好找：从火车站坐62路无轨车到自由大路站下车往西走不远即可找到东北师大附中，我家离附中只有二三百米的距离，找到附中就可以由我爱人领您到我家来了。

我们学校也已于今天放假，提前开学补三周课，研究生照常，杨林贵正在写考试作业题，他将于月末放假。

这段时期我们的工作仍在进行：《中国莎评选编》一书的论文及小传基本上已经齐了，1918—1988年中国莎评目录索引的编排工作已粗具规模，只是这两个月无法进行筹集经费的工作，不知能否付印。我们年刊的征稿工作也较顺利，同样的问题是经费问题未能落实。因此未敢向您征稿。当然如果能出版的话，我们非常希望有一篇谈莎剧在中国舞台上演出的文章，待经费有了眉目的时候，我会给您去信。

前些日子收到了张君川教授的信，他对我们的《莎士比亚的三重戏剧》给予了很高的评价，并谈了明年"上海国际莎士比亚戏剧节"期间上演一台吉剧形式的莎剧问题。张君川教授对此很感兴趣，并表示愿意为我们帮忙做些工作。对此我已复信致谢。同时我也向张君川教授说，如果中莎会给我们发来正式邀请的信，我们即可向省里打报告，申请经费，进行实质性的准备工作。不知明年的上海国际莎剧节能否如期举行？对此我们非常希望能够继续得到令人鼓舞的消息。

我已将一张会员登记表寄给西北师大中文系教师杜林，根据他的情况我同张老师同意介绍他加入"中莎会"，不日他将直接将登记表寄给您。

谨颂文安！

孟宪强

任明耀致孟宪强（7月6日）

宪强先生：

大函捧悉。

你们将编出第二本莎氏论文集以迎接上海首届国际莎士比亚戏剧节，这一主意太好啦。你们北方人办事果断有毅力，令人敬佩。一个会议办起来，如果没有成果问世形同虚设。

您在第二期《中华莎学》上提到拙文，心想可见浙江省也有一个研究莎氏的队伍，然而由于人际关系的复杂，有关领导不够重视，故而迟迟尚未建立莎士比亚协会的组织。上次陈恭敏来校，我邀请他来我家做客，并邀请一些在校内的有关同志来我家聚会，商讨关于尽快成立协会之事。因为明年的盛会，不能不及早准备。可是事情过去以后，有实权的，仍然按兵不动，你有什么法子？现在真是相当难。我一直挂着浙江省外国文学研究会理事长之名，平时只是出些点子，实际工作都让中年人去做，我早就要求退了。像我这把年纪的人，还要什么权？又要什么名？

大至国家，我一直认为让年轻一代去搞，也许会把国家搞的更好一些，知识分子实干起来，实乃国家之福也。您大概也有同感吧！

《驯悍记》是一部有争议的作品，过去也很少有人去评论，我对这部作品大感兴趣，准备将旧稿找出来重新整理一下，在限期内写好，如果您觉得尚满意，我再寄您，望您指正，如果自己也不满意，只好作罢。

谢谢您的关照。特此函复，并祝

文祺

任明耀

王裕珩致孟宪强、陈凌云夫妇（7月21日）

宪强兄、凌云嫂：

您三月二十三日的信和大作于上周才收到，我猜想是因为信封上没注明是“航空”，邮局把它当成水运平寄了，不能尽早给您复信，真是抱歉！请原谅。

大作分析*Troilus and Cressida*剧中Thersites，极具真知灼见，实为钦佩。当年读研究院时比较喜欢乔叟的叙事诗，时日渐长，觉得莎翁此剧更具时代精神。Ulysses虽然满腹经纶，实际上是消极遁世。战争与爱情都和政治脱不了关系。*Troilus and Cressida*一剧的世界是一个颠倒是非的混乱时代。英勇的武士精神，使真的浪漫爱情都不见踪影了。

承邀为学刊第二期撰稿，这原是义不容辞的事。自华返程后，一直没有休息过。我的暑期学校要在八月二十一日才结束，秋季学期月底又将教课，思之真是不安！你们合作的计划也未能按时进行。

明年秋天我可望获得休息半年（如能取得研究员辅助，可以延长至一年）。我准备全心致力于《莎士比亚在中国》与《莎士比亚在美国》二个研究科目，后者我又搜集了一些资料，整理好后会给兄和戎逸伦兄寄之。明年下半年我将设法到贵校与吾兄研讨。希望能把初稿完成携来。

余后再叙，并祝

俪安

弟　裕珩　拜上

王裕珩致杨林贵（10月9日）

林贵：

谢谢九月七日来信。

我已向校方正式申请90年秋季学期休假，到贵校来编撰《莎士比亚在中国》。同时也准备向美中学术交流委员会申请补助。前者想无问题，后者较难，如能获得，90—91年都可以全力放在《莎士比亚在中国》和《莎士比亚在美国》科研上。

请代我先向孟宪强兄致谢。他的办事能力令人钦佩。我对明年来东北师大很兴奋。

附上Robert Ornstein有关《亨利六世》论文。

匆匆即祝

安好

裕珩

任明耀致孟宪强（11月2日）

宪强仁兄：

10.11大函收到。8.19收到您的来信称信已收到，以后就一直没有收到您的信。看来那些8月下旬回我的信，已遗失。但中文系有我的29号信箱，一般信件不大会遗失。但也很难说了。

前几天我在一次聚会上碰见了张君川先生，他谈起会议顺延的原因。现在上海中莎会的工作很是不正常，《中华莎学》第三期何时可以出版，得等资金募集到再考虑，平时日常工作也没有人来管，有的会员既未收到会员证，也未收到《中华莎学》。因为他们都是兼职搞的，没有专门的人来搞。不像你省的莎协会，工作井井有条，很有成效。前些日子我提到周骏章先生的来信，他也很称赞你们的工作。

前些日子我也给张泗洋教授去了信，他发表的莎学文章不少，也很有见地，他能挂帅做你们协会的领导人，使协会的工作更有起色，他的大著已出版，可喜可贺。

关于我几篇文章既已送给你们审处，如能审看通过就放在你们那里好了，能让你省莎协界的朋友共同切磋，我也深感荣幸。如拙文不合你们的要求，则请退还我好了。

关于美国之行，目前仍在等待美方的答复。

曹、孙合著的《莎士比亚在中国舞台上》，资料相当翔实，可作参考，我已汇款去买了，书价5.50。

专复即祝

教安

明耀

孙家琇致孟宪强（11月28日）

孟宪强先生：

收到关于出版《中国莎评选编》的通知和说明，我首先要向您的周密考虑和贵协工作表示敬意。得知各项编选工作都已接近完成，觉得十分可贺。我衷心盼望“长白山出版基金”方面能够资助此书的出版。

我完全认为出版这本《选编》正是代表我们中国从事莎士比亚研究、教学方面的工作的老、中、青三代人的愿望。因为正像您说的，我国莎学已有一个世纪的发展历程，特别是近10年来成绩更大，然而时至今日却还没有（或很少见到）比较有代表性的评论选集，借以向国际国内展示我们的心得与成果；发挥应有的启发，交流和促进的作用。《选编》的出版就会弥补这个缺陷了，同时更是未来选编的重要开端。关于您提出由于文章截止日期的关系，要用拙作“《奥赛罗》的艺术分析”第二部分来代替《特罗伊洛斯和克瑞西达》，我完全同意。谢谢您，谨祝

撰安

孙家琇

张君川致孟宪强（12月2日）

宪强教授：

您好！

承告《中国莎评选编》已经完成，这是继《莎士比亚在中国舞台上》对我国莎剧研究作出的又一大贡献，对我国戏剧事业也有很大影响。特代表中莎会及我个人致以热烈祝贺！

我国自莎士比亚学会相继成立以来，国内外学术界极为关注，但比较全面介绍我国研究又做出莎剧文章很少，上海国际莎剧节时更需要这方面材料向国内外介绍。上届莎剧节期间召开的国际莎学讨论会上，国外学者和剧团很想了解中国人对

莎士比亚的看法及莎士比亚说中国话的情况，这也正是我们奋斗的目标。你会出刊的《莎士比亚的三重戏剧》就对莎士比亚有独创见解，对莎剧演出也有特殊构思与体现，我们希望你们的刊物继续办下去，而且莎士比亚写剧为了演出，也得有演出来更能得到理解莎剧的实质及其艺术体现。我们在试探莎剧中国化，最近曾指导合肥庐剧演出《威尼斯商人》，我想把莎剧普及到国内的戏曲剧种，甚至普及到木偶剧等形式，很希望你们未来把吉剧也向这方面努力，我们对吉剧更感兴趣，愿与你们合作，共同建立有中国特色的莎学体系，其中包括莎剧演出体系。

最后我对于东北出版界重视学术著作深表钦佩。长白山出版基金之设立能资助中国莎译选编发行我们感谢！哈尔滨出版社印行《莎士比亚在中国舞台上》也为莎剧出了很大力量，东北三省有此优厚条件对莎士比亚研究及演出将开出灿烂之花，再一次向你们祝贺，请代我向泗洋教授及诸位同仁问好，祝

新年快乐，万事如意！

张君川

孙近仁致孟宪强（12月4日）

孟教授：您好。

您给我岳父孙大雨教授的来信已收到，他因年事已高（八十有五），许多事都由我代劳，他嘱我给您回信。

你们准备选用《黎琊王》译书，他表示同意，至于在《中华莎学》第二期上刊登的有关他的小传，他没有见到，是否请您能寄一份复印件来，以便决定采用还是另外重写。

他对你们辛勤地致力于莎学研究表示欣赏和感奋。在上海等大城市似乎还没有人像你们那样脚踏实地去做这件有意义，但却费时、费力、费钱的事了。特别是在目前做起来是多么的不易。

我记得几年前举行中国莎士比亚戏剧节时，中央电视台在播放介绍中国翻译莎

剧历史的节目中，《黎琊王》一书的录像曾在荧屏上出现，并介绍说这是第一本用韵文翻译的译本，“成就尤大”。莎剧原作百分之九十的文字是用素体韵文写作的，《黎琊王》的每行恰好是五个音组，比之那些散文译本，分行但无韵律的译本，应该说是比较忠实地体现了原作的风貌。莎剧是诗剧，不是散文的话剧，有关这方面，他在《莎士比亚的戏剧是诗剧还是话剧》一篇万字论文（《外国语》1987年第二期，上海外国语学院出版）中有详细的阐述，其实我想你仍选用译文或许更好些。不过，你们选用《黎琊王》译本也好，因为它显示了作者在几十年前已注意到这方面，并付诸实践。

顺便告诉您，我岳父翻译的八部莎剧（其中六部是集注本）上海译文出版社已决定出版。《罕秣累德Hamlet》一剧，已打版印型，本今年作为40周年献礼，出豪华本，但因出版社无钱，搁了下来，日前他们来电话告诉我《黎琊王》也已挑好版，一本小样已在校订中，可是何时有钱才印？所以你们出莎学研究的书很困难，我们完全理解。为了出这八部书，一年来我为了抄录、整理，花了不知多少精力，岳父只有一个女儿，我是义不容辞担当这项工作的责任，看到目前严肃文学、高级文化的命运如此，实在心痛！

问候您的夫人，顺颂

敬礼

孙近仁　上

任明耀致孟宪强（12月5日）

宪强仁兄：

大函拜读。

吉林莎协会的工作做得如此出色，令人赞赏不已，你们的协会不是空架子，而是办实事，这种作风十分难得，你们要编一本《中国莎评选》十分有意义。“中国莎评目录索引”（1915—1988）也颇有参考价值，但索引的资料收集工作不容易，即使像人大的复印资料索引，也有很多遗漏。故而这项工作的工作难度大，要求十分仔细收集。你们系对这项工作如此重视，也颇难能可贵。一般中文系领导，对莎学并不太重视。

我省莎协会的筹备情况仍然杳无音讯，虽有张君川、黄源两位副会长在浙江，可是仍然困难重重，尤其是目前情况下，更不要谈了。

张泗洋教授的大著至今杭州书店尚未看到，也难买到。其次我给他书信时，谈他书到以后寄我一部，款多少我收到以后即刻汇上。现在知识分子都穷，这类大部头书更是送不起。一般能出书，不但没得到好处，反而更可能赔钱，这也是一种怪现象吧。遇到张先生，请代致意。

曹树钧同志来信提到他们的大著即将用英文出版，这将受到不少外国学者的欢迎。我有一些外国朋友很想了解中国莎学研究情况，但苦于不识中文，嗟吁短叹。《中华莎学》内容也要进一步充实才好。

美国一所大学来信，欢迎我前去讲学，经济上也愿资助，但目前去美，困扰较多，恐难成行，手复，并祝新年好！

明耀

王裕珩致孟宪强（12月8日）

宪强兄：

收到十一月六日的笔翰真高兴！恭喜吾兄已完成中国莎学史概述大作。另外编选中国莎评工作也是最有意义的。武汉大学阮珅教授与我拟编的莎学论丛因经费问题，一拖再拖，不知何时才能出版。现在有了吾兄主编的莎评选正好补此空缺。《莎评目录索引》也是研究中国莎学学者最需要的。目前国内出版的这方面资料都是十分草率，连登载在《莎士比亚研究》上的索引也是错误百出，相信您编选的可以校正他们的错误。期刊上的论文一定要详细校对（如登载专文的页数号码，国内出版的索引多是空缺）。编选时可以David Bevington编的*Shakespeare*（Goldentree

Bibliographies）条目作参考（泗洋教授有该书，吾兄可以借来参考）。

吾兄信上提到的Murray J. Levith教授我不认识。但又多了一位对中国莎学有兴趣的外国专家是值得庆幸的。如果London的Macmillan愿意出版中国莎译，我愿意从事翻译工作。只要在英美有出版商答应付印，申请政府补助的科研费就比较容易得多了。这事等我们明秋见面时再详谈吧。

我申请的秋季休假半年尚未批下来。申请美国政府的科研奖金，大概要在明年二月初才能揭晓。原先我有机会1991年初到日本一大学担任交换教授六个月（待遇相当优厚，除往来旅费外，供住处及酬金一万五千美金），但为了我们的合作项目，我已放弃申请。我要全心全力与兄等共同努力完成我们的合作计划。

最近中美的文化学术交流受到极大的影响。傅尔布莱的交换教授据说已终止。这真是件遗憾的事。

泗洋先生大作终于出版，这是值得大庆大贺的事。我希望能及早读到它。另外哈尔滨出版的《莎士比亚在中国舞台上》一书，请兄便时代购一册以海邮寄给我可否？

我校本学期课程已于今日结束。下周开始期考。然后有两周的寒假。下次再谈。

祝

俪安

弟 裕珩 敬上

洪忠煌致孟宪强（12月16日）

吉林省莎士比亚协会

孟宪强秘书长：

我会会长赵路同志把您的祝贺信转给我了。我谨代表赵路会长、代表天津市莎士比亚学会并以我个人的名义，向您并通过您向吉林省莎士比亚协会致以诚挚的感谢！

吉林省莎士比亚协会是我国最早成立的省级莎学团体，而且实力雄厚，成绩卓著。贵会的经验，值得我会好好学习！从《中华莎学》上我个人曾了解到贵会的活动情况，希望今后贵会与我会建立经常的通讯联络，并且共同创造条件以进行学术交流！

我会成立不久，各项活动尚有待开展，年内仅举办莎剧演出胶片录像观摩，并准备于明年第一季度召开学术研讨会，拟以“莎士比亚与当代戏剧”为总题进行论文巡礼和研讨。

为使您和贵会了解我会情况，特寄上我会成立大会上散发的两份材料：“工作班子候选人简介”和“顾问名单”。

在九十年代的第一个春季，我会还将创刊《天津莎学通讯》（内部刊物），出刊后定将寄上，并欢迎交流、交换！

致以

敬礼

天津市莎士比亚学会

副会长兼秘书长　洪忠煌

（我会公章尚未刻出，请谅！）

（我会隶属剧协天津分会——现任主席为赵路同志）

贺祥麟致孟宪强（12月24日）

宪强同志：

十一月二十日油印函早已收到，真对不起，我兼了二十余职务，每天收信甚多，连个秘书或助手都没有，一封十万火急之来信，一经搁置，几天以后我便忘得影踪全无（因经常有重要信函来自各方）。收到您上次油印函，我特地把它压在书桌的玻璃板下，谁知工作一忙，加上先后出差郑州、长沙、北京、南京等点，便再不记起此事。今晨由南方返来，又收到您最近（十二月十五日）之大札，才想到自己之荒疏，衷心惶愧，莫可名状。不周之处，还祈鉴谅！

拙作《莎士比亚戏剧的艺术特色》被选入您编的《中国莎评选编》一书，至深感谢。除了希望此书能尽快尽好出版外，我别无意见。莎翁为我认为之世界第一大诗人。关于他的作品之评论在英、美及其他许多国家，已属汗牛充栋，多得不可胜计。《中国莎评选编》为我国出版的由中国人撰写的第一部大型莎评选编。意义十分重大。此书之出版，对于将中国莎士比亚作品评论介绍至全世界，当有重大贡献。中国莎评应有中国的特色。只有这样，才能在全世界几百年来浩如烟海之莎士比亚评论著作中独树一帜。《中国莎评选编》应该是中国莎士比亚评论发展过程的一个里程碑，它也是为中国莎评的春天到来预报喜讯的第一只燕子。吉林地处我国东北边陲，能有能力成立省一级的莎士比亚学会，能有魄力设立“长白山出版基金”，并资助莎译之出版，已经走到全国各省、市、自治区之前列，令人感佩。我在此谨代表广西外国文学学会、广西莎士比亚研究者及我个人，向你们致敬衷心的祝贺！耑此

即颂

撰安！

贺祥麟

洪忠煌致孟宪强（年底）

孟宪强先生：

您好！您的来信和赠予的大作均已收阅，非常感谢！吉林省莎士比亚协会的学术活动丰富多彩，层次很高，实力雄厚，真是太值得我们天津的同行们，尤其是我本人学习了！为此我再一次感谢您在本学会成立伊始就给予的鼓励和支持！您个人的论文表明您对莎士比亚很有研究，更使我感到获得了一位良师益友，盼望他日有机会能见到您，能当面向您请教！

遵嘱寄奉我发表在公开刊物和报纸上的四篇莎译以及填好的表格，如蒙收入您主编的《中国莎评选》目录索引，我深感荣幸！

我们天津历史上虽然很早就演莎剧，但这些年来莎学研究和学术空气并不很浓，这是事实，勿需讳言。据我所知，迄今就只有屈指可数的一些成就，如天津人艺上演过《李尔王》，天津人民出版社出版了天津译者（现已为本会会员的王嘉龄、王占梅副教授）的《莎士比亚传》。论文、论著似不多见（当然朱维之先生早年有不少莎评）。所以坦率的说，我有点感到寂寞，从资料上见到贵会的许多活动，我真羡慕！有赖于剧协天津分会赵陆主席（会长）下决心，天津莎学会才得以成立。年内只是举办了一次原版莎剧演出录像的观摩，并把会员通讯录印发给大家。目前我正在编《天津莎学通讯》（内部交换资料）创刊号，比较简单，起一点交流信息的作用，准备年初印出，届时定当奉赠敬请指正。限于经费，明年开展学术活动（研讨会并出论文集）还很成问题，令人担忧！

今后在各方面望孟先生对我多指教，并望贵会经常提供经验，使刚诞生的天津莎学会得以发育成长起来！

紧紧握手！祝您

新年快乐

诸事如意

洪忠煌

1990年

屠岸致孟宪强（1月6日）

孟宪强同志：

来信收到。很赞同你们为迎接1991年上海国际莎士比亚戏剧节而编一本《中国莎评选》，这是很有意义的工作。

同意将拙译《莎士比亚十四行诗集》的《译后记》收入该书。文章谈翻译的部分可以删去，即从拙译新2版344页倒数第一行“译者认为，既然是翻译……”删起，删到文章结尾处。题目是否改一下？我拟了一个，是：

《真善美在友谊和爱情中永存——莎士比亚十四行诗集译后记》

如果同意，即用此题。如不同意，请你们定。

简历附上，请予审处。

此颂

编安

屠岸

孟宪强致张君川（1月10日）

张君川教授：

您好！首先祝您在新的一年里身体健康，万事如意。

去年年底收到了您的来信。非常感谢您对我们编印《中国莎评选》一书的鼓励。现在我正在第三次修改“中国莎学史述要”。这篇长序约有三万五千字。按五个时期论述了我国莎学的发展及其成就。选文已基本落实。解放前拟增选几篇。最早的东润写的《莎氏乐府谈》。该文从1917年至1918年连发四篇，很有特色，拟节选一部分。另外增补一篇袁昌英女士的《莎士比亚的幽默》(1935)、陈瘦竹的《〈柔密欧与幽丽叶〉研究》(1947)。这样全书就可达到45万字了。索引正在最后校核。估计最晚今年二月底交稿。

您对吉林上演地方戏形式“莎剧”的支持对我们是个很大的鼓舞。现在，我们有一个新的想法汇报给您。我省扶余县有一个戏剧团。该戏剧被称为“新城戏”。曾经去北京汇报演出，很受好评。该团演员素质尚好，大多为戏曲学校毕业生。该团负责人很有积极性。我认为如能组织上演一台满族剧种的莎剧一定会引起较大的反响。此事如有可能的话，可以请您为艺术顾问。他们还可以从国内聘请一位导演。这件事我已去信给曹树钧与孙福良同志，请“中莎会”研究。

专此再祝

年禧!

孟宪强

张君川致孟宪强(1月18日)

孟宪强教授:

首先向您及张泗洋教授及会员祝贺春节愉快，新春万事如意!

收到您14日的来信。您为中国莎学做出巨大贡献，我们都极为钦佩。我国有系统的编写“中国莎学史”您还是首创，国内外急需要这种文献，尤其在明年国际莎协开会期间这部巨作会起到极大作用。在我国出版界不景气之际，贵省能出此巨著，使我敬佩。请转告出版社我的敬意!

我国文艺界都崇尚文艺以快乐为目的，忘记了莎士比亚寓教于乐的正统文艺。有的认为我们提倡莎学不投当今时人所好。我总认为人文主义在现在仍有极积极意义，莎士比亚借哈姆雷特之口的人文主义宣言仍不失其价值。莎士比亚艺术更应是当时文艺学习的榜样。起码我们应恢复诙谐幽默，我总认为在任何时期能笑总是强壮的声音，不知兄以为如何？

我认为戏曲演莎剧就是想贯彻这种精神。新城戏能演莎剧当所欢迎，如能成功，我当尽力帮助。我对您的热情非常感谢！

最近继安徽《威尼斯商人》之后，上海戏剧院已演出《理查三世》及准备《第十二夜》。明年在港举办国际莎剧节正在筹备之中。我们年纪已老，一切都期待你们为莎学努力了。周翰不幸逝世，莎学界又少了一个。希望您为莎学保重。再一次向您祝贺年节！祝身体健康，工作顺利！

君川

王裕珩致孟宪强（1月22日）

宪强兄：

您好！

十二月二十六日大札及《莎士比亚在中国舞台上》一书已收到多日，非常感谢您的盛情。只是航寄该书让您破钞很多。实在有些过意不去！

我申请秋季休假一学期，校方已基本同意。下月校董会开会即可正式发表。美中学术交流会申请的补助，相信本月底或下月初也会发表。对后者我寄望不大，因为申请人很多。过去获奖的也多半是专门研究中国文史方向的。几年前我曾申请过（编撰注释中国莎学目录），曾获得北京大学杨周翰教授的大力支持。北大英文系还来信表示欢迎，结果未获补助，只是空欢喜一场！

不管怎样，我目前的计划是今年九月到贵校来，旅费由我自己负担。贵校如能提供食宿方便我就很满足了。我在来贵校前希望能把初稿完成，这样大家可以讨论和改进。有些第一手资料，我一直没见到。例如戈宝权在《莎士比亚研究》创刊号发表的那篇文章提及的许多翻译著作，不知莎协是否有复印本？我觉得我们合作的东西一定要货真价实，有历史的根据，不能道听途说，人云亦云。如果能得到美中交流协会的研究费，正如兄信上所说一切又可以迎刃而解。翻译工作也会顺利进行。

否则我们的科研定稿后我即返美。这边的环境条件较国内要好得多，也可以节省许多费用。

泗洋先生著作终于出版真是值得大庆之事。我已去信向他道贺（下次兄来信时请告泗洋先生家居地址），并希望早日能拜读他的大作。

希望吾兄《中国莎译选》如期完成！

祝

春节愉快　阖府康吉

弟

裕珩　敬上

张泗洋、孟宪强致曹禺（2月3日）

曹禺先生：

为了迎接1991年的“上海国际莎剧节”，我们正在编一本《中国莎评选》，选择了从1917年至1988年间有影响的、有代表性的莎评30篇左右。其中最早的一篇为1917年—1918年东润的《莎氏乐府谈》，最晚的一篇为1988年屠岸的《莎士比亚十四行诗集》译后记（作者提名为《爱情与友谊在真善美中永存》），其间包括梁实秋、袁昌英、孙大雨、朱生豪、杨晦、卞之琳、陈嘉、王佐良、杨周翰、戴镏龄、顾绶昌、方平、张君川、张泗洋、孙家琇、索天章、陆谷孙等人的论文。选文的前面为我们撰写的文章《形成具有中国特色的莎学——中国莎学史述要》，选文的后面为我们编的“中国莎译目录索引”（1917—1988，按年代编排）。在编排过程中，我们征求了作者以及个别已经逝世作者家属的意见，得到了他们的积极支持，现在选文篇目基本已经确定。该书将由吉林教育出版社出版。我们拟将大作《〈莎士比亚研究〉“发刊词”》列为《中国莎评选》的首篇，为该书的题辞。我们认为这样可以突出我国研究莎士比亚的重要原则。大作所阐明的基本观点，对于发展我国莎学具有非常重要的意义。比如大作中强调我们中国的莎士比亚研究“有一个与西方不尽相同的条件，我们有一个比较悠久的文化传统”，因此，“我们是以一个处于历史新时期的中国人的眼睛来看、来研究、来赞美这位世界巨人的”。“我们试图用马克思主义的观点来研究莎士比亚”，而其最终目的则是用来“丰富祖国文化，作为我们的滋养”。大作的这些观点正是我国莎学发展经验的理论升华，对于莎学的继续繁荣则有着现实的与的深远的意义。我们的想法希望能够得到您的俯允。烦请来信赐教。

敬祝

大安！

张泗洋　孟宪强

朱邦微致孟宪强（2月5日）

宪强先生大鉴：

十二月十六日转复旦中文系函近始转至，迟复为歉。承蒙家祖朱东润先生民国初年所撰《莎氏乐府谈》事，经查老人早年自传，于民国六年所记中见有记载，迁录于此，仅供参酌：“五月，复至沪上，先寓南洋附属小学，嗣以友人李君健农创太平洋杂志社于法租界之恺自迩路，招余往，即同住，作《莎氏乐府谈》登之，惟所谈极肤浅，特时论颇不薄之耳。”自传系朱先生1920年所记，年月事实谅不失实，愿为尊编收录此文之依据。

又承嘱撰写朱先生小传，兹据所知草成，附上请指正。

专复，颂

编安，并贺

年禧

复旦大学古籍所　朱邦微　上

王裕珩致孟宪强（3月16日）

宪强兄：

您好！

向美中学术交流委员会申请撰述《中国莎学史》的研究费日前已获得回音。因名额有限，无法给予补助。我虽对此申请不抱多大希望，但认为我们的研究计划很好，按理应当获得支持的。所以多少有些失望。我想您和我一定有同感。

前天曾与霍曼教授通电话。他对我们合作计划极感兴趣。他并建议将来英文稿完成后交Bucknell University Press出版。这对我来说当然是一大鼓励。但愿我们合作的计划不会因经费短缺受到严重影响。

我不知道贵校是否能在今年九、十月提供食宿。我可自费前来讨论我们的初稿、修订等事。我大概无法在贵校逗留长于一个月。这样对贵校的负担也许可以减轻不少。我在七月起至年底时间可以自己支配。请向贵校主管要邀请书早日寄来，以便办理签证和购订机票。（邀请函请写自今年八月至十二月）

吾兄《中国莎译选》也完成否？念之。盼能早日出版。匆匆即祝

俪安

弟　裕珩　敬上

任明耀致曹树钧（3月17日）

曹树钧老师：

许久没通信了，近况可好？

今年《中华莎学》何时可以出版？明年盛会是否如期举行？目前准备工作进展情况如何？一切均在念中。

尊著《莎士比亚在中国舞台上》当翻译成英文，将受到国外莎学专家们的热烈欢迎，不知目前进展情况如何？何时可以用英文出版，也在念中。

我上次跟你讲过，美国莱维斯正在收集中国学者研究莎士比亚的情况（包括著作），我拟送他一本尊著，不知你那里可有存书，若有存书，我拟将书款汇来。

美国莎协会今年又向我发来开会通知书，这是第18次年会，将在4月11—14日在美国的大学举行。我已向他们去信，若他们愿意资助我，我乐意前往并提交我的一篇论文:《莎士比亚与中国戏曲》。根据目前中美情况恐怕难以成行。

另外，他们向我提供了最新消息：明年东京举办的国际莎学会议定于8月11—17日在东京举行。我即将收到他们的详细通知书。

尊著《曹禺传》不知何时可以出版？目前出书难买书也难，这种局面不知何时可以改观？

有关吉林省莎协情况也请告知。

向陈恭敏同志问好！也向孙福良同志问好，祝

春安

吉林大学张泗洋教授所著《莎士比亚引论》论述全面，是目前最有权威性的莎学论著之一，他已赠送我一部。顺告

明耀

张少雄致曹树钧（3月18日）

曹老师：您好。

书稿《中华莎学》均已收到。谢谢。

书非常好，内容很精彩；资料翔实、丰富，又有您鲜明的观点。莎剧属于各个时代，各个民族；莎剧不只是英国人的财富。

我钻研莎剧多年。但坦诚地说，我的莎剧一直是文学的与学术的。据我所知，全国各省有中、外文系的学校里的莎剧课，大都是这样的；这一点从《中华莎学》里的“会员信稿”都可以看出。我觉得这是个不足之处。我现在更喜欢非文学的（或空间艺术的）方法。去年我校的师生，来用了“还原”的方法教授莎剧，我为他

助教，也用这种方法，我很欣赏这种做法。莎剧本来是给人听和看的，不是阅读；而听者与看者中的文盲占多数；现在教授它，应着力于“还原”它，使它走出高层学者的书斋，走出文学课堂，走向人民大众。我相信，供人听和看的莎剧，比供人阅读的莎剧更有生命力，更受人喜爱。您的书，对莎剧在中国的“还原”，必特起促进作用。要实现“还原”，戏剧学院的莎剧教师与文学院系的莎学老师，似乎都应该成为双楼的才好。闲话少扯。

我校去年导演的莎剧《梦》，本来计划在长沙高校巡演的。因时间问题，只在外语节上上演了第5幕；其余拍成片，外教带回了美国。校方和有关机关拍摄了数十张剧照和排练照。我弄到了几张；但他们的视点选择得极差，因此，效果不好。寄来几张。

我们排的这一幕，用的是大场面：背景是仙王仙后与众仙女的类型，横到在舞台上；最高点是仙王。中景处是戏中戏，戏台是圆的，高出舞台将近一尺。近景是公爵等人以“八”字形坐在舞台两边。在舞台下面看层次分明；照片没体现出层次感。

另外，寄来证明一张。

致此，祝

撰安！

PS：戏中戏的剧作家，因男演员不够，改成了女的。那左手持夹的即是。

学生　张少雄

叩上

阮珅致孟宪强（3月30日）

宪强教授：

您好！

上次来信曾谈及您决定选用袁昌英女士的《莎士比亚的幽默》，并已请她女儿介绍她的生平，想必一切工作都进行得很顺利。《中国莎评选编》大概已经编好了，盼望他能早日出版。

关于武汉成立莎协事，蒙您热情关注，至感。此事几经波折，说来话长。早在

85年下半年，张君川教授就曾经给江汉大学罗源善老师写信，嘱咐他与我、王忠祥（华师大）、胡庆树（武话）三人联系，筹备成立武汉莎学会。罗老师不辞辛劳外，四处走访，终于征得多方同意，于86年3月29日在武话召开了汉莎会筹备会。但与会者就此会挂靠哪个单位的问题进行讨论时，未能达成协议。筹备工作，因此搁置了下来。这年7月，《长江戏剧》（1986年第3期）突然发了一则消息，标题为“湖北省莎士比亚艺术学会筹备委员会成立”（见附寄复印件）。这使原筹委会的人感到愕然。不知为什么要撇开高校，只在话剧界筹备成立艺术学会？以后的情况表明，上述尝试仅限于发布一则消息，并未进行其他认真的筹备活动。艺术学会一直没有成立，当然也就没有在武汉市社会科学联合会备案。到88年下半年，武汉成立了专家学者实用科技文化研究会。在一些会员倡议下，该研究会得到市社联同意，由武汉市各高校外（英）语系、外国文学教研室、外语教研室师生发起筹备武汉莎士比亚中心，于89年4月正式成立。这个组织是挂靠于专家学者实用科技文化研究会（秘书组暂定武汉大英文系办公）的二级学会，是武汉莎协的低级形式（或者说是初级阶段）。也就是说，它只是作为以后进一步筹组莎协的底层架构。由于他是二级学会，因此他没有条件进行宣传，也不想进行不切实际的宣传，只想尽可能做些实事，出些成果为莎学发展做些可能做到的贡献。莎协辑刊已审阅定稿。正在补筹出版经费，联系出版印刷事宜，争取早日发稿。蒙您多次垂问，因考虑汉莎中心算不上是莎协，故未及时缕陈一切。但丑媳妇总得见公婆的面，因而拉出来献献丑。希望得到您和吉林莎协的指教帮助和支持。

我们的“莎学论丛”是我校七·五科研规划中的一个重点项目，今年是最后一年，力争年底全部完成，现正在进行最后“冲刺”。但中文论著索引可能拖到明年初编完，因所依据的索引书目有不少错误，必须一一校对原出处，而负责这项工作的只有一个人，图书馆期刊阅览室的一位同志工作进度较慢。您负责编辑的索引想已大功告成了。

专此顺颂

教祺

阮珅　上

王裕珩致孟宪强（4月1日）

宪强兄：

今天收到吾兄三月十四日华翰甚为高兴。距离武汉莎学会议只有一个多月的时间，想到不久又可重聚畅谈，不禁雀跃。

很抱歉，这次会议后不能与赖维斯同访贵校。他早已与Florida的Omans教授订了五月二十一日返美的机票，即使贵校邀请他也无法应命。好在日后我们仍有机会再到中国。那时如能请到研究费，我们可以自费前来。教育经费短缺，美国也是一样，我们充分理解这种情况，请兄勿为此事耿耿于怀。

我将于五月三日离美，先去台湾省亲。八日自深圳入境大陆。十一日与赖维斯，Omans在上海会聚。在沪期间将与曹树钧教授会晤。十三日赴武汉。会后将去北京中央戏剧学院访问。然后去曲阜师大，赖维斯与Omans二十一日离华。我将在华多逗留一周。或许那时可与郑土生教授安排在北京晤面。能结交一些中国莎学者是我最期盼的事。

专此即颂

教安

弟

裕珩　上

朱立民致彭镜禧（4月29日）

镜禧：

“A History of Fortinbras”稿校对交出去之后，仍发现若干表达方面的缺陷，有些是Dr. Ann Carver所指出的。又一直想“A History of Fortinbras”虽然原来在题目上已有反讽的含义（哪儿有什么history？），仍嫌呆板，不如直接道出其琐碎，乃改成“The Fortinbras Fragments in *Hamlet*”用上很普遍的alliteration并正规的点名*Hamlet*剧本。整体说来，与哈姆雷特的终极灵感比较，似仍以英文稿较佳，可惜已无处发表，只复印若干份，第一份送给你留纪念。或者带去大陆送人（北大乐黛云教授会介绍若干位教莎剧的老师谈谈）。

师母与我暂定行程上是8/20—31在英国。你们何时抵达Oxford？

（你送我的*The Historical Renaissance*只翻了翻两篇，似乎还能懂。论*Measure for Measure*那篇“我准备应付国科会的”所想到的题目都很调皮或shocking，如“公爵的鬼胎”“维也纳色情专业区”“伊莎贝会嫁给他么?”）

立民

宋清如致孟宪强（5月21日）

宪强老师：

接奉大札，稔悉一是。

检阅遗稿，独缺“第二辑提要”及“译者自序”手稿。由于篇幅无多，因即抄录（根据一九四六年世界书局付印时所用原稿）寄上，请查收，匆此奉复，顺送
大安

宋清如

附：第二辑集提要

本辑包含莎氏悲剧八种，作者毕生悲剧结构，尽萃于此。

《罗密欧与朱丽叶》是莎氏早期的抒情悲剧，也是继《所罗门》《雅歌》以后最美丽的悱恻恋歌。这里并没有对于人性的深刻的解剖，而是真挚的道出了全世界青年男女的心声，命运的偶然造成这一对恋人的悲剧的结局，然而最终的启示，爱情不但战胜死亡，并且使两族世仇消弭于无形，从这一个意义上来看，它毋宁是一本讴歌爱情至上的喜剧。

《汉姆雷脱》《奥瑟罗》《李尔王》《麦克佩斯》这4本是公认为莎氏四大悲剧的，这些作品中间作者直抉人性的幽微，探照人生多面的形象，开拓了一个自希腊悲剧以后所未有的境界。关于这些悲剧中主人公的性格，无数的批评家已经写过，洋洋洒洒的大文对它们做详细的分析和讨论了，这里译者除了把文本的本身直接介绍给读者以外，不想用三言两句语的粗略的叙述向读者作空泛的提示，关于这四剧的艺术价值几乎是难分高下的:《哈姆雷脱》因为内心关照的深微而取得首屈一指的地位，从结构的完整优美讲起来，《奥瑟罗》可以超过莎氏其他所有的作品，《李尔王》悲壮雄浑的魄力，《麦克佩斯》的神秘恐怖的气氛，也都是戛戛独造，开前人所未有之境。

《英雄叛国记》《该撒遇弑记》《女王殉爱记》这三本悲剧自成一类，同样取材于罗马的史实，而这些史实的来源则系莎氏由普鲁塔克（Plutarch）《希腊罗马伟人传》的英译本中所取得。我们不能不感佩作者的天才，因为从来不曾有一个当代的或后世的罗马史家或传记家曾经像作者在这三本悲剧中那样把古代罗马的精神面貌活生生地表现出来。这三剧的庄严雄伟的风格，较之作者的四大悲剧也可以毫无逊色。

生豪志于三十三年（1944年）四月

王裕珩致孟宪强（7月3日）

宪强兄：

六月十九日华翰及大作《中国莎学述要》手稿已收到。谢谢。我暑期学校春季班昨天刚刚结束。日内即仔细阅读，着手翻译。

数年前在华府国会图书馆东方藏书部见到上海世界书局于一九四七年出版的朱生豪译《莎士比亚全集》三册，并复印了每辑的提要。台湾重刊的朱译把序言及提要都删除了。真是令人费解！兹将吾兄需要之第二辑提要复印附上。

泗洋先生大著《引论》二册已于日前收到。我忙于教课迟迟未复谢。今日来校准备给他回信。泗洋先生治学精神令人钦佩。但愿他迅速康复。

就此住笔　敬祝

俪安

弟

裕珩　敬上

1991年

孟宪强致宋清如（2月13日）

宋清如先生：

首先祝您羊年春节快乐万事如意！健康长寿！去年曾蒙您帮助，为我们寄出了朱生豪的《莎士比亚戏剧全集》第二辑提要，非常感谢！我们编选的《中国莎士比亚译论》一书三校已完，四月底五月初当可问世，届时定将奉上。

我们早已接到国际莎协发来的邀请函，邀请我们参加今年8.11—8.17在日本东京举行的第5届国际莎士比亚大会。这次大会的主题为“莎士比亚与传统文化”。经过反复考虑，我们决定提交论文《朱生豪与莎士比亚》；其主要目的是向国际莎坛介绍中国的莎学，介绍朱生豪为中国莎学所作出的杰出贡献；该文定稿后将译成英文印刷，届时向大会散发。现将该文修改稿寄上，请您审阅。文中的材料是否准确、观点是否恰当等等，均请您予以指正。您的意见可直接写在文稿上。阅完后请您尽快将意见及文稿寄给我们。该文注释多些，有的写得也较具体，其目的也在于向很少了解中国莎学的国际莎坛更多地介绍一些中国文化和中国莎学的情况；其中关于您的释文是否妥当，更需请您校订。

新春佳节期间给您寄出我们的文稿，为您增添了不少麻烦。我们的心里很不安。谢谢您！

诚颂

大安！

孟宪强　拜上

宋清如致孟宪强（3月7日）

孟宪强同志：

您好！

大札及论文，都在上星期收到。拜读之后，对论文的总的印象是材料属实，观点明确。但由于近年来精力衰退，思路滞涩，很难提出修改意见。经过再三考虑，仅就下列诸点，提供参考，是否有当，祈加审裁。

一、论文中突出的阐述了朱生豪的矢志译莎，是爱国思想的具体表现，这一点是完全应该肯定的。但是朱生豪为什么如此笃嗜莎剧呢？根据我粗浅的理解，主要在于莎士比亚这一不朽名著所闪烁的文艺复兴时期人文主义思想的光辉，对于在"五四"新思潮孕育中成长起来的朱生豪这一代青年，有着强烈的影响。莎剧中那些生动的艺术形象，那些洞抉幽微精细刻画的情节，那种爱憎分明的强烈感染力，无疑地启迪了青年朱生豪对人生的观照，对真善美的追求，对理想生活的向往。因此，当他适逢机缘，敢于并乐于承受这一工程之后，不惜全力以赴地要把这一辉煌巨著移植到祖国的文化园地上公诸同好。朱文振在《朱生豪译莎侧记》一文中说："……我认为他决心译莎，除了个人兴趣等其他原因之外，在日本帝国主义肆意欺凌中国的压力之下，为中华民族争一口气，大概也是主要的动力"。他所指的是个人兴趣，正是朱生豪对莎剧的"笃嗜"——热爱与尊崇，也是朱生豪决心译莎的主要动力的不容排斥的部分。因此，我认为论文是否可以点明朱生豪为什么特别笃嗜莎剧的思想契机，用以强化莎剧的世界意义。

二、论文第二页末行所提《莎士比亚全集》历年来发行数为1150万册，此数是否核实，特存疑。

三、朱译莎剧在台湾的合译本，是否需要提及，提供参考。

台湾学者、教授虞尔昌（1903？—1984），浙江海宁人。1922年嘉兴秀州中学毕业，1926年之江大学毕业，但跟朱生豪并不认识，1947年去台湾大学担任西洋文学系教授，他在读到1947年世界书局出版的朱译莎剧（27种）本之后，深感钦佩，同时痛惜朱未能全部译出莎剧，因而在朱译的基础上，经过数年的辛勤努力，终于译完了十部史剧以及莎氏全部诗歌作品，至1957年，由台湾世界书局分五册出版《莎士比亚全集》署名为朱生豪虞尔昌合译。

四、注解方面：除对个别部分略作删削外，是否可增加一条关于朱文振的介绍？简略内容如下：

朱文振（1914— ），朱生豪胞弟，学者、四川大学外文系教授。1935—1936年间，朱生豪跟他商讨译莎计划时，似曾对译文体例问题，提出自已的见解。他认为莎剧是诗剧，而且是古代的语言，不同于现代英语。为了保持原作的艺术特色，最好采用相应的古代诗歌形式（元曲体）和新诗体相结合。朱生豪则认为译本的对象是广大的现代读者，当时没有接受。1944年后，朱文振根据生豪遗嘱，经过几年认真琢磨，终于译出了六部（亨利五世，亨利六世上中下，理查三世，亨利八世）史剧，文体方面，主要采用古色古香的元曲体，实现了自己的设想。

以上各项，跟朱生豪译莎工作多少有些关系，因此不惮繁琐，敢以布达，希勿见怪！

敬致

敬礼

宋清如

又及：关于朱生豪名字问题，在高小、中学、大学期间，正式的学籍姓名一贯沿用“朱森豪”。

朱宏达致孟宪强（3月18日）

孟宪强教授：

大作拜读了两遍，觉得内容丰富，资料翔实，可知阁下对莎学的研究根底浑厚，没有长期的积累，一时应景之作是不可能写得那样令人信服的。

我们的意见都写在稿子上了，仅供您参改，由于我爱人吴洁敏日前生病住院，不及细看，也来不及将意见整理出来，这是要请您原谅的。

我们为写作《朱生豪传》耗费三年教学之余的时间不算，由于出版界的不正之风，受尽各种折腾，其间苦辛一时恐难为外人道也。

大作的最后部分与中间部分似有重复。请酌，最好能分小段，并列出一小标题，以清耳目。

我们看到您给宋清如先生寄出的稿件，她有充分的时间为您润饰，请按宋老意见办即是。

祝您日本之行取得成功。

此祝

撰祺

朱宏达

贺祥麟致曹树钧（3月19日）

树钧同志：

上次信收到久矣。近接《外国文学研究》主编王忠祥教授来信，得悉我那篇介绍《莎士比亚在中国舞台》之拙文，将在今年该刊第三期刊登。此刊物为我国外国文学方面最优秀及有权威性之杂志，想来您也看过。等第三季度刊出后，我再将文章寄您。

我曾问王忠祥教授他是否有《莎士比亚在中国舞台上》一书，他此次回信说他无尊著，也很想要一本。介与此信同时汇上书费五元，请费心运寄一册给他（最好挂号），他的通讯处为：

湖北　武昌

华中师范大学

《外国文学研究》编辑部

王忠祥教授

430070（邮政编码）

我工作一直极忙，匆匆中忙写此信。

顺颂

致祺！

附：王忠祥教授来信。

贺祥麟

王裕珩致孟宪强（5月20日）

宪强兄：

三月二十日华翰及复印资料早已收到。由于这学期（冬季）特别忙，一直没抽出时间来整理译稿，迟迟未复，罪甚。明晨我将返台湾省亲二周。今天下午来校前收到兄五月十日大札，赶紧写信向兄告罪。

学期结束后（上月底），忙着为《莎士比亚季刊》撰写中国论著摘要。原拟修订大作之译稿，一直没能如愿。我计划将译稿携带至台湾，月底归来后将初定之译稿（已打入电脑）航邮寄上。大幅修订补充恐怕要等一阵子了。因为六月初要参加小女和小儿的毕业典礼。二十六日起又要开始教暑期学校，五周半（每周授课十八小时）为五斗米不得不折腰也。

恭喜您的专论《朱生豪与莎士比亚》完稿。与泗洋先生合编的《莎士比亚在我们的时代》和《中国莎学译论》将出版。也是两大喜事也。嫂夫人与在台亲戚在府上欢聚，想你们家一定热闹了一阵。

今年六月山东师大和曲阜师大邀请我去讲学一个月。因杂事太多，已婉谢。可能延至明年此时成行。或许我们可以在东北再聚晤。

匆匆即祝

俪福

请代向泗洋先生、林贵问好。

弟　裕珩　上

P.S. 我希望兄能向中莎会索取撒切尔夫人致曹禺贺信的英文原文复印本，不是中文译文也。

孙永斌致曹树钧（10月8日）

树钧兄：

九月十八日函悉。

此前范光龙同志已来信，我按时寄了照片，想必会办妥的吧，此事劳您费神，搞秘书工作是会有诸多杂事，不过莎学会员是忘不了您的辛劳和功绩的。

我回来后一直忙忙碌碌。指导学生、上课，应付杂务之外，还在为东方文学会的筹备工作奔波，现在人们（企业界也此）的商业意识增强了，什么都讲实效实利，筹集活动经费也不那么容易，比较可怜的大约就是学术界了。

学术会议正在紧张准备，有关情况，我已致函北京，但他们一直未来信，估计是考虑火车、飞机不久又要提价（凡进京列车提价130%），恐诸多同仁单位出不起差旅费，以后许多活动都会受到影响。会议通知我已拟好印出，只待北京方面来函即可发出，顺便我先寄上一份，以便兄心中有底，好早作准备，有关情况，我会尽快告知的。

鉴于上述车费提价，今后中莎会的活动也难免受影响，近接郑土生信说阮珅先生拟将于明年五月在武汉举行“国际莎学研讨会”，郑约我武汉相会，但我未接到阮珅先生邀约，不知兄知武汉莎学研讨会之事否？安徽的会也不知能否如期举行。

关于宣传中莎会的事，我会尽力做的，除在名著赏析课中重点讲莎士比亚专题外，也试着向戏剧界做些宣传鼓动，希望他们能搞莎剧的改编上演。不过，这里想干事业的人往往起步艰难，行动每每受挫，真得有些耐心才行。上海会议，因杂务连连，拖了时间。我为纪念朱生豪先生诞辰研讨会写的那篇关于普及莎剧的文章，稍改了一下（约6000字），已由德宏教育学院（省教育学院外最大的一所教院，在省内和缅甸有相当影响）今年第一期学报刊载，待收到样本后我会寄一份给您的。

十月下旬，桂林举行二十世纪外国文学反思研讨会（全国高校外国文学会与广西联办），我已收到邀请函，准备参加，意在了解些新动向。据称，莎学专家贺祥麟先生从美国讲学归来，有重要报告。加之广西及全国参加人数上百人，许多同行与会，故趁此机会会会他们。（会议时间十月十八日至二十三日，地点在广西师大留学生楼）

写多了，到此刹住吧。顺贺

大安

永斌

任明耀致孟宪强（10月10日）

宪强先生：

惠书已经拜读。

张泗洋教授主编的《莎士比亚大辞典》是一项大工程，团结你省的力量共同来编撰这部学术性的大辞典，真是功在千秋。你们有如此大气魄，这是其他地方无法企及的。

您拟写的部分，工作量也很大，牵涉的方面也较广，也必须拥有大量的资料。寄来的一份名单，比较全面，我建议把我的名字抹掉，因为我才疏学浅，跻身中国莎学界名家之列，实在有愧。另外我以为名单是否可以扩大一些，如廖可兑教授（中央戏剧学院）也是研究莎学的老教授，似乎应该包括进去，特别要注意吸收近年来展露头角的后起之秀。我建议将此名单分送中莎会及多地莎学专家，征求他们的意见，以免遗漏重要的人物。另外我查到蔡文显教授（已故世）是否应包括进去？关于宋清如是否可以放在朱生豪一栏中一并介绍？她的莎学研究似乎并不突出。

寄来的名单我已转寄我的老友索天章教授了。请他提提意见。

据悉，中莎会通过海外华人已筹集到一笔款项，以供在上海举办的国际莎士比亚戏剧节之用。

随信附上一篇最近发表的拙作，只是向你们提供一点信息，请指正。

向张泗洋教授致意。他是一位令人尊敬的实干家。

《莎士比亚在我们的时代》请寄我10本，书费可以在稿酬中扣除。

美国Murray J. Levith教授给我来信。他想于明年来中国讲学，来回旅费由他学院负责，我已将这信息写信转告孙福良、曹树钧两位先生，请他们考虑。我建议他们应该向他发出邀请信。他如能来沪，我校也打算请他来校讲学。

专此函复，并祝

事业成功

明耀

徐克勤致曹树钧（11月6日）

树钧教授：

正要给您寄书评，恰好接到“邀请书”，多谢！

对尊著只插空粗粗读了一遍，尽管受益匪浅，但书评写得太简略（刊物限千字内），您看后请提出宝贵建议，我再写篇长评。

半年来忙于“莎士比亚研究”课程的辅导、出题、阅卷，以及研究生课的讲授，到今天总算先告一段落；打算着手写点东西，适逢您寄来佳音，即就从会议要求的论文动笔吧。不过我只从俄文译过《莎士比亚的创作》，却从未译过英语方面的莎著，试写读朱生豪译文的感受，未觉胆怯。再则，会议只限40人，光京沪两地莎学专家就满员了，哪里轮得上我们这些莎作教学人员呢！看来还是知难而退较为识趣！

握手

徐克勤

王忠祥致曹树钧（11月18日）

曹树钧同志：

您好！“邀请书”（朱生豪诞辰80周年研讨会）的“回执”早已寄给“中莎会”了，估量您已收悉。

现将拙文《美在何处?》（读《罗密欧与朱丽叶》札记）寄送给您，它是论文《莎士比亚戏剧人物的审美意义》的一部分，权且当作“提纲”。请审阅、批评。

专此顺颂

近祺

王忠祥

耿仪凤致曹树钧（12月29日）

曹树钧先生：

您好！非常感谢寄书信给我，并代为向福良致意，祝贺你们的结晶问世。为公家代买的书也已收到，今随信寄上五本书的书费及五角邮资，谢谢！

回信迟了，深为歉意，因为我的讲座最后一项是“莎士比亚戏剧片段表演朗诵会”课堂讲授的延伸，也是一次艺术实践，一次晚会竟演出了九出戏的片段，反响还是比较强烈的。这在华大可以说是头一回，为校园文化增添一朵新葩。先寄上一个演出节目单。等过些日子，我再详细写一材料，还有剧照，杭州通讯上登的评论文章，一并寄上。

吉林电台订书，是资料室订的，寄资料室负责人即可。

大作看过后，觉得有一点看法提出，供参考：

附录中“莎士比亚戏剧在中国舞台上演出纪事（1902—1989）”一节中收录比较全面，这是肯定的。但既然上海台制作马克白系列广播剧可以收入，为什么1988年吉林人民广播电台连续37天播出莎剧全部戏剧故事与片段就不可收入呢？这恐怕在我国还是首创吧。吉林省听众就2300万，何况还有外省。就连英国斯特拉福莎研中心主任戴维·福克斯都来信祝贺，也证明在中国有一定价值。您说呢？一孔之见，仅供参考。

新春临近祝全家，健康快乐！

耿仪凤

1992年

王裕珩致孟宪强（1月7日）

宪强兄：

您好！

收到您十二月二十四手札及新年贺卡很高兴，谢谢。我趁着短短两周多的寒假，把大作译稿重新修正了一次。这次做的比较仔细。除脚注外已经完工，为了赶这份译稿，新年卡片也没能寄。许多朋友的信都搁在一边（包括泗洋先生和林贵的，见面时请代致歉意，等把译稿整理完毕，再负荆给他们寄信）。（收到新订译稿后，可将前寄定稿撕毁）

大著中我觉得政治气味过重。还不够客观。如果想在美国出版，可能得大加修改。我的译文只能做少许的改正。收到译稿后（至迟在本月十四日寄出），请您仔细校读补充（特别是译文注有问号处）。然后如能请国内老一辈学者，如王佐良先生审阅一下，提供修改意见更好。我再整理一下，请霍曼教授阅读。如果能在美出版，当然最好。否则由东北师大出版社出版也可以。我这边可以把译文，脚注及索引等打入电脑。这样要比国内排版要好得多，字体像印刷一样清晰。总之，我们出版大作译文要格外慎重，千万不要为赶时间草率行事，不知吾兄以为然否？

我今年夏天是否再访中国尚未决定。去年因故不能去山东师大及曲阜师大很是遗憾。两校尚未来信再邀，我也懒得再去信要求重新安排。不管如何，我想大作译稿在六月前可以定稿。这要靠您我共同努力了。

我校冬季学期昨天已开学，这学期我教四门不同的课，五六月休息，七月又要教暑期学校。

专此即请

新年快乐　阖府安康

弟　裕珩　上

贺祥麟致曹树钧（1月17日）

请费心将此信代转给：上海戏剧学院曹树钧老师收，谢谢。

树钧先生：

您去年十一月十日寄至我家之信，今天才连同《关于举办朱生豪诞辰80周年纪念活动的设想》由桂林寄到我这里来。不知是否能赶上纪念会的召开，我匆匆间写了一封贺信，今寄上。

美国莎士比亚研究及演出，多年来一直在许多地方进行着，成绩很大。我因去此校（新英格兰学院）教学任务重，活动多，没有时间与他们联系。前不久，我去旧金山参加美国现代语文协会（Modern Language Association）一九九一年年会，会上也有莎士比亚论文宣读。今后有暇，当与他们联系。另外，我1986—1987年去美国威克森林大学（Wake Forest University）任教时及此次来美后，均曾去学校与社会上介绍莎士比亚与中国，受到听众热烈欢迎。

广西成立莎学会事，等我回去后再说。这里五月中旬便放暑假，一放假我即到智利去，拟住一个月，然后即经纽约返国。估计六月底或至迟七月初即可回到桂林。

我去此之通讯处为：[略]

暇时来信请寄至上址即可。顺颂

大安！

贺祥麟

洪忠煌致曹树钧（2月1日）

曹树钧同志：

您好！年前到上海拜会您，不知"中莎会"去嘉兴召开的年会定下来了吗？至今我尚未接到请柬，不知何故？论文提纲（题为《意向比较：〈冬天的故事〉与〈牡丹亭〉》早先已寄给您了，上次您也说收到了。（另天津莎学会也委托我代表他们向

这次年会通报情况）

望您于百忙之中拨冗赐一复函！来信（或通知）寄到我家：

[略]

祝您

春节快乐

洪忠煌

杭州

杜蓉致曹树钧（2月19日）

曹树钧同志：

邀请书收到了，普及工作及朱生豪研讨会，我本该参加的，只是最近发了一次心脏病，腿也有病，行走不便，不能来上海了。有几点请考虑：

一、我去年曾寄上论文《莎士比亚在浙江》（与桑敏健同志合作），是否可打印作为书面发言，或请人代为宣读。

二、商务印书馆出版之“莎士比亚注解丛书”已出十四本，属于普及工作成绩，可请上海商务印书馆带些在会上展销（我参加注解了一本《冬天的故事》）。

三、我写了一本《新编莎士比亚故事集》（中国国际广播出版社出版），也属于普及工作，也可请上海新华书店带些书在会上展销。（此书张君川副会长作序）

四、我已三年未交会费了吧，该补交多少？请告知以便汇上。

此致

近好；

孙福良同志好！

杜蓉

朱宏达、吴洁敏夫妇致曹树钧（2月21日）

曹老师：

过年好！来信收到，知道为此你们费去许多精力，可以想象发出这份邀请也实在不容易。衷心感谢你的诚意，我们俩准备同去参加。如果需要我们发言，请告知。如发言时间几分钟，内容是介绍朱生豪生平评价（指国内外对他的评价）。会同时寄上海内外有关《朱生豪传》的评价文章目录，如果需要原文，我们可以复印后寄去给您。若写一点小传性的反映文章也可以。望拨冗告知。还需我们做些什么事？或我们学校作为朱生豪的母校，能否做什么，可以办的我们当尽力办。关于经费，我们曾去学校讲起，希望把会议移到杭州，以便杭大也资助一些，可因为时间太急，学友说此事应在去年，即一年之前打报告纳入学校计划，今年经费就无着了。

明天参加电视台举办《朱生豪》电视开拍仪式，叫我们去参加，有什么情况当再奉告。

4月是春暖花开季节，开会最好。吴洁敏可能20号赴毛里求斯参加国际会议，目前还未最后决定，是因为6月还有一次国际会议。如能连续在外讲学则就去，否则一年办理两三次出境手续实在没有精力。本人倾向不去。学校认为可以加强校级联系，尽可能参加，故未作决定。但三月中旬一定可以定下来。总之，我们尽可能两人同赴沪出席，也可能去一人。谢谢你们的关照与支持。莎学会张志，黄东是否邀请？需要我们办的事，请吩咐。但两位老人去冬身体不是太好。我们与他们都较熟悉，联系还是很方便的。

最后望多多保重身体，有钱好办事。钱少便花更多精力。我们想还是以学术交流纪念先贤为主，知识分子都能理解的。代问孙老师好。因朱宏达正准备资料，此信由我执笔。

即颂

教安

宏达　洁敏

曹老师主编的《中莎学》（三）稿子最后何时寄出？国内外反映《朱传》的资料，若推进需要写多少字数？盼告。又及

孟宪强致曹树钧（2月24日）

树钧先生：

您好！来函及两份邀请函均已收到；我已将给泗洋教授的邀请函转给了他。泗洋教授退件已经回，据说他已经与吉林大学中文系谈了去上海开会经费问题，现还未最后定下来。泗洋教授很重视这次会议，表示无论如何也要争取参加。我俩参加会议如无问题，就不再给您写信了，如果出了什么问题不能出席会议的话，3月15日之前我一定按照要求给您去信。

现随信附上“《莎士比亚大辞典》即将脱稿”一文；其文已经张泗洋教授审阅。

代向孙福良同志问好

谨颂

撰安！

孟宪强

朱立民致彭镜禧（3月8日）

镜禧：

“Reportage in *Romeo and Juliet*” 太棒了。从今以后，对Benvolio必得另眼相待了。你写的英文愈来愈relaxed，or well-poised。看法娓娓道来，阅者不感到任何胁迫味道的persuasion而自然接受。高！用今日青少年术语“帅呆了”不知恰当否？！

Joseph A. Porter那著作不知有否用到或提到R. V. Utterback “The Death of Mercutio,” *SQ* (1973)？

你真是独具“慧”眼；我从未觉得Benvolio还有这么“阴”的一手。正如Duncan说的There’s no art/ To find the mind’s construction in the face。

用Shakespeare的source(s)来appraise他的功夫（在剧本内呈现的功夫），这是学术研究正当领域。若以它去解释或诠释剧本内容，则我持很深的保留态度（纯以读剧本者或观众立场而言），因为我们欣赏的对象是text of the play或performance itself，不该涉及其他之物；所谓“其他之物”是that / which is “not available” to the reader or viewer。（New Criticism的后遗症？！）

因为你可以说只是顺便提了一下，不涉及关键性的重大问题，那就没什么。

在用字方面，gallant gladiator的alliterative effect固然好，可是gladiator这个字引出的image必然是古罗马arena中那些凶狠、残暴的职业斗士；而gallant一字应指kind and considerate，尤其（似乎）与女人不可分，献殷勤的味道和形象与gladiator不相配。我对用字有很多个人的偏见。此可能即一例。

Congratulations！

立民

周骏章致孟宪强、陈凌云夫妇（3月11日）

凌云、宪强同志：你们好！

我昨天下午接到你们寄来的《中国莎士比亚评论》一书，感到很高兴。你们编了这样一本很厚的书，内容丰富，装帧美观，令人钦佩！我随手翻阅几页，读了你写的后记，顿然发出两种感想。

第一，是你选了陈瘦竹、张月超的论文，他俩和我是老朋友。从1933年到40年，我们三人在前国立编译馆当编译和副编译，我们同居一室，我在翻译《英国小说发展史》，他们也在译书，这是五六十年前的往事了。可是他俩已于前几年病逝，我回想前尘，不免感慨系之！

第二，我在我自己写的小传中，提到我编写的《莎士比亚简论》。我在1979—81年，开过选修课《莎士比亚》，然后我把讲稿和一些资料编成《莎士比亚简论》。几年前，姜民生到我家闲谈，他向我还有什么稿子，我就将此稿子交给他，他说不久即可付印。不料去年年底他把此稿退还给我，来信说：“陕西人民出版社经费困难，一时恐难付梓不如退还，将来再等机会”。我在写小传时，预计尊著出版时，我的小稿已经出书了，所以写上这本书。由此可见，近年来学术著作难于出版，你的书幸而有赞助者，亦一快事也！

我已年老，虚岁83，视力、听觉均衰退。这几年生活是白天读书阅报，晚间看电视。饮食起居幸有儿子媳妇抬扶，我很满意。匆此表示谢意，顺颂

教祺！

周骏章

李赋宁致孙福良（3月12日）

中莎会秘书处孙福良同志：

你好！感谢您的邀请信。欣悉中莎会将于1992年4月18日—19日在上海举办朱生豪先生诞辰80周年研讨会，我在此特向大会致以热烈的祝贺和支持。恭祝大会取得圆满的成功和优异的学术成就。由于年老体弱，我不能亲自到上海参加盛会，拟请研讨会上有那位同志费心把我在1983年在《翻译通讯》第11期上发表的《浅谈文学翻译》一文中有关我对朱生豪先生莎剧《理查二世》的赞辞摘要宣读一下，表示我对朱先生的文学翻译的景仰和爱慕。可行与否，请您决定。

此致

敬礼！

北京大学英语系教授

李赋宁

阮珅致孟宪强（3月12日）

宪强教授：

大札及尊编《中国莎士比亚评论》均已收到，谢谢！这本书从形式到内容都很好。除拙之外而有入选的论文都是上乘之作，能真正代表中华莎学的水平并显示其

特色。您劳苦功高，在我国莎学史上值得大写特写。

承您不弃，将我收入“中国莎学人物”条目。汗颜无地。我在莎学方面涉猎不精，乏善堪陈，充其量只能说是一个莎学爱好者。为了向前辈和同仁们，主要是向您，条目撰稿人汇报，下面简述一下与个人经历有关的几件事：

1. 1989年筹组并成立武汉莎士比亚中心后，举办了几次莎学研讨会，1991年10月与湖北大学外文系联合召开的莎学研讨会，曾由中央、湖北和武汉电视台播放实况录像。

2. 曾先后开设《英国文学史》《英国文学史选读》《莎剧选读与翻译》等课程。

3. 从1983年起美国《莎士比亚季刊》将拙作与我国其他莎评一道列入“世界莎学书目”。

4. 主编《中华莎学论丛》和《莎评选辑》。

您在撰写工作中。如有什么事需要我做的，只要力所能及，定当从命。

想您将出席“朱生豪八十周年诞辰纪念研讨会”，9月中旬在上海见！

耑此敬颂

撰安

阮珅

附美国《莎士比亚季刊》复印件一纸。又及

陈冬英致曹树钧（3月15日）

曹树钧老师：

您好！

来信和邀请函均已收到，遵嘱转给张老师与复民的邀请函也已送到。张老师因身体健康不佳，正在家休养，无法来沪参加会议，复民尚未决定，他说到时会跟我联系。

如四月份没有特殊情况，我还是要争取来的，这对我来说是一次很好的学习机会，那天任明跟老师到我家来，他正在准备论文。我想根据《汉姆雷特》改编的戏曲本《天仇》，希望得到专家们的批评指正，最好物色个剧团排练上演，上海有没有哪个越剧院（团）感兴趣的，能接受这个本子，见面时再详谈吧！

祝

春安

陈冬英

另外：据说杜荭同志因患心脏病在家休息也不能来了。

王复民致曹树钧（3月30日）

曹树钧同志：

谢谢您给我及时回信，情况均已了解了。根据您信中所说，我决定来上海参加“中莎会”举办的盛会，对我也是一次很好的学习机会。报到时间和地点我已知道。

为了做好可能发言的准备，我写了一篇三千余字的短文。内容主要是探求朱生豪为什么在极其困难的条件下翻译莎剧的三个动因，这是根据我所积累的资料及访问朱夫人——宋清如先生之后，经过思改、压缩、提炼而成，有可能就在会上说说，如没有时间不说也没关系。

另外，我手头还有一首由宋清如先生为纪念朱生豪先生而撰写的长诗——《伤逝》，在这首诗中她以充沛的热情，倾诉了朱生豪翻译莎剧的一生，很值得让与会者听听，我建议到时请一位演员（男女均可）即席朗诵一下，以增加纪念的意义和气氛，也给会议增添生动活泼的内容，如何。请“中莎会”诸同志酌定，材料到时我会带来上海。

匆此简复，上海见！

祝

撰安！

王复民

阮珅致孟宪强（3月31日）

宪强教授：

您好！

大札收读。遵嘱将汪笑侬《题〈英国诗人吟边燕语〉廿首》复印了一份寄上。因排在前面的另一教师的复印件系缩微复印，轮到印汪诗时，工作人员忘了调整按钮，因此也印成了缩微件。一般可以看清楚。个别较模糊的诗句，用钢笔重写了一遍。不周之处请鉴谅！

上次信中谈了我做过的与莎学活动有关的几件事，纯属向您汇报。如您所说，与“小传”无关。我写“小传”时，只写了一些自己认为较重要的情况，如参加编纂《中国大百科全书·外国文学》卷和《英汉辞海》。次要的如译校（或校译）史书十余种，编审英语和英国文学史教材之类的事概未引入。社会活动方面也是如此，只写了“中国莎士比亚研究会会员”和“武汉莎士比亚中心主任”，其他如中国比较文学学会会员、中国体协湖北分会会员、湖北诗词学会会员、湖北省外国文学会会理事等均略而未提。其实根本没有必要提那么多，因为主要是让社会上了解莎学活动情况嘛。上次信中本来只想汇报开设过“莎剧选读与翻译”，后又想“英国文学史”也包括莎学，所以又加上了先后开设的“英国文学史”和“英国文学史与选读”两门课。看来像是画蛇添足，一笑。

长白山基金会资助尊编出版，确实做了一件大好事。说是“盛举”，一点也不过分。不知外省人能不能向该会申请资助？我编好了几本书（如“名家译莎评论”等），因出版经费无着，只好暂时束之高阁。余后上海晤面时聆教。

专此顺颂

教祺

阮珅

1992年中莎会在上海召开纪念朱生豪诞辰80周年研讨会，左起依次为孟宪强、张泗洋、江俊峰、杨林贵、孙福良、曹树钧

曹禺致孙福良（4月6日）

孙福良同志：

来信敬悉，殊为感盼。

久病住院，执笔乏力，竭简述心意如下：

一、祝贺朱生豪先生诞辰八十周年纪念大会成功，贺词已挂号寄上。

二、感谢同志们终于允许我今年申请辞去中国莎士比亚研究会会长职务。

我赞同同志们推荐方平同志继任。

请代我向全体同志们问好。

曹禺

北京医院

王裕珩致孟宪强（4月7日）

宪强兄：

三月十五日大札已收到。译稿终于收到，想是邮局把航空邮件寄成水运了。我在三月六日以航邮寄给林贵一份拙译，不知是否收到？念之。

您信上提及Skidmore College莱维斯（M. J. Levith）教授有兴趣介绍中国莎作。四月底吾兄与李氏见面时不妨复印一份拙译赠他。他返美后可以直接与我联系。译文还有许多地方要补充，脚注待校对。也许林贵可以帮忙。虽然他教课任务已够繁重。

今年我去中国的可能性不大。一方面往返路费是一大笔开销，另一方面我很想借假期自己进修一番。整天忙于教课，批改作业，真成了教书匠了，一笑。

吾兄如能请佐良先生审阅拙译最为理想。再者，见到莎协负责人，勿忘复印一份撒切尔夫人贺电的原文。

匆匆即祝

教安

弟

裕珩　敬上

吴洁敏致曹树钧（4月12日）

曹树钧老师：

您好！我们将于4月17号晚到达上海，参加朱生豪诞辰80周年研讨会。谢谢给我们机会发言，遵嘱在大会讲20分钟的朱生豪生平简介及海内外对朱先生的评价。因为忙乱，稿子没有誊清，届时请过目指正。但发言都用事实说话，因时间有限，也只可有选择性地讲了。好在电视已拍完。尚刚将带去放映的。我们也看了故事情节还是介绍清楚的，导演也真煞费苦心，能拍成这样已不容易了。朱先生的伟大精神是很难用形象来描写的。另外，朱先生的演员气质不够，现在的青年人很难理解当时的知识分子的处境和内心世界。但宋清如老师演出是很珍贵的镜头，而且演得很成功。

我因近来在赶一本教材，要求4月20号交稿，又要办一个出国手续，全挤在一起了。老朱事务多，坐不下来，很惭愧，没有能帮你们一点儿忙。在收到《朱传》稿费时，我们就想要筹建朱生豪基金会。两个穷教师想写一个穷翻译家没基金，有点像天方夜谭。但这次电视剧的拍摄成功，又一次激起我们的勇气。将来如果办成了，下次的纪念活动也许曹老师也不会那么疲于奔波筹划经费了。余言面谈了，望多保重身体。上海见。

即颂

研安

若贵会购买《朱传》当代购十册。谢谢！

又及

吴洁敏

孙家琇致孟宪强（4月18日）

宪强同志：

您好！失去在上海同您和泗洋教授会面的机会，我至今感到可惜。郑土生同志为我带来了泗洋教授赠给的大作，我很感谢。可是迟至今日还没去信道谢，这太不像话，但是心里又觉得张老师一定会知道我是多么想和他畅谈！

英若诚同志搬家了，以前的电话号作废，所以我昨天给人艺的一位演员去条，请她代我询问新电话号，她说即将来电话告诉我，可是到现在无消息。我马上再问吧。当然，英若诚是应该收入“莎士比亚在中国”部分的。我直接请了金乃千夫人唐爱梅同志把乃千的条目写好寄给您。她完全答应，说最迟月底可以寄上。此外，就是催促过徐晓钟同志本人快写，并通过他约请我院张仁里教授、鲍国安、李宝田、郦子柏等人。他先就告诉过我，鲍、李二人可能出去参加什么表演去了。今天晚上，我将再和他通电话，问问情况。表演系的梁伯龙同志曾到英国莎士比亚皇家剧团学习过去年导演过《仲夏夜之梦》，很有创造性，我将问问徐晓钟同志是否应该请他写条目。过去曾经导演《黎琊王》的冉杰同志，最近又不在家，可能是去成都上班去了。有位离（退?）修的张玲玲老师，过去导演过《罗密欧与朱丽叶》吧，她很喜欢莎士比亚戏剧。

以上是下午写的，来了客人，只好中断。

方才终于和英若诚同志通上电话了。他忙得不可开交，不记得你们叫他写什么了。我向他说明了一番，他还是请你给他来个快件，告诉他内容要求、字数等等。他正在准备再演《推销员之死》，确实又忙又累。

刚又给徐晓钟同志打电话，问的结果是他本人不写了，他可以再催催梁伯龙。这位同志最近和英国来的一位导演赶排《樱桃园》连嗓子都忙哑了，血压也升高。鲍、李二同志找不到，张玲玲就不去问了。总之，人各东西，我也没办法去找他们。

关于“莎士比亚研究中心”的条目，幸亏有周培桐整理写完，我那一阵起不来床，先是说给一位朱明同志，由她记录，但说得不够有条理，当然记不好。培桐也是又忙又有病，真难为他。

我们那本中型的《莎士比亚辞典》印出来了，我拿到样本，真是万分吃惊地看到剧照说明上竟印错了国别。我急忙寄去快件并请院办打长途要求改正（用红色铅字盖上）但也许书已不在出版社了。另外还有其他错误，当初我们是进行过三次核对的！我缺乏经验，没有坚持要求核对图片说明，那时是病的太重，现在是万分惭愧！你们的发行辞典用商务出版，绝对不会出这种毛病。

莎士比亚会议，我们也没有力量参加。你们寄去了文章。这很好。您是不是可以常常看到了泗洋老师？请务必替我问候他，替我向他道谢。并告诉他我因为失礼十分惭愧，可是确实有一堆信没回，没写。

好，祝您快乐！

孙家琇

朱立民致孟宪强（4月25日）

宪强教授：

关于匆忙中插入一章《台湾莎学概况》在已排版之《莎士比亚在中国》大作，经我阅校考虑之后，甚觉为难。一则是必须赶紧写成，而手头却有四篇论文必须短期内书写，二则在并不十分了解全书的规格与范例的情况之下贸然从笔添加五六千字，其成果很可能变成一项异数，与其他部分不调和也会令该书的编辑负责人很为难，因此不得不决定放弃你们这次给我的机会，真希望不久的将来能回到我生长的东北一游。

谨祝

教安！

朱立民　上

索天章致孟宪强（4月27日）

宪强先生：

此次上海盛会得亲教益，我很荣幸。吉林省推动莎研方面贡献很大。实在令人佩服。甚希百尺竿头再进一步，使长春成为国内外交流学术的一个中介。上海不是没人，而是中莎会重在演出，难得在学术研究方面取得重大成就。复旦则在鸣空城计，人多在外。

大作的译本我匆匆看了一下，作了一些文字上的修改。还有我飞去赶任务，要照顾校内外的两篇硕士生的论文修改工作和一些琐事，因此看得比较仓促，定多不妥之处，均只供译本参考。

不久上海的话剧团将上演*As You Like It*。他们给我讲了一次此剧的特点等等，黄佐临先生是他们的顾问，演员均为后起之秀，导演是袁国美。这位同志很有才能，到过美国，看过不少演出。

专此敬颂

春安

索天章

石宗山致孟宪强（5月1日）

宪强：

你好！

你给我系主任的油印件转给了我，由我复。

我们没联系过，可是孙家琇先生常提到你，所以有个较深的印象。我1956年中央戏剧学院戏文系毕业后一直在河北文化学院教戏剧文学，“文革”后期调河北改学中文系后，改教文艺理论，所以和你系栾昌大他们有些联系，还曾到你校去过，只是当时不相识。1986年莎剧节时，在上海遇到吉林莎研会的几位同志，除了和马淑琴、王林打过个招呼外，也没多接触你校的同志，更未交流莎研情况。憾甚！

河北大学解放前曾是津沽大学、工商学院，曾设有中文系，关于莎士比亚课没开过，仅寒星讲一点莎作。解放后，也未开过专门课，连莎剧专题也未开，直至1986年才由我开了莎士比亚专题讲授马、恩论莎士比亚。莎士比亚的剧作艺术和几个剧本，课时仅30学时，又至91—92学年才开莎士比亚研究（选修）。课程内容：文艺复兴时代与莎氏生平。莎氏40个剧本研究。莎氏剧作艺术，莎学莎评简述，莎士比亚在中国。重点在2、3两部分，而且仅对有译作的37个剧本作些研究提示，由学生自己去研究。这门选修课学时仅40学时，所以限定学生只有读过指定的23种剧作者方可选修。课程讲授进度较快。印发了一些材料。效果还算可以。

我自粉碎“四人帮”后，发了篇莎研文章，前年又帮孙先生编纂辞典，对莎作学习研究水平不高，已到了退休年龄，为了引起学生对莎学的热爱，才开这个课程，愿意和你们联系。

我们编的《莎士比亚辞典》正在装订中，约本月初出书。58万字，45幅黑白图，4幅彩图，河北人民出版社出版，书价9元。不知孙先生和你讲过没有。张泗洋先生和你，我想孙先生会赠送的。不知你们研究会是否要这种辞典，如要请和我打个招呼，集体购书可按八折优待。辞典只印了5450部，如需，请早日告我。

望多联系！

祝

教祺！

问昌大好！

石宗山

杨正润致孟宪强（5月11日）

孟先生：

您好！

来信收到。3月底我收到您寄来的一包两本《中国莎士比亚评论》，附条说一本给我，另一本给张月超先生的家属，记得我去系上课前领到邮包，拆开后还同几个研究生一道翻阅，还同他们谈到月超先生的事，并没有收到给陈瘦竹先生的书。不知是怎么回事。

给月超先生的书我已给了他家属，其后我即忙于搬家，累得精疲力尽，也就忘了给您回信，请原谅。

还应当向您祝贺，《中国莎士比亚评论》的出版，在中国莎学史上是一个重要事件，其内容是权威性的，装帧、印刷也很漂亮，我辈书生，编出这种一本巨著，也真不容易，可以无憾了，我对莎学也有些兴趣，我这几年写了几篇有关新历史主义的论文。我的科研课题“新历史主义与马克思主义”去年已被列为国家社科项目。新历史主义是英美当前流行的一个莎学和文艺学派别，实际上他们所做的主要工作还是莎译，今后还要向您请教，今年10月桂林会议的通知想已收到，届时盼能见到您。

即颂

夏安

杨正润

侯露致孟宪强（5月13日）

孟老师，您好！

来信收到，我已回京上课，假若方便，书就寄北京吧。我原准备送给您和张先生一部录像带。因安徽省电视台播的效果不太好，中央台的还没有打上字幕，剧团正在想办法，所以暂时还寄不出去，望谅。

上海分手后，我回安徽为明年莎协年会之事跑了一通，主要是学习你们的经验，拿出热情去做，几处都打了招呼，下半年回去后再具体落实一下，一定争取明年把你们都接到安徽去开会。你们都是难得的老师。其实我对莎学研究刚入门，只是在学校读戏剧文学专业比一般文科学生多接触莎剧。多参加莎剧的演出实践，比较立体地戏剧地把握戏和人物，在戏剧观上，也是靠老师们的指点才掌握了一些较本质的理论。今后还希望得到您的更多指教。在排《威》时，张君川先生曾给了我点化之助，张先生不仅懂莎剧而且懂中国传统艺术。林语堂先生曾自题：两脚踏东西文化，我看这话用于张先生身上也不过分。他在戏曲移植莎剧问题上有独特见地。我准备请他指点，结合戏曲演莎剧。多写一部分戏剧美学方面的文章。届时，一定奉上请您二位大师指教。

谢谢您对我的关心和爱护，在没收到书前，先向您和张泗洋先生说声谢谢，十分感谢。并请二位在扉页上留下墨宝。祝您取得更大收获！

学生 侯露

薛迪之致孟宪强、陈凌云夫妇（5月17日）

长春市自由大路20号东北师大附中陈凌云、孟宪强同志：

此将我系关于莎翁的教学与研究工作介绍于后。

教学情况：

我系于1919年开始开设《莎士比亚研究》专题课。共开设六次，即1979、1980、1982、1983、1986、1989各开设一次。每次开设一学期，讲授40个学时，授课学生是三、四年级学生。

课程内容：

1. 莎士比亚时代与生平
2. 莎士比亚的创作分类与分期
3. 历史剧
4. 喜剧的爱情主题
5. 喜剧人物论
6. 福斯塔夫式背景
7. 四大悲剧
8. 莎士比亚戏剧的结构艺术
9. 莎剧的情节丰富性与生动性
10. 莎剧中的小丑与仆人
11. 莎士比亚的语言艺术
12. 莎学

主讲教师：薛迪之副教授

考试方式：开卷写论文。六次考试共写出240篇论文。

在为本科生开课的同时，还招收了四名世界文学专业硕士研究生（1982—1985），其中一名研究生重点研究莎士比亚。毕业后赴美国留学，现仍在美国。

研究情况：

1. 编写出《莎士比亚戏剧论》油印教材，25万字;《莎士比亚评传》油印教材，6万字。

2. 发表莎士比亚研究论文数篇，其中《论莎士比亚的歌颂性喜剧》一文被美国《莎士比亚季刊》介绍。（请参考《外国文学研究》1985年的报导。据载，美国权威性杂志《莎士比亚季刊》该期共介绍了中国莎学的24部论著。）

3. 由薛迪之撰写《莎士比亚戏剧研究》一书，共37万字，由于出书困难尚未出版。

4. 由薛迪之参加，与山西师大亢西民联合主编《莎士比亚戏剧赏析辞典》，共50万字，由方平作序，即将发行。薛迪之撰写其中十一万字。（附：征订书目）

谨祝

教安

另：材料因无存件，无法寄去，请原谅。

西北大学中文系

薛迪之

阮珅致孟宪强（5月19日）

宪强教授：

大札及国际莎学会议材料复印件，早收，谢谢！从上海返校后，忙于审阅研究生和本科生的成堆的毕业论文，接着又患重感冒，迟迟回复，还希见谅！

尊编中华莎学人物中列了黄龙教授的名字，在上海师大开会时，本想同您交换看法，因时间紧迫而作罢，现在想给您提供一些二手材料（可靠的二手材料）请酌定。早在八八年秋天我去苏州大学拜访王新珩教授期间，曾同该校外语系缪华伦教授谈到过黄龙，两年后又函托从我校调往东南大学的刘玉芯教授去南京师大了解黄先生的论文《曹雪芹与莎士比亚》的写作情况。下面是缪的谈话和刘的回信的主要内容：

黄龙现年六十多岁，解放前毕业于金陵大学，解放前夕办好留美护照，未去成。早几年由东北某大学调去南师大任翻译课教师，现为正教授，带研究生著书立说写了好几本书，英汉语尤其是古汉语都好。他不是研究莎学的，但不知为什么心血来潮写了一篇有关曹雪芹与莎士比亚的文章，有些美籍华人学者读后，在欧美各大图书馆（如美国国务院图书馆、大英博物馆）查找资料，查不到黄龙所论述的任何根据，因而对他的文章大加挞伐，引起国内外红学及莎学界的极大震动。当然受到南师大外文系的严厉批评。在评论会上黄承认她的资料卡片全是杜撰的。

以上所述仅供参考。

谢谢您对我们明年举办国际性的莎学研讨会的关怀和支持，我们正准备铅印邀请书，不久即可发出。

谨颂

撰安

阮珅　上

王裕珩致孟宪强（5月19日）

宪强兄：

收到五月三日笔翰，欣悉《朱生豪学术讨论会》成功。明年国内计划许多莎学活动，是值得令人兴奋的讯息。如果时间允许，希望我也能参加，届时我们又可聚晤了。

拙译大作希望能请到王佐良教授校正。索天章教授我在85年曾拜访过。他可能还记得我。今年方平先生曾来美访问，与我通过电话和书信多次。他曾读过拙译大著。

我已与纽约州Skidmore学院Levith教授取得联系，上周五（十五日）将拙译邮寄给他。希望能得到他的批评和指正。昨天在电话上跟他交谈。甚为愉快。希望不久能有晤面机会。商谈在美国或英国出版的可能性。

泗洋先生近况如何？念之。希望金秋他的访美计划能顺利成行，见面时请代致意。并竭诚欢迎他来寒舍做客！

余容后叙。祝

教安

弟

裕珩 上

徐克勤致孟宪强（5月23日）

孟宪强教授：

您好！

两封来信和尊编《中国莎评》均已收到，多谢如此厚待与关照。吉林莎协工作开展得这么出色，尊著能顺利出版，一切全在于您的热心热情与尽心尽力。《莎翁大词典》是件大工程（据说国内有几家在编，孙家琇主编叫我写过三个小条目）您省编的规模恐怕最大，由商务出，印量也有保证。《大辞典》和《莎评》都凝结着您的心血，它们的问世会把中华莎学推向一个新阶段，为中华莎学走向世界铺平道路。让我向您表示祝贺，并请您向张泗洋教授转达敬意。

听说张教授是自费去上海赴会的，真是难能可贵！他是中莎会副会长，他的《莎氏引论》《莎氏戏剧研究》的确是有分量高水平之作，拜读之后，不胜钦佩！

拙编小丛书，不过是普及读物。印得不大合规格，清样看后也没改，欠妥乃至谬误之处甚多，请您和张泗洋教授多加指正。

祝

事业顺利

全家幸福

徐克勤

张泗洋致李伟民（5月24日）

李伟民同志：

5月16日来信收到，看来您对莎士比亚有着不一般的感情，我冒昧代表老莎谢谢你！

我协会出的莎士比亚年刊是不定期，第二期是91年5月出的书，吉林大学出版社出版，只出了一千册，恐怕早售一空。现我手头还留有几册，特检一本寄赠您，收到后请来函告知。

近几年由于弘扬本民族文化的导向，老莎被冷落一旁，原计划的我国第二届“莎士比亚戏剧节”和“上海国际莎剧节”都不能如期举办。上月我去上海开“中国莎士比亚研究会”（我是副会长）和纪念朱生豪80诞辰，研究决定在今明年积极展开莎学活动，明年先由安徽和武汉举办（全国性）地方戏莎剧汇演和各种研讨会，84年举行全国性活动，更好地吸收人类创造的优秀文化遗产，其实这是最浅显的马克思主义原理。

在上海开会，各省去的代表共有五六十人，还有台湾代表，发现在我国莎士比亚的知己真还不少，因此中莎会决定继续发展会员。

我主编的《莎士比亚大辞典》（约200万字）已定稿，于上月交北京商务印书馆，大概一年左右可以出书，如您有兴趣，请留意购买。

敬礼！

张泗洋　顿

李赋宁致孟宪强（6月12日）

孟宪强同志：

您好！

北京大学自1952年院系调整以来，专门开设莎剧课程极少。我自己于1984年曾为英语专业研究生开设莎剧选读一学期，仅读了两个剧本（在课堂上精讲）：《理查二世》和《皆大欢喜》。另外，要求学生任选一个莎剧。自己阅读，并写出阅读心得（用英文）。院系调整前，我曾在燕京大学兼课（1951年，当时抗美援朝运动已开始。燕京大学美籍教授已回国。不得已才请国内教师兼课），教本科英语专业四年级学生莎剧选读一学期。堂上仅精讲了《哈姆雷特》一剧，堂下也要求学生就《哈姆雷特》写一篇评论文章（英文）。院系调整后，1954年我在北大开设“外国文学”课程一年，为中文系和俄语系本科学生（加上少数研究生和进修教师）开课，讲授内容包括莎剧《哈姆莱特》《李尔王》和《威尼斯商人》。我曾举行课堂讨论，选《威尼斯商人》一剧为题材。同学们对威尼斯商人安东尼奥的忧郁做了不同的解释，引起大家的兴趣。1952年北大英语专业一年级新生入学后不久，曾用英语上演《威尼斯商人》中一幕，说明他们在中学已对莎剧有所了解。另外，50年代我系美籍教授罗伯特·温得（Robert Winter）曾为我系青年教师开设莎剧一年，主要讲解《李尔王》《哈姆莱特》《麦克白》等剧，效果很好。以上情况供您参改。

此致

敬礼！

李赋宁

王裕珩致孟宪强（6月24日）

宪强兄：

你好！

来信和寄来索天章先生校稿，撒切尔夫人的原文贺信复印本都收到了。前几天又收到吾兄主编的《中国莎译》等两本，真是高兴！谢谢了。

最近几周来忙于校正拙译尊稿。莱维斯教授的改正稿我很满意。他对译文加工提出一些修正的意见也很中肯。他计划在八月上旬亲自来我家共同商讨全稿。目前他已校订了前四章，我想最近一二个星期可以基本完工。我也快马加鞭完成了前二章的校订（每次校订都发现有笔误，要至善至美无瑕可真不容易啊）有些引文还要麻烦是否将出处注明，我想根据《中国莎译》上的述写复印一份。指出该注明出处的地方（也许六月二十九日可以寄给兄）。另外莱教授还希望我能翻译一些中国莎评（有代表性）的作附锦，再者最好能有一篇介绍台湾莎学文章，不知朱立民先生的文稿是否完成？二十多年前朱先生来美访问时曾到寒舍作客，前几年我返台省亲时还和他餐聚过，他已是七十岁的“志”人了，如果他的论文已收到，可否复印一份寄我？我再直接寄信请他翻译成英文作为《中国莎学小史》的附录。另外赖教授希望译文完成后，能申请到旅费辅助，和我一齐到东北师大拜见吾兄（我当然欣然同意），愿明年夏天能成行。

我非常喜欢吾兄编的《中国莎评》，印刷选文都很好。研究中国莎学必须如此。

今天我校暑期班开课，每周要教十八小时。八月初结束后还有三个星期，大作译稿在九月初秋季开学前当可完稿。匆此即祝

暑安

p. s. 请代向你夫人，泗洋先生和夫人，林贵致意。

弟　裕珩　上

张奇虹致孟宪强（7月1日）

孟宪强同志：

您好！ 6.27来信今天收到。简复如下：

① 我的出生年月日：1931年10月22日。

②《威尼斯商人》的最成功之处：

该剧从1980年至82年，在北京、沈阳、长白山、大连等地教育演出近200场，荣获中央文化部1980年颁发的导演一等奖和演出一等奖。

根据国内广大观众和国际友人看戏后的反映，一致认为该剧在运用西方戏剧和东方演剧技巧相结合，取得了很大的成功。尤其该剧中选金、银、铅三个盒子的场

面。过去国外的演出都是将这三只盒子放在桌上，向女主人公波希霞求婚的摩洛哥亲王，阿拉贡亲王和白删尼奥三个人按次序上场送盒子（谁选中其中放有波希霞画像的那只盒子。谁就可以成为波的丈夫），都是各自念长段长段的独白。这样一种传统的演法，中国观众，尤其是青年观众不能接受。我采取的做法是，在波希霞家中加了金、银、铅三个侍女，让她们按顺序分别用头顶着各自的盒子上场，在音乐伴奏下，她们不仅各有各的不同舞台动作，而且赋予她们不同的性格和不同的下场造型。在原剧本中，求婚者从盒子中取出上面写着充满哲理的诗句的纸条，是由求婚者自已念的，现在改为由侍女来吟读，这就构成了代表盒子的侍女和求婚人之间的矛盾和冲突。这样不仅戏演得生动活泼，观众也看得懂，听得清，越看越觉得有味道。法国著名剧作家（话剧《蒙赛拉》的作者）埃·罗布莱斯看了《威》剧后说："你们演得很好，很有创造性，尤其是对三个盒子人格化的处理很精彩。我非常喜欢你们的演出。"美国的威廉·赛克斯看了演出后，在《新闻日报》上发表评论文章说："《威尼斯商人》在北京的演出，是西方戏剧和东方戏剧技巧惊人的结合。"

书印出后请惠寄一册给我。

顺祝

谢意！

张奇虹
于京

辜正坤致孟宪强（7月6日）

宪强先生：

您好！

系主任将您寄的信转给了我，并托我与李赋宁先生联系此事。我和李先生商谈后，决定他写早期的情况。我只介绍近年的情况。后来李先生告诉我，您又专门给他去信。他已写好寄您。我从前曾跟随李先生攻读博士学位，专攻莎士比亚。90年毕业，91年开始为北大研究生讲授莎士比亚。我现在仅就我了解的情况嘱研究生黄子英同学写了一份情况简介，供您参考。您可以只取您想用的东西即可。我读了您的油印件，非常钦佩您的工作，中国学术界有这么一部大经典，确实是值得庆贺的喜事。为此，我对张泗洋教授和您表示由衷的尊敬。

专此，即颂

大安

辜正坤

刘厚玲致孟宪强（7月13日）

孟老师：你好！

来信收到了，你的第一封来信（封面上是外文系主任收）早已转给我，我们莎图的朱涌协老师在五月一日前已给回封，不知你收到否？你的第二封信也收到了，高建民让我回信，由于陆谷孙老师不在上海，朱涌协和我商量答复如下：

一、莎图是外文系领导下的一研究室，于1982年成立，由陆谷孙教授领导，成员有：陆谷孙、索天章、杨烈、陈雄尚、朱涌协、孙健、刘厚玲。

二、（1）莎图的图书来源：

A. 原校图书馆藏莎士比亚原著及评论书包括英文图书

B. 学校经费购买的图书及杂志

C. 林同济教授赠书、陆谷孙教授赠书及国际友人赠书

（2）莎图的英文图书、杂志及音像资料较为齐全，全国各地兄弟院校研究生做论文时常来莎图研阅资料。

三、莎士比亚图书室工作情况：（论文见附录）

（1）赴英出席国际莎士比亚会议

莎图已有四位学者（1982—1988两年一届）出席了国际莎士比亚会议，宣读或发表了论文三篇。陆谷孙教授的论文“Hamlet Across Space and Time”发表在

*Shakespeare Survey*第36期上。

（2）教授莎士比亚课，指导学生写莎士比亚论文

（3）由陆谷孙教授主编出版了论文集《莎士比亚专辑》。

（4）莎图成立前直至1990年以前，莎士比亚图书馆每年在四月份举行复旦莎士比亚日活动。内容有学术报告，专题讨论，放映莎士比亚戏剧录像（英文），演出莎士比亚戏剧片段，莎士比亚戏剧中的独白朗诵，小品等等深受参加者欢迎。曹禺先生、黄佐临先生都曾参加过复旦莎士比亚日活动。

（5）指导排练莎士比亚戏剧，1986年复旦外文系青年教师用英语在中国莎士比亚戏剧节上演出了《无事生非》。

（6）莎图工作人员注意收集各种资料，包括论文索引、莎剧演出说明书等。

A. 两年一度的*Shakespeare in China*（英文）汇编远寄英，美，日等国，颇受国际学者欢迎

B.《莎士比亚资料索引》（中文）受到国内学者欢迎

四、莎图与国内外的联系。莎图与英国莎士比亚研究中心及上海人艺、上海青话等十几个国内单位联系较多。

孟老师，如果写的不清楚可来信，我必答复。

刘厚玲

张冲致孟宪强（7月14日）

孟先生：您好！

五六月间，我爱人来信，已收到您寄赠的中国莎评一书。当时找手边没有您的地址，未及亲自写信道谢，便请她代笔致意，想已收到。

我去年八月以访学者身份来美，在哈佛英语系的燕京学院，从事文艺复兴时期戏剧及当代欧美戏剧理论的研究，今年六月期满，又接加大伯克莱分校英语系邀请，做半年的访问学者，明年一二月间回国。

在哈佛期间，首次接触了目前英美已广泛收入莎氏全集的一部戏*The Two Noble Kinsmen*（试译为《两位高贵亲戚》）是由莎氏与当时另一名剧家弗莱切（Fletcher）合作。国内莎学界以前尚未见有提及（也许是我见闻有限），不过今年第一期《外国文学评论》（社科院出，也许是去年的第一期，记不准了）上有一篇评价此剧的文章，不知先生可有翻及。我利用在哈佛的条件，将该剧全文译出，并写了一篇约万字的评介文章，不知先生是否有兴趣和时间给我提提意见，因为目前这方面的研究及出版状况不知如何，也望先生有便时来信告知。

我目前住旧金山，回国后仍回原校南京大学外文系工作，若有机会来此，一定设法登门拜望。

再次谢谢您寄赠的书。

即祝

教安！

张冲

辜正坤致孟宪强（7月21日）

宪强先生：

谢谢来函及稿约。理应遵嘱草拟1200字初稿寄陈凌云同志，稿略长。先生可随意根据辞典体例要求加以斧削。

惠书尚未收到，收到后当仔细拜读，又谢。

赋宁先生处当转达问候，勿念。

您和张泗洋先生在莎学方面的研究成果令我钦佩，现正值北大出版社要出版《中国二十世纪文学研究论著提要》（已编撰四年多），现近尾声，16开本，委托我负责外国文学研究论著的选辑工作，我正从近百年来中国学者研究外国文学的专著中精选出80余种。根据您两次来函，对你们的情况有所了解，盼您能从张泗洋先生和您的莎学专著中共选出3本，并按出版社规定写出提要（本书会出海外版）寄我，最迟不超过八月上（快件寄）辞典和翻译的论集一般不收，附注。撰写办法可参照附寄样条。如您二位先生无暇撰写，也可许研究生代劳，但需二位同志审查。如对此无兴趣，亦可作罢。北京此时太热，长春或较凉吧，又及。

专此敬颂

撰安

辜正坤

张泗洋致李伟民（7月28日）

李伟民同志：

寄来的信、文章和《读书人报》都收到，太谢谢了！评《时代》的文章，写得很好，发表后请寄我一份为盼。

看来，您对莎士比亚很有感情，堪称为老莎的知己，你希望多多掌握有关研究他的资料，这一心情我很理解，所以也很愿意为您尽力。您要的《莎士比亚引论》，我不是说没有吗？我是没有了，早都送人送光了，但我的儿子张晓阳有几部存放在我这儿，他在英国读莎士比亚博士学位，一时回不来，我就挪用他一部，先给您寄去再说。“引论”和“研究”都是我给研究生讲课用的讲稿，一些问题考虑得很不成熟，错误也不少，希你批评指正。

祝夏安！

张泗洋

裘克安致孟宪强（8月10日）

宪强同志：

接奉来信，蒙惠赠《中国莎士比亚评论》，十分感谢。

编这样一本东西很不容易。你是花了许多精力的。你说以后还要继续编，这种精神很好。一般这种书称*Selection of Shakespeare Criticism in China*较好，还不以分一、二集或小年代为范围。英文目录中称Review是不对的。

1990年5月张泗洋同志来信就提到要编《中国莎评选》，并问我是否可收我关于仲夏夜之梦的那篇文章。我复称可以，但告他，我没有什么有分量的评论文章。因此不收我的文字，完全可以。

我不善写莎评文章，而且觉得中国人的许多所谓评论其实没有见地，有许多是相互抄袭。因此我的工作主要在为莎士比亚年轻学者修桥铺路。为此我写了《年谱》，主编了《莎士比亚注释丛书》，至今出了14种，还在继续搞。不过有关莎士比亚我写了不少关于介绍和常识性的文字。你们（马囡等）编的目录中收了一些，但不全。

关于莎研，我有几个基本观点：1. 用原文（注释本因此很重要）；2. 翻译应力求用诗体，朱生豪和梁实秋只是退而求其次；3. 不要搞“莎士比亚中国化”，要先将原著及其文化背景，如实介绍进来。切忌把莎士比亚庸俗化。

大书还未及细看，但有几点发现的问题，如田汉译*Hamlet*是从日本译本转译，这点应该指出。40页上说我1981年参加莎会时是“宁波大学副校长”，错了。我当时是驻英大使馆政务参赞，但最好不提头衔。我当时是中莎会（筹）的代表，是张君川写了信请我去的。我作为个人也有资格与会。有好几年我是国际莎协的个人会员，后因交不起英镑外汇，才停止了会籍。但与Pringle及其前任Fox等有通信关系。

请多加联系，到北京务来看我。祝

好！

裘克安

王裕珩致孟宪强（8月25日）

宪强兄：

七月八日大札早已收到，林贵寄来大作:《朱生豪与莎士比亚》和《中国莎研与教学》英译稿也收到了：为了修正《简史》译稿，月初我将特别前往密西根大学图书馆找资料。解决了一些问题。赖维斯教授于十三日到我这里几天。每天我们从早到晚共同校阅译稿，逐字逐句商讨，作了不少修正和增添了脚注，固译文是为西方读者着想。许多术语还得略加解释，赖教授作学问极为严谨，深得我心。我们计划合编中国莎学资料汇编，吾兄《述要》是第一篇，也是最主要的一篇。另外再选一些代表性的论著（包括中国学者用英文发表的莎评），计划在二年内完成。我们希望在九月底以前将大作《述要》译文及赖氏的《前言》寄交出版商。希望能签订合同，这样可以再去请其他学术帮助，积极进行论评的翻译，大作:《朱生豪与莎士比亚》及《中国莎研与教学》在《述要》中已有较重要的篇幅，不便再拼入汇编，望见谅解。另外我们准备选择台湾莎评二三篇，由我写介绍性的附言。

恭喜您的《莎士比亚在中国》即将完成。出版前希望能严加校对（特别是资料引用）。我觉得大陆学者对资料引用比较马虎，往往不加引号及引文出版的详细资料。对其他研究学者来说查起来太不便了。美国著名大学的中文藏书只限研究中国文史哲方面的。对中国学者研究西方的文史哲论评很少采购，这样无形中增加了译名的困难。

学校下周一（八月二十一日）秋季学期开始，开学前我要赶编一份中国莎译目录和中国莎评目录，还要请您提供一些资料。

这封信早我该写，未料拖延到今天，请原谅。

赖维斯教授嘱我写信向您和林贵致意，过几日稍有空闲时我再给林贵寄信。祝撰安

请代向你夫人和泗洋先生、夫人问候。

弟　裕珩　上

裘克安致孟宪强（9月3日）

孟宪强同志：

一、给何其莘的信已寄去，他的地址为：

10081　北京外国语学院　英语系。

北京还有一位从英国回来的博士，专攻莎士比亚，就是沈林，他的地址为：

100710 北京棉花胡同39号中央戏剧学院。

二、我的小传中有以下几点补充修改：

祖籍嵊县，出生于杭州

1991年已从外交部离休，不再是外语专家，可写“曾任我国驻英大使馆政务参赞（1980—82年）”。

现为宁波大学荣誉教授

“三S研究会”已改为“中国国际友人研究会”，我为常务理事

兼任教授可不提

新增“英国研究会理事”

任宁波大学副校长时期为1986—88年

晚年致力于英国文学，主要是莎士比亚，以及中英文化交流课题的研究。

《世界文化词典》迄未出版，可不提

新著《英语和英国文化》（湖南教育出版社，1993年）

主编商务印书馆莎士比亚注释丛书，其中自己写序言和注释的有：

《哈姆雷特》（1984）

《裘力斯·凯撒》（1986）

《仲夏夜之梦》（1987）

《麦克白》（1992）

此丛书已出版16种

得国务院特殊津贴（对社科贡献）1991年起

收录剑桥传记中心主编的《国际知识分子名人辞典》第十版，1992年秋。

此两点可以不提，供你参考而已。

请你参照上述，进行修改。

三、此外，我历年写的关于莎士比亚的文章，已发表的有：

国际莎学会议记盛 1981.11.28 外国文学

莎学在英国 1983.3 英国莎士比亚研究

谈《仲夏夜之梦》 1983.6 读书

他属于永远，纪念莎士比亚诞生420周年　1984.4　世界知识画报

莎士比亚与中国　1984.4.23　香港大公报

对中国莎士比亚研究会成立的祝词　1984.12.3　纪念特刊

莎士比亚的现代化　1985.7　读书

莎士比亚研究在中国　1986.4　中戏莎剧节专刊

中国大陆莎剧盛会追记　1986.5.22　香港大公报

莎士比亚研究新发展　1986.12.18　香港大公报

谈莎士比亚注释本　1988.7.22—23　香港大公报

译《莎士比亚的青少年时代》 1990　宁波大学报三卷一期

关于To Be Or Not to Be　1990.5　中国翻译

略议莎剧汉译问题　1991.6.13　人民日报海外版

四、你对注释本重视不足，海外对注释是很重视的。

五、国际莎会有两种，要分开：

国际莎协的大会。

伯明翰莎研所召开的国际讨论会。

匆此祝

著安！

裘克安

屠岸致孟宪强（9月7日）

孟宪强先生：

9月3日大函敬悉。《中国莎士比亚评论》一书于三月五日收到。谨谢！

曾于所孙家琇先生通电话时提到该书，孙先生也收到了该书，

主编《中国莎士比亚评论》，是中国第一部莎士比亚评论的汇编。书中搜集了自本世纪初至八十年代后期中国学者所写有关莎士比亚的学术论文三十二篇，这些

论文大抵经过了严格的挑选，具有较高的学术水平，并且代表了莎学的中国特色。中国莎学的发展已有一百多年历史，自新时期以来又有了长足的发展。中国莎学在世界莎学中的地位正越来越明显，这种地位的形成是中国学者长期共同努力的客观结果。这本书可以说是这种地位形成的一个标志。

尊作《形成具有中国特色的莎学——中国莎学史述》一文概要地阐述了中国莎学的形成和发展及其特点，冠于卷首，起了提纲挈领的作用。

有些莎学者著作甚多。此书限于一人一篇，颇有遗珠之憾。如卞之琳先生，孙家琇先生，除所收论文之外，还有佳篇。

除录两种索引，介绍有用的资料。个别也有不细致的地方。如《中国莎士比亚评论目录索引》中列入拙作《莎士比亚的照妖镜》（文载《诗刊》1957年8月号），这是误入，因为这不是关于莎士比亚的评论文章，而是一篇“反右”的错误文章。当时我受《诗刊》编者之约，也由于自己的错误认识，写成此文，伤害了我不该伤害的中央戏剧学院教授孙家琇先生，成为我一生憾事。及至新时期到来，“右派”改正，我才得见孙先生，向她深致歉意，而她毫不怪罪，对我热情有加，时予慰勉，令我铭感肺腑，终生难忘。

此书校对质量较好，但也有排错字的，如25页第20行“既晦塞处也无迟重之笔”中“既”似是“即”字之误。

此书套封上印的英文书名*Shakespeare Criticism in China*与书内目录页上所印英文书名*Shakespeare Review in China*不同。Criticism与Review是同义词。前文除“评论”外还有“批评”（批评缺点错误之批评）之义。但这里不改产生误解。Criticism这个词似更庄严一些。如果由我选择，我用Criticism，当然Review亦可。总之，套封与书内应统一。

书的装帧设计与印制均佳。长白山学术著作出版基金资助此书由基金教育出版社出版，是做了一件有益于文化事业的好事。

顺颂

春祺！

屠岸

裘克安致孟宪强（9月11日）

孟宪强同志：

寄去两则小文，请注意这些材料的时间，有时过时的材料会失误。

关于国际会议，据我所知：

（一）国际莎士比亚协会，总部在英国斯特拉福德

会长　约翰·吉尔古德爵士（英）

副会长　肯尼斯·缪厄（英）　舒恩彭（美）

主席　安妮·杰奈利·柯克（美）

秘书长　罗杰·普林格尔（英），由他管日常事务

每五年一次大会：

第一次会（成立会）1976年在加拿大开。

第二次1981年在斯特拉福德开，裘克安代表中莎会筹备组出席。

第三次1986年在柏林开，出席人索天章、张君川、任明耀、沈林，裘克安的论文由沈林代读。任也有论文。

第四次1991年在东京开，中国无人去。①

（二）英国伯明翰大学莎士比亚研究所召开的国际讨论会，每两年一次，均在伯明翰和斯特拉福德两地。研究所所长现为斯坦利·威尔斯（英）

第1次　1944

第19次　1980　林同济

第20次　1982　杨周翰 陆谷孙

第21次　1984　索天章 汪义群

第22次　1986 ?

第23次　1988　王佐良

第24次　1990 ?

第25次　1992 ?

裘克安

编者注

① 信中此处信息有误。第一届大会时间是1971年。1976年第二届在美国首都华盛顿召开，下面依次是1981年第三届在斯特拉福、1986年第四届在柏林、1991年第五届在东京（孟宪强教授申请参加但因为签证问题耽误了行程，会后到达，并与承办大学的负责专家学者进行了交流）。

裘克安致孟宪强（9月12日）

孟宪强同志：

前信寄出后，张泗洋同志的女儿晓云来看我，提醒我注意到在《莎士比亚的三重戏剧》一书中她的那篇文章。

312页上她关于国际莎士比亚协会成立的情况是对的：1971年在加拿大温哥华开了一次会议，1976年在华盛顿开协会的成立大会，也就是第一届大会。协会设有会长（或译主席）和主席（或译执行主席）Chairman，前者为名誉性质，后者负实际责任。她的文章中有些情况则是错的。如杨周翰并未和我一起参加1981的第二次大会。1986年柏林第三次大会参加者不止张君川。

又，勃劳班克似不是国际协会主席，而只是伯明翰莎研究所所长。此点务请张泗洋同志再查。

希望搞清楚这些情况。还有中国莎协的一些情况（我已告张泗洋同志）。弄详实准确了材料才可信。晓云文中说到1842年满文译的《麦克白》，我还是头一回听到，你查实过没有？

你的莎士比亚在中国应力求最详实，超过戈宝权，曹树钧和我过去写过的东西。

如有任何问题，请来信，我将尽力协助。

裘克安

裘克安致孟宪强（9月20日）

孟宪强同志：

一、92.9.18来函收到。国协莎协召开的大会五年一次，1971温哥华时莎协筹备会，1976华盛顿，均叫World Shakespeare Congress世界莎士比亚大会，1981斯特拉福德，1991东京。一般不称第几届，因为一般都和有关国家莎协共同主办，不好只称国际莎协的会，国际莎协是很穷的，但东京大会的邀请信（我已收到）上面确写了第五次莎士比亚大会，如此看来，他们是从温哥华称起的，因为五年一次，中间未插进特别会议。

二、1981大会，我的论文叫“A Chinese Image of Shakespeare”（中国人眼中的莎氏形象，不叫莎士比亚在中国），是由沈林代读的。

三、国际莎协会长President一直是吉尔古德，他是德高望重的演员，1904年生，主席Chairman先是缪尔Muir，近一年改为Cook科克（美国，女性），秘书长先是福克斯Fox近两年是普林格尔Pringle（晓云文中缪尔为主席，不对，缪尔以前是实际办事的）。Brockbank不是国际莎协的领导人。

张泗洋同志处有国际莎协来信，信头上都印有负责人姓名。

四、关于寰球剧院，我的一文，孙家琇的莎士比亚辞典未来得及用，现寄去，你可选用其中材料。

裘克安

我27日飞宁波，宁波大学校办（请特告张泗洋同志）。

1993年

郑士生致孟宪强（1月）

孟老师：

您好！

我和我的好友李肇星（北大同班同学，现任外交部部长助理）合作主编《莎士比亚故事全集》，其中包括名家笔谈、38个莎剧故事、莎氏家史故事、莎氏生平故事、莎氏传说故事、有关莎氏遗嘱机构介绍、各国莎评家故事、各国莎评演出概况介绍等内容；全书一百多万字，由中、英、美三国学者共同撰写，主力是我们中国学者。孙家琇、王佐良、李赋宁先生为顾问；争取三年内出书。

请您在百忙中撰写：

1. 笔谈一篇（3000字之内），对象是青年读者；主题是如何尽正确理解、评论学习莎士比亚；

2. 小传一篇（5000字之内）；

3.《中国莎士比亚评论》诞生记（或另取您自己喜欢的题目，3000字之内）。我认为此事意义重大，有必要单刊一篇。如果您自己太忙，是否可请杨林贵同志写？由您自己决定。

请您同张先生商量，以下这一篇由谁写比较合适？《吉林莎协的创建和成就》（3000—5000字，这是唯一的一条关于省级莎协的情况介绍）。

我们最近将列入一些有成就的我国中青年莎学研究者；林贵同志可否列入？我们将尊重您的意见。

请您和张老师商量一下，你们莎协中还有哪几位中青年学者应该列入，请向我们推荐。

如有可能请来信告诉我杨铸、张冲、戴馏龄、朱维之、屠岸、顾绶昌、贺祥麟、周骏章等先生的通讯地址和邮编。

我们在编写此书的过程中一定会遇到很多困难，请您和张老师多多帮助、指点。希望在“七一”前能把稿子寄给我。

敬祝身体健康！

学友：土生

郑土生致孟宪强（2月18日）

宪强兄：

您好！

来信收到，兄长过奖，小弟实不敢当。

孙法理先生的地址是：四川重庆北碚西南师大四新村105号，邮编630715。涂淦和先生的地址我正在打听，得知准确消息后，我就告诉您。涂淦和先生编著的《简明莎士比亚词典》，24.8万字，1990年8月由农村读物出版社出版，第一版印了5000册。如果近期内打听到他的地址，最好请他本人写，如果找不到，我来给您写。您同王裕珩教授合作撰写《中国莎学史》，意义重大。祝兄长早日完成大作，请您告诉我王裕珩先生的地址，同时写封短信为我引荐一下。我可以写信给他，请他为我们的《莎学故事》提供他本人的小传，也许还要请他撰写其他美国学者的小传。

今寄上《条例》一份，请批评指正。请兄长撰写以下几方面：

1. 名家短文一篇，放在《莎剧故事》《前言》和《故事》之间。主题是：如何正确理解、评论、学习莎士比亚；对象是青年读者。字数自定。只请您、张泗洋老师、王佐良先生、李赋宁先生、方平先生、王忠祥先生等几位莎学界名家撰写。

2. 您的小传（5000字左右）；

3.《中国莎士比亚评论》成书经过（3000字左右）；

4. 吉林省莎士比亚协会的创建和成就（5000字左右）。

最好您亲自动笔；可否由杨林贵同志代写，由您自己决定；由您同张泗洋老师商量决定。

敬祝身体健康！

学弟：土生

辜正坤致孟宪强（2月）

宪强先生：

您好！

大函收悉，谢谢。尊意举行莎学研究会一事，我十分赞同。我已和有关同志商议过，1994年4月左右开一次莎士比亚理论研讨会（我们可以联合举行，如何？）。鉴于我明日将赴联合国教科文组织（巴黎）作特邀翻译九个月，此事恐益稍缓。行前匆匆，特片言以告，他日再详谈。

专此敬颂

著安

辜正坤

任明耀致孟宪强（3月6日）

宪强教授仁兄大鉴：

1.5大函早拜悉，我也跟您一样，这一阶段以来身体常感不适，故而好多回信都迟复了，望您谅解。

最近又接Prof. Levith来信，他和导演Prof. Omans和Prof. Mason Wang一行三人，决定按期到达武汉，参加这次盛会，并期待着跟我见面。但不知Prof. Wang是否是您在信中所称的王裕珩教授？他是中国学者吗？您和他相识吗？请您来信简略介绍一下他的情况。他们这次来华将访问上戏院、中央戏院。我已给他们牵了线，Levith称已分别给丁杨忠教授和孙福良副院长去信联系了，估计他们会很好接到的。

关于“哈尔滨国际莎剧节及第二届中国莎剧节”的情况，我尚未得到消息。未知有否确定下来，未知何时举行？对这样的盛会，我当然希望能够去赴会，可是我已退休，无经济实力，学校对退休人员一般都不理了，这次武汉会议我费了好大的劲，才得到校方的同意。总之，在商品大潮面前，文科知识分子感到无能为力，实在可叹！

武汉会议的正式通知已寄来，阮珅教授真费心了。他们付出的精力和财力是令人敬佩的，我们期盼能在武汉再次见面。

现在国内的《莎士比亚词典》已有孙家琇主编的，也有上海师大主编的，他们二部已出版，你们那部不知何时出版？我准备预定你们编写的一部。后来居上嘛！出版以后，请寄我一本，书款以后再汇。

另外您撰写的《莎士比亚在中国》英文版不知何时问世？您在莎著方面一马当先，成绩卓著，令我望尘莫及。你们这一批精英聚集在一起孜孜不倦研究莎学，更是全国之冠。我省对建立莎协组织之事，毫不所闻。我已“两耳不闻窗外事，独居小楼伴莎翁”久矣。年纪大了，应该自动隐退，才是明智之举。

未此奉复，即祝

撰安

弟　明耀

虞润身致朱尚刚（3月21日）

尚刚弟：

去年纪念朱生豪先生80诞辰，有幸在上海相见，同时也见到了您的孩子之江。可惜那次叙会所摄的照片，由于胶卷未装对，没有成功，特致歉意。

纪念会活动之后，我向在美国的母亲写了信。家父在生前对生豪先生十分敬重。

他在来信中写道:"……生豪的文章十倍于我，不幸早逝，为我国文坛的一大损失。生豪对介绍一位西方伟大作家和诗人所作的贡献，诚属不朽，人生之价值，不在其年寿之长短，而在其对人类社会所作之贡献。"家父对您的母亲朱夫人也深表感激和敬仰，就在他病重前的1984年春的信中，老人写道:"你告诉我有关生豪的资料十分可贵，承朱夫人惠赠生豪照片，更觉珍贵，我拟著文叙述生豪一生及身后情形，在报章杂志发表……生豪如无夫人之共患难，受尽千辛万苦，何能发挥其才华，有此成就？读者在欣赏生豪所著莎剧之同时，亦应对朱夫人表示敬意、谢意也！"

我的继母在1984年12月，家父在台北逝世一年之后，去美国定居，现住在休斯顿，并任休斯顿中华老人协会的理事，热心于社会服务的工作，但近年健康不够好，行动不甚方便。两个在台湾出生的妹妹都在美国搞电脑工程。

母亲对朱夫人是十分敬仰的，她早有从台湾寄一套台北世界书局1957年4月版的朱、虞合译的《莎士比亚戏剧全集》赠给朱夫人的愿望，但她身在美国，曾两次托人从台湾经香港直邮，都未能安全到达。于是不得不再托友人将书带到美国再从美国邮到上海来。终于在上个月到达了上海。承母亲的旨意，或拟在4月上旬（初定于4月6日），将这部精装5卷的全集带到嘉兴来，并问朱夫人和您的一家人致问候。故今特来信相告。您的一家是否仍住在嘉兴，东米棚下老宅？我想从上海赶快车到嘉兴是上午9点左右，下车看到老宅也是方便的。

学校的工作很忙，我和老伴住在上海。

请代我向朱夫人问安，祝老人永远健康长寿！

4月上旬，您是否在嘉兴？盼早日回信。

同济大学　虞润身

王裕珩致孟宪强（3月28日）

宪强兄：

恭喜吾兄《莎士比亚在中国》已完稿。我很惭愧当年我们的合作计划现在由兄单独完工了。祝愿早日出版。

吾兄大作译稿麦克来伦公司学术出版部仍在审阅中，赖维斯和我静候“佳”音。如能在离美赴华前签订初步合同，将来申请校外学术补助就容易得多了。但编译一部具有代表性的中国莎译选辑，工程颇大，至少要二年才能完成。

盼望泗洋先生能获得旅费补助与兄和林贵同去武汉参加会议。对于张奎武教授为申请邀我和赖维斯来贵校付出的努力，非常感谢。请先代我致意。

专此即颂

春安，俪福

弟

裕珩　上

虞润身致朱尚刚（4月1日）

尚刚弟：

接到您的信，十分高兴。朱夫人安康，小之江学习优秀都令人欣喜。

我原想在4月6日到嘉兴来，向朱夫人和您问好，并赠台湾版的《莎士比亚戏剧全集》。但几天前又接国家测绘局的邀请，要我在4月6日参加广州的一个由国家测绘局主持的新型仪器鉴定会，我受聘为鉴定委员会成员，这样我在4月4日就从上海飞广州，约到4月10日才回上海，而4月中旬又有一个全国的仪器使用学习班要开课，这样我要到4月下旬才能到嘉兴来。届时我将打电话与您联系。

如果您在4月中旬有机会到上海出差，则请光临同济（届时我在校里上课）。我们也好叙谈叙谈，并把这部全集早日带到朱夫人的身边。

祝，全家安康，并代问候朱夫人。

虞润身

郑土生致孟宪强（4月12日）

宪强兄：

2月27日和3月30日来信都收到了。2月27日的信收到不久，我给您回了一信，内中有我写的关于涂淦和著的《词典》的简介。从您的3月30日来信判断，您还没有收到我的回信。

孙家琇先生和我送给您的《词典》在去年11月21日就签好名，由中央戏剧学院有关同志邮寄给您。本月我到那里一打听，送您的书还在有关同志的办公室里“睡觉”；送给上海的孙福良、曹树钧先生的书也是如此不幸（我没有找到送给张泗洋老师的那一本）。几天前，我把书要来，到邮局给你们邮寄了，可能您已经收到了我们去年11月21日签好名的书了。

如果您还未收到简介，来信告知，我为兄台重写一个。谢谢您为我写了这样热情友好的推荐信，愧不敢当。王先生即将来华，我们将在武汉会面；我打算将您的信面呈了。

敬祝您和凌云嫂子身体健康！

学弟　土生

李赋宁致孟宪强（4月16日）

孟宪强同志：

您好！

得悉您编著的《中国莎学简史》即将出版问世，特写信祝贺。莎士比亚的作品是世界人民的共同财富。中国学者和翻译家对莎氏作品的研究和翻译，对于世界莎学的进展做出了很大的贡献，因此很有必要总结一下我们在这方面做出的成绩。您的书是一个很好的总结，他向世界宣告中国人民不仅在政治上、经济上，而且也在研究西方文化和学术领域内站起来了，这是值得庆贺的一件大事。

此致

敬礼！

李赋宁

张君川致孟宪强（4月20日）

宪强教授：

你好！

来信敬悉。尊著《中国莎学简史》洋洋32万言，又为中国莎学一大贡献，令人钦佩！《中国莎学简史》出版当应选一出版社，附有精美剧照。尊意以安徽为宜，并嘱代为接洽，当应从命。我环顾全球，不拿人当人的现象时有所闻，推广莎士比亚，发展莎士比亚人道主义，应为我辈不可推卸的责任。安徽出版社应当理解此意，直译有无经费怕是问题，也不能太抱乐观。现已函安徽艺术研究所董泗珠同志代为办理此事。我因年老多病，最近尤感不适，请直接函董泗珠同志接洽，以期早日如愿。

专此敬颂

夏祺！

泗洋教授处代为问候！

张君川

孙家琇致孟宪强（4月21日）

孟宪强同志：

你好！来信和《简史目录》已经收到。我对于目录内容没有意见，仅仅提出杨德豫又重新翻译了*The Rape of Lucrece*，新译名为《贞女劫》；此外孙法理同志译出了莎士比亚与Fletcher合写的*The Two Noble Kinsman*，译名《两位高贵的亲戚》，应该补上。这都是1992年的新成就（都已经出版）。

阮珅同志来信，几次约我参加他们主办的国际莎学会议，最近告知会期将推迟，到今年11月。

我本人于去年末身体情况恶化，终于在12月31日被送入安贞医院抢救，住了两个月，出院后至今得尽力休养服药。医生说我患“心力衰竭”症已到极为严重的程度，叫我不可活动。所以看来我是无福去参加会议了。我在武汉大学教过五六年书，是校友而未见过珞珈山。另外，我同王裕珩常有书信来往，还有一位美籍教授David Perry，也比较熟，很想会会他们和其他莎学人士。我想泗洋同志会得到旅费资助吧。

我的中文字写得很难看，实在不敢为你的新书题词。曹禺同志最近来了三页长的信，对于我主编的《莎士比亚辞典》表示赞赏。他的热情倒很动人。好，祝

春安！

孙家琇

黄佐临致曹树钧（5月3日）

树钧同志：

久违了。近来你研究硕果累累，可喜可贺！

关于美国莎翁教授来沪，我已直接将详情告诉福良同志。这位教授是芝加哥大学英文系教授兼“跨全球文化交流的莎士比亚”学会主任，他只准备住二三天，很想与沪上莎翁研究所会面，了解莎氏在中国演出研究情况。武汉会议心得不能对他说。他19号在上海开座谈会，廿号去北京拜会同行以后回国。

祝你再度拿出研究成果！

佐临

阮珅致洪忠煌（5月9日）

忠煌先生：

前些时寄出此信后，收到您关于成立浙江省文学学会莎学分会的函件。你们定于本月中旬召开成立大会，现寄上一封贺信，请转给大会主席团，并向张君川、阮东英和您组成的筹备组道喜！

您因故不能参加我们这里的会议，我们感到遗憾。因为中外学者寄来的四十多篇论文中，只有您的是探讨戏剧演出问题的，对于借鉴莎剧繁荣我国话剧创作有现实意义。如果这次研讨会称得上“美”，那么您的缺席就是“美中不足”了。

来信即祝

万事顺遂！

阮珅

虞润身致朱尚刚（6月2日）

尚刚弟：

今寄上我们的合影以作留念。

父辈为翻译莎士比亚戏剧，历尽艰难。正是上海世界书局出版朱译《莎士比亚戏剧集》（二十七个剧本）十周年的那天，于海峡彼岸的台北，也是由世界书局出版了中国第一部完整的《莎士比亚戏剧全集》。它包括了朱先生原译的二十七个剧本和家父补译的十个历史剧。此为中国文坛之盛事。写入历史的那天，也就把海峡两岸的两位学者的理想和生命连在一起了。同是之江人，家父比朱先生年长，一个是学兄，一个是学弟，但生前并未谋面。只是1947年家父在去台湾大学任教之前夕，读到上海世界书局刚出版的朱译莎剧集。他酷爱莎剧，熟读莎剧原著，也对比当时业已由别人译出的莎剧译本，从“有比较才有鉴别”出发，惊赞朱先生的译作，在信、达、雅这几方面高超的成功。国内诸多的译作“尚未有能出于其右者”。而痛惜朱先生的“英年早逝”，遂下决心在台北继续完成朱先生未竟的事业。然50年代台湾经济匮乏，教授的工薪微薄，不少教师只能多兼课填补生活开支。家父却不为所惑，一间陋室，一张旧书桌，上课之余，译作不缀。母亲作为他的助手也同甘共苦，膝上铺一块门板，为他抄写誊清稿件，改了誊，誊清了又改，从无怨尤。粗茶淡饭清贫度日，历十载终于中译莎剧始成完璧。

今、明两天中午，上海电视台播放电视剧《朱生豪》，人们将更能从荧幕上见到朱先生和朱夫人的高尚气质和不朽的贡献。

值此电视剧播放之际，我写这封信，以表达对父辈的追忆。

祝朱夫人健康长寿！

祝您全家安康，幸福！

虞润身

张泗洋、孟宪强致张君川并转浙江省莎士比亚学会（6月15日）

张君川教授并转

浙江省莎士比亚学会：

欣闻浙江省莎士比亚学会成立，我们代表吉林省莎士比亚协会致以最忠心的祝贺！并预祝浙江莎学会为把我国莎学推上一个新阶段作出更大的贡献。

浙江莎学在我国莎学发展史上占有一个非常重要的地位。我国著名莎剧翻译家朱生豪、孙大雨、曹未风、虞尔昌都是浙江人，他们翻译的莎翁作品早已成为中国翻译作品中的杰作。曹未风是我国第一个计划翻译莎剧全集的翻译家，由于1964年病逝而壮志未酬。朱生豪这位天才的年轻翻译家，把翻译莎剧视为神圣的使命，替中国近百年翻译界完成了一件最艰巨的工程，成为中国“译界楷模”。孙大雨第一个提出采用“音组”办法来翻译莎剧原文中的“素体韵文”，他翻译的《黎邪王》被认为“在诗句音组上是颇费苦心的”。虞尔昌敬佩他的之江大学校友朱生豪的才华和精神，并惜其事业未竟，在台湾译出了10部莎士比亚历史剧，1957年4月在台北世界书局出版署名朱生豪、虞尔昌合译的《莎士比亚戏剧全集》，成为莎士比亚戏剧全集的第一个中文译本。浙江翻译家为中国莎学的发展作出了卓越的贡献，成为浙江的荣耀。

浙江老一辈莎学家张君川教授、老作家黄源在改革开放时期为中国莎学的发展作出了新的贡献。中莎会副会长张君川教授为中国莎士比亚研究会的成立付出了巨大的心血，他的功绩已经载入中国莎学史册。1986年他代表中国莎士比亚研究会和复旦大学索天章教授、杭州大学任明耀教授一起去西柏林参加了第四届世界莎士比亚大会，并同国际莎士比亚协会建立了联系。

改革开放以来，浙江高等院校出现了一些中青年莎学研究者，他们的论文在《莎士比亚研究》《外国文学研究》以及各大学学报上发表，显示了浙江莎士比亚研究的雄厚实力。

浙江在莎剧戏曲化方面取得了令人瞩目的成功。1986年杭州越剧团演出了越剧《冬天的故事》，1987年东阳小百花婺剧团演出了根据《麦克白》改编的婺剧《血剑》。演出都获得了好评，产生了较大影响。

浙江莎学会的成立无疑是浙江莎学传统的一个继承和发展，它必将能够充分发挥莎剧翻译、莎士比亚批评与莎剧演出诸方面的力量，开创浙江莎学的新局面。

吉林省莎士比亚协会非常希望能同浙江莎学会密切联系，相互学习，加强合作，为建立具有中国特色的莎学和实现中国莎学走向世界这一历史使命共同努力奋斗！

吉林省莎士比亚协会会长　张泗洋

副会长兼秘书长　孟宪强

王裕珩致孟宪强（6月16日）

宪强兄：

您好！武汉一晤，甚为愉快。可惜时间太短，未能畅谈，也没能和你们同游武汉。（我们终于赶上当晚自武汉飞北京的班机，提前一日抵达。）

上月底回来后忙乱不堪，时差关系，最近才适应起来，可能是“不知老之将至”的必然现象吧？一笑。

赖维斯和我准备向美国私人基金会申请研究经费，进行中国莎学的编译工作，这是件费时费力的巨大工程。我们拟定了三年计划，拟请吾兄担任中国方面的合作联络人。除我们到中国外，也想在最后一年请您到美国来参加最后的审定工作。赖维斯正在起草申请计划。秋季开学前我也会去他的学校讨论一下。我们还拟了一份以中莎会名义的推荐信寄给上海戏剧学院的孙福良副院长，请他签字。这样获得奖助金的机会也许多些。有了研究经费，我们在教课方面可以减少，能多花时间从事编译工作。学术著作在美国出版很困难，一般出版商不愿出版（因多半要贴钱），但一些私人基金会可能给出版补助。

再过两周，我又要开始为五斗米“舌耕”了（共七周半）。为了生活不得不如此做，奈何？

见到泗洋先生请代问好。很高兴晓阳已取得博士学位。

余后叙。祝

暑安

弟

裕珩　上

请代向嫂夫人致意，

问林贵好！

P. S. 周前曾与台湾名作家纪刚（真名：赵岳山）先生共餐。他的小说《滚滚辽河》是台湾畅销书，已出五十余版。月底将访长春，他可能会拜访吾兄。纪先生非常健谈，原是小儿科医生。

王化学致孟宪强（6月18日）

孟老师：

您好！

来信及所寄照片均收到，非常感谢！蒋老师也向您表示感谢！

过去就多次听到徐克勤老师对您的介绍，去年上海会议之后我才更为深刻的感到，您才是真正的莎学专家，因为您把莎学看作自己最钟爱的事业，同时把自己的精力才智大部分倾注于此。中国莎学走向世界靠的就是您这样的专家。这次武汉会议您的发言，对莎学研究国内外现状之了如指掌，更给我留下极深的印象。对您取得的成就，我和蒋老师都很钦佩。

您这次回东北途中，与北大李赋宁教授等有关人士就明年的莎学会活动问题达成初步协议也是鼓舞人心的。我向徐克勤老师讲了此事，他也感到非常高兴，我们都希望这一计划能够实现。届时再会面。

徐克勤老师向您问好！

夏日愉快！

此致

敬礼

王化学

阮珅致孟宪强（6月21日）

宪强教授：

您好！

最近两次来信及惠赠照片，均已安收，谢谢！

信中不少溢美之辞，当是对我的鞭策和激励，是为铭感。

会议期间，您和方、索、裘三老及树钧先生曾商议明年在武汉举行莎剧节。会后王吉玉同志将这一设想反映给校领导。校领导表示愿作“东道主”。我正与有关方面（主要是中莎会秘书处和您）联系。转达这一信息，做进一步筹划，订出具体的计划，做出切实可行的安排。我有一个很不成熟的想法，即莎剧节可与“高校科研成果产品展销洽谈会”同时并举（当然莎剧节期间，还应举行一次有关莎剧改编、演出的研讨会）。所谓“产品展销洽谈”，可包括商业集团、公司在内，这样也许可以获得一些资助。研讨会也好，莎剧节也好，只要有经费，一切问题都可以迎刃而解。

接裘克安来信，他请您路过北京时，与辜正坤同志去计议召开莎士比亚文学研讨会的事。不知评论如何。信中请告知一二。

寄上武汉晚报和长江日报有关国际莎学研讨会的消息报道，供参考。

专此即颂

夏祺

阮珅

1993年武汉国际莎学研讨会，左起依次为王丽莉、曹树钧、方平、阮珅、墨雷·J. 莱维斯、王裕珩、孟宪强、张奎武、杨林贵

李伟民致孟宪强（7月1日）

孟宪强教授大鉴：

您好！

昨天收到您的来信及寄来的目录，谢谢您对我的信任。我盼望早日看到大著《中国莎学简史》并尽量尽力帮助大著在川或成都的征订，如有出版消息，请您将订单寄来或告知书价，我好代为宣传。

继《评孙编〈莎士比亚辞典〉》后，我又写了《评朱、张编〈莎士比亚辞典〉》等文。并从辞书学角度试作比较，也不知能否发表。去年购您主编的《中国莎士比亚评论》一书后，我也写有一篇书评，去年年底就有刊物告知准备采用，可是至今也未刊出。可巧今天订的《外国文学研究》来了，上面有一篇评《中国莎士比亚评论》的文章，我仔细读了，文章说您是吉林大学的显然错了，如果我的书评刊出，我将寄您一份请求指教。

另外我想问一下，您是否招研究生或贵系是否办有研究生班，如何报考，可否不经报考或参加贵校的考试读研究生班。如果读访问学者，可否获得学位，或通过研究生班在您的名下攻读莎士比亚，或获学位或研究生班毕业后交论文获学位，请您来信告知。

您寄来的《莎士比亚在中国》目录，我一共看了数遍，所获信息不少，现不揣浅陋，写上几条资料供您参考。

1. 从莎作中文译本看，各译本均没注明出版年月及出版社，也不知是目录如此还是书也如此。总之读者是希望看到译者姓名、出版年月、出版社的。与这个问题相关的是“二、第41条”中莎剧全集各版本，均没标明出版年月、出版社，如朱、虞莎全集即为台北世界书局出版，台北国家出版社也曾翻印朱旧译莎全集。从目录中也看不出对台港莎学的介绍，孙编、朱编莎辞典也同样没有这方面的内容，不能不令人遗憾。也不知张泗洋教授主编的莎大词典是否有这样的内容。台湾出过多种莎诗集：有虞尔昌译《莎士比亚十四行诗》，台北，世界书局1961年2月（中英对照）。洪北江编译《莎士比亚语粹十四行诗合集》，台北，洪氏出版社，1962年12月，1977年9月再版。梁实秋译《十四行诗》，见他译的莎全集内，台北远东布书局，

1968年10月。施颖州译《莎翁声籁》，台北，皇冠杂志社，1973年（中英对照）。梁宗岱译《十四行诗》，台北，“国家出版社”（翻印），1981年9月。杨耐冬著译《莎士比亚情诗》，台北，文经出版社。1983年3月。王碧瓊译《莎士比亚十四行诗集》（未详出版日期），海燕出版社。

2. 莎研论著文集第三部分人物50施咸荣误为施成龙。这部分漏掉黄龙的《莎士比亚新传》，江苏少年儿童出版社。漏《莎士比亚》赵仲沅（外国历史小丛书）。

3. 第四中文译著部分应有《莎士比亚的青年时代》，我记不清出版日期了。〔英〕西德尼·李著，杜若洲译。《莎士比亚传》，香港文学出版社1980年版。

4. 通俗一些的还有《莎士比亚妙语录》，甘肃。您的文章都曾提到此处漏掉。《莎士比亚名言集》黑龙江人民出版社1992.5。《莎士比亚名剧》连环画，《莎士比亚四大悲剧》，《莎士比亚喜剧四种》等连环画。我有一篇这方面的文章，刊物已告知刊用，刊用后我寄给您就教。另外《莎士比亚戏剧赏析词典》出版日期为1992年。最近〔英〕安·赛·布雷德利著，张国强等译《莎士比亚悲剧》上海译文1992.8。

孟先生，这就是我读了您的目录后初步想到的一些，实在是班门弄斧了。我的资料也非常不齐全。我原在四川绵阳师专工作，那里也有点资料，但也不多。有关莎书可能还没我个人多，但他有的有些我没有，如《莎士比亚的青年时代》。现在在中专只有自购，书是近两年买的，也不多。在师专毕竟可看到多种刊物，我也曾在图书馆工作，只要提出的书基本都可满足。91年调中专后，只有多跑公共图书馆，自购了。以上拉拉杂杂写了这些，耽误了您宝贵的时间，望谅。

祝暑安！

李伟民

洪忠煌致孟宪强（7月1日）

孟宪强先生：

您好！大札收悉，您发出的吉林莎协给我会的贺信，张君川老师也已转给我了

（张泗洋教授来函中也已提及）。非常感谢您所给予的大力支持！早在89年我还在天津组建莎学会时，我们就通过信（您当时也给我寄来了致天津莎学会的贺信）；去年在上海有机会拜识阁下和张泗洋教授，希望以后能常联系！

祝贺您完成了大作《中国莎学简史》，这是一大贡献。望能早日出版！遵嘱寄上《浙江省莎士比亚学会成立经过》，以供参考。

祝

夏安

向夫人问好！

洪忠煌

于杭州

孟宪强致李伟民（7月9日）

李伟民同志：

您好！

拜读了大作《评孙家琇主编〈莎士比亚辞典〉》很有收获。您对孙编《辞典》的分析很客观，既充分肯定《辞典》的成就，也指出了“某些不足”。这种科学的书评在当前还是并不多见的。大作是一篇在认真研读基础上写出的好书评。

拙作《莎士比亚在中国》已完稿（34万字）。现正进行最后审订加工工作并同时联系出版事宜。经与泗洋教授研究，概述改为“中国莎学简史”，曹禺先生已写来书名题签；李赋宁教授、张君川教授写来了题词。出版苦难较大，但还很有希望。从大作中可以看出您对中国莎学不仅关心而且积累了丰富的材料。现将拙作目录（初稿）寄上一份，望能审阅并提出意见。

该书如果落实出版问题，您能否在四川方面帮助做些征订工作？出版这样译本在当前出版社层层承包的情况下是很难的，出版后也很难再有印行的机会，因此我也希望多印行些，如能帮忙当不胜感激。

谨颂

撰安！

又及：来信请寄

130021　长春东北师大附中　陈凌云

孟宪强

曹树钧致孟宪强（7月10日）

宪强兄：

您好！

大札及附件均已收到。遵嘱将此推荐信给老孙看了，我们已签字盖章，另写一封信，烦请您寄给王裕珩先生。

以后如有询问事，我们当尽力协助王、荣两先生促成这一件富有意义的学术盛事。

福良先生最近确实很忙，连给王先生的信也要托我带回。你可告王先生以后有关和莎剧在中国方面的学术性问题，可直接同我联系，以免再转手延误。

94上海国际莎剧节我们正积极筹划之中，在未定下来之前请暂勿向武汉方面透露。鉴于以往经验，一定要十分确定之后再向外宣布，你是挚友，故我先透一点信息。现在国家财政方面十分困难，中途会有新变化，很难预测，等到此事列入上海市文化局、上戏工作规划之中，事情就好办了。明确消息今年九、十月可定。

祝

暑安！

树钧

孙家琇致孟宪强（7月13日）

孟宪强同志：

你好！

谢谢你的回信，特别是赠送给我两张很有意义的照片。照片中的先生、女士们有的是我久闻其名，但未见过本人的。比如阮珅，我们近来颇有些书信往来，却一直是他南我北，如同“参商”。那位女士阮东英（？）和阮珅同姓，是否有亲属关系？

我写此信，目的是想介绍国立剧专上海校友会等主编的《余上沅研究专辑》，其中有余先生的生平、有关戏剧方面的建树等，其评论文章选辑中，有曹树钧所写的《余上沅与莎士比亚》。另外，国立剧专校有照片纪念册《雁迹》第三集中的（二）历届毕业公演海报与剧照目录中包括：1. 第一届毕业公演的《威尼斯商人》预告。2.《威尼斯商人》海报。3.《威尼斯商人》演员名单及剧照。4. 第二届毕业公演《奥赛罗》海报及剧照。5.《奥赛罗》演职员名单及剧情说明。6. 关于《奥赛罗》的演出……10. 第五届毕业公演《哈姆雷特》海报。11.《哈姆雷特》演职员名单。12.《哈姆雷特》剧照等等。我想这些材料你大概都有了，但是或许不那么全，或许不知道《雁迹》，或没有足够地提及余上沅与较早时期的莎剧在中国传播的功绩：他用莎剧培养我国戏剧人才的主张和实践。

我现在只能多多休息，慢慢读读《庄子今语今译》和中国古诗词。好，祝

暑安！

孙家琇　草

方平致孟宪强（7月19日）

宪强教授：

您好！

六月中旬收到大函和照片三幅，十分感谢您好意！在忙乱中我把大函夹在书中，

一时未能找到，因此复信迟了，请原谅。

大函提及李赋宁教授有意与中莎会合办莎的教育研讨会，很有意义，这几年来，我为上海师大研究生开莎剧课，此会如能召开，我乐于参加。当然我希望武汉戏剧节的计划得到实现，不过我不一定去观摩了。中莎会亦有一项计划，积极筹备“上海国际莎剧节”，这是多年的心愿，但经费有困难，不是二三十万元所能解决；经过孙福良他们几位不懈的努力，听说明年有希望办成功，上海市委亦予以支持。届时不仅戏剧工作者有一番热闹（将邀请英、美等四个外国剧团参加演出），估计同时也会举办学术研讨会，以及结合戏剧演出的多种类型的座谈会，1986年首届戏剧节的盛况可果真能在上海再现，那时欢迎您和张泗洋教授光临指教。

祝

撰安

方平

孟宪强致李伟民（7月22日）

李伟民先生：

您好！

7.13大札收悉，谢谢您对拙编《中国莎学简史》提出了那么多宝贵的有价值的意见！您对中国莎学的了解与研究的确是下了功夫的，以后希望能够继续得到您的帮助！

拙编最遗憾的地方就是未包括港台莎学概述。去年4月在上海参加纪念朱生豪80诞辰学术报告会上结识专程赶来的台湾淡江大学朱立民教授，他是台湾英美文学学会会长，中莎会聘他为名誉理事。我们经过商讨，他答应为我写一篇8000字左右的“港台莎学”（多不限）。但他回到台湾不久就来信说因为工作太忙，无法撰稿。我感到十分失望。过去我们与港台莎学界没有联系，台湾的颜元叔、香港的周兆祥都没有联系上。这样，这部分就只好无可奈何地暂付阙如了。从来信中看到您收集了不少台湾莎学方面的著述，不知您是否与他们有联系？能否请一位学者为拙编补苴罅漏？或由您撰写一篇？

关于《年青的莎士比亚》〔英〕R. 西森著，〔英〕N. L. 乌切夫斯卡娅改写，程红译，这类的书包括《莎士比亚箴言录》等我原以为不能列入专著的而未收纳，看来似乎不妥。这部分内容我再考虑考虑是否收入。

有几本书我没有查到，望您根据条目帮我撰写条目简介，包括写明著者、译者、出版社、出版时间、字数、印数、内容提要，每一条目300左右即可，有以下一些：

1.《莎士比亚悲剧》，张国强等译。

2.《莎士比亚》赵仲沅编。

3. 台湾《中外文学》月刊的“莎士比亚专号”。

4.《莎士比亚传》香港文学出版社。

5.《莎士比亚名言集》黑龙江人民出版社。

希望能尽快看到您关于莎士比亚名言集、连环画的大作。

来信谈及读研究生一事，我问了一下校研究生处。目前我校只按正式报考录取的研究生发学位证书，不办研究生班。我1986年前后招过研究生，后来因为我系世界文学专业没有争取到学位授权，所以就没有再招，原来张泗洋教授招收攻读莎学的研究生，现他早已退休不招了。明年中莎会将与北大英语系共同举办莎士比亚教学研讨会。您如果感兴趣，届时我可以给您发去邀请。

《外国文学研究》上发表的对拙编的书评不知怎么搞的，竟把单位写错了。我昨天在给该刊主编的信中对他们发表评论拙编的文章表示感谢，同时请他们在下期发一更正，以免引起误会。

匆此，谨颂

夏安！

孟宪强

李伟民致孟宪强（8月4日）

孟宪强先生：

您好！

7月22日大札收悉。接信后我连日跑了四川省图书馆，但他们港台书很少，期刊有一些，但不齐，阅览手续麻烦。勉力查到几条资料。其实我手边也没有台湾的莎学著述书，和海那边的人也没有联系。前信提及的一些是从大陆影印台湾的一篇莎学论文的附注中看到的，写是想写，但无米之炊令人遗憾。首先是不知道台湾莎学起于何时？有多少著述？我想如果在北京图书馆、社科院图书馆、莎研中心，这个问题有可能解决。我在四川省图书馆特藏部查港台书刊，他们刊物根本就不建卡，不知道他们有多少台湾刊物、收到哪一年，据说是规定。我去了几次，查了《中外文学》1993.8.9，1992—1989全套，另手上有两册1986《中外文学》和杜若洲译莎传，往前就没有查了。我这里离图书馆较远，每次去又只能看几册，时间一到就闭馆。我想光查这一种面太窄了，如果不是放假还可到川大、川师大去查资料。

另外，这次查到几条您前信没有提及，我以前也不知道的资料，现一并寄去。《中外文学》曾预告1986年第4期或11期为莎士比亚专号，我手上有一期11月号，上面只有朱立民的《幽灵、王子、八条命》等两篇莎学文章。我估计是莎专号推迟了，故而有1993年的莎专号，不过这也只是估计。看来，台湾莎学著述只能看到多少收多少或干脆不收。

黑龙江人民出版社的《莎士比亚名言集》，我手上没有，去年成都全国书市上我看到此书但没买，只记了一个概要，为1992年5月版。主要认为不是专著，故而没买。只能简要写之。

如果明年在北大开莎研会，请您及时通知，我会极为珍视这一学习机会的。

前些日子得《外语教学与研究》通知，他们将刊登我评朱编莎词典的文章。

顺祝

大安！

李伟民　草

张冲致孟宪强（8月11日）

孟先生：

您好！

很高兴收到您8月1日的信！谢谢您提供的许多国内莎学动态。莎学能如此发展，的确使人很高兴，也增加了我们继续搞研究的信心。我这一年在国外，也在努力“介入”这里的莎学研究与教学，多了解一些这里的动态，争取回国之后能为我国的莎学译评做出自己的点滴贡献，不枉了此次“西游”，一年来，观看过正式（A. R. T.即美国保罗剧目剧院）和非正式的（学生上演的）莎剧，还有一些莎剧改编的戏剧，颇有兴味。

这次寄您的是我尝试译出的《两位高贵亲戚》全剧的首末场。全文已存入电脑，回国时可一次全部出来。先生若能在繁忙中不吝指教，将不胜感激，另附送上我写的评介文章一篇，不知先生以为如何，因为有没有刊行的可能（包括首末场译文）。盼指教。

明年一二月间回国前，我将一直住旧金山，去伯克莱作访问，主要是听听课，接触一些学者，补充一下已收集的资料，希望回国后能与先生继续保持联系。也希望先生能有机会来南京作客。我也希望能有机会去长春拜见先生。

补充一句，寄您的两份东西，因刚到加州，一时找不到公用的电脑对文章加以修改，只好用笔在页边修改了。

即祝

夏安！

张冲

阮珅致孟宪强（8月24日）

宪强教授：

您好！

暑假因事回江西原籍，日前返校收到您七月十六日来信及稿费60元。谢谢！由于假期未到系里去，您的信在系办公室桌上摆了一个多月。迟迟作复，尚请鉴谅！

前天晚上看电视，新闻联播中有一则消息说，湖北咸宁原准备筹办桂花节，现在不办了，把经费用于最急需的项目。看来加强宏观调控以后各地都在紧缩开支。明年的莎剧节怕是搞不起来了。筹款难，审批也难。方平先生七月初的来信（和您的信同时收到）说：中莎会准备明年九月举办莎剧节，决心很大，要筹措六十万块钱。依我个人的经验，我只能说，六十万块钱，谈何容易！不过，搞一些花钱不多的学术讨论会，可能问题不大。您倡议明年在北京举办一次莎剧教学研讨会，但愿一帆风顺。我们明年北京见！

莎学研讨会的文集正在编。几位老外的文稿交给几位研究生翻译，都未在放假前译完，要拖到本月底或下月初才能交稿。估计可能是“未成品”，需要作大的修改，因而将影响编书的速度。

您的“中华莎学史”已经脱稿，可喜可贺！这是莎学界的一件大事，我要分享您的喜悦。开学在即，想您又要走上教学第一线了。

专此即颂

秋祺

阮珅

李伟民致孟宪强（8月26日）

孟宪强先生：

您好！

您12日的来信收悉，从您的信中使我得到很多信息。收到信后，我又跑了两个下午去四川省图书馆进一步查《中外文学》，查到79年，该馆是从79年开始收藏《中外文学》的，《中外文学》是72年创刊的。因此我又查到一些篇目，随信附上。

您信中说曾派人去北图、北大图书馆查过港台莎学著述没有查到。不过我想应该能查到一些，我在四川尚且查到一些，何况北京呢？我也干过多年图书馆工作，凭经验我认为北京还能查到一些。我想除《中外文学》外，还应查《联合文学》《东方杂志》《世界文化》《中华杂志》《中山学术文化期刊》《台湾大学文史哲学报》《新华学报》《编译馆馆刊》等等。可是四川省图书馆均没有上述台刊。

您信中说大著《中国莎学简史》暂不收录“港台莎学概述”。我认为虽不收概述，但应将目前所知道的港台莎学篇目列一个目录，或在附录里面表现出来，有多少收多少说多少，以后再慢慢补充。两本莎学辞典即孙编与朱编《辞典》均没有收录港台莎学内容，不能不令人遗憾。仅在篇目索引上列入个别篇目，如周兆祥的汉译《〈哈姆雷特〉研究》（中文大学出版社，1981年）。如果能将所掌握的莎学篇目收进去，至少可补辞典的不足。不知您以为如何？

当我看到您编的《中国莎士比亚评论》《莎士比亚在我们的时代》两本书时，上面有向世界莎士比亚大会献礼的话。我猜想您去了，或国内有学者出席，没想到一个人也没有。甚至没有译介大会情况的文章。应该说许多大学研究机构都定有《莎士比亚季刊》《莎士比亚通讯》，可是竟没有文章评价，令人奇怪。我从事图书资料多年，订了不少外刊（公家），可是当时对莎氏了解甚少，没订上述两刊。现在限于财力，个人又无力购进，因此难以了解最新莎学信息，如有条件当促本校图书馆订。

北大辜正坤原来是川师出去的，他未考博士前就听说过。近年看到他在北大学报93.3上的《19世纪西方倒莎论述评》，也看到辽师大学报上张弘的文章对张泗洋教授的《引论》商榷。

就写到这里。

如碰到泗洋教授请代我向他问好。

谨颂

文祺！

李伟民

王裕珩致孟宪强（9月1日）

宪强兄：

七月十五日华翰收到已多日。那时正值我教暑期学校。上月二十三日交上成绩后，二十五日即飞往纽约州与赖维斯教授会聚。二十六日与他同赴纽约市与鲁斯基金会商谈申请研究金事宜。二十九日返密州。三十日即正式上课，这一阵子真是马不停蹄，忙上加忙。吾兄大札迟迟未复。请原谅。

谢谢吾兄费神把推荐信整理好，交给曹树钧教授。有意思的是我把孙福良升了级，当上了中莎会副会长，曹树钧成了理事长，也许这是他们真正的职务吧。

纽约之行与基金会谈申请研究费事并不十分乐观。因为申请数额较大，而基金会多半补助以科研为重的大学校。我们在天时地利上已吃亏不少，但仍有可能获得补助。赖维斯与我将依基金会的建议修正和补充申请书。即便无法得到补助，我们仍旧要努力完成这个工程。便时请兄将另一份推荐信寄给我为盼，谢谢。

我们新的研究计划可能要举办一次中美莎学会议。由吾兄在贵校召集，费用由基金会提供（或由中央戏剧学院、上海戏剧学院召开），想不会有什么困难吧？除私人基金会外，还可以向美国联邦政府主持的国家人文学基金会申请，我们都想一试。为了写申请书，赖维斯花了不少时间。

先写到这里，祝

教安

弟

裕珩　上

郑土生致孟宪强、陈凌云夫妇（10月1日）

宪强兄、凌云嫂：

9月19日来信和东北“三宝”之首红参都收到了，我代表我兄长向你们二位致以衷心的谢意。红参可贵，你们对我们的友谊更加珍贵；我们将铭记在心，容当后报。

今年7月初，译林出版社施梓云先生到北京找王佐良、李赋宁等几位老先生说：他们计划出莎翁豪华本《全集》；几位老先生都让他来找我商量此事。后来他又来信说原计划因故推迟。

为了使《简史》早日出版，我给梓云先生写的这封信，你们看一下，如果有不当之处，请修改斧正。

请学长自己再写一封信给梓云先生，同我的信一起寄去。

除了吉林省莎协和您本人的“故事”外，马克思、恩格斯与莎士比亚的“故事”也请您写（字数不限，最好把您知道的材料都写进去）。

您对莎学的追求和贡献是我国莎学界的有趣“故事”之一。您如果有时间，请把您自己的故事写得详细些；您战胜了那些艰难困苦，如何取得今日的可喜成果，都把它真实地展现在读者面前，对我国莎学的进一步发展，会发挥很好的作用的。

今天就写这些。

敬祝全家身体健康！

学弟：土生

阮珅致孟宪强（10月2日）

宪强教授：

您好！

本月20日信早捧读了。想您正忙于指导学生实习。我们的论文集出版在即，想不到突然就出现了经费问题。原打算动用手里的发展基金，但自加强宏观调控后经费管得很紧，请款报告经校长批了，可财务处不拨款。因为从总体来说外语学院是赤字单位（外语学院包括英文、法文、外文三系和大学英语部，外文系包括俄语、德语、日语三个专业。除英语系外其他系都是赤字单位），英文系有钱但拿不出来，在这种情况下只好另外设法筹集资金。开会时有几位老师（如张奎武老师）曾谈到捐款的事，当时我们还没作这个打算，现在情况发生了变化，故不得不重新考虑。已给张、王、田、杨四位同志写信，请他（她）们鼎力相助。如捐资可作为追加会务费或学术资料费报销，我们邮寄上收据。您和泗洋教授在百忙中为研讨会撰稿，是对我们极大的支持，至感。资助活动就不劳您的驾了。

专此即颂

教安

阮珅

丁洪哲致孟宪强（10月30日）

宪强教授如晤：

返台后忙于补课，排戏，工作稍忙，然对先生交办之事未敢怠慢。因莎学研究非我专长，乃将有关资料以及先生之构想，交本校西研所黄美序教授研究。今日接来函，当即与黄教授联络，所得结论奉告如下：

（1）黄教授微询过台湾地区公立大学中相关学者，对“合办”均感兴趣，个别邀请或有可能，而本地也有莎学研究会之相关组织，可助一臂。

（2）决定舍远求近，打算将计把草案提报学校当局核定。拟以贵校主办，本校拟负参加之方式进行。请再就以下几项提供进一步之具体资料，并同邀请函（对象为学校而非个人）直接寄校方，副本给黄教授。

第一：有关该项研讨会之完整企划案（如性质，预期效果，预计时、地、天数、研讨场次、每唱之暂订说题等等）

第二：关于经费之概算（如出席费，食宿交通安排，资料论文印制，经费来源等等）

时值深秋，台湾地区尚温暖如春，料想北国当已寒意萧索矣，得便请惠下故乡之枫叶数几以慰乡思。匆此

敬请

教安

弟 丁洪哲

李伟民致孟宪强（12月2日）

孟宪强先生：

您好！

昨天下午我惊喜地收到了您的信及寄来的三本《中华莎学》，太谢谢了，对您和泗洋教授对后学的提携，我将永远铭刻在心中，你们的鼓励也将时时激励我。

我怀着感激的心情连续读了数遍《中华莎学》，它使我知道了许多不知道的情况，使我获益匪浅，特别是我看到《中华莎学》留下了您勾画的痕迹时，（如江泽民喜爱莎剧的事，该文我原已在《文学报》上看过，并在91四川国际比较文学研讨会大会上提起过）读来更感到亲切。这里顺便提一件事，《传记文学》92.2期《名士朱光》一文载有毛泽东与朱光争莎氏《哈姆雷特》《奥赛罗》《李尔王》《仲夏夜之梦》的事，不知您注意到没有。收到《中华莎学》后决定投寄一篇评论。您和泗洋主编的《莎士比亚在我们的时代》的文章，该文写好后曾寄给泗洋教授阅过，他说不错。我打算再修改删削。

加入中莎会之事，我曾向泗洋先生提过，他告知我一定帮助。现在由你们推荐，我感到无尚荣光。

另外，您的前两封信都提及“上海国际莎剧节”和北京莎研会的事，我也想参加，请您有消息时告知我。

我在拆信时发现在两个信封之间有一张照片，不知是您的还是别人的或是送我的，您的信中没有提及，如是您的，不知能否留在我处。

好了。耽误您宝贵的时间了，尤其是您连来三信，使我很不好意思。作为后学我向您汇报是应该的。

现把简况附后：有莎学文章约20篇。

祝

大安！

李伟民

索天章致李伟民（12月7日）

李伟民同志：

来信前天始转到我手，回信迟了，乞谅。

你要的《莎士比亚——他的作品及其时代》一书，很抱歉，我也没有了。我原来有四十几本，都被人要光了，现在我自己只有一本，实在对不起。

出版社早就说要再版，可是至今没有消息。我希望他们能够不怕赔本，早日出书以满足莎士比亚爱好者的要求。

专此奉复，祝

新年快乐！

索天章

编者注

索天章先生的这封来信写于1993年12月7日，其时中国出版的莎学论著不多，索天章教授的《莎士比亚——他的作品及其时代》是一部重要的莎学研究著作，但是已经很难买到，因此，李伟民写信向索天章先生购买。

孟宪强致曹树钧（12月30日）

树钧兄：

您好！

11.30大札竟于12.28才收到。真是太不像话了！快信竟耽搁了将近一个月的时间。太误事了！真叫人哭笑不得！我记得这已经是第二次了。有一次吾兄来信也是一个月才收到。这些日子没有收到吾兄来信，我和泗洋教授都有些惦念，以为莎剧节的事出了故障呢！

收到信我即给泗洋教授打电话。告诉他有关莎剧节的情况，他很高兴并欣然地同意作为大会组委会的顾问。他身体不错。他说届时若无特殊情况一定赴沪参加此难得之莎学盛事！谢谢吾兄的信任。对于吾兄安排小弟之事我都将尽力去做好。

大作已由林贵译出。会寄给国际莎协和《莎士比亚通讯》近日即可寄出。关于提名国内著名莎学家之事，我去泗洋教授家经商量提出几人；另外我们也想对国际莎协的各位领导或是否应发出邀请？也将名单寄上。供参考。

拙编出版问题出现新的转机。前些日子我去了省委宣传部长（常）家。向他汇报了上海国际莎剧节的规模和意义。并提出参演一台莎剧和出版一本莎学专著的设想；部长对我们的计划很支持。我们已向领导正式呈报了申请报告，请省里帮助解决演出和出书的经费问题。此事很有希望。一旦正式批示之后，那我们就不仅可以出书而且可以推演一台莎剧了，此事很令人鼓舞。

但愿能够成功！估计明年元月上旬即可有眉目，届时可向兄报告详情。

谨祝全家新年快乐，吉祥如意！

弟　宪强

1994年

王军致孟宪强（1月15日）

孟老师：

你好！（代问陈老师好！全家好！）

随信寄去办证的照片，不知能用否？另外，昨偶遇面谈后我又反复思考关于如何开展活动等事宜，并当晚和有关人员又具体深入交谈一下，产生以下的想法，供你考虑。

今年想办法争取举办一台《莎士比亚主题交响音乐会》——纪念莎翁诞辰430周年暨祝贺莎士比亚国际艺术节在上海召开。以莎氏专题名义举办交响乐专场音乐会，这在国内是首次、独一无二的，在世界怕也是罕见。以示我省莎协的卓识远见、开拓精神和积极活动、高度重视精神文明建设、推崇高雅艺术的社会效益。这一举动完全符合《通知》（四月会议）中一、二条的精神宗旨。

是四月还是九月较好，我倾向结合4.23会议为好，一是能直接、全面的让全体会员亲自了解欣赏交响音乐、拓宽了解、研究莎氏作品的视野（音乐专家应当知道歌德、席勒、但丁、雪莱、小仲马、巴尔扎克、莫里哀、普希金、托尔斯泰、鲁迅等等文化名人，那么文学家、诗人、戏剧家不是同样应当了解海顿、莫扎特、贝多芬、舒伯特、柴科夫斯基等等伟大的音乐家吗？而且文学家、音乐家不是还应当对画家、雕塑家等世界名人略知一二。因此，只说声不喜欢，“不懂”就远离她，那是不全面的、站不住脚的，是很遗憾的）。同时可为会议增加一项活动，丰富会议内容。二是通过这次活动（计划为会议正式举办活动后，再去大学、科研部门续演几场，一并宣传省莎协的组织、历史和发展概况，扩大省莎协的知名度和吸引力）为九月去上海开会增加一项内容（“本钱”），在介绍省莎协的活动上添彩增辉，尤其是也会使国外专家吃惊，一个小小的吉林省还能演奏出莎氏作品题材的交响乐专场，这是他们意料之外的事情。这也像你的新书出版一样，正好为上海大会献上一份厚礼（可惜没有钱，如有钱我们去大会演出我们也敢——我团交响乐队的演奏水平被李德伦等名人公认为“省一级的优秀乐队”）。三是我于1993年已离休，但现在仍工作着，我现为莎协会员也想在有力能使之际做点贡献，再过几年一切都难说了，已身不由己了。（我于1993.5.9举办一次《王军指挥生涯40年交响音乐会》专场，演奏了柴科夫斯基的《悲怆》交响曲等，李德伦夫妇专程来祝贺，全国省级报刊六家刊登了七八篇文章介绍。）

关于经费，莎协可与文化厅、剧团的名义共办，莎协能否从去上海的20万中拨一万元（因为四月搞是为了九月，你出书也是为了赶九月前）这里面有场租、用车、请电台、电视台、报社宣传（新闻发布会等）、印节目单、演奏员的劳务费等等，虽然是少而又少的压也得花费一些，到具体落实就知道了。以上是我想到的，一人之言不一定可行，请你考虑，尽快通一次话，我们正定今年工作计划。

王军

孙法理致孟宪强（1月16日）

宪强同志：

武昌分手，转瞬七个多月，近来可好？你寄来的照片早收到，致谢。

拙译莎剧《两个高贵的亲戚》出版后社会上有些反映。先是中央电视台93年元月2日午间新闻联播播出版消息，以后好些报纸都刊文介绍，人民日报海外版也介绍了，文汇·读书杂志等都有。我这里有一摞资料。《文艺报》有郑土生先生文章。较近的则有刘文哲在《中国翻译》上的文章，谈翻译中的长处（太客气，未及短处），裘克安先生在《读书》上的文章，是分析作品本身的。郑土生先生还有一篇文章，不仅谈到武汉莎学会上我的发言，还对我九二年一篇论《两个》的文章中一个细节作了批评指正。如果你们有兴趣，我可以罗列篇目告诉。但从莎史来看，有无这样细的必要?

我93年出版了新译的《苔丝》，南京译林出版社出版，印数颇高，达35000份。顺告。祝春节快乐!

泗洋、晓强两先生处请代致意。

孙法理

凌之浩致孟宪强（1月17日）

孟宪强同志：

见来信高兴地知道你们编写了《中国莎学简史》，应该支持的。但是你提出要的照片，很遗憾没有拍过，我们上影演员剧团在1958年夏天排演了《第十二夜》是我导演的，1959年3、4月间，党中央在上海召开八届七中全会期间，指定要我们演出一场，周总理、贺龙、陈毅、罗瑞卿、陈赓等是来看戏了，那天刘少奇也看了戏，但没有上去参加拍照。毛主席没来看戏，散戏后他接见了我们几个人：卫禹平、秦怡、沙莉和我，很可惜没有拍照。

你提到周总理接见秦怡、沙莉和集体的两张照片是那天拍的。我还可以提供你们信息，在1957年夏天，北京电影学院表演专修班演出《第十二夜》时，周总理接见了沙莉、杨静（北影）和我，这张照片，我原来有的，在“文革”中抄家时抄走了，我估计，北京电影学院或于洋、杨静家里会有的。我家里还有《第十二夜》的几位演员造型照，如陈强的麻浮柳，于洋的托贝，沙莉的伯爵小姐，我的庵德爵士，以及在上海演出时我和秦怡的剧照，如须要可来信。

祝好!

凌之浩

辜正坤致孟宪强（1月19日）

宪强先生：

您好！信收到，我已从巴黎返北大，一年之内不会出国。关于在北大英语系举办莎士比亚学术研讨会之事，系里颇感兴趣，系主任胡家峦教授也很支持，不久前还问过我有什么具体安排。现您来信说一年内连开两个重要学术会议，恐怕难以支持，我也表示理解。总之，什么时候开由您决定，我这方面一定大力支持。

又，我的英文专著《莎士比亚研究》上卷已在巴黎由莎士比亚同文社出版，由于现只有样书一册，还难以赠送，等大批书来了以后，再寄上以求得您的批评指正。我译的《老子》（英译）也已出版。不日当寄来《毛泽东诗词译注》（英汉新译）一册（已由北大出版社出版），还请指正。

专此即颂

教祺

辜正坤

孙家琇致孟宪强（1月20日）

孟宪强同志：

你好，方才收到来信和附寄的《莎士比亚在中国》的提纲。我一口气读完写了以下印象，作为我的题词。不知你觉得可用不。为了快些给你寄来，我就不多推敲而立即寄出了。

把这本书献给9月上海举行的莎剧节，那当然很好，希望届时可以印成。我正在校对原本去年就该出版的《莎士比亚以及现代欧美戏剧》，但不知何时才能出版。我不敢希望他年内可以出来，这真令人怅惘！

提纲中《露克丽丝受辱记》后面没有《贞女劫》，不知何故？是不是可以添上？

题词：这是一部关于近百年来莎士比亚在中国传播的各个方面颇有概括性的力作。

孙家琇

春节即到，祝全家节日快乐！

李赋宁致孟宪强（1月23日）

宪强同志：

您好！谢谢您的来信。得知您需要莎剧教学照片，可惜我以前教学时从未拍摄过。目前莎课由辜正坤同志讲授。您可写信与他联系。现附上一张博士生答辩照片，请您斟酌使用。用毕寄还给我，为盼。这张照片系数年前（约在88年或87年）所摄。博士生名张冲（南京大学陈嘉教授指导的博士生）。陈嘉先生于86年逝世后，张冲同学请北外王佐良教授代主持论文答辩，该生论文有关莎剧的研究。我被邀请参加。地点在北京外国语学院（一外）。以上情况，供您参考。（坐在我右手的是巫宁坤教授，北京国关英语系教授。）

专此顺颂

年祺！

李赋宁

索天章致孟宪强（1月25日）

孟宪强同志：

现遵嘱寄上小文两篇，请查收。

考虑到翻译的困难，我选了两篇用英文写的，一来可以省点事，二来中文写的多为向我国读者介绍莎翁的文章，没有什么新意，不如用英文写的对外国人有点用处。

“For an Adaptation Worthy of Shakespeare”发表于《外语研究》1987年第二期。美国“国际莎士比亚环球中心”（The International Shakespeare Center）的机关刊物《环球》（*The Globe*）1988年秋季的一期转载了其中的一部分。全文尚未在外面发表。我觉得这篇可以充数。

另一篇“The Magic Gown”是准备在今年五月复旦举行的莎士比亚研讨会上读的简短发言。自然还没有发表。内容不多，但还不算拾人牙慧。

究竟如何处理，悉听尊便。此致，

文安！

索天章

孟宪强致曹树钧（1月30日）

树钧兄：

您好！

大札与贺卡均已收到，谢谢吾兄的良好祝愿！吾兄教学任务繁重，研究成果累累。中莎会工作担子很重，许多事情都得吾兄操劳，对此我十分钦佩！还望吾兄留心身体。善自保重。这些年来我常常是三天一书，五天一信地写信打扰。每次吾兄都有求必应。非常感谢这些年来吾兄的帮助与关怀！

拙编命运实在不错。在我请求省里领导资助的时候，正好我校进行出版基金评审工作，系里将拙编报了上去。全校共32部，书稿参评，最后评出了12项。拙编荣幸地通过了评审。出版社表示我校出版力量较强，半年之内一定能够出版。这样，拙编献给上海国际莎剧节就一点儿问题没有了。

关于我省参加上海国际莎剧节一事，我们完全同意吾兄转达的筹委会的意见：最后确定参演剧目一定要得高水平高质量。去年底我省两位领导对我们参加国际莎剧节的活动计划做了批示，给拨了一笔经费，这样我们才提出了排演一出莎剧的想法。对此泗洋教授和我都十分看重。省里对我们这样重视，我们一定得下力气排一台具有一定水平的、一定特色的莎剧；至于能否定为参演剧目，现在我们没什么想法，那要看最后的结果。我估计，一般说来，86年演出过莎剧的几个团体更具有竞争力；对我们来说，因为吉林从未演过莎剧，所以能排演出来以及展览演出剧目那也是一个重大的成果。因此，烦请尽快为我们发来一份筹委会的正式邀请函。收到之后我们便可以着手进一步的工作计划安排，才能由莎协与省社联及文化厅有关领导一起进行实质性的具体的研究。

月初寄去的四川李伟民申请加入中莎会的登记表不知是否收到了？前些日子张泗洋教授来电话说《莎士比亚大辞典》的责任编辑周凌生希望加入中莎会并希望能得到94上海国际莎剧节的邀请函，泗洋教授让我把这个情况告诉吾兄。泗洋教授的《莎士比亚大辞典》共8000页，去年只审了几百页。94年是不可能出版了。

问福良兄好！

恭贺

全家春节愉快，生活幸福！

弟　宪强

阮珅致孟宪强（2月6日）

宪强教授：

这封信估计农历正月初二、三达览，谨向您拜个年！

您1月17日来信不知何故给送到我系学生宿舍去了，在那滞留了一些时日。等到月底期终考试结束后，才有一位同学交到我手里。读了您的信，真为您和莎学界的东北虎们感到高兴。你们的莎学活动进行得这么顺利，省里的有关领导这么关心支持你们出书、排戏，对你们来说真是“春风得意虎啼疾”（请原谅我将“马”字改成“虎”字，一笑）啊！“慧眼识英雄”，世有英雄，然后有慧眼，对吗？

您要在大著中登我的照片，愧不敢当。去年开会拍的一些照片和底片，都存在系办公室王琼同志处。她住校外，放假了，找不到人。我手头有些不太像样的照片，想搞彩色复印。经了解，据说武汉还没有这行当，因为怕印假钞票，故不引进云云。现将这两张照片寄给您，可能的话，选一张复印吧。如果两张都不合适，就不用算了。不过，无论如何，这两张请挂号寄还给我。敝帚自珍，我怕办公室未必保存了这两张底片。您的照片，据吉玉同志说都寄给您了。

我们编的论文集书稿仍在打印社，要等春节后才开始排版，恐怕要拖到四五月出书。

专此即颂

新春快乐，万事顺遂！

阮珅

罗义蕴致孟宪强（2月10日）

孟先生：

春节快乐！

谢谢您的来信，也谢谢李赋宁先生的推荐，如能参加莎协是个人的光荣。

我一直在四川大学工作，79年参加了陈嘉先生教材编写工作的讨论，有幸认识李赋宁先生，得到他许多帮助。

我担任了莎剧这一门课，起初在本科生中开设，后来在研究生、助教班中开设，也导演了*As You Like It*，*Romeo and Juliet*等戏的片段，但都没有照片。

学生们对这门课很感兴趣，共占4个学分，我也编写了一套教材《莎翁论人生年华》是自己作注、写译、出问题，苦于找不到地方出版。我们完全用英文上课，讨论，手边尚存一份85年的经验总结，发表在华中的《外国文学研究》上，现寄一份请指正。

我即将赴英国牛津大学与约克大学访问考察，也是以莎剧，特别是悲剧为研究题目。我还作了一些比较文学研究，比较了美国悲剧作家尤金·奥尼尔与川剧的艺术，还想进一步探索。

我在这里单枪匹马作战，很少与外边联系，只有从学生中反馈许多真知灼见。我也寄一份93年底研究生的考题给你们供研究讨论。

小传另寄，因为成就不大，也不必刊登，半年后我回国来再与你们联系，并向同行们学习。

祝

编安

罗义蕴

孙家琇致曹树钧、孙福良（2月12日）

曹树钧、孙福良两位同志：

树钧同志的来信是春节前收到的；随后又接到关于举办上海国际莎士比亚戏剧节的通报和举办莎氏学术研究会的通知。在春节大忙，又无专职工作人员的情形下，如此负责地及时通报，令人感谢起敬。

从来信及通报得知筹备这次莎剧节，历时6年，虽几经中断但终于得到落实令人感奋！真是事在人为啊！戏剧节得由七个单位联合主办，可知联系过程之艰巨；这本身已可表明举办的宗旨意义重大，因而使有关单位乐于参加，鼎力支持。我衷心赞同所定的宗旨，也完全相信不仅全会实现，而且整个戏剧节无疑将载入我国戏剧发展史册和国际上莎剧、莎学的发展史册。

对于戏剧节举办的天数和四项主要活动，我很赞成。全部内容既突出莎剧的舞台演出，又着重莎剧学术报告及探讨，双方并举可称全面。参演的莎剧有国内外十一台之多，另外还有数台交流演出，必定会丰富多彩，蔚为大观。我想情况通报中的“莎剧演出评论”活动，主要是提倡评论此次上演的剧目吧？这个想法极好，可以及时交流看法，加深印象。剧目确定之后，不知能否让与会者事先知道而作些予读和思考的准备？

通知中所列学术研讨会的5项范围，也很合适，也既有莎剧舞台艺术中各种问题，又有极为恰当的莎剧与中国现代文化和其他有关莎剧的专题研究。通知请参加者于6月底交上文章，非常必要。

我认为戏剧节从11月推迟至12月举行，不仅时间更充裕些，而且可以预祝新年即到加强热烈气氛。

信中所谈著书者，一方面要写书，一方面还要考虑书的推销，十分正确。上海戏剧节将为莎学著作提供销售机会与场地，是大好事。拙作的责任编辑，四川教育出版社苑容宏同志，近日将来京出差。我一定要询问或要求他尽可能使书快速出版。我想问一句，如果我们建议河北人民出版社也借机在戏剧节上推销我和郑土生等人编辑的《莎士比亚辞典》，不知怎样进行。这事的作法是由你们告知有关出版社12月的莎剧节有销书机会吗？请原谅我的“书呆子”气。

另外，我相信北京方面将有一些单位和个人受到参加莎剧节的约请。中央戏剧学院，我可以代约，但我觉得学院院长徐晓钟、学院科研所负责同志及其中“莎士比亚研究中心”的成员（除我以外）副主任沈林等，最好由你们直接发出通报相约。还有，我以为也可以考虑向徐院长提出参加莎剧交流演出的约请，不知你们意下如何？当然，十二月份正在上课，能否带学生来演出，得看情况。上学期副院长何炳珠曾排《第十二夜》，我因病没看到；再早些有梁伯龙排出的《仲夏夜之梦》很好，张仁里的《哈姆莱特》，我猜想交流演出也可以采用“折子戏”的方式，不演全剧，对吗？

好，你们极忙，我只写至此，以后有什么问题再向你们询问。

祝

新春愉快，万事顺利。

孙家琇

又及：如果交流演出的莎剧剧目已定，当然另当别论，或者顺便讲明一下？由你们定夺。

方平致孟宪强（2月14日）

宪强同志：

新春好！春节前收到大函，欣赏您的研究成果得到省政府的重视，并将于年内问世，值得祝贺！因当时积压了很多事情，忙于处理，复信就迟了，祈谅。

承蒙为尊著索题，却之不恭，拟了一条，以硬笔书写，随函寄奉，不知是否妥善？

据曹树钧同志告知，上海国际莎士比亚戏剧节经费问题已经解决，定于今年十二月初开幕，这是好消息，那时我们可以在沪上见面了。

祝

撰安！

方平

索天章致孟宪强（2月17日）

宪强先生：

赐示来信节前收到，因节日较忙，未能及时奉复，务请原谅。

承嘱为大作写一题词，现寄上一阅，不知适当否。至于照片，我在西柏林均系单人性质。有一张系照于英国皇家剧院莎剧服装展览会。该展览会设在大会会场内。系大会活动的一个组成部分；另一张为我和张君秋先生的合影。兹寄上。请看是否能用。我有1984年在莎翁故乡开莎士比亚大会的全体照片一张（很大），如果需要，传示知，以便复印寄上。

上海今秋举行戏剧节，我还没得到通知，如果接到通知我一定参加。上海办的戏剧节以演出为主。学术讨论只占次要地位。可惜现在的大学英语系没人对此感兴趣。实在令人遗憾！这件工作已经落在东北师范大学身上了。如果能出一季刊之类的东西，一定受到全国有志于此的欢迎。

专此即颂

教吉！

索天章　拜上

张冲致孟宪强（2月23日）

孟先生：

您好！

谢谢您的来信，也谢谢您的关照。遵嘱将简历寄上，由您定夺。

本学期我为英语专业本科及研究生开“莎士比亚”课程。目前还应方平先生之托，从事以诗体新译莎士比亚的工作。将来还望先生不吝指教。

目前接方平先生信，得知今年12月上旬将在上海举行国际莎剧节，五台外国剧团的戏，四台国内剧团的戏，还有学术讨论等。很希望届时能在上海与孟先生会面。

就此止笔

即祝

教安

张冲

杜林致孟宪强（2月25日）

尊敬的孟先生：

您好！

先生工作忙吧？新春伊始，祝先生健康愉快，取得更大的成就！

我叫杜林，是辽宁师范大学中文系曲本陆老师的学生。1988年度毕业于该校文艺学专业。读研究生前和曾在西北师范大学中文系教外国文学课程，很喜爱莎士比亚研究。学生早已久仰孟先生大名，先生的著作《马克思、恩格斯与莎士比亚》也早已研读过，深深敬佩先生的渊博学识和严谨学风，但一直无缘求教，常以为憾。寒假前收到曲老师的来信，知先生主办了全国唯一的莎士比亚研究学刊，为我国莎学研究开辟了一块新天地，又知曲老师向先生推荐了学生的毕业论文《论莎士比亚悲剧气息》，真是喜出望外，为有机会向先生求教而欢欣不已。但因时近寒假，不便打扰。终于盼到开学才向先生写信问安，并寄出此文，敬请先生赐教。

拙文《论莎士比亚悲剧气息》的搜集资料和写作用了近两年时间。业余将国内研究莎氏悲剧的文学著作细细研读了一遍；并阅读了国外的一些著名著作和近期论文，发现从“气息”这个角度研究莎士比亚悲剧的尚属少见，尤其是从戏剧的美感效果去研究莎士比亚的艺术特色更属罕见。经与导师陈周方老师和曲本陆等老师反复研讨，选取了这样一个新的角度，采用较新的文艺学、伦理学和美学理论成果为基础，去寻找莎士比亚悲剧艺术的魅力、它的美感效果形成的原因。文字酝酿时间较长，写作时间较短，因此，现在尽心竭力，也还算是急就章，尚存许多不足之处，竭诚敬望先生不吝赐教，使文章严密，完善起来，使学生能有更大的进步。文章大约有六万余字，若蒙不弃，能全文或部分在先生主办的刊物上与全国学术界的先辈们和同仁们见面，三年寒窗，也不为枉然了。谢谢先生。

学生　杜林

郑土生致孟宪强（2月28日）

宪强兄：

您好！

1月24日来信和《消息》在春节前就收到了，小弟把《消息》呈交《动态》编辑部了。

前天收到林贵同志来信，也告诉我他任“代表”的好消息，并寄来他发表在美国《莎士比亚通讯》(*The Shakespeare Newsletter*)上的大作的复印件；他还告诉我，他完成了《理查三世》的注释工作，同时撰写了有关论文。去年武汉会议以来，在短短的时间内，林贵同志就取得了这么大成绩，可喜可贺，令人高兴！不愧是名师出高徒，强将手下无弱兵，林贵年富力强，前程无量！小弟我在此向学长、向林贵同志道喜。

树钧兄来信说，上海国际莎士比亚戏剧节将于今年12月初召开，到时我们将在上海再次聚会，再次听到各地同行，特别是学长的高论，将是小弟我的莫大愉快！

春节前后，小弟的腰痛病又复发了一次，经多方治疗，现已脱离苦海，请兄长不必挂念。

学弟：土生

方平致曹树钧（3月11日）

树钧同志：

您好！这一阵您和孙福良同志承担莎剧节的许多具体工作，一定很辛苦。承嘱为莎剧节写一些感想，当于下周写好寄奉。

张绥龄同志来看过我，谈得很愉快，约好在下星期和儿艺院长及导演见面，进一步交换意见。

附上一信，烦您和孙福良同志看望曹禺老时转达为盼。莎翁和曹老两位戏剧大师都在作品中表现了醇厚的人情味，在信中我谈了个人的这一点感受。当然不能和您、田本相同志那样作深入的研究相比，不知是否太离谱，请指教。目前我在为《新莎士比亚全集》诗体译本而努力，因信不能写得过长，没有提，如曹老问起我，请代为汇报一下，您看情况好了。

昨天接王裕珩先生寄来邮件，他很关心大陆莎学和演出情况，计划写一部有关的书，我们举行莎剧节，他知道了自然是高兴的。

余容面谈。祝

撰安！

方平

孟宪强致李伟民（3月11日）

李伟民先生：

您好！

大札收悉。得知大作《北国——莎士比亚之春》已经发表，非常高兴，感谢您对我们鼓励！收到信之后我即给泗洋教授去电话问他是否收到发表大作的刊物。他说还没有收到（我也尚未收到）。

拙作《中国莎学简史》（共36万字）出版问题已经解决。年初敝校东北师大出版基金已正式通过拙作的申请（共32部书稿，通过12部），现正由责编处理。我校出版社负责人表示本年可出书。宪哥上海国际莎剧节没有问题（当时是按9月份举行莎剧节说的，现莎剧节定于12.1—12.10那就更没有问题了）。省里给我们批的经费也已到位（其中包括给我的书出版资助），我们拟排演一台地方戏莎剧黄龙戏赴上海参演。我们正在等邀请函，收到之后即可进行系列具体安排（如编剧本、挑选演员等）。

上海国际莎剧节将成为90年代国际莎坛上的一大盛事。我估计它不会受到其他因素的影响，届时我们可以在上海见面畅谈。

这个学期我给中文系本科讲“莎士比亚戏剧研究”，已油印7万字讲稿，估计年底可全部脱稿20万字。

谨颂

撰安！

又及：1.24大札收到后未能回信（当时正忙于拙作，申请基金的事情），望鉴宥！

孟宪强

田民致孟宪强（3月17日）

孟老师：

您好！

首先祝贺您的新著《中国莎学简史》即将出版，这对总结中国莎士比亚研究的经验并进一步促动中国莎学都是一件极有意义的工作。我近年来虽然发表了一些莎学论文，但并未取得多大成绩，今应您之约，把我的情况简作介绍，供您参考，实在不敢烦您关照。

孙先生现在身体还好。我也希望今年能在上海莎剧节上见到您。

谢谢您！

礼

田民

李伟民致孟宪强（3月29日）

孟宪强先生：

您好！

您前些日子的来信已经收悉，就在收到您的来信的当天，我又收到《玉溪师专学报》寄来的刊物，上面登有拙文《文学向文化的转移——论莎士比亚的传播方式与历史》（二万余字）。我马上汇钱去编辑部购两本，刊一到我马上给您和泗洋老生寄去。因此，我想等刊到后再给您回信，所以没有马上回信。但刊物恐一时难及时寄到，所以先给您回一信。

您上封信说《书城杂志》您还没有收到。不知现在收到没有？请您告之。如还没有收到我再寄钱到编辑部购买；近看北大的《国外文学》（我订的有）上也有一篇拙文有关莎士比亚的，和《玉溪师专学报》上的拙文有些地方大体相同，只不过要短些（一万字）。另，近看到《文学报》上的广告，我的另一拙文评曹树钧的《一位巨人在中国的足迹：读〈莎士比亚在中国舞台上〉》也在《东方艺术》94.1上刊出。

今天，我看到《文艺报》上已登出一则短消息，报道了莎剧节的消息，说是9月份开。反正不管何时开，我盼着能当面向您请教。

另外我前些日子收到西安方面的邀请函，定于6月中旬前在西安外院召开“吴宓诞辰100周年国际学术讨论会”我打算去参加。单位要我自费，我还是打算去参加。

总之，我们这个学校简直搞得糟透了，当官的一天忙于往自己腰包攒钱。吃回扣，教师无心教书，能安心搞教学科研的几乎没有。尽管学校如此之乱，但我的目的是明确的，总之还是要坚守学术这块阵地。

好，就谈到这里。

祝

教安！

另：大著《莎士比亚简史》将出版，向您表示祝贺，如需扩大征订，请您来信告知，我将尽力而为。

李伟民

黄源致曹树钧（4月6日）

树钧同志：

上海国际莎士比亚戏剧节，所拟定的宗旨和计划，均佳，我完全赞同，请示曹禺同志后，即可定局。预祝戏剧节比八六年的搞得更好更成功。

题辞附上。

黄源

八九老人祝贺

李伟民致孟宪强（4月7日）

孟宪强先生：

您好！

3月27日的大札已收悉。祝贺您的大著出版。得知您告《文汇报》4月6日刊登莎剧节消息，我已查阅了。同时我也看到《文学报》《新民晚报》《上海文化艺术报》也刊登了莎剧节的消息。从信中得知您和泗洋先生均没收到《书城杂志》，我已写信去编辑部查询。因为我当时是把3元多钱放入信封中寄的，并在信上写了您和泗洋先生的地址，我的名字和地址都没写，怕编辑部搞错。但是看来还是出了问题。现在我已经复印了二份，给您和泗洋先生各寄一份，望多多雅正。这篇拙稿写好后，我曾寄过一份给泗洋先生，原来较长，寄给《书城》时我删了一些。

另，我6月份要去西安开吴宓诞辰100周年纪念大会暨第三届吴宓学术讨论会。校方以各种理由不出费用，主要是没钱，但我还是准备自费去。9月份的上海莎剧节我将再要求校方出钱，如校方实在不出钱，我也是一定要参加的。

总之，我们都盼着这一盛大节日的来临。

谨颂

教安！

李伟民

孙法理致孟宪强（4月9日）

宪强先生：

来信早收到。

有关《两个高贵的亲戚》的报道和评论比较多。据我手边现有的，复印了一部分奉寄。此外还有：新华每日电讯、新民晚报、贵州日报、中央电视台（元月二日）、人民日报海外版等的报道，只报道出版信息，没有奉寄。《中国翻译》1993年第五期刘文哲的《莎剧〈两个高贵的亲戚〉译本评析》对译文作了较为全面的分析，肯定颇多。裘克安先生在《读书》杂志1993年的《天鹅绝唱》分析了该剧的特色和主题思想，这两篇文章篇幅较长，就没有复印了。你若需要，请来信，我当复印奉寄。

收到信时尚未开学，无法复印，开学后又以别的事羁縻，迟到今天才回信，请原谅。

此致

敬礼

孙法理

李伟民致孟宪强（4月19日）

宪强先生：

您好！

3月20日大函早已收到，因最近家里有人生病。所以直到今天才回信，请谅。成都9月27日要举办四川书市，成都的希望书店有意订大著，我已经将简介复印给它，让它和出版社直接联系。

参加莎剧节的邀请函回执我已在10日前寄回了上海，近来从报刊上也了解到一些莎剧节的近况。同时亦在《外国文学研究动态》上看到您撰的莎学信息。在此，我向您任莎士比亚研究中心主任表示祝贺。听到您筹备出版《中国莎学年鉴》一事，也使我备受鼓舞。

另外，从泗洋先生的来信中得知，您将招研究生，问我是否有意考。不知您是招英国语言文学方向还是以世界文学方向招生。容上海见面时再当面请教。

前段时间接上海的《书城杂志》一信，告我拙文《对哈姆雷特一名言生存毁灭翻译追述》将在9期发表，届时在上海我可买来赠人。

另外，上海莎剧节后，如大著有剩余，我也可携回川，设法在书市上出售。

谨祝

撰安!

李伟民

薛迪之致孟宪强（4月30日）

孟宪强同志：

我春节后即外出，回来后才收到您的信函，迟复为歉。

祝贺您的《莎学简史》的成功。

随信寄上《小传》，不知赶得上你用否。

我与88年就完稿的《莎士比亚戏剧通论》一书，已有出版社愿意无偿出书。由于搁置时日过久。我还想补充修改一番，最迟明年可面市。另外，我正在撰写《莎士比亚笔下的女性》一书，慢工细活，并不急于出版。

我生性疏于交往，因此中国莎协也未曾联系。谢能赐予信息及交流的机会。

谨颂

撰安。

薛迪之

宋清如致上海国际莎士比亚戏剧节筹委会（5月1日）

上海国际莎士比亚戏剧节筹委会：

欣悉上海国际莎士比亚戏剧节将于今年九月份举行，这是继1986年之后我国文化界、戏剧界的又一次盛会，谨对此表示热烈的祝贺！

莎士比亚的戏剧，是全人类共有的宝贵财富。如何使这一株果实累累的大树，在中国的文艺园地里茁壮成长，使更多的中国人成为莎士比亚的知音，这是几十年来许多笃爱莎学的前辈，为之奋斗的事业。这次国际戏剧节在上海举办，又将成为中外莎学专家、学者和艺术家的一次大聚会，通过相互观摩，相互研讨，必将对这一世界戏剧艺术巨人的认识和理解，得到进一步的提高。

今年适值朱生豪逝世五十周年，我高兴地看到他当年殚精竭力、译介莎剧的事业，在半个世纪以后，取得了辉煌的成果，莎士比亚已经进入了千家万户，这也正是对他的最好的纪念。

我衷心祝贺这次国际戏剧节，在主办单位的辛勤努力，在各方面协力支持下，取得圆满成功；为促进中西文化交流，增强友谊，繁荣戏剧，开创新局面；为改革开放中的中国文艺界，谱写崭新的篇章。

宋清如

李伟民致孟宪强（5月13日）

孟宪强先生：

您好！

您4月30日的来信及寄来的《简介》均已收到。看后非常受鼓舞，也非常佩服。仿佛那动人的莎士比亚交响乐已在耳畔鸣响；那莎剧扣人心弦的情节台词是那么令人神往。而在《简介》中对莎士比亚以及这门学问的全面阐述，激起了我强烈的阅读愿望。如果大著不限制发行，到时请您告之书价，我将尽力宣传征订。

泗洋先生的信我也收到了，收到了他寄来的《河北大学学报》，上有他的大著。他在信中说：明年是吉林莎协成立十周年。在此我表示祝贺。他说：希“不吝赐稿”出十周年纪念号，且字数不限，我说：不敢说“不吝赐稿”，到时我将奉上拙文，供审查。

入中莎会事，我已经接到曹树钧先生的信，告诉我“已被批准”，您的信上也说“已批准了”，会费和照片我已寄去。他还寄来莎剧节消息的复印件，嘱我在川写点消息，我参考《文汇报》《文学报》写了一则消息，寄《成都晚报》，尚不知能否发表。谢谢您的提携与关心。

泗洋先生在信中说，上海给了贵省10个名额。您和泗洋先生考虑将我报在贵省出席单中，听到这一消息，我心里的感激之情简直是不知说什么好。太谢谢您和泗洋先生了！我一定参加，尽力能得到单位的支持。他说：四川也会有名额，但可能派不上我。是呀，我根本不知找谁联系。在四川的外国文学、比较文学会议上我碰到过孙法理，但没交谈过。在您寄来的《中华莎学》上看到严肃的名字，但根本不认识。

前些日子，接解放军《洛阳外院学报》的通知，我评泗洋先生的大著《莎士比亚戏剧研究》的拙文将发表，发表后我将奉上。

另，寄上《玉溪师专学报》《新文学研究》二册，上有拙文，供一笑、雅正。（您和泗洋先生各寄二册）

祝

撰安！

李伟民

李伟民致孟宪强（6月3日）

孟宪强先生：

您好！

您5月21日的大札收悉。谢谢您对我参加莎剧节的事如此关心。谢谢您给曹树钧先生去了信，对我去观看莎剧事如此关照。在您来信的前几天，我已经接到了曹树钧先生的信，信中说：他将设法给我发一邀清函，并可安排价格不高的招待所。我等着邀请函。

谢谢您和泗洋先生对我的关心，在你们的议论中，将我列入吉林省的名单使我感到非常荣幸。能在吉林莎协成立十周年时呈上一篇拙文，也是对我莫大的鼓励。

中国莎士比亚研究会会员证
MEMBER CARD
THE SHAKESPEARE SOCIETY OF CHINA

姓名 name 李伟民
性别 sex 男 民族 nation 汉
出生年月 date of birth 1955. 1.
工作单位 unit 四川省粮食学校
职务职称 academic rank 讲师

No. [illegible]　1994年1月1日填发

1994年，李伟民申请成为中国莎士比亚研究会会员

来信中提及寄去的拙作能对大著有一点帮助，也使我十分欣慰，是对我的鞭策。

大著出版时，请将订单寄来，一定尽力。

耽误您宝贵的时间了。

谨颂

撰安！

李伟民

索天章致孟宪强（6月15日）

宪强教授：

来示敬悉，兹将题词的英译奉上，请裁夺。Avail ourselves of the best in the Shakespearean treasure house for the benefit of our literature and arts—Prof. Suo Tianzhang of Fudan University, council member of the Shakespeare Society of China.

九月间我们可在上海会面。此次盛会大约以演戏为重头，和外国的研讨会不同。我在想，如果有哪一单位组织一次以研究莎翁为中心的讨论会，也许更有意义（当

然也可有些演出）。上海戏校之类的组织兴趣在演出，其他均在其次也。

专祝

近好！

索天章

李家耀致曹树钧（6月29日）

莎剧节办公室曹树钧先生：

您好！

日本人石泽秀二先生从首届莎剧节始便十分关注中国的莎剧运动，曾专程来沪观摩《血手记》等剧。他希望本届莎剧节能安排更多的时间参加多些活动，为此来电、来信，并通过中方朋友了解戏剧节演出及活动日程。欣闻我会将邀石泽先生参加本届活动，谢谢！经与石泽先生联络送上您所需他的简历及通讯地址。望予直接联系为荷。实则先生将需要有关本届和活动内容、参演剧团、剧目等日程，并望了解付费开支等详情。望予满足。拜托！

此祝工作顺利

大会成功！

李家耀

敬上

美国休斯敦中华老人协会致中莎会（7月10日）

中莎会：

本会理事虞邵雪华女士，以其先夫前台湾大学外语系主任虞尔昌教授曾移译世界名著《莎士比亚全集》，在我国文学史上留下卓越贡献。兹应中国莎士比亚协会函邀，参加本年九月在上海举办之莎士比亚戏剧节活动。行看群贤毕至，大雅咸集，盛况乃可预卜，特此致贺。

美国休斯敦中华老人协会

王裕珩致孟宪强（7月27日）

宪强兄：

七月十日手书已经收到了，恭喜大著《莎士比亚简史》即将出版，和荣任东北师大莎研中心主任，这真是双喜临门，值得大庆特庆！

关于倡议举办海峡两岸莎学研究会，我举双手赞成。今天同时给朱立民、颜元叔先生去了信，希望他们能大力支持，玉成此事。（见致朱立民先生函复印本）

我与赖维斯申请的研究费未能落实，颇失望。但我们决定继续做下去。1995年冬季学期他休假半年，将全力以赴。我可望在97年获得休假半年。目前我们先将翻译早期莎译者的论评。

今天收到《莎士比亚季刊》书目编辑James Harner来信认为林贵和我编纂的1993年中国莎学注释目录是多年来最好的，颇欣慰。

专此即祝

暑安

弟

裕珩 上

附：致朱立民信

立民先生赐鉴：

您好。最近收到长春东北师大孟宪强教授来信。希望能在最近将来举办海峡两岸莎学研究会（见附件）。我觉得很有意义。台湾莎学研究除了前辈梁实秋先生独立完成莎士比亚全部作品翻译外，在批评诠释方面，先生与颜元叔、胡耀恒等诸先生贡献至巨。如果能举行两岸莎学会议，对台湾和大陆莎学研究均能起促进作用。先生德高望重，盼能玉成此事。

孟宪强教授新著《中国莎学简史》即将由东北师大出版社出版。他是一位勤奋的莎学研究者。几年前编著了第一本《中国莎士比亚评论》并撰述中国莎学小史。该文是由我与Skidmore College的Murray Levith翻译成英文，将收入Levith与我合著*The Bard and the Dragon: Shakespeare in China*一书中。

专此即祝

暑祺

王裕珩

'94上海国际莎剧节办公室致李伟民（10月）

李伟民先生：

您好！'94上海国际莎士比亚戏剧节已圆满结束，受到文化部、上海市政府、市委宣传部的充分肯定。请您将参加本届莎剧节的感受（包括收获、体会，本届莎剧节的成绩和不足），发表在贵省、贵地或外地报纸、杂志上的有关本届莎剧节的报道、专访和文章寄给我们，以便收入《中华莎学》第七期和《纪念文集》之中。

谢谢您的合作。

此致

敬礼！

'94上海国际莎剧节办公室

李伟民致孟宪强（10月14日）

宪强先生：

您好！

自上海回来后一直忙于补课，到最近才算告一段落。在戏剧节那天的闭幕式本想向您告别，可是那天晚上您没来戏剧学院，可能在另一处看戏去了。那天晚上我只见到泗洋先生，向他告了别。我的车票是第二天27日中午的。27日早晨我又到戏剧学院见了树钧先生，和他摆谈了一阵。原想可能碰到您，可是未能如愿。总之这次盛会给我留下了很深的印象，尤其是见到了您和其他一些学者，开阔了眼界，增长了见识，几部莎剧也给我留下了深刻的印象。老实说这是我第一次看莎剧，感受到以前在剧本中难以感受到的东西，获益匪浅。

您的大著《简史》在开会时一拿到我就迫不及待的读了，现正在细读，感受是很深的。看了书后您所说的“由小溪汇成巨流的话”也促使我从书的内容中感受到了。谢谢您在会上对我的关心！

祝

撰安！

李伟民　草

张泗洋（左）、孟宪强（右）作为嘉宾参加'94上海国际莎士比亚戏剧节

张君川致孟宪强（10月20日）

宪强教授：您好！

偶尔返家，拜读大札，言辞恳切，感激之至！

蒙兄将拙稿置于“年鉴”中，极感庆幸，恐病中构思，有伤大雅，蒙兄不弃，必能代为斧正。故即遵命形成文字，略长，有赖删减。

前函皆你实言，弟素佩踏实工作，如我兄能短期贡献几部巨著，以宣扬莎士比亚人文主义思想者在我国实不多见。

天气转凉，请为国珍惜。专此敬颂

教安

君川　敬上

张泗洋致江俊峰、孙福良、曹树钧等（10月20日）

俊峰、福良、树钧诸位先生、同志：

这次到上海参加莎氏戏剧节，使我大开眼界，收获良多，结识不少学者和交了不少朋友，我真不知如何感谢你们是好！特别是你们为莎学和莎剧在中国的普及，为吸收人类优秀文化来丰富我们自己文化而不辞辛劳，身心交瘁，这种奉献精神更使我由衷敬佩和衷心感激！总之，你们给祖国文化事业做出了极为可贵的贡献。

再，承蒙把我的论文《莎士比亚与人类精神文明》排为这次大会收到的论文目录的首篇，但因为量太大（67000字），再加内容涉及我们历史的和现实中的敏感问题不少，所以我觉得收在大会纪念文集中不太合适，就不想发表了，请你们原谅。

专此敬祝

秋安！

张泗洋

王忠祥致孟宪强（11月7日）

宪强同志：

你好，谨致诚挚问候。

上海94莎剧节，我因策划“外国文学名著精选”出版事宜并为友人撰写书序，未能参加盛会与各位见面，深感遗憾。

《中国莎学简史》已收到，你为中国莎学的发展做了一件大好事。书中论及《外国文学研究》和我有关，特在此表示衷心感谢。

大作一篇，在编辑部放置很久了。由于积压版面是稿件过多，大作可能延至明年上半年考虑采用。祈谅。

我为人民文学出版社编撰的《易卜生全集》出版第一、二卷后，因出版不景气而搁置多年。一周前接出版社信函，说《易卜生全集》在挪威国家资助之下将继续出版，1995年6月出齐。

《外国文学研究》上的“莎士比亚研究”专栏将继续“办”下去。我正在撰写一篇关于莎士比亚悲剧的批判意识与荒诞艺术的论文。

明日上午，我正待讲课，此“信”就写到此结束。耑此奉达，顺颂

近祺

王忠祥　匆草

孙福良致孟宪强（11月15日）

孟老师：

您好！来信收悉，照片亦已收到，勿念。

由于我们共同的努力，上海国际莎剧节终于办成了。从各方面的反应来看，大家还是比较满意的，文化部领导还专门来电表示祝贺和鼓励在筹备莎剧节的漫长过程中，我们吉林莎协的同志，特别是您孟教授、张泗洋教授。在各方面对我们的支持和

1994年，孟宪强（右一）带领东北师范大学学生剧社参加
'94上海国际莎士比亚戏剧节活动

鼓励，一度成为了莫大的动力之一，所以我代表江院长、树钧等再次向您表示感谢！

《中国莎学简史》是一部非常有价值的书。书向代表分送，也是理所当然的。“书款”在上周我已催财务汇出，请查一下是否收到，收到后请告知我。随信寄上关于莎剧节的一篇文章，写得很匆促，若有可能在吉林发表，则请孟老师帮助删改一下。最近我们正着手编莎剧节文学和中华莎学，您若有其他文稿需发表，请速寄我。

因忙于事务，来信迟复，特致歉意。

祝

安好！

孙福良

张冲致孟宪强（12月1日）

孟先生：

您好！

上海戏剧节有幸见面，只行事匆匆，未及深谈，甚憾。学生的演出给我印象很深，其实就是演一下也会对莎剧的教学产生十分积极的影响。我很佩服这些学生，这里面当然少不了先生的功夫。

最近我申请到了一笔教委资助，用于研究莎士比亚后期戏剧及诗译问题，这样我可以有比较自由的访学机会。东北方面我早就想来看看，如明年有关于莎剧方面的活动，请先生告知，使我能有机会亲身感受一下你们这里的莎氏氛围。下学期我将给本科生和研究生开设莎士比亚课程，同时指导一名莎剧研究的硕士生。

即祝　教安！

张冲

戴镏龄致孟宪强（12月5日）

宪强同志：

多谢来信。拟编印莎剧论文集，诚艺苑盛事，谨预祝成功。

遵示另抄上我的简历，结合对莎翁的教学及研究，供采择。至于博士生导师名录所载，颇多夸饰之词，请勿用之，一切校外职务，如会长、顾问之类，亦请摈绝不载。

我译的莎翁十四行诗已散失，故前几年（北外刊行）《英语学习》只从旧杂志上转载一首，并附一文介绍，虽多溢美之词，基本上实事求是，尚值得参考，但不知是哪一年哪一期刊出的。

又，敝文“《麦克佩斯》与妖气”请改为“《麦克佩斯》中的妖妇”，这样可使题目更清楚些，避免误会。盼酌。

敬礼！

戴镏龄

孙大雨致孟宪强（12月6日）

吉林省莎士比亚协会

孟宪强教授：

接到二十四日来信，多谢。

知名的莎士比亚四大悲剧，我的诗译集注本都在上海译文出版社已经排版好，但因纸张涨价，书价也都要涨了，可是买书人的工资没有涨，所以出版社不敢印出来发行，怕要赔本（大家买不起，每本要十元左右）。四大悲剧我都有一篇万字左右的序言，另外又有一篇《莎士比亚的戏剧是话剧还是诗剧?》的万字文章发表在上海外国语学院的《外国语》双月刊1987年第二期上。不知你们看到过没有。

特此奉复，顺颂

教安

孙大雨

来信说起《中华莎学》第二期有我的小传。我没有见到过此文，因我未见过《中华莎学》。

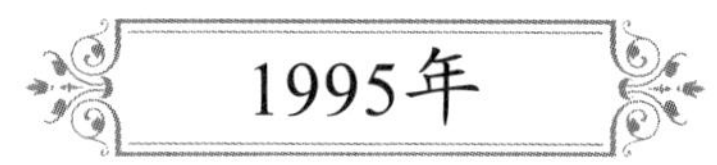

1995年

张泗洋致李伟民（1月21日）

伟民兄：

你先后寄来的照片、杂志、贺年片都收到了，太谢谢你了！对《引论》的批评非常中肯，只是溢美之词太多，使我感到受之有愧。我看你的文章很有才华，将来一定成为一个出色的评论家，希你趁年轻力壮，在这方面多下功夫，定会前途无量。听孟老师说，他们师大可能要招莎士比亚研究生，如你有兴趣，我可下点力，毕业后可以留校教书，改善一下研究环境，不也是一个上进机会吗！

入冬以来，我大病小病不断，看书写字都很吃力，今日稍好些，开始修整我八篇论文《莎士比亚与人类精神文明》，7万多字，但是否发表，尚在犹豫中，因其中必然牵涉到当前社会，势必怕招惹麻烦也。旧历新年就要到了，特此谨向你及全家祝贺春节快乐，万事如意！

泗洋

孙家琇致曹树钧（1月31日）

树钧同志：

春节好！前一阵收到来信和《论黄佐临和莎士比亚的戏剧创作》；昨天又收到《“莎剧节”引起的艺术争议》，确实高兴和振奋。我虽然“过年”比较忙乱加上有些犯病，得吸氧帮助呼吸，也想写信道谢并说说我的心情。

关于佐临的文章引起我不少的回忆和思索。首先，由于早年间我们都居住在天津，我同他的妹妹黄琼玖在中西女子中学同班。我常到他们家去，因此称他为“黄大哥”。他到中西导演金润芝等演出《皆大欢喜》，我记得一清二楚。金润芝是我姐的同班同学，大家不但极为熟悉而且特别为他们的姻缘感到庆幸。解放后，见面少了，我却愈来愈从戏剧业务方面敬佩佐临大哥。他真是导演和戏剧理论大家，称得起是中国剧坛上的一面旗帜。他熟悉莎士比亚，要把莎剧和中国戏曲创造性地结合起来的心愿和努力，更令我钦佩。可惜他协助改编的《血手印》，我只看过一遍，印象浅了。这次阅读你人物介绍和分析不但加强了印象，而且进一步感到他认为“在艺术表现手法上，戏曲比莎剧更为高明”的见解本身实在高明。这就是说，我们不但可以用莎剧内容丰富我们的戏曲，而且可以用戏曲艺术为莎剧增添生命力和表现力。我觉得在这一点上，曹树钧同志，你可以大书特书之。

正好，你这次的《争议》一文对于“越剧能演《哈姆雷特》吗?”回答得很好。我没能观看赵志刚的表演而你前后看了三遍。我十分相信你所说的，《王子复仇记》不仅成功地改编了《哈姆雷特》而且在“越味”与“莎味”的结合上出现了可喜的新突破。这真是太难得了，这也是实现黄大哥历来心愿的一次努力。

文中关于对女导演雷国华对伊阿古的解释的批评，我完全同意。伊阿古是个突出的典型，我自己觉得随着西方文明的发展，像他那种把机智聪明和人伦道德完全割裂的坏蛋、阴谋家，把“真美善”彻底置于“假丑恶”之下的怀疑主义者屡见不鲜。他的形象具有超出资本原始积累时期的现实意义。导演岂不是应该挖掘这种内涵吗，怎么倒把他“美化”了一番? 屠岸先生给我来信，也不同意剧中对伊阿古的解释。

我认为你对于“今天演莎剧还有没有观众?”的回答和批驳太重要了! 必须加以批评和引导! 你的文章既有针对性又有说服力，我祝贺你，也向你道谢（因为说出了我要讲的话）。

好，再祝猪年吉祥顺利!

孙家琇

赵澧致孟宪强（2月5日）

宪强同志：

马囡同志寄来赠本《莎士比亚的三重戏剧》及惠书均已收到，谢谢!

来信提到你今拟编《中国莎评选编》出版，总结过去几十年来，特别是近十年来国内莎士比亚研究的成果，以促进中国莎学的发展。我相信，这对国内学术界和国际文化交流都会是大有好处的。

我的《读莎士比亚的戏剧创作和人物塑造》一文，文章写于1964年而非1956年，于1979年发表于《文艺学研究论丛》（吉林人民出版社）上，起名《试论莎士比亚戏剧中的人物和人物塑造》，后经删节整理，于1983年重新发表于《莎士比亚研究》创刊号上。特在此证明一下。

此致

敬礼！

赵澧

孟宪强致曹树钧（2月20日）

树钧兄：

您好！

1.26均早已收到，寄来的信及大作均早已收到，迟复为歉！春节期间我回老家为老母亲祝贺80诞辰，弄得十分疲倦。回来后就感冒发烧，闹了一周左右。稍好之后即忙着起草“申请参加第6届世界莎士比亚大会的请示报告”，现将初稿寄上，请兄与福良院长审阅。我的想法是：

1.“请示报告”需改动处即请兄与福良院长斧正。定稿打印3份。

2. 请福良院长在3份“申请报告”上签名；加盖公章。

3. 兄带着3份“申请报告”与我分头去北京，会齐后做以下几件事：

（1）向曹禺汇报，并请他“申请报告”上签字；

（2）兄可向文化部交一份报告；

（3）我找我的同学（国务院副秘书长），请他将“报告”交给李鹏或李岚清或其他国务院领导。

4. 代表团可由20人组成，名单请兄与福良院长拟定。到北京后我们还可再商量。

5. 兄的旅差费如“中莎会”报销有困难可由吉林莎协承担。

以上想法不知妥否，过几天我将给兄打电话再具体研究。

随信寄上两份第6届世界莎士比亚大会的材料，其中的一份给福良院长，一份是给吾兄的。

谨颂

撰安！

弟

宪强

阮珅致孟宪强（2月24日）

宪强教授：

您好！

年前收到您的约稿信后，即开始将过去收集的有关莎剧改编演出的评论材料看了一遍，确定了拙文的大致内容。接着又收到上戏一位同志写的广播剧稿，需译成英文，寄往BBC英国广播公司，同时翻译莎剧的任务不能久拖，现正在翻译*All's Well*（朱生豪译为《终成眷属》，我拟译为“结局好全好”，不知妥否，请帮我出出点子）。光阴如驹过隙，不知不觉离您约稿的最后时限只有几天了，赶紧抽时间写了一篇七拼八凑资料性的东西，中间夹杂了一点个人的不成熟的看法，请指正！如不拟采用，盼便中将拙稿掷回为感。

见到泗洋教授和其他曾来武大开会的老朋友，请代问好。专此即祝

编安

阮珅

薛迪之致孟宪强（2月25日）

宪强先生：

去冬就收到来信，迟复为歉。

现将《莎剧论纲》反响情况整理后寄给你，如不迟误，请在“专刊”上宣布。所附影印件，如不用，请退还我，因为我手头只此一件。

张泗洋先生已来信表示欣谢和鼓励。张先生说，“今年在北京可能有几校合办国际莎学研讨会，并表示希望能在北京见面交流经验，畅谈生平”。你们消息灵通，联系广泛。如真有此会，请您将会议推荐发通知给我。此次我一定与会。

今年是电影诞生百年纪，我已写出《莎士比亚戏剧与电影》一文，夏天可能刊出。

我的莎研方向，下一步是“莎剧中的女性形象”，拟明年出书。今年我将把主要精力投入《影视艺术教程》一书的出版上。

向张泗洋先生问好。

谨祝

春祺。

薛迪之

曹树钧致李伟民（2月27日）

伟民同志：

新春好！

前信及稿均已收到。《中华莎学》由我主编，以后直接写我名字即可。今年上半年我享受半年学术假，不上课。有信请直接寄到我家中。

“莎剧节”结束后许多收尾工作至今还未完全做完，身体十分疲劳。

94年一年应各地报纸、杂志之约，写了有关莎剧节、莎士比亚文章卅余篇，已陆续在报纸、刊物发表。现将剧评、短论、专访部分目录寄上一份，供参阅。还有七八篇报道，我就没有列入。

春节前后病了半月，最近刚刚好一点。这几天在看'94莎剧节论文集的稿子。此集由我和孙院长主编。还可能要增加一名助手。孙院长很忙，稿子我先通篇看起来，争取今年年底出版。

你的评辞典的大作已拜读，写得有特色。这也是我国莎学研究的一个缺门——莎书评论。我同意收入书中，再请孙院一阅。最后定还要由出版社总编审订。因出书很慢，因此论文均可在刊物上先发。这不算"一稿两投"。大札如在别的刊物上发了，请寄一份给我。

另外，关于本届莎剧节的介绍，评论文章不知你发了几篇没有？也请寄上。四川或内地刊物上你见到的别人写的关于莎剧节的评论也可复印给我。

祝

撰安！

曹树钧

王裕珩致孟宪强（3月1日）

宪强兄：

谢谢来信以及赐赠大著《中国莎学简史》一册。我还没能抽出时间来详细阅读。但自目录和印刷来看，这是一部力作，给中国莎学研究者提供了许多珍贵的资料，值得庆贺！东北师大新成立了莎学研究中心。相信在兄之领导下，一定会有好的成绩。我认为最重要的是汇集资料，订购国内外有关莎研的重要期刊和书籍，给研究莎士比亚的学人和研究生提供方便，成为名副其实的莎研中心。

我将于本月二十三日赴芝加哥参加美国莎士比亚学会的年会。明年四月在洛杉矶举行的世界莎学大会盼望兄能来美参加，至少我们可以在那里聚晤。明年九月我可能去上海外语学院英二系担任客座教授一学期（正由我校安排中）。届时可以到贵校做短期访问。Murray Levith现在在南非讲学。本月初将去曲阜师范大学，月底返美。

东北师大将出版《中国莎学年鉴》真是了不起的创举。中莎会出版的《莎士比亚研究》出了第五期后据说不可能再出了。《中国莎士比亚年鉴》可以取而代之。这不得不归诸于吾兄及贵校领导之远见及毅力。台湾方面似乎被经济效益弄昏了头。莎学研究成绩不大，朱立民先生耶诞节时写信说申请举办大陆两岸莎学会议的经费艰难。颜元叔兄一直没有回音。日内我将给他去信。

匆匆即祝

教祺

向嫂夫人致意。

弟 裕珩 敬上

孙家琇致孟宪强（3月7日）

孟宪强同志：

你好！3号的来信昨天收到了。我很佩服你的积极性和活动能力。你能筹款出一本1994年的《中国莎学年鉴》是大好事。这比出一集贵校学报的莎学文集“增刊”更有“独立性”。我联想到英国著名的《莎士比亚年鉴》(*Shakespeare Survey*)，觉得是一个需要考虑的问题是：能否继续出下去，能否保证质量。你提出要我作顾问，我先谢谢你的好意，只怕我当的顾问有名无实，起不了什么具体作用。再有，关于要我投稿我是心有余而力不足。从春节前就开始的，心脏放射性疼痛，弄得我昼夜不安；早已有的心率过速，总量容易加重。我去年曾马马虎虎写的一篇东西的草稿，一直无法修改。多么羡慕你们年轻力壮啊！

拙作《莎士比亚与西方现代戏剧》没见有书评。我自己找不到任何人——除非是你本人，为他写上一篇。我的大弟子们出国的出国，病的病，忙的忙，无法强加于他们。所以请你考虑能代劳吗？如果写评论太占时间精力，能不能就出一个包含内容目录式的出版消息，表明1994年有我这本书？这请你考虑。

王佐良、赵澧都先后逝世了，这是我们中国莎学研究界的损失。我也不得不多注意。

四川教育出版社的责任编辑告诉我，我那本书有稿费。我如买书可以从那里扣。但时至今日我订的书一本没到，更不用说稿费了。他们只赠送了12本，我自留一本其余的都送人了。

好，谨祝

撰安！

孙家琇

黄美序致孟宪强（3月12日）

宪强教授：

您好。

三月三日来函于昨天收到。谢谢你将拙作收入《中国莎学年鉴》。

我很同意您的看法：中国人应该在世界莎学研究中得一席之地。中国莎学研究会明年能参加在洛杉矶的大会，应是一个表现与争取地位的机会，希望一切成功。

以学者互访的方式进行交流，所涉问题较小（主要的是经费），现在已在进行，所以您的邀请应该是可以的。如您已有较具体的设想（如人数、时间、访问内容等）请示之，我和洪哲兄会立即进行准备。

专此即颂

文安

黄美序　上

李伟民致孟宪强（3月13日）

孟宪强先生：

您好！

您3月2日和3月6日的信均已收到，能将“增刊”改为“年鉴”的消息，令人鼓舞。您为此付出的心血想必是极大的。“年鉴”第一次收入台湾学者的论文，这标志着大陆莎学和台湾莎学的首次联手合作，有重大意义。

拙作《引文》能收入“年鉴”本人感到莫大的荣幸。谢谢！遵照您的指示，该文我不投他处。“年鉴”呈告有一书评栏。如果《世界文学》与交大没有消息的话，我也极希望拙稿《他山之石与东方之玉》能被收入“年鉴”。您的话很对，先等待，再定。

关于北大的会的情况我也知道了，能开成国际性的会影响就更大了。

另，这次莎剧节我写了两篇文章，发了一篇学术讨论会的，戏剧综述的一篇没发。还有两篇文章，一并寄去。雅正！

祝

编安！

李伟民

您的《马克思、恩格斯与莎士比亚》如还有下次见面请赠我一册，我没有。

另，《书城杂志》94.10还有一篇《梁实秋与莎士比亚》。

孙家琇致曹树钧（3月18日）

曹树钧同志：

你同孟宪强能借来京办事的机会，挤时间来看我，我非常高兴，特别是从举办上海国际莎士比亚戏剧节以来，我们加强了联系，你又馈赠文章等等，我是非常愿意会见你，当面谈谈的。这次多少如愿了。

我很抱歉的是，昨天在抽屉各处找寻我曾提到的屠岸先生的那封来信，却寻不到。后来想起，我没回信而是同他通了电话：我拿着信讲话之后，好像就没再把信保存起来。这真可惜。

现在我建议你给他写封短信，要求他写写参加“戏剧节”的观感、印象等。我甚至想，既然要搜集参与者的感受，是不是油印一个说明和要求，遍寄给大家，请就便写一写？

昨天接郑土生电话，说他要带一位他所“发现”的极有才华的年青人来看望我老伴（社科院经济所的巫宝三同志）和我，土生成了新“伯乐”了，真有意思！

好，祝一切顺利。

孙家琇

曹树钧致李伟民（3月28日）

伟民同志：

近好！

来信及复印件已收，谢谢！

最近与孟宪强先生一起赴京十天，向曹禺会长、文化部艺术局汇报“中莎会”工作及关于96举行世界莎士比亚大会问题。

6月台湾莎学界将派人来与中莎会江、孙、曹一起商讨96筹办台湾莎剧节问题。

你写的评《莎士比亚研究》一文，我已寄给孟老师，在《莎士比亚年鉴》上发，他们是公开刊物，影响更大一些。《莎剧节论文集》因经费少，加上文章不多而不再编，我集中精力编辑出版“’94莎剧节论文集”和《中华莎学》第七期（我是主编），你的两篇莎学评论的比较论文我尽力争取用上，《莎士比亚在当代》一文，准备在《中华莎学》转载。

随信将几篇莎学文章寄给你供参阅。

你发表的莎学文章，请随时复印（最好是原件）寄给我。

你着重在莎学书评方面，这很好，有自己的特点。

祝

撰安!

曹树钧

刘炳善致孟宪强（4月2日）

孟宪强先生:

3.21大函奉悉。承蒙示知明年世界莎学大会消息并寄下文件两种，非常感谢。

这次大会意义重大，我国莎学同仁应该积极参加。但看到国际莎协和大会机构名单，竟没有一个中国人，使人不得不感慨万千！为今后计，要从普及和提高两个方面加强我国莎学建设的实力，做出更大成绩——这是根本的；同时，国际交流，也不可少。我们每个人都应该根据不同的条件和能力。做出自己的努力，争取我国莎学在新的世纪中有更大更多的突破。您和吉林莎协各位的突出贡献，值得我们学习。

关于申请参加大会的事，接信后我一直在考虑如何进行才能成行，共襄盛举，也不负您的好意。惟兹事体大，为慎重起见，我连日来在下面征求少数领导的意见，看看可能性有多少。发现，他们还是觉得可以认真研究的，但也读出一些想法，大致是:

鉴于这是一件大事，中莎会最好能给我下一个正式通知，我们学校领导才好据此进行正式研究，否则将来报销经费等等手续也缺乏根据。这次大会的各种费用加上机票，花费不小，学校会出这笔巨额款项，自然希望对于扩大学校的影响有一定好处。年前河大校务会议已决定成立一个“河南大学莎士比亚研究中心”。为了在中原一带推广莎学开辟道路，假如代表团名额能够稍稍扩大，我校能有一个代表团成员参加大会，则在校务会议上各位领导讨论经费时，比较容易说服反对者（因为过去学校曾经规定：凡出国参加学术会议，校方一律不出经费，这次讨论估计会有相当阻力）；否则，仅工作为随行人员参加，耗此巨款，恐怕校方研究时较难通过。

这是少数关系好的领导在下面读的，他们出于好意，希望此事办成，话也是实情。如实奉告，请你们费心考虑后拨冗示复，我好往下一步进行，尽力争取成功。另外，关于代表团的组成，文化部的态度，以及会前如何准备，时间限制等等情况。倘方便也请示知，以便心中有数。专此即颂

著安

刘炳善

阮珅致孟宪强（4月3日）

宪强教授：

您好！

上月22日大札及国际莎协有关96年世界莎学大会的通知均已接受，谢谢。这是向国外莎学界学习同时让中华莎学走向世界的好机会。在中莎会的安排和您的鼓励下我们一定要抓住这个难得的机遇。我已向学校提出申请，组成一个代表团。但经费问题是一个大问题。如代表团批不准，至少要争取有一名代表出席。我完全同意您的主张：希望我国能有更多的学者到会，造成一种更大的声势以便能在国际莎坛争得中国莎学应有的一席之地。

大会的主题是“莎士比亚与二十世纪”。我原有的文稿都和这个主题联系不上。有的虽有英文稿，如比较莎士比亚和杜甫的那篇，但和二十世纪无甚关联。最近寄给您的“世纪的历程”，蒙收入《年鉴》，甚感。这篇东西也许可用来凑数，只是手头没留底稿。请您拨冗复印一份留下备用，将原稿（原稿比复印稿轻些，可节省一点邮资）掷回，以便译成英文寄国际莎协。麻烦您了，谢谢。于后读。

专此即颂

撰安

阮珅

张冲致孟宪强（4月5日）

孟先生：

您好！

上次来信收到后未及时回信，望谅。

开学以来我教学任务比较繁重，两门研究生课，一门本科生课，而且全是必修。行政上还有些脱不了的事务，能用于写写东西的时间就很少了。日前北外的何其莘教授（他已是北外副校长）来南大，顺便请他做了Teaching Shakespeare in China的学术报告。我最近一段时间，主要在对比分析几部莎剧的汉语译本，诗体的和散文体的，另外计划写一个系列，对莎剧中的女性角色做一番再思考，打算分成历史剧、喜剧、悲剧和传奇剧四篇。多年的教学和研究中，使我对莎剧的女角有一些与传统的认识不完全一致的地方，想提出来讨论讨论。上次我寄您的那篇就是这么一种再审视的努力。（顺便问一下：您计划中的集子进行如何了？应当十分顺利的吧！又：何其莘在与我见面时，提到了您的那本书，还说就是从那本书中知道有我这么个人的，谢谢您的书）

国家教委的那笔研究资助，最近终于正式到位了，除其他开支外，主要用于学术交流不可少的出差开支。先生上次提到6月份可能会有一些学术活动，不知可能性是否依然存在。很希望能有机会同先生再次会面。最近社科院在作关于外国文学研究的现状与未来的调查，我打算为莎士比亚的研究说几句话。

上个月收到了国际莎协莎士比亚会议的邀请，不知他们是怎么知道我的。可惜我们一无经费，二为时太晚，无法成行。不知国内有没有人去。

匆匆止笔。即祝

教安！

张冲

王裕珩致孟宪强（4月8日）

宪强兄：

您好！

三月三日大札已收到多日。当时正准备去芝加哥参加美国莎学年会，忙乱不堪，未能即复，请原谅！

嘱撰写“中国莎士比亚翻译述评”一文因受时间限制，无法在本月中旬交稿，我原先计划是五月把中国94年莎学摘要完成后（与林贵合作）即撰写该文，想不到你们的《中国莎学年鉴》如此快就可以出版，真是佩服之至！非常遗憾不能应命。

在莎学年会上见到本届主席大卫·伯温顿（David Bevington）教授和世界莎学目录主编哈纳（James Harner）教授。伯温顿是国际知名的莎士比亚研究专家。他主编的莎士比亚全集（第四版，1992）我认为是全集版本中最好的一种。此君出身哈佛，平易近人，目前是芝加哥大学讲座教授，明年你们准备在北京大学召开的莎学会议，如能邀请他来讲演，将为大会增添光彩，我可以代你们联系。（如邀请，至少在一年前就准备）

明年在洛杉矶举行的世界莎学大会盼望中国能有代表团参加，如落实我们可以在那里会聚了。

明年九月我可望去上海外语学院英二系担任访问教授半年，然后去广州暨南大学任教半年（我校与该两校有校际交流项目）。校方已同意我的计划。等一切落实后再函告。

匆匆即祝

教祺

嫂夫人请代致意。

弟

裕珩　上

孟宪强致李伟民（4月9日）

李伟民先生：

您好！

上月中旬我与曹老师去北京文化部联系组团参加第6届世界莎学大会事宜，进展还顺利。现寄上关于此次北京之行的拙文一篇供参考。

和曹老师商量《评〈莎士比亚研究〉（第4期）》的大作拟于《中国莎学年鉴》上发表。曹老师已将大作寄来。你写的关于拙著的书评我很喜欢，但我考虑再三还是不发表在此《年鉴》上为宜。去年出版的5本莎学专著、文集我想各发一书评：薛迪之先生的大作已有雷成德的评论，阮珅教授主编的《莎士比亚新论》已有费小平寄来书评一篇，现只有孙家琇先生的大作没有评论，因此在《年鉴》中已有两篇文章。故此不能麻烦你承担此任务。在北京期间我与曹老师去拜望她，她在给我的信中也明确表示过：她的这部专著她本人以及她的弟子们都无力写出评论。现在这件事尚未落实。拙编有过两篇简介，如最后仍不能有更为合适的人写出评论，就只好从中选出一篇。《年鉴》编辑工作进展还算顺利，力争于10月份前后问世。

上月21日收到来信及大作未能及时回信，望鉴谅。

谨颂

文安！

又及：还有一件事和你商量，不知是否妥当？我和曹老师相识虽有五六年的时间，但在一起的时间却非常之短。这次有机会在北京一起联系工作，谈话很多加深了了解。我觉得曹老师很值得作为一个人来写一写，不知你是否有兴趣？曹老师是我国第一位系统全面研究莎剧舞台演出史的学者（当然还有孙福良；在他们共同完成的大作中，曹写的占绝大部分）；是第一位将曹禺的研究与莎士比亚的研究联系起来的学者，也是一位从舞台演出方面研究莎剧取得突出成果的学者（我国莎研绝大部分都是中外文系学者的文本研究），同时曹老师在曹禺研究方面成果也是十分显著的。我觉得写一写是有价值的，只是能在什么地方发表我心中无数。此事供你参考，如写可向曹老师索取必要的材料。

对曹老师来说热心莎学事业，在几次重要的莎学活动中曹老师都付出了大量的劳动，立下了汗马功劳，平时做了不少工作，还负责《中华莎学》的编辑工作等等。

孟宪强

孟宪强致曹树钧（4月9日）

树钧兄：

您好！

孙院长和李伟民先生的两篇论文均已收到，勿念。我写的关于我们拜望曹老的文章前天在《吉林日报》上发表了，不知是否有不妥之处。现将拙文复印件寄上，请兄指正。报上刊登了一幅照片，很不错，但遗憾的是漏掉了文字说明。

我已给李伟民先生去信，告诉他评论《莎士比亚研究》（第四期）的论文将在《中国莎学年鉴》上发表，在这封信中我还建议他写写您。我跟他说："曹老师是我国第一位系统研究莎剧舞台演出史的学者，而在莎剧演出理论研究上在我国也是为数不多的佼佼者；同时我也谈到了您在曹禺研究方面的成就；此外还谈了众所周知的您为发展中国莎学事业所付出的大量心血和所立下的汗马功劳。"我跟他说："全面地研究一下曹老师，写一写他的贡献是一件很有意义的事情。"我跟他说："不知你对此事是否有兴趣，如有可向曹老师索取各种资料"。

随信将纽约《侨报》上的一篇文章的复印件寄上，供参考。

《中国莎学年鉴》的编辑工作进展还好，只是有些稿件需要修改，这样时间就要推迟了。

又及：已遵嘱将寄来的大作复印件转给了林贵。

谨颂

撰安！

宪强

索天章致孟宪强（4月10日）

宪强先生：

3月3日大札已收到多日，谢谢。

长春能出莎学年鉴实为一大喜事。未来的莎学研究势将依靠长沙及武汉。北京及上海都不能指望。上海将来每隔5年，10年举行一次演出，给舞台带些生气，但那里主要关注的是舞台以演戏为主。

兹寄上小文一篇以表示支持。时间短促，加以还来往许多琐事，只能写一篇急救了，没有多少新意。是否值得收入年鉴，请您看着办吧，我绝无意见，请放心。文章着重谈到复旦学生演出的《威尼斯商人》，导演耿××同志的大名我一时想不起来，上海戏剧节的资料我不知收到哪里，没有找着。烦劳费神将耿先生的名字代填起来，谢谢。

专祝

春安！

索天章　拜上

赵澧致孟宪强（4月17日）

孟宪强同志：

3月23日来信收读。

至于您计划编选一本《中国莎学》要在国外英译出版的事，我深表赞同；对您拟定的入选名字也基本同意。当然，最后名字的确定。还要等入选的论文确定后才能决定，我这样想。不知是否合适？

我过去写的几篇关于莎剧的文字，都比较长，从中选了两篇，复印寄上，每一篇又多选定了两部分，共9部分，按顺序排至下边，供您选择，但有的部分还是超过了5000字，那就请您来删节了。选定后，希将不用的文章退还给我，谢谢。

此致

撰安

赵澧

张君川致孟宪强、杨林贵（4月17日）

宪强教授

林贵同志：

你们好！

谢谢来信及寄来书籍，吉林莎协做了大量工作，对莎剧研究贡献巨大。

书看完了，编的很好：

我很同意你们莎士比亚研究、演出、教学三结合。很赞同你们说的："莎剧的生命在舞台之上"。莎剧写来为了演出，只有通过演出实践才能更好认识莎剧，打破莎剧神秘感。演出后进行研究，对莎剧才能有更进一步的研究。

一）一般莎剧教学论文较少，我国在这方面的研究很不够，你们的莎剧教学研究可以说独放异彩。

二）贵刊的文章都很有分量，突出中国人眼中的莎士比亚，体现中国特色的莎学研究。所选外国人的文章也很有特色，对我们了解国外莎学很有帮助。

三）莎剧戏曲化改编（如二人转）值得探讨，也只有民间戏曲才能得出莎剧真谛，因为莎剧可谓就是英国民间的戏剧。我很欣赏吉剧，为什么吉剧不演出莎剧，参加国际莎剧节展览节目？我倒希望能为吉剧表演莎剧尽点力。

四）你们比较研究很出色，比较研究中不只举出其类似点，更举出其特点特点就更为完美了。如*Hamlet*一剧，歌德对之已有他自己的理解，我们并不赞同。当然，该文的研究还是非常深入，精神及治学能力极为佩服。

看到林贵同志为我照的相，非常感谢。可是我们这些人都已白发苍苍，能力已经不足，一切希望都寄托于下一代，正如《冬天的故事》中赫米温妮即便复活，也满脸皱纹了。吉林莎协如泗洋教授，尤其宪强教授、林贵同志都那么年轻有为，莎剧研究大有希望。尤其在我国人民开始觉醒，与莎士比亚时代颇有相似之处，莎剧研究又有新的意义，演出莎剧已有其重要性，然否？

余不一一。专此即颂

撰祺！

请代问泗洋教授及各同仁好！

张君川

李伟民致孟宪强（4月18日）

孟宪强先生：

您好！

来信收到，寄来的剪报大作也收到了，谢谢！因我虽有心关注《吉林日报》，但每次查阅资料时时间有限，所以基本不翻《吉林日报》。您的大作使我了解了您北京之行的情况，前两天我也接到曹先生的来信，他告诉我《评〈莎士比亚研究〉第四辑》的拙稿已寄给您，将刊于《年鉴》上，现在又收到您的来信，告知我发表的情况，我非常感谢！且不胜荣幸。谢谢您和曹先生对我的提携。这篇稿子是我在上海莎剧节后写的，当时比较匆忙，粗疏之处不少，现在我又修改了一下，把有的字句修改了一下，增加了一些内容，现寄给您，请以该稿为准，不知是否妥当。

您的决定很正确，考虑也很全面，评大著《简史》的拙文不发在《年鉴》上是对的。如果以前投的刊物还没有消息，我打算另投，只是苦于没有时间抄写。我从上海回来后也写了一篇《评莎士比亚新论》的，曾寄《外国文学研究》也没有结果。您信中提到薛迪之先生的大作有雷成德的评论，不知该书是什么书名，价钱多少？哪个出版社出的，请告诉我，我好去购买。孙家琇先生的《莎士比亚与现代西方戏剧艺术》，我也买到了，读了一部分也想写一篇书评，但几次翻看又几次放下，感到不太好评，又想再好好读读再说，也就放下了，至今该书仍躺在书柜里。总之由于内容的丰富，一时难以理出一个头绪，大约这也正是没有下功夫研读的结果。另在郑土生先生的论文中提到出版有许汝祉和李景尧的两本莎学著作，我也没有看到。您如知道书价、出版社，望告诉我好购买。

《年鉴》在10月前后出版的消息令人鼓舞，这也是您心血和汗水的结晶，在中国莎学史上也是应大书一笔的，尤其是在这席卷全国的商潮中。

您来信提及写写曹老师，并对曹先生的学术成就做了充分肯定。这提醒了我，使我对曹先生和他的研究认识更全面更清楚了。我只是怕才疏学浅，写这类文章写不好。我已给曹先生去信要资料，他前些时候给我寄来最近发表的几篇莎剧节文章，我也复印了几篇。我试一试，这也是我学习的一个过程。

顺祝

文祺!

李伟民

孙家琇致孟宪强（4月20日）

孟宪强同志：

你好！谢谢你寄来了照片，拍的不错，是很好的纪念。

前些日子，我曾把拙文寄给了你，想已收到。由于没见退稿，大约是可以采用。很抱歉的是，我得麻烦你替你作些修改。

1. 第1页第2行改为："这在一系列英国史剧之后，1599年的罗马剧……"

2. 用在信中附寄的第13页（及加添的半页）把原来的第13页替换下来作废。

3. 第14页倒数第2行中"行途"改为"行径"，更通用一些。

4. 第16页第11行——改为"也被迫伪装成"无事人"的样子；在心理上自我"合理化"——比如把残酷的刺杀幻想成"牺牲"……

5. 第16页倒数第5行改为"为接受过贿赂并且已经……"

6. 第16—17页，改为"除不懂时务之外，他更不会打仗"。

7. 第18页第2行："1599，或诗人于生前会不会……"

1995年3月，孟宪强（右）在北京拜会孙家琇（左），交流莎学

8. 倒数第5.6行，删去“是在莎士比亚以后的政治变化”。

9. 第19页第5行，删去“改变”，只留“向往共和政体的‘理想’”。

这样麻烦你，原因是我太忙于把文章寄走了。好，即祝

撰安。

孙家琇

孟宪强致曹树钧（4月21日）

树钧兄：

您好！

去北京开会前曾给吾兄去电话，因吾兄外出讲学而未能通话。我在北京开会期间，两次去文化部，一次没找到人（车北和打电话找国际处的处长，不在。过了四点还没人，车说下班了），这是周五。周一上午又去，国际处蒲处长说有两个问题没解决——补充说一下，我们的报告郑柯军同志给转到了国际处，提出两个问题：一是应纳入艺术局计划，二是经费的问题不落实。所以已将报告返回了艺术局。我去

艺术局找曾局长，还巧，他在办公室。他说此事还要跟外联局做工作，不能纳入艺术局的计划，艺术局一年只有一次外事活动的计划，经费问题要明确。如高部长答应解决，得有批示。他说报告已转至姚欣处。我去找姚，办公室的人说已出国，三周后回来。我再次找许柏林，许说此事要找高部长在文化部那边的罗扬秘书。我去找罗扬，谈了情况，还巧高部长正在接见。我等到11点45分钟终于见到了高部长。高部长很热情，很平易。他说报告看到了，但现在规定政府不给文化团体（群众团体）经费。所以此事困难，要找也得找主管外事的副部长；他说如要他审批得按程序，将报告由艺术局呈报给他。我已将上述情况打电话告诉了孙院长，孙院长说过些日子给姚欣打电话，催他将报告呈报给高部长。此事看来还要费些事，经费问题比较难，我向孙院长建议是否先将批文办下来，然后再筹措经费问题（此次在北京开会，北大乐黛云教授就谈到参加国际比较文学大会请企业家资助的事，上一届我国参加国际比较文学大会的11人中有6人由企业家资助）。

我是昨天回来的，收到一些信。其中

一、普林格来信说给中国莎学代表团的邀请函已寄去中莎会，现在谅已收到。我走时给孙院长打电话说名单中还要加上刘明厚，但是国际莎协的邀请名单中没有她。

二、徐克勤教授说他们学校副校长张友民教授可参加此会，需帮其入中莎会，最好将其名单列入代表团。我已经给他回信表示此事比较麻烦。我估计他还会给中莎会写信的。

三、孙家琇教授与索天章教授为表示对“年鉴”的支持，都写来了论文；孙院长写的就是我俩去她家时她谈的关于《裘》剧的，两篇论文都有独到之处。

4月9日寄去的信及复印件不知是否收到？我已给李伟民先生写信提出请他写一写吾兄的建议，不知他意下如何，现在尚未收到回信。

又及：我给孙院长打电话时，他问我6月底能否到上海参加会议，同港台代表研究台湾莎剧节事宜。当时我说，如有时间我争取参加，届时请通知我确切的时间，此事也烦兄关照。

谨颂

撰安！

宪强

刘炳善致孟宪强（4月28日）

宪强先生：

您好！

4.10大函收到后，即在15晚与曹树钧老师挂了电话，谈了我们在通信中所谈的一切。他表示愿意帮忙向孙院长汇报请示，近接他来信，说11人组团之事已定，不能增加了。但我想作为一个中国莎士比亚学者，能参加还是参加。今天我已给曹老师去信表示此意，希望中莎会给我发一份正式通知，通知我作为莎士比亚学者代表河南大学参加世界莎学大会，由本单位负担经费。您在来信中也谈过这一意思，因此请费心给曹老师再写一信，请他早日把通知寄给我，以便继续努力向校方争取。我已向美国莎协报名，论文也在考虑之中。

河大莎研中心是上学期就由校务会议决定并下了文件，目前尚在初创之中，详情以后再告。

专此顺祝

教祺

刘炳善

马家骏致孟宪强（5月2日）

宪强同志：

您好！北京一晤，终生难忘。

您对周老先生的问候，我已带给了他。

再谢您赠我尊著《中国莎学简史》。此书将在我国莎学史上占重要位置。

遵嘱奉上拙文《吴宓诗中的莎翁故里》请指正。中国人用诗来评价莎翁，这大概是少有的一家。

吴宓是外文大师。张君川、戴镏龄、杨周翰、王佐良、李赋宁、郑敏、孙法理均吴宓的学生。曹禺、李健民、季羡林等亦是吴先生早期学生。在莎学史上列他一笔。是值得的。

颂

撰安

马家骏

曹树钧致李伟民（5月3日）

伟民同志：

近好！寄来的刊物均已先后收到，你辛勤笔耕，硕果累累，可喜可贺！

下次你可只寄你的文章（原文和复印件）证明日期、刊名即可。因我每月收到全国各地刊物很多，除莎士比亚、曹禺及与我研究有关的（如传记文学、话剧史）外，其余均隔一段时间要处理掉，否则我的房间就要刊满为患了。

上月与孟教授在京同住十天，一起办申请96年参加国际莎士比亚大会的事，明年4月在洛杉矶召开此会，中莎会收到邀请。我们想组织一个中国莎学代表团（原定二十人，后文化部定为十一人），几经周折，现经费问题还未落实。我们在京见了曹禺会长，他很赞成中国组团，向世界宣传中国莎学研究与演出成就。

在京期间，承孟老师盛情，他认为可请你为我写一写研究情况。此事你决定，不让你勉为其难。我的教授职称问题由于学院掌握编制加上学院历年积压尚未解决，但我外出参加国际会议（如92年参加北京郭沫若诞生100周年国际研讨会，93年参加武汉莎士比亚、曹禺国际研讨会），许多学者都认为早应解决，有一个大学一位学者只占了《曹禺研究五十年》（编著）一本书，便已评为正教授，因为他们那个教研室无人有书，而我已出了三本书了。我现在的宗旨，多做实事，多出成果，这才是真正有意义的。我的小传已在《中国当代艺术界名人录》《中国当代文艺家辞典》《中国收藏家辞典》《中国文艺家传记》《中国高级科技人才辞典》《盐城高级人才名录》以及《中国莎学简史》《莎士比亚辞典》等近十家辞典收录。社会早已承认了我的劳动价值，这就足以自慰。

遵嘱寄上一些拙作，供参阅。

我今年上半年享受学术假，但各种事缠身，至今静不下心来写专著。我已赴河北、湖北讲学，讲授《曹禺创作心理研究》，很受欢迎。此题目我已写二十万字讲稿，准备整理成一本专著。

今年三月为中莎会的事赴京十天，前后准备一周；四月赴湖北讲学。回来后各地“中莎会”会员的来信还回不胜回。五月要参加奥尼尔研讨会，六月要参加表彰艺术家；七月朱树研讨会。《中华莎学》（七）稿子已收齐还来不及编，“’94莎剧节论文集”正在编。

6月，台湾、香港派人来商讨96台北国际莎剧节的事，我是筹备成员之一，又要忙一阵。

总之，许多事会不断的插进来。今年12月是校庆50周年，又要撰写一万字《纪念册》文字稿。但我的研究方向始终定在：曹禺研究、莎士比亚研究（从演出、比较文学和创作心理角度研究），对传记文学我也颇有兴趣。即使六年后退休了，也乐此不疲。

我的教学任务也相当重，先后开设过下列课程：

《中国话剧史》《曹禺名剧选读》《剧本创作心理研究》《艺术概论》《戏剧评论》《艺术管理论文写作》《中国名剧分析》《中国当代戏剧研究》《毕业论文指导》等八九门。

为研究生开过《剧本创作心理研究》，为留学生开过《中国当代话剧研究》。

1994年在《外国文学研究》上发表了“论中外戏剧艺术对曹禺剧作构思的影响”，1994年在《名人传记》上发表了《曹禺和莎士比亚》，1995年在《名人传记》（三）上发表了《自己的命儿自己算——赵志刚从艺小传》。

祝

撰安！

曹树钧

孟宪强致曹树钧（5月24日）

树钧兄：

您好！

5.13大札收悉。收到国际莎协的邀请函及国家教委批示的复印件非常高兴。孙院长以曹禺的名义给国家教委写的信起到了重大的作用，不仅争得了两个名额的经费，同时也在国家教委领导那里宣传了莎学，取得了他们的重视与支持。我让林贵将国际莎协的来信和邀请函翻译出来，现随信寄上，请查收。

关于争取企业资助事我想是可以进行的。但要拿到文化部的正式批文之后方可进行，此事还来得及。不知6月中旬孙院长去北京开会期间能否将此事办妥？可带去国际莎协邀请函及国家教委批文的复印件，这样可以促使文化部领导能够同意拨给直属戏剧院校二三个名额的经费。

对于刘炳善教授的要求，吾兄已帮了他的大忙，他（包括山东的张友民副校长）如不再写信此事也就可以了。

《纽约时报》记者采访后到现在尚无反馈，他们曾表示过如发表一定会寄报纸来的。

96台湾莎剧节预备会议的时间烦兄得知有消息后即告诉我，我好买票并做好准备工作。

代问孙院长好！

谨颂

撰安！

宪强

徐克勤致孟宪强（6月3日）

孟宪强教授：

您好！

多谢您的关心和指点。拙文惠蒙收入《年鉴》也是您改动出力的结果。

山东省高教1994年自学考试“莎士比亚研究”试题与答案出自我一人之手，请多提批评意见。此门选修课自1988年开考以来，每隔一年连考两次（4月、10月）；自94年起改为一年考一次，今年10月又要考。截至94年，所用考题与答案均由省自考办邀我一个人去（命题）办。往后的试题与答案由王化学、刘念兹和我三人共同商定，再分头各出一套，所以现存自考的试题有6套。

自考办约我写的辅导文章有《莎士比亚戏剧创作漫谈》(《高教自学考试》1988.5)、《关于哈姆莱特形象的争议》(同上，1989.8)，《“莎士比亚研究”自学考试辅导提要》(同上，1991.6—7)、《“莎士比亚研究”的重点和难点》(同上，1992.2)、《莎士比亚诗歌漫议》(同上，1993.8)、《莎学——国际学术领域中之奥林匹克》(近期将发表于《高教自学考试》)。

中文系从1983年开始设“莎士比亚研究”选修课，后改为“外国文学专题”，扩展到历届夜大本科、函授本科（面授），至今一直讲授；一度曾向全校开设跨系选修课“莎翁名剧欣赏”，听课考生多达四五百人。自世界文学硕士生招收以来，每届都开设“西方戏剧史”(以讲莎剧为中心，上挂下联)。此外，于1986年到1989年还应聘到山东艺术学院戏剧系讲述莎剧。

此门课采用自译自编教材《莎士比亚的创作》(阿尼克斯特原著，山东教育出版社1985年版)、“莎士比亚名剧创作欣赏”丛书6本（陕西人民教育出版社1989年版)；此二书获山东省及社科二、三等奖。在教材基础上概括出大纲，以《莎士比亚研究自学辅导提要》形式发表在《高教自学考试》1991.6—7期。

近日忙于第二届研究生答辩，很少时间坐下来写东西。有什么需要我办的，请随时函告。

祝

事业发达！全家幸福！

徐克勤

孙家琇致孟宪强（6月6日）

孟宪强同志：

您好！来信提出的关于《莎士比亚与现代西方戏剧》的问题，我试答如下：

概括起来说，书中的论文，译文写作时间，是从1978到1991。第一部分谈莎士比亚的文章，不是按我写作的先后，而是大致按莎剧创作秩序——（早期悲剧，喜剧，问题剧，四大悲剧。后期悲剧，传奇剧）加上开头和最后的概说类文章排列的。

书中三部分。共29篇，各篇的写作时间和发表刊物如下。

I　1. 所谓“莎……题……”　1986《群言》（民盟刊物）

2. 莎——概况　1980《戏剧界》（安徽剧协？）

3.《罗密欧与……》　1984（？）《戏剧》（中央戏剧学院）

4. 莎士比亚式喜剧和《威……》　1981《戏剧学习》（中央戏剧学院）

5.《第十二夜》　1988《戏剧》同上

6. 莎……的《特洛……和……》一出独特而有现代意味的戏剧　1988《戏剧》

7. 莎……《特罗……》的艺术手法　1988《戏剧》

8. 莎……的《一报……》　1989（？）《外国文学》（社科院外国文学研究所）

9. 论《哈姆莱特》　1980（？）《外国文学研究》（社科院外文所）

10. 论阿伊古　1985《江苏戏剧》

11.《麦克白》的……　1985. 中央戏剧学院戏剧文学系教材

12. 关于莎……悲剧《麦克白》　1981，未发表

13.《科利奥……》莎……　1986（？）《戏剧》

14. 关于《安东尼……》的……　1985（？）《戏剧》

15. 关于《暴风雨》……　1978《戏剧学习》

16. 介绍《两位高贵的……》　1992孙法理译该剧序文，漓江出版社

17. 从莎剧看莎…的……　1986《外国戏剧》

II　1. 1850—1950年现代欧美戏剧……　80年代讲课稿，未发表，1991年整理

2. 易卜生介绍　1982《戏剧学习》

3. 谈《塔尔・金特》……　1984（？）《戏剧学习》

4. 斯特林堡介绍　同上

5.《致亲密剧院……》斯……以莎……为师　未发表，1991写

III　1. 莫洛佐夫：莎如何……　1980《戏剧学习》

2. 理・戴维得：哈……的问题　1987同上

3. G.奈特《奥……》的演出　1985《戏剧艺术》上海戏剧学院

4. G.斯可尔：莎和现代戏剧　1989（？）《戏剧》

5. 哈・蔻特：莎……和易卜生　1980（？）

1991《莎……在我们的时代》张泗洋、孟宪强编

6. 露・蔻特思：萧伯纳对莎……　1991《戏剧》

7. 得・海茵曼：布莱希特怎样——　1991未发表

以上，有些文章的发表时间记不清了，一时也不易查出，因此划了问号。发表的刊物不一，在我院《戏剧》（由《戏剧学习》改名的）发表较多；此外像《外国戏剧》和社科院外文所的《外国文学》《外国文学研究集刊》可以表明文章水平。

来信中问到我自认为的拙作"特色"是什么，我先说说我写作和翻译的意图。

我力求在讨论莎剧时，一方面尽量给国内读者介绍一些国际上（主要是英、美）有关的论文，一方面试着根据自己的分析与感受，提出个人的看法。不怕与旁人不同。研究分析竭力找出剧中主题思想、人物形象等的深层的具有本质性或普遍性的意义。也探讨莎士比亚的发展变化。另外，由于想让国内戏剧工作者向莎剧借鉴，而比较着重分析大体的艺术特征，特别是莎士比亚如何创造性地运用原材料，深化其意义及人物性格、处境与命运；如何通过人物形象、语言风格、戏剧情节结构等来表现时代——即莎剧中戏剧内容于客观现实之间的密切关系，指出莎剧：把对生活的真实反映和诗意的或"狂热的"想象结合起来的特点。由于莎剧是戏剧文学，因而也介绍一些导演构思和演出经验等。

拙作不是直接讨论莎剧和现代西方戏剧之间关系的，而只是借用一些有关论文启发读者注意莎剧对于像易卜生、斯特林堡、萧伯纳、布莱希特及其他现在话剧家

的影响和意义，从而更好的理解或思考莎士比亚和我们当前的戏剧创作。以上所说，只不过是我个人的主观意图，至于是否把这意图变成书中“特色”了，那是不敢太肯定的。

宪强同志，我要告诉你这书的出版过程比较曲折，而且是拖了快10年以上的。80年代一位在四川文艺出版社作编辑的学生，建议我把旧文交他出一本集子，我同意了，寄去了一些东西。但到1990年他们出版社决定不出理论性书籍，就把稿子转给了四川教育出版社的编辑苑容宏。后者来北京向我提出增加教学方面的内容（其实莎士比亚也是教学的），我遂把讲授现代西方戏剧的材料以及后来论述莎剧的文章及译文给了他。那时觉得文章水平不一，也嫌太多，想进行删减与修改，但是我大病，顾不上了。出版社于1992年给了我一纸“合同”，但到1994年才出版。这是赔钱的事，因此印得草率（目录有遗漏或改动，表格取消了，但仍印了“表格”二字；610—726页左首上方各篇文章的名称，全错印成一篇文章的名称了）。我写信购买此书，对方来长途时说可以用所给的“很少”的稿费来买，但至今（除赠书12册之外）尚未寄来。朋友们说，现在出书极难给我出版了。就很不错了。所以我也感谢。

我所说郑土生同志那篇文章，正是信中提到的那一篇。张泗洋同志很忙，当然不好麻烦他；是不是就由您自己来写了？谨祝

撰安

孙家琇

马家骏致孟宪强（6月8日）

宪强同志：

您好！

遵嘱草写了这篇书评，请参考。

另外我的一位访问学者梁巧娜（广西右江师专中文系）进修时写了一篇莎剧论文，我让她复印出，写了摘要，请转给杨林贵同志，可向《季刊目录卷》介绍。您

编《年鉴》，这很好，再版《简史》时可补充材料。梁的论文刊在今年第一期《外国文学研究》（武汉）上。另一篇已寄《外国文学评论》。她打算写一本莎剧女性形象研究，这是其中的个别章节。

周先生身体还挺好，我由京回来便带给他你们诸位的问候。

梁巧娜已回广西百色，杨林贵如联系他可直寄右江师专。

颂

撰祺

马家骏

李伟民致孟宪强（6月9日）

孟宪强先生：

您好！

接到您的来信很久了，也没有给您回信，原因是这段时间没有什么成绩，所以没有给您回信，请您谅解。

您的信中谈到了组团参加世界莎士比亚大会的事，消息令人鼓舞。因为以往都是个人单去，这次能组织10多人的代表团，这一事件本身就证明了中国人民对莎士比亚永不熄灭的热情。

最近看到《上海文化报》上的一则报道，称孙福良先生访台取得了很大成功，促进了台湾莎学界的团结、台湾莎学会的成立和96台湾莎剧节的举行。看到这个消息也使人感到大陆莎学界的主动精神和宽广的胸怀。而且6月就将在上海开筹备会。

按照您提供的信息，我已汇款去西北大学购《莎剧论纲》一书。

您来信中谈到美国《纽约时报》的记者采访了您，也说明中国莎学的发展引起了域外的注意，说明您和吉林省对中国莎学的贡献。

不知最近还有何莎学动态，在不耽误您宝贵时间的基础上，请在来信时顺便提及，附上拙作一篇，请雅正。

噢，还有一件事。写树钧先生的那篇文章，还没有动笔。他又给我介绍了一些情况，我自己也复印了一些他的大作。没写的原因，是还没有找到一个合适的切入点，另外这段时间小孩住院诸多杂事，也是我穷于应付。这件事我是时刻放在心里的。

代向杨林贵先生好！

顺祝

撰安！

李伟民

阮珅致孟宪强（6月10日）

宪强教授：

您好！

上月29日大札收悉。承告知，拙稿经您和泗洋先生审阅后，决定用真名发表，我无异议。谢谢您的关照！

我于上月底译完*All's Well*（这个剧的中译名拟用“终好百好”。这译名是士生兄想出来的。我觉得比我原来想的“结局好全好”还好，不知尊意以为如何）。准备全文通读校改一次而誊抄，还要写一篇五千字左右的译序，争取八月交稿。

这月间我曾将“莎士比亚和杜甫比较举要”的英文稿寄给国际莎协秘书罗杰·普林格尔先生。他同意将这篇论文提交世界莎学大会。我申请组团的报告已由学校呈教委，批文也还没有下达。我想经费问题恐怕很难解决。等着瞧吧。

专此即颂

编安

阮珅 上

孟宪强致李伟民（6月16日）

李伟民先生：

您好！

接到你6.9的来信的第二天我就去北戴河参加我省社会科学成果评奖会议，所以给你的回信晚了几天，请鉴宥！

关于组团参加世界莎学大会事已有很大进展，国家教委已明确表示解决二名代表的经费问题，文化部的批件也可能不用太长的时间就能批示下来，明年对我国莎学走向世界来说，是一个难得的机遇，我们一定想方设法多去一些人。

你看到的《上海文化报》的关于台湾莎剧节筹备会一事，现因相关方面的代表腿脚出了点毛病，所以要延到七月份举行，届时我将赴上海参加这次预备会。我觉得台湾莎剧节如能成功的举行，那也将会成为中国莎学史上的一件大事。同时，对于促进海峡两岸的文化交流也是很有意义的。

《年鉴》的编辑工作进展顺利，计划中的稿件的95%都已到位，5本莎学专著、文集的书评都已有了，拙编是由马家骏教授写的，题目太大了（《中国第一，世界第一》），我写信请马老师另拟一个题目。孙家琇教授大作的评论由我写成，题目为《岁月沧桑，初衷依旧》（因为孙来信说她的研究生由于各种原因都不能承担此任务，我只好自己来写了）。我自己对于《年鉴》的栏目内容还是比较满意的（还有，我写了一篇代序，题为《莎士比亚与精神文明》，约800字）。现在已开始进入联系出版阶段了。原来出版社曾表示可以不要书号钱，由我们自己印刷，去北戴河前我曾去出版社，他们说，现在形势不同了，书号已由3000涨至7000元，所以关于《年鉴》出版的事比较麻烦。但我们是有信心的。我相信既已走至河边，就一定能有走过河的办法。还是争取年底能够出版。全书25万字，大作收入两篇已定。书评我做了些修改。

你说写树钧先生现在尚未找到一个合适的切入点，所以还未能动笔，这我是理解的，此事不用着急，一定要水到渠成才好。

《纽约时报》记者采访没有下文，不知是否发表了记者采访的文章。我想当然是发了文章最好；即使不发，那也是对我的一种鼓舞，也是中国莎学引起国际关注的一个明证，现将照片寄上一张留做纪念。

谨颂

撰安!

孟宪强

马家骏致孟宪强（6月20日）

宪强同志:

您好!

信收到。梁巧娜返百色尚未来信，我将来写信时告诉她《目录卷》情况。

关于拙文标题，可调子低些，正副标题合一为《评第一部〈中国莎学简史〉》。我强调第一、首创。这在中国、在世界都是第一部。英国人也写不出中国的莎学史。我说第一，是希望有第二部、第三部。第一，不妨碍后来居上。在学术上，我们总希望后人超越我们。故“第一”不是排名第一，不是一切著作之冠，而是指它会引出第二、第三部。这个意思，在标题上明确加“部”字更妥。

祝

夏祺

马家骏

孟宪强致曹树钧（6月27日）

树钧兄:

您好!

在我20日去北戴河开会之前林贵来我这里让我看，您的来信及中莎会向教委申报名单的复印件，关于胡庆树的材料尚未收录，收录后即收入“年鉴”之中，钧兄勿念。我是25日回来的。

我校即将放假，假期将全力以赴地联系“年鉴”出版事宜。原来敝校出版社曾表示可以给一书号，但在我去北戴河之前去出版社时老丁说现在情况有变：去年每个书号3000元，现在已涨至7000元，现在出版“年鉴”困难较大，但我还是有信心的，既然都走到了河边，无论如何也要走过去。我仍以年底出版作为奋斗目标。这两天我还要去出版社，做社领导的工作，请求他们的支持。“年鉴”编辑工作已入尾声，还只差几份计划中的稿件未到，全书约25万字，兄的两篇大作均已排入，请放心。“’94上海国际莎剧节回顾栏”内我拟收郭小男与赵志刚二位的论文，这就有了代表性，待我七月份去上海时请兄帮我复印即可，可暂不必邮寄。

不知孙院长去北京，办理批件情况如何？批件下来之后吾兄所说搞些赞助的事情即可进行了，山东徐克勤老师来信说，该校副校长张友民已决定不申请赴美开会了。阮珅教授来信说，他们已组成代表团并向国家教委提出申请。刘炳善教授来信说正在努力之中。

还有一事要麻烦吾兄：今年我省科研成成果评鉴将根据定量分析的方法逐项打分，其中有一项是“成果采用情况”，拙编《中国莎学简史》拟申报，故此烦兄为我开一证明材料：’94国际莎剧节期间组委会购买400本《简史》赠给莎会的中外艺术家与代表。加盖中莎会的公章即可，谢谢！

王裕珩来信说他将参加洛杉矶会议，届时我们可以在那里相聚，同时他与莱维斯共同翻译的拙文《中国莎学史述要》（即《简史》的第一部分）希望能够正式出版，除向大会赠送之外，还可在他们学校销售200本。他说“过渡期”那一部分将于9月份开学前译完（其余“发轫期”“探索期”“苦斗期”“发展期”“崛起期”皆早已译为英文并已定稿）此事如能实现将我们赴会壮色。7月初我将给你打电话，联系赴沪参加预备会事。

请代向孙院长问好！

谨颂

撰安

宪强

又及:《纽约时报》采访现仍无反馈信息，寄上当时的照片3张，赠兄留念。

阮珅致孟宪强（6月27日）

宪强教授：

本月16日大札敬悉。

您交给我一个新任务，感到很荣幸。“终好不好”（经于方平先生函商，此剧译名改为“结局好万事好”）刚译成初稿，未经校改。暂时不便见面。去年暑假。我译完《维罗纳二绅士》（照国内出版的世界地图册上的译名。不用朱生豪、曹未风等译的“维罗那”，）大体上定了稿，并有现成的誊抄稿。特再作一次修改，寄上选场（第一幕第一、二场）稿。请在《年鉴》篇幅许可的情况下斟酌选用。

在翻译莎剧方面，我是一个初学者。凑了一阵子热闹。还来不及全面细致地总结译事的得失。因此写不出什么东西。这几天在修改拙译稿之余，勉强写了一篇约二千字的“译莎小记”。寄上请审阅。放在译文前面或后面，悉听尊便。

专此即颂

编安

阮珅　上

李伟民致孟宪强（7月5日）

孟宪强先生：

您好！

收到您6月26日的大函时，我正在写树钧先生这篇文章，现在寄给您一阅，请大笔斧正。寄回后，我进一步修改。（改在拙作上就行）

听到组团参加世界莎学大会的事得到国家教委的支持使人很受鼓舞。台湾莎剧节的举行也使人能看到大陆莎学的实力和活跃。

感谢您能选用我的两篇拙作。《年鉴》编辑顺利，但出版遇到困难，又要给您增添不少麻烦，您的乐观态度、能力和执着精神令我万分佩服。

感谢您寄来的照片，我将珍藏。

看了您在《年鉴》中的一些题目，使人感到《年鉴》的出版有里程碑的性质。

寄上最近发现的小文一篇供一笑。

写树钧先生我也寄他一份，请他提意见。

谨祝

撰安

李伟民

又及：还没有收到《世界文学》的信，我已将《他山之石》寄《戏剧》。

曹树钧致李伟民（7月5日）

伟民同志：

近好！两信附文，均收到，谢谢。

莎剧节由于各种总结会议，没有开起来。因此各地举行排演，我都尽量满足他们的要求，以扩大中国莎剧节的影响。你能尽自己最大努力，干了不少宣传工作，深致谢意。

4月应邀河北讲学一周，深受欢迎。5月准备胡庆树研究论文（一万一千字），胡是著名莎剧演出艺术家，演出了《李尔王》。他们邀请我参加6.10至6.12日在武汉举行的胡庆树艺术研讨会。上海去了四人：胡院长，胡导同我及戏文系主任，另一位是郭小男，北京人民艺术剧院，于是之、夏淳等也去。

《中华莎学》（七）已编好，还想请孙院长看一看。他很忙，《论文集》还有一段时间才发稿，也已编好，你的大作已决定刊用。台湾香港莎学会代表原定6月底来沪。推迟到9月底来沪。

我的一本书《走向世界的戏剧大师——曹禺》现已编好，现在已在计划找出版社。落实之后当函告。

曹树钧

方平致孟宪强（7月8日）

宪强先生：

您好！大函月初收到，欣悉您和林贵先生辛勤编撰的《莎学年鉴》在顺利进展中。

关于译稿，得林贵先生函后，即在考虑中，因手头工作太忙，精力又不够，无法誊抄；又因退休在家，复印亦不方便。最后选了《亨利五世》中两段最好的序曲。此系四十年前旧译文，今天很少有人读到或知道这诗体拙译本了。现又作了修订，并另加一段小序，即以之应命，不知是否可以？如付排，时间又来得及，是否可以让我看一次校样？

上次寄奉拙文《莎翁的粗俗与博大进深》，现想把标题改为：《从粗俗中见博大进深》，副标题仍为“一个莎剧译者的思考”。

赵澧先生不幸逝世，我特地去信向他的家属表示慰问。并要了一份材料，写成约五百字的报道，表示悼念，已寄交《中华莎学》，我将去信给老曹请他复印一份寄您，看是否可用（不一定另立条目），王佐良先生虽曾多次会议上见面，亦有业务联系，但不算最熟，似可请“北外”老师撰写。祝

撰安！

向林贵先生问好！

方平

曹树钧致李伟民（7月12日）

伟民同志：

近好！

前信想已收到，7.5来信已收，两信正好不遇。大作已收，谢谢你的辛勤劳动，做了一些修改，供你参考。

副题中的“上戏教授”我划去了，因我院在职称问题上欠账太多，正高晋升难度很大，尽管我与外地一些教授相比，水平不见得差到哪儿去（我曾遇见天津一教

授，只编了一本书便被评为正教授，因为，他们那儿没有人出过书），但论资排辈还要等上二三年。我也不管这些了，尽量多干一些实事，多出一些成果，这才是真正经得起考验的。文中溢美之词甚多，愧不敢当。我删掉了一些，请你再斟酌。我始终认为社会是承认一个人的成果的。孙家琇先生主编的《莎士比亚辞典》专门列了健在的28人为中国著名莎学学者，将我也列入了，因为我主要执笔写了《莎士比亚在中国舞台上》（此书第四章由孙先生写了一万多字，我加了七千多字，其余均由我执笔，这一些细节不必写，你知道就行。说主要执笔则完成是实情）。另外写了好多莎学论文，如果没有这些实际的成果，我会是不会承认的。1991年苏联邀请我，孙院长参加国际莎学大会，主要也是因为这本书。（后因车票未买到，我未去成。）

莎士比亚研究与曹禺研究是我的两个主要研究领域，两者之间有内在联系，莎士比亚是曹禺最敬佩的剧作家，曹禺又根据中国的国情在戏剧领域内创造性地发展了莎士比亚，被誉为“中国的莎士比亚”，他是当之无愧的。为此，我在大作中加了一行关联句。

这两个研究领域，我将继续进行下去。今年与孙福良等合编《’94上海国际莎士比亚戏剧节论文集》，另外，23万字的《走向世界的戏剧泰斗——曹禺》，《文化名人轶事》（13万字）两书亦已完稿，正在寻找出版社。

一分耕耘，一分收获，锲而不舍，金石为开，这是我的坚定不移的信念。附上关于胡庆树的论文，全文将另发，共一万一千字。

另有几张照片，请收后一并告知。

祝

夏安！

曹树钧

孟宪强致曹树钧（7月21日）

树钧兄：

您好！

我从温泉疗养回来看见了吾兄写来的证明材料，非常感谢！ 7.12大札是昨天收到的，同时还收到了方本先生寄来的《亨利五世》的两首序曲的译文及小序。方平先生在信中说代写的悼念赵澧教授的文章已寄《中华莎学》，他说麻烦您复印一份寄我以收入“年鉴”。此外，不知郭小男，赵志刚的两篇文章吾兄是否已经寄出？如未寄出可一并用快件寄来——暑假期间我们不外出。仍寄原通讯地址。“年鉴”内容比较全面，最后统计了一下，接近30万字。收到兄寄来的3篇文章再加上林贵正在撰写的’94中国莎评综述，“年鉴”计划中的书稿就全部到齐了。争取下月全面落实出版问题。

关于林贵去美国参加会议的经费指标问题，吾兄和孙院长费心了，我们都很感激！我已将来信所说情况告诉了他。吾兄与孙院长论文的翻译问题我也跟他讲了。让他安排好时间。译好后连同我们两人的论文一并寄去国际莎协。

我在《吉林日报》上发的文章中写有曹禺翻译《第十二夜》是根据张泗洋教授的《莎士比亚引论》，同时孙家琇教授主编的《莎士比亚大辞典》中“曹禺”条目是裘克安先生写的。他也写有曹禺翻译《第十二夜》的内容。我昨天去张泗洋教授家，问及此事。他说“肯定是有根据的，但他一时没能想出。我又查了中史戏剧学院匡映辉编的《莎士比亚资料索引》，其中都没有曹禺译《第十二夜》的条目。关于这个问题我们仍可以查阅资料，方便的时候也可以问问曹禺先生。”

泗洋教授昨天问起参加世界莎学大会事，问文化部的批件下来没有？我说还没有。待到文化部批文正式下达之后还要麻烦吾兄和孙院长以中莎会的名义向泗洋教授解释一下名单中没有泗洋教授的原因，泗洋教授可能提出方平教授也是退休了，为什么可以做团长？这可以告诉泗洋教授现在方平教授仍被聘为上海师大和北大的客座教授。

谨记

暑安！

宪强

又及随信寄来的复印材料也收到了，谢谢！

孟宪强致李伟民（7月21日）

李伟民先生：

来信及大作均收到数日。因我去抚松温泉疗养院疗养（校工会组织的），回来后才看到，故迟复了几天。

大作我读了两遍，感到这篇文章是充满感情的，文字也很下功夫，写出了曹树钧先生对莎士比亚的热爱和他对中国莎学事业所做出的无私的贡献。如果要进一步推敲修改的话，我冒昧地提出一点想法，供参考。

大作共13页，前8页半都是写曹为组织莎剧节所付出的辛苦与劳动和他的教学工作情况，后4页半写他在学术上的成就，这样的安排会不会影响读者对曹的真正了解？曹在组织莎学活动方面所做的工作确是感人的，在中国莎学史中应记上一笔；然而，他在莎学研究和曹禺研究方面的成就对一位学者来说才是更有价值的东西。曹的难能可贵之处是将两者结合于一身。曹将莎剧文本研究与舞台演出研究结合起来是很有意义的，文中写了他编著《莎士比亚在中国舞台上》，写了一系列莎剧演出评论。我想这方面的论述是否可以再集中些，再强化些？曹对曹禺的研究是他学术上又一个重要方面，对于曹禺这位“中国的莎士比亚”，曹写了传记，写了剧本拍了电视，发了一系列文章……曹对曹禺最推崇的是什么？这方面似乎也应再多给些笔墨。

此外，还有几个细节问题：

P5页第一段末说曹“走过并不平坦的路”不知指何所言？

P5页第一段第三行“向更高的艺术境界攀登”中，“艺术”是否应改为“学术”；如改，后面的词语也要改动一下。

P7页“正如曹自己所说……”这一大段是关于莎剧节组织工作的，这段话似不由曹自己说为好。

P8页“他说得多，干得更多”中“说得多”似删去为宜。

P10页第一行“李赋宁先生信中语”……对外国就可以大肆宣传了，“大肆”一词不妥，即使原文如此也宜做些处理。

P13页曹在“传记文学方面取得成果”下列的文章多不似传记作品。这个问题应再斟酌。

以上一些不成熟的想法仅供参考，还请按曹老师的意见进行修改。

《年鉴》的字数已将近30万，现正联系出版，下月估计能有结果。

谢谢您寄来的大作，很有用处。

随信奉还大作，请查收。

谨颂

撰安！

孟宪强

张冲致孟宪强（7月23日）

孟先生：

您好！

长春幸会，记忆犹新！谢谢您和陈老师的热情招待，也亲眼目睹了您为中国莎学的信心和不懈努力。

关于明年洛杉矶大会的事，我自当奋力争取，希望教委、文化部批件一旦下达，能尽快将复印件寄给我，我可向校方争取。另据友人说，国家人事部有专项资金供给回国人员出国开会差旅之用，如果确实我亦定当努力争取。若实在不行，只有请中莎会帮助了。

另外有一件事询问:《年鉴》中的稿子，能不能替换一篇？日前完成了论《哈姆雷特》中戏剧独白的文章一篇，寄上请先生批评。若有可能，想用之换下原来那篇关于鲍西娅换装的文章，不知可否？当然先生不必勉强，若考虑不妥，回信告知即可。

会议的论文我将尽力在8月中旬成稿寄出。

请向陈老师问好。

即祝

撰安！

张冲

杨林贵致曹树钧（8月28日）

曹老师：

您好！

提交第六届世界莎学大会的论文已于20日前全部翻译，电脑编辑完，21日用快件寄往国际莎协秘书长Pringle处。现将您的和孙院长的原文及译文底稿寄去，望查收。

现在我校已开学，下周正式上课。我这个学期课程又不少，每周14节，有研究生课及本科生的课，另外可能还会给我安排自费生的课。和上学期一样我本学期继续参加与英国合作的教学研究项目，所以看起来这个学期又将十分紧张。多亏在假期将提交大会的论文全部完成，否则到了开学就很困难了。

再次感谢您和孙院长对我的关怀。

此祝

教安！

杨林贵

张冲致孟宪强（9月8日）

孟宪强先生：

您好！

寄回的东西已收到。给您添麻烦了。《年鉴》进展如何了？年内能否出刊？

一个暑假，我基本上全花在了莎士比亚身上。每日不敢懈怠，终于基本译完了《冬天的故事》，另外还完成了两篇有关莎剧的文章。其中一篇是为明年莎学大会准备的，已经寄出，日前已收到世界莎协的回函，告知已经收到。目前最头痛的还是经费问题。校内我已多方打听，争取，回答都是“可能性微乎其微”。重理轻文，一概如此。在长春时先生曾谈及莎协可能代为筹措。若如是，则幸甚，否则只好让一篇论文代我去了。个人是无论如何负担不了的。此事还望先生相助。

本学期我辞去了一些行政工作，思想上负担略轻一些，想集中精力把手边的译稿修改好。另外，还想就莎氏后期传奇剧写几篇评论。近日翻遍了您编写的两部书中有关国内莎研的文章目录，竟没能找到一篇专论《佩力克里斯》《辛白林》或《冬天的故事》的。其中的研究还大有文章可做，不知先生以为然否？

十一月份我可能去洛阳外院讲学两周。其余时间就在南京了，明年大会事有何进展，还望先生及时告知。另：文化部/教委改的批件下达了没有？

就此止笔，代向陈老师问好。

即祝

撰安！

张冲

孟宪强致李伟民（10月20日）

李伟民先生：

您好！

大札收悉。的确，好长时间我们没有联系了。这段时间我和您的情况很相似，课比较多，事情也比较多。《中国莎学年鉴》已经定编，先正做出版社的工作，并向学校领导汇报了出版此书带去洛杉矶的重要意义。只是由于敝校出版社已经为我们出了两本赔钱的莎学著作，引起系内一些人的妒忌。他们说长道短，造成一定的障碍。但我想经过一番工作，《年鉴》还是能够问世的。

这段时间内我还完成了向国际莎士比亚协会提交的论文《〈哈姆莱特〉在20世纪的中国》以及参加讨论组运用马克思主义观点写出的论《裘力斯·凯撒》一剧王权思想的论文。“中国莎学代表团”参加明年莎学大会的各项准备工作也比较顺利。

曹老师已于17日去四川参加中国戏剧节，如你赴会的话一定能见到他。关于曹老师学术成就的大作能在《四川戏剧》上发表，是一件令人高兴的消息。我想曹老师一定会十分感谢您的。

大作《荟萃精华，深入开掘解莎作》已收到，谢谢！非常遗憾您评拙编的大作未能在我们这里发表。最近敝校出版社出版了东北师大教师出版的著作的评论集，内收评拙编的文章一篇，篇幅很短，把它寄给您做参考。

我下一段时间的主要精力都要投入到“年鉴”的出版工作之中，以免出现失误影响及时出版。

谢谢您为我要世界比较文学大会的邀请，我系的孟庆柱要去参加这个会议。

泗洋教授主编的《莎士比亚大辞典》现正由他帮助编辑审稿，做进一步的修改，估计明年有望出版，林贵的《理查三世》注释本商务印书馆已为他寄来出版合同，明年年底前问世。

我们都很忙累。我们都多多地注意自己的身体吧！

谨颂

撰安！

孟宪强

沈伯群致孟宪强（10月22日）

孟宪强教授：

您好！

我是天津大学教师，国际莎士比亚协会会员。（随信附上我今年8月份向国际莎士比亚协会和第六次世界莎士比亚大会组委会提交的两篇英文论文的标题的复印件。敬请指教。）我这次给您写信主要请教两件事：

最近我到上海出差，在拜访中莎会负责人时，见到了您所著的《中国莎学简史》一书。拜读大作，颇得教益。现特发信向您本人购买一册，或代向东北师大出版社购买一册。（购买该书的定价加邮费，请来信告知，函到即汇出。）

我已接到国莎会关于“参加96年4月即将在美国洛杉矶举办的第六次世界莎士比亚大会的正式邀请书”。鉴于我曾在92、93两年发表过分别题为《李（白）杜（甫）

诗歌与莎士比亚诗歌的比较研究》和《李白诗歌与莎翁十四行诗》的两篇论文，我想在赴美之前背记几首著名的莎翁十四行诗。记得，您在大作《中华莎学十年》（刊《外国文学研究》1990年第2期）中曾提及“1980年我国以戏剧家曹禺为团长的代表团光临了莎翁故乡斯特拉福……在这一次访问中我国著名导演英若诚用英文朗诵了莎士比亚的十四行诗……”因我与英导演不熟悉，我今特发信向您求援。望来信告知英导演当时在英国朗诵了哪些莎诗？是否用英汉两种语言朗诵？特别是英导演的工作单位与地址、邮编与宅电，以便前往求教。谢谢。

敬祝

大安！

津大　沈伯群　上

裘克安致曹树钧（10月27日）

曹树钧同志：

我已于九月下旬回国，仍住北京东交民巷［略］。唯电话已改为直通，号码为［略］，特告。

在美国时收到你寄来信一封，谢谢。不知莎研会有何近况，能否改协会？《中华莎学》已印发否？会费如何收法？明年洛杉矶会是否已确定有人去？等等，还望便中告我。

商务已将我写的《莎士比亚年谱》和主编的《莎士比亚注释丛书》原十五种重印，新出三种，共有十八种了。这些书仍有销路。我们注释本比国外一般的纸面注释本要好，但看陆谷孙文章，似乎复旦未用为教材，不知何故，请碰到陆时问一声。我去上海时未遇余秋雨和陆谷孙两人，甚憾也。

请代候沪上诸莎友，此祝

教安！

裘克安

郑土生致李伟民（10月29日）

伟民先生：

告诉您一个好消息：昨天我的好朋友李肇星从上海陪同江总书记回到北京，下飞机后，把总书记题写的《莎士比亚戏剧故事全集》书名、签名原件直接送到我家里，并同我们全家进行了热情亲切的交谈，留阅了部分书稿。他说，他们在美国期间，他找机会同江总书记单独谈了两个多钟头，内容包括古今中外、天文地理、内政外交、文史哲经等有关趣事，当然也包括莎士比亚。江总书记写完书名后，对肇星说："这本书出版后一定要送一本给我。"肇星说："在整个出访期间，江总书记同我们一起休息时，多次用中文、英文、俄文等不同语言唱了几个国家的歌曲，都唱得很好！"

敬祝身体健康！

郑土生

阮珅致李伟民（10月30日）

伟民同志：

大札和大作都收到了，谢谢！

您的评论文写的很好，尤其是将拙编归纳出四个特点，可以说是独具慧眼，只是在最后一个特点里以拙文为例，使我感到惭愧之至。其他点评都很中肯。总的来看，溢美之辞多了一点。过奖了，不敢当，有待努力吧。

我自告奋勇，参加了方平先生主编的《新莎士比亚全集》（诗体译本）的翻译工作，已译完《维罗纳二绅士》和《结局好万事好》。现正赶译《特洛伊罗斯与克瑞西达》。

您在莎学评论中做出了很大的成绩，盼能经常读到您的新作。

四川的比较文学研讨会曾给我寄来通知，因忙于翻译，抽不出时间写论文，只得缺席。失去了一次学习机会，甚感遗憾。

今后望多多联系！即祝

撰祺

阮珅

李伟民致孟宪强（11月18日）

宪强先生：

您好！

您10月20日的来信及评大著的文章都收到了。这篇文章对我很有启发。

从信中得知《中国莎学年鉴》的出版过程虽然碰到了诸多的困难，但是您都在力争克服，而且一定能实现这个目标的。我想这得力于您的韧性、顽强精神和您的能力。

曹树钧先生10月19日来成都，我和他见了面。我和他看了一场戏，又顺路到我母亲家坐了一会儿，在外面请他吃了一顿饭。他和我谈起，您将去参加世界莎学大会一事。我想您去参加这将是中国莎学和中国的光荣，也是向世界证明中国莎学的存在。我感到很受鼓舞。

东北师大《古籍整理研究学刊》95.3发了我一篇一万多字的《朱淑真研究60年综述》。

曹先生和我谈话时，曾说让我写写您，不知您意下如何？但是说实在的，我心里确实没有底，主要是怕文笔笨拙，写不好。或者等您参加完世界莎学大会后再写。如您愿意可以陆续寄些材料，如不愿意想放一放也行。

寄去我参加会的“日程表”一页，我主持了一次会，这次会议为大会中最受欢迎的会。

开会时碰到孟庆枢教授，我请他代表我向您问好！

谨祝

撰安

近日看到商务出版《莎士比亚注释丛书》的广告，我已寄钱去购除《麦克白》的全部，《麦克白》我已有，打算好好读一读。

李伟民

方达致孟宪强（11月18日）

孟教授：

您好！

今年8月2日您寄到安庆给我的复信及赠送我的《社科信息报》复印件已经收到，谢谢。

安庆师范学院对于年满60周岁的正教授采取一刀切的退休政策，我是该学院4个退休的正教授之一。我退休后湘潭师范学院聘请我为本院外语系教授，用英语给高年级学生讲授英文文学史。由于到达一个新的环境，事情较多，收到您的大函后未能及时复信，请谅解。

欣悉您的专著《中国莎学简史》已经问世，我在发出此信的同时，致函丁冰主任，询问《中国莎学简史》的售价及其包装、邮寄费。待收到丁主任的答复后，我即汇款去邮购。

我很想了解中国学术界在解放前后各个时期对莎士比亚的优秀评论文章，因此非常渴望拜读您的《中国莎士比亚评论》。来湘潭后到处求购，求借此书均无所获。我想，东北师大图书馆、东北师大外语系资料室、东北师大中文系资料室很可能有您的《中国莎士比亚评论》，能否请您与他们商量一下，请他们割爱，从复本中调拨一本（请加盖注销印章）寄给我？我按照原价加一倍的价格购买，并且承担包装、挂号邮寄费。请您同他们商量一下，并请来信赐告上述费用的总和，我即汇款去邮购。此文给您造成麻烦，耽误您的时间，非常抱歉。

盼复，谢谢。向您的夫人及府上其他诸位问好。

此颂

冬祺!

方达

孟宪强致李伟民（12月7日）

伟民先生:

您好!

大札已收到数日，因事多没能及时给您回信，请见谅。得知您参加“四川国际文化交流暨比较文学研讨会”并担任“青年学者及研究生信息交流会”的主持人，很高兴祝贺您在学术方面所取得的种种进展。

“年鉴”已发稿。其中种种艰难之处就不一一赘述了，只要我们明年能把它带去第六届莎士比亚大会，能够起到一点扩大我国莎学影响的作用，我们的努力就有了最高的酬劳了。

谢谢树钧兄对我的厚爱。我自己知道我的工作情况以及劳动的收获，但我觉得距离可以做传的程度还相差较远，所以也谢谢您的建议。这件事情我们就先把它搁置起来吧！待到“有朝一日”，当这个距离缩小到接近的程度时，我再请您帮忙。

文化部已批准组团参加洛杉矶会议。文件已下达。只是要参加会议者“自筹经费”。下一步我们就要为此而奔波了！各大学外出开会经费都很少。我校领导说，我校全年出国经费才只有8万元人民币，难度很大，但我仍持乐观态度。

现在渐近期末，又要搞半年一度的复习考试了，要到一月中旬才放假。这期间我将要请同学帮忙进行校对工作以赶印书进度，不然难以准时出书。这项工作的工作量也很大。

我的身体还好，早晨仍出去坚持锻炼。

谨颂

冬安!

孟宪强

孟宪强致曹树钧（12月10日）

树钧兄：

您好!

月初寄来的信件谅已收到。如能弄到高占祥在酒会上的讲话的照片望尽快寄来。

“年鉴”的出版问题已全部落实。共交了三千元，中文系可给一千元，另两千元将由外语系和科研处共同赞助。

我给何其莘的信没有回音，前几天又收到了张冲的信，他说教委给了两个名额尚未定下来。所以他不能报表（此事我感到怀疑，因为此表早于八九月份就报了上去），又说他已给您去信。不知张的信与何其莘征要指标的事之间是否有什么关系?我校领导表示可以帮助问问情况。有一件事对解决此问题较为有利：明年1月18日林贵要到教委参加一个关于外语教学研究工作的会议，他可以利用这个机会到外事司去联系，询问落实两个指标的事。

我们现在正想办法争取经费，难度很大，学校给钱的事根本不可能，校长说全校每年出国开会的经费仅仅8万元，这怎能落在我们头上呢？不知吾兄与孙院长的经费问题落实情况如何?

泗洋教授对开会的事很关心，几次问及，我跟他说此事系由上海市文化局上报文化部的，估计文件快下来了。现在可以跟泗洋教授说明情况，向他做些解释。此事还烦吾兄和张泗洋教授。

祝阖家新年愉快，万事如意!

宪强

1996年

王裕珩致孟宪强（1月1日）

宪强兄：今天是96年元旦日，吾兄全家健康幸福！

很抱歉，今天才能给你写信。十一月底家母不幸在浴室摔了一跤，昏迷很久，我匆匆忙忙赶回停留一周，她目前已逐渐稳定，但身体仍然很弱。

大著《中国莎学小史》Levith和我愿意让兄全权处理。这类书恐怕只有图书馆才购买（一般学术论著能售出一、二千册就不错了）。所以定价可以贵一些（US$20），但印刷装潢也得精美一些。《小史》如能重新排版，加上珍贵历史性照片，能在一百页左右最佳。另外还得编索引（index）和引用书目。这都是相当费时间的事。我目前工作太忙，实在抽不出时间为吾兄效力。或许林贵在暑假时可以做一下。我建议先印精装本，400本，平装本600本。不知成本要多少？

吾兄与曹树钧等访台计划不知是否有进展？台湾目前学术界的领导都是台籍人士，我跟他们无联系。老辈的朱立民先生已经作古。颜元叔也起不了作用。我想如果黄美序能以淡江大学名义邀请吾兄等访台，应该不成问题，可惜我与他并不认识，所以帮不上忙。请兄鉴谅！今年九月，我将去上海外国语大学任教一学期，原拟97年1月底再去广州暨南大学已决定取消。或许前往作短期讲学。上外教书任务完成后，我可以自由支配2月—4月。但4月底得必须赶回美国教暑期学校，我希望在97年6月前把Levith与我合编的中国莎译选初稿能完成。

“年鉴”即将出版，非常高兴！如果贵校领导能每年固定有经费支持《年鉴》的出版费用就好了。省得吾兄每年都得为经费问题伤脑筋。过去台大出版学术刊物要靠编教科书赚钱支持，不知这条路在大陆是否可以行得通？

下次再谈，祝

年喜

弟　裕珩

阮珅致曹树钧（1月14日）

树钧先生：

新年好！

本月三日大札及稿费均妥收。谢谢！

您为编辑“’94上海国际莎士比亚戏剧节论文集”花了不少时间和精力，劳苦功高，莎学同仁都非常感谢您。您的治学态度和工作之风，一向令人钦佩。“中莎会”的会务工作几乎靠您一个人负责，连寄稿费的事也得由您操劳，真是麻烦您了，我心里感到很不安。您寄稿费来，还使我感到惭愧。因为您曾跟我提过《莎士比亚新论》的稿费问题，但至今我还未能解决，而且不能肯定何时可以解决。为此我应向作（译）者们表示深深的歉意。

一年多来，我一直为方平先生主编的《新莎士比亚全集》做些翻译工作。已译完《维罗纳二绅士》和《结局好万事好》。现正在翻译《特洛伊罗斯和克瑞西达》预计三月份可交稿。武汉莎士比亚中心的工作乏善可陈，只是莎剧社用英语演出了《李尔王》片段。此外正与湖北教育出版社联系出版《莎士比亚译注丛书》，尚未最后落实。

大著《走向世界的曹禺》已经问世，可喜可贺！盼能早日拜读。

匆祝

教安

阮珅

又及：附稿费收据一纸

曹树钧致李伟民（1月14日）

伟民同志：

近好！4日明信片已收到，但杂志至今仍未收到。

《’94莎剧节纪念集》已付印，准备印一千册，全部精装。校样时，另一位付主任又提出大作与全书风格不统一，我觉得将“田汉与莎士比亚”一文一起坚持要保留，以便组成一个专栏。经过力争，已经打了校样的文章，才未被抽下来。

遵嘱，将我与留学生教学的情况随信附上，你可增补了寄《神州学子》。《眼前是一片……》大作我又看了一遍，（我是从书店复印了一份）文采不错。不过有些地方，还是过于溢美。比如：“二百多个日日夜夜……，不，……2136天的将全身心交给了莎士比亚”这一句形容太过，能否在给《神州学子》的文章中删去。

传记、专访我主张用事实说话，因为事实胜于雄辩。适当用一些形容词未必不可，但太过了，就有“言过其实”不可信之弊。

我把你的专访作为我今后努力工作的一种鞭策和勉励。

96洛杉矶会议中国组团参加一事，正在艰苦努力之中，至今仍未落实经费。“台湾莎剧节”也推迟了。

96年安徽将成立莎士比亚协会，上半年他们将派人来沪具体商谈筹备事项。四川以后我想请严厅长，你设法也成立“四川莎士比亚协会”，你可多做一些具体工作，因为严厅长实在太忙。你写的文章以后每次可复印给他，让他多多了解你。

此信收后请即回信告知。附照片一张，用毕归还。

祝

冬安！

曹树钧

洪忠煌致曹树钧（1月15日）

树钧兄：

新年好！一年忙碌，久未联系，甚念！

95年夏，张君川老师的长篇论文，我在原来替他整理的基础上，赶抄了一半，另一半（因我自己后来身体不好）由他夫人和女儿代抄，已寄给你。不知论文集的出版和张文编入的情况如何，盼兄有便时告知！

另，我本人提交大会的论文《莎士比亚与俗文化》，蒙兄支持我的观点并允推荐入集，还望兄多提携，并盼告知处理结果！

现在出书难，兄在上海主持中莎会的大量具体工作，实属不易！有何信息，望告！

浙莎会在95年开了首届理事会的会议，并在《戏文》杂志上出了一个论文专辑（几篇）。

盼多联系！

祝您

春节快乐

万事如意

洪忠煌

杭州

曹树钧致李伟民（1月15日）

伟民同志：

近好！

昨天刚发一封挂号信，今天便收到你寄来的刊物，谢谢。

给资料中心的信，我已寄出。

随信寄上复印件两份，供参阅。“中莎会”会费事暂缓，请商量后再定。

孙院长十月生重病，现当地休养，等他病情好转后再议96年的工作。

《中华莎学》估计明年三四月可出。

最近我忙于找韩国的一位曹禺研究专家，他在武汉大学攻读博士学位，他的毕业论文是写一本研究曹禺的专著。我除上课外，要花十天接待他，并同他具体谈论文写作问题。

四川戏剧那篇，请另买一册，将那篇文章剪下来在平信中寄给我，以前我在信中提起过，可能你忘了。

《走向世界的曹禺》一书，欢迎你写书评，文刊出后请寄我一份。

《走》书问世后，我还要抽一部分时间忙于推销和赠书，连星期天也不得空闲。

我校于96年4月招生，又有不少应届、历届毕业生找我，请我辅导、指点，这又占去不少时间。总之，事杂，时间匆匆过的又太快。

祝

撰安

曹树钧

丁洪哲致孟宪强（1月17日）

宪强先生道鉴：

两封贺卡及信件均悉，多承关心，先谢。

出书乃传世之工作，先生能在艰困环境下勉力完成著作、公诸于世，诚可喜可贺之事也。遵嘱代办入台一事，经与黄美序教授奔走了两周，至少在我们来说希望不大，其原因奉告如下：

邀请函必须由对等之民间团体发出，此间唯一相关之团体为中华戏剧协会，该会仅为空架子，赖承接个案向政府机关申请经费，此事经昨天理事会讨论结果，认为发邀请函没有问题，但迄后之一切代办入台手续也必须由邀请单位出面，据云：须盖二十多个章，该单位缺乏人手承办，故兴趣不大。

来函中虽言明一切费用自理，但行政开支，基本接待仍需经费支应，该学会并无能力承接此案，且此案无法申请到相关单位之财力支应。

去年邀请孙福良先生之“台北话剧协会”面临同样之困境，经询此理事长也乏兴趣。

据云，来台手续须时二个月以上，为恐有碍行程，特函告如上，请循其它管道进行或有可能。黄美序教授已退休。弟能力有限，特此致歉。

敬祝

新春如意

弟 洪哲 敬上

孟宪强致李伟民（1月18日）

李伟民先生：

您好！

大札及复印件都收到了，谢谢！关于曹树钧先生的大作已拜读；刊头如能刊登曹树钧先生拜望曹禺先生的照片那就更理想了。

“年鉴”已完成最后的核对工作。新年前后我用了半个月的时间校对了两遍。由于出版社同志的关照，由学校排出照排中心制版。这样排字很快，改版也很快，前后不到一个月的时间就完成了最费时间的校对工作。我自己对“年鉴”还是比较满意的。请出版社特殊关照，选入了12幅’94上海国际莎剧节的照片（遗憾的是小了一点，一页竟排了4张——不过这也是特殊待遇了）。最迟3月中旬即可见书。“年鉴”之所以能够这么快，这么顺利的付印，真是太感谢出版社的领导和编辑同志了。我在“后记”中谈到了这个情况，是敝校的出版社自1988年出版的第三本莎学专著与文集了！这在全国大学出版社中大概可以说是独一无二了。

出国开会的事一切准备就绪。林贵先去北京参加国家教委召开的关于外语教学工作的会议，22号回来后就可申请外事处的同志帮助办理手续了。林贵的经费已定下来由国家教委帮助解决；万一出现意外，他决心“自筹经费”，决心不错过这个难得的莎学盛会。我的经费问题由省里帮助解决，估计问题不大。

我这个学期开了二门课，再加上“年鉴”等事，忙的不亦乐乎，还好，身体没出什么毛病，终于走过了最艰难的一段路程。月末之前出题考试，假期还要批100份卷子。下个学期还上课（莎士比亚研究选修课）。

谨颂

冬安！

孟宪强

孟宪强致曹树钧（1月24日）

树钧兄：

您好！

“年鉴”插页已制版。“年鉴”共收入照片几幅（每页4幅，共3页），孙院长讲话。吾兄的讲话及高占祥副部长的照片均收入，其余9幅为演出剧照。“年鉴”校样已经总编审阅，批给了书号，二月上旬开机，下旬可望兄到。照片我再留些日子，待开机会再奉还。

林贵昨天从北京返回长春，遗憾的是没有见到教委外事司的人。他们正在搬家，林贵去两趟都没找到。林贵托一位人事司的同志代为了解情况，据说这件事还没研究，这周可能要研究。林贵过两天再给人事司的这位同志打电话问问情况。在北京期间林贵给郑土生同志打电话，郑说他的经费所里不拿的话，李肇星帮助解决，给沈林打电话，是他母亲接的，她说院里不给钱，沈林自己积极性也不高，估计沈林不能赴会了。给辜正坤打电话没打过去，很巧，昨天上午辜正坤给我来了电话，告诉我他家电话号码已改，改为［略］。他问我开会需要多少钱？我说人民币3万元左右，估计辜正坤没什么问题。何其莘那里没联系，北京方面的几位代表团成员的情况就是这样。

我们这里明天向校外事办正式打一个报告，请他们帮助办理手续，不知孙院长吾兄的经费落实了没有？现在距会期只有七十多天了，该办手续再不办恐怕就来不及了。

申请访台的事情丁教授来信了，他说此事希望不大，关键是没有人有兴趣帮我们办理手续。现将丁的信复印件寄上，供参考。不知此事是否还可以由孙院长出面请张英先生帮忙？

我们明天放假，假期我要批二个年级的卷子，还要印出下学期用的讲义，估计不会有多少时间休息。

代问孙院长好！

谨颂

冬安！

宪强

丁洪哲致孟宪强（2月4日）

孟兄：

大函在校寒修前一天收到。关于由大学邀请，我在事先也考虑过，都认为时间仓促，活动难以具体落实，因而作罢。今终提起，我倒想建议你用团体之名义发信给以下几个学校，他们都是对近年两岸文化交流有兴趣的。

台湾各大学莎士比亚均开课在英文系，故来函也请直接寄到各学校英文系，由他们再逐级签办。

1）台湾高雄市，中山大学英文系

2）台南市，成功大学英文系

3）台中市，东海大学英文系

4）台北、士林，东吴大学英文系

淡江大学仍可来函，但英文系属外语学院。可直接寄到英文系即可。函中勿单独提及黄美序及我本人，因为黄已于今年退休，我不由英文系发聘。不过，接信后，英文系主任会找我及黄商量（黄虽退休），仍有人望。

我能尽力的仅只于此了，希望把握时效，在2月18日开学后，能收到来函。

祝成功，顺便拜年。

弟 洪哲

李伟民致孟宪强（2月26日）

孟宪强先生：

您好！

大札早已收到。因我在放假时做了一个手术，右膀子上长了一个脂肪瘤，把它切除了，所以没有及时回信，望谅。

得知贵校支持《年鉴》的出版，您为此也付出巨大的努力。对您这种卓有成效的工作，本人表示非常敬佩。

这个假期里因为我的手不能动，因此一篇文章也没写。总之是在忙碌应酬中度过的。今年第二期《书城杂志》拟登我一篇评方平先生译《李尔王》的文章，发表后给您寄去。另外还有三四篇文章也通知了可望发表。拙文《他山之石与东方之玉》在放假前收到了台湾《社会科学与人文科学学报》的用稿通知。该刊让我写一份内容提要，中、英文。中文的我已经写好了，英文的我也找了人翻译，现在把这个题要寄给你，请您审定。另外，我怕人译不好，这个题要，如果林贵有兴趣也请他翻译一下。

得知您和林贵都决心去参加世界莎学大会，这种为学术为莎学的精神，值得在中国莎学史上大书一笔。不知您何时动身？我考虑如有可能请您带一篇拙文（英文）去美国，不知行不行。

三四月间能看到《年鉴》，这个消息太令人鼓舞了。日前，我在《文汇读书周报》上的“东方书林”中看到大著《中国莎学简史》的名字。我想这会使更多的人了解大著，了解中国莎学史。

谨祝

研安！

李伟民

拜个晚年。因春节是在我母亲家里过的，我没带电话本，否则可打个电话给您拜年。

孙家琇致曹树钧（2月29日）

曹树钧同志：

年前，我曾以中莎会成员名义给《戏剧艺术》寄去一篇谈勃鲁托斯性格的文章要求编辑部：如果不用，请务必寄回给我，因我未留草稿。我提出了，他们也可以麻烦你代寄给我，我没征得你的同意，现在补说一声。也许文章可以用，就不必麻烦你了。该文是我给中央戏剧学院《戏剧》一文“莎士比亚大悲剧的前奏”——《凯撒大帝》的第二部分，但可以各自独立。

开学在即，你又该大忙了，不知我国赴美国国际莎士比亚协会四、五年一度的大会人选，是否已经选定？你自己去吗？

好，祝新春康乐！

孙家琇

曹树钧致李伟民（3月5日）

伟民同志：

新春好！

先后寄来的信件，杂志复印件均陆续收到，深致谢意。

洛杉矶会议中国代表团的批文经多方曲折努力，终于下达，但孙院长和我的经费由于有人从中作梗，至今尚未落实，孙院长正在努力之中。有一些代表已经落实，正在办出国护照。

开学伊始，我每周6节课，上《戏剧评论》《曹禺研究》《中国话剧史》三门课，课余正在应约写给中小学生阅读的《“神童”曹禺》。

四川莎学会成立一事，严厅长太忙，尚需缓一缓，待安徽成立之后再议。

95.10月成都戏剧节上，我应邀发了一个言，《中国戏剧》编辑部认为很有意义，要求写成评论，现文已发表，随信附上一份，供参阅。

《神州学子》的那篇专访，过一阵可写一信问一下，在他们无明确有不用之意前，不宜再向别刊投寄，一般稿子均在三月内给回音，二个月后可以问一下。

大作受到格外重视，可喜可贺。你正年富力强，可以勤奋写作，将已发表的文章一篇一篇积累起来，待机可集成一本书，或用专著形式或串联，这叫“闲时备，急时用”。人生道路上机会总是会有的，一要及时抓住，二要努力争取，发挥主观能动性。

祝

撰安！

树钧

匆复

杨林贵致李伟民（3月12日）

伟民先生：

您好！大函收悉。

由于不知您大作摘要的原文，无法与译文做对照，所以只能妄做修改，供参考。

题目“他山之石与东方之玉”在英文中没有对应成语，若按字面直译势必要加注。然而此为摘要无法加注。况且，按英文习惯，中文式的“成语”并不“吃香”，而且常常有反效果。故此我建议译成英文时略去，只留副题，这才是大作的内容。

仅供参考。此颂

春安！

杨林贵

黎翠珍致孙福良（4月2日）

孙福良先生：

您好！

上次在香港见面之后，黄清霞和我便着手筹办组织香港的莎士比亚学会。

我们约见了有兴趣组织和支持这学会的人士，出席初次筹备会议的有：

香港大学英文系高级讲师黄清霞教授

香港中文大学英文系系主任谭国根教授

香港中文大学英文系系主任Andrew Partin教授

香港浸会大学英文系系主任叶少娴教授

香港浸会大学英文系Clayton Mactengie副教授

香港浸会大学英文系温梁咏裳助理教授

香港浸会大学英文系翻译学教授及翻译中心主任黎翠珍

这次会议亦邀请了香港演艺学院戏剧院院长钟景辉先生，钟先生表示支持，但因排演未暇出席。

会议讨论结果决定在香港办“香港莎士比亚学会”，欢迎学术、翻译、戏剧界人士参加，以促进莎剧研究、教学、翻译和演出等活动，与世界各地进行莎剧活动的人士和机构交流。我们已获得浸会大学校方同意，借用本校翻译学研究中心为暂时会址，以便开始搜集有关莎剧研究、演出的文献。我们目前正循本港法例程序办理创会手续，待后便召开大会选举，然后便开始运作。一待开好大会，选举干事之后便与孙先生联络。

暂此报告　并问

祺安

黎翠珍

中国莎学代表团首次参加世界莎士比亚大会（4月12日）

1996年4月7日中国莎学代表团，赴美国洛杉矶参加第六届世界莎士比亚大会，这是中国第一次组团参加世界莎士比亚大会，标志着改革开放深入发展后的中国莎学事业迈向一个崭新的阶段。

第六届世界莎士比亚大会是历届莎士比亚大会中规模最大的一次，40多个国家的1000多位莎学专家出席了会议。为了促进中国与世界高水平文化的交流与联系，扩大中国莎学在国际上的影响，增进中国学者和世界各国家之间的了解和友谊，推进中国莎学事业，中国莎士比亚研究会，应国际莎士比亚协会的邀请，经中华人民共和国文化部批准，派出了由中国莎学学者组成的“中国莎学代表团”参加本届大会。

“中国莎学代表团”由中国莎士比亚研究会副会长、著名莎剧翻译家方平任团长，中国莎士比亚研究会秘书长、上海戏剧学院副院长孙福良任副团长兼秘书长，中国莎士比亚研究会理事、副秘书长、著名莎学学者曹树钧、孟宪强任代表团副秘书长。代表团由教授和博士组成，其中有阮珅、刘炳善、辜正坤、何其莘、张冲、杨林贵等共11人。此外还有台湾学者彭镜禧；美籍华人、中莎会顾问王裕珩教授，在英国从事戏剧教学的学者李如茹博士也参加了这次盛会。“中国莎学代表团”成员中相当大的一部分为中青年业务骨干，在国内都有一定的影响，代表了老中青三代学者。他们为推动中国莎学走向世界发挥了积极的作用。

4月7日下午5点，中国莎学代表团主要负责人副会长兼秘书长孙福良、曹树钧、孟宪强拜会了国际莎学和美国莎学主要负责人：国际莎士比亚协会主席安·库克（Ann Jennalie Cook）、副主席斯坦利·威尔斯（Stanley Wells）、秘书长罗杰·普林格（Roger Pringle）、美国莎学协会主席吉尔·莱文森（Jill Levenson）、大会执行主席南希·霍奇（Nancy Elizabeth Hodge）热情地接待了中国莎学代表团领导成员。中国莎学代表团感谢国际莎士比亚协会对中国莎学的关注和支持，向他们介绍了这十几年来莎学取得的成就，并将中国最近几年出版的介绍中国莎学的专著《莎士比亚在中国舞台上》《’94上海国际莎士比亚戏剧节论文集》《中国莎学简史》《中国莎士比亚年鉴》和英文的《中国莎学小史》作为礼物献给第六届世界莎士比亚大会。会后合

1996年，中国莎学代表团成员与国际莎学会及美国莎学会领导会谈，左起依次为杨林贵、曹树钧、安·库克、斯坦利·威尔斯、孙福良、罗杰·普林格尔、南希·霍奇、吉尔·莱文森

影留念。在大会当晚7点开始的开幕式上，斯坦利·威尔斯在致辞中特别提到了这件事。他说："中国这次组织了代表团参加会议，带来了他们出版的莎学著作，其中还有为此次大会特别地编辑出版的书，国际莎协对此感到十分欣慰"。大会开始后，代表们听取了大会报告，并在会上发言，引起了热烈的反响。

中国莎学代表团于洛杉矶

裘克安致孟宪强、王裕珩（4月18日）

孟宪强、王裕珩先生：

承赠《中国莎学史》英译文，谢谢。兹提出一些意见，供改进时参改：

一、英文中许多动词应改过去时，都用现在时不妥。

1996年洛杉矶第六届世界莎学大会期间孙福良（中）代表中莎学会给国际莎学会赠书，时任国际莎学会秘书长罗杰·普林格尔（右一）、杨林贵（左一）担任代表团秘书兼翻译

二、pp.1—38，国际莎协主持的世界莎士比亚大会第三次，1981年8月在斯特拉福德召开，是我代表中莎会（筹）参加的；第四次1986年柏林，张君川、索天章、沈林参加，我的论文A Chinese Image of Shakespeare（中国人眼中的莎士比亚）由沈林代读；第五次1991年东京，无中国人参加；第六次1996年洛杉矶。

至于英国伯明翰大学莎士比亚研究所（在伯明翰和斯特拉福德两地有房舍）每两年召开一次的国际研讨会，中国人出席者：19届1980年林同济；20届1982年杨周翰、陆谷孙；21届1984年索天章、汪以群；22届张君川（？）、沈林；23届1988年王佐良、沈林；24届1990……（下面我不知道了）

这类由一国一单位召开而请一些外国人来参加的莎学研讨会，当不止伯明翰一处，许多国家都有。像1993年5月武汉的会也可称一个。不过伯明翰是定期的，而且每次可在斯特拉福德看戏，所以算是重要的了。

三、鲁迅写陈原（西滢）的话可删。他是说留英的陈原未译莎（他是胡适邀约之人），而由田汉译了。田汉译莎是从不知何人的日译本转译的，田的英文不好，大概只能参考。其实译莎最早之一，而且后来最全的是梁实秋，他是留美学者。所以鲁迅的话后来就无意义。他只是一时对陈原不满。翻译者中，梁最全（由于他的全集在台湾出版，大陆上不大知道）；卞质量最高，朱有才气，他是教会学校毕业的，因此虽未留学，英文也好；不过他未译全而且每剧都删节许多（脏话），大陆出的全集，其实是很多人补足和修改的，其功不能算在朱一人身上。为此，译莎还有待改进，另外还有诗体译文的问题，不能把中国译莎现状讲得太好，说得太好了就难以改进。

四、中国莎学，先从日文入手，再从俄文老师，然后直接从原文（英）读，用原文（英）写论文，这才走上研究的正途，进入国际的莎学论坛。因此，建议补上关于我用英文写的《Shakespeare, the Chronological Life》（莎士比亚年谱）和我主编的《莎士比亚注释丛书》（已出版18种）。出版注释的莎作原著，是1910年商务印书馆开始的，20、30年代又出了几种。1984年我才开始主编一套丛书，参加者有：支荩忠、申恩荣、张文庭、顾静宗、钱兆明、杜苕、罗志野、李德荣、张信威、何其莘、孙法理、杨林贵等十余人，其中多人是教授。用英文写过论文的还有王佐良、杨周翰、索天章、沈林、何其莘、陆谷孙、辜正坤、孙家琇、汪义群等人，可惜前两位已去世了。

五、台湾、香港、留美学者的成就，请王裕珩先生补一些。

提得不一定对，请指教。祝

教安！

裘克安

张冲致孟宪强（4月25日）

孟宪强先生：

您好！

这次洛杉矶大会，在交流、联系、学术方面都有不少收获。特别是从我们自己身上看到了中国莎学的进步与希望。同时也为我个人的学术研究提供了一个了解动向、结交朋友、收集资料的机会。应当说，这是中国莎协96年的一件大事。

回顾起来，中国莎学要在世界上有一席之地，恐怕还是那句话：得在理论研究上下点功夫，不仅要走出去，也不妨找机会请进来，做东开几次国际学术会议，让人家了解我们的整体实力。不知您以为如何。

回校后一直忙于补课、汇报等。方平先生去了旧金山，恐怕也快回来了。院里在收集论文，要向学校汇报。您若有便，是否烦请您将“年鉴”尽快寄我两本，作为成果展示。从丛那边的书，若方便也可一并寄我转交。或另行寄她也可。由您定夺。

请你将联系。

即祝

安好！

张冲

孟宪强致曹树钧（4月30日）

树钧兄：

您好！

4.26大札及照片均已收到，谢谢！诚如兄所言，我们此次组团赴会对于推动中国莎学走向世界具有重要意义。但对于我们的工作来说的确既有经验，又有教训，教训应该说是比较沉重的。

最近两天寄出了三份我们“中国莎学代表团”的报道稿分别附了三张照片，我在寄稿信中说如有什么需要了解的可给我们打电话（孙院长、您、我）——我把电话号码给了他们（《人民日报》（海外版）、《中国文化报》和《文艺报》），但愿能够发表一篇。他们如给孙院或吾兄打电话，你们可根据他们的提问补充些情况，并烦请将此情况告知孙院长。——也许他们并不给我们打电话。

1996年4月洛杉矶第六届世界莎学大会期间合影，左起依次为莱维斯、王裕珩、彭镜禧、孟宪强、杨林贵

“5.1”后《人民日报》驻长春站的记者将来找我采访情况（他是我的学生），我还想在《吉林日报》上发一篇报道。的确，我们千辛万苦为中国莎学事业的发展所做出的工作，那些坐收渔利的人是绝不肯去做的！我们做了工作，我们自己感到了光荣，同时国内绝大多数同行对我们还是理解和支持的。

谨颂

撰安！

孟宪强

又及：刚写完信封好，凌云回来时又带回了兄4.26的信篇大作复印件和关于我们参加国际莎学大会的报道材料，谢谢！

阮珅致孟宪强（5月3日）

宪强教授：

您好！

这次我们参加世界莎学大会，相逢在洛杉矶，为了一个共同的学术目的。走到一起去了。海外遇故知。不亦乐乎！！！

开会期间，多次蒙您为我摄影留念。今天又收到您惠寄的七张照片，非常感谢！看到这些难得的好镜头，就会想起您这位高明的摄影师。

收到照片后。我还有点“不知足”现不揣冒昧向您提出来。记得我们在Biltmore Hotel大厅里，还有别地与美国莎协主席David Bevington合过影。不知是否将我和他的合照加洗一张送给我？有我独身一人坐在大厅里的底片，以及与Bevington合照的底片，读一并惠赠甚感。另外您寄来的照片中，有一张您、我和另外一个人相对地坐在沙发上翻阅尊编《年鉴》的合照，我记不起那另一个人是谁（看侧面认不出来），请告诉我。中国城的餐馆名您记得吗？

日前收到莎士比亚十四行诗研讨会（seminar）主持人希瑟·杜希罗教授来信，对我出席会议表示谢意，说我的论文提出了爱情与友谊的关系等重要问题。对会议作出了重大贡献云云，溢美之辞，受之有愧。有生之年，当勤勉从事。为使中华莎学走向世界作一点实际工作，盼多多指教。专此即祝

撰安

阮珅

刘炳善致孟宪强（5月20日）

孟先生：

您好！

洛杉矶开会后，到美国东北部探亲访友，并到一两个学校短期“讲学”，内容

不外“莎士比亚在中国”。我发现美国老师、同学和其他知识界人士对于莎剧在中国的翻译（特别是诗歌体翻译）和演出（特别是用中国戏曲演出）非常感兴趣，在这方面提出不少有趣的问题，让我回答；我回答后，他们很高兴听。总之，外国人希望中国的莎剧研究、翻译、演出有自己的特点——他们感兴趣是这方面，而不是一般的跟着外国学术界跑。

我看了日本导演黑泽明改编的《李耳王》，感到很成功。很有气魄——成功的原因在于把莎剧与日本的民族历史、艺术传统结合得很好。

感谢您寄来的三张相片。我手头的照的中莎会有关的照片已在上海交给曹树钧同志了。

匆此，顺祝

文安

刘炳善

徐克勤致孟宪强（5月28日）

宪强教授：

从《电影戏剧报》上读到了你们参加洛杉矶大会的报道，今天又接您主编的《年鉴》，初翻之后非常高兴。请转告世界莎翁大会的盛况！《年鉴》若有余额，请再寄一本。书费随后即寄来。吉林莎协成果如此之辉煌，活动如此之多，全靠您这样的热心人士之努力，希望下次莎学研讨会（或莎剧节）能在长春举办。

95年10月自考生多达800名，此次试题由刘念慈起草，集体研究。拙编教材已用完，系里叫我们重编一本，《提要》登在95年3期《齐鲁艺苑》上，随后寄给您，请多提意见。请代向张泗洋教授、田桂荃、杨林贵等同行问好！

祝工作顺利，全家幸福！

徐克勤

方达致孟宪强（5月28日）

孟教授：

您好。5月14日大函及英文写作“Historical Survey of Shakespeare in China”已收到，谢谢。对于您的大作和巨编，我只有认真学习、吸取和教益。

我寄赠您一点荔枝和奶粉，比起您寄赠我这些宝贵的书来，我的礼品是微不足道的，不足称谢。

《年鉴》第340页上说，美国《莎士比亚季刊》第45期《世界莎士比亚目录卷》收入中国莎评40篇的摘要的英文译文。《年鉴》第350页倒数第3行至351页第4行，呈拙作《奥赛罗悲剧剖析》一文的摘要。拙作也被杨林贵先生和王裕珩教授选中，我很高兴，谢谢杨先生和王教授。

孟教授，湘潭师院与安庆师院都是新建的学校，图书少，既无《莎士比亚季刊》，也无《世界莎士比亚目录卷》，我未见过这种期刊。能不能请您在闲暇之时，把这种美国期刊的封面以及刊登拙作摘要（英文）的那一面，各复印一张寄给我，让我见识一下？费神，谢谢。

《安庆师范学报》96年第2期将发表拙作《文学史讲授中比较方法的运用》，待出版后，我请该学报编辑部寄一份给您，请您斧正。

《简史》第293页第4段第2行至第3行：“……哈佛大学英国语言文学文科硕士范存忠教授……”据我所知，范老在哈佛大学获得了博士学位。《简史》339页，范老的小传中，已证明这一点。又，《简史》第295页第5行：“……南京大学陈嘉教授，范存忠教授……”从50年代至80年代中期，他们二位逝世以后，南京大学排名，范老的名字历来在陈老的前面；范老是一级教授，陈老是二级教授；五十年代的中国科学院（包括后来分出去的中国社会科学院）第一批文科学部委员之中，就有范老，而陈老不是第一批学部委员。尽管他们二位晚年时候，陈老的学术成就似乎更大些，但南京大学排名，范老的名字仍在陈老的前面。我是南大毕业的，对这些情况比较了解。特此奉告，供您参考。

您的大作《简史》，内容极为丰富。我冒昧谈了上面这些，请勿介意。谈的不妥之处，请批评指正。

向您的夫人陈老师问候致意。

此颂

教祺!

'方达

郑土生致孟宪强（6月2日）

宪强兄:

刚才我读完了您的《莎士比亚与精神文明》和张泗洋老师的《莎士比亚的道德艺术》，深受教益和启发。你们二位这两篇大作都很好，会在我国精神文明建设中发挥好作用的。

我正在同有关单位联系，如果我能搞到赞助，我想在近几年内编一本《马克思主义与中国莎评》，争取使马克思主义莎评在国内外发挥更大的影响。

此次未能同你们一起赴会，主要原因是我的恩师钱锺书先生重病在床，我不愿离开北京。您看了复印件就会了解；钱先生、杨先生对我确实恩重如山！我即使能“结草衔环”也难报万一!

祝全家身体健康!

学弟：土生

王仪君致孟宪强（6月10日）

孟教授:

上星期收到您寄来的两本书，至今已看完了年鉴的部分。书中对莎士比亚的介绍及有关莎士比亚研究活动均有详细记载，非常佩服。

台湾的莎士比亚教学一向由朱立民教授提倡。近两年因朱老师生病过世，一时

还无法预测哪一位学者可以整合莎士比亚研究。希望不久的将来可以有两岸互相交换研究成果的机会。祝

夏安

王仪君

史璠致孟宪强、陈凌云夫妇（6月17日）

孟老师、陈老师：

今天，我特别高兴，荣幸地接到了您寄赠给我的《中国莎学年鉴》。这本书令我爱不释手，这主要是因为从书中了解到了您这些年的学术旅痕、成就，读去的亲切感受是与他人不同的。实际上，我一直在关注您事业的发展，在早几个月的《文汇报》上已得知您参加第六届世界莎士比亚大会的消息。我想去那的几天里，你定有会有全新的感受。我衷心祝福您事业的发展，也期待着更大的发展。

我离开长春已两年多了，北方那些年认识的人的行迹都很想念，包括孙世文，包括王军等也都知道一点，我想他们一定还都与莎协有密切的联系吧。

我在这里一切都好，完全改变了原有的追求事业的模式，重新开始新的工作了，我已调换了两个单位，以后恐怕还会变动，不过怎么变动还都能适应。这与您前些年的教育帮助确实有很大关系。希望以后能不断得到您的帮助。祝您全家好！

史璠

曹树钧致李伟民（6月17日）

伟民同志：

近好！两信及附件均已先后收到，最近我很忙，迟复为歉。

关于莎剧研究的一文我已看过，写得很好，其实可以投中戏《戏剧》，里面有些设想不太符合中国今天的实际。

已经发出十几篇，北京4篇，上海6篇，重庆、广州均有。均由我托校友朋友发出，孟老师、郑土生的均未发出。

美国回来后应邀为学报作文。已发2篇，还有几篇也将会陆续发出，这也是宣传中国莎学中莎会的机会，因此我尽量挤时间完成。

有一篇最后（一万两千字）8月将刊在上海话剧艺术中心主办的《话剧》上，届时寄上。

祝

撰安！

友　树钧

刘新民致曹树钧（6月18日）

曹老师：

您好！大函收悉，首先该向您表示衷心祝贺，能有如此机会参加世界莎士比亚大会。我觉得您为中国莎学贡献良多。（单看94莎剧节您的埋头苦干就可知）获此殊荣，是当之无愧的。

《莎剧节论文集》已出，令人高兴。托人带甚麻烦。且实无人。能否请您帮忙，寄我两册，书款邮费从稿费中扣除。如不方便我就先汇款上。我今年申报正级职称，正需要扩充成果材料。

另寄上《莎士比亚诗全集》，因精装才二册，手头已无。只能给平装本，抱歉。另有《艾米丽·勃朗特诗全编》要下半年出。

万莹华老师通讯地为：[略]，或寄杭州师范学院中文系，邮编相同。

再次表示祝贺和感谢！

顺颂

笔健！

刘新民

索天章致曹树钧（7月3日）

树钧教授：

前信刚刚发出即收到《莎士比亚戏剧节论文集》。

该书印得很好，内容也不错。希望研究会能更多出一些有水平、有质量的论文，和外国人一比高低。

我们很有希望，但仍需努力，外国的大会必将对我们有所启发。

您的研究越来越深入。我很佩服。

祝

好！

索天章

刘炳善致孟宪强（7月10日）

孟宪强先生：

您好！

6.4来信早到我信。但因我归国回汴以后，突然患病，5月底即外出看病，最近才回，因此今天才能回信。

剑桥大学Dr. Kiernan Ryan也曾送我一本他的莎学专著"Shakespeare"，从他的序言看，这书是运用当代新的文学批评理论（女权主义，后结构主义，新历史主义等）来阐述莎剧内涵的。我因病未及细读。我们合照中那位女士，是Dr. Kiernan Ryan的前妻Dr. Helga Geyer-Ryan（荷兰阿姆斯特丹大学，教比较文学）；另一位先生也是Prof. Rick A. Waswo（瑞士日内瓦大学英语系教授）。他们的共同特点是都对马克思主义有研究，但也吸收了当代一些新潮文艺理论的观点方法——这在国外大概也是自然的趋势。

关于我在美国俄亥俄州一些学校和友好人士中所讲有关"莎学在中国"的内容，

主要是根据我所写二三篇英文讲稿：

“Shakespeare in China”“Marxist Shakespeare Criticism and Its Spread in China”和“Compiling a Shakespeare Dictionary for Chinese Students”。回国以来，因身体不大好，还不能再写文章。但我在讲演后，美国学者和一般知识分子对于“用中文诗歌翻译莎剧”和“用中国戏曲形式表演莎剧”特别感到兴趣，不断向我提问。我也尽己所知给你回答。

情况大致如此。顺祝

夏安

刘炳善

孙家琇致李伟民（7月11日）

李伟民同志：

来信和您对两本拙作的评论，前几天由学院转给了我。因正患重感冒，加上引起了老心脏病，没能及时回信，请原谅。

您的“体会”我读了两遍，首先为您的热情洋溢而感动，其次是觉得您不免过奖了！我极喜爱莎剧，也在课堂上讲授过他。但是我的研究远未达到“精深”的程度。我常为此感到惭愧，只能以“毕竟尽了最大力气”的想法稍稍原谅自己。

您一连写出了《评孙家琇〈莎士比亚辞典〉》《各具风格特色，荟萃莎学精华》和《来自真善美的永恒动力》三篇文章，完全说明您对中国莎学的关心，也特别说明您对莎士比亚的热爱。对于国内莎评或有关书籍进行介绍、比较研究和评论，这在中国莎学领域中是一件十分可贵的新事。我更为此感到高兴。希望您以后能继续这方面的工作。

我那本《戏剧》的书名容易使人误会成莎士比亚对西方现代戏剧的影响。实际上，该书名是指书内两方面的内容，此外是有关于“影响”的几篇译文。您没有指出。另外，我是在吸收借鉴西方较好的莎评观点的同时，批驳其荒谬论点的，不是对西方论说一概予以否定。当然，您肯定我提供资料，就含有借鉴的意思。

不多谈了，再一次谢谢您！谨祝

夏安！

孙家琇

孙福良致张英（7月18日）

张英先生：

您好！

闻贵会将于今日聚会，我代表中莎会向贵会的全体同仁致以诚挚的祝贺！

我会曾于今年四月初派出十二人组成莎学代表团参加在美国洛杉矶举办的第六届世界莎士比亚大会，与来自世界各国的代表进行广泛的接触，取得很大的收获。国际莎学主席和秘书长对我会所取得的莎学研究、莎剧演出给予高度的评价。另外，我们也介绍了台湾酝酿成立莎学会和举办莎剧节的事宜，他们表示赞赏和支持。

鉴于'94上海国际莎剧节贵会与我们的愉快合作，我们期待双方的合作能进一步加强与密切。为此提出以下建议：

一、酝酿筹备多时的台湾莎学会建议在近期内尽快宣告成立，我会期望听到贵会负责人、台湾莎学会发起人张英先生能成为首任会长的佳音。

二、台湾将举办莎剧节定为海内外人士所关注，建议97年下半年举行，我会将全力协助。

三、应美国之邀，我会将组织一台“中华舞台一绝”的精品演出，约一个半小时，每个节目三至五分钟，是从全国各地精选出来的，属“国粹精品”。由演艺界名流约三十人组成。若贵会有兴趣，演出团体将乐于赴台湾作商业性演出。

'94上海国际莎剧节论文集已给贵会寄发，是否收到？

随信发出香港莎学会（筹）给我会的来信，及参加世界莎学会的有关简报以供参考。

恭祝

安康！

中国莎士比亚研究会

秘书长孙福良

马家骏致孟宪强（7月23日）

宪强同志：您好！

6月上旬收到《年鉴》，记得当时复过信，也许事匆，忘了复信。《年鉴》似乎挂号寄出。我这里平寄也很少丢，有人只写了陕西师大四个字，收发科人都熟，就直接转入我27-2-27（家门口）信箱了。

我得的一本《年鉴》未见有什么质量问题。也许我只读了有关几篇，没发现什么。

没有稿酬是意料之中的事，君子之交，重义不重利。我本应先声明：免酬。好在，吴宓稿一篇是已得过稿费的。评您的《简史》更不能要稿费。就是有几十元，我也富不了，没有几十元我也穷不了。在80年恢复稿酬制度前的10多年间写东西，哪有什么稿酬，大家不是也过了吗？此事大家都不往心上去就是了。《年鉴》书出来对国内国际做的贡献就是大好事，我心里高兴，谢谢您做了工作。还得谢谢杨林贵同志，把拙文提要供［美］季刊目录卷。我校学报主编（我的学生）也高兴于他刊物上有文字介绍到国外。

祝夏祺、万事顺意

马家骏

孟宪强致李伟昉（7月24日）

李伟昉先生：

您好！

接到您的电话以后我就想怎能弄到一本拙编《中国莎士比亚评论》呢？原想从已赠出的书中要回一本转赠给您，但想来想去总觉不妥。于是去出版社，请他们帮忙；他们说书早已售完，社里存书不能出售；他们还说可到出版社的书店去看看，请他们翻一下看看是否能找到一本。说来真巧，他们从书架下面的书柜中找到了一本下架的，虽破了一些，但终究找到了。现随信寄上，请批评指正。因为书已破旧，我折价买出，没花多少钱，这本书就送给您了，作为我们初识的礼物，请笑纳！

谨颂

夏安！

又及：以后有事来信请寄我爱人处，即130021长春市东北师大附中陈凌云。

孟宪强

编者注

李伟昉回忆："1996年因为准备为大四学生开设莎士比亚研究选修课，发现孟宪强老师1991年编有《中国莎士比亚评论》一书，到处寻找未果，便从一个老师那里要到孟老师电话并冒昧联系孟老师。没有想到孟老师竟把这件事记在心上，非常热心、主动帮我找书，居然在出版社书店找到一本，买下后寄给我。这件事让我非常感动。虽然时隔25年，但每念及此，依然令我记忆犹新，充满感激与怀念。这件事充分体现了老一辈学者对年轻学子从事莎士比亚教学与研究的殷殷关切和大力支持。2011年搬家后一直没有找到这本书，一直心存遗憾。这次搬家在地下室发现一包未打开的书，才看到《中国莎士比亚评论》一书就在其中。当年这包书应该是被遗漏错放在了地下室。我简直喜出望外，小心擦拭后精心收藏。夹在书中的孟老师的短信，把为我找书买书的情形细节记录得很清楚，弥足珍贵！"

任明耀致孟宪强（7月25日）

宪强仁兄：

惠书、大作、照片均已收到。太感谢了。

你对中国莎学的贡献很大，令人赞佩不已，大作记叙了你参加了洛杉矶会议的感受，令人鼓舞。希望你今后再写一篇中国莎学代表团在美活动的情况。我相信你的感受一定是很多的。

年鉴编得太好，希望你能续编下去，这些资料对后来者将有极大帮助。未来只有你和贵校出版社才有如此能量和魄力。其他出版社肯赔钱么，年鉴内容丰富多彩，美不胜收，有了年鉴，使我们对中国莎学界日常的状况有了了解，也使国际莎学界对中国莎学现状有了了解，你出手快，点子多，办的好事真不少啊！

年鉴的封面设计太差，没有莎学的特色，封面应该写出94年字样。另外，在上海举办的朱生豪纪念会，恐怕少提一笔，以上很不成熟的意见，供参考。年鉴我将仔细拜读。

向杨林贵老师问好，他后生可畏又可爱，你有这样的接班人，令人可羡也，附上一剪报，请指正。

格外酷热，恕文多余，来此函谢，并祝

著安

Prof. Levith精神很好，去信时请向他和王裕珩教授问好。

任明耀

阮珅致孟宪强（8月9日）

宪强教授：

您好！

上月16日大札收，迟复为歉。惠寄给我的《年鉴》质量不错，谢谢。不用换了。

至于稿酬问题，我觉得不必考虑，现在能出书就是大好事，文稿发表了就是大喜事。当然编者为无力付稿酬作出说明也是必要的。对我来说，您的做法起了示范作用。我应该为《莎士比亚评论》未能给尊稿付酬表示深深的歉意。几年过去了，今天特补作一个说明：因经费有限，销售数量也有限，售书所得的书款只够补偿国内外寄书的费用，因此无力支付稿费。请代向张泗洋、张奎武、田桂荃、王丽莉、杨林贵诸位先生表白。请他们原谅。

从洛杉矶回国后，一直忙于赶译方平先生去年分配给我的第三部莎剧《特洛伊罗斯与克瑞西达》，日前誊抄完毕。方先生还要我再译一部历史剧——《亨利八世》。年内能不能完成任务，没把握。

湖北教育出版社拟出版一套"莎士比亚译注丛书"（英汉对照。加注释），用朱生豪译文，同时作必要的校订，即改正可能有的错译，补译原译者遗漏未译或有意删略的文句。此事牵涉到版权问题，雷与朱先生家属联系。我曾给其子朱尚刚写信，信寄浙江嘉兴市毛纺总厂职工大学，未获回音。可能地址有变动，其孙朱之江，原在北京外语学院学习，现不知在何处工作。您知不知道他们（包括朱生豪夫人）的可靠的通讯处？便中请抄一份寄给我，不胜感激。

专此即颂

秋祺

阮珅

曹树钧致李伟民（8月27日）

伟民同志：

你好！

寄来的二本杂志及复印件，均已先后收到，谢谢！

最近我很忙，一开学要上五门不同的课:《戏剧评论》《艺术概论》《中国话剧史》《名剧选读》《理论写作》，备课任务十分重，同时要赶写新著《"神童"曹禺》，因此寄来的大作，要过一些时候，再将读后感写给你。

今来信，有一件事同你商量，'94上海莎剧节论文集已经问世，历经近二年辛劳，你能否抽空作两件事：（1）写一400字通讯稿（我附一稿，供你参考），原稿抄写后即寄我，我试投《中国戏剧》（北京），副主编我认识，但他们稿挤，能否用很难说，只能说试投，我想让秘书组赠一本书给副主编黄维钧。此稿你同时可复印几件，投其他报、刊试试，以扩大影响。新闻稿一稿多用是允许的；（2）抽空写5000字左右书评投《外国文学研究》王忠祥先生处，或别的你认为合适的刊物。此书也准备赠一册给王忠祥先生，你在寄时可讲明。

这两件事，请安排时间，尤其是第一件尽快落实。

附书评稿，供参阅。这是上海《文汇报》约写的。

你的文章写得不少，时机成熟，可设法编成一本书，但注意文章之间内容尽量避免重复，增加理论分析成分。可朝此方向努力。

祝

撰安！

曹树钧

黎翠珍致孙福良（10月13日）

孙福良先生：

您好。

上次黄清霞到上海的时候，我托他带了个信息给您，报告我们在香港创办莎士比亚学会的工作已经开始。要等手续办好才可以运作。可惜的是我中间有一段时间事忙，没有跟进。到最近才继续进行。看来应该没有什么问题了。

最近接到澳洲朋友的信，准备在1998年开一个莎剧在中国演出的国际研讨会。他们会在96年12月到上海跟中国莎士比亚学会联络，研究筹办这个会。我们香港的好朋友也有兴趣参与，黄清霞跟我希望12月15—19日到上海跟你们一块儿计划。详细安排，黄清霞会打电话跟您商量。要是一切顺利希望在上海会面。

祝

安好

黎翠珍

孙福良致孟宪强（10月18日）

孟教授：

您好！因外出休养，照片寄退了，请谅。

最近李如茹来过信和传真，谈及澳大利亚朋友希望和我中莎会搞学术合作等，同时又接到香港莎学界朋友的来信。现将黎翠珍教授的信寄去，供您参考，并希望12月中旬在沪一起见面，共商合作和筹备事宜。

我已上班，身体恢复尚好，谢谢关心。

代问林贵好！

祝好！

孙福良

曹树钧致李伟民（10月26日）

伟民同志：

你好！ 10.19日信已收。

《94论文集》我已寄王忠祥先生，王与我联系较多，李赋宁我不认识，人在北京时通过一次电话。你还是将稿子要回直接寄王，有我给王的信，王会尽量争取刊登的。你现在这样反而绕了弯子了。

1996年中国莎学代表团汇报参加第六届世界莎学大会情况，于上海戏剧学院中莎会总部莎翁塑像前合影，左起依次为曹树钧、孙福良、方平、江俊峰、杨林贵

12月中旬，澳大利亚莎协与香港莎协将派人到上海，与中莎会洽谈加于1998年在澳大利亚举行“莎剧演出在中国”国际学术研讨会。这是我们4月赴美，与他们联系之后，他们提出的一个学术交流活动。

届时再详告洽谈结果。

祝

好！

曹树钧

孙家琇致李伟民（10月27日）

李伟民同志：

你好！寄上拙文两篇，请看看。这连同在《中国莎学年鉴》中发表的那篇《从〈裘力斯·凯撒〉看莎士比亚的历史、政治意识》（我想你有此书），是我去年于病情间缓时陆续写就的，原因是我国莎评中，关于《裘力斯·凯撒》一剧，剧中人以及莎士比亚本身的政治倾向，有不正确的看法与解释。此外，对于此剧在莎剧发展过程中的重要作用，及其现实意义，没有明确指出过，而一般把它视为一部较好的罗马史剧而已。我自己的看法不知对否。但我强烈感到，这出莎剧最需要以历史唯物主义观点来加以理解，否则会出错误。人们容易把“共和主义”及其代表人物抽象地，超出时代与阶级地理想化，而且忽视罗马历史发展的来龙去脉（换句话说，仍受唯心主义残余观点的影响）。这就需要加以提出和商榷了。

我希望，你如果有兴趣和时间的话，能够写点评论或读后感之类，来强调一下上述问题；不知这是不是我的奢望？我这样要求，是因为深感你极关心中国莎评的发展以及中国莎评特点形成发展。

即颂

教祺！

孙家琇

因缺少正规大信封，文章分两个信封寄。

孙家琇致曹树钧（10月29日）

树钧同志：

两份材料都收到了，读起来感到十分满意和高兴。中国莎学代表团参加第6届世界莎学大会的情况，历历在目，介绍得又全面，又生动。我一边读，一边想到你真是中莎会的得力“干将”。曹禺说得对，我们宣传得不够，你这次可是尽了宣传的责任。实际上，不仅国外，国内各界对于中国莎学的种种，也不甚了然。

中国代表团这次能以国家组织的形式参加大会，确有学术、政治的双重意义。

国际莎协执委会可以增加一位中国代表，正如你说的，是代表团参加这次大会的具体收获之一。方平同志作为候选人极为合适，我很赞同。从材料看来，你们的收获和贡献都很大。

有一小点要提的是，关于朱树剧本的介绍不切实，它不是“莎学史上第一部以莎士比亚生平为题材的大型历史剧”。我已告诉过他本人和如此赞扬过它的郑土生同志。英国Edward Bond写的*Bingo*一剧据我知是早于他的。另外说它“真实，生动，形象地反映了莎士比亚那个伟大时代”也不切实。我曾写信给朱，肯定他这部剧作，但我不赞成这样的虚夸。

《'94年上海国际莎剧节论文集》收到时，我曾写信给你们，没有见到吗？抄文在《戏剧艺术》上发表，稿费收到了。随信寄上《莎士比亚大悲剧的前奏：裘力斯·凯撒》一文。你还记得吗，那次你同孟宪强来我家时，我说起了我国莎评中有关于《裘力斯·凯撒》一剧以及莎氏本人历史政治现实不正确的看法，对于它在莎剧发展过程中的作用也重视得不够。正因为如此，特别感到莎剧中最需要以历史唯物主义现实来理解，不然就会出错。我的裘剧的一篇收在《莎学年鉴》一书中，此篇收在中戏的《戏剧》里。我于去年，病情稍缓时，陆续写了三篇东西。我觉得这最后一点，有引起人们注意的必要，因此曾想到如果你有时间，有兴趣的话，可以写点什么，加以强调。

我高兴地发现你写过一篇谈汤显祖与莎士比亚的文章，非常希望能复制一份送给我，我正在考虑莎氏的传奇剧，也在考虑汤显祖的《牡丹亭》有胜过莎传奇剧的伟大成就。好，祝

教祺

孙家琇

刘炳善致孟宪强（12月8日）

宪强先生：

11月18日来信奉悉。承询及今夏贱恙，十分感谢。四月间赴美时曾患感冒受凉，此后行止匆匆，未及治疗。回汴后曾住院半月，现已恢复如常。

看寄赠照片，又想起在洛杉矶的日子，时间虽短，得结识国内外莎学专家，亦

为幸事。Stanley Wells，David Bevington，Roger Pringle诸位先生，谦和、平易，洵为学者风度，尤为怀念。

我现在工作如常。我们系今后最大目标是争取博士学位的授予权，教师们也为此努力，但能否成功未可预料。吉林能成立莎士比亚协会的确不易，这与你和其他同志的多年工作分不开，匆此敬颂

冬安

刘炳善

曹树钧致李伟民（12月8日）

伟民同志：

近好！

大札及复印件已收。评《中国莎学简史》一文写得不错。关于此书的评价似还可以加上曹禺先生的评价（见《洛杉矶记行》），可多增加分量。此书有二个明显的不足。

（1）P96“在50多岁到60多岁等人中，除复旦大学陆谷孙，几乎没有莎学家。”此论不妥。我以为莎学家应该是一个包括各个方面的含义，既指莎剧翻译家，又指莎学（莎学史、莎剧演出史、莎剧翻译学），莎剧艺术家。按此观点，这一时期的莎学家就应该包括孟宪强、徐克勤、阮珅、薛迪之等多人。陆谷孙当然是莎学家，但他至今无一本莎学著作，故也不应把他抬得太高。

（2）P15“鲁迅先生坚持了文学阶级性的观点……”此议现在再这样提不全面。人性是一个较为宽泛的含义，而莎剧的成就确实也在于反映了复杂的人性。

“莎士比亚与四川”也很好，这是普及性的文章，也很需要。我始终主张莎剧的研究应该普及与提高相结合（那怕多写一些报道也是需要的，提高必须要有一个普及的基础，否则提高就是一句空话）。2月16日有澳大利亚莎学家来与中莎会洽谈，1998莎剧演出在中国，详情当函告。

《外国文学研究》是一个办得艰难的刊物，经费紧张，我上次写了一篇万字以上的论文，每千字只有八元，奇低，可见其困难（上海内刊稿费一千字30元，广州《新舞台》一千字100元）。大作要给稿费还是不给稿费，视你文章质量而定。你觉得文章有质量我可以要，如果自感还不满意，不要也罢，因为要也无多少钱。

最近除了每周上5门课（名剧写作、中国话剧史、艺术概论、戏剧评论、剧本写作），脑子需不断地转换频道，又加上儿子要结婚极忙，匆作此复。你正年富力强，勤于写作和研究，大有希望。望你持之以恒，多结硕果，万丈高楼平地起。

祝

冬至

曹树钧

匆

孟宪强致李伟民（12月13日）

李伟民先生：

您好！

月初寄来的信和复印件都收到了，谢谢！评拙编的大作“他山之石”终于发表了，我很高兴；特别是它又是发表在《黔南教育学院学报》上，我以为这件事似乎可以表明，在当今的中国，不仅北京、上海、武汉、南京这样现代化的大城市接纳莎士比亚，而且在偏远省份的一些城市里莎士比亚也同样受到重视，这就使我们这些痴迷于莎士比亚的人感到兴奋。

最近半年国内似乎没有关于莎士比亚的活动，发表的论文相对较少，没有什么新的专著问世，似乎是中国莎学发展波浪式的谷底（如把参加世界莎学大会比做谷峰的话）。土生先生来信说，他对我提出的搞一次“莎士比亚与精神文明”研讨会很感兴趣。他说如果我校领导同意的话可与社科院外文所一起搞，再联系几个单位。我想此事具有现实性和可行性。我想忙过这段之后于97年元月就可以同学校领导汇报这件事。他们如果支持的话，此事就有希望。我想如可能的话争取在97年暑假搞这次活动。

士生兄他们主编《莎士比亚故事全集》出版消息已发表（估计他也会将复印件寄给您），但仍未能告知出版的具体时间。

我这里一切都好。学生本月初演出了莎剧《威》片断，效果出乎意料地好。选课的学生共54人，每个剧组安排9人，6个组，全部选课的学生都扮演了一个角色。排练的时间很短，但表演却多少有点“样”，还不时引起“观众”的笑声。我以为这对培养、提高中文系学生的专业水平是一项很有意义的实践活动。这门课到月底结束。

谨颂

撰安！

孟宪强

从丛致孟宪强（12月19日）

孟老师：

您好！值此97新年即将到来之际，谨在此向您和全家致以最衷心的问候和美好的祝愿！

不知何故，您的前一封信竟在路上走了一个半月时间，上次给您打电话时才收到。非常感谢您给我寄来莎学会的材料，这使我有机会了解到世界莎学最新信息。

遵您之嘱将“哈姆莱特人物形象新论”系列文章中已发表的几篇复印寄往（因学生借走，刚刚找回，又耽搁了几天），请您多予批评指教为盼！尚未定稿的几篇有:《〈哈姆莱特〉女性形象新论》《〈哈姆莱特〉主人公形象再认识》《〈哈姆莱特〉的几个次要人物》，以及一篇总结性文章。因来南大后忙于教学工作，这些工作未能完成。

已发表的几篇文章自我感觉在学术水平上是递增的。第一篇文章系学习过程中有感而发，写该文时并没有看过高万隆等人的文章，后来看到后感觉在论证的根据、角度和逻辑性上均有所不同；赵先生在看到该文后曾给予重视，破例将89年初发表的文章转载到90年人大复印资料上，这对我是一个很大的鼓励，促使我进一步投入《哈姆莱特》研究。该文对哈姆莱特“延宕”原因的新析，我迄今仍认为是一个有价值的了解，尽管可能落入了您所指的“危险的漩涡”。以后几篇文章，则都是进入“研究态”之后的作品，力求发前人所未发，虽然明显地受到国外一些研究成果特别是“否哈派”及其分析风格的影响，但还是力图通过研究得出自己结论的。

最近认真拜读了您赠送的《年鉴》上的宏文《文艺复兴时代的骄子》，收获很大。特别是您关于两种类型的人文主义思想家的讨论，读后很受启发。使我对《哈姆莱特》所体现的人文主义思想的性质有了一个明确的认识。尽管这未能说服我接受哈姆莱特“是一个蒙田式的人物，一个文艺复兴时期的人文主义思想家”的论断。但我认为以此指谓创作《哈姆莱特》时期的莎士比亚本人，则是极为准确的。我感觉，正是这个极其重要而新颖的视角使您得出了一系列极为中肯的结论，如哈姆莱特“重整乾坤”的含义，哈姆莱特是最有代表性的“兼有善恶两种倾向的人物”等等令人耳目一新的精辟论断。您的哈评专著的出版，必将把我国学界关于这个伟大悲剧的研究推进到一个新的阶段。并对整个莎评发展产生重大影响。

谨此。再致衷心的谢忱！

敬颂

阖家新年愉快

从丛　敬上

1997年

孟宪强致李伟民（1月14日）

李伟民先生：

您好！

1.4大札与大作复印件均收到。非常感谢您对我解决职称为题的关心和祝贺。今后我当更努力的工作和多出更好的研究成果以无愧于我校学术委员会和学术界朋友们对我的评价。

4篇大作我都拜读了。您对中国莎学事业的关注，对中国莎学成就的宣传，对于促进我国莎学的发展是很有贡献的。《1993、1994莎学论文引文分析与评价》那篇，统计材料具体，很有说服力。《莎士比亚春天在中国》一文以对话体写成，形式比较灵活。我觉得该文中似乎应该谈“中国近年来的莎氏作品的翻译与出版情况（人民文学出版社出了新译本《莎士比亚全集》，内蒙文化出版社出了梁译《莎士比亚全集》，时代文艺出版社出了新版《莎士比亚全集》，方平教授主持诗体《莎士比亚全集》正在翻译之中”）。

关于《简史》中我对五六十年代中国莎学学者的评价问题，在著述上确有些偏颇，曹老师曾向我提出过这个问题。我觉得他说得有道理，但从具备中英两种文字的功底来考察，五六十年代学者中兼备者还确是极少。这同三四十年代老一代学者相比，同八九十年代新一代学者相比，的确是不同的。这是由历史造成的，包括我们在内“一代人先天不足。当然在译述时应该说得更恰如其分些”，《外国文学评论》上介绍复旦外文系的文章我还没看到，过些日子我去图书馆时查看一下。

谢谢您关于介绍“东北师大莎士比亚研究中心”的好意。我觉得从过去三年的工作来看是有成绩的，成果也不少；但往前看，由于种种原因，我觉得似乎是进一步发展困难不少。所以我想最好是过一两年再说；如果到了第五个年头仍然保持着较好的状况，那时再写似乎更合适些。

随信寄上敝校校报一张，内有拙文一篇。这么长的一篇短文，竟因校对马虎而出现三处错误，实在令人遗憾。1997年的会是我的一个设想，能否如愿现在很难说；但1998的会肯定会举行的。届时希望我们能够再一次见面。

谨颂

撰安！

孟宪强

彭镜禧致孟宪强（1月28日）

宪强教授：

大函敬悉。

明年九月的“莎士比亚在中国”研讨会，台湾方想必会有学者有兴趣参加。吾兄所提建议，经考虑后，弟建议由吾兄或适当人士遥洽此地英美文学学会（理事长：台北市和平东路师范大学英语系　滕以鲁教授）或/及戏剧学会（理事长：台北市和平东路师范大学英语系　马杨万运教授），以便安排协调。弟当尽力促成。

耑此顺颂

研安

弟　镜禧　拜启

苏珊·布罗克致孙福良（3月）

上海戏剧学院孙福良副院长收

致国际莎协全体会员

新一届执委会选举

根据协会章程，协会的日常工作应由一个委员会执掌，委员会由一位会长、二位副会长及不多于18位委员构成。洛杉矶大会期间举行的协会全体会议上发出公报：新一届执委会应按时产生。现执委会已按惯例非正式地征求了会员的意见，认真考虑了新一届执委会的构成，坚持在会员认可之前进行推荐提名。与以往一样，这种做法一直被认为是最好的方式，因为如果向分散在世界各地的会员征询提名的话，那么选举的过程会拖长，而且花费也会增加。在背面的提名表上，现任执委会已充分考虑到执委会应反映协会的国际特点，包容广泛的兴趣和经验。这个推荐名单已在洛杉矶全体会议上征求意见，未遇异议。新名单中包括半数以上现任执委会成员。

当然，不管会员是否参加这次大会，都有权利有不同提名，如果这样，那就需要再进行一次邮政选举。不同提名的最后截止日期为1997年4月30日，寄至莎士比亚中心执行秘书长，地址［略］。若到期没有收到进一步提名，那就意味着会员认同现提名，背面名单所列人员将构成新一届执委会委员，任至2001年。

执行秘书长及会计

苏珊·布罗克博士

孙家琇致李伟民（3月19日）

李伟民同志：

你三月五日发出的信和文章，前几天由家里转来。我是三月一号出院即来我女儿家（我原先的单元宿舍）养病的。

文章读了两三遍；毫无疑问，你做了很多准备工作，搜集了不少关于《裘》剧和人物的对立意见或评论。可惜给人一种“功亏一篑”的感觉，即没有更好地利用这些材料，向读者指出分歧和对立确实太大、太尖锐了。孙家琇的文章企图引起中国莎学研究者的重视，不仅有助于澄清错误的意见，而且多少可以启发人思考，为什么会产生那种对立和错误看法。到底是为什么呢？你同意不同意，在我们论者头脑中间还存在唯心主义残余观点的影响？——比如容易否定君主专制而高抬民主共和的抽象观点？比如相应地就否定或肯定其代表人物？比如把“好人”“坏人”抽象化、绝对化，不深入分析其社会作用？比如忽略历史背景和作者所处的时代？比如无视莎士比亚历来的政治历史观点，而凭主观推想加以臆测？比如无视莎士比亚人物形象常常极为复杂这一艺术特点（即不真正从作品实际出发？）如此等等，原因很多，而归根结底是尚且缺少“历史唯物主义、辩证唯物主义的观照”。

对于孙家琇文章中提出的“对于《裘力斯·凯撒》这部喜剧，最需要根据历史主义观点加以剖析和理解，否则易出错误”，你应该表示肯定，然后利用你所掌握的历史材料进一步加以论证。在这中间，一定不可混淆凯撒和勃鲁托斯的历史内涵，一个是代表历史前进的必然方向的（罗马帝国统一、独裁），一个是逆历史潮流而动的古罗马城邦自己崩溃的共和体制。可是你在第11页上的论断却把他们混淆和等同起来，如说“无论是凯撒一方，还是勃鲁托斯一方都不代表着历史前进的方向……”等等。假如这是你对第17个注的引文的解释（“这就是说”），那你更应该加以批驳。

“功亏一篑”的印象，还由于文章的结构和论说层次不够清楚。初看文章的题目，我以为一定有两个部分，（一）是关于你“读”三篇论文的印象，评说等等；（二）是你“兼论”两个人物形象。可是却发现不是这样。文中并没有你的“兼论”。我怀疑是不是指“兼论两个形象的三篇文章”？我觉得在开头介绍三篇文章时不需要（放在这里）介绍在什么地方发表的，而应该简短地说明三篇文章有哪几个主要内容——莎氏的历史政治观点，《裘》剧在莎作品中的地位与意义，关于《裘》剧的错误理解及应有的观点。勃鲁托斯形象的复杂性（思想意识），思想方法的严重缺陷……你应该说明篇幅所限不能在一篇文章中介绍分析所有的问题，但可以说感受最深的，也极重要的，理解政治历史剧必须具有历史唯物主义观点这个根本问题。也可以说明读“三篇”文章时，引起你要搜集有关《裘》剧及剧中人物的不同的、对立的意见；对于种种分歧不免吃惊。因此想在文章里罗列一些，让读者产生问号：为什么对于同一个剧本、同一个人物竟有那样尖锐对立的看法？此外你也觉得大多数读者不熟悉古罗马历史，所以又概述一下。如果你也想说：莎士比亚的政治历史观点，那就另起一节，介绍孙家琇文章的观点，说：你是不是同意《裘》剧中的观点与莎氏英国历史剧中的观点相一致，同时再强调判断这个问题，也不能超越历史时代。莎士比亚用古罗马“裘力斯·凯撒精神的胜利”和共和派勃鲁托斯之失败，其暗杀行为给罗马造成的再度分裂和内战等史实是表达他拥护君主专制，反对战争与社会混乱的政治历史观点的。

以上的意见太坦率了，请原谅。我现在不能动脑伏案，写了两页就十分疲惫。请先不要把你的文章寄来。祝教安！

又及：我提出“功亏一篑”，意在提醒你以后写文不要求快，而要多思考如何使文章完美，意思准确，有新论点。

孙家琇

孟宪强致曹树钧（4月4日）

树钧兄：

您好！

关于我的职称问题已经最后落实了：3月初学校签发了文件，正式聘任教授、副教授、讲师85人。工资从96年12月份调整。至此，一块石头才算最后落地。去年年底我省社科联举行了第5届换届改选大会。我很荣幸的当选为委员（我校共5人当选：党委书记周敬思为兼职副主席，副校长赵毅教授，博士生导师郑德荣教授、孙中田教授以及我为委员）。在我退休之前的这两件事对我来说都是极大的安慰。

前几天收到了国际莎协新任秘书长寄来的信函和“莎士比亚通讯”。孙院长和吾兄也一定收到了吧！其中有新任国际莎协执委会名单，方平教授当选了。我感到非常兴奋。国际莎协成立25年来这是中国学者第一次进入国际莎协执委会，对我国莎学界来说，这是一件具有历史意义的大事。因此我想对此我们是否应该搞一下宣传？如果需要我做些什么工作，望兄来信赐知。

听说孙院长又住院了，很是惦念。因为太远，不能去探望，现随信寄去100元钱，烦兄或买些东西或将钱直接送给孙院长，以表示我的慰问。希望他安心养病，早日康复。

上次兄来信说心脏不太好，千万注意不要过累，以防止加重；同时还要采取一些必要的医疗保健措施，争取尽快恢复正常。

谨颂

撰安！

宪强

陈国华致彭镜禧（4月26日）

台湾大学外文系彭镜禧教授：

您的学生欧馨云女士今年2月25日写信给我，建议我与您联系，恕我冒昧写信打扰。

我自1985年起在北外已故许国璋教授门下念博士，从社会语言学的观点研究莎士比亚戏剧的语言。1990年初赴英求学，研究早期现代英语，1996年10月19日获剑桥大学英文院英语历史语言学博士学位，10月25日回北京外国语大学工作，现任英语系语言学教研室主任。

我一直有志于莎剧的重译，在剑桥读研早期现代英语正是为这一目的做准备。回校后，我与北外现任副校长何其莘教授讨论了我关于重译莎剧的设想，他表示愿意与我共同策划这一项目，由我主持剧本的翻译，由他主持为每个剧本编纂《伴读》（*Companion*），《伴读》内容包括剧本的年代、来源、版本、语言、演出、批评等诸方面。剧本和《伴读》分别独立成册，配套发行。我们希望最终能出一部接近于定本并能传世的莎剧新译本，使之再现原著的精神风貌，反映莎学的最新成果。我的译莎主张反映在拙作"论莎剧重译"里，因篇幅较长，只得分两部分发表。现寄上第一部分的复印件和即将连载的第二部分各一份，敬请批评指正。

我已与以下人员联系，请他们参与翻译工作：北外王克非博士，南京大学柯平博士和张冲博士，社科院外文所傅浩博士、中央戏剧学院沈林博士、对外友协顾子欣先生、英国利兹大学李如茹博士、美国Harrisburg College祁寿华博士。

最近我与上海教育出版社签订了约稿合同，现寄上复印件一份。关于合同里的版税率，有一点需要说明。出版社根据印数多寡分别付8%、10%、12%的版税，这个版税包括编辑、翻译、润色、审校费在内，所以译者并不能得到全部8%、10%、12%的版税。经与在京的部分译者协商，决定在全部版税中，翻译费和编辑、润色、审校费按七三开，即译者得到的版税率分别是5.6%、7%和8.4%。如果译本的文字比较完美，不必请人润色，则翻译费和编辑、审校费可按八二开，即译者得到的版税率分别是6.4%、8%和9.6%。由于每一集译本都有不止一位译者，各位译者实际得到的翻译费按照各剧本原文字数在该集总字数中所占比例计算。

这套译本由我本人做编辑和审校，拟请一两位戏曲作家为译文作文字上的润色。我已聘请我的导师剑桥大学英文院Sylvia Adamson 作为英语语言顾问，并由她商请剑桥大学英文院Anna Barton和Peter Holland（他已应聘即将担任伯明翰大学莎士比亚学院院长）作为莎学顾问。译者如遇到关于原文理解方面的问题，我若无法解决，则由我负责请教英语语言顾问和莎学顾问，以他们的解释为准。译文是否需要请人润色以及译文的最后定稿由编辑决定。

最近我从方平先生处得知您去年在美国开会时宣读了一篇译莎论文，很想拜读，不知您能否赐文。另外不知您是否愿意屈尊加入我们这个翻译队伍。盼望早日听到您的回音。

谨祝

教安！

陈国华

孟宪强致李伟民（5月8日）

李伟民先生：您好！

大札收悉。大作亦拜读，谢谢！在我仔细地拜读这篇书评的时候，我很佩服您为宣传中国莎学成果所付出的艰苦的努力，写出这样一篇有分量的书评是需要花费不少功夫的。纪念莎翁诞辰我们这里没搞什么活动。4月初国际莎协为会员寄来了信函、《莎士比亚通讯》和新一届国际莎协执委会名单。方平教授作为中国莎士比亚研究会的代表当选。这是中国学者第一次进入国际莎协领导层，是中国莎学史上的一件大事。4.23的前一周，我和孙院长通话，他说在4.23搞一次新闻发布会宣传一下，后来的情况就不清楚了，不知道搞没搞。

来信说道您的身体不适，我想这一定和过累有关。希望您一定多多注意，好好休息，狠狠心暂停一段写作，看看中医，"磨刀不误砍柴工"。一定要安下心来治疗和休息，千万不能以为检查没什么病就忽视了防治。中医的名言是"不治已病治未病"。身体不论哪个部位的病待到用仪器测出的时候，那就是"已病"了，治起来就费事了，在其形成过程中，还查不出什么问题的时候是"未病"。这种病西医看不出，但中医看得出，要找名中医诊疗。我自己有切身经验：70年代初我的肝病较重：腹胀，脸、眼皆有浮肿，但超声波检查皆为"稀疏"（较密集为有病）。验血也都正常。但我没按没病对待，二是找了一位老中医，吃了半年药，同时吃偏方：大枣炖蜂蜜、酥油炖小鸡……我什么西药也没用，朋友给我的针剂B12我一针也没打。我的肝病就这样治疗好了。再有，就是87年我为国家教委主持编写专业合格证书考试教材，过累，出现心肌早搏。我吃了一些药。但主要是靠调养和适当的休息控制住了：从那以后我只上本科的课。有额外收入的自考（辅导、批卷），批高考作文卷乃至函授课我一律不上（这在那些年也是一笔不小的收入）。所以我建议您一定要舍得花时间，像研究学问那样来"研究"自己的"不适"，确定好治疗方案，争取尽快恢复。

我仍在忙我的《三色堇》，已基本完稿，誊抄了80%，前段时间因牙疼、头疼停顿了三周左右。6月份可交稿（20万字），争取明年问世。

谨颂

身体健康！

孟宪强

刘新民致孟宪强（6月22日）

孟先生：

您好！

寄来的书、资料和信都收到了。十分高兴也非常感动。您的热诚帮助令我深感幸运，也倍增信心，今后一定要勤奋刻苦努力，争取在莎学研究中有所收获和成绩。

浙江文艺出版社的《莎士比亚诗全集》今寄上。陈才宇是杭州大学的中年外语老师，是我的朋友。王僩中是杭大退休老教授，马海甸则是香港学者，我们都并不认识。马译的莎十四行诗确很不错。待有闲暇，我还很想将几种主要的十四行诗译本比较一番，写点文字。《维纳斯与阿多尼斯》译后，我曾经写了篇比较张谷若和梁实秋两译的文章，寄给《中国翻译》已近半年，毫无音讯，近拟投别刊去。

译林社不日将推出莎全集，近日该社得我和陈才宇帮他们校读几部历史剧的译文。目前正全力以赴，暑假除译书外唯一计划便是撰写有关朱生豪译莎剧的文章，但也可能完不成，因为资料不看全，酝酿若不成熟，我是轻易不想贸然动笔的。

暂时写这些，即颂

文安！

刘新民

孟宪强致李伟民（7月9日）

李伟民先生：

您好！

6.26的大札及复印件均收到，谢谢！林贵那里我已打电话告诉他了，等他过来的时候让他复印一份，您就不用给他寄了，也不用寄原件了。从来信看似乎我5.8寄给您的没有收到；如果这样那就太遗憾了。5月初收到了您的来信，得知您身体不太好，甚为惦念。我当即给您写了封信，以我个人的经验建议您找名中医看一看（70

年代初我肝不好，但验血始终没有问题，我找了一位老中医吃了好多药，终于调理好了）。中医是“不治已病治未病”，而西医用仪器检查出是什么病的时候，已经成了“已病”。所以我想不一定非要检查出来什么结果再治。一位同志跟我说，肾虚到肾炎要经过很长时间，且检查出肾炎时那病就不轻了。所以我想治病“中西医结合”真是我们的一大特色，再有就是建议您多休息，别心痛时间，“磨刀不误砍柴工”。1987年初我为国家教委主编“中学专业证书”考试教材之后，心脏不适，早搏，从那以后我除了必须上的课之外，其余创收的课，包括高考批卷等我一律不参加，十余年我比其他同志少收入至少三四万元，但我的身体维护得较好，现在已经满60岁了，似乎精力精神都和青年时期差不多。这次来信也提到“不到广汉去上课”的想法，我想是得下点儿决心，“留得青山在，不怕没柴烧”哇！

对您的祝贺我由衷地感谢！近半年多来中莎会、吉林莎协和敝校莎学中心都没什么活动。我曾几次给郑土生先生写信，表示愿意共同举办一次“莎士比亚与精神文明”研讨会，但他都未对此建议表示可否。去年年底香港莎协负责人说要举行一次“莎士比亚在香港”研讨会，届时请中莎会的代表参加，至今此事也没有消息。国内莎学方面的大事我所知道的有：杨烈等译的《莎士比亚精华》已由复旦大学出版社出版，译林出版社不日将推出新译本（译者情况不详，此事是杭州商学院刘新民先生来信告诉的，他说他和商学院的另一位老师正受译林出版社委托审阅译稿）。这两年国内莎评数量明显减少，似乎处于波浪形式发展的峰谷。关于明年的会中莎会还未发通知（我也两个多月未与树钧先生通信了，他的心脏出了毛病，且评职称受挫，心情不太好，我曾给他写了一封长信劝他“风物长宜放眼量”，一定要调整好情绪，把自己的身体保养好）。他在美国的《莎士比亚季刊》上已经发了消息说会期定于1998.9.25—9.26，会费500元（外国学者100美元），论文提要要在1997.9月底之前寄给上海戏剧学院的院长荣广润（此次会议由四家共同举办）。过一二天我要给树钧先生写信，请中莎会尽快向国内的莎协会员和有关人士发出通知，扩大宣传，扩大影响。

拙著《三色堇——〈哈〉的解读》终于在上个月底全部完成了。这是集我15年的思考积累而陆续完成的。这本论著充满了挑战性和论辩性。我认为西方的《哈姆莱特》研究由于误读误导已经走到绝路。最大的误读还是将艺术定位复仇悲剧和将其说成是一个“不定型的角色”。我的解读将《哈》研究中的一系列重大问题都阐述了我自己的观点。因为莎氏戏剧不是按照传统戏剧理论创作出来的。因此，对其评论一方面要运用传统理论中那些具有普遍意义的观点，同时还要从莎剧作品抽象出一些新的范畴来加以阐释。在“后记”中我说“对莎士比亚的各类戏剧作品进行科学的研究，以探索具有时代特色的理论观点、思维模式和个人的独特风格”是我的奋斗目标，也是《解读》的出发点与归宿。这本论著凝结了我太多的思考和感情。我自己觉得它的价值超过我自己的其余全部著述的总和。《解读》连同绪论共17篇论文（最长的15000字，最短的5000字，只一篇）我都写了三五百字的“内容提要”。现已由林贵翻译，书中加上“内容提要”，选译的目的就在于希望西方学者能够了解一个普通中国学者对莎士比亚不朽著作的独立见解。下个学期我将向学校申请出版基金资助，估计很难通过。原因是一，我已经获得了一次（《简史》），二，我的职称已解决，出版此书不是急需，三，出版社已先后出版了由我撰写、主编的三本莎学著作。早已引起人们的嫉妒了。但我基于这本书的价值还是要申请，但同时我也做好了思想准备：筹款我自费出版。无论如何明年也得问世。

我们已经放假。过几天我将和陈老师回辽宁，去北京看望我的母亲，去沈阳看望岳父母。这个暑假我主要是休息，不再写什么了。

谨颂

夏安！

又及：林贵让我代他向您问好。

孟宪强

张泗洋致李伟民（7月10日）

伟民同志：

6月27日寄来的信和大作复印件于7月8日收到，在此之前（5月3日）还收到您另一封信和大作一篇，真是太谢谢了！对你如此辛勤写作，我很钦佩；论文不断发表，对文化事业做出了可贵的贡献，我衷心向你祝贺！希望你保持这一势头，不久一定成为莎学大家。

论文“评《中国莎学年鉴》”，我还未仔细阅读，只匆匆看了一遍，但这一遍却意外地解决了我一个一直不解的问题。你在文中提到我的一篇文章《莎士比亚的爱国思想和人民感情》，说是发表在《河北大学学报》1995年第4期，这确实吗？事实是他们找我要稿，校样也寄来了，我也校完邮回了，不久稿费300元也寄来了，但却始终不见该刊寄来，我去过两次信要该期杂志，一直没有回音。因此我想会不会因为我的文章哪儿出了问题，该期杂志被官方查禁了，所以他们在生我的气，不理我。看了你的文章，该期已发行了，但为什么不给我邮一二本来（一般是2本）？我再等些日子，如仍无消息，我就只好请你给我复印一份寄来了。我们这儿我跑了多家图书馆，都无此杂志。

目前莎学活动处于沉寂状态，上海无任何举动，吉林也无活动，可能明年将和澳大利亚的莎协合作在我国举办一个莎士比亚戏剧节，主要演莎剧，方案还未最后定下来。

中国社科院郑土生和李肇星（外交部副部长）合编的《莎士比亚戏剧故事集》，已由江泽民题写书名，今年底出书。他俩还另外编了两本，一本是《马克思主义莎评汇编》，另一是《莎学记事集》。

我准备今年10月底出国看看，先到加拿大，后去美英，现正办签证手续，如走成，到时我会书信告诉你。

我编的“莎大辞典”，据商务来信，已于今年6月全部下稿，看来不久可以出书了。拖的时间太长，到现在都七年了，我几乎都忘了这回事。

今夏特热，你们那儿如何？希注意身体，不要太累，太紧张。再谈了，祝你身体健康，事业有成！

泗洋

阮珅致李伟民（7月11日）

伟民同志：

惠寄大作《评〈中国莎学年鉴〉》复印件收到了，谢谢！文章写得很好，所论各点切中肯綮。

武汉莎士比亚中心因限于经费，今年还没有开展什么活动。目前，我们正在全力以赴编写《莎士比亚译注丛书》，先出十册，悲喜剧各五册，这是湖北教育出版社的约稿，已列入今年的选题计划，九月份需完成任务，正进入最后冲刺阶段。

寄上几份资料作为回报，也算是交流一些情况和信息，顺便说明一下：去年我是个人应邀去参加莎学大会。到了洛杉矶以后，方老等把我“拉进了”代表团，该团本不包括我。

在洛杉矶期间，写了几首打油诗，现收其中一首“踏莎行”抄呈，请雅正：莎学怡情，波音会意，兼程昼夜穿云际。方辞海峡倒春寒，半天抵美晴光里。 东国鸿篇，西篇钜作，专题研讨多方位。新交对饮啖咖啡，嘎啦（gala）献演高潮起。

匆此即祝

暑祺

阮珅

孙家琇致李伟民（7月15日）

李伟民同志：

两篇文章已先后收到，现在把几点不一定正确的意见写给你参考。

关于《年鉴》的一篇：

i. 不一定要把中国没人参加的91年8月在日本举行的莎士比亚大会写进这篇文章；那是另外的问题。

ii. 关于中国的莎学研究和莎剧演出是否估计得过高了？比如所说“云蒸霞蔚，蔚为壮观的成绩”“莎剧在中国舞台上连续不断的演出”……给人虚夸的感觉。

iii. 认为《年鉴》“正是中国莎学热闹场面和实力的一次显示”，提得是否恰当？

iv. 有些文辞令人费解，给人以不自然或是生造硬凑的感觉，比如40页：“从川流不息，嬗递通变……”开始的一段；40页“文心善变，善变则靡穷……”等等。41

页“征率数典，辨讹补正，名物达诂的不刊之论”，……像是故作高深。

关于《裘》剧的文章

i. 首先要肯定文章改得好多了；同意你的考虑，不应该太强调唯物主义、唯心主义的大帽子。因此第2页上第6行“关键的一环，就是要以历史唯物主义和辩证唯物主义观照该剧”，可以改为“以历史的和辩证的观点……”同样第26页第1行也应改动。

ii. 关于罗马历史，特别是凯撒的改革，介绍得太多了；我认为说清楚当时罗马历史发展阶段和凯撒的主要作用就足够了。

iii. 题目与文章内容不太吻合。不是你在文中论莎士比亚的《裘》剧，二是关于莎士比亚的政治倾向与《裘力斯·凯撒》一剧的意见分歧或不同看法。

iv. 总的印象是容易啰嗦、重复。关于《年鉴》的文章上有啰嗦的印象，希望注意：论点清楚、文词简练。

由于你十分客气地要我提意见，我就毫无顾虑地提了，并且根据你的意思在文中划出了我认为可删的地方。我的精力太差，眼睛又出了毛病，不容我多考虑。

祝

夏安！

孙家琇

孟宪强致李伟民（7月18日）

李伟民先生：

您好！

先后寄来的两篇大作的复印件均已拜读，谢谢！我于上周（9日）给您寄去的信谅已收到。您辛勤耕耘，文思如涌，令人钦佩，还望不断调节生活节奏，劳逸结合，注意健康！

昨天收到树钧兄的来信，并附寄一份朱尚刚给他的关于宋清如女士逝世的讣告复印件。（朱尚刚也给我寄来了一份讣告，是寄到系里的，也是于昨天去系里办事时才收到的。）宋清如女士于6月29日逝世，享年86岁。中莎会上海方面的几位负责人：方平、江俊峰、孙福良、曹树钧给朱尚刚发去了“追悼信”。我和泗洋教授、林贵一起代表吉林莎协也给朱尚刚发去一份“追悼信”，并写了附言说明知道现在才发去“追悼信”的原因，请他鉴察。

谨颂

夏安！

孟宪强

李如茹致孙福良并方平、孟宪强（9月9日）

福良老师并方平、宪强二位先生：

上封信谈及中莎会在国际莎协执行委员会代表一事，已收到。

最近收到澳大利亚学者John Gillies的来信（你们在洛杉矶见过的。宪强先生曾与他一起吃饭并讨论过中国莎剧演出），希望进行一项与中国莎剧演出有关的项目。他们在日本的同样工作已完成。根据在日本的工作经验，他们倾向于找寻一位熟悉英文及莎剧演出的个人来负责和推动这项工作。信中征询我的意见。我已回信建议他们，因为中国的情况和日本不一样，在中国办这样的事，还是通过中莎会最为方便，成功的把握也最大，所以仍是以与中莎会商议、确定为好。我建议他们直接写信给你们三位。因此，特先向你们报告。希望这个项目能尽早开始。

近年来，我们参加了不少国际间交流活动，如有什么消息和发展，当再转告你们。我们一直十分热切地希望能为国内的戏剧与莎学研究出些力。

祝

好！

李如茹

方平致曹树钧（9月9日）

树钧先生：

您好！

今天下午我将乘班机去石家庄，四年多来译成莎剧可以全部交稿了。也许将在河北教育出版社耽搁一二星期，规划出版事宜。

恰好今天上午收到国际莎协来信，是担任执行委员会正式成员的通知。承蒙孙福良秘书长和您一直关心此事，特地把莎协来函译出，随函附上，以便了解情况。

请转告孙先生，并代为问好。待回沪后当再和您联系。祝

文安！

方平

匆上

回沪后我将把国际莎协来函复印。

一份交"中莎会"，也许可供存档之用。

平又及

亲爱的方平教授：

我以欢悦的心情欢迎你担任国际莎士比亚协会的执行委员会的正式成员，任期为1996—2001年。你的提名曾于1997年2月传达给委员会全体成员，一致通过。兹附上1996年8月上届执行委员会的会议纪要。执行委员会定于1998年8月23—28日在莎士比亚研究院召开。届时自当告知确切的会议地点和时间。

谨此问候。

苏珊·布罗克博士

执行秘书

1997年8月29日

孟宪强致李伟民（9月12日）

李伟民先生：

您好！

大札《图书馆苑》和大作复印件均收到，谢谢！我反复地读了来信，深为您执着莎学的精神所感动。前些日子我去泗洋教授家，当谈起我国目前莎学状况时，他特别称赞了您，他说您的莎学文章最多，对中国莎学的发展投入了大量的心血。您宁愿物质生活条件差些，而不愿舍弃对莎学的追求，体现了中国知识分子的传统美德，是很值得我学习的。您目前工作的环境有些令人不快的地方，但环境却为您提供了充分展示才能和实现个人愿望的良好条件，所以对那些不必介意，头头的"卡""压"甚至"整"，都令我们不快，但这些都可以被我们辛勤劳动的汗水所冲淡和洗刷。我们不断地耕耘，不断地收获所带给我们的良好感受使我们的生活感到充实，充满了喜悦，不断享受着创造与成功的快乐。我想，对我们来说，最重要的还是健康的问题，一定千方百计地保护好自己的身体，吃药、营养、休息、情绪，诸因素都很重要。因为我自己经历过身体的病情，所以对健康的问题特别在意，这比一直健康的人来说，也许是一个有利的因素，所以当我进入老年阶段的时候，长期注意显出了效果，根据我自己的经验，希望您一定要时时不忘健康问题，在任何情况下都不要过累。

关于1995—1996年中国莎学概述那篇大作，我仔细地拜读了两遍，感到非常好！它展示了中国莎学继续深入发展的令人鼓舞的态势。这两年莎译不仅数量多，学术水平似乎也在明显提高。您对这两年的莎评（包括莎著、翻译等）进行了分门别类的研究，逐一加以阐述；您为这篇文章所花费的功夫之多是可以想见的。这是关于中国莎学研究的力作。待过些日子去图书馆时我一定借出《四川戏剧》一读，以分享您的成功。这篇文章又鼓舞了我继续筹备出版莎学年鉴的想法。虽然不一定能成功，但我还是想尽力去争取一番。

我谈到的一系列的莎学活动，现在有一项已经落实了，即"莎士比亚在香港"学术研讨会将于今年12月12至16日举行，由香港莎士比亚学会、香港浸会大学英语系主办，香港艺术局、香港中文大学英文系协办，届时将有英、美、澳、加等国及内地与台湾的学者到会，大会特邀两名内地学者，一位孙福良副院长，另一人是我，他们已于8月下旬分别为我们二人发来了由香港莎学会会长黎翠珍教授签署的正式邀请函，内称大会为我们提供往返机票，四天住宿和每日津贴，敝校外事办已开始为我申请赴港手续。我向大会提供的论文题为“趋真与变异的独特过程——中国对莎士比亚及《哈姆莱特》的接受”。论文提纲已寄去香港莎学会，现正全力撰写论文。我能作为“莎士比亚在香港”特邀嘉宾被邀请，感到非常荣幸、非常兴奋；同时这对我也是一个极大的鼓舞。我将充分利用这次会议的机会积极联系香港莎学学者，酝酿内地及港台莎学的交流与合作。

林贵已于上月中旬赴美学习，入德克萨斯的A&M大学英语系攻读英国语言文学博士学位。世界著名的《莎士比亚季刊》(*Shakespeare Quarterly*)的编辑部就设在这个大学。林贵除上课之外，要给低年级学生批作业，作为《季刊》主编的助理，林贵每周还要在编辑部工作一些时间，功课很重工作也较忙，他来信时让我把他的情况告诉您。

拙著《三色堇——〈哈〉解读》的出版问题正在联系。因为敝校出版社已先后出版了3本莎学著作——都是赔钱的书。所以经过考虑我觉得这次我不宜再向敝校出版社提出出版要求。连出三本莎学著作早已引人嫉妒了。这是难免的事情；另寻出路应是上策。我原想将此书能给明年的“莎士比亚在中国”学术会议，现在看必须调整自己的想法；除了自己学校的出版社外，其他出版社恐怕都难以很快问世。此外，我还想在出版前将该书中的一些重要却应加以整理单独发表。不过，这都是明年才能进行的事情了，因为从现在起我要全力以赴地撰写《变异与趋真的独特历程》。

谨颂

近安！

孟宪强

曹树钧致李伟民（9月14日）

伟民同志：

近好！

大札收悉。我似乎感觉你错过了一次机会，现在成都《粮食问题研究》当编辑远比在粮校要好：(1)在成都信息灵，比粮校名字要好听得多，社会地位要高一个台阶;（2）一般工作可以过得去，同样不会影响莎学研究。以后有合适机会还可以转到文化单位中去，甚至可以争取机会来上戏进修一年或半年（上戏经常有这样的机会）可大有利于莎剧研究。在粮校要进上戏深造，似乎风马牛不相及。当然，换一个单位会带来暂时的困难。权衡得失，我觉得还是进编辑部要好一些。

寄来的复印件，这次我已收到一篇（你信中说两篇），是否临时怕超重，少寄了一篇？我觉得你潜心于莎剧研究史的研究，这很有意义，《四川戏剧》能用如此大的篇幅来刊登此文，证明他们是有远见、有魄力的。可以说，迄今为止，你是从事这方面研究的第一人，我以后尽可能将这方面信息传递给你。不知你能否可以转到《四川戏剧》去工作，如果能这样，对你的莎学研究更加有利，来上戏进修的可能性更大，趁严厅长还在任，他可以帮助你创造这方面的条件。

给严厅长送《莎学年鉴》这很好，你以后可以将发表的比较重要一些的文章复印一份寄给他，让他尽量地了解你。建立经常的信息传递，这样便于以后请他帮忙。当然，我也会在这方面向他大力推荐你。

寄上简介一份，这是上海教育出版社为宣传我97年问世的《曹禺成才之路》一书而打印的，我复印了几份。你也可将你已发表的文章，用电脑打一份目录，以便让别人进一步了解你。

这学期我课较多，还要兼系学监工作，成都艺术节不能去了。12月我可能去石家庄参加中国艺术院等几家单位联合举办的曹禺国际研讨会。

祝

秋安！

曹树钧

孟宪强致孙福良（9月19日）

孙院长：

您好！

非常感谢您向香港莎士比亚学会推荐我参加莎士比亚在香港学术会议！由于

您的鼎力相助，香港莎学会会长黎翠珍教授为我发来了正式邀请函（上月27日收到的），内称香港莎学会将为我提供“来回吉林—香港的机票，四晚住宿（12.11星期四至14日）及每日提供津贴”，对此我十分兴奋，同时这对我继续从事莎士比亚研究来说也是一个极大的鼓舞。这些年来孙院长对我的帮助和提携我十分感激。我今后将尽力多为中莎会做些工作。上月底我给黎翠珍教授写了表示谢意的信函，同时寄回了“回执”和“论文提纲”，现将“论文提纲”的复印件寄上，请孙院长指正。9月初我校已经开始为我办理申请赴港手续，我力争10月底完成我向大会提交的论文，不知这次香港莎学盛会“中莎会”是否还需要做些什么准备工作？如有什么需要我去做的事请孙院长示知。

杨林贵已于上月中旬去美国德克萨斯州的A&M大学英语系攻读英国语言文学博士学位。他每月要为低年级学生批些作业，作为《莎士比亚季刊》主编的助理，他每周都要在《季刊》工作些时间。他的功课和工作很忙，刚一开始不太适应，现在已经好多了。他让我把这些情况告诉孙院长和曹老师。

谨祝

秋安！

孟宪强

辜正坤关于孟宪强教授《〈哈姆雷特〉解读绪论》的推荐（10月8日）

孟宪强教授此书颇有新意。莎学是西方文学研究中的显学，而哈姆雷特的研究又可以说是莎学中的显学。宪强教授处于中国莎学和西方莎学研究的双重背景下，对莎士比亚笔下的典型戏剧人物哈姆雷特进行了全方位的探索，十分难得。该书布局严谨、气势博大、眼光高远，确是一个非常出色的选题。特此推荐。

（辜正坤：北京大学文学与翻译研究会会长兼莎士比亚中心主任）

孙家琇致李伟民（10月14日）

李伟民同志：

你好！

9月6日来信和附寄的文章早已收到。我迟至前两天才能阅读（而且是大致“逼视”）你的大作，原因是心脏病复发了。略好之后，视力又大成问题。经多次检查，除白内障之外，有由青光眼导致目盲的危险。医生叫我万万少用眼睛，读、写限于半小时。这是可悲的！

你寄文章给我。这篇“综述”很好，充满信息，提法与评价切实。唯一可挑剔的是题目。我觉得如用“（1995—1996年）中国莎士比亚研究与综述”也许更好一些，原题里“中国莎士比亚”好像把莎当成中国的了；另外“其”指他而言，那就成了“他自己研究自己”，而不是“对”或“关于”他的研究。我直言看法真像是“好为人师”，其实我有自知之明，很少这样给别人提意见，只是你几次诚恳要我提，我就不免唠叨了。请勿怪罪！以后我将没有力气这样做了。（学生除外）

很羡慕你年青力壮，对于研究及工作能如此埋头和认真。祝：一切顺利！

又及：我夏天在病中挣扎着改完一篇莎士比亚英国历史剧的文章，如果天假我以气力，我还有最后一篇东西想写。

孙家琇

王裕珩致曹树钧（11月3日）

树钧兄：

回美后已近十个月。想到去年在沪期间，多次承你盛情款待，万分感谢。

明年三月美国莎学年会将在俄亥俄州克利夫兰市举行。一讨论小组项目之《莎士比亚与中国》由的阿克伦大学两位教授主持。不知吾兄有兴趣参加否？并应邀作报告，题目暂定《李尔王在中国的演变——一个历史的回顾》（*King Lear* in China—

A Historical Review）其中包括中国戏曲改编的成果。吾之大作《论戏曲编演莎剧的新成就》提及的京剧《歧王梦》和丝弦戏《李尔王》不知贵校是否存有录像带及改编之戏文？为方便请兄代为复制一份连同改编戏本航空寄来（容用后寄还）。为贵校图书馆存有中央戏剧学院86年演出之《黎雅王》录像带也请转录一份，不胜感激也。

明年九月在贵校举办之莎剧在中国会议进展如何？准备以同题目参加。吾兄意见如何？

即祝

教安

王裕珩

请代向福良院长致意。

刘新民致孟宪强（11月10日）

孟先生：

大函悉，因搬家后不常去旧址，且最近赴京开会，未能及时回复，望谅。

记得前信未说戴镏龄先生译莎事，恐是误解。经询，译林社约在明年将推出新莎译本，以朱生豪原译为基础，约人重校订，几个历史剧则请人重修。据我所知所请专家有索天章、刘炳善、孙法理、何其莘、辜正坤等。我只是应约校了孙法理先生两个新译本。孙译相当好。当然语言与朱译尚有距离，但也可说各有千秋。新校全集出版印数不详，但不久即可见分晓的。此外，河北教育社明年将推出方平先生的诗体译本，大多方译，亦有他人新译，但具体有哪些译者我也不知道。记得94年莎剧节时，我曾向方毛遂自荐。可能不甚熟悉而未获允准，也可能是均已落实。不管怎样，以上译本之后，我将努力做些对比并写点评论文字。北外的陈国华先生则在致力于出版中国的莎剧英文版本，并计划以此版本译出全集，那可能还得三四年，其设想刊在《外语教学与研究》今年第二、三期上。看来今年的莎译颇活跃，几种新译本面世，又将给莎学研究注入新的活力，确实是莎学界的好事与喜事。

匆匆就写这些。谨颂

安康，笔健！

刘新民　上

1998年

孟宪强致李伟民（1月7日）

李伟民先生：

您好！

从香港开会回来之后处理诸多杂事，未能尽快给您写信报告会议情况，一定让您等得着急了。关于我参加这次会议和会议的一般情况我向学校领导作了书面汇报，现将这个材料寄给您供参考。关于我参加这次会议做专题发言的事《城市晚报》作了报道（但作者在采访时对我的研究中的理论主张更感兴趣。记者为吉林大学中文系1991年的毕业生）。他们还再次邀我写了一篇怀念曹禺先生的文章，我推辞不过，但一写就写多了，他们给删去了一半，也还可以，现寄上该刊一张供参考。在我去香港前，《社科信息报》闻讯前来了解情况，他们发了一篇报道，亦随信寄上复印件。1997年我完成了两大成果：《三色堇——〈哈姆莱特〉解读》《趋真与变异的独特过程——中国对莎及〈哈〉的接受》。前者的出版问题尚未落实，因为从8月以后我全力完成后者，没有联系出版的事。这一年我没有发表论文，倒发了两篇对我的评介报道。《三色堇》无论如何争取在98年问世，《趋真与变异》香港莎学会将收入大会文集，但我还想找一个刊物分期发表。这一工作恐怕要到春节后再进行了。

不知您收到北京“莎士比亚日”（98.3.1—3.4）的通知没有？我不想失去这次学习的机会。如您能去的话我们可以在北京见面，不然的话9月我们在上海见面。

我的身体还好，只是在8—11月忙着写论文时累着了，感冒时没能休息，导致上呼吸道气管发炎发热，打了将近10天青霉素。好了之后又恢复如常了。只是我们这里冬天实在太冷，现在我处于冬眠状态，已经有两个多月没锻炼了，待开春后即可走上正轨。

我去香港从上海转机与孙院长是同行，在上海逗留了一天。这天孙院长请了江俊峰副院长、方平教授、曹老师及区光龙（秘书），开了一次中莎会理事会议。讨论了些问题：关于中莎会申请重新登记事，拟改名为中国莎士比亚学会事，方平教授正式被选为本届国际莎协执委事，明年9.25—9.26“’98莎士比亚在中国”学术会议事等等，大家一致意见应对方平教授当选之事好好宣传一番，这是一件大事。曹老师身体很好，精神也很好。第二天我与孙院长去香港时他去了石家庄，参加“曹禺研究国际学术会议”。我问孙院长关于曹老师的职称问题，孙院长说：“没办法，论资排辈压人，明年（指98年）差不多”。

这次和孙院长同行还是多年来第一次有这么多的直接接触。从接触中我感到孙院长的精神、能力、人品都是非同一般的。他对中莎会的成立各项活动成功的举行做出了重大的贡献。中莎会能有今天这样的成就和他的努力是分不开的。这两三年来他在身患重病的情况下显示出一种非常的坚毅和热情。1996年4月在洛杉矶开会时，他刚刚结束化疗，没有口水，所以他带着水杯，要不断地喝水（但即使这样他接受记者采访长达二个小时，向美国的华人介绍中国莎学的成就）。这次我在上海转机，看到他临行前，夜间工作到9点多才回家；回到长春后我晚上9点多给他打电话，他还没有回去，可见他的行政工作的繁忙。这次在香港莎学会上他的论文为大会开幕式后的首篇，题为“走向21世纪的中国莎学”，着重评述了中莎会成立以后中国莎学取得的重大进展，特别是中莎会成功举行的两次莎士比亚戏剧节，出版了6本莎学文集并组团参加世界莎学大会。他的发言很成功，充满了激情。香港莎学会会长黎翠珍教授在“开幕词”中再三感谢孙院长对香港莎学会的成立所做出的贡献。（1995年孙院长从台返回时途经香港在访问中文大学、浸会大学时向他们介绍了中莎会成立的经验，建议他们也成立莎学会。）对于孙院长的精神、能力、热情和学术水平我都很钦佩。

希望我们都能成为莎士比亚的“知音”。在共同的事业中我们形成了宝贵的情谊，这是我们生命的珍宝。她把我们的生活装点得更美好。她激发我们为中国莎学尽量多做出一些有价值的事情吧！

谨颂

春节好！

又及：《社科信息报》的文章中有两处不确：一是我并没有参加第五届世界莎学大会，二是日本莎协秘书长向我介绍了第五届世界莎学大会的情况，赠送了有关会议的资料和大会的会徽。另一处是我没有在第六届世界莎学大会上发言，而是同中莎会其他几位负责人向国际莎协负责人报告了中国莎学的发展情况。现在有些记者采访后发文章之前不给被采访者看校样，出现一些不当之处。这实在是令人遗憾的。此事望能宽谅。

孟宪强

参加“莎士比亚在香港”学术会议情况汇报

1997年8月末我收到香港莎士比亚学会会长黎翠珍教授的正式邀请函，邀我参加于1997.12.12—12.14举办的“莎士比亚在香港”学术会议，并特别说明大会将为我提供往返机票，4日住宿费和每日的津贴，收到邀请函之后我立即着手撰写题为《趋真与变异的独特历程——中国对莎士比亚及〈哈姆莱特〉的接受》的论文，该文从接受的角度，运用比较的方法并从中国社会文化的发展过程中对中国莎学史进行了动态的、辩证的考察，经过整整四个月的时间于11月中旬完成了这篇将近4万字的长篇论文（正文约2.5万字，注释约1.5万字），并于规定的时间寄去“莎士比亚在香港”会议秘书处。1997年12月1日，秘书处发来通知我大会发言的传真，内称要我在13日上午9:30到10:00做主题发言。收到传真会后我将论文浓缩成7000字的演讲稿，直到临行前才打印完毕。1997.12.11我准时赴会，并按会议通知的精神，向香港莎士比亚学会赠送了由我撰写、主编的莎学专著、文集及1994年东北师大中文剧社参加’94上海国际莎剧节演出莎剧片断的节目单等莎学资料。

“莎士比亚在香港”学术会议是由香港莎士比亚学会、香港浸会大学英国语言文学系主办，香港艺术发展局、香港中文大学比较文学研究计划协办，来自美国、澳大利亚、日本以及中国的学者30多人到会，大会使用英语、汉语两种语言。12月12日上午9:00，由香港艺术发展局主席周永成先生（Mr. Vincent Chow）、香港莎士比亚学会会长、香港浸会大学学务副校长白智礼（Prof Jerry Barrett）、香港莎士比亚学会会长、香港浸会大学文学院院长黎翠珍教授主持了开幕式，并为大会剪彩。有20多位学者在大会发言，重点是“莎士比亚在香港”的情况，包括教学、演出——特别是戏曲莎剧演出、翻译、改编等方面的成绩，日本学者的发言重点介绍了“莎士比亚在日本”，澳大利亚的学者提出了莎士比亚“本地化”的问题，内地参加大会的共5人（上海戏剧学院院长荣广润教授、中国青年艺术剧院院长林克欢教授、上海外

1997年12月13日香港国际莎学会议期间合影，左起依次为孟宪强、黎翠珍（香港莎学会主席）、孙福良

国语大学英语学院副院长史志康教授、中国莎士比亚研究会副会长兼秘书长、上海戏剧学院孙福良副院长和我），其中孙福良和我为特邀代表。大会发言一般都是15分钟到20分钟，而为我们二人安排的时间为30分钟，我们二人的发言相互配合得很好。我从接受的角度论述了一个半世纪中国接受莎士比亚及《哈姆莱特》的相互联系、相互衔接又相互交叉的6种发展状态（即接受的准备、接受的过渡、接受莎氏个别作品、接受莎氏全部作品、接受外国学者的莎士比亚批评模式、用历史新时期中国人的眼光接受莎士比亚及《哈姆莱特》的审美价值）。我的发言被破格允许延长10分钟，受到与会者的欢迎和好评。孙福良的发言综述了1984年12月中国莎士比亚研究会成立以来中国莎剧演出方面的举世瞩目的成功。

这次会议使香港莎学成为整个中国莎学的一个组成部分，对于中国莎学的发展和走向世界具有重要意义，将会产生积极影响。

会议期间“'98莎士比亚在中国”（上海）学术研讨会的举办单位及协办单位的负责人举行了第二次预备会议。主办单位上海戏剧学院荣广润院长，中国莎士比亚研究会副会长兼秘书长孙福良副院长，协办单位香港莎士比亚学会会长黎翠珍教授，澳大利亚“莎士比亚在亚洲”课题组负责人约翰·吉列斯（John Gillies）于12月13日下午开会研究“’98莎士比亚在中国”（上海）会议有关情况，吉列斯并将会议费用支票交给了中莎会负责人。在闭幕式上黎翠珍教授宣布了这次预备会的各项决定：“’98莎士比亚在中国”学术会议将于1998年9月25—26日在上海举行，并通知了报名、提交论文等有关事项。他最后说“希望我们明年在上海再见”。

“莎士比亚在香港”学术会议取得了圆满成功。

东北师大莎士比亚研究中心

孟宪强

一九九七年十二月二十日

黄伟仪致孟宪强（1月15日）

亲爱的孟教授：

您好！很高兴能在香港莎士比亚研讨会内跟您碰面。

我是香港莎士比亚学会的财政。在今次的研讨会亦有发表论文，内容是关于莎士比亚在香港的发展，是在首天发表的。会后，您曾提议说我的论文可以译成中文在内地发表。本来我想跟您详谈关于文章的问题，但因我患了重感冒，不想传染大会的贵客人，所以没有跟您当面详谈。我对内地的认识比较肤浅，所以来信请教。

孟教授是中国的莎士比亚专家，我想您一定可以在这一方面给我您宝贵的意见。我曾读过《中国莎士比亚年鉴》，发现没有关于香港的资料，我想可能可以发表莎士比亚在香港的资料，但我不清楚可以在哪里发表，希望教授可以提供意见。

我希望可以收到你的来信。祝

身体健康！

伟仪　上

李伟民致孟宪强（1月24日）

宪强先生：

您好！

寄来的挂号信、报纸、情况汇报复印件均收悉，所有资料及信件我都不止读了一遍，从中学到不少东西，也从中读到了您对中国莎学研究所倾注的热情及所付出的心血、贡献，而且您所付出的这些精力也得到了或正在得到广泛的学术承认，在海外莎学界也发生了影响。您所作出的这些工作对中国莎学的贡献是显而易见的。

非常高兴您能及时告诉我有关香港莎学会议的情况，确实我一直盼望着远方北国的书信，盼望分享您的喜悦。"情况汇报"非常全面。会议安排您有30分钟的发言，可见海外是希望了解中国莎学的，也是对您和中国学者的肯定。

从您的信中了解到孙院长的为人和对中国莎学所做出的贡献。我想是什么支持您，孙院长和众多的莎学学者忘我地献身于人类的科学事业的呢？我想是否可以提出是一种博爱的"莎士比亚精神"，这种"莎士比亚精神"构成了一股强大的精神力量。

从信中得知北京3月份要举行"莎士比亚日"活动，我没有接到通知。不知这个活动是哪个单位发起的，望告之通讯地址，我好要一张邀请书。当然，3月份也不一定去得成，因为我每年都在出差、开会，但也可争取一下，如果上海9月份要开莎研会，我是一定要去的。因学习的机会是太宝贵了。

近来学校在买房，我准备搬新房，新房条件不错，三室一厅甚至可以说是三室两厅，在搬以前我打算简单装修一下，铺铺地砖什么的，目前工人正在整，春节后可能告一段落。所以近来杂事颇多，每天都围绕这件事跑，静不下心来思考问题，真没办法。

确实是莎士比亚的共同事业铸就了我们生命中宝贵的友谊。学者、同行、师生、朋友之间的友谊、互相鼓励有时是非常重要的，这种友谊能净化我们之间的情感，净化我们的精神世界，是我抵御外来世界，抵御小人们的诡计的精神力量，这种友谊能促使我们为中国莎学做出一些有价值的事情。

现寄上复印件数件，因一个信封袋装不下，只好分两个信封寄。《外国文学评论》上的那篇，写好以后我曾寄泗洋先生看过。现寄上这些见笑之作，聊祝新年快乐！

祝

新春快乐，万事如意！

李伟民

孟宪强致李伟民（2月9日）

伟民先生：

您好！大札与两袋大作复印件均收到，谢谢！在此之前我就在《外国文学评论》上拜读了大作《莎士比亚是共和派吗》。我很赞同您在该文中所表述的见解。我认为这种深入钻研作品，进行具体分析的解读方法正是“具有中国特色的莎学”理论的一个重要特点。老一辈学者及留学英美的学者在评论莎士比亚作品时往往从若干西方学者的具有权威性的批评模式出发，这样他们在评论莎氏作品时往往不是从具体的、历史的研究中得出某种结论；恰恰相反，而是对某种现成观点的论证，这就陷入了“述而不作”的境地。我以为这种莎评缺少独创性，并且是造成莎氏研究误读的重要原因之一。我以为中国莎学要跻身国际莎坛，为国际莎学作出中国学者的贡献，就一定要用“历史新时期中国人的眼光”去接受、阐释莎氏作品的审美价值。《俄苏莎学理论在中国的传播》是一篇很有分量的论文，从中可以看到您对这个问题所下的功夫，其中有很多很有价值的第一手资料。您对拙作的再次评论，令我非常感谢，同时也让我更清楚地看到了拙作的种种不足和缺陷——从材料到观点。它使我下决心对《简史》再做一次全面的修订，或以某种方式编写一本更令人满意的《中国莎学史》——只是现在尚没有时间做这件工作，估计得三五年之后进行。

北京的“莎士比亚日”的组织者先后给我寄来两份通知，现将其中的一份寄给您。前天树钧先生来电话，问我去不去？我说初步决定去，一个主要的目的是想看看英国皇家剧院的莎剧演出，他说孙建秋给他去电话约他在会上发言。我准备在去北京之前在同树钧先生通一次电话。我觉得北京的这次活动对扩大中莎会的队伍来说是一次很好的机会。中莎会应利用此有利时机多发展一些北京方面的会员。孙院长春节前患肺炎住院治疗，需二三周时间，估计现在很可能尚未痊愈。

听说您分得了那么好的新房，太为您高兴了，祝贺乔迁之禧！

谨颂

撰安！

宪强

又及：林贵来信让我帮他复印97年中国莎评论文，以便他向《莎士比亚季刊》推荐选入。不知您平时是否记载了97年莎评目录？如有目录烦请复印一份给我；如没有就不麻烦您了，我直接去图书馆查阅。

孟宪强致李伟民（2月26日）

伟民同志：

您好！

月初寄去的信和“莎士比亚日”活动材料谅已收到。我原计划参加北京的这次莎学活动并和曹老师相约同行。谁知这两天牙痛病犯了，竟弄得“夜不能寐”，大夫说怎么也得一周以后才能好，这样，对北京的活动我就只好忍痛割爱了。

上次信中说我曾提到关于97年中国莎评目录的事，我说，如您有现成的“可抄我一份”，信发出去之后我就感到不妥。因为我去年一年几乎没去校图书馆和校系资料室，所以写信时最后就写了那么一句，“向您要写97年莎评论述时会积累这方面资料”。其实这类事实不该相扰。前两天我从校系资料室的一些学报上，特别是人大复印资料《外国文学研究》《戏剧戏曲研究》上找到一些莎评，复印后已寄给了杨林贵。提此不该相扰之事我感到很不安，还请原谅。

我现开始陆续整理《三色堇》中的一些篇章，争取先将其一部分一部分地以论文形式发出去。

谨颂

撰安！

孟宪强

洛德·戴维斯（Lod Davis）致孙福良（3月6日）

亲爱的孙教授：

作为两年一度举行的第四届澳大利亚和新西兰莎士比亚协会大会的组织者，我谨向您发出正式邀请，邀请您出席本次大会。本次大会将于1998年7月11日（星期六）至7月15日（星期天）在澳大利亚布里斯班昆士兰大学圣约翰学院举行。

您在中国的莎士比亚方面的研究将引起我们协会成员们的极大兴趣，而我们协会是由来自澳大利亚和新西兰各大学中从事莎士比亚研究的，资历或深或浅的教授及研究生们组成的。我们期待一批国际代表出席会议，其中包括您以及安德鲁·古尔教授（瑞汀大学）、简·哈沃德教授（哥伦比亚大学）、米歇尔·姆林教授（伊利诺斯大学）、海德·杜布罗（威斯康星大学）。

我希望您已经收到了我们的登记表和信息小册子的复制件。

其他的信息可以在大会网站上获得：[略]

如果对大会日程或对布里斯班的旅程有什么需要询问的话，请在以后的几个月中同我们联系。我还想补充的是，格里菲斯大学的柯林·麦克拉斯教授和拉特罗布大学的约翰·盖莱斯博士特别盼望在澳新莎协大会上同您会晤。

我同样盼望在98会议上与您见面。

您的诚挚的

昆士兰大学　洛德·戴维斯博士

李景尧致曹树钧（3月13日）

曹老师：

您好。从北京返回长春后，找到了《山东画报》(97.9)，现将有关段落抄录如下：

“四年的大学生活，给予了李媛媛深厚积累的机会……她阅读了大量的中外文学名著，演过各种性格差异的角色，甚至在学院的舞台上演遍了从莎士比亚到布勒亚特的作品。这种积累是渐进的、扎实的，它为日后李媛媛的成功打下了坚实的基础。当人们惊异地在舞台上看到《威尼斯商人》中由她扮演的机智、诙谐、女扮男装、喜剧味十足的鲍西娅和与其形成巨大反差的《安东尼和克利奥佩特拉》中妖艳的埃及艳后的悲剧角色之后，不能为不她的精彩的表演赞叹不已。”

春安

李景尧

任明耀致孟宪强（3月18日）

宪强教授仁兄：

久不联系，近况可好？

我一生从事外国文学，莎士比亚的教学和研究，如今已到垂暮之年，好心的朋友建议我将一生散见在多地学术刊物上发表的科研论文能结集出版。也许对大学文科师生有一点参考价值。我想能抛砖引玉，得到大家的批评指教，对自己也是有益的。为此，我向学校领导写了申请报告，由校长批准杭大出版社处理。杭大出版社负责人要求我在5月底以前整理成书，并要有二位专家的评审意见。您现在是国内知名的莎学专家，精通外国文学，为此我请求您在方便的时候，为我的拙著写一点评审意见。现将拙著《说不尽的莎士比亚——外国文学批评集》的初选目录寄上，重要论文篇目已注明了出处，容易找到。请您审读以后写下二三百字的评审意见，并写上您的职称、职务，盖上公章寄我。另附1份简历，作为参考。

现在出书难，出版学术著作更难，如今有此机会，我决定一试。如果通过努力，仍不能出版，我也无怨无悔。此事就烦麻烦您了，容后再谢。

北京外贸经济大学举办“莎士比亚日”，我因年老体弱，难以赴会，不知您有否参加？

祝

教祺！

弟 明耀

孟宪强致李伟民（4月19日）

李伟民先生：

您好！

估计您一定已经收到了中莎会关于今年9月举行“莎士比亚在中国——演出与研究国际研讨会的通知”；我是上周收到的。现在酝酿准备向会议提出的论文。

我将《趋真与变异的独特历程》的前三个部分加以修改形成了一篇新的论文《中国早期莎学的若干特点》，目前已投寄出去。该文篇幅较长，将近二万字。另外，拙著《三色堇——〈哈姆莱特〉解读》中的附文《〈哈姆莱特〉在中国》我也想修改誊清后寄出。现将我省《社联通讯》上关于我参加香港莎学会议的报道寄上，供参考。

谨颂

撰安！

孟宪强

曹树钧致李伟民（5月16日）

伟民同志：

近好！

本来我去成都招生，后来临时有一位教师要去，我改道济南，失去了一次见面的机会，不知9月上海莎学会你决定参加否？

拙作《神童曹禺——开启成才之路》已经问世，今同时挂号寄上一册，请查收。

你能否根据附信中的内容，在两家报纸（或刊物）上发一发消息？如其中一篇是千字的书评则更好。有劳之处不甚感谢！

附一复印件供参阅。

“中莎会”可能安排作一些年青的副会长，我可能是其中之一，另外两位是孟宪强和辜正坤（暂勿外传，尚未最后定！）

祝

撰安！

曹树钧

孟宪强致李伟民（5月21日）

李伟民先生：

您好！

5.13大札及两本刊物均已收到，谢谢！拜读大作很有收获。大作《从文学向文化的转移》中关于莎士比亚连环画的出版情况。我了解得没有你那么全面。拜读大作时正在进行拙编的一校，我便将大作中这方面的内容补了进去，谢谢。你使拙编避免了一个遗漏，校样已于昨天上午送还出版社。您的成果源源不断，从中既可看到您治学的勤奋，同时也看到您知识的广博。您的累累成果，可喜可贺，望能多多注意身体，不要过分劳累。

明年吉林莎协拟举行成立十周年纪念活动，届时将出版纪念文集，望您能够赐稿。祝贺您成为中莎会会员。关于您参加上海国际莎剧节活动的邀请函问题，泗洋教授我们是议论过，想从吉林这边给您办理。但现在我觉得这样对您多有不利；邀请函由我们转寄减少了邀请的力度，不利于您向学校申请经费。因此，我想还是请组委会给您直接发函，此事我已给树钧先生写信，请他关照。这样，您向单位提出申请就更有力些。我跟树钧说请他给您发一邀请函，如果以省为单位发函的话，就请他从给四川的10张邀请函中留出一张单独寄给您（组委会初步决定每省都发10张）。

拙编现在尚未征订，待印出征订函时我给您寄去一些，请您帮忙多征订些。出版社现在未最后决定印数（估计在1000—2000之间）。我们去上海时拟带去500本参加书市展销。

谨颂

撰安！

孟宪强

张泗洋致李伟民（6月18日）

伟民兄：

6月7日寄来的信已收到，在此之前还收到寄来的两本杂志，以及数篇论文，都未丢失，请放心！

我觉得你肯定前途无量，将来会成为知名的有成就的学术专家，会给我国文化事业做出大贡献。能坚持以恒，不断写作，不断创新，这实在是难能可贵的！希努力！

我未及时回信，主要是这一阵事情多，太忙。现在正在最后校阅莎大辞典，太重了，1600多页印张，得一个字一个字的看，商务要得还很急，说年内一定把书出出来。定了，我就得办出国手续，主要去加拿大看望两个女儿家和去英看望儿子晓阳家。几时回来，很难说，能办成，也就在九、十月之间就可动身了，届时，定当信告。

你每天都有课吧？还要写文章，一定很累，希望注意身体健康，有劳有逸，细水长流。我过去也干得较猛，现在老了，才感到体力不支，精力不济，很难出活了。

好了，夏天到了，四川一定更热，希你多多保重！

泗洋

廖梅姬致孟宪强（6月25日）

孟教授：

去年十二月在“莎士比亚在香港”研讨会有缘认识，拍了一张孟教授发言的照片，现下学期结束，稍松一口气，把照片寄上，希望见谅。

最近香港话剧团邀请我翻译莫里哀经典喜剧，现附上场刊一本，供孟教授看看香港演艺活动。香港话剧团由市政局全力资助，乃专业剧团，能够与香港话剧团合作，实在可以多方学习。

前天遇见浸会大学一位黄小姐，才猛然醒悟自己忙得没有报名参加上海九月底的“莎士比亚在中国”研讨会。教学与行政把时间完全占去。

祝好。

廖梅姬　敬上

孟宪强致朱尚刚（8月1日）

朱尚刚先生：

您好！

上月中旬（7.11—7.15）我同敝校外语学院张奎武教授一起赴澳，在布里斯班市昆士兰大学的圣·约翰学院参加了由澳大利亚莎协与新西兰莎协联合举行的题为“莎士比亚的物质性——教学、历史和演出”的莎学学术会议。我与张奎武教授应邀做关于中国莎学的专题演讲。我们的两个题目为：“中国莎学的发展过程及其特点，兼及用中国人的眼光接受莎士比亚的审美价值”；另一个题目为“中国的莎士比亚翻译，兼及朱生豪译莎的贡献”。我们的发言引起与会者的浓厚兴趣，就中国莎学的翻译、演出提出了不少问题，而对令尊的贡献与精神表示致敬。澳大利亚拉特罗布大学的吉列斯教授对中国莎学很感兴趣，听了我们的发言之后提出希望能够得到嘉兴电视台为纪念令尊80诞辰而制作的上下两集电视剧《朱生豪》的拷贝。我觉得这是一件好事，这表明天才的年轻的诗人、翻译家朱生豪的名字已经冲出国门，开始走向世界。因此，我想我们应该帮助吉列斯，这实际上是他在宣传我们中国的莎学。此事烦您与嘉兴电视台联系一下，请他们予以关照。如果您对此事同意，嘉兴电视台也同意，然后再商量如何操作的问题。敬请赐复。

东北师大莎士比亚研究中心

孟宪强

彭镜禧致孟宪强（8月12日）

宪强兄：

七月二十九日大函敬悉。吾兄热心莎学之中国研究，令人感佩，成绩斐然，尤值得钦贺。

“两岸莎学研讨会”的构想，弟十分赞同，也愿意尽力促成台大外文系与北大英语系共同发起。可否请兄或转请辜正坤、胡家峦两位教授就预定计划之内容，略加说明，以便弟据此向系（校）正式提出。

弟九月二十五、二十六两日参加上海莎学会议，并提论文。不知吾兄或辜、胡两位是否也出席。若然，则可在上海更进一步洽商细节也。

专此敬祝

道安

弟　镜禧　敬上

从丛致孟宪强（8月29日）

孟老师：

您好！

您正在准备参加下月的上海会议吧？研究会也在上学期末给我寄来了会议通知，但遗憾的是将于近期赴加拿大访学因此不能前往参加了。

我此次是以加中两国政府资助的“加中学者交流项目”的访问学者身份，到多伦多大学的戏剧研究中心进行4个月的研究。我准备围绕“加拿大莎士比亚研究”“弗莱与莎士比亚”等问题搞点东西。莎士比亚戏剧一向被认为是各种文学理论的“试验田”，而以弗莱为代表的原型批评是二十世纪重要批判流派之一，曾一度被认为与马克思主义批评和精神分析批评在西方文论界起过“三足鼎立”的作用，弗莱也曾专门研究过莎士比亚，但在国内以往的莎学著述中还很少见到有关“原型批评”及其成果的研究，这是应当改变的。弗莱生前是多伦多大学教授。多大有专门的弗莱研究中心。估计那里有关资料比较丰富。

我现在，我要去的戏剧研究中心的莎士比亚研究状况。我想他们一定会对中国的莎士比亚研究感兴趣。到时我一定找机会把您的成果和中国莎学的一些情况向他们进行宣传，让加拿大学者了解中国莎学现状。

我目前正在抓紧办理各项手续。行期要视签证情况而定。

另外，我将挂号寄您一本我编的《国际学术交流实用英语教程》。今随信附上一份南大校报对该书的小报道。暑假期间我同我校研究生院院长到北京参加了一个全国研究生教学与教材建设方便的会。与会各校研究生导师和教学管理人员均认为“把研究生英语教学从传统的被动的应试型教育转向提高国际学术交流实际英语技能”的改革方向是正确的，并认为我们在这方面走在了全国的前面。您也可把这本教材给您的学生看看。希望对他，也能有些用处或启发。

作为研究会秘书，这次不能为会议帮上忙，深感遗憾和不安。待我回来后再向您和研究会汇报加拿大莎学状况和我的研究状况。

顺颂

安康！

从丛　敬上

梁培兰致李伟民（10月28日）

李伟民老师：你好！

我是戈宝权先生的夫人。年前友人转告你在北大的《中国比较文学通讯》上写的文章。首先谢谢你对戈宝权先生的关心。从文章中可看出你是位治学严谨、学识渊博的学者。因此我请北京友人帮助得知你的地址，写信向你表示感谢！

在此谈谈戈先生近况。他住在南京富贵山医院，边休养边治疗，他患有帕金森综合征。因用脑过度得了严重的脑萎缩，不能行走已近五年了，近二年记忆力特别差，他没有任何痛苦。对我来说是个最大的安慰。

我从去年给他编一本画册，江泽民、李鹏、邹家华等都给他题了字，由启功先生题写的书名。所里的同志提出为戈先生出一本纪念文集，稿子已收了不少。我现着手给他编年谱及著作目录，但我尽力编好些，再就是编他的文集。目前正在整理收集文章，争取明年编完。我在编写画册中，写了两篇小文，请你指教，看看在四川地方能否转发，但不必为难。

现想请教你，我想在纪念文集中用的那篇文章，或请你再改写也行，字数不限，时间年底前寄到。信纸上的地址交林鸿亮先生收。他是波兰文学专家，获“十字”勋章的，由他来编。你能否改写或就用那篇文章都可以。我希望能有你的文章为本书增光。请你往南京家中写一封信告知。

地址：[略]

邮编：[略]

我于11月10日前回南京家中，今后信件请寄往南京。

祝你全家人

安好！

梁培兰

敬上

1999年

方平致杨林贵（1月7日）

林贵教授：

多承美意，从海外遥寄贺岁卡，甚谢！祝愿您在新的一年，以您的勤奋和进取，在科研和工作上取得更大成就。

我国学者不乏在海外攻读博士学位，但以研究莎士比亚为主科，似乎寥若晨星。预祝您在莎研上取得瞩目的进展。我国莎研太需要有深厚功夫的莎学专家作出进一步的贡献。

这五年多来，为《莎士比亚全集》我几乎全力以赴。"新全集"共12卷，现已进入读校样阶段，争取今年莎翁诞辰纪念日之前问世。有这样几点可算是它的特色。

1. 梁、朱两套全集都是散文译本，我主编的是我国第一套诗体译本。

2. 梁、朱以及我国过去好些莎译家，都以"案头剧本"接受并介绍莎剧。其实莎翁首先是一位戏剧家，（其次才是诗人、哲学家）这是本世纪英美学者所取得的共识，"新全集"相应地把莎剧看作是"舞台之本"，观点不同，认识不一样，处理方式和译介成果自会显示出不同面貌。

3. 莎剧在我国可说一门"显学"，过去在"政治标准第一"的文艺思想支配下，习惯于从社会意识形态来评介莎剧，因此偏重于矛盾冲突比较激烈的悲剧，而另一些轻喜剧，像《错尽错绝》《驯悍记》，*AYLI*，几乎成为我国评论的空白点。历史剧也较少讨论。"新全集"每剧前都有一篇带有学术性质的"前言"，这样可说具有填补空白点的意义，每一莎剧都附有背景资料，分别介绍版本、写作年份取材来源。有助于读者对剧本的进一步了解。如*Timon*虽是我国评论的一个热点，很可能是"新全集"第一次详细介绍这一骂世剧，当初并未列入"第一对开本"篇目，它的被收入有很大偶然性。并说明该剧只是未完成的，被放弃的初稿。在后世评论家根据一个被放弃的毛坯作出重大的论断（剧作家的灰暗的世界观等等）是令人难以信服的。

“Richard”被Essex利用为制造舆论的工具，我仅见苏联Anikst有所提及，但语焉不详。“新全集”介绍R2在舞台上最为精彩的“逊位”一场。在Q1.2.3都付阙如，Q4.方始补入，以及当时出版审查和演出审查，有系统，因此处理宽严不一。以及R2.怎样卷入政治案件的全过程。

希望将来“新全集”能得到您的指正。很感谢您向*WSB*推荐新全集，我会嘱托出版社将来把附英译的征订材料直接寄您。

不知*WSB*是否收录齐全？我曾访问Folger Shakespeare Library，看到他们出版的Lamb's *Tales from Shakespeare*，有些黑的插图很有艺术性。但外国很难找到Folger版*Tales*，不知能否麻烦您代查一下*WSB*是否录有此书，如有，能否烦您把其中插图复印一下寄我（作为“新全集”插图），那是十分感谢的。遥祝

康健愉快！

方平

方平致杨林贵（3月18日）

林贵教授：

您好！上海译文转来大函，喜出望外！很钦佩您多年来致力于中国和国际莎学研究上的相互交流沟通。尤其把国内莎学动态及时向海外介绍或报道已做出不少成绩；凭您的勤奋和努力，相信在这方面将会取得更大的贡献和成就。

承关注《新全集》的进展，并蒙费神代为借到Folger版*Tales*，又特地复印了21幅图里的插图寄我，给您添了不少麻烦，非常感激您的盛情和美意！这些插图也许都已放大，复印机性能又高级，图片特别精细清晰。*Two Gentlemen*，*Timon*，*All's Well*，*Winter's Tale*，*Cymbeline*，*Measure*诸剧的插图都是我所缺少的（我希望能每剧配一幅图，又有相当艺术性，可说求之不得）。最精彩的要算是*Othello*，*AYLI*那两幅了，我原有收藏，出版社已用电脑制版，我想比较一下，也许您寄我的，制版效果更胜一筹。就另制版。

您说的很对，为插图事如由出版社直接和Folger Library磋商，他们可能乐于同意；但我想这些插图都是上一世纪的作品，似已不存在版权问题，我只从中挑选一小部分采用，如不打这交道，大概不成问题吧。

我为“新全集”写了*Coriolanus*前言。剧作家对于群众的态度如何，国内谈此剧是一个关心问题。六十多年前就有文谈及。拙文并未正面涉及这问题，但在论述中表现了剧作家是站在饥饿的群众的一边的。《外国文学研究》主编王忠祥将出版创刊20周年纪念号，来函索稿，我将出稿寄给了他，如发表，自当复印寄请指正。承摘要介绍拙文论*J. C.*甚谢！不知是否将发表在今年*Shakespeare Quarterly*秋季号？

您批判地借鉴西欧现代批评方法论述*Othello*，*Taming*，一定很有见地，祝早日完成，并希望将来有机会拜读。1996年《外国文学批评》第一期曾发表拙文《历史上的驯悍文学和舞台上的〈驯悍记〉》，您如读到，请多指教。

《新全集》的出版要推迟一些时日，很遗憾。主要由于个别请人担任的译本，译文与理想中的水平还有距离，为了保证译文质量，我不得不逐字逐句进行校订、修饰，十分艰苦。唉，真是事非经过不知难！祝

春祺

方平

任明耀致曹树钧（4月26日）

曹树钧老师：

来信已收到。

关于向国外投寄《中华莎学》之事，按规定最好由你院科研处盖一公章，证明此刊物没有泄密情况。这样可以保险一些，如没有证明有时也会寄到对方手中的。说起这些事我很恼火，这类学术性出版刊物，说得上泄密吗？改革开放以来，这种事海关也要管，真有些令人费解了。上次我提到的几位国外莎学专家以及国际莎协会、美国莎协会、西德莎协会等等，都应该按期寄去。对方寄来的莎学通讯，都可

以安全到达我手中。他们也是内部印刷的嘛。有何秘密可言？

你们办刊的艰辛，那是可想而知的。我正在托一些朋友，为《中华莎学》免费设计些封面，以后搞好再寄给你们审处。

至于赞助问题，目前很难办到。因为我跟企业家没有多少联系。知识分子去搞钱历来比较困难。

新疆大学中文系续枫林老师有可能联系你。她也在教莎士比亚。《中华莎学》是否可以按期寄她一份，对这些边远省份应予特别照顾。你寄来的三份通讯已收到。我将分别寄送国内外友人。以后是否可寄我5份？那份材料你已托经办的同志在翻译，很好，这类信息是很受大家欢迎的。

向老孙同志问好，他很能干，我跟他见过几次面，比较熟，你们辛苦了，以后来信望能寄我家中较好。《中华莎学》第二期尚未收到，第一期可否再寄三本，我将分别寄往美国、加拿大、日本有关莎学专家。

祝

文安！

明耀

杨林贵致曹树钧（5月16日）

曹老师：

您好！

久未通信，不知您近况如何？有什么莎学活动？年前曾给您寄一贺岁卡，不知是否收到？

最近收到方平教授来信。我已按他的要求寄去一些著名莎剧插图复印件。他准备用在他主持的“新全集”。

您关于广场剧《无事生非》的大作已摘要收入《世界莎学目录摘要》1998年卷（将于1999年末在剑桥大学出版社出版）。出版后我会复印收有大作摘要的当页给您寄去。今随寄收入1995年卷的您一篇文章的摘要复印件。［关于*WSB*的介绍请参考孟

老师主编《中国莎学年鉴：1994》（428—431页）]

您有新作发表请随时寄来赐教。如有可能我会向外介绍。另外，如果您方便的话，希望将广场剧《无事生非》的演出材料（导演、主要演员、灯光、舞台设计等）寄来。如有其他剧的演出也请寄来节目单。能够更多地向外介绍我国莎学活动的情况，对于宣传我国莎学，扩大在世界上的影响很有益。

您如果需要什么材料敬请来信，我会尽力查找。

我的工作和学习都很顺利。到今年底明年初便可修完全部课程并开始写论文。

此祝，

撰安！

杨林贵

于美国德州

孙家琇致曹树钧（5月30日）

曹树钧同志：

前一阵曾把你论莎士比亚和汤显祖的文章寄还给你，想已收到。我是用平信寄出的，事后有些担心会给弄丢。

有件事说一下，您应该也认识的杨世彭（美籍华侨，曾参加我们第一次莎士比亚戏剧节，现任香港话剧团艺术总裁）两周前在中央戏剧学院做了几次报告，返港前来看我，听我说起了澳大利亚两位莎学专家不久以前来中国时，同你和“中莎会”其他负责人约定要召开研究中国莎剧演出问题的会议，很感兴趣。他表示希望能参加会议，因为他在香港（和美国？）导演过三出莎剧——《驯悍记》《仲夏夜之梦》和《李尔王》，使用了他本人翻译的本子，其中一出是粤语和国语同时轮换上演。他认为香港回归之后，他这些演出更是属于中国莎剧演出范围之内的。我同意他的看法，告诉他我将给你写信，请你就此事同他联系。我记不清上述会议是在今年下半年或明年举行了，希望不是已经召开过。我觉得我们“中莎会”可以邀请杨世彭先生参加，你没有异议吧？他的地址如下：香港市政总署艺团办事处，皇后大道中345

号上环市政大厦4楼。

顺便问：你可知道美国河畔出版社又出版了第二种《莎士比亚全集》？其中包括第39出莎剧，即《爱德华三世》，孙法理同志已同意译成中文。上戏图书馆如果经费充足，可以订购此书。我向孙建议用诗体，而不用散文翻译此剧，那就可以纳入方平同志等人将要出版的诗体莎氏全集，尚未接到他的回信。好，写到这里，祝

暑安

孙家琇

裘克安致杨林贵（6月6日）

杨林贵同志：

在北京收到你5月18日来信，谢谢。

昨天我已来到美国新泽西州Plainsboro我的小儿子这里，现在从这里给你回信。

你离开已经两年了，不久我就知道你已去美国。从周陵生那里得知你的地址，但杂事很多，有时又生病。无暇顾及给你回信。

注释丛书的出版拖了很久，我以为商务会给你寄一批，如你需要，还可给周写信。商务出版我们这套丛书很慢，所以我也不着急。不过我已近80岁，总想在有生之年把丛书编完，因此不能不关心你承担注释的这几本。就是：

温莎的风流娘儿们

亨利六世一

亨利六世二

亨利六世三

不知你的承担算不算数？何时可着手先搞一部。这些书的平行本在美国买来是很方便的。我在这里探亲，地址为：[略]

你可来信，也可来电话。我在此探亲，此外没有什么任务，预备找些书看看。有什么好书，请你推荐些，好吗？

你搞bibliography很好，可以读许多东西。

裘克安（左）、杨林贵（右）于'94上海国际莎士比亚戏剧节

你的论文做什么题目。和莎士比亚有关系吗？

Noam Chomsky有些什么新的政治评论的书或文章，请你选些短篇可否影印寄我？

此问

安好！

裘克安

李伟民致孟宪强（8月29日）

宪强先生：

您好！

所寄《中华莎学》第七期已经收到了吧？ 8月中旬我到川大开了比较文学年会。

在会上联络了一批莎学会员如：北京广院的吴辉（泗洋先生的研究生）、武汉大学的蔡光保、香港叶少娴、谭国根等，向杨周翰的博士生王宁、赵澧的研究生杨慧林介绍了中国莎学，并向他们赠送了《中华莎学》第七期，包括国际比较文学学会前主席佛克玛、香港黄维樑。

《中华莎学》第七期赠送给各位学者反映很好。有些人也对承办莎学研讨会表现了兴趣。

北大举办莎学会事不知怎么样了，有人说辜正坤要搞起来颇难，因无权。当然搞起来更好！

您的《胡适与莎学》不知写完没有。我假期杂事太多。目前正在写一篇会议综述。我评王元化先生的《莎剧解读》发在《四川戏剧》99.4上。

您近来身体好吗？多保重。

祝

安！

李伟民

孟宪强致曹树钧（9月22日）

树钧兄：

您好！

上月中旬给兄的信谅早已收到。由于中莎会对《中国莎学简史》的重视宣传以及李伟民等先生对拙作的积极评价，特别是你的大力帮助，为《简史》造成了一定的影响。因此拙作在推荐第四届社会科学优秀成果评奖中被译为著作类二等奖。此次译审很严格，一二等奖很少，著作类一等奖中的文学类著作只有二种，二等奖中文学著作也只有四种。拙作能够获得这样的荣誉，首先要感谢对拙作给予过各种帮助的莎学前辈和同行；同时我觉得这也是对我莎学研究工作的一个肯定，一个鼓励，令我深感欣慰。

我校今年出版著作基金资助申请评审工作已经开始。今天上午我将拙作《三色堇》送到了系里，在系里我看到了“通知”。“通知”说，这次学校出版社将出资60万元资助12种优秀教材和著作的出版。又说“在过往四年内曾获得过资助的，此次不得申请”；还说，今年将改变以往的原则，不仅重视学术性，同时也考虑经济效益；博士论文也要经过评审才能出版。由此看来，此次我获得资助的可能性很小，特别是四年前我曾获得过一次资助，这就增加了申请的难度。面对这种形势真得另寻出路了。原来我对申请基金资助还有不小的希望，现在看来这个希望太小了。

不知河北莎协成立没有？方平教授主持翻译的《新莎士比亚全集》出版没有？北京大学辜正坤那里举办莎学会议的事不知有什么进展没有？我觉得希望不大。为了中莎会的进一步发展，我想河南大学刘炳善教授那里可能考虑搞一次莎学会议。但这里涉及一个问题；就是如果刘炳善教授仅仅是中莎会理事，出于对他本人学术身份的考虑，他大概不会愿意张罗这个会议。因此，我想是否可以将他增补为副会长？从年岁较大的老一代来说，刘炳善教授占了好几个有利条件：（1）博士生导师，设有莎诗研究课程；（2）出版过多种英国文学方面的著作，80年代末以来发表了不少有关莎士比亚的论文；（3）出版《英汉双解莎士比亚大词典》；（4）翻译出版过莎士比亚戏剧作品；（5）对莎学活动十分热心；（6）他有项目，经费较多；（7）年龄不会太大（1927年生），今年72岁。上述想法我考虑了好久，不知是否妥当，希望兄与孙院长说一下我的想法。

我现在仍在修改我的《中国接受莎士比亚的文化价值取向》，估计要到11月底可以完成。

代向孙院长问好！

谨颂

文安！

孟宪强

李伟民致孟宪强（10月25日）

宪强教授：

您好！

9月23日大札早已收悉，迟复为歉。祝贺《中国莎学简史》获得省社科奖。得知大著《三色堇》在申请上颇为困难，似可等时机另找出路。您的动议很好，河南大学刘炳善教授确实是中莎会副会长很好的人选，北京的会暂时开不成，河南或其他地方开都成，几年能有一次，对推动中国莎学非常有益。我给树钧先生去信也谈这一意见。许多在大学读过英文系的都读过刘教授的《英国文学史》。

在成都开比较文学会时，见到杨周翰的博士王宁、赵澧的研究生杨慧林，二人皆为教授，我向他们赠送了中国莎学会的《中华莎学》，有会我也可通知他们。

近来带学生实习，东奔西跑。为树钧先生的《影视剧创作心理研究》完成了一篇书评，仅此而已。

祝

文安！

李伟民

方达致孟宪强（10月29日）

孟教授：

您好。久未通讯，甚念。

今年7月，收到四川省成都市寄来的《中华莎学》第7期，我想大概是您叫寄的，谢谢您。您的长篇综述《一次承前启后的中国莎学盛会》，我已仔细拜读，对这次盛会有了一些了解。

去年年底，曹树钧先生寄来一封信和一张名片，现复印寄之，请过目。中莎会会员证，至今尚未寄来。我照名片上的宅电号码打过电话，但电脑话务员说“号码错误，请查对后再拨。”

去年6月26日，我由于突发高血压和心脏病，没有接受湘潭师院外语系领导给我安排的98—99学年度的教学任务（仍教我熟悉的《英国文学史》），并且毅然辞职。于7月中旬回到安庆家中，休养了一年。现在健康情况大大好转，于9月27日来到北京师大广东湛江教学点，教英语专业大专班的综合英语，每周12节课，月薪3000元，寒暑假期间月薪按40%计算，即1200元。每学期可报销一次由安庆至湛江的往返旅费。不收房租，免费使用室内家具、彩电和被褥等物。伙食很好，价格便宜，每月200元足够。

去年的中国莎学盛会，有没有出版论文集？能不能请您代我购买一本寄来？请告知书价和邮寄费，我将如数汇上，不误。谢谢您。

熊沐清先生在会上宣读的《〈李尔王〉中的理念与本性》一文，学术价值如何？《中华莎学》第7期上发表了他论文摘要，但由于摘要简短，不易看出论文全貌。

请予暇时赐复。

向您的夫人问好。敬颂

教祺

方达

2000年

孙家琇致李伟民（5月18日）

伟民同志：

你好！

来信说道因为“怕打扰”我而没多写信。我特别要谢谢：你的周到。实在是因为身体太坏而不能多和亲朋们联系。这对我是一个损失。比如去年天一热就开始感冒，到了8月心脏衰弱得眼看人就要完了。由于协和医院一时间没有床位，我就住进了一个较小但清洁的隆福医院。本以为最多半个月可以出院的，事实上从8月22日一直住到10月23日，还是由我再三向医生要求的。61天住院时什么书也看不得；信更是无法写。我好像记得《中华莎学》第七期是在这个期间收到的。真是抱歉，我完全无力阅读。但是这一期我却全读完了。那时因为前不久上海戏剧学院的曹树钧同志来北京招生，顺便探望我时又顺便赠送给我的。我读后，相当感谢你的编辑，因为我从书中获得了不少消息，才知道自己已从副会长“升”为名誉会长了。对于你能参加莎学会的工作，我也十分高兴。

你说：仍在力争写一些莎研文章，这是非常可贵的志愿。事实上你是一直在写，在研究的，你的努力已给我较深的印象。

关于莎士比亚真可谓之“永远是说不完的”。我很懊恨自己太老和多病，竟然被禁止投入莎学研究了。我觉得可惜的是关于莎翁末期的传奇剧已经进行了一些研究，却被迫把笔记和半成的文章搁置在抽屉里，不能接着干。我唯一自慰的想法，是即便能写完该文，也不见得真有新的价值。

信中附寄来的文章我反复读了。首先觉得你的心很细，能够选择一个旁人未曾予以注意的题目加以思考，而且参考了许多本《秘书学》的书籍。我感到惭愧自己从来没有对这类书籍发生过兴趣，更不要提研究了。

我对文章的感觉只有两小点供你参考：

1. 文章的目的应该更多的是莎士比亚如何生动地、真实地刻划了不同秘书大臣人物的形象性格。因为你不是研究莎的历史的真实性（读者的兴趣也不在那方面），而是艺术的生动性。如关于《亨利八世》中克伦威尔和葛利菲斯的区别，不一定多谈二人工作性质的不同，而要多从细节上说：人物性格给你的印象，从而显示莎士比亚的艺术才能。

2. 写完请更加仔细地把“可有可无”字句删掉，以便文章风格更加简练清楚。比如26页第一行中说了“大约可以上溯到新石器时代氏族社会时期，但那时还没有产生现代意义上的秘书”，这后半句没有必要。上古时期当然不会有“现代意义”的“还用说”吗？又比如说伊丽莎白一世同几个秘书关在小屋子里，……这是你的想当然。真是关在房内或屋里也就达意了。又比如26页第三行中国内许多秘书学著作提到秘书和书吏的区别。书吏……往往语焉不详，把书吏等同于……，……不同类。这句长话意思是明白的，只是写得不够简练，读起来乏味。可以断成二三个断句也许好一些。在这方面，我自己也就有很大毛病，现在来说你，并不够资格，请你原谅。但我希望你理解我的出发点，只是为“好上加好”。

快一个小时了，我必须停笔。进来因为稍累即犯“放射性”“心脏痛”，使左、右肩膀疼得不易支持。好，衷心祝你：保持健康好身体和精神！

孙家琇

李伟民致孟宪强（6月13日）

宪强先生：

您好！

您五月七日来信收到，得知“莎文书屋”有关情况。总算又知道了一些莎氏文化信息，要不莎士比亚也太寂寞了。

知道您近来忙二个稿约，颇忙。在外国文学书中收入莎文，莎评都是好事。近来我发现有些外国文学书中必收莎作，这类书还颇多，但似乎均不是中莎会人所写，中莎会应联系一个出版社多出一点这类书。

好像方平先生的莎全集已出来了，我看到征订，还没看到书。

最近我组织学生排了《威尼斯商人》片断，虽粗糙之极，但学生一片热情可嘉。多年来一直有学生找我要排莎剧片断，都被我拒绝了，这次总算尝了尝梨子的味道。寄上节目单一张，该节目单是仿复旦的。

最近我写了几篇文章，社科院的加拿大丛书收入一篇介绍弗莱的文字，该书已是第三次收入拙文。王佐良先生纪念文集也收了我论王佐良与莎学的文章。

另寄上拙文一篇，请批许。

顺祝

文安

李伟民

徐克勤致李伟民（6月15日）

伟民同行：

《中华莎学》（7）收到之日即复函致谢，可能邮寄失误；读到尊文《世界上的莎士比亚图书馆》之时，不巧又逢搬家，从四月底到今天，天天忙，打包、处理旧家具、装修新房子、添置新东西，找着笔找不见纸，一直折腾到现在，总算初步安定下来了，才得空给您复信，请多多原谅！

中莎会自几位新副会长上任，似乎活动不太多；新年前后北京演了《第十二夜》，再也没有听说哪个地方有什么大动作。中华莎学大有“万花纷谢一时稀”的感觉。唯独您能挑起编辑《中华莎学》的重担，又负联系开会的繁忙任务，还能抽时间写莎研文章，确系难能可贵。但愿2002年莎学会上能在天府之国向您当面致贺。

这一年来，我光忙了房子问题（东挪西借凑集资款、排队选房号……）；大房子（126平米）总算住上了，债也负上了，唯独没抓主要东西——很少写东西。手边有两年前写的辅导材料，顺便寄来，请多多指教。

祝

多出成果！

全家幸福！

徐克勤

孙家琇致李伟民（9月28日）

李伟民同志：

你好！

由于身体不好和心情悲伤，加上中央戏剧学院成立50周年纪念会，许多老校友从国外和远处返京来顺便探望我。我一直没能坐下来给您写这封信。朋友们看到我阅读你的文章，既长又多，印刷的字体很小很密都劝我不要读了，应该请你以后别再寄文章来。我告诉她们确实因眼差读起来眼珠疼，也感到艰苦。但是我在心里很欢迎你所写的实有信息和概括性的文章。

实在说，我比较佩服你这方面的能力和兴趣。你所写的1.《阶级与阶级斗争与莎学研究在20世纪五六十年代的中国》，2.《论杨周翰的莎学研究思想》，3.《从〈莎士比亚研究〉到〈莎剧解读〉》都有很好的总结性的概括介绍。这是我对这几篇文章的总的看法。因此，这里不打算一篇篇地说了。唯一想说的是：第1篇里提到的前苏联莎评对于中国莎学研究的影响时，没有提到它的不足之处，其实你在讲杨周翰的那篇文章里也说到了杨先生后来所指出的那种缺陷。这里不说上一句，听起来似乎前苏联莎评的那种影响完全是正面的了，而那与事实有出入吧？在介绍杨先生那篇文章里，解释了“爱”“孝”“诚”等的译法，以说明杨先生强调各国文化不同对于理解和莎学研究的关系那一段说得不够清楚。

关于王元化的文章很好，特别是对我来说，很有帮助意义，因为我习惯于使用英文原文的欧美莎评，不大利用中文译出的评论，因而无知到没有读过王元化先生的《莎剧解读》，也不知道他的造诣。杨周翰先生是我认知和十份佩服的学者。我却没听说过王元化先生真是可耻。你介绍杨先生所编的莎评汇编上册又介绍了王先生增补的德国施莱格尔的评论和收入了杨先生没有收入的柯勒律治等人的论文，此外介绍王先生从起初不喜爱到倾心挚爱莎剧的过程都非常重要，对于中国莎剧爱好者都会有很好的影响和启发。

我唯一感到你有点欠考虑的，是在那篇《莎士比亚赏析辞典》一文中的苛求。当然要求赏析舞台上活的莎剧演出，而不限于分析剧本是对的，可是你似乎比较着重要求"赏析"用中国戏曲形式演出莎剧的介绍欣赏。老实说，这还是一个需要大力研究探讨的问题。我个人就担心中国戏曲会简化莎剧丰富的台词和内涵，而损伤莎剧，虽然我也承认戏曲的音乐有可能给莎剧演出增添感染力。但是有多少人真正观看过那么多种莎剧的各种改编演出？你在文章开头所要求"赏析"应该"包括"的内容和"涵盖性"实在太多、太多了。你希望"莎学家能和戏剧、戏曲界切实地合作"，这当然是好事，不过就目前来说，是不是有些脱离实际了？我那年主编《莎士比亚辞典》时几次提出过把书名改为《莎士比亚入门》或类似英文的*Shakespeare Companion*（莎学参考），但别人不同意，说是会降低了书的水平。我们那本辞典缺陷更多，我自己对它相当不满意。

好，写到这里，祝国庆节快乐！

孙家琇

孙家琇致李伟民（10月28日）

李伟民同志：

来信和文章都收到了。关于这篇文章，我有点意见，简单写在下边。

1. 文章的标题不够合适或准确。莎士比亚是400多年前的英国诗人，他怎能和远未出现在中国的清华大学有任何联系，一看这标题人们会感到莫名其妙，其实你文章内容要点是讲清华大学对于中国莎学的贡献，或者清华大学对于中国莎学发展的功不可没。这样的标题就有文章可做了。

2. 全文的结构不很好，比较“平泛”，没有层次，不能引人入胜，而且难免会有重复。

3. 我个人虽在西南联大清华外语系教过一年课，但并没有受到清华精神多少感染。当时正是日本轰炸的时期，我每次上课从乡下落索坡要走22里路到昆明城边的学校上课，下午课一完就忙着往回走，幸运时才可以搭上运煤车。这样，我同清华的老师学者们接触的机会很少。除去印象上清华外语系十分重视英语教学之外，没有太多可回忆的。由于我老伴的工作单位（社科院经济研究所）得从昆明搬往四川李庄去，我也被迫离开了西南联大。

4. 关于文章结构，我觉得，首先说明解放后教学改革的结果使人产生了清华大学不是综合大学，而是理工科大学（没有文科）的印象，因此不容易联想到它对于中国莎学会有什么贡献。你在介绍清华以前曾经是综合大学之后，如果进而列举出那一系列从事中国莎学的名人们，多少都是清华大学培养出来的学者，或者曾在清华教过外国文学的人，把他们各自的莎学论著和翻译再列举出来，那就是对于“贡献”的最为有力的证明了。

我认为你举出这些人身上有清华大学所特有的“博雅”精神。这一点十分重要，但对于“博”“雅”讲得不够透彻。“博”是学识渊博，清华第一给学生打下了坚实的英文基础，从而使他们能有理解和深入领会莎士比亚戏剧语言的水平和能力，以致能翻译莎剧特别是翻译诗体的莎剧。第二清华外语系文学课不是孤立地讲授莎士比亚，而总是提供了文艺复兴文学、欧洲文学史之类可以作为莎剧广阔文化、文学背景的知识，这给他们以后有关莎士比亚及其戏剧的论著自然赋有了较深厚的背景因素和“比较”的角度。关于“雅”的解释应该更为深刻。我觉得这些对莎士比亚有研究的学人完全是把学问和研究（特别是为广大中国同胞介绍世界第一流的戏剧诗人莎士比亚）完全当作自己一生最高的志趣，他们绝非从名利出发，完全不是为了个人出名，而用莎学或莎译当作向上爬的阶梯或敲门砖。我很难过地发现，在现今中国有极个别的人竟然没有这类雅志，而只顾用“莎学”标榜自己。真正的博雅精神使得中国优良莎学工作者，能够在条件相当困苦的情况下，并且也能够长时期的坚持莎学研究或莎剧翻译。所以，清华大学对于中国莎学的一个重大贡献，是在于培养了一批高尚博雅的学者。

怎么培养出来的呢？这同清华大学课程的设置有关。首先就像你信中写的："清华大学的莎士比亚教学在中国是开先河的，而且在1949年以前成就最大坚持的时间最长，延揽名师最多，为中国莎学事业的发展奠定了雄厚的基础。"你信中有不少篇幅介绍清华以前的课程，特别是外语系或西洋文学系；介绍了像王文显、温德等等的教学精神。这些都很有意思，也极重要，但是后面的文章，同前边关于"清华学派"的问题以及"以兼容会通文化创建中国现代文化为己任是清华大学外文系一向所标榜的教学目的……"似乎联系并不密切，使我感到脱节，或层次不清。

很对不起，我信笔写来，不知你明白我的感受了没有。总起来说，就是希望你在文章结构方面多下点功夫，把几种提法如"清华学派""博雅精神""兼容会通中西文化"之间的关系交代清楚，把相近似的问题集中起来，一层一层地谈。我怀疑以上这些提法似乎太多，反而把"博雅精神"看不明白了。

最近学校人事处送来了文化部发下的"专家情况登记表"，要我们填写，很费时间，由于我眼力不成，表格地方又小，填写得很乱，令人看不清楚。为此，我很着急，就不能更好地考虑你的文章了。

你的文章尽管我细读了两遍，以后又一再翻阅，总不易看清层次，所以冒昧提了以上的意见，完全可以不去管它。

好，祝

冬安

孙家琇

又及：

我在考虑，以后我不会再给你的文章提意见了，因为我对于自己的意见没有信心；害怕反而搅乱你的思路。

2001年

李伟民致孟宪强（1月17日）

宪强先生：

您好！

首先祝您和您全家新春佳节愉快！

很久没有得到您的信息了，好像一二个月前我曾给您去过一封信，但一直没收到您的信，不知近况如何，甚为惦念。

前些日子寄去拙刊《教育与实践》一本，上有拙文《莎士比亚与清华大学》拙文发在《四川戏剧》上，此次我又进行了一些增补。可能您早就看到这篇文章了吧，而且在这期《教育与实践》上，我拟了“莎士比亚研究专栏”，原想把您、孙家琇先生、曹树钧先生、郑土生先生的文章找一下，一块发出来，又怕目标太大，引起我校某些人士的反感，故没有一块发。不过这个栏目既然出来了，莎研文章当然继续在这个栏目出现，我想您已经注意到拙刊“莎士比亚研究”栏目的出现吧，上次寄刊物时附了一纸短笺望题词，不知因何没有回音，如不方便就算了，没有关系。

大概是暑假期间中央电视台播放《东方之子》卞之琳先生，其实我正在写关于卞之琳先生的文章，但我守了电视10多个小时，终于还是错过。没想到我的文章完成一段时间后，卞之琳先生这么快就离开了我们。老一辈莎学家正在逐渐离开我们，这是中国莎学不可弥补的损失。

我想中央台《东方之子》如能拍一拍孙家琇先生就好了，多少给中国大学留下一点形象化的资料，如果有资金专门拍一批莎学家也未尝不可。

您的大作和文章都完成了吧？祝心想事成，有何信息望告。

祝春节快乐！万事如意！

李伟民

王元化致李伟民（1月20日）

伟民先生：

去岁十二月二十九日惠寄大作复制件并附言均已奉悉。十分高兴读到您对拙著的评价。五六十年代我们从事莎剧译述时，一直在孤独中工作，现在我们两人一个病残一个从事他项研究，遇到一位同样热爱莎翁的朋友，真是说不出的高兴。新春就到了，祝健康幸福。

附上近作复制二件。

王元化

裘克安致杨林贵（2月16日）

林贵弟：

我于2001年2月24日又来美国新泽西州小儿家中，大约要住半年。

你的工作和学习顺利吧？你的博士论文写得怎么样了？祝你一切顺利！

你的Early Modern Ideologies of Gender and Jessica's Identities一文，刚刚看到（未寄去国内），祝贺获奖，待仔细看完后再评论。目前国内莎评有些什么值得注意的动向，请你介绍一些，或寄一些有关材料以便阅读。

我在北京对外面的情况了解不多，写了些小文，都是针对国内莎学的，计有：

1. 千年之交话莎士比亚（《香港大公报》1999.12.8）

2. 中译莎士比亚全集的校订和增补（《中国翻译》2000二季度，合定译林本）

3. 有关莎士比亚的一些事实（《光明日报》2000.8.31）

4. 欢呼莎士比亚全集诗体中译本的出版（《香港大公报》2000.9.8）

我校订了*All's Well That Ends Well*的注释（孙法理注），还改了张泗洋主编的《莎士比亚大辞典》中的部分信息。此辞典你是否参与了。此书刚出。我在北京拿到一本材料有些旧。

中国莎士比亚研究会没有什么活动，我和会长方平很熟，有通信联系。

希望来信或电话。

祝一切都好！

裘克安

你如需我写的什么文章，我可复印给你。

编者注

杨林贵参加2000年Conference of College Teachers of English年会论文"'What, must I hold a candle to my shames?': Early Modern Ideologies of Gender and Jessica's Identities"获得该学会的Robert Adger Law Award，并刊载于学会年刊*CCTE Studies* Vol. LXV (2000)。

裘克安致杨林贵（3月27日）

林贵弟：

一、你的几篇论文都读过了。你读了许多书，这点在国内是做不到的，你的这些研究成果可喜可贺。

二、寄去我在1999年底写的一篇小文，刊于香港《大公报》。那时我刚读到Bloom，Bale，Homan和MacDonald这几本书。从中看到我的一些观点。当然我的见识更窄一些。

三、你关于莎学在中国的提纲。想来还需展开和充实。我从1949—1986一直在外交部和驻英使馆，所以那时追随苏联的莎学对我几乎没有一点影响。我甚至很少谈苏联人写的东西，也不乐借马克思的眼光去读莎。虽然我服膺辩证唯物主义和历史唯物主义，但不总用阶级斗争的角度去评莎解莎。

我是从"以人为本"的角度看莎的，我重视文本，又重视文化背景，关于莎的多重文化背景。你把我归于哪一类？我于1984年写《莎士比亚年谱》，开始注*Hamlet*，日后组织主编丛书，写过一系列小文章。最近修改我对*Hamlet*的注释（即将出修订版）。

我在1986—1988任宁波大学建校时的副校长，此后才和一些大学有联系，作一些讲学。但我终究不在学校里教书，所以上面对莎学研究有些什么规定我全然不知，也不管。

卞之琳，他在以前较左，在“文革”后有一些反省，改正了阶级斗争论的一些观点。我觉得他很真诚。

四、便中请抄给我一份*Shakespeare Survey*1991—2000的书名目录，即该年刊每年的重点。

五、好像最近美国出了一本*Shakespeare's Language*的新书，你知道吗？

六、除了*Merry Wives of Windsor*之外，你还曾承诺要注释*Henry VI*，part 3，不知你现在工作和学习情况允许你做吗？计划可安排到何时呢？如果你有困难，可以明确提出，我将考虑另作安排。

七、你和张泗洋老师和张晓阳有联系吗？他们情况怎样？

八、西班牙的会你能去吗？请你以后告我此会的情况。

九、中国莎学这几年的进步，主要在译林版本和方平主持译本的出版。我还是这个意见：

编辑、翻译、注释的工作，比之于“批评”常常是更好地为莎士比亚服务。

裘克安

方平致彭镜禧（4月3日）

镜禧先生：

1996年有机缘拜识先生于洛杉矶，深感荣幸，并承蒙与王裕珩教授设宴龙凤酒家，和来自大陆的学子一叙，盛情至今未忘。1998年秋，大驾光临沪上，奈当时有一大批莎士比亚校样正等待校读，未能畅谈请益，甚以为憾。去冬由先生主持、十分隆重的新书发表会，又未能参与，屡失良机，只能待诸他日。

在已有两套莎翁全集都很畅销的情况下，郭重兴先生不惜投入大量人力物力，推出（新全集）和宝岛读者见面，其高瞻远瞩的出版家风度令人钦佩！但首先得感谢您鼎力推荐的美意；拙文（译后记）并蒙先在《中外文学》上予以发表；您以关切我国莎译发展的情怀，又撰写《迎接〈新莎士比亚全集〉》一文，置于新版卷首，向读书届推荐，既惭愧又钦佩，去冬重兴先生光临舍间特赠《新全集》一套，装帧印刷，精致典雅，大陆所少见，眼前为之一亮，一卷在手，感受着沉甸甸的分量。作为一个作家，仿佛体味到一种生命中的充实感，满怀喜悦之餘，对您的感激之情油然而生！

新版排印之前，我正在美国加州，把大陆版检查了一遍，纠正错漏，文字上也有所修订。记得大作《摸象》中《变与常》一文探讨了莎剧中两处译文，一是Hal的“I do, I will”。回答干脆有力，您指出Hal有意避开了对方使用的“banish”一词，吴兴华原译是“不错，我一定就这么办。”语气稍嫌软弱，语意也不够明确。我校订为：“我就是要驱逐他，我主意拿定了。”后来拜读到大文，深感语气既不干脆，又把“驱逐”挑明了。重兴先生说起，为普及起见，有在今冬推出平装普及本的打算，因此我又开始新的一轮校读（难免还有个别错字），同时重又考虑“I do, I will”的翻译。我把I do, To be, or not to be，私自认为不明白说出的“代动词”或“限定性代动词”（to be只替代to exist）；汉语中有代名词，似无“代动词”，这里的do和be简直无从“复制”，思考再三，试译作：“你休想了，我主意拿定了。”（要避免说出“驱逐”，似乎只能用否定语式。）“To be”句也重新考虑，原译为“活着好，还是死了好”拟改为“活下去，还是不想活了。”两处改动，不知是否有所改进，请予指正。

其次，您对“Near this lack-love, this kill courtesy”一句文分析给了我很大启发。MND是早在1962年的译文，现在重读，有不成熟之处，尤其您指出“膨胀起来以配合轻蔑的话”，并运用双声的那一句，当时未能很好体会，译得过于简慢：“这么个美人儿，可是她不敢/挨近那薄情郎的身畔。”很想趁印行新版的机会作必要的修改，遗憾的是大作留在老家，未随身携带，一时又想不起原文是哪一句，无从改起。返回大陆后，重又拜读大作。此句不好译，对于可作范例的尊译，益增钦佩。思之再三，试译为“挨近这冷面狠心的无情汉。”其中冷、恨、情算是归于一韵吧（自然最好是双声）。请予指点。

在学术界名流莅临的新书发表会上，您作了发言引起会场笑声，通过传真，我读了报道；加以大作《翻译与个人才情》给我感受很深，因此写了《寿命要长，诗意诗人，及其他》一文，只能说是个人的一篇随笔，所见甚浅，多年来从未译莎，后来又编过全集的一些零星感受而已。兹随函附上，博方家一哂。敬颂

文安！

方平

又，在《中外文学》上您谈起《海外奇谭》，我在“上海作协”书库中发现此书，曾于1956年撰文介绍：最早介绍莎剧应为此书（1903），早于林译一年。兹附上封面缩影，供参阅（贴于拙文P. 4）。

李伟民致孟宪强（5月30日）

孟宪强先生：

您好！

两次来信都收到。和稿费一起我给您寄了有您大作的两本刊物。在得知您没有收到后，第二天我又给您寄了两本，请查收。刊物也寄给国内的一些莎学会员。

了解了世界莎学大会的情况后，我非常高兴，也深受鼓舞。贵校有三人参加，代表中国，将使世界莎学讲坛上再次出现中国的声音，看了介绍东北师大莎士比亚研究中心的宣传册，也为您领导的中心感到骄傲，在网上我也查了本次世莎会的名录，看到了林贵的名字和论文题目。

我已经在周陵生处购了一本《莎士比亚大辞典》，多次翻阅，已经写就了一篇万字书评，正在撰写过程中又接到泗洋先生从加拿大给我的信，嘱我写一篇书评。拙文写完后，自我感觉还不错，估计发表当不会有问题。

关于编新一期《中华莎学》的事，树钧先生来成都招生时已经和我谈过，前段时间他又有电话来告知，将把方平先生赞助的钱寄来，稿子寄来，由他大体编好，寄来我再编，增加信息。您的文章也是其中一篇。如果他寄来的及时，放假前出版

当不会有问题。

得知您从西班牙回来后又去了北京，还没有好好休息，希望您注意身体，近来天气骤热，休息很重要。得知您女儿要考博士学位，也为她们的奋斗精神感到钦慕。您的大作这次没能及时出版带往世莎会是非常遗憾的。祝您的大作早日出版。

顺祝

文安！

李伟民　敬叩

孙家琇致曹树钧（6月1日）

树钧同志：

您好！

一个多星期以前，收到了你的大作《影视剧创作心理研究》，非常感谢。虽然我正忙于考虑和写出给子女有条件地赠送房产的遗嘱，但我还是等不及地开始拜读了。本来想把全书读完之后再写信给你的，但又恐怕你担心书未寄到，所以先提前写此信，让你放心。

由于眼睛不好，书中字体又小，所以读的很慢，但我已经有了几个明确的印象。首先是你的艺术和知识结构和兴趣结构十分宽广深刻。论述戏剧或者影视剧创作的心理研究很容易流为抽象的概说，但你利用你所掌握的许多莎剧作家和文艺人的大量实际的例子加以说明或论证，读起来令人感到不是抽象的空论而是真正的经历，论述因而获得了说服力。另外，关于戏剧、影视等可创作心理很多人的看法是唯心主义的幻想。你非常注意纠正那种错误的看法，你的纠正既不显得主观严厉，又可以让年青剧作者深感受益，即感到所讲道理的正确性、科学性，完全应该遵循的规律性。我因此认为你这本论述是当前年青影视剧作者的“良师”；你确实给他们指出了戏剧创作才能的构成与发展途径，教导他们深入生活、观察生活，特别是观察人物内心，积累感情、注重艺术独创性等等。我主观地认为目前可能有不少影视剧作者并不知道影视创作有任何特殊的心理规律，你在书中给予了极好的引导，所以你这本书里很有现实意义和实际作用的。

正巧我有一位老朋友的儿子（22岁）学了几年表演之后，想投考我们学院的导演研究生。虽然不是考戏剧创作专业，但我觉得有的创作心理规律是近似的；才能发展的途径是相似或相同的，我就向他推荐了你的论述。他父亲来信曾说他的一位老师曾经认为他表演时“理性”比较强，最好是学导演。这好像意味着导演艺术更看重“理性分析”，我产生了疑问，看到你所论断的“戏剧创作的感情积累”“艺术就是感情”，似乎得到正确的答复。我准备把我的疑问提给那位同学，你看是否有道理？

我不认识为你作序的周冠生先生，但我同意他在序3页上的结论：即你的大作“似有综合两门不同的”文艺心理学的倾向，在文艺心理学上，强调心理学与戏剧学的渗透和融合，这个大方向是十分美好的。我也同样予祝你取得更加丰硕的成果。

谨祝：暑安

孙家琇

曹树钧致李伟民（7月3日）

伟民兄：

寄上《中华莎学》三个栏目的大部分稿件。其余栏目文章，我一周后再挂号寄上。

河北编《新莎士比亚全集》《戴晓彤侧记》《简讯》（部分）等文，这几天我正在抽时间赶写。文章全部寄上后，我再将目录（定稿）传真给你。

昨日（7月2日），我已将方平先生赞助《中华莎学》（八）之一千元从邮局寄出。

此一千元供编《中华莎学》（八）专用，单据将请保存好，刊物出来后我将清单交给方平先生，以便有一个交待。

一千元寄费10元，再次寄稿件的挂号费等小钱均由我个人开支，算我对“中莎会”做的一件实事。

你的理事一事，准备连同任戴晓彤为“中莎会”副会长一事，在七月中旬的中莎会领导班子开会时讨论，估计没多大问题。这次《中华莎学》（八）专设“河北莎协成立”，也有为戴营造出舆论的意思，否则太突然。

你的另一篇书评，请你自己加上，我不再另寄。

中莎会需要干实事的同志，稿子尽快寄上，以便让你有一个准，抓紧落实。

祝

夏安！

曹树钧

方达致孟宪强（10月3日）

孟教授：

您好！几个月前收到您那篇谈论《莎士比亚全集》版本的大作，认真拜读后，觉得很有参考价值，原拟推荐给《安庆师院学报》，但因除了特邀稿以外的外稿一律要收取版面费，根据字数估计您的大作可能要交版面费五六百元，经济上太不合算。电话联系后您也认为不发表为好，您把那篇打印稿送给我，我珍藏在安庆家中，谢谢您。

这学期我在此地教书，校舍和家具都是全新的，虽然比不上浙江万里学院，但也相当不错了。我教12个小班的英语国家概况，合并成大班上课每周12节。年薪5.5万元；房租很贵，每月300元；每月所得税大概需要300多元。

8月下旬收到四川寄来的一本《中华莎学》，上面有一则简讯，说中莎会与湘潭师大于2002年夏联合在湘潭召开国际莎士比亚研讨会。98年我推荐熊沐清参加国际莎士比亚上海研讨会，熊沐青的活动能量很大，我估计明年的国际莎士比亚湘潭研讨会是熊沐青倡议的，不知我的估计对不对？明年夏天的研讨会在几月几日召开？

我是中莎会会员，又是湘潭师大的校友（我退休后，在该校工作三年），很想参加这次研讨会，去湘潭与您相会，并且拜访湘潭师大的老朋友，请您和研讨会筹备组联系一下，给我发一份请柬，只要开会期间与我的工作不冲突，我尽量争取去参加，谢谢您。

顺便问一下：东北师大的名气比湘潭师大的名气大很多，您同张泗阳教授都是中莎会的副会长，长春夏天比湘潭夏天凉爽，东北师大为何没有争取与中莎会取得在长春召开2002年夏天的研讨会？

请于暇时赐复。通讯处请见信封，谢谢。

敬颂

秋祺！

方达

孟宪强致曹树钧（10月28日）

树钧教授：

您好！

8.26来信早已拜读，李伟民先生寄来的《中华莎学》也已收到。因为自9月中旬以来家母病重逝世，我两次回辽宁老家，心力交瘁，很长一段时间心情难以摆脱悲痛，加上家务繁杂，致使回信晚了太长的时间，实在太抱歉了，万望鉴宥。

谢谢您将拙文推荐给《中国戏剧》，他们给发的消息的复印件也收到了。遗憾的是该消息中有不确之处：中国学者此次会议期间主持会议者只张冲、沈林二人，东北师大三人并未主持会议。消息中却说5人都主持了会议，这与原文不符，会产生不良影响的，可又无法更改，此事也就只好如此了。信中可向该刊提一下此事，以后压缩文字时千万不要出错误。

第8届《中华莎学》编辑得很有分量，容量很大，也很有特色。这其中融入了您的许多心血。李伟民先生为中莎会做了不少实事，而您则为中莎会做出了很大的贡

2001年西班牙第七届世界莎学大会与会中国学者合影，左起依次为
张冲、刘建军、孟宪强

献；如果没有您的努力，《中华莎学》的编辑、印刷都是难以完成的。

关于增补戴晓彤和李伟民为中莎会副会长和理事一事，希望能尽快地通过公布。不能等到下期《中华莎学》出版时再公布决定，此事应以中莎会文件形式公布，发给每位会员。这样不仅可以显示中莎会的活力，同时也有利于中莎会的工作。中莎会差不多三四年没什么大活动了。我觉得戴晓彤那里排演梆子戏《忧郁王子》是个契机。中莎会可与河北莎协联系，利用此机会办一次较大规模的莎学活动。戴晓彤担任了中莎会副会长，此事办起来就方便有利多了，此事望与孙院长商定。

《人民日报》记者在我参与莎学大会回来之后采访了我，发表了一篇文章，现寄上复印件1份，供参阅并请指教。

谨颂

秋安！

孟宪强　上

2002年

李伟民致中央戏剧学院请转孙家琇先生治丧委员会（1月5日）

中央戏剧学院请转孙家琇先生治丧委员会：

亲爱的孙家琇先生的亲人们：

惊悉我国著名莎士比亚研究家、杰出的欧美戏剧研究家孙家琇教授不幸病逝，深感巨大悲痛。

孙老毕生致力于莎士比亚、欧美戏剧研究和教育事业，影响遍及海内外，为我国最重要的莎学家和欧美戏剧研究专家。她的贡献和学术思想将永远留在莎士比亚、戏剧、文学研究的史册之中，遗芳后世，泽被后学。她的影响所及将永远激励后来者坚持莎学研究，不断攀登新的学术高峰。

在孙家琇教授生命的最后几年，先生多次与我通信，并审读了一些我的习作。孙老提携后进，通过书信热情指导我的莎学研究，使我获益良多，深受鼓舞。先生的音容笑貌永远定格在中国莎学研究者和我的内心深处。请节哀！保重！

中国莎士比亚研究会　李伟民

于四川成都

李伟民致孟宪强（1月23日）

宪强先生：

您好！

1月18日来信收到，谢谢您的鼓励。国际学术动态给您寄了校样，我就放心了。

我也收到了孙家琇先生病逝的“讣告”和“生平”。我发了一封吊唁函给中央戏剧学院和孙先生的亲属表示慰问和崇敬心情。原来写的评述，孙先生莎学学术思想的文章也寄给了中戏，并请他们转给孙先生的家属，只恨我前几年没能参加北京的莎士比亚日，永远失掉了和孙先生见面的机会。但她留给我的近10封信值得我反复阅读，孙先生提携后学的精神温暖着我的心。

近来我仍在整理书稿。祝您全家新年快乐！万事如意！

保重！

李伟民

方平致洪忠煌（3月6日）

忠煌先生：

您好！月初收到大函，欣知浙江莎学会成立十周年之际，将联合浙江传媒学院主办“莎士比亚论坛”以为纪念，这是极有意义的盛举，值得庆贺，您一定出了大力，预祝成功！

论坛主题定为“莎士比亚与二十一世纪”，这确是很可以完全展开探讨的一个主题。讨论莎士比亚的现代性，相信有助于我们更好地了解莎士比亚不朽的艺术生命力最鲜明地体现在哪几个方面。相信在您主持下，讨论的气氛一定会很热烈，取得成功。我乐于参加，向您和各位专家请教。

我曾为我主编和主译的台湾版《新莎士比亚全集》（12卷，2000年版），写了一篇序言:《莎士比亚和地球村》谈的就是莎士比亚的现代性。打算在此基础上，加以充实，使其有论文规模。

因我退休多年，外出参加会议的有关费用，向本单位报销不太方便。多蒙特殊照顾，由您代为向大会报销，至为感谢！

大会日程规定在五月29日上午报到，届时想必赴会者到达时间比较集中，如果大会能派车，在预定时刻到火车站接送，最为方便。否则请示知从车站前往报道处的详细路线，因为我虽曾多次来杭，却对路径并不熟悉。

专此即颂

春祺

方平

刘炳善致孟宪强（3月8日）

宪强先生：

大函于春节前夕收到，谨悉种种，此后过节，忙乱不堪，未能及时回信为歉。

关于您参加西班牙莎学大会的报道，是上海的亲戚寄来的剪报，据说是8—9月间的《人民日报》（剪报无日期）。当时看后，觉得你大概早已看到，我就塞到其他材料当中。接信后，翻查大堆报纸杂志，累出一身汗，才找到这样宝贵的剪报。松一口气。现特寄上。也许对于您奔走莎学活动，是个安慰——得到社会的承认。

拙编莎氏词典于98年已在上海排出校样，但校对工作拖了三四年，拖的我疲惫不堪。正如您信中所述，各种疾病也都出来了。但是我们这些痴爱莎剧的人，“衣带渐宽终不悔，为伊消得人憔悴。”辛苦疲劳，更有病痛在身，这也是我们的命运。几十年既已如此，也就不反悔了。

字典年内可以出版。这是可以告慰于莎学同行的。

为了祖国的莎学事业，大家多多保重吧！

祝愿关于*Hamlet*的大作早日出版。

匆此

顺祝

新春健康愉快

刘炳善

方平致洪忠煌（3月14日）

忠煌先生：

您好！

承告知莎士比亚演出节目。英语朗诵Lady Macbeth梦游独白，建议似可考虑朗诵者穿睡衣，披散发，持烛台上，并配合台词作搓手状等，略带一些表演，更富于戏剧性，观众兴趣更大。为便于观众理解（并不是人人都能听懂莎剧原文），表演者出场前，由另一人用中文把这段台词念一遍，这样效果更好些。

《仲夏夜之梦》的森林之夜（三幕二景）最为精彩；*Romeo and Juliet*的balcony scene最富于诗意（当然对于朗读的要求也高些）；这两个莎剧的表演段落选定后，请告知，我可以提供诗体拙译复印件，供参考。

春祺！

这几天许多事情都挤在一起了，因此未能当即奉复，祈谅。

方平

荣广润致洪忠煌（4月10日）

洪忠煌先生：

谢谢您寄来的莎士比亚学术研讨会的邀请。五月下旬我能否赴杭出席，尚难决定，我希望能抽出时间，哪怕一天也好，到时再与您联系。

今我的博士生萧萍有一论《哈姆雷特》的论文，她有意参加研讨会并发表其论文，还望您能安排。谢谢。

顺颂

文安

荣广润

方平致洪忠煌（5月11日）

忠煌先生：

大函上月下旬收悉，因当时受人之托，为文学翻译史赶写一篇代序，未能及时奉复，甚歉！我将和台大镜禧教授结伴同行（他委托我代订来回火车票）。将于31日上午到达杭州。曹树钧教授可能同行。待购得火车票，确定到达时间，当再和您联系。

上次承告知1—2日讨论，三日浏览杭州风光，如果排一天活动，我准备订购4日上午车票返沪。请告知为感。

《文汇读书周报》4月19日头版头条标题为《莎士比亚面临牛津伯爵挑战》，除报道外，还用整个版面作了详细介绍，很有煽动力。我准备在大会上就此事作一个发言，为莎士比亚的著作权辩护。我将根据莎剧文本，举出充分理由说明莎剧只能出于莎翁手笔。在莎学研讨会上为莎翁正名，我想不算是题外话吧。由于原事所说，为《莎士比亚和地球村》或作为书面发言（收入大会论文汇编），或者大家都发言之后，还有多余时间，不妨以这篇论文来补空档。

再次感谢您的美意，对我所作的额外照顾。即颂

文安！

方平

史行致洪忠煌（5月20日）

洪忠煌同志：

非常抱歉，本来22日开会一定来，但临时文化厅安排一个重要会议，非参加不可，因此又不能来了。文化厅正在班子交接，会议不能推，所以这次会议只好请假。

这次莎学会尽管我不能参加学习，但我觉得意义非常大，我曾拟了一个发言提纲，待我完稿后奉上请教。我的题目是《入乎其内，出乎其外》。浙江有不少莎学专家，在多次全国性学术研究会上曾发表过不少论文。浙江文艺出版社也出版过专集。

这些都是非常宝贵的资料。今天浙江莎学会应传承这样的传统，继续探究。探究就必须“入乎其内”，不入其内，焉得见宝。但探宝的目的并不限于得宝，而应重视用宝，使宝为发展我国社会主义文化艺术事业而用。这就必须“出乎其外”研究莎氏成就的背景及其发展演变。我觉得只有两者结合，莎氏研究就有了现实意义，这也就为研究自然科学，基础学科与应用学科相结合，相辅相成，相得益彰。

我觉得莎氏研究的现实意义应在于促进创作建设有中国特色的社会主义文艺的新电影、新剧。莎氏之不朽在于“精”。为何不能“精”这就是当前特别值得研究的，其中包括自我修养、时代意识、群众观点、执着追求等等。总之建设这样的学会应是浙江文艺界的一件大事。说实在话，浙江在这方面过去并未引起重视，眼界不够开阔，提高受到局限，希望莎学会起到积极促进作用。祝大会成功。

向参加会议的同志问好！

向大家学习。

史行

任明耀致孟宪强（6月20日）

宪强吾兄赐玺：

惠书收到多日，你写的如此客气，使我愧不敢当。

你在莎学研究方面走在最前面。这是众所公认的。你我合照，使我深感荣幸，吉林莎协会的成就也是全国莎协研究会所承认的。

最近浙江莎协会召开会议。由洪忠煌教授主持。会议形式不错，来了不少专家，像方平、孙福良、曹树钧、张冲、薛迪之等也来参加了，连王丽莉也来了，她已调上海财经学院，孩子在美留学，夫妻双双均在上海安家，她也不肯回北方了，台湾大学戏剧系主任彭镜禧教授也来了，发言人不少，我将拙著分赠各位专家，不作大会发言了，我不喜出头露面，只作一个默默耕耘者。

拙著问世以来，受到不少专家批评，使我感慨不已。我才疏学浅，拙著只是我一生留下的一点痕迹，何足道哉！

你寄来的资料十分珍贵，莎士比亚与地中海太新颖了，你参加多次国际莎协会议，眼界大开，令人欣羡不已。

你的学生杨林贵是莎学的后起之秀，前途无量，现寄上一本，请你转去，请他指教。

你现在可算三代付出艰辛劳动，这是苦中有甜，请多加保重。

泗洋先生回国以后，请他来信。

曹树钧说，莎剧故事他已拿到样书，可郑土生还至今未寄我，不知何故？精力太差，不多写了，祝

大安

弟　明耀

李伟民致孟宪强（7月9日）

宪强先生：

您好！

很久没有写信给您了，只是通过电话交谈，挂上电话后又总感到意犹未尽，有些话临时又想不起来。故写信向您诉说这次杭州之行的一些感想，又有些可能已经在电话里说过了。

这次杭州莎士比亚论坛还是安排的比较好。绝大部分学者都在会议上得到发言机会，当然我也发了言。缺点是时间太短，近年介绍论文主要观点的时间都不够，就别说展开充分讨论了。这也是大多数学术会议的通病。但是有些学术会议分组，充分利用晚上时间也能进行广泛的争辩。

另外，既然被称为新世纪的莎学研讨会。就应该在莎学发展方面多谈，而会议在这方面讨论不多。

就我个人来说，利用早晨西湖边和方平先生，曹树钧先生散步的机会，领略了

方平先生的风采。和孙院长同赴嘉兴参观了朱生豪先生故居，且有朱尚刚先生陪同，听他们的一席话，都是令人难忘的。同时和史璠见面，也了却了我的一桩心愿。同时认识了从丛等几个学者，她们也谈到我的综述文章。

就这次杭州之旅，我写了《朱生豪故里行》和会议情况的文章，发表后寄您，请批评指正。在嘉兴时我还到了嘉兴的秀州书局。该书局在文化界颇有影响。编有《笑我贩书》。在杭期间于第一天大会休息时，联系杭州书林搞了一次方平先生《新莎士比亚全集》签名售书，8.5折。在杭期间还看了据《麦克白》改编的《马龙将军》（越剧）也属难得。

会议编有《论文提要汇编》上面摘要了您的论文，您可问洪忠煌要一本。我不记得是否当时我和从丛说的是要这本《汇编》还是任教授的书了。此次会议没让打印文章。只印发了《汇编》和别人交换了几篇。

另，《中华莎学》今年还可以出，树钧先生等这一段忙过了，大概就可以编，我想到时他会向您约稿。

我让河南大学给我寄来几份他们那里开会的通知，由我代为邀请，我已寄给史璠等人。

我的那本书，大概就等装订了。出来后寄您批评指正。

顺祝

文安！

李伟民

孟宪强致李伟民（8月1日）

李伟民先生：

你好！

大札和照片收到10多天了，因为这些日子较忙，迟复了几天，望鉴谅。

谢谢你介绍了杭州会议的一些情况，其实这类学术会议的作用就是沟通情况，交流成果，以文会友，展开不同学术观点的争论；不过这种争论很难深入，这可能就是所说的一些学术会议的“通病”。洪忠煌教授来信说已经将“会议论文提要汇编”寄给了我（估计过二、三天就可以收到了），他还说论文集将于9月开学后开始运作，拙文将全文收入。

前几天孙院长给我来了电话，谈及中莎会领导人选的增补情况，他说，刘炳善为中莎会顾问，你和戴晓彤以及上戏的一位教授（名字我没记住）为理事。

上周，吉林省华侨外院院长秦和约见了我，她说要聘我去该院组建莎士比亚研究中心，任专职主任，主要工作为开展莎学研究，举办莎学活动，组织学生演出莎剧。华外是我省第一所民办院校，也是办得最好的，院长秦和女士是教育博士，政协委员，三八红旗手，《吉林日报》曾以整版篇幅报道过她的事迹。她说要把学院办成全国一流的民办院校。该院新校舍耗资几千万元，已在长春旅游风景区净月潭落成（东北师大在那里也建了几个学校），设备齐全，有功能齐全的国际学术会议厅、室内游泳池等，院长说可以给中心一间专用的办公室，对中心的莎学活动学院都会给予支持。听了以后感到很兴奋，当即表示欣然同意。吉林莎协因我退休，挂靠在东北师大困难重重！华外莎士比亚中心成立之后我即将吉林莎协的办公地点移至华外，以华外为正式挂靠单位，在我退休四五年之后享有了这样的机会真是难得，这对于我晚年多为莎学做些工作提供了机会和舞台，待中心成立之后再将有关情况告诉你。

谨颂

暑安！

孟宪强

孟宪强致曹树钧（8月6日）

树钧兄：

您好！

很长时间没联系了，甚念。杭州会议我因家务拖累未能参加深感遗憾。会后几位朋友打电话或写信来介绍了会议情况，感到洪忠煌教授为举办此次会议所做的工作是令人钦佩的。这次会议对中国莎学的发展起到了积极的推动作用。

我这里的情况大有好转，现向兄汇报如下：

上月中旬吉林省华侨外语学院院长秦和女士约见了我，她说要聘我去该院组建莎士比亚中心任专职中心主任。主要工作为开设莎士比亚讲座，开展各种形式的莎学活动，组织学生演出莎剧等。吉林华侨外院是我省办得最早办得最好的一所民办院校，院长秦和女士为教育博士、政协委员、三八红旗手，《吉林日报》曾经报导过她的办学事迹，她说她要把华侨外院办成全国第一流的民办学校。筹资近亿元在长春旅游风景区净月潭兴建的新校舍已落成。现该院正在搬家，下学期就在新校舍上课了。秦院长说新校舍有功能齐全的国际会议厅，有室内游泳馆，条件很好。她说将给莎士比亚中心一间专用的办公室，对中心所举行的各类莎学活动学院都将予以支持。我听了以后非常高兴，当即欣然同意并按照院长的意思开始了筹建中心的准备工作。在我退休四五年之后，华侨外院又给了我这样一个新的莎学活动的阵地，我感到好像是天赐之机，以后就有基础，有条件为莎学多做些工作了。因此心情很是兴奋。我已经给孙院长写信汇报了上述情况，并希望中莎会能够为华侨外院莎士比亚中心成立发一贺信以为之增光。孙院长去丽江之前来电话说可以，但要等他回来之后再办。此事还望兄能支持和帮助。如果是认为可以的话，我还希望兄能以个人的名义也发来封贺信（如赐些信望附名片一张）。孙院长在电话中跟我讲了这次增补中莎会领导人员的情况。其中我想戴先生可能会有点想法，希望兄能对戴先生做做工作，请他从大局、全局出发，理解中莎会的这个决定，以继续调动戴先生的积极性。

我退休后吉林莎协处境困难。年检时因缺少注册资金，达到了难以生存的地步。华侨外院同意能为吉林莎协的挂靠单位，并给予一定的帮助、支持，吉林莎学就有了希望。现在调整了领导机构，所以吉大方面给外文学院副院长傅景川教授为副会长。泗洋教授现仍在加拿大，为吉林莎协的名誉会长。华外莎士比亚中心成立之后即将吉林莎协的地址转至华侨外院。华外是一所民办院校，院长能如此重视莎学，肯在这方面花钱，这实在是难能可贵的。以前我曾一直希望能创造条件将国内莎学同行专家们请来长春一聚，但因经费问题始终未能如愿，现在我的这个想法又重新浮现出来。我想华侨外院在这方面也许能给予比师大更大的帮助。如果有可能的话争取近年内实现这一夙愿。

随信寄上参加第七届莎士比亚大会的综合报道一份，请批评。

谨颂

文安！

孟宪强

2003年

孙法理致李伟民（4月11日）

伟民同志：

3月27日来信收到。以前惠寄的《中华莎学》，尤其是《光荣与梦想》都收到，谢谢！

这些年来你在莎学研究上做了那么多工作，写了那么多文章，真是个刻苦的人，值得称道。

南京师大来函要我推荐一批学者写讨论莎士比亚历史剧的论文，我推荐了你、史璠和台湾的彭镜禧和开封的刘炳善。

我从1998年出版译林社莎集里的十多部译作之后，虽也写点论莎的东西，却不由自主地作着别的工作。不知道为什么莎学会开会也不大通知我了。你们的杭州会议我就不知道。唯一的解释似乎是我搬家后没有通知莎学会新地址。寄到老地方，丢了。但我也不知道莎学会有没有大本营，在什么地址，无法通知。所以很被动。但寄到外语系（现在叫院了）的则没有丢失。

这一次接到信没有回，心里有个想法，4月4日要开重庆翻译学会，你既到了川外，很可能在会上碰到。没想到你竟没有来。你来重庆没有？

我的电话是：[略]

此致

敬礼

孙法理

戴晓彤致孟宪强（6月6日）

孟老师：您好！

大札拜托，应邀寄英汉两种文本的论文稿，如尚可过目。请代为邮寄，邮资是多少，先行垫付，告知便给您汇去。

我也于今年元月退休，三月份至五月份卧床养病，六月份才恢复健康。莎翁铜像已在师大英语角建起，仿效方平先生在上戏校园建石雕像的榜样，我也捐铸了一座，并于莎翁440周年诞辰树起，在师大形成一处人文景观，《忧郁王子》亦在筹备排演之中。可让信早些发出，匆此不赘，顺祝

体笔双健！

戴晓彤

孟宪强致李伟民（10月20日）

伟民先生：

您好！

寄来的三本学报都收到了，谢谢您！因为附中收发室撤了外线电话，负责收发的同志不能通知我去取信。这三本学报都是我昨天去看信时才一起收回的。

随信寄上拙稿及软盘，我是用方正系统打印的，估计能用得上。该稿已校了三遍，但寄信前还发现了个别地方有错，我不好意思再去打字社了，如利用的话请您再校核吧。如果贵刊发表拙文有困难的话，您也别太为难。

我小女儿是6月24日回来的，7月31日将她的小女孩接回美国去了。经过将近三个月的时间，我的身体状况有所好转，但仍感到疲惫，有时还失眠，血糖已恢复回正常（我的症状较轻，未吃任何药，只是控制饮食和吃南瓜及苦瓜——这两种菜降糖效果我感到相当不错）但还不敢像正常时那样什么都吃，我估计再过两三个月血糖有可能稳定下来。

上次向您要关于“To be or not to be”的那篇文章，是想写一篇关于这句话重大文化价值的论文作为参考，但还没动笔，就感到力不从心了，现在还没有写，只好有待来日了。您推荐和寄来的蓝仁哲教授的论文我已经拜读。人民文学出版社出版的中学生必读的《哈姆莱特》的导读写得十分糟糕，对哈姆莱特的分析引用了影视的一个观点，另外两个观点则是抄袭两位西方学者的，而且还都舍弃了人家论点中有价值的部分，将哈姆莱特涂抹得不像样子了，甚至连概述情节都出现了知识性和逻辑性的错误，看了以后感觉太不像话了，这根本不是什么“导读”，是不折不扣的误读。想写一篇批判的文章，但刚写一点就感到某种紧张失眠，也只好暂时放下了，我想再过个个把月我有可能将这篇文章写出来。这种状况令我感到无奈，不能工作，生活中就缺少了最能令人高兴的可能。我希望身体尽快恢复起来，以及余生还能为中国莎学的发展做点工作。

拙稿《三色堇——哈姆莱特解读》已于去年底定稿并打印出来，现已送到了系里，这个月下旬或下个月上旬系里和学校要评审基金资助的书目（中文系两本），据说有一定希望（一是离退休教师已有一人获此基金出书，二是据说今年前后完成的初稿可能不多），但愿能够如愿，这本书是我积20年的研究成果，可以说是最代表我学术水平的一本专论，现随信将自荐材料寄出，请参考批评。

林贵已获得英美文学博士学位，现在做博士后，他这些年在学术研究上取得不少的成果，毕业论文获学校最高的奖项，他还在美国英语教学年会和莎士比亚年会上发表论文，他的毕业论文已被一家出版社看中，现在在审核。《莎士比亚季刊》于2007年决定出版《莎士比亚与中国》，该刊物已出版了几本这类的季刊，如《莎士比亚与法国》《莎士比亚与西班牙》《莎士比亚与音乐》等，林贵已被正式定为《莎士比亚与中国》的副主编。2007年出版《莎士比亚与中国》应该说是中国莎学史上的一件大事，这也是中国莎学已跻身国际莎学之林的一个里程碑式的标记。林贵还说2006年的第8届世界莎士比亚大会将把“莎士比亚与中国”列为一个议题，听了以后很是高兴。希望我们能够早有思想准备，届时该议题能有较多的中国学者去布里斯班参加这届莎学盛会，那时我的身体条件允许的话，我还想再次去那里参加大会，我希望您也能创造条件赴会——关于“莎士比亚与中国”的研究题目是您的强项，可与英语系的教授合作，您用中文撰稿，英语系的教授将其译成英文，争取拟定个好的选题，望论文能够被选入2007年“莎士比亚与中国”。国际莎士比亚协会正式发布第八届世界莎士比亚大会有“莎士比亚与中国”这个专题，我会尽快的告诉您，届时我们应该大造舆论，即使筹集不到经费，自费也应该去，因为这是向国际莎士比亚协会展示中国莎学成果前所未有的机会，以后恐怕也很难有第二次。

遵嘱将澳大利亚及新西兰莎学年会通知复印件寄上，请查收。

谨颂

文安

（又及：我想了想觉得还是应该把发现的错误改正过来，所以我就又去了打字社，将错处做了改正）

孟宪强

孟宪强致李伟民（11月15日）

伟民先生：

您好！

上月21日挂号寄去的拙稿、信函等谅已收到。

今天林贵来电话更为具体地讲了一下出版《莎士比亚与中国》的情况。上次我信中说该刊由“莎士比亚系列研究”编辑部出版，这我说错了；该刊是由设在美国的《莎士比亚年鉴》编辑部出版。该“年鉴”现已出版了17期，现在正在印行中的为18期《莎士比亚与希腊》。《莎士比亚与中国》为第19期，原拟2007年出版，现议后决定于2006年出版。主编与副主编已拟出了18个题目。林贵说再经过讨论修改即可确定下来，明年1月即可发来正式征稿通知。原则上是一个人只撰写一篇，皆要求为英文稿。林贵说撰稿人将于2005年被邀去美国参加有关“莎士比亚与中国”的研讨会，被邀作者赴美的旅费将由《年鉴》编辑部提供，但不知每篇文章是否只邀请一人，抑或所有的作者。我想您和树钧先生均可选择一个比较合适的题目，请英文教授帮助合作完成英文稿，我的文章将由林贵翻译。更详细的情况待来了通知以后再告诉您。

《三色堇——〈哈〉解读》已被中文系推荐到学校。(共推荐两种。拙稿被排在第二号)这次学校出版社出资60万,出10本基金资助出书,拙稿能否在学校获得通过现尚不知道,最晚在月底将会揭晓。

谨颂

文安!

孟宪强

孟宪强致李伟民(12月2日)

伟民先生:

你好!现将刚收到的两种有关莎学信息的复印件寄上,其中一份请转给蓝教授,另一份供你参考。这两种莎学信息材料中的一种是李如茹博士在香港大学出版社出版莎士比亚在中国舞台上的戏剧演出一书始发式的邀请函,你们如有兴趣可按寄来的地址联系。我和李如茹在国内莎学会议期间结识。1996年她参加了洛杉矶莎学大会,2001年初她和丈夫一起也去了西班牙,她现在英国利兹大学任教。

匆此,顺颂

编安!

孟宪强

胡百华致李伟民(12月6日)

李伟民先生:

十分高兴收到大作《梁实秋与莎士比亚,兼谈梁译本》,以及附寄的一些资料。

我是梁的不才学生，有幸蒙他提携，以致能成长还能在海内外做了一些事。他一生不做官，无政党支持，但慢慢见到他的努力与才华，得到敬重。（您所写的论文就是明证）让我终于觉得放心（七十过了的人总有一些离去前想要见到或完成的事）。我终于有机会去沙坪坝一行，结识你等。您认识华东师大陈子善，我出过相当多梁在1949年之前发表的“佚文”（都在台北出版了），是梁师在当代的知心。在我和他联络之后，我自愧，一定要他参与编刊“二周年纪念”的集子，如果您有意，我们竭诚欢迎，说不定您的“贡献”会是最多的，这也会是（如果成了）明年我在四川的重要收获。

我在墨尔本和香港都不常在家，但重心将慢慢转回墨尔本（我一生住得最长久的地方是墨尔本），香港中国语文学会是我的老地盘（我们在参与《语文建设通讯》的编写），邮、电等寄来，本会转到我手中的（我已定十二月14日回墨尔本过圣诞及新年）。匆此即祝

安好

《语讯》

胡百华　敬上

2004年

孟宪强致李伟民（5月9日）

伟民先生：

你好！

前段日子林贵来电话说将在2006年出版的《莎士比亚与中国》已收到6篇美国学者撰写的文章。台大彭镜禧教授拟写一篇“莎士比亚在台湾”，台湾还有另外一位学者表示将要为之撰稿。我跟他说了你的论文已经写成的事，他说请你将其提要用e-mail寄给他，他的e-mail为：[略]。

再有，林贵告诉我彭镜禧跟他说，他们将要举行一次“莎士比亚在台湾的学术研讨会”，当时我没有询问详细情况，不知此会将于何时举行？彭镜禧教授多次来大陆参加莎学会议，不知此次会议他将邀请哪些人前往？我想大陆方面应有较多学者赴会，以沟通和促进海峡两岸的莎学研究并建立更为密切的联系。我想你和蓝仁哲教授应该不能错过这次机会，如果有兴趣的话可告诉我，我再和林贵说，让他跟彭镜禧联系，争取能够发来正式邀请函。彭镜禧教授我是96年在洛杉矶经王裕珩教授认识的，后他几次来大陆参加莎学会议我均未能参加，因此多年没有联系了，所以我想这事还得让林贵出面帮忙。我的身体状况仍在恢复之中，恐怕这次重要的莎学会议还是无力前往，这实在是一件十分遗憾的事情。

我老伴已返聘于东北师大附属实验学校工作，以后如寄信函或材料请寄到这个新地址，即：[略]。

我酝酿了好久的关于对人民文学出版社出版的《哈姆莱特》导读的翻译文章总算快要完稿了，该文题为《不识庐山真面目，却做向导乱游人——对一种〈哈〉“导读”的辩正兼及哈姆莱特审美价值的途径》。拙著《三色堇》去年没通过后我曾写好了自荐材料想与几家出版社联系，但担心出现什么意外，所以我决定还是争取由东北师大出版社出版，这样时间会慢些，一拖就是一年，是让人着急的事，但却能保障出版的安全。

谨颂

文安！

孟宪强

王忠祥致孟宪强（6月11日）

宪强教授：

您好，谨致诚挚问候。

昨日（6.10）从江西南昌返回华师，在信件箱中发现您邮来的信件以及杨林贵博士的“征稿启事”，很高兴！我当积极促使《外国文学研究》免费刊发这一“启事”。顺告杨林贵从美国邮寄给我的“Call for Papers”也收到了，并请转告我的谢意。我自1994年7月退休，一直返聘到2001年6月，此后的活动在讲台上和论坛上，其中包括莎士比亚教学于研究。

今年6月4—9日，我在江西师范大学外语学院参加“中国的英美文学研究回顾与展望全国学术研讨会”，并在大会上作了“主题发言”：“《外国文学研究》（杂志）于莎士比亚（研究）情结”。在发言中，我特别赞扬了《中国莎士比亚评论》和《中国莎学简史》两书，同时讲及中国莎学研究的前景和《外国文学研究》将继续刊发莎研论文的设想。

您和杨林贵博士在中国莎学研究中作出了可喜的贡献，人们是不会忘记的。

耑此布达　顺颂

近祺

王忠祥

王忠祥致孟宪强（6月25日）

宪强教授：

你好！

《外国文学研究》2004年第3期又出刊，载有《莎学年鉴》（*Shakespeare Yearbook*）的《征稿启事》，昨日，我嘱编辑杜娟邮寄一册给你。

杜娟是杂志社编辑，文学硕士，比较文学与世界文学博士，跟随我学习与研究莎士比亚。我和杂志现任主编讲妥，由她代表杂志和我与有关方面联系。我已嘱杜娟邮寄《外国文学研究》2004年第3期一册给杨林贵同志，并附上我的名片（有单位和兼职）。杜娟立志深研莎学，祈望你多多关照，也请您将她转介杨林贵同志。

耑此布达　顺颂

著祺

王忠祥

方平致李伟民（7月24日）

伟民先生：

您好！

拙稿承蒙考虑发表甚感！

附上我的简介：中国莎士比亚学会长、国际莎士比亚协会执行委员、香港翻译学会荣誉会士、上海译文出版社编审、（曾任）上海作家协会理事、北京大学客座教授、青岛大学客座教授。

贵刊经费如不够充裕，拙稿稿费请移作订阅贵刊，聊表支持。

编安

方平

孟宪强致李伟民（8月31日）

伟民先生：

您好！

最近我完成了曾跟你提起过的一篇关于《哈姆雷特》的论文，译为《To be, or not to be：一个永恒而普遍的公式——哈姆雷特的理性主义哲学》，该文将收入拙著《三色堇》。这篇论文是我所能想到的《哈姆雷特》的最后一篇论文。因为文中涉及一些英语语法翻译，我怕自己的理解、论述出现问题，现已将论文寄给了林贵请他审读修改。

这篇论文对关于To be, or not to be的各种解释都进行了具体地评析，其中拟引用卞之琳对朱译的一段评论，即大作中所引用的那段，即

"……朱译严格讲，这就不是翻译，而是意译（Paraphrase）"，"活与不活"，在原文里虽不是形象之语，却一样是简单字眼，意味上并不等于汉语中的"生存"与"毁灭"这样抽象的大字眼。"活"字用了两次，和原文重复"be"字，都是在节奏上配合，这里正需要有犹豫不决的情调。

我没有查到你的引用在这段文字的出处，麻烦你告诉我，如能复件一份原文寄我就更好了。

暑假前土生先生来电话，谈了拟将中莎会挂靠在社科院外文所的筹备意见，并提出由戴晓彤担任会长，征求我的意见，我表示同意。又过了一段时间戴晓彤先生来电话，说孙院长亲自到了北京，找了有关方面，说要用三个月的时间恢复中莎会，总部仍设在上海，方平先生任名誉会长，陆谷孙任会长，戴先生说他和土生先生分别担任学会的理事长，副理事长，负责学会活动方面的工作。或说孙院长表示如办不成可再办挂靠处文所的事，后来就没有消息了。我没有给孙院长和曹老师打电话，不知现在情况如何。

谨此，顺颂

文安！

孟宪强

张泗洋、胡凤云夫妇致孟宪强、陈凌云夫妇（10月5日）

宪强、凌云兄嫂：

又好久没有书信联系了，你们一向生活好吗？还在工作吗？我无时无刻不在思念你们，只因老了，今年已虚岁86，身心都不大健康，所以很少给亲友写信。不说病了，光是跌跤就跌了好多次。把脸及手臂都伤得不像样，以致什么工作都做不了，握笔都感到困难……

我很想知道祖国的情况，还有师大的情况如何？与我同时代的人活着的不多了吧？特别是中文系，老人还有哪些？蒋锡金老师是否也早就过世了？转到东大的原中文系主任刘朝仍在世吗？我很想知道更多的情况。黄彦平校长如何？

你现在仍在忙什么？关于莎士比亚的学术活动仍在进行吗？在国内这方面的情况如何？研究会是否还照常开？上海的莎士比亚研究会还存在吗？你和他们还有往来吗？我们编的《莎士比亚大辞典》在国内反映如何？有否评论的文章？你在这方面是否又有了新著，来到加拿大后，我就开始写一本书，属于自传性质，但主要通过个人经历反映中国二十世纪的历史，特别是后半世纪的历史。

林贵一家在美还好吧？他偶尔有电话来，不知最近情况怎样？对你们一家我都很想念。想在适当的时候，回去看看，和你们欢聚一番。好了，头脑晕的越来越厉害，就写这一点吧，希望你们来信，告以你们的情况和学校、社会的情况，就此祝你们

全家幸福，一切如意！

泗洋　凤云　上

孟宪强、陈凌云夫妇致张泗洋、胡凤云夫妇（10月29日）

张老师、胡老师：

大札收悉。非常感谢二老对晚辈的关怀和惦念。我们和二老的心情一样，也是

时时都在想念着你们。从80年代中期到90年代中期的10多年间，我得二老的关照和提携才得以在莎学研究方面有所进展，并和二老建立了深厚的情感。那难忘的日日夜夜成为我人生中最值得回忆的，最有价值的和最幸福的时光。张老师对我的帮助和指引令我终身感激不尽。岁月荏苒，时光如流，转瞬间二老去加拿大已有八九年的时间了。张老师说自己身体不大健康，但从来信看，字迹还是那么流畅，思路还是那么清晰，并以86岁的高龄人能完成自传性的大作，可见您的身体还是没有什么大问题的。走路跌跤，那您以后外出时就应多注意了，最好是扶杖而行，这样走路会稳多了，望二老多多保重。

张老师问到师大同时代人的情况，中文系似乎只有何善周老师、吴伯威老师健在，其他如朗俊章老师、孙晓野老师、蒋锡金老师都于近年先后去世，黄彦本校长也已作古，比张老师小10多岁的那一代人中苏兴老师、宋振华老师、王凤阳老师、冯景阳老师、陈淑凡老师也早已逝世。刘翘老师、韩春老师、黄光俊老师还健在。师大校园建设得比过去好多了，在净月大街还建了分院。别的系的情况不了解，中文系的的确确是今不如昔了。前两年国家教委来校进行评估，中文系得分在及格线之下，大为逊色，而历史系似乎是雄风未减。林志纯教授、朱寰教授仍在支撑着历史系的门面。

我1997年退休后一直都在坚持着莎学研究，主要力量都放在了对《〈哈姆莱特〉解读》的加工修改和补充上，现已最后定稿：研究关于这部作品的19个问题，另附“哈剧在中国”，全书总共450页，30多万字。两次申请出版基金都未能批准，据说是因为我已获得了一次（《中国莎学简史》），二是因为我已退休。但我认为这都不是决定性的原因，决定性的原因是现在掌握师大科研实权的人不重视莎学，这是没办法的事。校领导所重视的是申请博士学位授予权，申请硕士点的学科，而莎士比亚研究早已被排除在这种占统治地位的学科之外了。

九十年代是中国莎学最为辉煌的时期。21世纪开头几年出版的几本大型的莎学专著都是一辈学者90年代的成果，如2000年方平先生出版了诗体《新莎士比亚全集》，河北莎协成立时赠送与会者此书，并举行了签字售书活动；2001年您主编的《莎士比亚大辞典》问世，李伟民发表了较长篇幅的书评；2002年刘炳善教授出版了200万字的《英汉双解莎士比亚大词典》，河南大学校庆时曾举行莎学研讨会，向与会者赠送了该书。出版社根据作者的要求还给我寄来了一本。近二三年来我国莎学研究已经进入了低谷，这表现在两个方面：一、莎学论文数量明显减少，且很少有重要理论价值和重大突破的莎学论文，多为发表在二三级院校学报上的文章。二、重要的莎学团体被注销。吉林莎协于2000年底被注销，后经努力，同意恢复。社联也发了文件后通知要到指定的银行存入1万元注册费。这并不难做到，但考虑到实际状况：吉大翁老师早已转走，王丽莉夫妇到上海高就，杨林贵于97年去了美国，两个大学没有莎学后续力量，我成了光杆司令，即使成立起来也孤掌难鸣，所以就放弃了努力。现在吉林莎协已经不存在了，已经成为了历史。中莎会的命运也是如此，2003年被民政部注销后，后经戴晓彤（河北莎协会长）、洪忠煌（浙江莎协会）与郑土生等人的努力，想把中莎会挂靠的社科院外文所，但至今也未办成。即使办成了，恐怕也难成气候。郑土生已经退休，无权无势，又无经费支持。成立起来之后也难开展活动。后又传闻孙福良教授希望能够在上海恢复起来，由陆谷孙当会长，方平任名誉会长。此说也已过去三四个月了，现在仍无动静。

现在国内在莎学方面比较活跃的是四川外院。李伟民，现任该院学报副主编，出了文集《光荣与梦想》，好像已经给您寄过去了。他发的文章较多，活动也不少，他说他们学院现有三个人搞莎士比亚，另外两位都是英文系的教授。他们曾有意将中莎会移动到他们那里（学校肯出钱），但还存在不少问题，主要的是他们那里没有英国文学博士点，但是正在为此努力。总之，日后这里将成为中国一个比较活跃的莎研阵地。另外南京大学的张冲博士，转到复旦，扛起了自林同济、陆谷孙莎学传统的大旗。现已在网上发出通知，12月份在复旦举行“莎士比亚与中国”研讨会，论文集由复旦大学出版社出版。他们已经朝我发了邀请，但我现在无力赴会。根据上述情况，我想经过一段时间，中国莎学会走出低谷的。南方一些院校的博士、硕士对莎士比亚感兴趣者还不少，但他们崭露头角，出有分量的莎研成果，且能产生一定影响的话，我想想怕是要经过一段时间才行。

1997年后，我除了修饰润色《三色堇》外，还参加了几次国际莎协会议：1998年去澳大利亚布里斯班参加了澳大利亚、新西兰莎士比亚协会主办的莎研会。他们为我们的参加专门设立了一个“莎士比亚与中国”研讨组，我和张奎武参加了这个会议，宣读了两篇论文，介绍了朱生豪，引起日本学者的浓厚兴趣。2001年4月由国际莎士比亚协会与东北师大共同出资赞助，我去西班牙巴伦西亚参加了第七届世界莎士比亚大会。

匆匆忙忙地就写这些了。谨祝二老

健康长寿！全家幸福！

晚辈 孟宪强 陈凌云拜上

又及：刚写完信的时候，李伟民先生来电话。他说要去上海参加莎士比亚学会会议，同时要去会见孙福良和曹树钧，商量把中莎会办在四川外院的事情。他听说我给您写信，让我代他向您问好，祝您万事如意！他又说，他早已将评《大辞典》的文章寄给了您，不知收到否？如没收到来信告诉我，我打电话让他给您寄。

孟宪强致王忠祥、杜鹃（11月18日）

忠祥教授、杜鹃老师：

杜鹃老师的来信和所寄贵刊《外国文学研究》已先后收到，谢谢！

大作《〈外国文学研究〉与莎士比亚情结》一文已经拜读。大作既概括了《外国文学研究》对中国莎学的长期的一以贯之的重视与支持，并由此引发出对中国莎学历史与现状的勾勒，成为中国学者莎士比亚情结的一个具体的展示。它体现了作者对莎士比亚超越时空艺术价值的称颂，对中国莎学成就的热情剖析以及对中国莎学未来发展的热切希望。这洋洋洒洒的文中充满了热情，具有重要的现实意义。大作中对《外国文学研究》将继续支持中国的莎学研究的承诺与建议，无疑会对新世纪、新时期中国莎学的发展起到重要的推动作用和产生深远的影响。我认为刘炳善的《英汉双解莎士比亚与大词典》、张泗洋的《莎士比亚大辞典》和方平的《新莎士比亚全集》，虽然出版于2000—2002年，但它们应该是中国莎学史上最鼎盛期（上世纪90年代至21世纪初）的终结的标志，而大作则是过往那个时期的一个总结，又成为中国莎学进入一个新的发展时期——即形成具有中国特色、时代精神、民族化的，具有主体意识的莎学理论体系和思想模式的时期的肇始。大作中关于未来中国莎学发展的三点意见正是这种进入新时期的一个宣言。

非常感谢大作对拙著、拙编的积极评价；这是忠祥教授和贵刊多年来对我支持、鼓励在更高层面上的继续。早在1985年贵刊就在"国内学术动态"栏内摘要介绍了我关于莎士比亚悲喜剧美学特征的观点，后发专文评论《中国莎士比亚评论》。正如大作中所提到的，忠祥教授的研究生吕艺红还参与了中国莎评目录索引的工作；后我又在贵刊上发表《中华莎学10年（1978—1988）》和几篇研究莎士比亚作品的论文。这次大作中对拙作拙编又给予如此高的评价，令我感激不尽。这是令我终生难忘的，我将把这种鼓励化为一种能量，以余生的微薄之力继续为中国莎学的发展和中国莎学跻身国际莎坛多做工作，贡献新的成果。

今天我已将大作寄给了林贵。大作如能收入国际《莎士比亚年鉴》，对中国莎学具有重要意义。

谨颂

文祺！

孟宪强　上

孟宪强致林境南（11月25日）

林境南博士：

您好！

惠赠之大作《"基督徒男性占上风"：〈威尼斯商人〉中的宗教族裔冲突与性别政治》一文已收到，拜读之后很受启发，从中领略到了与中国大陆莎学研究的不同视角和不同理念。谢谢您。

我自1997年退休后仍在身体允许的条件下继续从事着莎学研究，除1997年参加"莎士比亚在香港"国际学术会议，1998年去澳大利亚的布里斯班参加澳大利亚与新西兰莎协的莎学年会外，还于2001年初去西班牙的巴伦西亚参加了第七届世界莎士比亚大会——此次参加会议的费用是由国际莎协与敝校共同予以资助的。在我退休4

年之后，仍能得到如此支持，我很是感激，也很受鼓舞。

这些年来，我用了相当多的时间完成、修改、润色、增补拙著《三色堇——〈哈姆莱特〉解读》。这是一部由19篇哈姆莱特研究论文构成的专论，论及了哈姆莱特剧的方方面面。这部书稿是集我20年努力探索的成果，提出了一系列新命题、新范畴、新观点，融入了我的大量心血和情感，该书稿曾于2002年申请东北师范大学出版基金，因为我已获得过一次（《中国莎学简史》），且已退休，所以未能获奖。2002年之后又反复修改润色，现已补充打印，且进行了多次校对，今年打算再申请一次，如仍不能获准就得另选途径了。现在由于市场经济的制约，出版社包括大学出版社，都以盈利为出书原则，那些非营利性学术著作的出版非常困难：或等待某种社会资金资助，或征得某企业家的资助，或个人自掏腰包。这种情况对于学术研究的发展十分不利，但这种社会生活变革的潮流是任何人都无法改变的。我希望经过努力，拙著能尽快问世，届时我定将奉上拙著求教正。

谨颂

文琪！

孟宪强

2005年

张泗洋致李伟民（1月27日）

伟民兄：

寄来的书、文章收到了，太谢谢你了！你的文章写得那么好，真令我喜出望外，特别在莎士比亚景况不好之时，你能坚持研究下去，也令我十分佩服！希望你继续努力，将来一定成为中国莎学大家，我预祝你成功！

我因年龄大了、老了，今年虚岁已87岁，已活不了几年了，在去年把回忆录写完后，再也干不了什么，身体、脑力都衰退到难以活动，特别令我失望的还得了忧郁症，心情难以平衡，特别是在回忆一生后，更使我心态失常。过去对你说过了吧，一辈子很少过上一天平安生活。解放前奉党组织命，通过某种渠道，把特务头子戴笠的电报密码偷了出来，事发，重庆不能待了，组织就派我去南满搞军事情报地下工作，因此被保密局特务逮捕，被判死刑，正要执行时，沈阳和平解放了，我的小命就保存了下来，本以为天亮了，理想实现了，国家、人民都站起来了，国强民富，哪知不几年，就有人开始腐败……我因与之斗争，就成了历次运动的对象，压了我一辈子，也因此痛不欲生，但又不忍心抛下妻子儿女，于是就改变心情，把痛苦变为快乐，也就是视人生为演戏，我演的是悲剧脚色，使看客开心，自己也感到开心……这才能活到了今天。

好了，本想把纸写完，可是脑力不支了，晕得厉害，只好就此搁笔了，新年快到，谨祝全家：

春节快乐，万事如意！

又及：重庆沙坪坝我也住过，那是在中央大学念书时（附照片一张）。

又：我把过去我发表过的和未发表过的几十篇莎学论文编成一本书，你能否替我联系联系出版社，有否愿意出版。如无接受，也不必在意，谢谢！

张泗洋　书

刘炳善致李伟民（3月9日）

李伟民先生：

大函谨悉。《辞书研究》2004年第6期大文拜读，承蒙过奖，谢谢！

《川外学报》2005年第1期随即收阅。方平先生之文有独到见解，可知国外莎学新动向；尊作从圣经影响角度分析《李尔王》的思想内容，很有新意。此皆可见二位莎学造诣甚深。

拙编虽名为《英汉双解莎士比亚大词典》，其实英文书名更能说明其内容：*A Shakespeare Dictionary for Chinese Students*。目的不过是：自己下功夫通读莎翁原文全集，也帮助中国学生看懂莎剧。但此事粗想简单，做起来却大难。原以为三五年总可完成，而实际上编、排、校，十几年为之耗尽心血。今后还必须全力投入修订工作。即使今年春节，过完初一，初二就继续苦干。每日如牛负重，不全部竣工，不得休息。十几年来，为此疲惫不堪，个人想写之文，想译之书，均搁置一旁，无暇他顾。因此各方亲朋好友，往往疏于联系。今后数年，恐仍如此。事非得已，诸希鉴谅。

寄上拙编《英国文学简史》新修订本一册，聊表谢忱。此书浅易，因考研需要，仍在出版。对先生无用，或可供亲友中青年同志学习英语之用。

匆匆顺颂

编安

刘炳善　顿首

曹树钧致李伟民（4月9日）

伟民先生：

近来忙于文字，编《曹禺论文集》诸多事，潜江会议有关材料今日始寄出，请谅解。

接下来我要参加中国电影诞生100周年、上海京剧院50周年院庆等活动。

上海京剧院应丹麦之邀，准备在今年8月演出京剧《哈姆雷特》，日前邀请有关专家对该剧提修改意见，我也参加了。我电告主任，希望他的那台《哈》剧裴艳玲主演，可能于今年搬上舞台，南北都演，亦一盛事。

收此材料之后，请即电告。

编安！

曹树钧

张泗洋、胡凤云夫妇致孟宪强、陈凌云夫妇（4月11日）

亲爱的宪强、凌云兄嫂：

又好久没通讯了，不知你们近况如何，一切都还好否，甚为挂念！去年11月11日收到你们一封长信，12月21日又收到你们寄来的贺年卡，甚为幸慰！从你们的信中得知国内及长春的情况，得知一切都还好，使我感到心安。

我好久没有给你们写回信，主要因为老了，头脑不大好使了，小病不断，心情也不好，记忆更衰退得厉害，有时连普通的字都想不起来，过去的人和事更是忘掉几乎一干二净，莎士比亚戏剧中的重要人物名字都记不起来了，真是成了白痴。像这样下去，我估计已经活不多久了。今年已87岁，能活到90，就是老天恩赐了。但对你们我一切都记得清清楚楚，你们一家都是好人，高尚的人。就拿林贵来说，他给我的印象极深，是中国少有的进步青年。他一家现在情况怎样？还在美国吗？做什么工作？很久以前，曾和我有过电话联系，后来消息就中断了。

虽然我的身体情况不好，但还有些事一时放不下来。就是出版书的事。目前想出的就是两本书，一本是回忆录，实际是总结20世纪中国历史，根据我个人一生的经历，反映中国社会变迁概况。但另一本，我却不甘心白白葬送掉，就是《论莎士比亚文集》，内容是收集我过去发表和未发表的有关莎士比亚的论文。这书在国外用中文出版很难。译成为英文吧，我现在又没有这大能力，连普通的英文字都记不起来了。所以只好试试国内有无出版的可能。我已没有别的途径了，只好求你给我想想办法，试试在国内能否找到愿意出版这类学术书的出版社。在长春好像有几家出版社，还有吉大、师大的出版社，外地如能联系上也好，如商务印书馆，它出了我们《莎士比亚大辞典》，对我的书的水平不会有怀疑吧？这本书共有近30篇论文，全书约30万字左右，内容不单纯是学术性的，和我们的社会现状有密切联系。如第一篇的内容一共八项，总题目叫《莎士比亚与人类精神文明》，共有八个内容，即（1）伟大的人类灵魂工程师。（2）爱情，亲情，友情，人情。（3）莎士比亚的女权思想。（4）莎士比亚的爱国主义。（5）莎士比亚热爱人民的感情。（6）莎士比亚的反腐败斗争。（7）莎士比亚理想的人类社会。（8）莎士比亚与我们的精神文明建设。其他篇幅都与现实有密切联系，其中也有对某个剧的具体分析。总之，请你替我联系联系，如无出路，也无所谓。如有的愿意出版，请你来信告诉我，我就立即把书稿寄给你。

好了，脑子糊涂得不行了，就此搁笔，遥祝你们全家幸福！

泗洋、凤云　书

孟宪强致李伟民（6月24日）

伟民先生：

你好！

所寄《英语研究》已经收书，谢！大作也已拜读。泗洋教授于三个月前曾给我寄来一封信，兹附寄了一些老人家一大家子人全家福照片。信中老人家提出了他的莎译文集出版的问题，概括地介绍了这些论文的基本内容、文章特色及现实意义，问我能否为其联系出版的问题。我给老人家回答，并非常遗憾地告诉他，现在学术著作极难出版；老人家来信中曾表示不想自费出版，我说如果不采取这种方式的话，文集是难以出版的，后来老人家再没有来信，我想老人家看到大作时一定非常高兴，这是他老年生活中的最大的欣慰。

敝校现在决定每年给高级职称退休教师一个出版基金的名额，我已根据要求将打印好的“出版价值说明”以及“我的《哈姆莱特》研究情况”等一并交给了离退休干部处，现在还没有结果，能否被通过只好听天由命了。

今年以来我的身体不太好，年年都添点病。今年5月脑栓，点注了几个月的“血塞通”，药针还没打完时又得了“腰突”，现卧床休养已近一月了，近日见好，但“伤筋动骨一百天啊!”估计还要养一个月才能好。对于我几十年坚持锻炼的生活方式来说，现在这种状况实在是太尴尬，太令人烦恼了。尽管我还不肯服老，但身体状况实在是令人力不从心，这真是一件没法的事情。看来今年不会有什么新的收获了。

谨颂

文安!

孟宪强

张泗洋致李伟民（9月26日）

伟民兄:

你寄给我的杂志《英语研究》早就收到了。你写的关于评论我的文章，我读了好多遍，有时还不断地翻看，觉得你的文学理论水平太高了，文章写得太好了，成了难得的莎士比亚专家。不过你对我的评价，很客观，很符合实际情况，但多少未免有些过誉，这一方面使我对你表示感谢，一方面也使我感到惭愧，我自己认为自己的理论水平还远远落后于你，我说句不是恭维的话，你很快就会成为中国少有的莎士比亚专家了，希望你继续努力，为中国学术争光!

我因年老，今年已87岁，脑力、精神一切都在退化，本来对莎士比亚很熟悉，一切了如指掌，而现在脑子退化，记忆力减退，几乎莎氏每部作品的内容都记不清了，写文章更谈不上，长期失眠，天天头脑都是昏昏沉沉的，什么也干不了。我想，可能即将不久于人世了吧。现在心情也很矛盾，很想回家，但回去生活上会成问题，无亲人照顾，我的家人几乎都离开长春了，大儿子一家在英国，三个女儿家都在温哥华，还有个小儿子一家在上海，虽然早办完了移民加拿大，但一时还来不了，回去以后，光靠单位照顾也难吧，如不回去，在此总是思念亲朋好友，而且死了，要花许多钱，给孩子造成负担，所以回与不回，心情十分矛盾，造成心理负担。不过有时也这样想：已活不了多久了，何必来回找罪受呢，干脆就死在异国他乡吧。现在大小病不断，所以很少给你去信。

你现在是不是家在成都，工作在重庆？你的单位在沙坪坝？这正是我年轻时熟悉的地方，当时中央大学在沙坪坝，我正在该校念书，附近还有个重庆大学，当时我是被组织派去中央大学，表面是学生，实际是做地下工作的，不久因为把特务头子戴笠的电报密码偷了出来，闯了祸，组织就把我偷偷派去南满做地工，于48年被国民党保密局逮捕，关到49年底，正要公审我执行死刑时，沈阳和平解放了，我的小命也就保存了下来。……如果你再来信，请给我谈谈国内政治、社会情况。当然我还关心莎学事业，也请你把中国莎学目前情况如何，顺带谈谈。

到此，不得不搁笔了，头脑昏迷得厉害，再也写不下去，最后，还是感谢你给我来信，祝你全家万事如意，生活愉快！

老友　张泗洋　敬书

裘克安致李伟民（11月27日）

李伟民同志：

谢谢你的来信和《莎士比亚研究专辑》（2005.3）。

我是外交部离休干部，但实际从1937年以来就研究英国文学特别是莎士比亚。

1984年中莎会成立时起，我就致力于主编《莎士比亚注释丛书》（商务印书馆），因为我感到中国人搞莎评，根本的根本是彻底了解莎氏原著，如你话云，文本研究是首要的。我主编莎注，用英汉双语，但不搞原文考据。这套丛书已出了30种，我看完的稿已达40种。商务出此书很慢，每年一二种。最后译本由美国王裕珩承担，他却迄未交稿，连音信都不通。因此我无法说，这部丛书何时可以真正完成。但我相信，它对中国青年学子已经起了作用。（附言：专辑37页上栏注6钱兆明是我们丛书中的一种，没有写明白。）

翻译方面，我改译朱生豪译莎五种，南京译林本收我的改译四种。我认为现在研究莎译，应以“译林本”为起点。朱生豪本缺点不少，但名气在外，贻害不少。

商务承诺年底前出版我的另外两书，（1）《莎士比亚年谱》（修订版），这是国内外莎传的最简单而实在的读本。（2）《莎士比亚评介文集》，为我的短文集。

希望你们请人写文介绍我的工作，欢迎批评意见。

如果你们登高一呼，恢复中莎会，我一定支持。

祝好！

裘克安

你们是否可请孙法理为顾问？

徐克勤致李伟民（12月25日）

伟民先生：

首先祝您圣诞快乐！

近年来，蒙您多次远寄学报、文章与尊著，特别是《光荣与梦想——莎士比亚在中国》，拜读之余，不胜钦佩与感激！多谢您把鄙人列入“清华学派”，只是同那些资深大师排在一起，未免有点汗颜。

我们教研室，自90年争取到学位点后，因人手少，报考世界文学和比较文学的研究生逐年猛增（中、外文院系毕业生争相应试，生源广）；近日文学院又批下了一级学科，所有专业均可招博士，所以教师忙的团团转，光顾教学，难挤时间写东西。我虽早已离休，也返聘多年，很少出门，也没写多少文章。拙译、拙编的书，一直作为选修课教材；到98年，因无书供应，仓促间编了本《莎研简明教程》，由省自考办印出；趁机将阿尼克斯特的《哈》剧长论与斯米尔诺夫的《莎士比亚技巧论》等译文附后，以弥补对原苏联莎研成果中译于万一；故冒昧捎来，供您指正。

94年上海莎剧节相见，弹指间早过了10年多。您的音容笑貌，给人留下了朝气蓬勃的印象。中国莎坛，近年似乎有点沉寂。唯独您不断出书著文，特别是拥有稳定的学报阵地，让中华莎学这朵红梅，在时下严冬季节，也绽放出灿烂的光辉！贵刊《莎研》大型文案是项大工程，按“征稿函”后，甚为兴奋；深知中莎会中兴有望；痛感自己过了古稀之年，无力写出点像样的文章，仅将几年前起草的旧东西（未发表）拿出来，稍加修改，严格按贵刊规定的格式，打印了一份，寄来供批阅；如不够格，可弃之。孙子（大一生）打这份稿子，勒索了爷爷一台笔记本，还叫我谢谢他，因为这是他勤工俭学劳动所得，您说可笑不可笑！家人喊我入席过节，就此画个暂停吧！

祝您

新年快乐！万事如意！全家幸福！

徐克勤

圣诞夜

2006年

王忠祥致李伟民（1月14日）

伟民同志：

您好！

《中国莎士比亚研究》征稿函与“专辑”早已收到，并于六月初复函，暂拟选题：“选择、综合、超越、创新——讲授莎士比亚研究课程的感悟”。估量近日你可收悉此函。

关于“广告”，我明日送交编辑部，并催促聂刊发于《外国文学研究》2006年第一期。

耑此布复　顺颂

近祺

王忠祥

苏天球致李伟民（3月8日）

李伟民老师：

您好！

您的邀请函收到了，我立即找我们系的主任和系总支书记汇报。他们俩都很支持本人到贵地去参加莎士比亚与英语文学研究学术研讨会。本人是83—84年去厦门大学文学院作为访问学者学习，主要学习Richard Poser Chaoe教授开设的《莎士比亚作品选读》和Hellen Stanley教授开设的《英国诗歌欣赏》等课程。在国内第一次接受有关莎士比亚作品的教育，开始学习莎氏作品，我从此一发不可收，回本院后，就孜孜不倦的学习《莎士比亚全集》原文，它是我外甥从美国寄到中国的*The Complete Works of Shakespeare*。从此以后，我写的论文都与这两门课程有关，例如《莎士比亚何以对“黑色”有种特殊感悟?》《世界文学艺术的两座文峰》《青出于蓝而青于蓝》《战胜死亡的强光》以及英国诗歌欣赏的论文，例如《白朗宁〈夜与晨〉赏析》《济慈的〈夜莺颂〉和〈希腊古瓮颂〉赏析》等，并且开设了十二年的《走进莎士比亚——莎士比亚戏剧精解选读》，共培养了十二届学生共821人，让这些学生走近莎士比亚，了解莎士比亚。

我把《莎士比亚何以对“黑色”有种特殊感悟?》寄给中国莎士比亚研究会常务副主席张君川教授，他老人家很仔细阅读后，给我回信。狠狠批评我，教育我，要好好研究莎士比亚，而不要轻易地对莎士比亚说三道四。我又寄给他老人家两篇论文:《青出于蓝而青于蓝》以及《战胜死亡的强光》。收到这两篇论文后，他回信鼓励我说:“在社会上较少人研究‘阳春白雪’之际，你却孜孜不倦钻研莎剧，实在佩服。”他说现莎剧研究后继者少，如你能承认他是老师，他愿教我继承我们的事业，为了扩大眼界，将介绍我参加中国莎士比亚学会，他还说如能在福建成立莎士比亚研究会则更好！我于1989年10月加入中国莎士比亚学会并且联合厦门大学、集美大学、华侨大学以及各地区9个师范学院的外语老师组成“莎士比亚研究组”。我任组长，厦门大学的蔡师雄以及泉师专（现师院）郭景云为副组长。

我还在课余时间研究莎士比亚十四行诗，并于1999年10月出版了《莎士比亚十四行诗专论集》，是由中国国际广播出版社出版，并把十二年来培养的821个学生走近莎士比亚的教材内部出版为《莎士比亚选读》发给学生使用。序言是由厦门大学原研究生院院长、哈佛大学博士后杨仁敬教授写的（内部使用没有公开出版）。据杨仁敬教授指点，此书不可以《莎士比亚作品选读》的书名出版，而应该改成《走近莎士比亚——莎士比亚戏剧精解选读》，因为我编著的书的内容没有莎剧原文，而只是戏剧精解而已。与会时，我会带几本《莎士比亚十四行诗专论集》《莎士比亚作品选读》带到会议上给您等人，供您等批评指导！

我还给会议带篇论文《莎士比亚十四行诗研究综述》，我第一次发表在《喀什师范学院学报》2001年第三期里。后来我的英文版发表在中国香港、泰国首都曼谷举办的世界华人艺术大会及泰国/香港国际交流会上。

这篇论文在那届国际交流评选活动中，荣获国际优秀论文奖，并得到世界华人交流协会、世界文化艺术研中心颁发的奖状与证书。（顺便把其复印件以及邀请我与会的请柬复印件）寄给您，到时请查收！由于我每周要上10节课的“走近莎士比亚——莎士比亚戏剧精解选读”，因此，不可能参加那次会议。

但这次会议，我一定不会错过。现在把这篇论文的中英文版，也寄给大会参考参考，到时也请您查收！

《走近莎士比亚——莎士比亚戏剧精解选读》现在已经被院领导批准准备正式出版了，现在本人正在紧锣密鼓地作准备，估计年底会对外公开出版。由于原来的《莎士比亚作品选读》是内部使用，所以我在里头附加了一系列插图，但一旦公开出版后，可能这些插图，就要毫不犹疑的删掉了，不然就会犯侵权的错误了！先此搁笔

此致

敬礼！

愚友　苏天球　敬上

华泉坤致李伟民（3月16日）

李老师：

如晤！

感谢您2005年12月20日给我寄来《中国莎学研究》征稿函。

贵院编辑出版《中国莎学研究》大型学术文集，必将推动我国莎士比亚研究的进一步发展。对您的创意和工作，甚表钦佩！

作为莎士比亚研究的爱好者，理应支持。现将《从巴赫金的对话理论看〈麦克白〉的自我意识》一文的文字稿和软件寄给您。是否刊用，请您定夺。

另外，我有拙作“藏在柜子里的叙述者？——浅析E. M. 福斯特的《霍华兹别墅》”一文投贵校学报。一并寄上，能否刊用，亦请定夺。

欢迎您拨冗来安徽大学学报编辑部和外语学院指导工作。

望保持联系。

祝

春安！

华泉坤　敬上

孟宪强致彭镜禧（4月23日）

彭镜禧教授大鉴：

有幸在洛杉矶与您结识，十分高兴！感谢您和裕珩兄的热情款待！您的坦诚、热忱给我留下了很深的印象。遗憾的是由于时间紧促未能来得及向您请教，也未能来得及请您介绍台湾方面莎学的情况。在洛杉矶我们度过了一段美好的时光：裕珩兄、莱维斯教授我们一起共进早点，在亨廷顿图书馆草坪上叙谈以及充满友情的午宴等情景都历历在目。现将拍摄下的这些记录我们珍贵回忆的照片奉上，以作纪念。

从94年以来我一直盼望着能够参与台湾海峡两岸的莎学研讨活动，沟通情况，加强联系，进行合作，我以为这对于提高我们在国际莎学领域的地位，促进我们的莎学的发展将是一件很有意义的事情。同时，我想届时我们还可以协商海峡两岸合作出版《中国莎学年鉴》（中，英）等问题。回来后在报纸上已看到两次海峡两岸学术交流的报道，一是儿童文学研究的（有点记不清了），一是在台北举行的海峡两岸古籍研讨会。目前，海峡两岸的学术交流活动日益增多。因此，我想如由您出面组织海峡两岸的莎学交流活动，是非常有希望成功的，不知尊意如何？

我回来后即给学生上“莎士比亚研究”选修课（每周两节，共36个小时）。我系学生对莎剧很感兴趣，现在95级学生（一年级）已经组成了“莎翁剧社”，对此我感到很欣慰。下周我们将先后向校系领导汇报我们参加大会的情况。

谨颂

大安！

孟宪强　上

苏福忠致李伟民（5月20日）

李伟民老师：

你寄来的邀请函早收到。一来不知道能不能写一篇文章，二来不知道是否让我去（因我要参加桂林广西师范大学的比较文学会，社里只允许一年参加一次），就一直拖着没有回信。后来罗益民来电话，说他和你接了头，他们学院也参与，让我最好参加。这些天，写了一篇文章，一并寄给你看看，行不行，需要怎样改进，以便为你们的会议增点贡献，希提意见。

说来很不好意思，我这样学英语又编辑莎士比亚译著的人，关于莎士比亚写的东西太少，不像你那样勤奋、专注，写了一大本书，《光荣与梦想》，名字都这样好。真应该向你好好学习。

前几天又收到电子科技大学寄来的邀请函。

随信寄去我的一本小书，欢迎你批评。

编安

苏福忠

孟宪强致李伟民（6月18日）

伟民先生：

你好！

14日晚通话后我反复考虑了你所提出的重庆市申办第九届世界莎学大会的问题，觉得我当时提出的那个想法不妥，还是应该明确提出承办第九届世界莎士比亚大会的申请。这是一件非常有意义的事情，如果重庆市领导能够下决心去申请的话，我想很有希望获得成功。

对于你的“设想”的第一部分做了些补充，关于申请举办世界莎士比亚大会那部分，应是申请的核心部分，我重新起草了一段文字供你参考。

关于第三条，我觉得还应增补一些内容，在提交的书面报告中陈述申办城市的种种条件，除你所列4条外，我想是否还应补充：

介绍申办城市举行大型国际会议的能力；

介绍申办城市的莎学背景；

介绍申办城市的中国传统文化的背景；

介绍申办城市能够为大会提供足够的经费支持（其预算可由国际莎士比亚协会提出）并为国际莎协秘书长提供办公地点及会议准备期间的往返费用。

这部分是申办能否成功的关键部分，如何写得更好，还需要再推敲推敲。

以上为一些不成熟的想法仅供你参考。我衷心地希望你的这个申请能够受到市政府的重视，能够组成代表团赴会并争取申报成功！

谨颂

文安！

孟宪强

附信：

中莎会在过去的20年间取得了举世瞩目的成就，并从80年代初开始参加国际莎学会议。但时至今日，我国仍未能举办一次世界莎士比亚大会，这是与我国的国际地位极不相符的。因此争取世界莎士比亚大会的举办权是中国莎学自立于国际莎学之林，扩大中国文化影响的一件大事，不仅具有重要的现实意义，而且这必将产生深远的影响。

“莎学”被称为“国际学术的奥林匹克”。从50年代初开始在莎士比亚的故乡每两年举行一次国际莎学会议，要求严格，规模较小。1971年世界著名莎学家在加拿大的温哥华举行会议，酝酿并成立了国际莎士比亚协会。同时决定由国际莎士比亚协会与相关城市共同举办“世界莎士比亚大会”，每5年一届。第二届于1976年在美国的华盛顿举行，到2001年已举办了7届。第三届：英国的斯特拉福（1981），第四届德国的柏林（1986），第五届日本的东京（1991），第六届美国的洛杉矶（1996），第七届西班牙巴伦西亚（2001），第八届莎士比亚大会将在2006年于澳大利亚的布里斯班举行。世界莎士比亚大会是一个具有广泛影响的国际莎学会议，以往各届世界莎士比亚大会都有多达千人左右的世界各国的莎学专家、学者、艺术家到会宣读论文。同时，在大会期间还举办一系列的莎学活动：比如观摩举办城市的莎剧演出，观摩有关的莎士比亚电影，举办莎学专著展销，参观当地的名胜古迹等等。因为举办这样的会议对于提高城市的国际声望，扩大举办城市的国际知名度都具有难以估量的影响，所以许多城市争相申请举办并不惜投入。

第七届世界莎士比亚大会在西班牙的巴伦比亚举行，2001年是这座古城的建城一千周年，政府投入了大量的人力物力，同时还为一些有影响的与会者提供了参加会议的经费。因此，重庆市如能组成“莎学代表团”参加第八届世界莎士比亚大会的话，就可以在该次大会上申请举办第九届世界莎士比亚会（2011年）。如果能够申请成功不仅是对重庆市文化建设的一个贡献，同时也是对中国莎学走向世界的一个贡献，既是为重庆市争光，也是为中国争光。

徐克勤致李伟民（9月10日）

伟民先生：

经受了高温（好像是国内之最）煎熬，又亲历了旱情（似乎数十年来罕见）困扰，仍能坚持把研讨会办下去，你们为莎学尽心尽力的毅力与精神，的确令人敬佩！

本打算按时入川，跟您交流谈心，怎奈年过古稀，家人不放心让独身出远门，老伴又坐不惯飞机，只好放弃这次向同行们学习的大好时机；请代向与会的老朋友问好，并致深深的歉意。如有人得空来济，定当热情接待。

拙文软盘随小册子寄出已久，可能早已收到。未能赴会，那篇小文不必入选，弃之可也。

谨致

全家幸福！

徐克勤

裘克安致李伟民（10月25日）

伟民同志：

谢谢：（1）你的来信。

（2）惠赠你的大作《中国莎士比亚批评史》当慢慢拜读。

2006年莎士比亚研究与英语文学研究学术研讨会，左起依次为虞润身、彭镜禧、李伟民

（3）寄来成都会议的材料。

我现在身体情况不很好。这次未能去成都，很可惜。如你以后来北京，请来会下晤谈。

我的文章请你早日予以发表，因为拖得太久，就更没有什么意义了。

你在贵校院刊上写道："力图构建新的真正具有特定中国学术价值理念的莎士比亚研究模式，并在此基础上拓宽、丰富国际莎士比亚研究的理路"，我支持这一努力。我一向避免过于用阶级斗争论去看莎士比亚，所以我编《莎士比亚年谱》，主编《莎士比亚注释丛书》，一切从文本和历史事实出发，我自问在中国莎学者中是独树一帜的。

祝

一切都好！

裘克安

2007年

李伟民致孟宪强（2月17日）

孟宪强教授：新年好！

好久没有给您写信了，现在我们多通过电话联系了。首先祝贺您的大著即将在商务出版，多年的心血终于换来了丰硕的成果，我为您感到高兴。近来也有一本《哈姆雷特的问题》在北大出版，作者为张沛，此人我听说过。再成立莎学会的事如我电话中所说。看2000年能否成立，如果成立我可再联系举行一些活动。目前国内研究莎学的文章较多，但客串的也多，长期坚持的就不多了。由此造成文章的质量不高，即有新材料，新观点不多。

寄上拙著《中国莎士比亚批评史》三本。一本给您。一本给林贵，因为我是在成都寄的。林贵的地址放在重庆。所以我一起寄给您，请您转寄给林贵吧。

2007年我计划再申请四川外语学院的一个项目，计划再出莎学书，内容主要是文本分析和外国莎学流派分析，借鉴了一些新的理论。我以为：在中国搞莎学研究，我们在材料上不占优势，大多数外国人也一样。而能够借用新理论，则多少可以换一个新角度去看老莎。研究“莎学在中国”也存在新材料终有限的问题。所以国内这方面肯下功夫的不多。我的《中国莎士比亚批评史》也不断在修订，目前我又增加了一些内容。当时应该把台湾莎学放进去，因为我又写了一篇详细的，已发表，但考虑上一本已经有了，就没有列入，看来还是应该列入的。

在2007年春节来到之际，我祝您及您全家、祝林贵新年快乐！万事如意！身体健康！

照片已经洗了，现寄给您。

谨祝

新年快乐！

李伟民　春节大年三十下午

我在成都一时没有找到您的地址。还是在重庆去邮寄吧。林贵的书我直接从重庆寄给他。又及，我们的合影及您单独照的一张七寸的照片我也寄给了林贵。

2月28日于成都回到重庆的当天下午又及

孟宪强致李伟民（9月19日）

李伟民教授：

你好！

寄来的《英语研究》以及照片等均早已收到，迟复为歉。

我为嘉兴方面撰写的《朱生豪与莎士比亚》虽然已经草成初稿，但现在实在无力修改，只好报之以遗憾了，甚是赧颜。我给朱尚刚先生及大会上写了一封贺信，信中引用了拙文最后一段文字，表达了我对朱生豪先生的崇敬之情。

戴晓彤先生打电话说洪忠煌先生主持召开“中国话剧百年与莎士比亚研讨会”希望我能够写封信，我写好寄去。

关于拙著，没有消息，我和老伴都觉得没必要催问，合同规定10月底出书，那就等吧！

林贵来电话告知《莎士比亚年鉴》由于副主编有些编辑方面的纠葛，所以校样压在他手中多日，推迟了出版时间，最近有望问世。

我身体尚好，只是最近怕累，累了就容易引发癫痫。

谨颂

文安

孟宪强

2007年郑土生（右）、李伟民（左）于北京拜访屠岸先生（中）

2007年嘉兴朱生豪故居开放仪式暨莎学研讨会，左起依次为李伟民、任明耀、史璠

2008年5月北海莎学会议，左起依次为史璠、李伟民、曹树钧、贺祥麟、罗益民

2008武汉大学莎士比亚国际学术研讨会合影，第一排就座者有从丛（左一）、郑土生（左二）、洪忠煌（左三）、阮珅（右四）、彭镜禧（右三）、高继海（右一）等

2008年重庆市举办莎士比亚研究会成立大会暨学术研讨会，蓝仁哲（第一排左七）、李伟民（第一排左五）、罗益民（第一排左三）等参会

彭镜禧（左）与从丛（右）于2008武汉大学莎士比亚国际学术研讨会期间的合影

2009年四川外国语大学举办第七届全国戏剧文学研讨会暨中外戏剧与莎士比亚研究论坛，曹树钧（第一排左五）、李伟民（第一排右三）、罗益民（第一排右一）等参会

中国外国文学学会莎士比亚分会会刊《中国莎士比亚研究通讯》2011年首期发行

2009年

李伟民致陈凌云（3月17日）

陈老师：您好！

我于3月17日上午8点收到林贵给我的邮件。得知孟老师已经于3月14日上午11时永远离开了我们。这一消息使我感到非常震惊。孟老师的去世，使我失去了一位良师益友，使中国的莎士比亚研究事业失去了一位最杰出的学者，也使你失去了最亲的亲人。请您在万分悲痛之际，保重身体！请你们的家人节哀，保重身体！

回想和孟老师多年的交往，恍如就在昨天。我们之间虽然见面不多。但是多年来一直通信不断，这些信件我都保留了，如今翻看这些发黄的信件，回味我与孟老师探讨中国莎学发展问题。孟老师的音容笑貌又浮现在了我的眼前。尤其是在2006年我在医院与孟老师相见的情景，当时看到孟老师的身体尚可，使我感到了安慰。孟老师是我莎学研究的老师和朋友，在当今中国研究“莎士比亚在中国”，孟老师是第一人，也是我的领路人，我能够评上教授，感谢孟老师给我的鉴定！四川外语学院的莎士比亚事业能够得到发展，能够成立以我为所长的莎士比亚研究所，这一切都离不开孟老师的教导与支持。

后来从林贵的消息中得知孟老师的身体不好，我也就没有多打扰了，只是经常在心里默念，愿孟老师身体健康！在莎士比亚研讨会上能够再次相见。

在这个春天里，孟老师已经永远离开了我们。我们只有继承他的遗志，把中国的莎士比亚研究事业继续推向前进，才是对他最好的纪念。我想这也是孟老师对我们的期望和他最大的心愿。

孟老师您安息吧！

请陈老师、林贵及家人保重身体！

李伟民　于重庆歌乐山下

史璠致陈凌云（4月6日）

陈凌云老师：

我正在出差途中，惊闻伟民告诉孟老师逝世的消息，顿感十分震惊，本来我以为他在您的精心照料下，生命会更久些的延续。听了伟民告诉，我心中无比悲痛，久久的无法从那悲痛中醒过来……

孟老师是我学习莎士比亚的恩师，更是教我如何做人，如何做事的恩师。从1983年秋在孙世文老师引荐下认识孟老师后，孟老师高尚的品质，朴素的为人，严谨的学风和对生活达观淡然的态度等都深深影响着我。

孟老师学识渊博但仍总有创新的思维，由于他有着与众不同的学术风格和气质，他的一系列著作《马克思恩格斯著作中的文学典故》《马克思、恩格斯与莎士比亚》《莎士比亚的三重戏剧》《中国莎学年鉴》《三色堇》等在全国、在世界莎学界都有着广泛的影响。这些年我参加过很多次莎士比亚的学术会议，与会学者谈起孟老师都说“孟宪强真是研究莎士比亚的大家啊，因他对莎学有独特的观点”。这些都是对孟老师创新思维的肯定。孟老师对晚辈，对年轻学者十分提携鼓励，像林贵、从丛、伟民、张晓洋、王丽莉、吴辉和我等等许多人都是永远那么热情洋溢的去辅导，去鼓励，关注我们的每一个进步。我们能在莎士比亚学习和研究中而有些许成绩都是与孟老师的教诲分不开的。孟老师才70多岁就离我们远去了，实际上他年龄不大呵，正是应统领中国莎学新人们继续开创的年龄呵——好在孟老师留下了那么多丰富的莎学研究遗产特别是留下了《三色堇》，遂了他最后的心愿——他的这些著作一定会照耀以后未来十年、百年莎士比亚爱好者的心。

孟老师患病卧床这么多年，陈老师您始终守护在侧，倾尽了全部心血，您同时又是多么令人崇敬呵。在这最悲痛的时刻，您一定节哀珍重，保护好自己的身体和心情，一定以孟老师那种对生活热烈赞美的襟怀面对以后的生活，好好生活下去，生活需要您，孩子需要您。我们都记挂您。陈老师珍重。

学生：史璠

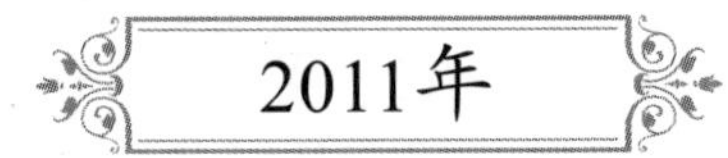

2011年

范正明致李伟民（1月15日）

伟民同志：

你六月十六日手书阅。惠赠“莎学”研究成果两部，亦同时收到，深表感谢，定当认真拜读。抽作只是为保留一点地方戏材料，谈不上什么价值，能为你用，则不胜荣幸矣！

不知你和刘鸣泰同志联系上没有，他的剧作选（其中有据《威尼斯商人》改编的《人肉案》）寄你没有？另你还可与演出此剧的湖南省湘剧院资料室负责人黎里女士联系，她可以为你提供《人肉案》的说明书和剧照。黎里女士的电话是：[略] 地址：[略] 邮编：410007。最好写封信，只说是我介绍的，她会支持的。

我想拜托你一件事，因我在校注原中国戏曲研究院资深研究员黄芝网先生日记（1938—1970），记的主要是戏曲和民俗学方面的内容以及1938—1946年他在重庆参与的人文方面的活动（如毛泽东到重庆谈判会见各界人士，黄先生是被邀之一），都记有地点；另外，由于日机轰炸，常住郊区小镇。因此，我想得到一张重庆地图作参考，如文化旧市场有老地图买则更好。此事不在急上，便中帮我就是，先致谢忱。黄先生是长沙人，与田汉同学，和我有师生之谊，故揽了此事。

老朽痴长几岁，说不上什么“前辈”，我们交个朋友吧！望时相联系，我们也可在网上交流（邮箱号码见上信所附名片）。

专此，并祝

编祺！

范正明　谨致

2012年

田朝绪致李伟民（6月21日）

李伟民教授：

您好！自2009年11月于重庆分别以来已一年半有余，不知您工作生活如何？

华泉坤老师和我经常谈起在重庆期间您对我们的热情接待，正是您细致周到的安排和亲自陪同使得我们倍感温馨，在领略重庆优美风光的同时，更感受到您的好客与豪爽。再次衷心表达我们诚挚的谢意！

您寄送我的三本专著我一直在研读。您数十年如一日坚持研究莎士比亚，不畏艰辛，笔耕不辍，从而在莎研领域有了自己的一席之地，并得到了众多大家的首肯。华老师一直告诫我要向您学习。

在参加"第七届中国戏剧学术研讨会暨中外戏剧与莎士比亚研究论坛"回来后，我将在会议上宣读的论文《〈特洛伊罗斯与克瑞西达〉和〈伊利亚特〉之比较》重新整理、修改润色。鉴于贵校学报《外国语文》的权威性和广泛影响，华老师建议我将论文投给贵刊。目前我申评副教授职称，急需论文，我们学校认可贵刊的文章，所以请您对我的论文给予指教，如能在贵刊刊发，则不胜感激！

李教授如有机会，欢迎到安徽作客。

祝您工作顺利，生活幸福！

田朝绪　敬上

于合肥

国际莎士比亚学会主席吉尔·莱文森题词（9月2日）

It is an honour to remember Meng Xianqiang, a leading Chinese Shakespeare scholar whose work is known both within and outside China. As Vice Chair and then Chair of the International Shakespeare Association, I encountered Professor Meng at four of the last World Shakespeare Congresses: Tokyo (1991), Los Angeles (1996), Valencia (2001), and Brisbane (2006). Professor Meng also represented Chinese Shakespearean scholarship on the international scene as President of the Shakespeare Society of Jilin Province and Vice President of the Shakespeare Association of China. Among the three books, four collections, and more than fifty articles he published on Shakespeare, he covered topics ranging from criticism to teaching, subjects of interest to Shakespeareans around the world. This memorial collection paying tribute to Professor Meng is a commemoration worthy of his accomplishments.

(Jill Levenson, Chair, International Shakespeare Association, 1996–2011;
Professor, University of Toronto.)

译文:

兹以此笺悼念孟宪强先生，一位中国莎士比亚研究的领军人物，其成就享誉国内外。本人曾以国际莎士比亚学会副主席及主席身份与孟教授有过接触，分别在1991年东京、1996年洛杉矶、2001年瓦伦西亚、2006年布里斯班举办世界莎士比亚大会之际。孟教授作为吉林省莎士比亚协会主席及中国莎士比亚学会副主席，代表中国莎学向国际莎学界展示了中国莎学成就。他的莎学成果包括三本专著、四本编著以及50余篇文章，涵盖从批评到教学的诸多论题，涉及全世界莎士比亚学者所关注的话题。这本纪念文集适值其成，是对孟教授成就的最好纪念。

（吉尔·莱文森，加拿大多伦多大学教授，
国际莎士比亚学会前主席，任期1996—2011）

编者注

莱文森教授闻知我们即将出版纪念孟宪强教授的文集，2011年9月2日特意给杨林贵发去电子邮件，附送了给文集的题词。题词收入杨林贵、殷耀主编:《中国莎学走向世界的先导孟宪强纪念文集》，东北师范大学出版社，2012年。

2011年10月15日，杨林贵宣布首届上海国际莎士比亚论坛开幕

2011年上海国际莎士比亚论坛与会中外专家与校领导，前排专家有聂珍钊、宫宝荣、刘春红、大卫·贝文顿、吉尔·莱文森、戴安娜·欧文（Diana Owen）、保罗·艾德蒙逊（Paul Edmondson）等

2011年上海国际莎士比亚论坛期间李伟民（左）与国际专家吉尔·莱文森（右）和保罗·艾德蒙逊（中）合影

2011年上海莎士比亚论坛中外嘉宾与京剧《理查三世》演员合影

2011年上海国际莎士比亚论坛合影，第一排就座有赵晓临、王丽莉、宁平、李伟民、宫宝荣、聂珍钊、理查德·博特（Richard Burt）、吉尔·莱文森、保罗·艾德蒙逊、戴安娜·欧文、大卫·贝文顿、杨林贵、殷耀等

大卫·贝文顿致杨林贵（7月12日）

Dear Lingui, thanks much for the handsome and impressive copy of *Foreign Literature Studies* vol. 34, no. 1, with essays by Jill Levenson, Richard Burt, and both you and I, making up the 'Shakespeare Studies' section, and constituting a splendid memory of our conference. I loved the presentations then, and they are every bit as impressive in print. Jill's focus on the English chronicle plays is a useful and telling focus, showing how they grew into cycles. Interesting about so relatively few adaptations! Richard makes a fine theoretical distinction between textual criticism and film adaptation, with excellent points about the importance of facsimiles, which have never (till now) had their history told. Resulting in the way in which Shakespearean adaptation renders his texts 'unreadable'. And your essay on materialist culture and Shakespeare

2011年，大卫·贝文顿在首届上海国际莎士比亚论坛做主题报告

is very insightful about the ways in which New Historicism, cultural materialism, Marxism, and feminism have all been influenced by materialist perspectives — a new methodology demanding historical scrutiny. All these essays have important things to say, and I'm honored to be a part.

Warm best, and congratulations, David

译文：

亲爱的林贵，非常感谢寄来精美的、令人赞叹的《外国文学研究》第34卷第1期。里面收录了吉尔·莱文森、理查德·博特（Richard Burt）以及你我两人的论文，组成了“莎士比亚研究”栏目，也构成了对我们会议的美好回忆。会议期间我就非常喜欢这些报告，现在见刊之后尤其不同凡响。吉尔聚焦编年史剧，展示了这些作品是如何以系列形式进行演绎的，做了有益且有说服力的概括。（编年史剧的）改编相对较少，却是如此耐人寻味！理查德在理论上对文本批评和电影改编进行了很好的区分，并就摹本的重要性提出了极好的观点。而摹本的历史（到目前为止）从未被讲述过，这就让人觉得莎士比亚戏剧的改编使其正本变得“不可读”。你关于唯物主义文化和莎士比亚的文章见解深刻。文中所论述的新历史主义、文化唯物主义、马克思主义和女性主义都受到唯物主义观点的影响——这是一种需要历史审视的新方法。这些文章都陈述了重要的观点，我非常荣幸贡献其中一篇。

最诚挚的祝贺，大卫

屠岸致洪忠煌（9月23日）

洪忠煌先生：

昨日收到您的来信。您的心情，我完全了解。

戴晓彤先生近日告知，莎学会报批已接近成功。

您在莎学研究上取得很好的成绩，这是莎学界和莎学会的朋友们的共识。

今又收到您寄来的书《洪忠煌文集》，中国文史出版社2006年1月北京第1版。书厚达880页，内容丰硕，体现了您在文学创作和文学戏剧研究上的成果，可以看出您用力之勤，成绩之可观。这本书也是我学习的资料。

谢谢您的赠书。

谢谢您对我健康的关怀。我今年已90岁，耳聋眼花，步履蹒跚，记忆力大减退。但还没有陷入老年痴呆，也没有卧倒在病床。每天还能做些力所能及的工作。

祝您健康快乐，工作顺利！

屠岸

于北京

吉尔·莱文森在东华大学莎士比亚研究所成立仪式上的致辞（10月30日）

Speech for Opening Ceremony of the Shakespeare Institute, Donghua University

By Jill L. Levenson

It is a great honour to attend this opening ceremony of the Shakespeare Institute, Donghua University, which seems to me one very important culmination of the dialogue Chinese Shakespeareans have opened with their colleagues in other parts of the world.

I met some of these distinguished Chinese Shakespearean scholars in 1996, at a meeting of the International Shakespeare Association in Los Angeles; and I met others in 2006, at another International Shakespeare Association Congress in Brisbane. But I don't think I comprehended the significance or extent of the Shakespearean research accomplished here until Professor Lingui Yang invited me to attend the first World Shakespeare Forum in Shanghai during October 2011. There were outstanding papers on all aspects of Shakespeare's presence in China; and eighty participants discussed them, seventy Chinese scholars, five Japanese, and five Westerners. As the participants'conversations energized one another, I realized for the first time that Shakespearean projects done here— both in the academy and in the theatre— should have wider circulation outside China.

In the year since the Forum, Professor Yang has become a member of the International Shakespeare Conference, which meets every other year in Stratford-upon-Avon: it admits only well-established scholars. Perhaps more importantly, he has become China's representative on the Executive Committee of the International Shakespeare Association, having a say in the planning of its Congresses. With this second role especially, he has become an ambassador for Chinese Shakespeareans in the world at large, enlisting the International Shakespeare Association's support for the 2014 Shakespeare festival in Shanghai and establishing a place for Chinese Shakespeareans in the 2016 International Shakespeare Association Congress.

As it facilitates the exchange of students and scholars, allows focused programs, and provides a specialized library— among many other accomplishments— the Shakespeare Institute, Donghua University, will continue to promote these valuable global trends. In those endeavours, I give it my warmest good wishes.

译文：

在东华大学莎士比亚研究所成立仪式上的致辞

吉尔·莱文森

我非常荣幸出席东华大学莎士比亚研究所的成立仪式。在我看来，这是中国莎士比亚学者与世界各地同行交流对话的一个非常重要的高峰论坛。

我分别在1996年洛杉矶召开的世界莎士比亚大会和2006年在布里斯班召开的世界莎士比亚大会上结识了一些中国知名的莎士比亚学者。但是，直到杨林贵教授邀请我参加2011年10月在上海召开的上海国际莎士比亚论坛，我才感悟了莎士比亚研究在这里取得的成果的重要意义或者影响范围。有关于莎士比亚在中国的方方面面的研究成果，80位与会者讨论了这些问题，其中包括70位中国学者、5位日本学者和5位西方学者。当参与者之间碰撞出思维火花时，我第一次意识到，在这里完成的莎士比亚项目——无论是在学术研究还是在戏剧演出方面的——都应该在中国之外有更广泛的传播。

自论坛举办以来，杨林贵教授已成为国际莎士比亚会议的成员。这个莎学组织每两年在埃文河畔斯特拉特福德举办，只接纳声誉卓著的学者。更重要的是，作为中国学者代表，杨教授已经成为国际莎士比亚学会执委，在学会主办的世界莎士比亚大会的筹备上有一定的发言权。特别是在第二个角色上，他成为中国莎学圈在世界各地的大使，争取了国际莎士比亚学会对2014年上海莎士比亚戏剧节的支持，并在2016年的世界莎士比亚大会上为中国莎士比亚学者争得了一席之地。

东华大学莎士比亚研究所促进了学生和学者的交流，组织了目标明确的研究项目，并筹建了专门的图书室（这些只是研究所成就的一部分），也将继续推动此类有价值的全球发展趋势。对这些努力，我表示最热烈的祝愿。

2012年东华大学莎士比亚研究所成立，杨林贵（左一）陪同时任校长徐明稚（左二）会见应邀参加研究所成立活动的国际专家吉尔·莱文森（右一）、彼得·霍尔布鲁克（右二）

朱生豪诞辰100周年纪念活动2012年在嘉兴举办，曹树钧（第一排左四）、朱尚刚（第一排左五）、虞润身（第一排右四）等参加

2013年

辜正坤致彭镜禧及彭镜禧的回信（3月11日）

彭镜禧先生：

您好！

目前，外语教学与研究出版社想推出莎士比亚悲剧集，我和许渊冲先生翻译了《哈姆雷特》和《奥德赛》，另有大悲剧《李尔王》（THE TRAGEDY OF KING LEAR），想请先生翻译。不知先生愿意否？

稿酬：1千字400元（以诗体翻译，诗体计算字数另有规定）。

交稿时间：2013年8月底以前。

出版：2013年11月左右。

要求：1）翻译的版本主要依据外语教学与研究出版社出版的皇家版莎士比亚全集中的文本（包括集中的前言，如果先生愿意承担此大任，我会找人将该剧的英文原版及注释复印寄送给先生）；2）希望译文较注重文采（我仔细读过先生翻译的《哈姆雷特》，感觉先生的译文在准确性上已经超过此前的译本）。

祝好

辜正坤

北京大学世界文学研究所　教授、所长

中国外国文学学会莎士比亚分会负责人

中国莎士比亚学会几经波折，现在又恢复，但设立在中国外国文学学会之下，名称：中国外国文学学会莎士比亚分会，我是分会主要负责人。我想在合适的时候邀请先生来北大做做讲座之类。又及。

辜教授，您好！

谢谢邀约，深觉荣幸。

答应之前，有几点需先提出请教。

1. 交稿时间可否延至九月底。因为七月初有一出我参与改编的戏要上演。另有会议及演讲。

2. 领了稿费是否就把翻译版权完全买断？期限几年？有无台湾版？

中国莎士比亚学会能够恢复，总是好事。相信在您领导之下，必能开拓光大中国的莎学研究。拭目以待。

能到北大交流，自是衷心所盼。

祝福

镜禧

彭镜禧致从丛（10月6日）

Dear Cong,

Here's my Shanghai schedule:

11/3 (M) Main Lecture at East China Normal U (afternoon)

11/4 (T) Lecture at Fudan U (evening)

11/5 (W) Informal talk at East China Normal U (afternoon)

Thus Yen-sheng and I would be free on 11/6 & 7 (Th & F). Please let me know when you would like to schedule my talk, and we can plan the trip accordingly.

For the lecture, I have two topics in mind.

1. 与莎士比亚同工：翻译、改编、演出（"Collaborating with Shakespeare: Translation, Adaptation, and Performance"）, in which I will talk about my experience in adapting Shakespeare for traditional Chinese opera。

2013年4月20日中国外国文学学会莎士比亚分会在北京大学召开成立大会，第一排就座者左起依次为罗益民、赵白生、李伟民、屠岸、徐渊冲、辜正坤、张冲、杨林贵

2.“卡丹纽现象”与跨文化研究（The Cardenio Project and Cross-cultural Studies），in which I will discuss this Harvard project directed by Stephen Greenblatt and our recent participation in it。

Please let me know which one you prefer.

best,

ching-hsi

译文：

从丛：

我的上海行程如下：

11月3日（周一）在华东师范大学作报告（下午）

11月4日（周二）复旦大学报告（傍晚）

11月5日（周三）华东师范大学非正式谈话（下午）

因此我们11月6至7日（周四与周五）有空。请告知你什么时间安排我的报告，我们会参照安排行程。

我想到两个报告题目：

1. 与莎士比亚同工：翻译、改编、演出（“Collaborating with Shakespeare: Translation, Adaptation, and Performance”），我要谈的是戏曲改编莎剧的经验。

2. “卡丹纽现象“与跨文化研究（The Cardenio Project and Cross-cultural Studies），我打算谈谈斯蒂芬·格林布拉特主持的这个哈佛大学项目以及我们近期的参与情况。

祝顺利

镜禧

2013年第三届武汉大学莎士比亚国际学术研讨会与会代表合影，第一排就座有李伟民（左二）、约翰·吉列斯（左三）、曹树钧（左四）、罗益民（左六）、吉尔·莱文森（左八）、辜正坤（右六）、张冲（右五）、杨林贵（右一）等

辜正坤（左三）代表中莎会为第三届武汉大学国际莎学研讨会致辞

2013年第三届武汉大学国际莎学研讨会大会发言：发言者与主持人Francois Laroque（左一），李伟昉（左二）、杨林贵（右二）、杰克·葛莱克曼（Jason Gleckman，右一）

2013年11月聂珍钊（右一）、李伟民（左一）、杨林贵（右二）于武汉拜望王忠祥老师（左二）

2014年

王复民致李伟民（6月3日）

李伟民先生：

您寄给我的《莎士比亚研究通讯》已敬悉，非常感谢您的关心！粗粗翻阅了刊物中的内容之后，深感四川省对莎学的研究在您等强将的发动和引领下，不但具有一定的广度，也有较独到的深度，可喜可贺！以浙江莎学的研究现况来看，实在是无法与贵省比拟的。虽然在张君川先生生前的热情扶持下，也成立了“浙莎会”，但主持莎学的人只图名誉、地位，都没有踏踏实实去研究学问，故多次邀我参加活动或约稿，均被我婉拒谢绝。其实我也不是名副其实莎学研究家，因为我没有通晓英文的基础，之所以接触莎剧，热爱莎剧，是因为我是一个戏剧学院的教师、导演工作者，在数十年“上戏”教学中，大量接触、实践了莎士比亚戏剧的创作与演出，从而了解了一点莎学的知识。所以，严格说来，我仅有的一点莎学知识都是听来的，看来的“二道贩子”，不像你先生那样从原文直接演绎过来，知其根基，明其血脉。我深感汗颜！对朱生豪先生素来我有深深的敬仰之情，而且我们还是同乡的嘉兴人，因而还在改革开放之初，我便约同上海戏剧学院同事一同前往嘉兴，盲目寻找“东米棚下”，大胆私闯被人另眼相看的朱门。然而使我们感到十分哀伤的是堂堂译界泰斗之家竟是如此破败，一贫如洗啊！邻居们一听我们是从上海来访宋清如先生的，便大声呼叫：“阿婆，外面有人找！”于是我们看见一位满脸惊恐，（因为“文革”中听到有人找便会心惊肉跳！）衣服打着补丁的老妇，起先她不明我们来意，当她得知我们是来了解朱生豪生前译著莎剧情况的，故兴奋地把我们领进陋室，一一展示在我们面前，并真切地对我们说：“这是生豪一生的心血啊！但如果政府或哪位好心人能为我的媳妇安排一份适当的工作，我愿意把这一切无偿地献出来！”（其媳妇，朱尚刚先生的妻子，因在“文革”中受到惊吓患了精神分裂症，时好时坏，尚未有合适的工作。）我们便宽慰宋清如先生说，尽量在适当场合进行呼吁，此后，我们又连

2014年5月31日南京大学中莎会年会合影，第一排就座者左起依次为俞建村、李伟昉、郭英剑、曹树钧、杨林贵、李伟民、罗益民、朱刚、李正栓、杨金才、从丛、何宁等

续访问了老实寡言的朱尚刚先生以及从小照顾朱生豪生活的表姐，这一切活动使我在无限愤怒中产生了难以言状的怜悯与同情。因此，在省市文艺界会议上我多次做了强烈的呼吁和申诉，但那时由于粉碎“四人帮”不久，“左风”一时尚未从根本上驱散，不少人对莎士比亚的无知，故无人重视，过了许多年，才慢慢对朱生豪价值有了积极的认定。此后，我根据访问的材料，于1992年写了一篇拙文，《试问朱生豪翻译莎剧的动因》，在1992年中莎会在上海师范大学召开的“纪念朱生豪80诞辰”学术报告上做了发言，因其中有鲜为人知的内容，故得到了译家方平先生及台湾英美文学会会长、淡江大学朱立民教授等专家肯定。这封信似乎写得过分严肃和学究气，但首次和李先生交往总要以礼相待。寄来拙文及照片请参致指教。

王复民

杭州

苏福忠致罗益民的电子信函（5月6日）

如何翻译莎士比亚剧本更可取

1.

莎士比亚戏剧的汉译，从一开始就容易进入误区。

首先是莎士比亚的戏剧大部分用诗的形式写成，有汉语译者试图用诗的形式翻译成汉语剧本，而且认为只有这样才更接近莎士比亚的戏剧，这就是一个曲里拐弯的误区。

2.

诗歌的形式，尽管现在依然被文人墨客视为高贵，其实从一开始它就是人类表达自己的最简单的形式；或许就是当时民间流传起来的顺口溜也未可知。这种形式的简单，用英语不如用汉语说来简单明了。

《诗经》说：

关关雎鸠，在河之洲。窈窕淑女，君子好逑。

这话引用多了，识字多的人，都能懂得。对识字不多的人，给予一些解释，比如说“关关”指叫声，象声词，“雎鸠”是一种鸟。“逑”，配偶的意思。一旦生字的障碍清除，诗的意思就再简单不过了：

呱呱欢叫的雎鸠，位在河中的小洲。楚楚动人的姑娘，小青年要去求偶。

因为是四言，诗歌命脉的字词组合和节奏在这里还不够明显；后来出现的五言、五绝、七绝、七律，字词组合和节奏发生了明显变化，平仄的规则加了进来，形式确实复杂多了，但中心还都是为了表达更多的内容。值得注意的是，七个字为一行的诗句，成了汉语古诗句子的最长的形式，八个字、九个字、十个字甚至更多的字，都不能成为汉语古诗的句子单位了。这是因为一字、二字、三字、四字，可以组成任何形式的古诗，包括词和曲；更长的韵体句子，例如五言和七言都由二字和三字、四字和三字组成；倘若再长，那就基本纳入散文的形式，汉语古诗最长的句子停留在七个字，决不是偶然的。

《齐国佐不辱使命》里有这样的话："敝邑之幸，亦云从也。况其不幸，敢不惟命是听。" 这里唯一需要解释一下的，也许只有"邑"字？这个字现代词典解释为"城市"，古代当"国家，国土"解。"敝""云""况""幸"与"不幸"等字词，几乎跟现在汉语里的意思相近，按字面意思解释出来：

> 我们国家即便幸运，也应顺从听话，更何况很不幸，哪敢不顺从听命呢？

这段话是不是还有些似懂非懂呢？这是因为它是散文，而散文需要把上下文中一些内容串起来时，它们才能更加明白，而且也不违反什么规则。

这些文字产生的时间大体相同，前者为诗，后者为散文。如果把后者"敢不"二字去掉，两者的句子、段落和字数都是一样的。其中一些副词，如"之"，也通用；如"也"，则不通用。明显的不同之处只是前者押尾韵，后者无尾韵。《古文观止》里这样解释后者：

> 言齐幸而得胜，亦当唯晋命是从。况其不幸，而又战败，敢不唯晋命之是听乎？

还得解释两个字："齐"指齐国，"晋"指晋国。再多用几个字作进一步解释：

> 要说齐国很幸运，打仗获胜了，那也要毫不含糊地听从晋国的命令。何况齐国很不幸，偏偏打了败仗，怎么敢怀有二心，不听从晋国的命令呢？

译文的句子增添了一些内容，却是最初十八个字里早有的意思，可见同样字数的古文所能容纳的内容，远远多于同样字数的古诗。如果有人非要从"关关雎鸠，在河之洲。窈窕淑女，君子好逑"这十六个字里挖掘出更多的意思，可以写出另一种样子：

> 一对呱呱撒欢发情的野鸡，在河中的小洲上追逐；一对情窦盛开的青年男女见景生情，互相被对方吸引，姑娘在格格地欢笑，小青年看见条顺鲜亮的姑娘如此放浪，就大胆地追去，在大自然里野合了一次。

几句古诗这样解释，无论如何不能算作任何形式的诗了，只能是一篇现代散文了。

有意思的差别出来了：汉语的古诗，称得上好的，形式简单，内容也应该不繁复，少障碍，明白如话，无需多少解释。诗歌自古以来一直是青年人的用武之地，就是因为诗歌易于表达情绪和感受，明了而简单。古代散文，不仅需要解释，还需联系上下文，易于囊括更多的内容。例如这两个例子，前者用二十八个字解释就很明白了，而后者用二十八个字解释还是一段似懂非懂的话；用半文言文解释，需要三十个字组成一段文字，古文底子好的，自然懂得，古文底子差的，还是如鲠在喉。再进一步解释，那就需要五十七个字组成一段话。古诗形式简单，内容相应简单；从四言、五言、五绝、七绝和七律等等古诗的形式发展来看，都是形式上的变化，内容表达随形式有所增加，但是无法繁复。至于李商隐和李贺等晚唐诗人的诗，只是添加了借喻和隐喻的东西，是少数文人之间的文字游戏，实际内容并没有扩大很多，反倒是艰涩了，拒绝了大量普通读者。所以，宋代的诗人发现古诗再难有新的突破，就创造了另一种诗歌形式——词，也称长短句（散文的基本特点吧？），表达内容显然增容了。这种创造，与莎士比亚创造五音步诗有异曲同工之妙。较之诗歌，散文易于表达丰富的、庞杂的内涵，渐渐地成为更通用的语言表达形式，是语言发展的趋势，更是人类文化程度逐步提高的要求。内容更加庞杂繁复的长篇小说只能用散文写作，就是很好的证明。中国文学最高表现形式——无论内容还是形式——《红楼梦》，用散文写作，把诗、词、赋一股脑儿囊括进去，相得益彰，相映成趣，更是最好的证明。

总之，汉语无论古诗还是古文，都是汉语里特有的，从一开始它们就是两股道上跑的车，各有形式，各自牵引着一股力量，一直延续了数千年，直到二十世纪初才发生蜕变，因此用古诗古文来翻译现代任何一种外语所载的内容，几乎都是不可行的，出力不讨好。从这个角度看，中国汉语的白话文运动，内在动因是语言本身的发展需要，外在动因则是外来文化的需要。这两种需要说到底，是一个民族文化和教育水平普及和提高的需要。古诗古文是一个很小很小的文人圈子的需要，圈子多少扩大一点，它们就成了天书般的东西，令人望而却步。中国很久以来，文人和文盲的界限黑白分明，古诗古文是最大的屏障。白话文运动就是要冲破这道屏障，让文人和文盲的界限模糊，这是一种趋势，韵诗翻译大可不必反其道而行之。

3.

与汉语的发展不同，英语因为太年轻，对诗歌的写作，始终是在模仿，模仿，再模仿。英国批评家和文学史家一致认定，英国近代诗歌是从杰弗里·乔叟开始的，也包括现代英语。一如英国著名批评家艾弗·埃文斯指出的："他得益于他的法国和意大利旅行，去研究大陆诗歌更为朝气蓬勃的风貌。"那本著名的《坎特伯雷故事》，"故事结集的概念，乔叟可能是从薄伽丘的《十日谈》得来的"。用还在不断完善中的现代英语写诗，在某种程度上是让年轻的英语适应欧洲大陆甚至拉丁语中已经存在的诗歌形式。从乔叟开始，约翰·高厄、威廉·郎格兰、斯蒂芬·霍斯、罗伯特·亨利逊、托马斯·怀亚特爵士、菲利普·西德尼爵士、埃德蒙·斯宾塞、迈克尔·德莱顿、塞缪尔·丹尼尔、约翰·多恩诸位重要诗人，都在为英语扩容，增容；文学史家艾弗·埃文斯评价他们说："英国的诗歌的新道路主要是通过模仿意大利的范例得来的，而这个新道路也带来本身的困难。"莎士比亚的诗歌——无论长诗、短诗还是十四行诗——在这些英国诗人中占据了承前启后的位置。"范例"有，"困难"也有，对内容相对简单的诗歌尚且如此，对内容庞杂的戏剧来说就不用说了。"范例"必须突破，"困难"必须面对，莎士比亚戏剧的诗歌形式，即五音步诗，就是在这种困境中创造出来的。这种诗歌形式扩大了莎士比亚写作剧本的表达宽度、厚度和强度，如前面提到的，类似宋朝出现的词的长短句的表达形式，有利于表达更繁复的内容，剥离了诗歌形式，接近了散文形式；或者两种形式交替使用。这是因为戏剧所用的词语可以是诗，也可以是散文，但不管运用哪种形式，戏剧的一般目的必须达到。语词不管如何出色，必须从属于戏剧。一个演员在舞台上道白，和一个诗人在沙龙朗读，是截然不同的。莎士比亚戏剧中含有大量散文，有的剧本就是用散文写成的，道理就在这里。用诗的形式写作剧本，最终发展到用散文写剧本，是为戏剧服务的结果。萧伯纳和王尔德都是很有天赋的剧作家，但你很难想象他们还会把天赋浪费在用诗歌形式写作剧本上。

4.

大略了解了汉语诗歌和散文、英语诗歌和散文的特点，进一步了解翻译莎士比亚的剧本会出现的各种情况，就容易多了。下面这个例子是《哈姆雷特》第三幕第四场哈姆雷特对他母亲讲的一段话。先把英语录下来，找几个译者的译文，对照下来，分析一下，就看得出究竟应该如何翻译莎士比亚的剧本，才更接近莎士比亚的所想所写。

Not this, by no means, that I bid you do:
Let the bloat King tempt you again to bed,
Pinch wanton on your cheek, call you his mouse;
And let him, for a pair of reechy kisses,
Or padding in your neck with his damn'd fingers,
Make you to ravel all this matter out,
That I essentially am not in madness,
But mad in craft. 'Twere good you let him know;
For who, that's but a queen, fair, sober, wise,
Would from a paddock, from a bat, a gib,
Such dear concernings hide? Who would do so?
No, in despite of sense and secrecy,
Unpeg the basket on the house's top,
Let the birds fly, and, like the famous ape,
To try conclusions, in the basket creep
And break your own neck down.

这就是莎士比亚创造并运用自如的五音步无韵诗，为中国莎学学者津津乐道，但是很少有谁指出莎士比亚发明的这种诗歌形式，是多么智慧，是多么为我所用。单词长短不计，只看单词的音节，因而句子有长有短，灵活而不呆板；标点符号随便添加，英语特有的不定冠词和特定冠词都可以算一个音步，辅音多寡完全不计……一个“无韵”的标准，让他摆脱了诗歌甚至他自己革新的十四行诗所必须遵循的那些束缚和规则！他在遣词造句时基本上可以自由自在了。至于五音步，只是遵循了英语元音和辅音发音的规则，与其说是一种诗歌形式的需要，不如说是演员独白节奏的需要，便于演员说台词时“朗朗上口”。

再来看看这十六行诗句，表达了怎样的内容。哈姆雷特在剧中面临的最大问题，是如何向他的王上、他的亲叔叔复仇。父亲幽灵的出现以及他仔细的观察和试探，新国王谋害了他的父亲老国王是铁定的事实；老国王心地光明，形象磊落，新国王心地卑劣，人品猥琐，弑君、篡位、夺嫂，罪大恶极。道义在哈姆雷特这边。叔叔就是叔叔，父亲就是父亲，骨肉的亲疏不成问题。他身为王子，智慧卓越，年轻气盛，剑法高超，常在国王身边行走，不管用什么法子，除掉僭王，扭转乾坤，不是什么难事。这一行动的最大障碍就是他的母亲，两任王后，乔特鲁德。他首先要让母亲知道她下嫁的这个国王是个恶人，其次他要让母亲知道她的行为是失贞的，其三他要防止母亲去向新国王反映他是不是真的疯了。本来简单的母子关系变成了如此复杂的社会政治问题，莎士比亚用这样一番话表述得丝丝入扣，遣词造句形象生动，把身为儿子的憎恶和倾向，真真切切地传达给尚有母性却万分糊涂的母亲。说到那位僭王，作者用了bloat（肿胀的），wanton（淫荡的），mouse（耗子，小女人），reechy（恶臭的），paddock（癞蛤蟆），bat（蝙蝠），gib（公猫），把新国王丑陋的形象、险恶的内心、难禁的性欲都描绘出来了；说到母亲时，作者用了fair（俏丽的），sober（清醒的），wise（明智的），肯定了母亲的美貌和智力，同时指出它们运用不当就会与癞蛤蟆、蝙蝠和公猫为伍。而ape（猴子）这个中性词儿用得最意味深长，指出了人的通性，也指出了猴子的自作聪明，委婉地告诫母亲别聪明反被聪明误，最后把自己绕进去，搭上性命还不知道怎么回事儿。这出悲剧的结尾，这位王后也的确是误喝了毒药，保护了儿子，搭上了自己的性命。可见，这段文字是经过莎士比亚反复推敲的，出现在悲剧到来的高潮之前，是很有力的铺垫。更让读者叫好的是，虽然儿子与母亲进行了掏心窝子般的交谈，可母亲到底相信不相信哈姆雷特疯了、是否婉转地暗示给了现任丈夫，我们没有看得十分清楚，只知道悲剧不可避免地发生了，新国王是罪魁祸首。

《哈姆雷特》是世界上翻译版本最多的，汉语版的《哈姆雷特》也是莎士比亚剧本中最多的，但是究竟哪个版本最好，好像一直以来没有共识，那么，我不妨先用卞之琳的译本，挑出这段话，读一读，品一品，分析一下。卞之琳的译本名字用了《丹麦王子哈姆雷特悲剧》，是较早的英文版用的，可以给读者一种参考，免得一些读者只知道《哈姆雷特》这个名字。卞之琳用诗歌形式翻译，译文如下：

你不要这样，我绝对不要你怎么样：
就让大肚子国王再抱你上床去；
拧你的脸庞；叫你亲爱的小耗子；
让他用恶臭的嘴一再亲你，
用他混账的手指摸摸你颈脖子，
就把你哄骗得全盘泄露了事机，
告诉他：我实在并不是真的发疯，
原来是装疯。你尽管让他知道吧；
要只是漂亮、聪明、懂事的王后，
谁肯对一只癞蛤蟆、臭蝙蝠、野公猫，
隐瞒这样切身的机密呢？谁肯呢？
不，不用讲常识，不用管周密，
你尽管学一只自作聪明的猴子，
爬到屋顶上，打开鸟笼，放了鸟，
自己来钻进笼子，作一个实验，
结果连笼子掉下来，摔断了脖子。

原文十六行，译文十六行，逐行是做到了，逐字是肯定做不到的。从内容上看，译者似乎要尽量做到准确，不漏东西，也不添东西，实际上很难做到，或者说故意做不到。一共十六行诗句，译者尽量照顾尾韵，其中八行的最后一字都用了i这个读音，其余的句子就不能说有尾韵，平均起来一半对一半，能做到百分之五十的尾韵，不容易，如果成色好，自然是成就，因为尾韵至少在唱词里是很重要的，例如在京剧里，每句话押韵对唱腔颇有共鸣和连贯的作用，演员唱来顺口、响亮，听众听来入耳、陶醉；所谓韵味十足，大概押韵的元素是不可少的。反之，仅靠这样的特点，很难说就是好的诗体翻译了。这是因为能把押韵的汉字凑在一个个句子的尾巴上并不容易，添加或改用字词的行为都是迫不得已的，往往会对译文造成负面的影响，例如本例子中的"颈脖子"（啰嗦，与后面的"脖子"本是同一个英文词儿）、"事机"（无中生有而道理不够）、"机密"（对等concernings显然不行）等。

还有，这段译文中的"大肚子""告诉他""臭蝙蝠""野公猫"与"自己来"等译句，都有原文中本没有、或是另种表达而增添或改变的东西，像"告诉他""臭""野"和"自己来"，似乎基本上都是为了照顾某种翻译方法而添加的，显然就是不好的翻译了。再有，"抱你上床去"和"爬到屋顶上"与原文极度不符，不能算是翻译活动中可以允许的灵活变通范围。又如，"大肚子"是从英文词bloat移植来的，这个词儿含有明显的贬义，是剧中的哈姆雷特痛斥新国王最解恨的一个形容词儿，大概相当汉语"肿胀、囊膪"，暗指母亲竟然和这样一个体态恶心的人同床共枕，是可忍孰不可忍！而"大肚子"这个偏正词组显然是中性的，对原文含义的传达是很不力的。

据我所知，卞之琳的译本颇为一些韵体译者推崇，主要理由是从文体到译文都和莎士比亚的原作更接近。然而，仅仅十六行译文，就出现了如此多的不当，我不明白这样的说法的根据是什么，又究竟是为了什么。

用白话文翻译诗歌，算起来也有八九十年的历史了，一代又一代译者进行摸索，自然会有一些说法。"以顿代步"就是一种说法，只是这个说法我很长时间里都没有彻底弄清楚，前不久才好不容易从翻译家杨德豫的一篇文章里看明白了这类主张的意思。杨先生在他的《用什么形式翻译英语格律诗》里引用了卞之琳的一段话：

> 我们平常说话一两个字、三个字连着说为最多，而不是一个字一个字分开说的，因此在现代口语中，顿的节奏也很明显。

杨先生接着这句话进一步理论说：

这就是说，我们日常口语都是由“顿”所组成的，通过“顿”的排列组合而形成节奏；其中以二字顿和三字顿最为常见，一字顿和四字顿较为少见（四字顿的最后一字多为助词，例如“绿油油的”）。既然如此，用汉语的顿（拍、音组）来代替英语诗的音步，使译诗每行的顿数与原诗的音步数相等，并对二字顿和三字顿（以及少数场合下的一字顿、四字顿）作出适当的配置，就可以在符合现代汉语规律的条件下，在诗行节奏上获得与原诗尽可能相似的效果。

为此，杨先生列举了卞之琳翻译的一段诗句：

老虎！|老虎！|火一样|辉煌，
烧穿了|黑夜的|森林和|草莽，
什么样|非凡的|手和|眼睛
能塑造|你一身|惊人的|匀称？

作为一种翻译诗歌的说法，固然可贵，似乎也说得通，但是对于“顿”的说法不知道、没感觉的普通读者来说，就另当别论了。比如我，“火一样辉煌”“黑夜的森林”“非凡的手”“塑造你”和“惊人的匀称”等，就很难感觉到“顿”的必要性，而我有这样的感受，我以为不是我多么迟钝，而是现代汉语的句子基本成分造成的，例如最后一句的核心是“塑造你匀称”，其他都是因为作者表达的需要和习惯而添加上的，因此，用“顿”的主张把一个句子分割开，句子意思就极不连贯，显然只能是一家之说，没有普遍的意义。我们实在很难指望普通读者从译文中读出“以顿代步”的特色，哪怕译者用了天大的功夫。如果这样的特色对普通读者来说不成立，或者只能在少数诗歌翻译者中间通行，这样的诗歌译文很难说成是好的形式。我在拙著《译事余墨》里说过，如果用白话文翻译外国的诗歌，找不到为读者喜闻乐见的特定形式，是很难翻译出来神形兼备的外国诗歌的。“以顿代步”可以认为是韵文译者们试图创造一种白话文表达外国诗歌的形式而作的努力，精神可贵，但成果不足以让普通读者信服、喜爱和接受；充其量，作为一种教授诗歌朗读的方法，倒是颇有可取之处。

5.

我们还可以用另一种翻译来检验“以顿代步”的优劣，看看这样的说法只是一种一厢情愿的说法呢，还是一种应该需要遵循的规则。前面引用的诗歌译文是英国诗人威廉·布雷克的名诗《虎》，我们先读一读这段诗歌的原文：

Tiger, tiger, burning bright
In the forests of the night,
What immortal hand or eye
Could frame thy fearful symmetry?

四行两句话，四行是形式，两句是内容，用词和句型都很平常，读来明白如话，诗人的想象力体现在“在黑夜的森林里燃烧得明亮”一句。这是诗人的感受和诗意，一般人需要借助诗人的触角来感受，因为在你我看来，虎是不会燃烧的，而且是害怕火的。如果撇开分行的形式，两句话的汉译是：

虎，虎，在黑夜的森林里燃烧得明亮，什么样不朽的手或眼造出了你这吓人的美体?

因为是诗歌，有诗歌的形式，尽量照顾原有的形式，是一个译者的一种责任，无可厚非。下面是已故著名学者和译家王佐良先生用韵体翻译的译文：

虎，虎，烧个通红，
在黑夜的森林中，
谁的非凡的手和眼
能造出你这吓人的躯干?

显然，没有用“以顿代步”的译法，比卞之琳的译诗，少了十个字，从简练的文风看，王译更可取；从传达内容的角度看，王译也更忠实原文，句序不乱，没有增添东西，也没有减少内容，或许“通红”与原文有些出入，但译者显然是为了与下句里的“中”字押韵，可以理解。卞译却有许多疑问手：“火一样辉煌”“烧穿了黑夜……”“一身”。更不可取的还有“火一样辉煌”和“草莽”和“一身”，因为它们就是原文里所没有的。两种翻译比较一下，我们可以看出来王译文字简单而忠实，力量集中，有节奏感，要比讲究“以顿代步”的卞译更紧凑、更传神、更有力，而且主要是更忠实原文。那么，我们就没有必要为了译者心中的“顿”而把外国诗歌翻译得走形、发软、损义。从这个例子可以看出，形式上的不拘一格，倒是更利于翻译外国诗歌的表达，因为现代汉译的最大特色就是形式上的自由。用所谓“以顿代步”的现代汉语格律形式来翻译莎诗，也难脱削足适履式的翻译态度，因为莎士比亚一生都在寻求突破，摆脱羁绊，追求自由。

6.

其实，白话文的诗歌形式，应该像古诗形式一样，由写作诗歌的人创造出来，为中国广大读者所接受，所喜爱，然后由译者运用在翻译活动中。白话文的诗歌创作基本上与外国诗歌的翻译同时起步，八十多年过去了，中国现代诗人没有能创造一种为广大读者喜闻乐见的白话文诗歌形式。这是不争的事实。诗人写诗远比译者翻译诗歌享有调动文字与组织句子更多的自由，诗人创造一种诗歌形式应该更容易，几十年来没有创造出来，说明这种创造之路是行不通的；诗人都难做到的，韵文译者怎么能做到呢？

7.

梁实秋翻译的《哈姆雷特》是最早的汉译本，他用了散文形式，译文如下：

> 当然不是做我教你做的事：让那酗酒的国王再引你上床去；拧你一把脸；叫你做他的小耗子；并且，让他用油污的嘴吻两下，让他的可恶的手指在你的颈上摸索，他便能使你把这件事和盘托出，说我并非真疯，只是装疯。你让他知道，倒是很好；因为你不过是一位美貌机警的王后罢了，你怎能够把这有紧要关系的事情瞒着那只蛤蟆，蝙蝠，老雄猫？谁能够如此做？不，不必说什么良心和秘密，你不妨到屋顶上拔开鸟笼的栓，把鸟放走，然后学学那著名的猴子自己钻进笼里尝试尝试，跳出来来跌断颈子。

第一个译句和原文有不小距离，没有注意原句型，也没有注意原句的强调。上句是哈姆雷特的母亲问儿子她该怎么办，哈姆雷特的回答强调了他的用意：我“绝不会阻止你”干什么事情，你可以夫唱妇随，只是面对那样恶心的一个坏东西，随了他就跟同流合污没有什么区别了。有了这样的强调，接下来原文中的形容词儿一定要努力翻译出色彩来。“酗酒的”和“可恶的”都翻译得不好，“油污的嘴吻两下”翻译得尤其不可取；“美貌机警”相对“fair, sober, wise”三个含义饱满的英文词儿，也丢掉了不少东西；“良心和秘密”相对“sense and secrecy”既不够准确也不够传神；“拔开鸟笼的栓”相对“unpeg the basket”却是准确得过头反而啰嗦（译为“打开鸟笼”足矣）。因为这些不足，看似不大，却让整段译文少了通顺和力度。“你怎能够把这有紧要关系的事情瞒着那只蛤蟆，蝙蝠，老雄猫?”一句，是合并两句翻译，不成问题，但是“有紧要关系的”这个定语实在是啰嗦，而且梁译莎剧这样的东西还倍多，是他的译文减色的重大斑点；“那只”的译法更不妥当，因为原文是泛指，可能这三种动物在英国观众看来有什么特性，例如性欲强或者迷惑女人等，而“那只”就只能是指哪个僭王了。

然而，比较用诗歌形式翻译的译文，故意增减的东西显然很少，遣词造句自由得多，读起来更有连贯性，上下文潜在的内容互相渗透，优势还是明显的。

8.

朱生豪翻译的《哈姆雷特》一剧也是最早用散文形式翻译的莎剧之一，找来这段话，我们来看看他的译文的得失：

> 我不能禁止您不再让那肥猪似的僭王引诱您和他同床，让他拧您的脸，叫您做他的小耗子；我也不能禁止您因为他给你一两个恶臭的吻，或是用他万恶的手指抚摩您的颈项，就把您所知道的事情一起说了出来，告诉他我实在是装疯，不是真疯。您应该让他知道的；因为哪一个美貌聪明懂事的王后，愿意隐藏着这样重大的消息，不去告诉一只蛤蟆、一只蝙蝠、一只老雄猫知道呢？不，虽然理性警告您保守秘密，您尽管学那寓言中的猴子，因为受了好奇心的驱使，到屋顶上开了笼门，把鸟儿放走，自己钻进笼里去，结果连笼子一起掉下来跌死吧。

第一句与第二句合起来翻译，有出入，但是by no means和let所含的强调语气和作用贯彻到了整句话，合并翻译得有道理。似乎只有wanton这个词儿没有严格地体现出来，但其余的译文是忠实原文的，用词准确，感情色彩很浓。第二个段落应是两个问号结束，译者把它们合并翻译，传达意义没有问题，但按现代翻译准则，再译出一句问话似乎更忠实、更有力。第三部分的句子顺序按译者理解的意思置换了几处，但是总的说来所有内容都包括进去了。“叫您做他的小耗子”译法过于活泛，应该更准确一些；“哪一个”“理性警告您保守秘密”“寓言中的猴子”“受了好奇心的驱使”“跌死了”等处都比较灵活，有可商榷之处，但原文意思传达了，又读起来连贯，很上口，就算好的译文了。

他的译文对莎士比亚的用词特别在意，不同的英文词尽量用不同的汉语词翻译出来，例如bloat这个英文词翻译成了“那肥猪似的”就很传神，因为这个英文词儿就有“动物尸体肿胀”的解释。宰杀肥猪，先充气，后下开水锅，然后褪毛，那个白囊膪的形象，和英文bloat的意思再吻合不过。这个词儿在这段文字里，几乎算得上“眼子”，把它译出色彩，整段文字顿时传神。上世纪三四十年代做翻译，以整段文字为翻译单位，对其中一些句子小幅度调整，是常见现象，这与当代以句子为单位着手翻译，是有区别的。顺便一提的是，朱生豪的译文，像这样灵活的遣词造句十分常见，颇能利用散文上下文语境中隐藏的内容，把译文修饰得颇见文采，使得剧中人物说的话有了个性、身份和情感，例如“僭王”和“哪一个”，就把原文中的含义发掘得很胆大、很到位。

9.

现代诸多译家可能喜欢下面的译文，广大读者也大都可能顺从这一倾向：

放心吧，我绝不会要您按我的吩咐去做：不让那个虚胖囊肿的僭王引诱您和他同床，不让他淫态毕露，拧您的脸，称您是他的小老鼠；我也不能不让他给您一两个恶臭的吻，或是用他可恶的手指抚摩您的玉脖，哄您把事情的原委都道出来，说我根本就没有疯掉，只是在装疯。您向他揭发也在情理之中；因为哪一个天生丽质明白事理的聪明王后，会躲开一只癞蛤蟆、一只蝙蝠、一只公猫，把至关重要的消息隐藏不报呢？有谁会呢？不会的，虽然有理性，也嘴严，但您还是会打开房顶上的笼子，把鸟儿放飞，而且，像那只有名的猴子，对什么情况都想探个究竟，不惜钻进笼里去，结果从高处掉下来摔断了自己的脖子。

几乎字字句句都能对得上，句子顺序无一置换，意思无一损伤，与当代汉语的表达同步。当然，从汉语的阅读角度看，味道和顺达的程度，未必比朱译强多少。对主张译法灵活的译家或读者来说，这样的译文未免趋于平淡。但是对翻译严谨的译者来说，尤其从今后翻译的取向看，这样的译文更可靠，引发的争论可能会更少。语言在很大程度上与习惯有关系，不管什么词句，读得多、听得多、用得多了，也就习惯了，能和现代汉语的发展趋势保持一致是译本的生命力。

10.

从以上四种翻译情况的分析和探讨看，用诗歌的形式翻译莎士比亚的剧本的局限性最大，对具备天赋和诗歌情怀的译者来说是局限，那么对资质平平的译者来说，那就只能拿局限来装点译文门面了。本来翻译出来的译文不堪卒读，往往打上什么组律或者什么脚韵来唬人，那就更糟糕了。八十多年来的汉译诗歌探索，一代又一代人，精神可贵，行为悲壮，译作图书馆都收藏了，后人尽可以享用，至少可以让攻读硕士、博士的学子们拿来参考，比较，写出论文，当作板砖敲开社会就业的大门。至于是否提倡，我以为就适可而止吧。如果诗歌译者们的小范围弄出一个标准，彼此提倡一下，实践一下，也就罢了；倘若当作一种诗歌翻译的规矩，视为好东西，向众人推介，恐怕是越来越和潮流顶牛了。从我三十多年的翻译和编辑实践看，新生代的译者和编辑，喜欢照着原文的形式，以内容准确为中心，用散文的句子，排成诗歌的形式，无律，无顿，无韵，只管一路翻译出来。有人喜欢拿分行的散文当诗歌阅读，好吧；有人愿意把分行的散文当散文阅读，也好吧。对待莎士比亚的剧本，既然莎士比亚当初创造出来五音步素体诗歌就是要寻求突破，那么我们费尽心血寻求汉语翻译诗歌的形式，来束缚诗歌翻译，就有些违反莎士比亚的初衷了。

梁实秋的散文翻译，坚持三十多年，一个人完成了全部莎士比亚戏剧和诗歌的翻译，功德是主要的，是汉译莎士比亚戏剧的重大而完整的收获，什么时候都是汉语读者的阅读材料。不足的是，梁实秋的莎士比亚译文质量起伏过大，一些译句貌似忠实，细读起来相差很大；一些译句变通得奇怪，不好理解，说不清是译者故意为之还是本来译法；一些句子忠实得字斟句酌，不仅啰嗦，而且让莎士比亚原文大失成色；一些句子处理笨拙，令人怀疑译者是否具备翻译的资质。我原以为梁译莎剧是台湾的语言环境影响的。白话文的发展和使用，在台湾的局限性是明摆着的。但是，考虑到梁实秋早在上世纪三十年代就开始翻译莎剧，他的翻译模式已经定下，近四十年的翻译历程没有什么改变，作为一种莎剧译本是肯定的了。总的说来，梁实秋的莎译，对普通读者来说，参考和比较价值超过阅读和收藏价值。

朱生豪的莎剧翻译，经过六十多年来的考验，是最接近莎士比亚戏剧核心价值的。他充分发挥了散文体的优势，尽最大可能发现和挖掘莎士比亚的表达，不论打乱句序还是与原文亦步亦趋，都紧扣莎士比亚剧本的神与形。他对莎士比亚的遣词造句特别小心对待，只要是不常用的词，尤其形容词，他一定要在他的汉语词库里寻找相应的表达，因此他的译本成了莎剧汉译本中词汇量最大的。因为他用词讲究，他的译本中的人物对话、独白和道白，都符合人物身份。他的译作在汉语领域流传最广，最受欢迎，学者研究最多，成果最多，肯定的同时，也指出了不足。我认为，作为译家，朱生豪的莎译是最成熟的，完全可以作为一个翻译经典看待。

可惜他和莎士比亚只有三十一个剧本的缘分，没有翻出来的剧本和诗歌，成了汉语莎士比亚文本的永久缺憾。当然，对于世界文坛著名文学事件来说，这样的缺憾就算不得什么了，我们无法忘记世界文坛最高成就之一的《红楼梦》，遗失了整整三分之一。我们拥有了朱生豪的汉译莎剧剧本三十一种，让我们汉语读者以最近距离接近莎士比亚，是有福的。

11.

前不久，一家出版社要我讲讲朱生豪莎译和梁实秋的莎译的区别，特别要求我举一些例子。这不容易，因为听讲的人没有几个能领会得了这样深入的翻译区别，就只好找最简单的例子。我的例子，是在莎士比亚的出生地迎面大厅里那个转动的地球仪看见的：

3）From the four corners of the earth they come, \ To kiss this shrine，this mortal-breathing saint.

这就是莎士比亚著名的无韵诗句，十个音节，五个音步。就这个句子而已，所谓的大学四级英语基本上应该看懂，六级英语应该有一些感觉。眼生的词儿，shrine，圣坛、神龛等意；还有mortal-breathing，呼吸人间气息的；再有saint，圣徒、圣人等意。下面来看三种译文：

梁译：从四面八方都有来人，来吻这神圣的塑像，这人间的仙子。

朱译：他们从地球的四角迢迢而来，顶礼这位尘世的仙真。

方译：东西南北，各路都有远客赶来，来朝拜这座圣像，这人间的仙女。

梁译的第一句把the four corners of the earth翻译成“四面八方”，显然很不到位，从四面八方都有来人是个大病句，而后文的“来吻这神圣的塑像”和“这人间的仙子”，汉语表达不是多就是少，“神圣的”是原文里没有的，“塑像”则与原文有很大出入，极不严谨；“塑像”是死物，“仙子”是活人，不对等，不同位；Kiss译成“吻”，确是贴近了原文（很多学者因此说梁译忠实原文！？），但没用心，没智慧；“……来人”紧接“来吻……”重复而罗嗦，可以说整个译句都违反翻译的基本规矩。更要不得的是，……this shrine，this mortal-breathing saint是指剧中人物鲍细娅，鲜活的一位女子，怎么能翻译成“神圣的塑像”呢？活人怎么成了塑像了？

这种现象确实与译者的翻译资质有关，也让我豁然明白，梁实秋做翻译，是英汉翻译早期的那种望文生义式的翻译，按现代的翻译活动，这样的翻译是缺少严谨和准确的，已经为现代翻译活动所不容。

再看朱译：两句译文，第一句的“迢迢而来”看似多了，实际上正是From和the four corners of the earth（“地球的四角”，翻译得严丝合缝）构成的空间所应该发挥出来的东西。学习英语，无论写作还是翻译活动，from这类副词是最难掌握的，是掌握英语的高级阶段，翻译更是如此。朱译在把握这类副词方面，有很多值得我们学习的东西。第二句对照原文，好像少了一句译文，实质上是把shrine和saint这两个同位名词儿合并起来翻译，解决了他们的所属关系。这在朱生豪的时代是很常见的一种翻译，因为我们知道莎士比亚是用五音步诗句写作的，有时候有的同义词和同位句，是台词的需要，有时则是为了凑够五个音步。如果现在的翻译要求更准确、更合辙，那是时代的标准所致，与朱译的质量没有关系。“顶礼”取代“吻”，与“仙真”达成动宾关系，再传神不过的。当然，如果能把两个同位句子翻译得更精细，自然更好，但得有那个能力，至少要求译者百万字的翻译功底外加高智商。我要强调的是，“顶礼”和“仙真”这类词，很多学者因此说朱译不忠实原文，其实是最具朱译的特色的，尤其后者，在一般汉语字典里很难找到，可以说是朱译的创造性用词。这类词在朱译莎剧里很多，是朱译莎剧的核心价值之一。作为一家，朱生豪的莎译是最成熟的，完全可以作为一个翻译经典看待。

有了梁译莎剧的对比，我更加明白，朱译莎剧，是从语法着手理解原文的，因此是严谨和准确的。我们拥有了朱生豪的汉译莎剧剧本三十一种，让我们汉语读者以最近距离接近莎士比亚，是有福的。更有福也距离更近的是后来尝试翻译莎士比亚作品的专家学者，因为朱生豪是中国第一个翻译出来三十一个高质量剧本的，打下了稳固的基础，供后来的尝试者参考，虽然没有超越者，但是确保了他们不会出大错。

对照梁译和朱译，是我手头长期以来只有这两种版本。前不久托朋友的福，赠送我一套方平先生主译的诗体版《莎士比亚全集》，使我有机会阅读和对照。仅从这句话来看，方译的“东西南北”对照地球四角，极不妥；难道莎士比亚不会用“东西南北”几个再普通不过的词吗？莎翁所以用the four corners of the earth，一如我在别处强调过的，是因为当时英国航海方兴未艾，人们发现地球不是平的，是圆的，是有角落的。现代研究莎剧的专家学者，讲到莎翁的时代，都会提到航海活动和世界地图的绘制。作者为了观众，为了语言生动，为了时髦，用了创造性的词组，一个译者有什么权利更动、而且是毫无创造性的改动？还有，“各路”和“远客”是原文没有的，译者没有权利毫无必要的增加，犯了大忌。后半句“来朝拜这座圣像”犯了梁译的错误，可能是参考梁译的结果，而kiss这个英文词儿翻译成了“朝拜”，又是参考了朱译的“顶礼”，因为一般人很难想到或敢于把kiss翻译成一个宗教色彩很浓郁的字或词。

由此可以结论：国内一些专家学者认为梁译莎剧比朱译莎剧更忠实原文，大谬也。

因此也可以结论，诗体翻译从表达原作的宽度和厚度上，很难达到散文的形式和效果。其实，从创作的角度看，莎士比亚创造了无韵诗体，后来的作家干脆放弃了诗体而从善如流地采用了散文体，是文字发展的必然。

12.

用什么文体翻译莎士比亚，这似乎是一个国际问题。莎士比亚在一个外语国家遇到的最高待遇，应该是德国，有海因里希·海涅的话为证：

> 简而言之，一系列华贵的王侯，一个接一个地，投票尊推莎士比亚为文学上的皇帝。

这话是指德国从莱辛、威兰德、赫尔德、歌德、施莱格尔、蒂克、艾馨布尔格等一串德国顶级文学大腕儿对莎士比亚的推崇。他们从批评、解读、分析莎剧演出，到引介、翻译、比较莎剧剧本，都投入了认真而严肃的精力，为德国文化积累做出了贡献，海涅作为后来居上者，在批评和挑选译本上有了充分的选择：

> 我却不爱施莱格尔的译本，而有时宁取艾馨布尔格完全用散文翻的旧译本。

这里需要特别强调的是，艾馨布尔格的散文译本，是在威兰德用散文翻译的莎剧基础上修订和重译的。施莱格尔和蒂克用诗体联手翻译的莎士比亚戏剧较前者晚了约二十多年，声称“力求接近原作”，却遭到了诗人海涅毫不客气的批评，指出莎士比亚的语言并非他本人特有，是从前辈和同时代的剧作家那里继承来的，那就是传统的舞台语言，其特点是一方面词藻浮华，用字造作，风格夸饰，另一方面尽显作者的奇思妙想，机智和绮丽。莎士比亚把华丽浮躁的传统舞台语言改造成纯朴自然的言语，“尽显作者的奇思妙想，机智和绮丽”，让崇高的思想和优美的理念，通过演员之口传达给观众。莎士比亚在创造性运用传统舞台语言方面，尽显他的天赋。因此海涅结论说：

韵体译者在舞台语言的平凡辙道上，丢失了这些不平凡的章节，连施莱格尔先生也摆不脱这个命运。如果诗人的精华因之丧失，仅有糟粕得以保存，韵体译者又何苦乃尔呢？

在翻译莎士比亚剧本问题上，德国的经验值得借鉴，尤其这个宝贵的经验是浪漫主义诗人海涅总结出来的。

苏福忠

2015年

任明耀致李伟民（2月11日）

李伟民教授惠鉴：

大函及介绍四川外语学院莎士比亚研究所小册子均已收到。捧读之余不由对你们研究莎士比亚的成果，敬佩不已。

对你的大名早已如雷贯耳，觉得我们曾在武汉大学莎士比亚研讨会上见过面，你在中国研究莎士比亚领域是实力派的研究专家，学术研究的丰富，和质量之高，是站在最前面的，从年龄上讲你正是中年，精力充沛，活动能力、组织能力之强得到大家的公认，你的前程灿烂，值得庆贺，也是我们学习的榜样。

想我研究莎士比亚，时间不长，过去时期“左”的路线严重束缚了我的手脚，不敢写论文，不敢发表自己的独立见解，等到粉碎“四人帮”以后，我已垂垂老矣，改革开放以后，我想急起直追，但已经来不及了，那时我在杭大中文系开设外国戏剧和莎士比亚的选修课。我只想在莎士比亚的领域有所成就，可是岁月不饶人，我虽有很好的规划，可是我被一道命令退休了，退休以后我仍想继续研究，但毕竟只是夕阳余晖，“夕阳无限好，只是近黄昏”，我已93岁高龄，终将就跨入94岁高龄，来日不多。我的精力不够，只好封笔养生了，我寄你的《求是斋文存》是我最后一部著作，其中也选用了少数几篇代表性的莎学论文，蒙你给予好评，实不敢当。青出于蓝而胜于蓝，这是正常现象，今后我要多多向你们年轻人包括中年人学习，拜你们为师了。有人对我说能将钱锺书、李健吾等大师的书稿保留下来，也就功德无量了。由于工作关系，我和一些著名学者有一些书信往来，向他们请教。我爱好收藏名家的书稿，即编文稿“关于书信那些事儿”，已经表达了我的观点。现在年轻人不写信了，只发e-mail，这样下去，如何得了，我面对现实，无可奈何！

我随想随写，文迹潦草，语无伦次，请你见谅！专此函复，并祝

羊年大吉，著作丰收！

关于浙江工商大学出版的《莎士比亚全集》我不打算买了，我已无能力翻阅了，该校党委书记蒋承勇教授（杭大中文系学生）是著名外国文学学者，著作很多。

94老人任明耀 草

任明耀致李伟民（3月9日）

李伟民先生赐鉴：

上次收到你的新文，十分高兴。你在莎学研究方面做出了不少贡献，令人赞扬，我当即给你写了回信，谅早收到。

你在前信中提到准备为商务印书馆主编一本《中国莎学文集》，这一设想非常好。中国学术研究也应走向世界，让世界也了解中国莎学研究，成绩辉煌，不可小觑。你拟将我拙作关于《驯悍记》收进去，使我感愧不已。关于《驯悍记》的确是莎剧中的名著，值得重视。国内学者，极少提及。因此我将本喜剧的论文收入到我的拙作《求真斋文存》中去。可见我对《驯悍记》的重视。希望出版时寄我二本样书，以扩大影响。

《中国莎学文集》以后条件成熟，可以再出二集、三集，这对中国莎学研究人员，将是极大的鼓舞。你们为中国莎学研究走向世界，作出重要的一步，值得称赞。

现在以习近平等为首的党中央领导，对复兴民族文化十分重视，复兴民族文化有许多，其中也包括中国对外国经典著作的研究。

你正盛年，精力充沛，著作也多。我们曾在杭州晤面，十分荣幸。我已年高94岁，精力日衰，难以有所作为，希望寄托在中青年学者的身上。

余不多言，敬祝

羊年大吉，身体健康，再创辉煌。

94老人

任明耀 上

陈芳致李伟民（11月5日）

李老师：

您好。

彭教授和我合编的莎戏曲《天问》（from *King Lear*）11/27-29即将在台北戏剧院首演，援例我们同步出版中英合体剧本书（如图示）。届时再奉寄，请指正。

这次承蒙北大电影艺术所总监Mr. Joe Graves作序《绝望之歌》，不知可否刊登于《莎士比亚通讯》，以分享同道？谨附上中、英文稿，以备清览。若蒙选录，不胜感激。

敬祝

教安

陈芳　敬上

任明耀致杨林贵（11月6日）

杨林贵教授钧鉴：

寄来中国莎士比亚论丛（第一系列共8册）已经收到。谢谢，迟复为歉。

你们主编的这套丛书质量太高，花了不少心血，代表了中国学者研究莎士比亚的水平，值得赞赏。也收录了我的论文“情趣无穷的《驯悍记》”，十分感激！

其中不少老同志均是我的老朋友。其中贺祥麟教授久无消息，不知他还健在否？请通告。此兄十分活跃，我多次去信均无回音，不知怎么回事？

早年你来访时，在我家吃过东坡肉，你十分赞赏，这是我老伴做的，她已故世数年，如今我成了失独老人，十分孤寂。少年夫妻老来伴，这是真理。你还年轻，正当盛年，也请好好保护你的贤妻。

我无以为报，今寄上我最后一部著作《求真斋文存》，请你指教。如今我已94岁，记忆力严重衰退，已难以为文。这是自然规律，我一生平庸，无怨无悔，随时等得上苍的召唤，一旦召唤，我即离世，进入天国，和先我而去的亲友相聚，这也是一种幸福。

孟宪强兄是我的好友，比我年轻，怎么会先我而去，惜哉，大概他为莎士比亚研究太辛劳了吧！由此看来，凡事都需适可而止，不少老专家因笔耕太勤而离世了，这是重大的损失。而今我已封笔，以文化养生度过我的余生。平时阅读书报，约见朋友，有时练练书法，不再为文章。祝羊年大吉，创作丰收！

附上一些书法，请正学

收到后请电复或函复，谢谢。

垂暮老人

任明耀

2016年

李伟民致杨林贵（1月29日）

林贵：

你好！

来信收到，是的，北大的会议不靠谱。上戏宫老师那里的会议时间是9月11—18日，但正式消息还没有。届时他们那里还有一些上戏自己的活动。与他们的时间同步很好。会议通知还来得及刊载在《中国莎士比亚研究通讯》上，我打算4月份出版后，带到遂昌会议。你的会议可以和上戏的会议分别通知，因为合起来协调就比较麻烦。我这里有一些人的地址，到时可以转他们，让他们直接与你那里的组委会联系就是了。你那里组委会再通知一些，估计就差不多了。当然，作为活动，可以与上戏协调的，就是各自的通知上都包含双方的内容也可行，不过就要看上戏宫老师的意愿了。

昨天给你发邮件后又看到，戚叔含、颜元叔的名字有误，我已经涂黄。

伟民

李伟民致杨林贵（3月3日）

林贵：

你好！

感谢回复，确认。这两天我又有些犹豫了，因为去英国开会，手续烦杂，资金也要准备一些，我有些犹豫，因为想到，对我个人来说，可能收获有限，总之还有一些考虑的时间。北大会议的时间也已经出来了。今年有关老莎的会，吾国实际上

《中国莎士比亚研究通讯》纪念专号，封底为2016年北京大学中莎会纪念年会合照

已经有4个了，遂昌、你那里、上戏、北大，看到老外演莎剧有机会，我个人在国内研讨亦可发挥长处。以我的愚意，中国这样的阵势，可说是在英国之外，掀起了纪念老莎的又一中心，当然我信息不灵，不知其他地区是否还有这样的阵势。前段时间亚洲莎协发来一组活动文字图片，我正让学生看。有何信息，还望及时告之。

伟民

杨林贵致李伟民（6月8日）

伟民兄：

你在这样重要的时间代表大家为中国莎学说话，莎学同仁都要谢谢你！

上次发给你的“总编序言”除了你指出的几处需要修改，还需要加一句话：第

2016年7月在英国斯特拉福第十届世界莎学大会与会部分中国学者合影，左列前起依次为乔雪瑛、郝田虎、罗益民、刘昊、谢江南；右列后起依次为从丛、佘翘楚、戴丹妮、李伟昉、张薇、杨林贵

六段，倒数第七行，加一句话："辜正坤得到特别邀请，与一位英国学者共同主持关于莎士比亚十四行诗的研讨会。"这里说明一下为什么需要增加这句话。在我写前言时，国际莎士比亚学会还没有决定让辜正坤合作主持。关于莎士比亚十四行诗的研讨组是国际莎士比亚学会的保留题目，所以小组主持也必须是学会执委推荐并经过大会组委会全体讨论决定最后人选。我推荐了辜并得到组委认可。我推荐的初衷是出于增加中国莎学在国际莎学圈可见度的考虑。我还不是国际莎士比亚学会执委时，也是被推荐在第九届大会（2011布拉格）主持了一个研讨会，到那时为止我是唯一一位在这样的会议上应邀主持的中国学者，孤军战斗。但这届大会我不能主持，因为我也是大会组委，参与研讨会提案的审议和主持人的推荐，是服务员和"裁判员"，就不能当"运动员"了，所以不能主持。但我希望中国学者的队伍壮大，除了已经认可的两位青年学者北大的郝田虎和清华的刘昊（他们是自己提案，我帮他们修改并推荐合伙人，讨论入选时我把他们从边缘推到了前面），我觉得还应推荐更多中国学者。现在这个主持人的任命经过几轮讨论已经公布，所以应该在我的序言相

应提到。特此说明。

上戏方面从不同渠道跟我联系，希望我来搞定国际院团和报告专家的事，既然戏剧节的计划已经定下来，我就尽力玉成，毕竟对中国莎学是好事，而且反正我也要搞一次国际莎学论坛，正好资源共用。我正着手动员国际专家。

春安！

林贵

陈芳致李伟民（6月25日）

李老师好：

非常谢谢您！

年初我去美国UCLA宣读了一篇论文，若不嫌弃，现在稍作修正，可以提供给《四川戏剧》。但有一点须先说明：该文虽然并未正式发表于期刊，但其中第一小节讨论“误读理论”者，与另一篇拙文“创造性误读：凝视清代‘葬花’戏”（见《红楼梦学刊》）相同。因为若缺乏这一部分的论述，也说不清楚“北梅南欧”的“葬花”戏。请您审酌是否适合刊登？若可，我再把word档传过来。不论如何，都很感谢您喔。

敬祝

平安如意！

陈芳　敬上

彼得·霍尔布鲁克祝贺上海国际莎士比亚论坛如期举办（9月10日）

It is wonderful to see the Shanghai International Shakespeare Forum finally going ahead in this anniversary year. I know how hard it can be to put on such events, and how much effort and commitment is involved in getting them up and running, so on behalf of the International Shakespeare Association I congratulate the organisers, including Professor Lingui Yang, on their achievement. The Forum's taking place at all augurs very well indeed for Chinese Shakespeare Studies. Who knows? Perhaps the next few decades will see a genuine *translatio studii*, a migration of learning and scholarship, from the West to China, as that country grows in economic, and therefore in cultural, power. Art and scholarship are by no means immune to ethnocentrism and chauvinism, yet it is natural for us to think of learning and the imagination as essentially friendly to the civilised ideals of cosmopolitanism and international co-operation— ideals the world needs today as much as it ever did. I trust Shakespeare would agree with that sentiment, and I feel sure he sends his very best wishes to the Shanghai Forum today, just as I do!

Professor Peter Holbrook
Chair, Executive Committee,
International Shakespeare Association

译文：

上海国际莎士比亚论坛在今年这一莎翁纪念年份如期举办，可喜可贺。我知道举办这样的活动有多难，筹备这些活动需要付出多大的努力和投入。因此，我代表国际莎士比亚学会，向杨林贵教授在内的组织者祝贺论坛圆满成功。这次论坛的召开对中国莎士比亚研究来说确实是个好兆头。谁知道呢？也许在未来几十年里，随着中国经济实力的增长以及文化实力的增强，将会出现一场真正的研究迁移，一场学问和学术从西方向中国的迁移。艺术和学术不可能不受到种族中心主义和沙文主义的影响，但我们自然会认为，学问和想象本质上有益于世界主义和国际合作等文明理想——当今世界一如既往仍然需要这样的理想。我相信莎士比亚会认同这种观点，我相信他今天也会像我一样向上海论坛致以最良好的祝愿！

彼得·霍尔布鲁克教授
国际莎士比亚学会执委会主席

2016年11月上海国际莎学论坛集体照，第一排有朱树（左一）、杨林贵（左三）、罗益民（左四）、李伟昉（左五）、李伟民（左六）、苏珊·贝内特（Susan Bennett，左七）、汤姆·毕绍普（Tom Bishop）、蒂娜·帕克（Tina Packer，右六）、法拉·卡里姆·库珀（Farah Karim-Cooper，右五）、维拉莉·韦恩（Valerie Wayne，右四）、李玄禹（Hyonu Lee，右四）

2016年11月11日，杨林贵主持第二届上海国际莎士比亚论坛专家报告

陈才宇致李伟民（10月15日）

伟民兄：

钟老师告诉我：专家意见主要从“学术价值，文化价值和出版价值”几方面来写。

麻烦您了！

陈才宇

附：李伟民的专家意见

关于朱生豪、陈才宇译《莎士比亚全集》

朱生豪先生翻译的莎士比亚戏剧，是译学的经典，浙江工商大学出版社出版以朱生豪译文为底本的《莎士比亚全集》，具有新的意义与价值。全集的校订和补译工作由陈才宇教授一人完成，有效地克服了以往多人参与校补所导致的风格不一致的现象；全集直接根据朱生豪译莎手稿进行校订，修改和补译部分用不同字体显示，既维护了朱生豪译文的权威性与真实性，也为莎学和译学的研究提供了便利。

陈才宇教授是一位治学严谨的古英语文学专家，又是一位优秀的译者，对莎学研究已有20年的积累。他的译文取法朱生豪，也以明白晓畅见长。由他完成朱生豪译文的校补工作，使朱译经典得以完璧，在我国翻译史与莎学研究史上不失为浓墨重彩的一章。浙江工商大学出版社严谨的编辑、精良的校对、典雅的装帧，也是值得赞许的。

本人由衷推荐朱生豪、陈才宇合译的《莎士比亚全集》参加第四届中国出版政府奖图书奖的评选！

中国莎士比亚研究会副会长　李伟民

中国外国文学学会莎士比亚研究分会换届选举
（10月23日）

2016年10月22—23日，中国外国文学学会莎士比亚研究分会在北京大学举行了第二届会长会议，进行了中国莎士比研究分会换届选举，出席会议的有辜正坤、张冲、李伟民、杨林贵、刘昊、邵雪萍；辜正坤再次当选为中国外国文学学会莎士比亚研究分会会长，张冲、李伟民、杨林贵、罗益民再次当选为中国外国文学学会莎士比亚研究分会副会长，会议期间还增补了学会副会长、常务理事、理事，名单如下：

会　长：辜正坤

副会长：张冲、李伟民、杨林贵、罗益民

理　事：屠岸、郑土生、阮珅、曹树钧、孙福良、洪忠煌、程朝翔、朱尚刚、沈林、曹明伦、张冲、李伟民、罗益民、黄必康、赵白生、孟凡君、彭发胜、杨林贵、李正栓、刘昊、北塔、邵雪萍、辜正坤、陈国华、从丛、李伟昉、吴辉、宫宝荣

秘书长：刘昊、北塔

副秘书长：邵雪萍

增补副会长：

黄必康（北京大学）

增补常务理事：

陈国华（北京外国语大学）

从丛（南京大学）

高继海（河南大学）

宫宝荣（上海戏剧学院）

李伟昉（河南大学）

吴辉（中国传媒大学）

增补理事：

陈红薇（北京科技大学）

戴丹妮（武汉大学）

冯伟（东北师范大学）

郝田虎（浙江大学）

胡鹏（四川外国语大学）

宁平（辽宁师范大学）

谢江南（人民大学）

王宏印（南开大学）

王岚（广东外语外贸大学）

王改娣（华东师范大学）

张薇（上海大学）

2017年

陈芳致李伟民（8月2日）

李老师好：

彭镜禧教授和我合编的豫莎剧《天问》（改编自《李尔王》），应邀参加中国豫剧节，将于9月3日（日）7:30—9:30 pm at长安大戏院演出。敬邀莅临指导。

若您刚好在北京且有空观赏，烦请赐复。需要一或二张贵宾票，我们会请剧团准备。届时请提早至戏院前台取票，我们也会在现场恭候。

期待您的光临！

敬祝平安喜乐！

陈芳

2018年

黄必康致李伟民（3月10日）

伟民兄：

寄来的两册《中国莎士比亚研究通讯》收到，十分感谢。兄把我这篇序文放到头篇刊出，令我有些惶恐，但也足见兄鼓励莎译与莎学创新之意。我也希望能不断听到中国莎士比亚学者传出独特的中国声音。我注意到，这也是伟民兄这些年大量论述中不断呼吁的莎学研究方向，也是兄在此期《通讯》中所说的“中国气派，中国形式和中国风格”的方向。您的“莎学书简”栏目创意十分地好，让我了解到老一辈莎学家的莎学情怀和治学精神。

必康

李伟民致黄必康（3月11日）

必康兄好！

收到《中国莎士比亚研究通讯》总七期，我就放心了。老兄的见解很独特，采用仿词的形式翻译莎士比亚十四行诗，也特别有新意、别具机杼、别开新生面、别具新形式、别具新方法，让读者别生新感觉。试想，如果仍然按照原来的形式翻译，在已经有十多种十四行诗译本的基础上，跟进，意义会大打折扣；创新是艰难的，需要学习、研究的地方很多，甚至也可能是不成功的，但是，是非常有意义的。我甚至以为，我们对老莎研究作出贡献，也要为我们自己的文化的传播作出贡献。而这种贡献跟在别人后面跟跑是一种方法，有时也是必须的；但弘扬我们自己的文化，利用我们自己的文化长处，从另外的方向到达目标也是好的方法。英美人士甚至也是在这一点上佩服我们的。正如毛主席所说，你打你的，我打我的，都是使莎学更为丰富，也在这种研究中建立了对我们自己的丰富灿烂具有五千年优秀文化的自信。

伟民

陈淑芬致李伟民（3月11日）

敬爱的李教授，您好：

1. 附上我1999年在英国曼彻斯特完成的戏剧博士论文的中文译本，想请您为《莎士比亚在台湾》的出版写序，出版时会再加上一篇《台湾莎士比亚童书翻译史》论文，还有一篇我在九零年代访问台湾当时制作导演莎剧导演的访问稿，是第一手数据，有些导演已过世，是非常珍贵的档案，请您务必考虑为此书的出版写序，谢谢您！

2. 敬爱的李教授：我是1993年考上台湾“公费留学”［戏剧学门］全额奖学金第一名，1994年去英国曼彻斯特大学攻读戏剧博士；我毕业时英国曼彻斯特大学的指导教授本来也帮我在英国找好出版社要出版，并答应要帮我写序，是我自己发生了一些事情，错过那么好的机会！其实英国的教授也是很看重我，在我求学期间（1994—1999）整个戏剧系只有我拿到博士学位，英国学生也没能顺利毕业，更别提其他国家的国际学生，求学期间，虽然我有台湾的奖学金，但每年指导教授又给我系上的所有奖学金，这只是要说他看重我的程度！

3. 这本书对台湾莎剧的贡献是全方位的研究：莎剧演出（京剧，话剧，小剧场，前卫剧场等等）只是其一，还有莎士比亚翻译（日据时期到现代），莎学研究（中国到欧美影响），论深度与广度，从未有一本论著如此兼具，也开启《莎士比亚在台湾》的书写规模与面向！

谢谢您的提携与鼓励，第一篇投稿就被录用，谢谢您！

陈淑芬

李伟民致陈淑芬（3月11日）

陈老师：

你好！

昨晚及今天早上匆匆翻阅了大著，有些疑问，我以涂黄的形式供你参考。

1. 书中谈到，1865年莎氏的名字进入中国，恐是笔误，老说法是1856年，戈宝权先生的说法；后来我及别人提出：林则徐组织人翻译《四洲志》1836年出版，就已经出现莎氏的名字。

2. 文中提到张常信的名字，而且引证较多，说他翻译了《好事多磨》，引证他的翻译观点，不知从何而来，张常信，是否是张常人之误，我研究过张常人的译本，错误不少，已经发表好几年了；或是两个人；因为我看到后面引用了他的硕士论文。

3. 李修国，可能是李国修之误。

4. 夏承焘缺一字。

李伟民

孙宇致李伟民（4月7日）

李老师您好！

转眼已是四月天，看您在西湖惬意品龙井，真是让我羡慕不已。我最近刚刚完成了一篇关于台湾莎剧百年历史的文章，不知论述得是否恰当，还请李老师多多给予指导！

我报名参加了五月末在马尼拉召开的亚莎会年会，这是我第一次出国参加国际会议，在丹麦错过了2016年的莎会，很是遗憾。这次去体验一下亚莎会，我本来提交的论文摘要是关于莎士比亚戏剧表演与中国英语教育的，在联系到陈怡伶之后，我换了一篇莎剧改编的论文，想参加她和日本学者一起组织的莎剧改编小组讨论，结果会务组毫无理由的给我分到了莎剧翻译讨论组。这也许是我最后一次参加亚莎会了，真无奈。回来之后我会进一步向您汇报此行的收获与感受。

祝李老师身体康健心情好！

学生：孙宇

李伟民致孙宇（4月8日）

孙宇你好！

感谢发来的资料及你的大作。你的大作很好，概括很全面，思考有深度，是国内近年来研究台湾莎学的重要文章。祝贺！

关于亚洲莎协开会的事情，我也得到邀请，而且给他们提供了一篇文章。但是一位新加坡朋友告诉我。这个会议比较抠，很多都要自己付费。而且这个会议参加的大陆学者很少。这个朋友不去，我也懒得去了。提供一篇文章就是对老莎的支持。

杨林贵老师一手支持这个所谓的亚洲莎协的成立，但是他后来都是拒绝了邀请（所有费用全免），让他当领导人之一他不干，因为他认为，其影响力不大，中国莎学更大。亚洲莎协是少数人欲秀，意义不会很大。

而且据我所知，在国际莎协，只有杨林贵老师是国际莎协执委，应该没有台湾的份。（大概雷，后来也成了执委吧）杨老师多年来对我们的中国莎学贡献巨大，在国际莎学界有充分的话语权。

你能够参加这个会议我很高兴！但是在亚洲莎协面前，一定要保持我们中国莎学人的尊严。台湾的莎戏剧我也看了几部，总体感觉尚不能与大陆最好的莎剧媲美。当然，文艺不是体育比赛，各有特色就行了。

李伟民

孙宇致李伟民（4月9日）

李老师好！

感谢老师的夸奖和建议，我会继续努力的。在写这篇论文的过程中，我有幸得到张冲老师的指点。张老师这学期在厦大做客座教授，讲授莎士比亚课程，我每周都去听课，受益匪浅。张老师也给我讲述了亚莎会的成立始末，并对杨林贵老师在国际莎学所做的成就给予高度评价，并指导我写论文一定要注意表达立场。我此行去参加亚莎会的目的就是想去看看他们都在做什么和规模如何，其实我最想了解的是陈怡伶和两个日本学者对于莎剧进行的日本漫画式改编，她现在也在组织撰写台湾莎剧史专著。台湾莎学资料在大陆很难找，只有深入到台湾莎学内部才能拿到第一手资料，好在我的论文也得到了彭镜禧老师的认可，并且得到他一直以来的支持。

感谢您对陈淑芬老师的支持，她现在对于向大陆期刊学报投稿很感兴趣，说明她已经完全倾向于与大陆莎学靠拢，但愿在她的积极投稿下可以提升大陆莎学界对台湾莎学的研究兴趣。希望我此行能有所收获，到时再向您汇报！

祝好！

学生：孙宇

王复民致李伟民（5月9日）

李伟民先生：

您好！

没有想到您到浙江来讲学了，热烈欢迎您！

您寄来的大札及其他文稿均已收到。您论述《冬天的故事》改编的大作也已拜读，深感您的求是的科学精神令人钦佩！《冬》剧演出至今已过去三十多年了，许多往事、细节我甚至不太记得清楚了。而您——却还在追忆——寻资料、访学者，深究改编之不足，反复作文研究……令我感动，向您学习！

我以为，有两个问题值得我们共同思考：

（一）中国的戏曲究竟能不能改编莎剧？它既要保持莎剧精神，又要体现中国戏曲的本质与特色是否可能？

关于这个问题素来有较大的争论，特别是莎剧节前夕，学术界（包括“中莎会”中的领导）就有较严重的分歧，有的先生断定：莎剧根本无法改编成中国戏曲，其主要的理由认为：莎剧的语言结构及描述与中国戏曲的唱词、念白无法代替融会。如三十年代梅兰芳先生去欧洲演出《贵妃醉酒》，如何翻译才好，使翻译者犯难。最后翻译成《一个妃子的烦恼》，虽然翻译得不错，但完全失去了中国的语言特色及其内涵、精神实质，所以有的先生认为，戏曲无法改编莎剧，有的先生不同意，认为莎剧完全可以中国化、戏曲化，其中包括曹禺、黄佐临、张君川先生。如曹禺先生积极支持黄梅戏剧团改编《无事生非》；黄佐临先生身先士卒，在上海编导昆剧《血手记》(《马克白》)，张君川先生支持、帮助杭州越剧院改编演出《冬天的故事》，当时，我的确似乎感受到了一种“戏曲能否改编莎剧”的一场斗争。《冬》剧在这种背景下，加上时间紧迫，编导者根本没有时间和精力去推敲越剧应当如何正确改编莎剧，并从学术层面上去考虑如何才能做到合理、科学的改编。快编、快排、快演是我们当时主要宗旨，能够推上“莎剧节”的舞台就是胜利！因而根本没有像您评论中所评述的那样去思考、去要求、去行动。这是我要说的一点。

（二）越剧是中国戏曲中一个剧种，这没有错。但是它和正宗戏曲京、昆，包括绍剧、婺剧等大相径庭，京、昆有唱做念打（所谓“四功五法”）的全套功夫，然而，越剧除了念、唱、舞之外，其他什么功夫都没有（沪剧也是一样），所以有些前辈导演及戏曲艺术家曾谑说：要成立一个“反越联盟”（当然是玩笑性质的），说明越剧除了它的扮相，以及念、唱、舞的功夫，其他戏曲功夫什么都没有。您在《冬》剧评述中指出：“《冬》剧中的人物仅仅局限于传统的唱、做，而较少通过‘做’的有目的的渲染来表达人物的心理和情绪……”您的观点是合理的，但是越剧没有“做”的功夫、手段和技巧！不是我们不想用，而是越剧本身没有，也不需要有！所以同样是戏曲，它们是各有长短、功夫，手段也有深浅之分。

以上所述，不一定对，仅供您这位莎学行家批评指正。我衷心希望在中国戏曲改编莎剧的议题上，不要笼统从戏曲论戏曲，而要从不同戏曲的剧种中寻找它改编的特点和可能性。

严格地说，对待莎剧我还是个外行，研究更谈不上，敬请多多指教。

顺便寄上曹禺及佐临先生的讲话和题词，供研究参考！

致

敬礼！祝在浙江工作顺利！心情愉快！身体健康！

王复民

附：

曹禺先生谈改编

在中国首届莎士比亚戏剧节上，杭州越剧院演出《冬天的故事》后的第二天上午，剧组的编导在曹禺先生上海的寓所受到曹禺先生的接见、晤谈，大致谈了以下两个内容：

他说：你们的演出为莎士比亚中国化、戏曲化作出有益的探索和贡献，表示祝贺！并说：希望你们多到农村去演出，创造中国农民喜欢看莎剧的先例。（并题词表示祝贺）

他说，中国成立了“中莎会”，这是好事、喜事，但是我们“莎学会”的几个同志都一致认为，如果我们只有少数人关在书斋里，从文字到文字去作研究，不会作出大成就。研究莎学必须和演出结合起来，才能获得更大的成就……

浙江的某些对莎学有兴趣并略有研究的同志，就十分起劲，不仅积极组织“浙莎会”，还想和剧团挂钩，准备演出莎剧，还邀我参加，担任一官半职。我知道这是在一股热情推动下想去做而做不到的事，故我没有同意参加。果然，所谓“浙莎会”早已无影无踪了，但我以为“中莎会”中几位领导、先生提出的：研究莎学必须要与舞台演出相结合的观点，我认为完全是正确的，但要付之于实，确有多方困难。

以下是黄佐临先生为演出《冬天的故事》的题词：

有位著名教授、学者最近由欧美回来说：莎士比亚在西方患病了！我听了感慨至深，不禁感叹地说：经过中国首届莎士比亚戏剧节的惊人成就，可以肯定地断言，莎翁在中国的身体康复了，生命力增强了，表现力丰富了！为什么呢？按我看，理由是：莎士比亚中国化了、戏曲化了，可以说是中西文化结合的结果。戏曲讲究“四功五法”，中医讲究“四诊八纲”，中西医会诊，岂不是把莎翁医治痊愈了吗？

这次在二十五台莎剧中有五台是戏曲，占总数五分之一，其中杭州越剧院的《冬天的故事》也作出了卓越贡献，可喜可贺！

黄佐临

1986年4月中国莎士比亚戏剧节于上海

钱鸣远致李伟民（5月23日）

伟民先生：

您好！

惠书及《莎士比亚研究》均收到。谢谢！年迈遁迹与外界极少联系。忽接先生电话，十分感动。承问越剧《冬天的故事》中四句藏头诗的韵脚问题，一时糊涂，仓促作答。细思之，原文无错，“来、杯”均系十灰韵（杜甫的《客至》即是此韵），“怀”乃九佳韵，十灰、九佳不通韵。特此奉达，甚为不恭，祈谅。寄上一册昔年付印的拙作《膖庐诗草》供暇时哂览，并乞指正。

顺致

雅安

钱鸣远　敬上

郝田虎致马达丽娜·彭娜嘉（7月19日）

Dear All,

Thank you Maddalena for your question. Since we are a small group I think we may have individual presentations highlighting major points of each paper and showing video clips where applicable. Each presentation may run up to 6 minutes.

In addition to individual presentations I'd love you to comment on each other's papers. Our papers may be divided into two groups: Hyonu's, Maddalena's, and Reiko's on film adaptations of Shakespeare, Carla's and Monica's on broader cultural matters. So could Carla and Monica comment on each other's papers? In the other group, could Reiko comment on Hyonu's and Maddalena's papers? Could Maddalena comment on Reiko's paper? Comments on each paper will last about 5 minutes. With presentations we may refresh ourselves with the major ideas of each paper, and mutual comments can lead smoothly to our discussions about key issues.

Please confirm receipt of this message. Sorry for the short notice. I'm traveling. Please let me know if you have questions.

Thank you all for your participation. I look forward to meeting you soon at Stratford-upon-Avon.

Best wishes,

Tianhu

译文：

大家好！

多谢马达丽娜的提问！我们是一个小型讨论组，所以我觉得可以做个人陈述，择要阐述论文的主要观点，如有必要也可播放视频片段。每个陈述6分钟以内。

除了个人陈述，我希望大家互评论文。我们可分成两个组：玄禹、马达丽娜、玲子关于莎士比亚电影改编一组；卡拉、莫妮卡，关于更宽泛的文化议题。所以，卡拉与莫妮卡，请你们互评各自的论文好吧？另外一组，玲子评玄禹和马达丽娜的论文好吗？马达丽娜评玲子的论文好吗？每篇论文的点评大约5分钟。陈述可以让大家回顾每篇论文的要点，互评则可顺利导入关于关键问题的讨论。

2018年郝田虎（第一排左一）应邀参加伯明翰大学莎士比亚研究所第三十七届国际莎士比亚会议，并主持小组讨论会

收到信息请确认。通知匆促，敬请谅解！我在旅途中。有问题请随时告知。

多谢各位的参与！期待很快在斯特拉福会面。

祝好！

田虎

王复民致李伟民（7月20日）

李伟民先生：

大作和短信均已收悉，谢谢！

从来信看，您已经返回重庆。对您的知识修养和治学精神表示衷心的钦佩！关于“杯”与“怀”之疑，你决定听取钱鸣远先生意见，我认为是对的，他对古诗词有一定研究，造诣较深，定不会有误。

初读了您写的《第十二夜》莎剧改编，我想起了当初改编、演出该越剧的一桩趣闻，供您了解。导演胡伟民先生是我在“上戏”的学长，曾有两次和他同学。他是一位才华横溢，创新意识极强，导演手法娴熟的好导演。为了改变旧越剧冗长、拖沓、节奏过慢的缺点，他和该剧作曲刘如雪先生商量。凡在演员与演员对唱过程中，把音乐的“过门”删掉，即某演员唱完一段，紧接着另一位演员就接唱。此种改变有人认为很好，加快了越剧演出的节奏；有人认为不好，破坏了越剧抒情的韵味。两种意见争论不休。越剧前辈袁雪芬先生当天赶往剧场观看了演出，一看便颇感惊讶，越剧怎么能这样演？！演出结束后迅即赶往作曲家刘如雪先生家中，反对唱中不用“过门”，一定要恢复原样。因袁、刘经常合作，非常熟悉，便同意袁的意见。并说和导演共同研究后重新改过来，后导演胡伟民为尊重越剧前辈的意见而改了回来。这是我所了解的“插曲”，供思考。

祝

著作顺利，身体健康！

王复民　匆写

2018年9月22日河南大学中莎会年会合影，第一排左起有李伟昉（左一）、郝田虎（左三）、从丛（左五）、罗益民（左六）、曹树钧（左八）、李伟民（左九）、黄必康（左十）等

2019年

祝中华莎学事业在新时代更上一层楼（5月14日）

曹树钧

2019年春，顷接李伟民教授寄来的2018年《中国莎士比亚研究》第8卷第1辑，捧读之后，欣喜异常。

封面上“中华莎学”曹禺题的大红字体，格外耀眼。望着遒劲有力、红彤彤的“中华莎学”几个大字，不禁引起笔者对30年前编辑《中华莎学》的深深回忆。

历经曲折，中国莎士比亚研究会（以下简称“中莎会”）在上海戏剧学院正式成立。剧本的生命在于演出。莎士比亚的世界影响同它历演不衰的演出密不可分。“中莎会”成立后始终坚持将莎学研究同莎剧演出紧密结合。成立大会上决定在1986年举办首届中国莎剧节，秘书组委托我执笔起草“关于举办首届莎士比亚戏剧节的决议”。1986年4月，首届莎剧节在京沪两地同时举行，演出25台莎剧，产生了轰动世界的巨大影响。紧接着准备筹备第二届莎剧节，为了加强中莎会成员之间的交流，中莎会决定编辑铅印的内刊《中华莎学》，1989年2月—2002年14年间一共出了9期，由笔者任执行主编。由于经费的困难，1991年4月—1992年4月第三、四期，1993年4月—1994年4月均采用合刊形式。此刊尽管每期只有几十页，但都记载着当年莎学研究的成果，如第9期上载有方平的《为莎士比亚著作权辩护》，鄢然的《川剧“麦克白夫人”在德国第二届莎士比亚戏剧节上》，叶汀的《两岸三地的跨文化改编》。而第7、8、9期，则由李伟民、史璠任执行编辑，在四川成都和广东北海印刷出版。这些当年的历史见证，笔者至今仍珍藏着。

翻阅2018年《中国莎士比亚研究》，笔者认为此刊有以下三个鲜明的特色。

第一，内容丰富，视野开阔。在莎剧研究方法中，既有文本研究、演出研究，又有改编研究；既有现代莎学研究，又有后现代主义莎学研究。《中国莎士比亚研究》设有“世界与中国的莎士比亚”专栏，介绍台湾莎学会的研究动态，还有著名

2019年《中国莎士比亚研究通讯》更名为《中国莎士比亚研究》，
强化刊物的学术性

莎学家，美国耶鲁大学大卫·卡斯顿教授中国之行的介绍。

第二，品位高雅，更加凸显学术研究价值。从“莎学通讯”上升到“莎学研究”。中莎会首任会长曹禺主持“中莎会”期间，1983年创刊的《莎士比亚研究》曾由浙江人民出版社出版，后因发行、经费原因，出版4期之后停刊，此后中国一直没有专门的莎学研究期刊。而李伟民教授主编的《中国莎士比亚研究》2018年第1辑（总第8辑），为彰显提升学术品位则将《中国莎士比亚研究通讯》改为《中国莎士比亚研究》，刊物虽然只有“二字”之差，但是却显示了主办者良苦用心，也是《中国莎士比亚研究通讯》自创刊以来一直秉承的学术思想，而且发挥了早已停刊的《莎士比亚研究》的学术功能。该刊为适应新时代学术期刊的规范，每篇论文均有“提要”“关键词”和“英文提要”“英文关键词”。

《中国莎士比亚研究》的创办特别要感谢四川外国语大学，它们在经费、人力上给予了大力支持，为中国莎学事业的发展作出了重要贡献。对于论文的刊登，笔者有一个具体建议：刊物在发表英文论文时，如果能附上中文译文，让不熟悉英文的学者，或者原来学习其他语种的读者也能深入了解英文论文的内容将功莫大焉。

第三，正确处理传承与创新发展的关系。在莎学研究事业上，传承与创新形成了一对辩证关系。没有传承就没有创新，传承的目的是为了创新。《中国莎士比亚研究》这一国内唯一的莎士比亚研究刊物在许多方面都体现了对传承的重视。刊物的封面上有曹禺题词的“中华莎学”，封底刊登了2018年中国外国文学学会莎士比亚研究会暨学术研讨会老中青与会代表的合影照片。

在这之前，还在《中国莎士比亚研究通讯》上刊登了中莎会成立大会全体代表的合影，而且每期均刊登“中莎会”老一辈学者逝世或纪念的文章。《中国莎士比亚研究》的编辑鲜明地体现了传承与创新之间的关系。特别值得一提的是《中国莎士比亚研究》连续两期推出了“莎学书简”栏目。“莎学书简”这一栏目推出的莎学学者之间就莎学研究往来的书信成为中国莎学研究史料的绝响之一，“莎学书简”中的书信在中国莎学研究史上也具有重要的文献价值和史料价值，在外国文学研究领域也可称为一项创举。据悉“莎学书简”栏目中所收“书简”将会很快汇编成书。笔者大力支持《中国莎士比亚研究》的这一创举，通过回溯中国莎学研究传播、翻译、研究、演出、教学、出版各方面的学者之间的探讨，可以清晰勾画出20世纪80年代以来中国莎学研究的发展脉络，在进一步增强文化自信的同时，有力推动我国别具特色的莎学研究。

编者注

本文发表于2019年5月14日，后收入《中国莎士比亚研究》第1辑，西南交通大学出版社，2020年。

2021年

杨林贵致彭镜禧（1月26日）

林贵问候彭老师

敬爱的彭老师：

您好！久违了！

我主持的一套莎学论丛（5本）去年在北京商务印书馆出版，其中莎士比亚喜剧研究卷收录大作“戏谈《仲夏夜之梦》”；演出及改编卷收录“梆子戏莎士比亚《威尼斯商人》”。多谢您的支持！我想给您邮寄丛书。请告知您的邮寄地址（如需超过一套也请告知，我尽量满足要求）。

同时，我有两项不情之请。一个是想请您作为我下一套莎学论丛的顾问。商务印书馆已经通过我的下一个系列的莎学选题（还是5本）：莎士比亚与现代文化的唯物考辨（鄙人专著）、中国莎学书简（我与李伟民合编）、世界莎学选编续编（我与乔雪瑛合编）、莎士比亚历史剧与传奇剧研究（我与李伟民合编）、莎士比亚诗歌及其翻译研究（我与罗益民合编）。

第二个，想请您作为特邀嘉宾出席上海国际莎学论坛（希望届时疫情彻底结束，如不然有网络线上备案）。我今秋（10月22—24日）举办第三届“上海国际莎学论坛”（前两届分别在2011，2016）。前两届没能请到您，是会议的缺憾。会议CFP，请见附件。

因为疫情，我从去年开始就不再往返奔波于上海和北美之间，现在上海。疫情尚在肆虐，请您多多保重！专此敬颂

文安！春节将至，顺祝阖家安康！

林贵

另，我现在无法使用gmail，现使用这个126邮箱，特告。

彭镜禧致杨林贵（1月28日）

林贵兄，收信平安！

谢谢来信。确实久违了！

恭喜您主持的论丛出版，再次对莎学界做出贡献。拙文两篇承您错爱，收入其中，深感荣幸。可惜没有事先知会，否则我会做些修补，以期更为完善。

惠寄丛书一事，感谢！可否赠送三套，其中两套寄到下址：[略]

陈教授现为师大国文系及研究所特聘教授，也是现任台湾莎士比亚学会会长。曾和我合作，改编五种莎剧为戏曲，在台湾、大陆及英美演出，是此间莎士比亚跨文化研究的翘楚。您的丛书，她一定会有兴趣的。

至于邀请我担任下一套丛书的顾问，我深感荣幸，虽然自觉愧不敢当。

秋天的上海国际莎学论坛，若时间许可，自当从命出席。希望届时疫情已经结束。

又及：或许您也可以考虑邀请陈芳教授担任与会嘉宾。她的电邮地址为：[略]

耑此，

顺祝新年如意吉祥！

镜禧　谨复

彭镜禧致杨林贵（3月26日）

林贵兄：

附件是方平先生二十年前寄给我的一封信，信里附了一篇他的大作，谈莎剧的诗体翻译，还贴上《海外奇谈》书影给我。

昨天我在研究室找出这封手札，捧读再三，依然感动不已。方先生为学严谨扎实，为人和蔼谦冲。我有幸与他会面请教数次，每次都获益良多。我很高兴把新莎士比亚全集引进了台湾，也算对两岸莎学交流有小小贡献。

方先生曾拨冗替拙作 细说莎士比亚论文集 写了长序，深恩不敢或忘。

祝福!

镜禧

简·霍华德致张薇（10月4日）

Dear Rose, What beautiful pictures of the Tibetan Hamlet. I am so glad you are getting to do so much reviewing and writing. I am in awe of your productivity. I hope your daughter and her family are also doing well and that you are able to see them often.

I am in good shape. I had my second knee replaced a month ago, and the surgery went well. I am actively walking again and doing a lot of writing. I finished a little book on *King Lear* for Arden that is meant for a student audience, and I would like to send you a copy when it is published in December. PLease give me the best address to mail it to you.

I am also trying to finish my book on the history plays, which may have to wait until I retire in two years, but I hope perhaps it will be done next year. I have written five articles in the last 18 months, mostly so I won't be bored during my covid lockdown period.

I hope we both live to see one another again dear Rose.

XXXXX Jean

译文：

亲爱的薇：

藏语版《哈姆雷特》照片太漂亮啦！很高兴，你在做这么多评论与写作的工作。敬佩你的工作效率！希望你的女儿与其家庭同样安好，希望你能常去看她们。

我的状况尚好。一个月前我换了第二个膝关节，手术顺利。我的走动又多了起来，也写了好多东西。为亚顿出版社完成了关于《李尔王》的一本小书，针对学生

2013年5月，张薇（右）访学交流期间与哥伦比亚大学简·霍华德（左）于汉密尔顿讲堂

读者的，等12月出版了我想寄给你一本。请给我你的接收地址。

我同时在争取完成关于历史剧的书，大概要到两年后我退休才能完成，不过我希望有可能明年完成。过去18个月内我写了5篇文章，主要是因为我不想在新冠疫情封控期间太烦闷。

……

希望我们都活着，好再次见面，亲爱的薇。

简（Jean. E. Howard）

彭镜禧致杨林贵（11月11日）

林贵兄：

恭喜莎学会议大大成功！

谢谢寄来部分书简，从朱生豪开始，每一篇都十分珍贵。前辈风范，令人敬仰！

2021年10月23日，杨林贵宣布第三届上海国际莎学论坛开幕。线上参加的嘉宾包括辜正坤、邱锦荣、张冲、李伟民、罗益民、黄必康、李伟昉、郝田虎等国内学者，以及威廉·贝克（William Baker）、丽萨·霍普金斯（Lisa Hopkins）、马奇泰罗、普晡·特里维蒂（Poonum Trivedi）、劳伦斯·莱特（Laurence Wright）等国际专家。图为线下开幕式主席台，左起依次为乔雪瑛、赵晓临院长、邱高副校长、杨林贵、李佳耀书记、张淑琴

末后几篇看到业师朱立民教授和索天章教授的大名出现，十分感慨。记得当年朱师递给我一封索先生的手札，大意是希望他推动两岸莎学交流。朱老师说他年事较高，鼓励我在这方面出点力。如今回想，由于种种因缘，我很幸运参与了交流，结交了大陆许多大师，差堪告慰于恩师。可惜因为几次搬动研究室，那封信遍寻不获，否则应可编入，添一佳话。

即祝

健康喜乐！

镜禧　敬复

索　引

（按照书信寄信人、收信人或篇章作者收录，以姓氏拼音顺序为序）

一、人　名

二、机构、团体及其他

后　记

“杨老师，您视力不好，还拼命编书出版，正应了那句诗：‘衣带渐宽终不悔，为伊消得人憔悴。’这个‘伊’在您这里是莎翁，您对莎士比亚事业的拳拳之心，着实让我深深地感动。”——这是刚刚张薇老师给我的微信，是编辑本书期间收到的微信和邮件往还中最近的一则。正如我在本书序言所述，之前在审阅书信集，捧读这本中国莎学“记事本”的过程中，我曾多次因其中的片段而感动得热泪盈眶。此时此刻再次动容，却是因为感动于她的感动。就这样，在编辑、审校这本书信集的过程中，我不仅感受着书中传递的温情，而且体味着身边的浓浓情意。审阅书稿不免需要不时求证个别细节，为此曾打扰到很多人——亲人、友人，甚至之前素不相识的人，但我收到的不仅有及时的反馈，而且有温馨的回报，虽然这不是我们编辑此书的目的。

因此，这本书的编校，不仅仅与莎学有关，更关乎于情意。朋友、同行、同事、家人所给予编者的关心、关怀和关爱，都是这些情意的具体体现，给中国莎学书信集增加了厚度以及情意的浓度。我觉得《诗经》中的一首诗恰如其分地阐发了这种情意的相互关系：

投我以木瓜，报之以琼琚。
匪报也，永以为好也！
投我以木桃，报之以琼瑶。
匪报也，永以为好也！

投我以木李，报之以琼玖。
匪报也，永以为好也！[1]

这是中国文化中情意观念的高度简洁、凝练的表达，其意蕴既清晰又朦胧——关于情意的题旨是清晰的，但情意的指向是朦胧的。或许清晰不是诗歌的特性，抑或如西方“新批评”所论，是诗学模糊性的某个方面的特征。因此，不同时代关于此诗的注疏中有多种阐释。这情意可以是礼尚往来的风情，亦可是经久不竭的友情，还可是你侬我侬的爱情。中文一个“情”字，可以涵盖多重意蕴——友情、爱情、亲情。许渊冲先生用英文翻译此诗时，似有兼纳多种意蕴的尝试。本人无意妄评许先生的翻译，或者评价他是否践行了他的“三美”原则，以及是否在字句上亦步亦趋地忠实于原文，倒是颇为赞同他的翻译阐释，因为任何一个译文都是对原文的一种阐释，无论是亦步亦趋还是大胆意译。许先生的译文用简洁直白的描述性语言将几种人物关系具体化了：相识相熟、相交相近、相爱相亲；译文中这三重含义既可以理解为递进关系，也可以是平行关系。原文中的“你我”以及译文中的“She—I”，都可超越男女私情的范畴。原文中重复三次的“永以为好也”在译文的三节中有所区分，但却都没有脱离情意的几重含义。总而言之，我欣赏译文的具体化阐释处理，更在意原文中情感表达的简洁和智慧。朗朗上口、乐感十足的简单几句就把人间大爱和感恩做了全面透彻的概括，语言简练却内涵深刻。珍重情意永相好，是中华文化的一个重要价值观。简单来说，感念别人的好，才是情意的本质，或者说，理解并珍重他人的情意，便是最高尚的情意。

扯远了！还是说说本书编辑中牵涉的无价情意吧。

“情意”作为本书的主题词，还可具体表述为这样几个关键词：爱情、亲情、友情。从朱生豪与宋清如的莎学情书，到莎学前辈奖掖后进的谆谆教诲，再到莎学同仁

1 《诗经・国风・卫风・木瓜》，许渊冲先生英文翻译如下：She throws a quince to me, / I give her a green jade / Not in return, you see, / But to show acquaintance made. / She throws a peach to me, / I give her a white jade / Not in return, you see, / But to show friendship made. / She throws a plum to me, / I give her a jasper fair / Not in return, you see, / But to show love for e'er.（《许渊冲译诗经・风：汉英对照》，中译出版社，2021年）

的相互关爱和提携，鸿雁往还间，俱是常相念、不相忘，“永以为好”！

这里，诗的内涵可以进一步引申为：常怀感恩之心，“永以为好”！如前所述，情意是这部书编辑过程中不可或缺的推动力，是书中传达的情谊的延伸。编这部书，除了为中国莎学保存史料，也是为了缅怀逝去的前辈师友，同时为了回报健在的师长以及共同奋进的同侪和晚辈同行朋友。情意的回应和回报会为美好的关系、美好的事业增添光彩。因此，除了书信中以及前言中提到的名字，我在这里还必须提及一些个人和机构，以表达我的谢忱，虽然“感谢”这样的词汇早已无法充分表达我的感恩之心。

我要特别感谢我的合作编者李伟民教授！他是这本书的发起者，在书信收集、编辑、审稿过程中发挥了至关重要的作用。他还动员夫人陈莉副教授，来帮忙录入书信。她是数学专业出身，在四川外国语大学国际商学院长期教授高等数学。她以其一贯的严谨，参与讨论、辨识书信中的字词句，包括孟宪强先生、曹树钧先生的书信，务求把每个字词句辨识清楚。在此对陈莉老师一并表示感谢！

这里谨代表李伟民教授以及我本人，向所有支持这本书的人表示谢意。感谢中国外国文学学会莎士比亚研究分会会长辜正坤教授的大力支持！他为本书题写书名，虽然因为书名的改变，他不得不几易其稿，但他不厌其烦，及时献上墨宝。感谢为本书奉献了本人的书信或者亲友书信的各位朋友！他们或为本书提供信件原文、图片资料，或参与文字转换和输入，或提出有益的建议。比如曹树钧教授和彭镜禧教授，他们不仅提供了他们本人与其他学者的书信，而且为本书撰写了序言。朱尚刚先生提供了朱生豪书信和重印授权。提供类似帮助的人士很多，篇幅所限，恕无法逐一提到。感谢直接或者间接参与本书编辑工作的人员！本书的助理编辑蒋金蒙、陈静等在帮助本书的文字输入、转换和校对方面做了大量工作，特别是蒋金蒙全程参与了本书的统稿任务。浙江越秀外国语学院的学生，如王雅雯、周碧莹、黄雨菲等，也承担了部分书信的录入和辨识工作。感谢这些学子的积极参与！我相信，他们一定也从前辈的治学精神中收获良多。

我的家人和亲人全心全意支持我的工作，为本书的出版默默奉献，却希望保持低调，这里便不具名相报。

感谢东华大学党政领导、科研院对莎士比亚研究的支持！感谢东华大学外语学院的领导和师生以及莎士比亚研究所成员对莎学研究丛书的参与！感谢中国外国文学学会莎士比亚研究分会理事会和全体会员的大力支持！

感谢商务印书馆上海分馆鲍静静总经理、总编辑对选题和出版立项的支持！感谢责任编辑秦原的细心审校和编校意见！

书信和图片的收录以及本后记的撰写，其中定有未尽之意，难免留下诸般遗憾。比如，诸多极有历史意义和文献价值照片的选用受到很多条件的制约，或者因为构图问题、或是因为画面质量和制版效果等原因，最终无法尽收。虽然极为不舍，但无奈忍痛割爱，敬请谅解！

愿莎学同行朋友，永以为好！

杨林贵　谨识于

沪上暑中

2022年7月18日草

2022年7月22日完稿